www.bbulmedia.com

www.bbulmedia.com

꼬리

꼬리

끝나지 않는, 끝날 수 없는, 잘라내도 잘라지지 않는, 너를 향한 내 마음, 마치 그건……

리밀 장편 소설

contents

끝나지 않는,

끝날 수 없는,

잘라 내도 잘라지지 않는,

너를 향한 내 마음, 마치 그건…….

"차 세워."

"네?"

"세우라고, 새끼야. 확 뛰어내리기 전에."

애초에 얻어 타는 게 아니었다. 그깟 거리 얼마나 된다고 귀차니즘이 발동한 건지 스스로가 한심해 죽을 지경이었다.

흘러나온 싸늘한 목소리에 주춤했던 남자는, 그러나 농담일 거라며 애써 웃었다. 조수석의 율이 매섭게 남자를 째렸다.

"귀 먹었어? 세우라잖아."

"갑자기 왜……."

"세워. 안 세워?"

"저기, 그러지 말고요. 우리."

"에이씨."

못 들은 척 계속 나아가는 차가 거슬려 미간을 구긴 율은 잠긴 차 문을 열려고 시도했다. 거칠게 손잡이가 덜컥덜컥 소리를 냈다.

빌어먹을. 잠금 장치가 꼼짝을 않는다. 유리창을 힘껏 때려 대는 율을 보다 못한 남자가 급히 길 한쪽으로 차를 세웠다. 율이 곧 뛰듯이 내렸다.

"저기요! 저기!"

차 문을 닫아 주는 것까지는 애석하게도 못 하겠다. 뒤도 돌아보지 않고 성큼성큼 걷는데 얼마 못 가 팔을 붙들렸다. 율은 거칠게 뿌리치고 걸었다. 그러기가 무섭게 다시 어깨를 잡혀 돌려세워졌다.

하여간 사내새끼들, 힘만 더럽게 세지. 쯧.

무시하고 돌아서려는 율의 손목을 남자가 확 낚아챘다. 끌어당기는 남자와 율의 거리가 부쩍 가까워졌다. 달갑지 않은 상황이 연속으로 펼쳐짐에 율은 갈수록 화가 치밀어 오르고 있었다.

싫다. 싫어 죽겠다, 진짜. 저리 꺼져! 확 안 꺼지냐?

율의 미간이 잔뜩 좁혀졌다. 성난 얼굴로 노려보는 율의 눈동자가 차갑게 일렁였다. 당황한 남자가 간신히 표정을 풀고는 부드러운 말투로 율을 달랬다.

"왜요. 갑자기 왜 이러는데요, 네?"

"이거 놔라."

"내가 뭐 실수했어요? 말을 잘못했나? 미안해요. 사과할 테니까."

"닥치고 놓으라고, 좀. 놔. 안 놔?"

아오……. 율은 짜증스럽게 한숨을 내쉬며 손목을 휘둘렀다. 쉬이 놔주지 않는 남자로 인해 인내심이 결국 바닥을 쳤다. 폭발하기

일보 직전이었지만 그래도 일단은, 최대한 차분하게 부탁했다. 놓으라고. 됐으니까 놓아 달라고. 어쩔 줄 몰라 하던 남자가 마지못해 뒤로 물러났다. 율이 돌아섰다.

빠르게 걷는 율의 곁에 남자가 늦지 않게 따라붙었다. 미안하다, 잘못했다 구구절절 읊어대는 남자의 목소리가 듣기 싫어 표정은 계속 엉망이었다. 잘못은 제가 했다. 두어 번 봤다고 단골로 믿고 턱하니 차에 올라탄 스스로가 아주 대단한 잘못을 저지른 거다.

대체 어디야, 여기는. 안 그래도 늦었는데, 씨이.

주변을 두리번거렸다. 위치를 파악하려 애쓰는 율을 남자는 기어이 또 붙잡고 말았다. 한계. 제 앞을 막아선 남자를 향해 율이 날카롭게 눈을 치켜떴다.

"좋아해요. 그쪽한테 관심 있어요. 좋아합니다."

굳이 말로 안 해도 알겠는 속내를 남자가 털어놓는다. 호기로웠으나 거슬렸다. 지금 서 있는 곳이 사람들로 북적이는 거리 한복판이라는 것은 꽤 심각한 문제였다.

지나가는 이들이 율과 남자를 힐끗거렸다. 믿기지 않는 듯 수군대는 말들이 들려왔다. 들었어? 남자가 남자한테 좋아한다고 하는 거? 어머, 웬일이니! 율은 한숨을 내쉬었다.

"시간 내 달라는 말이 거슬렸다면 미안해요. 강요하는 건 아니었어요."

"지랄."

"네?"

"일부러 멀리로 끌고 와 놓고 강요하는 게 아니라고? 장난하냐? 내가 바보야?"

언제 한번 밥이나 먹자 했던 말을 못 들은 척 씹었다. 전화번호를 알려 달라는 부탁도, 이런저런 사사로운 것들을 물어 대는 말들도 하나같이 무시했다. 그랬더니 마트가 아닌 엉뚱한 곳으로 차를 몰아온 남자였다. 태운 김에 얼씨구나 하고 드라이브를 하려던 속셈이 분명했다. 수작 부리는 게 훤히 보였다.

십 분이면 될 거리를 삼십 분째 운전하는 남자의 표정은 상당히 들떠 있었다. 이런 식의 접근에는 이골이 날 정도라서, 이제는 눈빛만 봐도 그들이 저를 어떻게 보고 어떻게 여기는지 파악이 가능한 율이라서 단번에 화가 솟구쳤다. 불쾌했다. 신경질이 났다. 인간과 인간 사이의 담백한 친절이란 존재하지 않는 거였다.

만지고 싶어 환장한 얼굴이면서, 관심 좋아하네. 싸구려 욕정이면서 무슨. ……미친.

꺼져, 하고 읊조린 율은 가차 없이 돌아섰다. 돌아서기 전에 냉랭한 눈길로 쏘아보는 것도 잊지 않았다. 더 말 섞기 싫은 본심을 남자는 눈치 없게 못 알아차린다. 손목을 휘어잡고 잡아끄는 기척이 무던히도 거칠었다. 신사인 척 굴더니 결국 이렇게 금방 구차하게 질척거리기까지 하나 싶어 율은 어이가 없고 기가 찼다.

대체 뭘 어쩌려나 지켜보려는 심산으로 적당히 버둥거리며 끌려가 주었다. 번화가 안쪽의 골목길로 데려간 남자가 율을 구석 벽에 밀어붙이고서 바짝 다가섰다.

조용한 주변. 가라앉은 분위기. 몸이 완전히 닿진 않았지만 마주하는 시선만은 가까웠다. 양팔로 벽을 짚은 남자의 안색이 몰라보게 어둡고 딱딱해졌다.

"계집애도 아니면서 거 더럽게 튕기네, 진짜."

"뭐……?"

"사내자식이 왜 이리 비싸게 굴어? 예쁘면 다냐? 다야?"

본색을 드러낸 남자가 낮은 목소리로 을렀다. 뚫어져라 노려보는 눈길이 험악했다. 한쪽 입가만 올리는 미소는 비열하기 그지없었다. 율이 눈을 깜빡였다.

"좋아한다잖아. 관심 있다고, 너한테. 남자라도 상관없다고."

"그래서."

"시간 내. 만나자, 좀. 싫어? 싫다는 거냐? 어?"

눈썹을 씰룩이며 남자는 이를 악물고 다그쳤다. 어디 싫다고만 해 보라는 듯 짓이겨진 목소리가 그저 사나웠다.

나원, 웃기지도 않지.

율의 고개가 비스듬히 기울어졌다. 그와 동시에 느릿하게 감았다 뜨는 눈매는 너르고 여유로웠다. 주눅 든 기색은 조금도 찾아볼 수가 없다. 혀를 할짝여 마른 입술을 훑었다. 율을 응시하는 남자가 살짝 멈칫하며 굳었다.

원하는 것이야 뻔하다. 저런 눈빛, 저런 표정. 사내새끼들이 생각하는 게 다 거기서 거기일 거란 짐작으로 율은 허탈하게 웃었다. 입꼬리를 올린 듯 만 듯 바람 빠진 소리를 피식피식 내며 웃었다.

전혀 움츠러들지 않는 율의 반응에 남자가 발끈했다. 가까이서 보니 더 미치겠는지 남자의 아랫배가 자꾸만 못 견디게 뻐근해지고 있었다.

예쁘다. 죽여준다. 사내 맞아? 뭐가, 뭐가 진짜. 이렇게까지. 하…….

억지로라도 좋다. 강제로 그냥 탐해야겠다. 은근하게 풍겨 오는

11

체취가 너무 달아 정신을 차릴 수가 없었다. 탐스러운 붉은 형체에 이끌려 저도 모르게 입을 맞추려던 남자가 거의 다 다가가 멈칫했다.

"하기만 해. 죽어."

경멸의 시선은 소름 끼치도록 강렬했다. 이죽이듯 흘러나온 목소리는 마냥 차가웠다. 표독스레 쏘아보는 눈동자를 마주하니 엄두가 나질 않았다. 달콤한 숨결이 가까운 그 이상으로 뿜어지는 냉기는 거칠고 혹독했다. 거절. 것도 매우 단호한. 아쉽고 서운한 맘 한 구석에는 약간의 의구심도 들었다.

전혀 떨질 않잖아. 무슨 녀석이 이리도 겁이 없담.

어떻게 할지 망설이는 남자를 향해 율은 미간을 구겼다. 적나라한 짜증이 표정 가득 묻어났다.

"진짜 죽여 버릴 거야. 해. 자신 있으면 해, 어디. 하고 꺼져."

"이봐."

"다 깨물어 터뜨려 버릴 테니까. 닿는 순간 너, 죽여 버릴 테니까. 다신 안 볼 테니 하라고. 해."

"하, 내가 왜 이러는지 몰라? 난 정말 그쪽을 진심으로……."

"다물어. 별 거지 같은 게 기분 더럽게 아주."

쯧, 하고 혀를 찬 율이 손을 뻗었다. 힘껏 가슴팍을 떠밀자 남자가 휘청거렸다. 방심한 틈을 타 옆으로 빠져나온 율이 신경질적으로 뒷머리를 벅벅 긁었다.

남자가 율에게 눈길을 주었다. 부스스한 짧은 머리가 그저 매력적이었다. 잡티 없이 뽀얀 눈부신 피부는 볼수록 욕심이 났다. 만지고 마구 더듬고 싶었다. 그렇지만 살기가 장난이 아니다. 다시 안 보겠다는 말은 적잖이 충격이었다. 차근차근 시작하고픈 맘이야 물론 존재했다. 무례함에 대한 뒤늦은 사과라도 건네려는데 율이 돌아선다.

바닥에 침을 퉤, 뱉은 율은 남자에게 말했다. 두 번 다시 제 앞에 나타나지 말라고. 그랬다간 진짜 가만 안 두겠다면서.

살벌한 경고 후 율은 곧장 멀어졌다. 차마 잡을 수도 없어 남자는 허, 하는 탄식과 함께 넋을 놓을 뿐이었다. 도도한 건 알았지만 저렇게까지 까칠할 줄은. 예쁘긴 진짜 무지하게 예쁜데 성깔이 보통이 아니었다. 멍한 얼굴로 남자가 거듭 한숨을 내쉬었다.

"……씨이."

한참을 걷던 율은 오른손을 들어 올리며 인상을 찌푸렸다. 부들부들 심하게 떨리고 있는 그것이 어지간히도 싫고 거슬렸다. 주머니에 꽂은 왼손도 사정은 별반 다르지 않았다. 입술을 뒤틀었다. 열심히 주먹을 쥐었다 폈다 하며 어떻게든 떨림을 진정시키려 애썼다.

아무렇지 않던 표정이 점차 흐트러졌다. 다리마저 후들거렸다. 남자와 가까이에서 숨결을 주고받았던 잠깐의 기억이 역겹고 불쾌했다. 여태 이렇다. 여전히. 아직도.

젠장. 담배를 꺼내어 입에 물었다. 주변의 시선들이 모이는 것을 철저히 모른 척하며 불을 붙였다. 위태로운 마음과 복잡한 감정들을 매캐한 연기가 꾹꾹 내리눌렀다.

언제까지 이럴까. 얼마나 더, 이러려나. 기약 없는 무언가를 고민한다는 것은 참 힘든 일이었다. 두어 번 더 빨아들인 담배를 던져버리고 이내 택시를 잡아탔다. 행선지를 말한 율은 고개를 젖히고

눈을 감았다. 눈꺼풀이 파르르 떨렸지만 의식하지 않았다. 암흑이
된 시야가 일렁였다. 어지럽게 빙빙 돌기도 했다.

시간을 거슬러 올라감이 두렵다. 페이지가 펼쳐짐이, 장면 장면
이 되살아남이 끔찍하고 무섭다. 애써 다른 것들로 채우려 율은 도
로 눈을 떠 창밖을 봤다. 오가는 사람들을 하염없이 담았다.

남자라면 치가 떨린다. 남자와의 스킨십은 단연 최악이다. 여자
란 걸 모르는 상태에서는 다가오는 것에 망설임이 있을 거라 여겼
지만 오산이었다. 율을 사내로 착각하고도 들이대는 남자들이 안팎
으로 허다했다. 이럴 때마다 진짜, 영업 관리 차원에서 좋게 잘 대
해 주려던 계획은 어그러져 버린다.

입술을 삐죽이며 툴툴대는 율이 사납게 제 머리를 긁어 헝클었
다. 곱상한 미소년처럼 보이는 그를 택시기사가 연신 힐끔거렸다.
헷갈리는 성별만큼이나 동안인 얼굴은 서른이라는 나이를 무색하게
했다.

계속 이런 상태로 지낼 수만은 없다. 확실히 문제는 문제니까. 근
데. 뭘 어디서부터 어떻게, 어떤 식으로 고쳐야 할지조차 모르겠다.
고쳐지기는 할지. 과연.

어……?

가게에 도착하고도 기분이 풀리지 않아 내내 저기압이던 율은 참
던 끝에 화장실로 향했다. 담배 두 개비를 피우고, 하릴없이 서성이
다 세수를 했다. 정신 좀 차리자며.

물기를 닦아 내고 밖으로 나오는데 근처 테이블의 누군가와 시선
이 딱 마주쳤다. 언제 왔을까. 저 사람. 휘어지려는 입꼬리를 간신
히 잠재웠다. 가슴이 작게 두근두근 뛰었다.

"오셨네요."

"기다리길 잘했습니다."

"네?"

"아무리 봐도 안 계시더라고요. 그래서."

다시 나갈까 고민하던 참이었다는 말을 하며 남자는 엷게 웃었다. 낮게 깔린 중저음의 목소리도, 그윽한 눈빛도, 수줍어하는 기색도 하나같이 멋스러웠다.

매너로 감싼 가벼운 표시. 적당하고 깔끔한, 그래서 조금도 싫지 않은 묘한 설렘. 살짝 눈꼬리를 내린 율이 주문받을 직원을 보내겠다며 돌아섰다. 남자가 율을 지그시 바라보았다.

"슬슬 하셔야겠는데요. 마음의 준비."

주문을 받고 온 총지배인 재원이 Bar 안쪽의 주류 진열장을 열었다. 도수가 꽤 높은 위스키를 꺼내어 드는 재원에게 율이 의아한 시선을 던졌다. 무뚝뚝한 표정으로 돌아서는 재원을 빤히 쳐다보던 율은 이윽고 눈이 휘둥그레졌다. 라벨을 확인시켜 준 후 손수 따라 주는 재원 너머로 남자가 보였다.

술을 잘 못하는 걸로 알고 있다. 항상 칵테일 한두 잔만 마시다 일어섰던 그가 오늘따라 무리를 하고 있었다. 머지않아 돌아온 재원이 작은 목소리로 속삭였다. 고백한다는 것에 제 전 재산과 손목을 걸겠습니다. 농담 같지 않은 농담에 새치름히 눈을 흘긴 율이 조심스레 남자를 주시했다. 시선이 마주치자 남자가, 또 엷게 웃는다.

한준우. 서른 살. 과묵하고 조용한 사람. 슈트가 기막히게 잘 어울리는, 너른 표정에 이따금씩 짓는 희미한 미소가 꽤 근사한 그는 새롭게 Bar에 등장한 단골이었다. 2주 전쯤인가. 처음 오고 나서부터 하루걸러 꼭 한 번씩은 모습을 드러내고 있었다. 왔다가도 묵묵히 술만 마시고 사라지는 그에게 율은 사실 은근한 호감을 갖고 있었다.

워낙 말수가 적은 그와 나눈 대화라곤 고작 이름과 나이를 묻는 것뿐이었다. 그럼에도 자꾸만 눈이 가고 마음이 동했다. 신기할 정도로. 언제 또 올지 기다리게도 되고.

그냥, 느낌이 나쁘지 않았다. 눈에 띄게 잘생긴 외모보다도 사람 자체에서 풍기는 이미지가 괜찮았다. 생김생김이 올곧은 느낌이랄까. 여유롭고 진중하고 차분한 성격을 지닌, 듣기 좋은 나지막한 목소리를 갖고 있는 그는 쳐다보는 눈길 역시 부담스럽지 않았다. 알맞은 강도로 바라보는 그가, 이상하게 끌렸다.

고백이라. 글쎄. ……설마.

너무 오래 쳐다보나 싶어 율은 살며시 시선을 거뒀다. 그러기가 무섭게 다시 눈이 남자를 향해 돌아갔다. 조용히 술을 마시는 그를 넋을 놓고 감상했다. 처음이었다. 타인에게 관심을 주는 성격도 아니거니와, 하물며 남자를 향해 이런 좋은 쪽의 감정을 느낀다는 것은 율에게는 매우 희귀한 경험이었다.

불현듯 낮의 일이 떠올랐다. 신사처럼 보이는 저 남자가 막무가내로 돌변해 질척거린다면 어떨까. 가까이 다가와 마주하는 상상을 하자 심장이 두근, 반응했다.

어깨를 건드리면, 손목을 휘어잡으면, 키스할 것처럼 숨결이 닿으면, 허리를 감싸 안으면, 그러면…….

아랫입술을 질끈 물었다.

다른 남자들과는 싫던 그것이 저 남자한테는 될 수도 있겠다. 확실하진 않지만 어쩌면. 불쾌감이라고는 전혀 들지 않음이 그저 놀랍고 생경했다.

그만 보자, 하고도 율은 얼마간 더 준우를 눈에 담았다. 술잔을 움켜쥔 그의 손이 왠지 야릇하게 느껴졌다. 유려한 목덜미를 보다가 몸을 일으켰다. 가슴이 자꾸 두근거렸다.

"수고하셨습니다!"

"고생들 많으셨어요!"

"수고. 내일 보자들."

"넵!"

새벽 2시가 조금 넘어 영업을 끝낸 율은 카디건을 챙겨 들었다. 우렁찬 목소리로 인사하는 바텐과 알바생들에게 손을 흔들어 주고 Bar를 나섰다. 전 재산과 손목을 걸겠다는 공약이 두려웠는지 재원은 화장실 청소를 한답시고 나오지 않았다. 피식, 코웃음을 친 율이 종종걸음으로 계단을 올랐다.

그럴 사람이 아니다. 그렇게 무턱대고 고백할 정도로는 반하지 않은 건지도. 술이 좋고 분위기가 좋아 자주 들른 것을 확대해서 한 건 아닌가 싶어졌다.

잠시나마 설레어하던 스스로가 괜히 무안했다. 카디건 앞을 잘여며 쥔 율이 지상에 도착해 오른편으로 몸을 틀었다.

몇 발자국이나 걸었을까. 우뚝, 멈춰 섰다.

"……."

자정이 좀 안 됐을 무렵, 반 정도 마시고 난 술을 키핑한 준우는 카운터로 다가와 계산을 했다. 휘청거릴 정도는 아니었지만 굳은 표정과 초점이 흐려진 눈은 그가 꽤 취했다는 것을 말해 주었다.

뭐라 말을 걸 거란 예상을 깨고 그대로 나가 버린 준우가 율은 못내 아쉬웠다. 흐트러진 모습을 보이기 싫었을까. 하긴, 술에 의지해 뱉는 고백은 달갑지 않으니까. 애써 좋게 해석하려 했었다. 근데.

입구에서 조금 떨어진 곳에 검은색 벤츠가 세워져 있었다. 운전석에 앉아 눈을 감고 있는 준우를 발견한 순간 율은, 저도 모르게 숨을 죽였다. 입술이 떨렸다. 심장이 또 두근두근 뛰어대기 시작했다. 천천히 발을 떼었다.

이대로 지나치면, 지나쳐 버리면.

거리가 가까워질수록 자신의 다음 행동에 대한 고민이 생겼다. 잠든 그를 깨워야 하는지 갈등되었다. 순간 준우가, 눈을 떴다. 운전석 문이 열렸다.

"미안합니다."

"네?"

"보고 싶어서요. 한 번만 더, 보고 가려고."

나지막한 목소리가 조곤조곤 귓가를 울렸다. 미안하다는 말부터 건네는 준우를 올려다보는 율의 눈동자가 작게 일렁였다. 조심스러워한다. 조심해 주는 거다. 무척.

혹 일하는 데 방해될까 밖에서 기다렸단다. 못하는 술을 마셔 머리도 아플 텐데. 피곤하고 졸릴 텐데도 잠들지 않도록 꾹 참고 기다렸을 그가 왠지 대견했다. 율이 작게 웃었다.

"원래 그렇게 사과를 잘 해요?"

"아뇨. 전혀."

"근데 나한테는 왜 사과만 해요?"

"그러게요. 그렇게 되네요. 미안합니다."

"또."

"……."

저번에도 이랬다. 자신도 모르게 계속 쳐다봤다며, 기분 나빴다면 미안하다면서 준우는 진심으로 사과를 건넸었다, 율에게. 배려가 많은 사람이구나 느꼈고, 때문에 더 관심이 갔던 것도 같다. 남자에 관해 율이 호감을 품게 된 것이었다. 생전 처음으로.

율의 타박에 준우가 입을 다물었다. 반듯하게 잘생긴 얼굴은 당황한 기색을 비추면서도 멋지고 근사했다. 컴컴한 밤공기를 배경으로 서 있는 모습이 묘하게 매력적이었다.

바로 앞에서 마주하는 그는 키가 훤칠했다. 몸이 좋다. 어깨도 꽤 넓고. 약간 비뚤어진 준우의 타이를 발견한 율이 무의식적으로 손을 뻗었다. 바로잡아 주다가, 눈이 마주쳤다.

"생각납니다. 시도 때도 없이, 자꾸만."

잠시 후, 그윽하게 눈을 맞춘 채로 준우가 입술을 달싹였다. 말투는 더없이 조심스러웠고, 목소리는 감미로웠다. 율은 느릿하게 눈을 감았다 떴다.

같은 고백, 다른 느낌. 같은 상황, 다른 감정. 이제껏 겪어 온 남자들과 준우는 너무나도 달랐다. 뭐라 설명하긴 힘들지만 확연한 차이가 있었다. 준우가 말을 이었다.

"이런 적이 없어서, 뭘 어떻게 해야 할지 모르겠어요. 미안합니다."

"뭐가 또 미안한데요?"

"그쪽만 보면 내가, 내가 아닌 것 같아요. 그게 참 죽겠습니다. 안 된다고 되뇌어도. 그래서."

"한준우 씨."

"네?"

"나, 좋아합니까?"

정곡을 찔린 준우가 마른침을 삼켰다. 흔들리는 까만 눈동자가 오롯이 진심을 내비쳤다. 끄덕이는 대신 고개를 떨군 준우는 숨을 고르고 다시금 율을 응시했다.

좋아하지만 좋아한다는 말을 꺼내는 것조차 조심하는 준우의 속내를 율은 곧 알아챘다. 그가 구체적으로 어떤 이유로 망설이는지, 왜 이렇게까지 괴로운 표정을 짓는지도 모두 이해했다.

이 남자라면, 이 사람이라면 괜찮을 것 같다. 해 보고 싶어졌다. 키스. 포옹. 그 이상도 얼마든지. 기꺼이.

"기쁜 소식과 더 기쁜 소식. 뭐 먼저 들을래요?"

율이 살며시 손을 뻗어 준우의 왼쪽 가슴팍에 대었다. 쿵쿵, 요동치는 심장박동이 느껴졌다. 아득하게 울리는 그것을 믿어 보기로 했다.

준우는 미간을 구겼다. 율의 손이 닿은 순간부터 왠지, 스스로 제어가 잘 되질 않고 있었다. 율이 조금 더 가까이 다가섰다. 준우가 숨을 죽였다.

"기쁜 소식부터 말할게요. 실은 나, 여자예요."

"네……?"

"나야말로 미안해요. 많이 안 망설였어도 됐다는 말입니다."

"그……"

"그리고."

천천히 두 팔을 준우의 허리 뒤로 두른 율이 준우에게로 제 몸을 바짝 붙이고는 눈꼬리를 내렸다. 참, 기가 막힌 눈웃음이었다. 준우의 인내심이 기어코 바닥으로 내쳐졌다. 부드럽게 휘어지는 매끈한 곡선을 응시하는데 머릿속이 새하얗게 비워졌다. 준우가 율의 얼굴을 살며시 감싸 쥐었다. 손끝에 닿은 우윳빛 살결이 탐스러웠다. 율이 웃었다.

살포시 접힌 어여쁜 눈매에 홀린 준우가 조금씩 율에게로 얼굴을 들이밀었다. 제 앞의 율이 믿기지 않는지 계속 멍한 표정이던 준우는 율에게서 눈을 떼지 못했다. 코끝이 닿는 줄도 모르고 다가가던 준우가 비스듬히 고개를 비틀었다.

따뜻했다. 좋았다. 와 닿는 준우의 숨결이 한없이 달고 감미롭다 여긴 율은 지그시 눈을 감았다. 그리고 말했다. 나도 그쪽이 생각나요. 시도 때도 없이 자꾸만.

맞물린 입술 사이로 속삭이듯 작고 나른한 목소리가 삼켜졌다. 키스가, 시작되었다.

01.

일상이 된 우리

별문제 없는 것 같다가도 왠지 가끔 그럴 때가 있다. 특별한 이유 없이, 그냥 막 서운한 기분이 드는 때가.

아니, 이유라면 댈 만한 게 아주 없지는 않지. 가령 지금 네가, 내게서 등을 돌린 채 자고 있다는 것 정도랄까.

"깼어……?"

"더 자. 아직 새벽이야."

"뭐 하려고."

"한 대 빨게."

"율아."

"그러니까 자라고. 잔소리할 거면."

대수롭지 않은 얼굴로 내뱉은 율은 헝클어진 제 뒷머리를 대충 누르며 일어섰다. 그리고는 카디건을 주섬주섬 챙겨 입고 베란다로 향했다. 벌써 계절이 바뀌려나. 몰라보게 스산해진 날씨에 어깨를 움츠리며 문을 닫으려고 돌아서다 멈칫했다. 반쯤 몸을 일으켜 앉은 준우가 시야에 들어왔다.

곤히 자던 잠에서 깨면 누구라도 짜증이 나게 마련이라지만, 있는 대로 구겨진 준우의 얼굴이 썩 달갑지 않다. 눈도 제대로 못 뜬 채 툴툴대는 준우를 율은 지그시 바라보았다.

자라고, 다시. 하나, 둘, 셋.

카운트를 셈과 동시에 준우가 도로 침대에 드러눕는다. 머지않아 곯아떨어진 준우를 조용히 눈에 담았다. 그렇게 한참을 바라보던 끝에 힘주어 문을 밀어 닫았다.

담배를 입에 물었다. 불을 붙이면서 율은 다시금 뒤로 고개를 돌렸다. 투명한 유리문 너머로 준우를 보며 연기를 뱉었다. 고작 문 하나 사이에 뒀을 뿐인데도 준우가 아득하니 멀었다.

일이 많아 피곤한 건 알지만, 바쁜 와중에도 들러 준 게 고맙기는 하지만, 그렇지만. 남은 자든 말든 저 혼자 달게 자는 준우가 야속한 맘은 어쩔 수 없다. 미간을 구긴 율이 돌아섰다.

"후우……."

지긋지긋하던 불면증이 도진 걸까. 깊이 잠들지 못하고 도중에 깨어 버리는 패턴의 반복이 요즘 들어 부쩍 심해졌다. 심각하게 잠이 모자랐다. 벽에 걸린 시계가 새벽 5시를 향해 가고 있었다. 퇴근 후 씻고 어쩌고 한 걸 빼면 두 시간도 채 못 잤다는 소리였다. 한숨이 터져 나왔다.

아무래도 무리다. 대학 선배에게 부탁받은 Bar 영업을 1년씩이나 대신 해 주는 건 도저히 힘들 것 같다. 사람은 역시 밤에 잠을 자야 돼. 낮에 자면 잔 것 같지도 않고 이거 어디 피곤해서 살겠냐고.

있는 집 자식답게 바람 따라 구름 따라 해외로 즉흥여행을 가 버린 선배였다. 매상은 고스란히 급여로 챙겨 줄 것이며 가게에 들러 살펴보는 것 외에 딱히 다른 할 일은 없다기에 흔쾌히 맡았으나 몸이 더는 버텨 주질 않는다. 괴로운 불면증의 공격으로 석 달 남짓 만에 율은 포기 선언을 해 버리고 만다.

귀국 일정을 당길 수 있는지 물어봐야겠다는 생각을 하며 길게 빨아들인 담배연기를 허공에 후욱 뱉었다. 난간에 기대어 서던 율은 문득 시선을 내리다 멈칫했다.

어디서 작게 도란도란 말소리가 들려온다 했더니 뻔하지 않은가. 다름 아닌 또 저 녀석이다. 율이 담배를 입에 물고는 두 팔을 교차해 팔짱을 꼈다. 몸을 한껏 기댄 채로.

"졸려 죽겠어. 꼭 지금 가야 해?"

"말했잖아. 부모님 깨시면 곤란하다고."

"치이, 그냥 여자 친구라고 하면 되잖아."

"누가? 네가? 농담도 어디 그런 무서운 농담을 하냐, 너."

"야!"

별안간 빽, 하고 내질러진 요란한 목소리에도 율의 표정은 태연했다. 익숙하다는 듯이 그저 무감한 표정으로 눈꺼풀만 내렸다 들어 올릴 뿐이었다.

과하지 않은 어둠이었다. 차가운 공기와 더불어 옅고도 습한 바람이 불어왔다. 조금씩 묘하게 쓸쓸해지는 기분이 들었지만 개의치 않았다. 연기가 피어올랐다.

"어우, 시끄러. 동네 사람들 다 깨겠네. 얼른 가."

"나쁜 새끼. 너는 진짜."

"학교에 소문내면 너나 나나 재미없다. 알지?"

"몰라, 이 썩을 놈아!"

"가라. Bye."

잔뜩 성이 난 여자가 앙칼진 목소리로 덧붙이고 돌아서는 걸 남자는 기어코 등까지 떠밀고 있었다. 세상에서 불구경 다음으로 재미난 게 싸움구경이라던데 썩 유쾌하지만은 않은 이유는 뭘지.

푸르스름한 새벽녘이라 해도 3층 높이에서는 제법 안면이 읽힌다. 여자는 분명, 어제 그제와 동일인물은 아니었다. 알 만하다는 표정으로 혀를 끌끌 찬 율이 가볍게 재를 털고 다시 담배를 입에 물었다.

어둑한 허공을 향해 머금었던 연기를 내뱉었다. 폐부를 찌르는 알싸함이 잔잔히 가라앉는 것을 느끼며 고개를 좌우로 꺾었다. 잠시 더 투닥거리던 끝에 여자는 사라졌고 하품을 찍찍 하며 돌아서던 남자는 이내 무심결인지 율을 쓱 올려다보았다. 바로 보고 서는 녀석을 율은 말없이 응시했다.

훤칠한 키에 마른 듯 비율 좋은 몸매. 우윳빛의 말끔한 피부에 간격 좋게 자리 잡은 눈코 입이 제법 핸섬했다. 귀염상이긴 한데 꼭 기생오라비같이 생겼다. 몇 살이나 먹었으려나. 이런저런 생각을 하고 있는데 입술을 꾹 닫고서 멀뚱멀뚱 쳐다보기만 하던 녀석이 갑자기 한 손을 척 내민다. 그러면서 한다는 말이,

"만 원."

"뭐?"

"구경 잘 했으면 돈 내라고요."

"하……."

기막혀. 헤매지 않고 바로 자신을 찾은 것도 신기하거니와 다짜고짜 뱉은 당돌한 말에 율은 어이가 없어 픽 웃어 버렸다. 동네방네 소문낸 건 저면서 돈은 무슨.

어쭈, 웃어? 입술을 삐죽인 녀석이 주머니에 두 손을 꽂고 부다다다 입구 쪽으로 달려왔다. 뭘 하려나 싶어 율은 난간에 팔을 길게 걸치고 아래를 내려다봤다.

센서문에 막힌 녀석이 호수를 알아내려는 듯 다시 나와 고개를 들어 올렸다. 설마 올라오려는 건 아니겠지, 생각하며 율은 마지막으로 빨아들인 담배를 멀리 던져 버렸다.

"어이, 308호. 문이나 여시죠."

"문을 왜."

"만 원 받으러 가려고 그러죠. 아님 직접 갖고 나오시든지. 나올래요?"

뭐라는 거야. 황당함의 도를 넘어서는 녀석을 보며 율은 미간을 찌푸렸다. 미동 않는 율을 향해 녀석이 귀찮을 테니 제가 가겠단다. 선심 쓰는 말투가 이젠 웃기지도 않는다.

"열어요, 빨리. 안 열면 벨 누릅니다."

"야."

"눌러요? 누르면 열어 줄 거예요?"

"시끄럽게 굴지 마라."

"눌러도 되는구나. OK. 그럼 어디 실례."

"하지 마. 야. 얀마."

"여기 벨 완전 요란하던데 괜찮을까 몰라. 지금 누를게요. 하나,

둘……."

"하지 마! 애인 잔다고, 새끼야! 죽을래?"

안 그래도 한 번 깨서 심통 난 준우를 또 깨울까 봐 발끈한 율은 버럭 소리를 질렀다. 장난이었는지 아닌지 뻗던 손을 멈칫한 녀석이 개구진 표정으로 고개를 들었다.

흠칫 놀란 율은 서둘러 침대 위의 준우를 살폈다. 쌔근쌔근 잘 자고 있는 준우를 알아채고서야 안도의 한숨이 나왔다. 율이 손으로 얼굴을 한번 쓸어내렸다. 저렇게 세상모르고 잔대도 6시 반쯤이면 출근한다며 귀신같이 알아서 일어날 준우였다.

일에 미쳐 사는 한준우니까. 그놈의 회사, 이제는 내가 다 지겹다. 망할.

어느덧 씁쓸해진 표정으로 천천히 앞을 봤다. 언제 왔는지 녀석이 바로 밑에서 물끄러미 율을 올려다보고 있었다. 뚫어져라 보는 시선이 거슬렸다. 율이 인상을 썼다.

"왜."

"뭐가요."

"왜 그렇게 쳐다보냐고."

"그냥요. 내 맘인데요."

"됐다. 들어갈란다."

"권태기예요? 저런."

카디건을 여미며 돌아서던 율의 발걸음이 단번에 멈춰졌다. 저 새끼가 지금 뭐라고 씨부리는 거야. 덧붙여진 혀 차는 소리에 울컥한 맘으로 율은 뒤를 돌았다.

안 됐네, 하며 뭐라 뭐라 더 양념을 친 녀석이 안타깝다는 듯 고개를 저었다. 반박을 하긴 해야 할 것 같은데도 말이 나와 주질 않았다. 녀석이 이죽거렸다.

"얼마나 만났어요? 6개월? 1년?"

"야."

"보아하니 몇 년씩 지조 지킬 타입은 아닌 것 같은데. 그렇죠?"

"인마. 그만 못 해?"

"에이, 봐줬다. 훔쳐본 거 무마해 줄게요. 불쌍하니까."

"뭐?"

"엄청 가여운 표정이거든요, 지금. 그래서 만 원 까준다고요, 내가."

"……."

눈꼬리를 내리고 놀리듯 읊조리는 녀석의 말들에 기분은 점점 더 엉망이 되었다. 따지고 보면 그럴 이유가 없는데도 마냥 복잡해지는 심경이 거슬렸다. 한 대 패 줬으면 싶은데 그럴 수도 없고 진짜. 어린놈의 자식이 감히 누굴 갖고 놀려고 저러난 말이다. 멍해 있던 율이 지그시 아랫입술을 깨물었다.

말을 말자. 자다 말고 깨서 왜 새벽녘에 저딴 동네 양아치 녀석을 상대하고 있는지에 대해 순간 강한 의구심이 들었다. 어렵지 않게 무표정을 되찾은 율은 부르는 소리를 외면하고 안으로 들어갔다.

몰랐는데 꽤 쌀쌀했나 보다. 한순간 뜨끈한 기운이 몰려옴에 노곤해진 율이 카디건을 벗어 놓고 침대로 다가갔다. 아까와 마찬가지로 여전히 잘 자고 있는 준우를 율은 곁에 서서 한참이나 내려다보았다.

틀렸어. 나도 나름 지조 정도는 지킬 줄 알아. 그치, 준우야.

조심스레 걸터앉은 율이 느릿하게 눈을 깜빡였다. 준우의 반듯한 이마와 짙은 눈썹과 잘생긴 콧날을 차례대로 훑었다. 얌전히 내리감 긴 눈꺼풀도, 예쁘지만 길고 풍성한 속눈썹도 못지않게 고왔다. 뽀 얗게 매끄러운 두 볼도 한번 봐 주고, 마지막으로 잘 맞물린 도톰한 붉은 입술도 오래도록 응시했다. 저만큼이나 동안인 준우가 율은 새삼 신기했다.

누가 이걸 서른으로 보겠어. 이렇게 귀여운데.

보들보들 살결을 만져 보고 싶은 충동에 손을 뻗은 율은, 그러나 근처에서 맴돌기만 할 뿐 쉬이 다가가지 못했다. 깨면 안 되니까. 내일 일해야 하는데 지장 주기 싫으니까. 마지못해 손을 거둬 제 무릎을 당겨 안았다. 그러고는 또 느리게 깜빡이는 눈으로 하염없이 준우를 담았다. 두근거리는 심장이 뻐근하게 아렸다. 한숨이 나왔다.

질리기엔 아직 이르다. 감정이 식었다고 느껴 본 적도 없다. 오히려 더 좋아졌다면 모를까. 그래. 실은 그게 문제였다. 점점 더 좋아진다는 것. 빠르게. 급하게. 처음이라선지 율은, 감정을 조절하는 것에 있어 매우 극심한 혼란을 겪고 있었다. 얼마나 좋아해도 되는지, 얼마만큼 좋아하는 게 맞는지 그딴 것들이 무던히도 헷갈렸다.

누군가를 만나고 좋아하고. 머리가 아닌 가슴으로 하는 거라는 건 안다. 알면서도 그게 잘 안 된다. 좋아지면 좋아지는 그 이상으로 율은, 준우가 멀고 어렵다.

불안한가. 온 마음을 다 내어주고 나서 더 줄 게 없어졌을 때를 미리 걱정하는 건지도, 건넨 만큼 돌려받지 못할까 봐 그걸 두려워하는 걸 수도 있다. 율이 목소리를 내었다.

"한준우."

"……."

"준우야. 자?"

"……."

"……잘 자."

들어주길 바란 사람 같지 않게 율은 속삭이듯 아주 작게 준우를 불러 본다. 쌕쌕 흘러나오는 고른 숨소리에 귀를 기울이다 반듯하게 누워 천장을 봤다. 춥다. 으스스 한기가 느껴졌다. 몸은 충분히 데워진 것 같은데 가슴이 시려 견딜 수가 없어진다. 왜 이럴까.

누굴 이토록 좋아해 본 적은 단연코 없었다. 마음이 커질수록 겁이 난다는 말을 예전에는 미처 몰랐다. 자꾸만 무섭고 초조했다. 준우에 관해 끝없이 욕심이 생겨난다는 것이 왠지 율은 아주 많이 거슬리고 싫었다. 불확실한 미래에 대한 긴장감은 제법 거셌다.

지그시 눈을 감고 먹먹해진 마음을 달래던 율이 준우를 향해 돌아누웠다. 곤히 잠든 준우의 가슴팍에 슬금슬금 파고들었다. 으음……. 잠결에 뒤척이던 준우가 율을 향해 팔을 둘렀다. 그 안으로 더 쏘옥 몸을 묻었다.

모르겠다. 이렇게라도 준우의 품 안에 안기는 것이 다행인지 불행인지 헷갈리는 마음으로 율은 힘겹게 잠을 청했다. 귓가가 아주 조금씩 아득해졌다.

❊

피곤해 죽겠는데도 정신이 차려진다. 그럴 수밖에 없다. 안 일어나면 일어날 때까지 끈질기게 울려 대는 저 망할 놈의 핸드폰 때문에.

율은 오만상을 찌푸리며 몸을 일으켰다. 끊겼던 벨소리가 여유도 없이 금세 또 시끄럽게 울렸다. 더듬더듬 베개 근처의 핸드폰을 찾아 잡았다.

"여보세요."

— 똑똑. 일어나실 시간입니다, 사장님.

"나 사장 아니라니까."

— 아직도 그러십니까? 임시 사장도 사장이거든요?

"됐고, 딱 한 시간만 더 자면 안 될까."

— 말 같지도 않은 소리 하지 마시고요.

"얀마."

— 오늘 불타는 금요일입니다. 손님 미어터지는. 부리나케 씻고 오세요. 30분 드립니다. 시작.

"야, 신재원. 인마. 쫌……."

가차 없이 끊겨 버린 핸드폰을 쥐고 성질을 내려던 율은 한숨을 푹 내쉬었다. 포기. 말이 통할 인간이면 진작 뻗댔을 거다. 이불을 들춰 침대에서 내려왔다. 바닥에 선 채 간신히 눈을 떴다. 오후 4시 반이었다. 고작 30분쯤 잔 것 같은데 벌써 시간이 저렇게나 됐다니. 뭐가 이러냐, 도대체. 손등으로 두 눈을 꾹 누른 율이 욕실로 가려다 멈칫했다.

조용한 집 안이 느껴졌다. 잘 정돈된 옆자리가 보였다. 어렴풋이 준우가 출근한다고 했던 것도 같다. 볼에 뽀뽀하려는 녀석에게 성질을 부렸나, 안 부렸나 그건 잘 기억이 안 난다. 될 대로 되라지.

홀렁홀렁 아무렇게나 옷을 벗어 놓고 욕실로 들어간 율은 하품을 하며 샤워를 시작했다. 이를 닦고 샤워젤을 몸에 바르면서도 졸았다. 머리를 다 감았을 때쯤 어느 정도 잠이 깼다.

지끈거리는 관자놀이를 누르며 욕실을 나와 부엌으로 향했다. 준우가 내려놓았을 원두커피를 데워 놓고 머리를 말렸다.

모든 것이 익숙했다. 불과 석 달 만에 자리 잡은 익숙함이라고는 여겨지지 않을 만큼 자연스러웠다. 그래서 더 겁이 나는지도 모르겠다. 따지고 보면 처음부터 이랬으니까.

맞춰 주는 건지 아님 원래 잘 맞는 건지, 준우는 그렇게 쉼 없이 율에게로 다가왔다. 달리 막아서야 한다고 깨닫지도 못했다. 그리고 그런 만큼 율은 그야말로 미친 듯이 준우에게 빠져들고 있었다. 준우를 향한 그리움은 습관이자 버릇이 됐다. 떨림과 설렘이 일상생활처럼 느껴진다는 건 벅찬 일이었다.

단언컨대 한준우는 희한한 놈이다. 정말 끝이 없다. 어떻게 된 게 매 순간 이렇게도 그리울까. 무슨 유행가 가사도 아니고. 보고 있는데도 더 보고 싶고 왜 이 난리인지 모르겠다.

안 보면 진짜, 너와 떨어져 있을 때면 정말 나는 죽을 것처럼 네가 간절해. 근데 그걸 티 내면 네가 질려 할까 봐 조심, 또 조심하고는 해. 너, 알고는 있어……?

숨소리도 들리지 않게 조용한 회의실. 마지막으로 한 번 더 서류를 살피는 준우의 눈빛이 날카로웠다. 세세한 것 하나까지 허투루 보지 않는 냉철한 성격은 금방 끝낼 만한 미팅조차 질질 끌기 일쑤였다. 그럼에도 불구하고 그것에 대해 어느 누구도 불만을 표할 수는 없었다. 그의 꼼꼼하고 진중한 태도는 늘 일을 성공적으로 잘 마무리시키니까 말이다.

"그럼 이렇게 정리하시죠. 추가적인 사항 발생하면 따로 보고 주시고요."

사인할 부분을 빠뜨리지 않았나 다시금 확인한 준우가 맞은편에 앉아 있는 거래처 사내에게 서류를 내밀었다. 최종적으로 검토가 끝났음을 사내는 진심으로 기뻐했다. 조금만 수틀려도 단번에 계약을 뒤집을 수 있는 영향력이 준우에게는 있었다. 꾸벅 인사한 사내가 황급히 서류를 챙겨 들었다. 느릿하게 자리에서 일어난 준우가 슈트 매무새를 가다듬었다.

"지출 방식과 처리는 지난번과 같습니다. 엄수해 주시면 감사하겠습니다."

"여부가 있겠습니까, 어느 분 말씀이신데요."

"커미션 없습니다."

"네?"

"서류에 기재된 것 말고는 용납 안 합니다. 명심하십시오."

"아, 네. 네. 알겠습니다."

사내의 표정에 당황한 기색이 역력했다. 일어서다 말고 허리까지 꾸벅 숙이는 모습에 준우는 수고하시라는 말을 남기고 먼저 돌아섰다. 그 뒤를 비서와 직원들이 따랐고, 회의실에 홀로 남겨진 사내는 얼마간 더 서성이며 당혹감을 추슬러야 했다.

반듯하게 잘생긴 외모임에도 저렇게 무섭게 노려보는 준우의 시선에는 항상 긴장이 되었다. 밉보여 좋을 게 없으니 조심, 또 조심하자고 사내는 다짐했다. 서류를 챙겨 가방에 넣는 손끝이 다 떨렸다.

회의실을 나온 준우는 비서가 안내하는 대로 엘리베이터에 올랐다. 노골적으로 경고했으니 두 번 실수는 하지 않을 거라 여기면서도 만일의 사태에 대비해야 했다.

손해의 금액이 크든 작든 그게 중요한 게 아니었다. 신뢰를 비치되 전적으로 믿지는 말 것. 문외한인 사업에 뛰어들 결심을 했을 때부터 준우는 사람이 가장 큰 변수임을 잊지 않으려 애써왔다.

계산이 빠르고 셈이 정확하다. 기고 아니고의 구분을 명확히 해두는 성격은 남들이 볼 때 지독하다 싶을 정도였다. 덕분에 회사의 성장이 타 기업과는 비교도 안 될 만큼 빨랐고, 그걸 부인하는 이역시 없었다.

공과 사가 뚜렷하면서도 쉽게 적을 만들지 않는 마력을 지닌 사람. 선한 생김 뒤의 완벽한 일처리 능력이 바로 준우의 가장 큰 매력이었다.

"김 비서님."

"네?"

"지난주 야근도 많았는데 오늘 전체 회식 한번 하시죠."

중간에 직원들을 물리고 집무실이 위치한 맨 위층에 비서와 함께 내리며 준우는 넌지시 말을 꺼냈다. 아까 거래처 사람을 대할 때보다 표정이 확연히 누그러져 있었다. 별다른 감정 없는 듯한 무심한 눈빛이 가슴을 설레게 했다. 비서 수정이 준우를 따라 집무실로 들어가며 물었다.

"같이 가실 건가요?"

"전 봐야 될 서류가 좀 있어서요."

"아, 네……."

"그래도 인사는 해야겠죠? 수고들 많으셨다고."

서운해하려던 수정의 안색이 급 밝아졌다. 괜스레 맘이 들떠 장소는 어디로 잡느냐고 묻는 목소리가 살짝 떨렸다. 글쎄요, 라고 말하며 슈트 재킷을 벗는 준우의 동작이 여유로우면서도 멋스러웠다. 자리에 앉아 허공을 짚는 그의 눈빛이 은연중 따스하게 일렁였다.

핸드폰으로 시간을 살피는 준우가 저도 모르게 한쪽 입가를 말아 올렸다. 엷은 그 미소에 지켜보는 수정의 심장이 커다랗게 쿵, 내려앉았다. 또 저러신다. 보는 사람 생각도 않고. 과연 회사 내 모든 여직원들이 선망하는 남자다웠다. 설립 때부터 쭉 보좌해 온, 일개 비서인 제게도 꼬박꼬박 존칭을 잊지 않는 매너 좋은 준우에게 수정은 다시금 반하고 만다.

"김 비서님, 일식집 어떻습니까?"

"네, 좋습니다. 거기로 잡을게요."

"가능하면 초밥이 맛있는 곳으로 알아봐 줘요. 부탁합니다."

"알겠습니다. 그럼."

꾸벅 인사한 수정이 집무실을 나가자마자 준우는 곧바로 핸드폰에 집중했다. 번호를 찾아 액정에 띄우는 손길이 익숙했다. 통화 버튼은 차마 누르지 못하고 잠시 뜸을 들였다. 시간을 재차 확인하는 눈빛은 더없이 조심스러웠다. 신중하고, 진중했다.

준우가 천천히 눈을 한 번 감았다 떴다. 아른거리는 얼굴에 가슴이 두근, 반응을 보였다. 내내 떠올라 맴도는 이는 다름 아닌 율이었다. 일이고 뭐고 다 뒷전으로 만들어 버리고 싶어 혼이 났었다. 보고 싶어서. 안 되면 목소리라도 듣고 싶어서. 곤히 자고 있을 걸 알면서도.

이제야 그게 가능해졌다. 율이 일어날 시간이 되었다는 게 준우는 이다지도 기쁠 수가 없는 거다. 종일 이 시간만 기다린다는 걸 너는 알까. 이럴 틈이라도 없게 회의가 맞물리는 날이면 내가 얼마나 안달이 나는지, 얼마나 네가 보고 싶어서 매 순간 안타까운지. 내가.

스스로도 이해 안 될 엄청난 그리움에 준우는 작게 심호흡을 했다. 그러고는 조금 더 망설이던 끝에 통화 버튼을 눌렀다.

놀래켜 주려면 티를 내지 않는 게 좋을 것 같았다. 초밥이라면 자다가도 벌떡 일어나는 율을 위해 일부러 회식 장소를 그리 정했다는 것도, 잠깐만 들러 율이 좋아하는 것들을 한아름 사들고 찾아갈 거라는 것도. 우선은. 그저.

— 출근했어?

드라이가 한 번에 되어야 하루가 편한 것을, 머리가 당최 말을 듣지 않았다. 밖으로 폈다 안으로 말았다 난리를 피우던 율은 텀블러에 커피를 채워 들고 현관을 나섰다.

지난주만 해도 얼음을 타야 했건만 이젠 따끈한 게 어울린다. 호호 불며 계단을 내려가는데 준우에게서 전화가 걸려 왔다. 낮고 감미로운 목소리가 귓가에 살포시 감겨들었다.

"이제 나가."

— 늦었네. 늦잠 잤구나?

"어. 겨우 일어났어."

— 깨워 줄 걸 그랬나.

"아냐. 회사야?"

— 밥 먹으려고. 오늘 회식.

"그래?"

30분 준다던 말을 무시하고 1시간 넘게 지각한 사장을 들볶을 재원을 떠올리자 맘이 급해졌다. 더 이상의 재촉 전화가 오지 않는다는 것부터가 썩 불길한 징조였다. 여유를 부릴 시간이 없었다. 한쪽 팔은 다 끼우지도 못한 카디건을 나풀거리며 율은 계단을 뛰어내렸다.

"회식이면 술 먹어?"

— 아니. 들어와서 서류 더 봐야 하거든.

"또 야근이야?"

— 어제보단 일찍 끝날 것도 같아. 금요일이잖아.

"알았어. 전화해."

— 차 조심. 사람 조심. 고생해.

"미투. 끊어."

— 응.

센서문을 열고 밖으로 나갔다. 커피 좀 마시자, 제발. 여유가 시급했지만 걸음을 늦추진 못하고 한 입 한 입 마시길 시도했다. 으뜨뜨! 입가에 흘린 커피를 닦으며 큰길가에서 손을 흔들었다. 급할수록 마가 끼는지 택시는 도통 눈에 띄질 않았다. 작게 인상 쓴 율은 서둘러 커피를 원샷했다.

택시비부터 줄여야 돈이 모일 거다. 한 대 뽑아 줄까 대수롭지 않게 말하던 준우가 생각났다. 사 달라면 진짜로 사 줄 테지만. 빈말이 아닌, 기꺼이 사 줄 준우를 알지만 글쎄. 왜 거절했더라. 물질적인 것이 관여됨이 싫었다. 그런 과한 선물 말고 보통의 흔한 방식으로 마음을 받고 싶었달까.

깊어지는 생각을 애써 떨쳐냈다. 발을 동동 구르며 택시를 찾는데 빈 차가 하나도 없다. 도로에 차가 이렇게나 많은데도 택시만 없다는 게 참으로 아이러니였다.

완전 깨지겠네. 아프다고 확 잠수 타 버릴까. 그랬다간 꼭지 돈 신재원이 당장에 쫓아오겠지? 완전 무섭게? 으으.

"출근하나 봐요?"

"어……?"

"타요. 급해 보이는데."

문득 요란한 소리를 내며 고급 바이크가 앞에 멈춰 섰다. 헬멧 너머로 살펴지는 익숙한 얼굴에 놀란 율의 눈이 동그래졌다. 새벽녘에 실랑이를 벌였던 그 녀석이었다.

타라며 뒤를 가리키는 녀석을 본 척도 않고 한 발 물러섰다. 여전히 택시는 나타날 기미조차 보이질 않고 있었다. 버스라도 타야 하나 고민하는 율의 팔을 녀석이 확 잡아끌었다. 율이 발끈했다.

"뭐야, 너."

"태워 줄게요. 타요. 늦었잖아요."

"됐거든? 너 갈 길이나 가라?"

"퇴근시간이라 차 없어요. 고집부리지 말고 타요."

"됐다잖아. 놔. 안 놔?"

"거참."

말 꽤 안 듣는다며 구시렁거린 녀석이 보조 헬멧을 멋대로 율의 머리에 씌워 버렸다. 당황한 율은 도로 벗으려다 녀석의 완력에 의해 아예 바이크 뒷좌석에 앉혀졌다. 이게 진짜. 시동을 걸고 출발하는 녀석이 율의 손을 제 허리에 둘렀다. 성질을 내려는데 속도가 급 빨라졌다.

할 수 없이 율은 잠자코 끌려가 주었다. 바이크는 생소하다. 하물 며 사내녀석 허리를 부여잡고 얹혀 탄 신세는 처음이라 꽤 뒤숭숭 한 기분이 되었다.

"여기서 어디, 우회전?"

"어? 어어."

"네엡!"

방향을 묻는 말에 얌전히 대답하니 척척 잘도 알아서 샛길로 달 려가는 덕분에 금세 도착했다. 내려선 율이 헬멧을 벗어 던지듯 건 넸다. 따라서 헬멧을 벗은 남자가 가게 입구를 유심히 살펴보고는 감탄조로 말했다.

"여기서 일하는 거예요? 와."

"고맙다고 해야 되냐?"

"에이, 알면서 묻기는."

"그래, 고맙다. 가라."

"통성명이나 하죠. 난 정유현입니다."

새벽의 앙금이 남았다기보다는 이렇게 제멋대로인 스타일은 딱 질색이라 대충 내뱉고 돌아서려던 참이었다. 한발 앞서 율의 팔을 붙잡은 녀석이 저는 이름이 정유현이라며 눈꼬리를 내렸다. 꽃다운 스물다섯이에요. 덧붙인 말에도 모른 척 뿌리치고 돌아선 율을 유현 이 다시금 붙들었다. 어허, 하고 혼내듯이.

목 끝까지 차오른 격한 단어들을 율은 애써 삭여 참아 냈다. 어린놈의 녀석이 어른 행세 하려 함이 우스웠다. 당돌하기가 참 이루 말할 수가 없다. 손아귀 힘은 또 뭐 이렇게 센지. 쳇.

한숨을 내쉰 율이 잡힌 팔을 재차 뿌리쳤다. 그러고는 차갑게 식은 얼굴을 하고서 유현을 향해 돌아섰다. 무슨 말을 하려나 싶은 표정으로 유현은 매우 뚫어져라 율을 바라보았다.

"이봐, 너."

"정유현이요."

자식이 근데. 따박따박 말대꾸가 참으로 예술이다. 얄밉게 생글 거리는 저 표정은 또 어떻고. 완전 밉상이라는 생각을 하며 율은 거듭 미간을 구겼다.

"그래. 정유현아."

"네에. 말씀하세요."

"고맙단 인사했잖아. 그러니까 그만 가."

"인사 말고 이름이요. 난 이름 알려 달라고 했는데요."

"내 이름을 네가 왜."

"그냥요. 이름이 뭐예요?"

"알 거 없어. 가."

"말해 줘요. 싫어요?"

"그래, 싫어. 그러니까 좀 꺼지라고, 귀찮게 말고."

"이웃끼리 이러깁니까? 이사 온 지 얼마 안 됐다고 차별하는 것도 아니고. 와, 서운해."

율을 향해 새치름히 눈을 흘긴 유현이 입술을 내밀고 툴툴거렸다. 한 동네 살면서 안면 좀 트는 게 어때서 그러느냐며 야속하다 어떻다 읊조리는 말들이 율은 그저 짜증스러웠다. 성질을 부려 쫓아

낼까. 뭐라 한 소리 해 줄까 하다가 말았다. 어디로 튈지 모르는 녀석에겐 무관심이 최상일 테다.

짧게 혀를 찬 율은 더 볼일 없다는 듯 그대로 돌아섰다. 혹여나 따라 들어온다면 있는 욕 없는 욕 다 퍼부어 주리라 다짐하며 건물로 향하는 율을 혼자 남은 유현이 멍하니 바라보았다. 하여간 쉽지가 않다니까. 오며 가며 마주쳤을 때마다 별렀던 대화를 이제야 좀 나눠 보나 했더니. 얄짤없는 율이 유현은 내심 흥미로웠다. 오늘은 일단 철수. 유현이 픽 웃으며 헬멧을 썼다.

율은 희미한 노란 조명에 의지해 조심조심 계단을 내려갔다. 조금씩 들려오는 음악 소리가 문을 열자 더욱 분명해졌다. 오픈하자마자 들이닥쳤을 몇몇 테이블의 손님들을 살피며 카운터로 향하던 율은 마침 로비 한가운데에서 저를 지켜보고 서 있는 재원을 발견하고는 움찔, 놀라 멈춰 섰다.

무표정을 가장한 재원의 얼굴에는 분노의 기운이 가득했다. 폭풍 전야가 따로 없는 상황이었다. 다다다다 퍼부어 댈 그의 말들이 벌써부터 두려워졌다.

어렵사리 시선을 피해 카운터 안으로 들어갔다. 가방을 내려놓고 카디건을 벗는 율의 앞에 이윽고 긴 그림자가 드리워졌다. 동시에 한기가 돌았다. 이거야 원, 안 그래도 키만 멀대같이 큰 녀석이 대놓고 내려다보니 눈을 마주칠 용기가 안 난다. 느릿한 동작으로 팔짱을 낀 재원이 쯧쯧 혀를 찼다.

"손님보다 늦게 나타나는 주인이라. 기가 막히네요."

"미안."

"이러시라고 가게를 맡긴 게 아닐 텐데요. 안 그렇습니까?"

"다신 안 늦을게. 미안해."

"그 약속이 오늘로 몇 번짼지 꼭 짚어 줘야 아시겠어요? 우리 원수 같은 양치기 사장님?"

"요새 통 잠을 못 자서 그래. 봐주라."

"그러게 연애는 적당히 하랬죠. 그렇게도 좋으십니까? 잠잘 시간도 아까워요? 눈 감는 순간도 아주 소중해 죽겠습니까?"

"그게 아니라······."

꼬박꼬박 존댓말을 쓰면서도 아랫사람 대하듯 하는 재원의 분노에 찬 꾸중이 십여 분이나 계속되었다. 속사포처럼 쏘아대는 질책에 율이 아랫입술을 물었다. 그러게 왜 가게는 맡아 준다고 해 갖고 이 고생인지. 애당초 올빼미 생활이 이리 힘들다는 걸 알았더라면 덥석 받아들지는 않았을 텐데 말이다.

좋아하는 술을 실컷 먹을 수 있다는 것만 빼면 율에게는 밤을 꼬박 새어야 하는 생활이 확실히 무리였다. 돈도 좋지만 컨디션은 계속 바닥인 상태였다. 내년 여름은 절대 안 된다. 겨울, 그래 딱 반년만 채우고 말자. 다시금 각오를 다지며 카디건을 마저 벗었다. 율을 째리던 재원이 마침 들어오는 손님을 발견하고 표정을 풀었다.

금요일이 괜히 금요일이 아니듯 초저녁부터 Bar는 만원이었다. 테이블이 비워지기가 무섭게 손님들은 연이어 몰려들었다. 율이 가게를 맡은 뒤로 매상이 부쩍 오른 것은 당연지사였다. 처음부터 그런 의도로 선배가 개인사정을 핑계로 율을 택했는지도 모른다. 지각은 예삿일이요, 무료한 얼굴로 카운터를 배회하기 일쑤지만 율이 있다는 자체로 가게는 확실히 빛이 났다.

흔히들 말하는 얼굴마담. 따지고 보면 뭐 하나 제대로 하는 게 없는 율이지만 한 번이라도 율의 얼굴을 보려고 기웃거리는 손님들이 적지 않았다. 귀여운 눈매에 곱상한 외모도 모자라 한 번씩 입꼬리를 올려 짓는 묘한 미소에는 남자고 여자고 단번에 조련되기 십상이었다. 여자 쪽 빈도가 더 높단 게 문제라면 문제지만.

총지배인 재원은 오늘도 열심히 손님들의 주문을 소화하는 한편 농땡이 피우는 율을 감시하느라 몸이 배는 더 바빴다. 뚜뚜뚜뚜뚜뚜. 집요하게 돌아가던 레이더망이 천천히 몸을 일으키는 율을 향해 아주 매섭게 뻗었다. 재원이 딱딱하게 물었다.

"왜요. 어디 가시게요."

"화장실."

"뭐 먹은 게 있다고 화장실을 갑니까?"

"그런 것까지 터치하냐, 치사하게."

"또 가서 전화통만 붙들고 있어 봐요. 가만 안 둡니다."

"치, 우리 애인도 오늘 바쁘댔거든?"

"제가 지켜보고 있습니다. 얼른 다녀오세요. 시간 잴 테니까."

망할 자식. 제법 무서운 얼굴로 당부하는 재원을 흘겨본 율은 Bar 안을 가로질러 걸었다. 단골로 보이는 고객들이 율을 향해 반갑게 인사를 건넸다. 한 마디씩만 받아 줘도 상당히 오래 걸리고 만다. 예의상 작게 웃으며 인사를 받아 준 율은 손님용 화장실을 지나 제일 안쪽의 직원용 화장실로 향했다.

은연중 허기가 졌다. 늦게 출근한 탓에 끼니를 걸렀음을 통탄하며 볼일을 보고 손을 씻었다. 경쾌한 벨소리. 괜히 반갑다 했더니 역시 준우다. 율의 얼굴이 밝아졌다.

"응. 여보세요?"

— 나. 바빠?

"괜찮아. 통화할 수 있어. 웬일이야?"

— 그냥. 손님 많은가 해서.

"금요일이잖아. 장난 아니지, 뭐."

— 힘들겠네. 어쩌냐.

나가려고 열었던 문을 도로 닫고는 세면대 끝에 살며시 걸터앉았다. 또 전화통 붙들고 있으면 가만 안 두겠다던 재원의 서슬 퍼런 말이 떠올랐지만, 그렇다고 준우와의 통화를 포기할 수는 없었다. 담배 한 대만 피우고 나가자며 주머니를 뒤적였다. 라이터가 보이질 않아 율은 담배를 입에 문 채로 그냥 있어야 했다.

— 밥은 먹었고?

"아니. 배고파."

— 바보야, 굶으면서 어떻게 일을 해.

"회식 뭐 했어? 뭐 먹었어?"

— 일식집 갔었어. 회랑 뭐 그런 거.

"하…… 좋았겠다. 맛있었지?"

— 난 괜찮던데 네 입맛엔 어떨지 모르겠다. 나와.

"응?"

— 입구야. 초밥 사 왔어. 잠깐만 나와 봐.

"정말?"

이게 대체 무슨 일일까. 요새 한창 새 프로젝트인지 뭔지가 시작됐다며 정신없이 바쁜 준우를 알기에 기대도 못 했던 율은 단박에 화장실을 뛰쳐나갔다.

저 봐, 내 저럴 줄 알았어! 핸드폰을 귀에 댄 율을 보고 재원이 노여움에 어쩔 줄 모르는 얼굴로 손가락질을 했지만, 그런 게 눈에 들어올 리 없는 율이었다.

헐레벌떡 계단을 뛰어 올라가 입구 주변을 두리번거렸다. 율아. 나긋하게 부르는 목소리에 고개를 돌린 율이, 이내 활짝 웃으며 달려가 차 문을 열었다. 시동을 끄지 않은 벤츠의 운전석에 앉아 있던 준우가 서둘러 조수석에 올라타는 율을 보고 엷게 미소 지었다. 너른 입매가 근사하게 위로 휘어졌다.

"대박. 한준우. 우와."

"반가워?"

"완전. 예뻐 죽어."

"그럼 뽀뽀. 진하게."

무심하다고 서운해하려 하면 이렇게 약을 치는 준우를 알면서도 율은 손을 뻗어 준우의 목을 끌어안았다. 뭉근하게 풍겨 오는 달달한 체취가 가까웠다. 홀린 듯 율은 다소 격하게 입을 맞췄다. 쪽쪽거리다 아예 잡아먹기라도 할 것처럼 준우의 입술을 물고 빨았다. 그런 율의 뒤통수를 준우는 조심스레 부여잡고 살살 어루만져 주었다.

따끈하고 말랑한 혀들이 서로를 쓸어 뒤엉켰다. 비스듬히 기울어진 고개들이 연신 반대로 꺾였다. 핥고 건드리고 빨아 당겨 지그시 물었다. 타액이 연신 삼켜지는 격렬한 키스였다.

유흥가 초입길이라 지나다니는 사람들이 많았으나 적절히 선팅된 유리 덕에 큰 흠이 되지는 않았다. 한참 만에야 율은 가쁜 숨을 몰아쉬며 준우를 놓아주었다. 못내 아쉬운 표정으로 율을 바라보던 준우가 눈을 맞춘 채로 혀로 제 입술을 할짝였다. 탁해진 눈빛의 준우가 뒷좌석을 향해 손을 뻗었다.

"천천히 다 먹고 들어가."

"와, 맛있겠다."

"자, 젓가락. 국은 여기."

"재원이 지랄할 텐데."

"걔 것도 챙겨 왔어. 걱정 말고 먹어."

"응! 잘 먹을게!"

들뜬 표정이 귀여워 준우는 율의 머리를 두어 번 쓰다듬었다. 허겁지겁 입에 욱여넣던 율은 맛있게 생긴 도톰한 연어초밥을 집어 준우에게로 내밀었다. 많이 먹었다며 준우가 고개를 저었다. 거절의 표시였다.

제 양이 아니면 절대 더 먹지 않는 준우를 알지만, 어차피 안 먹을 걸 알면서 내밀어 본 거라지만 이럴 때는 괜히 야속하다. 옆자리를 지켜 주는 것 말고 같이 먹는 것까지 바란다는 것은 아무래도 욕심이려나. 회식하고 온 길이니 어쩔 수 없다고 율은 스스로를 달랬다.

연어초밥을 열심히 씹어 삼키고서 국물을 마셨다. 준우는 타이를 살짝 느슨하게 하고는 좌석을 약간만 뒤로 젖혔다. 숨을 고르는 준우에게 율이 물었다.

"근데 이럴 시간 있어? 또 들어가 봐야 한다며."

"퇴근이 더 늦어지는 거지, 뭐."

"오지 말지. 바쁜데."

"어떡하냐. 보고 싶은걸."

"치이."

"뭐야, 그 반응은."

"됐네요."

"율아."

"응."

"저기."

"응?"

"……아냐. 다 먹었어? 더 줄까?"

재원의 몫으로 사온 거라도 더 내어 주겠다는 듯 준우가 부산을 떨었다. 말을 멈추고 시선을 돌리며 애써 딴청인 준우를 율은 조용히 눈에 담았다.

좋고 싫고가 확실해 거짓말이라곤 못하는 성격. 고지식하고 고집도 세고 무심한 태도로 상처를 준다 해도 절대 스스로 알아차리지는 못하는 둔한 남자. 전형적인 B형 준우를 아는 율은 혹 자신의 반응을 보고 서운한 맘을 억지로 깨달을까 싶어 모른 척을 한다.

충분히 배부르거든? 무슨 돼지도 아니고.

율이 새치름히 눈을 흘겼다. 머쓱한지 허허 웃고 마는 준우를 보며 율은 방금 그가 하려던 말이 뭐였을지 생각했다. 어렵지 않다. 표정에 다 드러나니까. 항상 답은 비슷비슷하게 정해져 있었다.

바빠서 미안해. 시간 많이 못 내는 것도, 금방 가야 하는 것도 미안. 대충 뭐 그런 식의 얘길 하고 싶은 걸 거다. 그래. 아는데.

죄스러운 표정을 짓고 자신을 본다는 것 자체가 율은 거슬렸다. 그런 감정들이 우선되어 자신을 찾을까 봐. 미안하다는 이유로 만남을 지속하게 될까 봐 모른 척을 했다. 사과는 차라리 안 듣는 게 낫다.

잔잔히 일렁이는 다갈색 눈동자는 묘하게 빠져들게 만들더니 이젠 꽉 붙잡고서 놓아주지조차 않는다. 큰일이다. 자꾸 널 다 알아서 어쩌면 좋냐. 준우를 알게 되는 게 율은, 어쩐지 썩 반갑지만은 않다.

언젠가 준우가 이별의 말을 하고 싶어 할 때도 제가 먼저 알아 버리면 어쩌나 해서. 차마 말을 못 꺼내 망설이고 힘들어하는 모습을 보게 된다면, 그땐 지금처럼 아주 모른 척 태연해 줄 자신이 결코 없는데. 율이 억지로 입가를 말아 올렸다. 가슴 한구석이 싸해졌다.

"들어가."

"운전 조심해."

"전화할게."

"응. 수고."

가볍게 손을 흔든 준우가 시동을 켰다. 이내 조금씩 멀어지는 준우의 차를 율은 한참이나 바라보고 서 있었다. 전화는 무슨. 바빠서 못 할 거면서. 쓴웃음이 나왔다.

가게 쪽으로 걸음을 옮기다가 금세 또 뒤를 돌아보았다. 이미 사라지고 없는 준우를 찾으려고 애를 썼다. 느리게 감았다 뜬 눈으로 율은 하염없이 먼 허공을 응시했다. 가슴 한 구석이 또 서서히 먹먹해졌다. 흔들리는 눈동자를 감추려 고개를 떨궜다. 담배를 피우려다 라이터가 없음을 알고 한숨을 내쉬었다.

없네. 다 없구나. 라이터도, 준우도. 곁에.

눈썹을 한 번 들었다 놓은 율이 쥐고 있던 담배를 거칠게 바닥으로 던졌다. 주머니에 두 손을 꽂고 걸음을 시작했다. 계단을 내려가는 율의 표정이 쓸쓸했다. 이루 말할 수 없이.

끝이라는 거, 우리한테는 안 왔으면 좋겠다. 진심이야. 진심 그럴 수 있을까. 준우야.

02.

미안해, 좋아해서

볼이 차가웠다. 심각한 냉기가 온몸을 휘감고 있음을 그제야 알아차렸다. 으슬으슬 떨리는 어깨를 움츠렸다. 아무리 애를 써도 추위는 좀처럼 가시질 않았다.

이상한 일이었다. 봄이 한창인 시점에 이렇게까지 춥다는 건 어째 말이 되질 않았다. 옷을 벗고 있다면 모를까. 날 선 공기가 피부를 훑고 지나갔다. 머리가 지끈거렸다.

어……? 뭐지……?

비뚤어진 시야가 이상해 몇 번 더 질끈 눈을 감았다 떴다. 사물이 죄다 옆으로 기울어져 보이는 이유는 엎드린 채 모로 누워 있기 때문이란 걸 깨달았다. 그것도 웬 낯선 창고 같은 곳에.

간신히 어둠을 익혔다. 그만 일어나려는데 쉽지가 않았다. 전신의 그 어느 곳에도 힘이 들어가지 않았다. 버둥거렸으나 헛수고였고, 그제야 뭔가가 아주 많이 어그러졌다는 생각이 들었다.

매캐한 냄새가 남은 코 밑이 아렸다. 의식하자 속이 울렁거렸다. 일렁이는 눈동자로 이리저리 살피던 끝에 고개를 숙였다. 아무것도 걸치지 않은 스스로가 의아했다. 낮인지 밤인지조차 모호해지기 시작했다.

무서웠다. 뭐가 어떻게 된 일인지 알 턱이 없어 더 무섭고 두려웠다. 뒤로 묶인 손과 발이 공포심을 극으로 치닫게 했다. 순간, 흐릿하게 새어 들어오던 빛이 한순간 밝아졌다. 눈이 부시고 숨이 막혔다. 꼭, 죽을 것처럼.

……!

"허억……!"

벌떡 몸을 일으킨 율의 표정이 심상치 않았다. 크게 뜨인 두 눈이 마구 흔들렸다. 잠시도 가만있지 못하는 동공의 초점은 풀리고 뭉치고를 반복했다. 입술마저 파르르 떨렸다. 이불을 꼭 움켜쥔 채로 한참을 있었다. 꿈이 끝났다는 걸 자각하기까지는 꽤 오랜 시간이 필요했다.

한숨을 뱉은 율이 고개를 떨궜다. 이마에 돋아난 식은땀이 턱 선을 타고 주르륵 흘러내렸다. 끝에 아롱지듯 매달린 그것은 흡사 눈물과도 같아 보였다. 시야가 뿌옇게 흐려지기 전에 율은 눈두덩을 손으로 꾹 눌렀다.

한 번씩 꼭 이런다. 괜찮아졌나란 생각을 하려야 할 수도 없게. 쯧, 하고 혀를 찬 율이 부들부들 떨리는 두 손을 맞잡았다. 무서워. 돌겠어. 본능적으로 핸드폰을 찾아들었다. 준우의 번호를 띄우고 통화 버튼을 눌렀다.

목소리만이라도 잠깐만. 여보세요, 이 한 마디만 하고 끊어도 좋으니까 잠시만. 제발, 어? 바쁘다는 거 알지만 받아 주면 안 돼……? 준우야……. 나…….

"으…….."

길고 긴 연결음 뒤에 결국 받을 수 없다는 멘트를 듣고 나서야 율은 핸드폰을 내려놓았다. 가슴께가 뻐근했다. 심장이 찢어질 것처럼 저릿했다. 왼손으로 지그시 누르다가 몸을 일으켰다. 찬물이라도 들이부어 진정을 시켜야 했다. 주방으로 가 급히 물을 들이켜 타오르는 갈증도 함께 해결한 율은 쓰러지듯 벽에 몸을 기댔다.

금요일이라 유독 단골들이 많이 왔었던 어제, 준우도 야근이고 해서 거절 않고 술을 마셨다. 여기저기 손님들이 주는 대로 받아 마시다가 재원이 불러 준 택시를 타고 집에 왔다. 취하지 않으면 잠들지 못하던 오래된 습관을 떠올리며 차라리 그렇게라도 간만에 푹 자고 싶었던 거였다. 근데 웬걸, 기분만 더러워졌다. 이젠 무의식마저도 지배하려 드는 건지.

출근 때까지 아직 여유가 있었지만 이 상태로는 도저히 잠이 올 것 같지 않았다. 욕실로 들어가 샤워를 마친 율은 머리를 말리고 옷장 문을 열었다. 모처럼 제일 먼저 가서 가게 문을 여는 것도 나쁘지는 않겠다. 임시 사장도 사장이라는 재원의 말을 곱씹으며 율은 피트되는 블랙진에 사이즈가 큰 니트를 매치하고는 카디건을 챙겨 들었다.

주섬주섬 팔을 끼워 넣으며 계단을 내려갔다. 평소와 비슷해 보이는 시니컬한 표정으로 무장하고 있다지만 여전히 속은 불편했다. 오늘 하루는 내내 예민할 것 같다. 부디 심기에 거슬리는 일만 없기를 간절히 바라며 센서문 밖으로 나갔다.

그때, 바로 옆 빌라 입구의 벤치에 앉아 담배를 피우고 있던 유현이 율을 발견하고 몸을 일으켰다.

"오, 웬일이에요? 오늘은 지각 아니네?"

빠르게 가까워지는 하이톤의 목소리에 율이 미간을 구겼다. 지나치게 친근한 말투였다. 마치 서로 아주 잘 알고 있는 사이처럼 허물없게 다가오는 유현이 보였다.

소란스러운 건 질색이다. 여자든 남자든 말 많은 것들은 별로 상대하고 싶지 않다. 한때 극심했던 대인기피증의 잔재인지도 몰랐다. 건네어지는 손 인사를 외면하고 지나쳤다. 앞만 보고 걷는 율의 곁에 유현이 늦지 않게 따라붙었다.

"출근해요?"

"근데."

"데려다 줄까요?"

"네가 왜."

"와, 이유 꽤 좋아하서. 그냥요."

"넌 그냥을 꽤 좋아하지. 생각이 없는 거냐, 귀찮은 거냐."

"글쎄요. 둘 다?"

율이 어이없다는 듯 픽, 코웃음을 쳤다. 면박 주는 말에도 그저 해맑은 유현이 거슬렸다. 말을 말자. 눈길을 주는 것조차 달갑지 않아 걷는 속도를 높였다.

버스를 탈까, 택시를 탈까. 일찍 일어난 기념으로 율은 큰 고민 없이 버스 정류장을 향해 걸었다. 조금 떨어진 옆에서 열심히 따라 걷던 유현이 율을 힐끔거렸다.

"진짜 말 안 해 줄 거예요?"

"뭘."

"이름 말이에요, 이름. 궁금해 뒈지겠어요."

"뒈지든가, 그럼."

"와, 동네 주민끼리 그 정도도 못 알려 줘요? 치사하게."

"싫다고 했다."

"그럼 나이는요? 나보다 어린 것도 같고 아닌 것도 같은데. 스물 셋? 넷? 나보다 많아요? 음, 그럼 여섯인가? 몇 살이에요? 네?"

주절주절. 뭔 놈의 사내자식이 이리도 수다스러울까. 짜증이 확 솟구쳤다. 시끄러우니 좀 닥치는 게 어떻겠느냐는 의미로 율이 매섭 게 유현을 째렸다. 차갑게 쏘아보는 율의 눈빛에 주춤한 유현은, 그 러나 이내 눈꼬리를 내리며 생글생글 웃었다. 간지러운 눈웃음이 꽤 볼만했다. 한대 후려치고 싶을 만큼.

마저 걸어가 정류장에 도착한 율은 버스의 도착시간을 살폈다. 5 분 정도 남았다는 안내멘트를 확인하고 의자에 앉았다. 유현이 율을 따라 옆쪽에 털썩 몸을 낮췄다.

이게 진짜 왜 이러는 걸까. 심심한가. 할 짓 참 더럽게 없어 뵈는 유현을 율은 한심하다는 듯 쳐다봤다. 유현이 별안간 얼굴을 바짝 율 쪽으로 들이밀었다.

"근데 볼수록 장난 아니다. 와."

"뭐가."

"남자 맞아요? 뭐 이렇게 예뻐요? 와, 말도 안 돼."

신기하다는 듯 중얼거리는 유현의 말에 율이 인상을 찌푸렸다. 잠깐 잊었다. 이 녀석에게는 개무시만이 상책이라는 것을. 싸늘해진 율의 표정에 유현이 실실 웃었다.

"에이, 칭찬이에요. 요즘 예쁜 남자가 대세잖아요. 애인이 좋아할 거 같은데, 그죠?"

"시끄러워. 다물어."

"솔직히 말해 봐요. 애인보다 그쪽이 더 예쁘죠? 그럴 거야. 내가 볼 땐 분명히……."

"닥치고 가라고. 꺼져."

율은 매몰차게 유현으로부터 시선을 거뒀다. 고개를 돌려 반대쪽을 봤다. 노려보는 눈길이라도 막상 떠나니 유현의 입장에서는 무척이나 아쉬웠다.

어쩐다. 어떻게든 율과 마주 보고 싶다는 생각에 유현은 급기야 무리수를 뒀다. 율이 시야를 모두 가리게끔 제 앞을 막고 선 유현을 사납게 올려다봤다.

"화났어요?"

"비켜."

"알았어요, 입 다물게요. 네?"

"비키라고 했지."

"미안해요. 기분 나빴나 보네."

"확 안 꺼지냐? 죽을래?"

"애인 얘기만 나오면 엄청 민감하다니까. 알아요?"

찡긋, 하고 율의 미간이 한껏 더 구겨졌다. 동시에 씰룩인 붉은 입술이 흉하게 뒤틀렸다. 짧은 시간 많은 고민을 했다. 과연 어떤 말로 받아쳐야 하는지를. 근데. 모르겠다. 왜 자꾸 이 녀석의 말에 휘둘리게 되는 건지 율은 스스로가 한심해 죽을 지경이었다. 마침 도착한 버스에 도망치듯 서둘러 올라탔다. 자리에 앉자마자 한숨이 나왔다.

인상이 차가울 뿐이지, 나름 사교성은 있다고 자부했었다. 대놓고 노골적인 호감을 표시하는 남자들을 제외하면 친해지자 다가오는 사람들에게 살갑게 잘 대해 주는 편이건만 왠지 정유현 저 녀석에게는 그게 잘 안 된다. 말을 섞을 때마다 기분이 나빠진다. 스스로 무덤을 파는 것 같아서. 자꾸만 준우를 들먹이는 녀석이, 감당이 안 되니까. 본의 아니게.

민감하긴 뭐가 민감해. 별 같잖은 게 진짜. 아오…….

부글부글 열이 올라 창문을 열었다. 바람을 쐬고 있는데 전화가 걸려 왔다. 재원이었다.

"여보세요."

— 똑똑. 일어나셨습니까, 사장님?

"가고 있어. 버스야."

— 진짭니까? 아니면 잠꼬대하시는 겁니까? 이것 참.

어지간히도 헷갈린다며 재원이 흐음, 하고 콧소리를 냈다. 불신으로 가득찬 재원에게 율은 때마침 흘러나오는 버스 안내멘트를 들려주었다. 재원의 목소리가 한층 높아졌다.

— 드디어 정신 차리셨군요. 축하드립니다.

"축하는. 참, 리큐르 주문했어? 과일이랑 떨어졌던데."

— 이야, 장사에 관심이 있으셨네요. 몰랐는데요.

"마트 들러, 말어. 마트 갔다 가려면 이번에 내려야 해."

— 치즈만 좀 사 오십시오. 그것만 빠뜨리고 왔어요.

"알았다. 이따 보자."

— 넵.

늘 이렇게 조련하듯 갖고 노는 재원의 말에 놀아나면서도 기분이
썩 나쁘지는 않다. 쿡, 하고 소리 내어 웃은 율이 핸드폰을 집어넣
고 하차 벨을 눌렀다. 뒷문으로 가서 섰다. 그러고 보니 그 녀석, 재
원이하고 동갑이구나. 다소 어른스러운 재원과 비교하니 유현이 마
냥 애 같다는 생각에 율은 고개를 절레절레 저었다.

버스에서 내려 마트를 향해 걸었다. 반갑게 맞아 주는 마트 직원
에게 눈인사를 건네고 들어가 설렁설렁 진열대 사이를 걸었다. 과자
코너 근처를 지나치려던 율이 어떤 꼬마 사내아이의 모습에 멈칫하
며 시선을 주었다. 네다섯 살 정도 되었을까. 조그마한 키로 높은
곳의 과자를 꺼내려 꼬마는 기를 쓰고 있었다. 까치발까지 세워 보
지만 과자는 한없이 높은 곳에 있었다. 손이 닿질 않아 낑낑거리는
걸 보다 못해 다가갔다.

"이거? 아니면 이거?"

갑자기 나타난 낯선 이를 쳐다보는 꼬마의 눈동자에 경계하는 기
운이 가득 실렸다. 눈높이를 맞춰 주려 율은 과자 두 개를 꺼내어
꼬마의 앞에 쪼그리고 앉았다. 어떤 걸 찾았느냐 묻듯 살며시 앞으
로 내밀어 주자 꼬마가 주춤주춤 하나를 골라잡았다. 좋아 어쩔 줄
몰라 하는 꼬마의 머리를 쓰다듬었다. 바스스 눈웃음을 짓던 꼬마가
후다닥 뛰어 사라졌다. 귀엽네, 하고 중얼거린 율은 남은 과자를 진
열대에 놓고 돌아섰다.

과일 코너를 지나 유제품 쪽으로 향하는데 아까의 꼬마가 저만치
앞에 또 모습을 드러냈다. 저녁 찬거리를 사러 나온 젊은 부부였다.
카트를 끄는 남자와 그 옆에 아이의 손을 붙잡고 따라 걷는 여자의

모습을 차례로 보던 율은 저도 모르게 걸음을 멈췄다. 목이, 따끔거
렸다.

'어머, 여자분이셨어요? 죄송해요. 이런, 큰 실례를 범했네요.'
'그래도 너무 예쁘게 잘생기셨어요. 딱 내 스타일인데. 아쉬워라.'
'여자라고요? 진짜요? 와, 정말입니까? 세상에.'

율은 입을 꾹 다물고 마저 걸었다. 치즈를 고르는 손끝이 작게
떨리고 있었다. 부러 미간을 구겨 모른 척을 했다. 대충 집어 들다
가 또, 옆쪽을 돌아보았다.

세상에는 이치란 것이 있다. 누가 정했든, 기호에 맞든 안 맞든
이미 정해진 법도라는 게 있는 거다. 이를테면, 남자 같은 남자. 여
자 같은 여자. ……랄까.

단정히 끈으로 묶은 여자의 긴 머리카락을 응시했다. 살랑거리는
치맛자락과 곱게 화장한 얼굴도. 자신과는 매우 비교되는 그 모습을
말없이 바라보는 율의 눈동자가 세차게 흔들렸다. 손끝을 꼬옥 말아
쥐었다.

깨달을 때마다 아주 기분 거지같이 더럽다. 혼자서만 겉도는 듯
한 느낌은 뭐라 형용할 수 없을 정도로 껄끄럽다. 딱딱하게 굳은 표
정으로 바라보던 율이 묵직하게 아려 오는 가슴을 알아채고 숨을
골랐다. 불쾌하고 참담한 통증이 이렇게 또 시작이었다. 아프고 서
럽고 진짜, 너무도 많이 괴로운. 그런.

일부러 더 사내처럼 하고 다녔다. 사내로 보였으면 했으니까. 헐
렁한 옷으로 몸매를 감추고 길거리든 어디든 담배를 뻑뻑 피우고

돌아다니는 율은 충분히 그렇게 보였다. 머리카락 길이가 어깨를 벗어나는 법이 없었다. 민낯에 건들거리는 걸음걸이가 생활이 되었다. 스스로를 남자라고 인식하는 것은 본능이었다. 여자로서 험한 일을 두 번은 겪기 싫은, 본능.

여자라는 이유로 손가락질을 받는다면, 남자가 되면 그만이다. 죽지 못해 사는 삶이라도 어쨌거나 버려야 할 것 아닌가. 그렇게 살았다. 그렇게 꾹꾹 눌러 참고 견디고. 아예 없었던 일인 것처럼 기억 저편에 묻어 둔 자격지심은 이렇게 불쑥 예고도 없이 터져 나온다. 요즘 꽤, 심각해졌다.

준우를 만나고 나서부터 율은, 더욱 잦은 빈도로 과거를 헤매곤 한다. 누가 봐도 남자라 짐작되는 제 외모가 준우를 만난 이후 자꾸만 더 싫고 거슬렸다. 그걸 굳이 문제 삼지 않은 준우라서 괜찮을 거라 싶다가도 혹 이런 고민을 준우 역시 하는 건 아닐까 생각하면 그게 더 싫어 견딜 수가 없는 거다.

여자다운 여자를 실은 준우도 내심 원하는 걸까 봐. 거리의 수많은 여자들을 보며, 그녀들과 조금도 닮지 않은 차림의 자신을 의아해할까 싶어 겁이 난다. 알고 있다. 어울리지 않는다는 것쯤은. 근사하게 완벽한 준우의 곁에 제가, 얼마나 우스워 보일지 율은 아주 잘 알고 있었다. 근데 안 된다. 바꿀 수가 없다. 도저히 그래지지가 않는다. 도저히.

미안해. 난 안 돼. 억지로 해 볼 생각도 없어. 그러니까 혹시라도 그딴 거 기대하지 마. 알았지……?

— 전화했었네. 가게야?

"응. 바로 앞."

치즈가 가득 담긴 봉투를 들고 Bar 입구에 도착한 율은 습관적으로 주머니를 뒤져 담배를 꺼내 들었다. 회신이 늦어도 너무 늦다. 전화했었던 게 언젠데.

— 미안해. 회의하느라 몰랐어.

"괜찮아."

— 왜, 무슨 일 있어?

"아니. 일은 무슨."

— 전화 왜 했는데.

"보고 싶어서."

— 뭐?

보고 싶어서 전화했었어. 그럼 안 되냐? 심드렁하게 내뱉는 율의 말에 준우가 너털웃음을 지었다. 너른 그 웃음소리가 마냥 듣기 좋다가도, 괜스레 또 심장을 욱신욱신 저리게 한다.

— 은율.

"어."

— 가을 타냐.

"뭐가."

— 그렇잖아. 출근할 때 제일 정신없는 녀석이. 내 전화도 겨우 받으면서.

"몰라. 타나 보지."

— 밥은 먹었어?

"모른대도."

— 왜 그래.

"내가 뭘."

— 율아.

"아, 몰라. 모르니까 묻지 마. 다 몰라. 모를 거야."

본의 아니게 짜증이 가득 실린 말투가 된 율은 내뱉고 나서야 실수임을 알고서 멈칫했다. 이러려던 건 아니었는데. 이렇게 쏘아붙이는 말투, 안 되는 건데. 한순간 말이 없어진 준우를 눈치챈 율이 소리 죽여 한숨을 내쉬었다. 타인의 신경질을 받아 주는 성격이 아님을 알면서도 순간 치솟는 화를 참지 못했던 스스로를 탓했다.

율은 타들어 간 담배 끝을 톡톡 털어 내고는 다시 입에 물었다. 건너편의 준우는 여전히 말이 없었다. 갑자기 왜 이러나 싶을 거다. 본인도 일에 치여 바쁘고 힘든데 왜 혼자 짜증이냐며 따져 묻고 싶은지도 모르겠다.

화를 내는 법이 없다, 준우는. 율이 간혹 신경질을 내도 가라앉기만 묵묵히 기다린다. 그게 가끔은, 또 그렇게 서운할 수가 없다. 꼭 방치하는 것만 같아서. 배려를 가장한 무관심 같아서.

남이야 열을 내든 뭐하든, 신경질이 나든 말든 상관 않는 것 같아 기분 참 별로다. 담배를 바닥에 휙 던져 버린 율이 먼저 입을 열었다.

"여보세요."

— 어.

"끊은 줄 알았잖아."

— 내가 왜 먼저 끊어.

"한준우."

— 말해.

"나 내일 쉴까 하는데. 만날 수 있어?"

— 내일?

불쑥 미끼를 던졌다. 낚여 줄까, 도망갈까. 배부른 준우에게 한 번만 먹어 보라고 음식을 내미는 것처럼, 매우 뻔한 질문을 던지고서도 율은 은연중 기대를 하고 만다.

주말이면 준우는 본가에 간다. 부모님이 엄격하신지 일 때문에 바쁜 평일을 제외하고는 반드시 본가에 머물러야 한다고 했었다. 터치한 적은 없다지만 그렇다고 서운하지 않다는 뜻은 아니었는데.

질문을 듣자마자 무한한 침묵에 빠져드는 준우를 보며 율은 가만히 고개를 주억거렸다. 안 된다는 거다. 싫다는데 떼쓰는 성격도 아니고. 투정 부리고 매달리는 건 목에 칼이 들어와도 안 할 것이다. 절대로.

고민하지 마. 미안한 얼굴 하지 마, 짜증나니까.

농담이었다고 대충 둘러댔다. 요새 잠이 모자라다고. 푹 잘 거라고. 하루 종일 자고 싶다고. 그럼 또 준우는 아, 그런가 보다, 한다. 다툼에 뒤끝이 없어 깔끔하니 좋긴 하지만 그런 무심함이 거듭될수록 율은 홀로 상처를 받고 만다.

하고 싶은 말 다 하고. 가끔은 못할 말도 좀 하고. 그렇게 보통의 여느 연인들처럼 티격태격 싸우면서도 정들어 보고 싶은 기분. 근데.

막상 또 그랬다가 혹시 준우가 자신에게 질려 하면 어쩌나. 괜한 말다툼으로 끝이 나면 어쩌나. 무섭고 두렵고 초조한, 참 복잡한 마음. 그래서 결국 시도하지는 못하는 현실.

"죽겠네……."

바빠도 식사 잘 챙기라는 말을 덧붙이고 통화를 마쳤다. 뒤쪽 벽에 기대어 선 율은 문득 다리에 힘이 풀려 주저앉았다. 고개를 젖히며 눈을 감았다. 갈망이라는 거, 만만히 볼 게 아니구나 싶다. 매 순간 더 보고 싶고 그리워지고, 누군가에게 끊임없이 목이 마른 심정은 당해보기 전에는 미처 몰랐었다.

제대로 누군가를 만나는 게 처음이고, 이렇게까지 정신 못 차릴 만큼 빠져든 것도 처음이고, 이것도 저것도 죄다 처음이라 낯설어 죽겠다. 힘들고. 지치고. 왜 이렇게 자꾸만 가슴이 아플까. 이러다 확 죽어 버리면 어쩌느냐며 율은 웃었다. 말려 올라간 입매가 씁쓸했다. 느릿하게 몸을 일으켜 건물 안으로 들어섰다. 머리가 영 복잡하게 얽혀들었다.

"……."

엘리베이터가 지하주차장으로 내려가는 동안 준우는 말없이 허공을 바라보고 있었다. 한 손을 슈트바지 주머니에 꽂아 넣은 채로 먼 점 하나만 하염없이 응시하는 눈 밑이 사뭇 어두웠다. 조용히 가슴을 들썩거려 한숨을 내쉬었다. 입술이 더 굳게 다물어졌다.

도착한 엘리베이터에서 내려 걸음을 옮겼다. 반듯하게 세워져 있는 벤츠의 운전석에 올라 벨트부터 맸다. 조심스레 시동을 켜고 나직한 엔진소리가 귓가를 간지럽힐 즈음 눈을 감았다. 컴컴하게 변한 시야가 거슬려 도로 슬며시 눈을 떴다. 헤드라이트 줄기를 따라가 봤다.

앞쪽 벽에 부딪혀 반사되는 백색의 그 빛이 스산했다. 일렁이는 언저리가 꼭 지금의 제 마음 같았다. 불안하고 두서없는, 도통 놓아지지가 않는 느낌에는 적응이 어려웠다. 맺고 끊음이 분명한 걸 선

호하는 준우에게는 이런 식으로 혼합된 감정들이 마냥 껄끄러웠다.

소리 없이 거듭 한숨을 뱉은 준우가 기어를 조작하고 액셀을 밟았다. 미끄러지듯 부드럽게 빠져나가는 차 안에서 묵묵히 앞을 주시했다. 애써 지우려는 생각들이 스멀스멀 머릿속을 가득 채웠다. 핸들을 쥔 손이 불편해 한 손으로 고쳐 잡고는 나머지 팔을 창에 기댔다.

하루 종일 회의에 미팅에 정신이 없었다. 그만큼 회사 일이 분주히 잘 돌아간다는 증거였지만, 뭐든지 일일이 다 확인하고 넘어가야만 직성이 풀리는 성격 탓이기도 했다. 일에 관한 한 준우는 평소와는 다르게 매우 엄격했다. 세부사항 하나라도 변경될 시 처음부터 끝까지 모든 것들을 돌아보는 경향이 있었다. 그래야 더 나중에라도 손해나 그에 따른 후회가 조금이나마 줄어들 거라는 판단 때문이었다.

타이를 살짝 느슨하게 푼 준우가 신호에 맞춰 액셀에서 발을 떼고 브레이크를 밟았다. 정지선에 훨씬 못 가 멈춰선 벤츠가 큰 미동 없이 자리를 지켰다. 고민에 고민을 거듭했다. 어떻게 할지. 뭐가 맞을지 계속해서 생각했다. 헷갈린다. 모르겠다. 뭐가 뭔지. 당최.

'나 내일 쉴까 하는데. 만날 수 있어?'

전방을 주시하는 준우의 한쪽 눈가가 찡긋 구겨졌다. 표정이 한층 더 딱딱해졌다. 보고 싶다. 만나고 싶다. 근데 그럴 수가 없다. 그렇게 훌쩍 가 버릴 수는 없는 노릇이었다.

이렇게 될 줄 미처 몰랐다. 아니, 어쩌면 이런 식으로 갈등하게 될 줄 알았기에 미리 말을 해 놓은 건지도 모르겠다. 다른 날은 몰라도 일요일만큼은 본가에 들어가야 한다고 말했을 때 율은 대수롭지 않게 허락했었다. 너무 아무렇지 않아 해서 되레 서운했던 것도 같다.

날마다 보고 싶은 저와는 다른 것 같아서. 시간 날 때마다 어떻게든 만나려고 안달인 건 자신뿐인가 싶고. 회의에 야근에, 피곤한 몸이라도 억지로 부여잡고 거의 하루걸러 율을 만나러 그녀의 집으로 간다는 건 결코 쉬운 일이 아니었다. 준우로서는 굉장한 무리였다.

덕분에 생활리듬은 엉망인 데다 일에 할애할 자투리 시간마저 빼앗았다. 그래도 준우는 율과 함께 있는 것이 좋아 거리낌 없이 그래 왔다. 자는 모습이라도 보고 싶어서, 그렇게 율의 곁에서 잠드는 1분 1초가 소중해 밤늦게라도 율의 집에 꾸역꾸역 가는 거였는데. 그랬는데.

잠시만 들를까. 얼굴만 잠깐 보고 가면 그렇게 늦진 않을 테니까. 그러니까.

사이드 브레이크를 풀며 준우는 방향을 정하지 못하고 갈등했다. 다음 나타나는 교차로에서 오른편으로 꺾으면 본가, 왼쪽으로 꺾으면 율의 가게였다. 지그시 액셀을 밟으며 고민하고 있는데 벨소리가 울렸다. 액정을 확인하는 준우의 미간이 보일 듯 말 듯 일그러졌다.

"네, 어머니."

— 아들, 오고 있어? 얼마나 남았나 해서. 많이 걸리니?

"그게……."

세연이었다. 벌써부터 기대감에 부풀어 잔뜩 들뜬 그녀의 목소리를 듣자 맥이 탁 풀리고 만다. 애초에 고민하고 말고 할 것도 없었다는 사실이 허탈했다. 한숨을 애써 목으로 넘겼다.

— 거의 다 왔으면 지금 찌개 올리려는데. 어디야?

"어머니."

— 응?

"아버지는 도착하셨어요?"

— 응, 안 그래도 지금 주차하고 계신다. 너만 오면 돼.

"그래요?"

너만 오면 돼, 라는 말이 묵직하게 귓가에 내려앉았다. 서서히 모습을 드러내는 교차로 신호등을 보며 준우는 생각을 정리하듯 고개를 주억거렸다. 그러고는 방향지시등을 켜고 오른쪽 차선으로 갈아탔다. 이내 커다랗게 핸들을 꺾어 본가로 향하는 걸음을 재촉했다.

주말 저녁치곤 도로에 차가 적었다. 넉넉잡아 이십 분이 채 안 걸릴 것 같다고 말하자 세연은 더욱 들뜬 목소리로 운전 조심하라 일렀다. 통화를 마친 준우가 핸드폰을 조수석에 내려놓고는 타이를 조금더 느슨하게 풀었다. 얕게 일렁이는 눈동자 가득 율이 아른거렸다.

우선순위에서 밀렸다는 뜻이 아니다. 헌데, 설명하기가 어렵다. 나중에야 다 말해 주겠지만 집안 사정을 세세히 털어놓는다는 것이 준우는 왠지 편치 못했다. 율이 부담스러워할까 걱정이었다.

이해하고 못하고는 둘째 치고라도 율이 불편한 눈으로 자신을 볼까 그게 싫어 말할 엄두가 나질 않는다. 말한다고 해서 당장 달라질 것도 없고 말이다. 어쨌거나 세연이 아픈 건 사실이고, 아들로서 맡은 바 도리를 다하고 싶은 욕심과 마음도 여전하니까.

일단 지금은 본가로 가고, 이따 봐서 전화를 넣든지 해야겠다. 아니면 내일 일을 핑계로 나와 율을 만나는 것도 나쁘지는 않을 거다. 한 번도 그런 적이 없으니 잘 말하면 보내 주시겠지. 근데 참, 요새 잠이 모자랐다며 아까 전화로 종일 푹 자고 싶다고 했는데. 어쩐다.

생각할수록 답답한 상황에 준우가 손으로 거칠게 얼굴을 쓸어내렸다. 어둑해진 밤거리의 불빛들이 거슬릴 정도로 아름다웠다. 나중 일은 나중에 결정하자며 애써 맘을 달랜 준우가 액셀에 얹은 발끝에 더욱 힘을 실었다. 벤츠가 빠르게 공기를 가르며 앞으로 나아갔다.

"쯧쯧, 어째 일찍 출근하신다 했습니다."

"왜 또."

"눈 뜨고 조는 사람 살아생전 처음 봅니다."

"조는 거 아니거든?"

"그럼 아프십니까? 이젠 하다하다 아프기라도 하시게요?"

"야, 신재원."

"손님 오시네요. 어서 오십시오, 몇 분이시죠?"

내내 멍해 있는 율에게 참 아프게도 면박 주던 재원은 제가 언제 그랬냐는 듯 웃으며 손님에게로 향했다. 테이블로 안내하는 재원을 보며 한숨을 쉰 율은 카운터 안쪽 의자에 털썩 앉았다.

핸드폰이 잠잠했다. 내일 만나자고 던져 본 도발이 역시나 혼자만의 헛짓이었다는 결론이 내려졌다. 데이트다운 데이트를 해 본 게 언제였더라. 어제 찾아와 준 걸로 한참을 또 지나갈 준우란 거다.

만지작거리던 핸드폰을 주머니에 찔러 넣고 일어났다. Bar에 앉은 손님들과 눈인사를 하고 주문사항을 체크했다. 바텐들이 맞게 잘 제조하는지 살피고는 주방 쪽도 신경 써 준 율이 음악을 바꾸려 컴포넌트 앞에 몸을 숙였다.

기분도 꿀꿀한데 괜찮은 것 좀 없으려나. CD들을 뒤적여 마땅한 걸 찾던 율은 미디엄 템포의 분위기 있는 R&B음악을 골라 볼륨을 조절했다. 딸랑, 하고 들려오는 문소리에 몸을 일으키다 멈칫했다.

너……?

"손님으로 온 거예요. 내쫓기 없기."

"오빠 아는 가게였어?"

"조금. 여기 앉아도 되죠?"

유현이었다. 보란 듯이 카운터 바로 앞쪽 Bar에 자리 잡고 앉은 유현은 떨떠름하게 바라보는 율을 무시한 채 같이 들어온 여자와 사이좋게 메뉴판을 들여다보았다.

그래. 손님이니 뭐 어쩌겠어. 카운터로 돌아오는 재원에게 손짓을 하고서 카디건을 챙겨 들었다. 나가려는 채비를 하는 율을 유현이 티 나지 않게 힐끔거렸다. 재원이 퉁한 표정으로 율을 붙잡았다.

"어디 가십니까."

"한 대만 피우고 올게."

"폐암이 얼마나 무서운지 모르니까 그러시겠지만요."

"내 폐는 내가 알아서 해. 수고."

"30분 드립니다. 아무리 사장님이라도 농땡이 치면 월급 깔 겁니다."

"알았으니까 주문이나 받지 그러냐."

"네? 아아."

율을 붙잡느라 신경 못 쓴 유현을 알아챈 재원이 서둘러 영업용 미소를 지었다. 너른 시선을 주는 유현을 모른 척 율은 서둘러 돌아서서 Bar를 빠져나왔다.

계단을 오르는 발걸음이 무거웠다. 올해부터는 좀 줄이든 끊든 할랬더니 다 틀렸다. 준우를 만나고 되레 양이 늘어 버렸으니까. 그 마저도 준우 앞에서는 자제하느라 버겁다.

[본가 들어가는 길. 전화할게. 고생해.]

사람들을 구경하며 담배를 피우는데 문자가 왔다. 군더더기 없는 간결한 말투도 딱 준우다웠다. 율은 액정이 꺼질 때까지 문자를 들여다보다가 주머니에 넣었다. 답문을 하지 않아도 준우는 이해할 거다. 바쁘다고 하면 바쁜 줄 알 테니까. 못 봤다고 하면 그만이고, 그래도 준우는 성을 내지 않는다. 참, 담백하기 그지없는 관계다.

컴컴한 밤하늘을 향해 연기를 뱉었다. 당장이라도 전화 걸어 목소리가 듣고 싶었다. 귀찮다고 할 때까지 붙어서 안 떨어져 봤으면 좋겠어. 답지 않은 생각을 하던 율이 픽, 허탈하게 웃었다.

굳이 말로 하지 않아도 온전히 다 전해지는 줄 알았었다. 만지고 입을 맞추고 품에 안고서 그윽하게 바라보는 것 말고 지금 율은, 어떤 한 마디가 너무나 절실했다.

언제쯤 해 줄 건데. 내가 먼저 해야 해? 아니, 내가 말한다고 해서 너도 말해 줄까. 한준우한테 이 은율이가, 사랑이기는 한 걸까. 사랑까지는 될까. 솔직히 모르겠어. 자신이 없어, 나는. 너한테 내가 얼만큼인지. 준우야.

"35분입니다. 5분 깝니다."

"독한 놈."

"세상 살려면 독해질 필요가 있죠. 특히 사장님 같은 분 상대하려면 더더욱."

"부른다. 가 봐."

"네, 손님. 갑니다."

봤다 하면 설교질인 재원을 떼어 놓은 율이 웃으려다 멈칫했다. 유현이 자신을 뚫어져라 보고 있었다. 뭐라 뭐라 얘기 중인 여자에게 장단을 맞춰 주면서도 유현의 눈은 좀처럼 율에게서 떨어질 줄을 몰랐다.

네 파트너한테나 충실해, 인마.

새 여자로 또 바꾼 유현이 한심하면서도 굳이 간섭할 필요는 없었다. 이번 주 꽤 괜찮네. 장부를 뒤적여 매상을 체크한 율은 주방을 둘러보고 화장실로 들어갔다. 문득 인기척이 느껴졌다.

"야, 여기 직원용이야."

"꽉 찼어요. 한 번만 봐줘요."

"이게."

다짜고짜 지퍼부터 내리고 달려드는 유현을 막아서지 못한 율은 얼른 고개를 돌렸다. 하여간 저 막무가내 녀석. 급하진 않아도 할 일이 없어진 탓에 율은 세면대로 가 손을 씻었다.

공간절약의 의도는 좋다만 남녀 화장실을 구분해 놓지 않은 건 사실 지극히 야만스럽다. 대충 물기를 바지에 털고 담배를 꺼내 물었다. 볼일을 마치고 덩달아 손을 씻은 유현이 주머니에서 손수건을 꺼내어 닦으라며 내밀었다.

됐다고 뿌리친 율은 묵묵히 담배를 피웠다. 저도 한 대 달라는 유현의 부탁에 귀찮은 기색을 팍팍 내며 담배를 건넸다. 세면대 양

끝에 걸터앉은 율과 유현이 나란히 연기를 뱉었다. 조용한 화장실 안에 정적만이 감돌았다.

희미하게 새어 들어오는 홀의 음악소리에 집중하는 율이 천장을 올려다보았다. 스피커를 화장실에도 달까. 전선만 연결하면 가능도 하겠다. 내일 일찍 선배에게 묻고 처리해야겠다 생각하는 율을 향해 유현이 넌지시 입을 열었다.

"좋겠어요, 장사 잘돼서."

"내 가게 아니야."

"사장이라며."

"임시 사장이야. 잠깐 봐주는."

"아하. 누구, 아는 사람?"

살짝 높아진 톤으로 묻는 유현을 보며 율은 건성으로 고개를 끄덕였다. 그렇구나. 유현이 흐응, 하는 콧소리를 냈다.

"친한가 보네요. 가게까지 맡길 정도면."

"약간."

"그래도 사장은 사장이잖아, 그쵸? 부러워라."

"부러우면 너도 하나 차려."

"그럴까요? 사실 우리 집이 좀 살거든. 부모 잘 만나서 먹고 노는 대학생이에요, 나."

헤헤, 하고 살갑게 웃는 유현을 율은 무뚝뚝하게 째렸다. 자랑이랍시고 떠드는 유현이 영 한심했다. 연기를 훅 뱉은 율이 미간을 구겼다.

"근데 너무 이기적인 거 아니냐?"

"나요? 뭐가요?"

"밖에 말이야. 기다리고 있을 텐데."

"아, 쟤요. 지치면 가겠죠."

"뭐?"

기다리든 말든 상관없다며 유현은 대수롭지 않다는 듯 실실 웃었다. 아까 보니 어깨동무에 연신 볼도 비비고 꽤 친해 보이더만 돌변하는 유현의 모습이 맘에 들지 않았다. 여자를 개미 똥구멍만큼도 생각 않는 천하의 몹쓸 녀석이다. 너 그러다 벌 받는다. 몇 차례 목격한 장면들까지 들먹여 충고하는 율의 말에 유현은 그저 피식피식 웃기만 한다.

말을 들어 처먹는 녀석이 아니라니까. 담배를 세면대에 비벼 끈 율이 몸을 일으키며 핸드폰을 꺼내 들었다. 11시 반. 오늘 안으로 준우에게서 전화가 올까 생각하며 몸을 틀었다. 서둘러 유현이 율의 앞을 막아섰다. 물끄러미 올려 보는 율에게 유현이 한 발 더 가깝게 다가섰다. 유현의 눈빛이 뭔지 모를 감정들로 작게 반짝거렸다.

"어떻던가요."

"뭐가."

"나랑 같이 온 여자애요. 예쁘지 않아요?"

"그걸 왜 나한테 물어."

"빌려 줄까 하고요."

"뭐……?"

"맘에 든다면 빌려 준다고요. 쓸래요?"

뭐라고 지랄인지. 율은 도통 이해되지 않아 감흥 없이 눈만 깜빡였다. 너무도 태연하게, 아니, 자연스럽다 못해 무미건조한 음성으로 유현이 말을 이었다.

"아는 후배예요. 그냥 조금 친한. 부담 가질 거 없어요."

"뭐라는 건데."

"나름 인물 탑이에요. 우리 집에 왔던 애들이랑은 틀려요. 아직 안 건드렸거든, 내가."

"장난해?"

"당신은 장난을 이런 식으로 하나 봐요?"

"얀마."

"도와준다고요. 그 권태기."

"뭐?"

"갖다 써 봐요. 애인 질투 내기용으로. 어때요?"

권태기. 아는 여자 후배. 애인 질투 내기용으로 갖다 써요. 부담 가질 거 없으니까.

거기까지 말한 유현은 잘될 것 같지 않아요? 하고 물으며 보너스로 헤실거리는 눈웃음을 흘렸다.

대충 의중을 파악한 율은 하염없이 웃는 유현을 보며 할 말을 잃었다. 머리가 짧다고, 바지와 헐렁한 니트를 즐겨 입는다고, 애매하게 곱상하다고 해서 율을 남자로 치부한 녀석의 논리라면, 웬 여자를 데려가는 작전으로 현재의 판세를 뒤엎을 수 있다고 여기는 거였다.

뭔가 재미있어 하는 눈치다. 남은 지금 권태기라는 말만 들어도 가슴이 아린데 즐거워 죽는 표정을 하고 있다. 사악하게 피식피식 웃으면서. 새끼가.

또 놀아나고 있다는 생각이 어렴풋이 들었다. 같잖은 말 한마디로 사람 맘을 쥐락펴락하는 무개념 또라이.

네가 진짜 나랑 한번 해보자는 거냐?

코웃음을 치며 유현을 밀치고 화장실 문을 잡았다. 그러기 무섭게 유현은 문을 도로 닫아 굳게 잠갔다. 떡 버티고 선 유현을 향해 율이 눈썹을 씰룩였다. 이게 대체 뭐하자는 수작인가 싶었다.

"인정할 건 하죠. 문제 있잖아요. 아니에요?"

"비켜."

"도와준대도 난리예요, 왜. 싫어요? 여자 생겼다고 해 봐요, 기절할걸."

"다물라고. 저리 안 비켜?"

"극약처방이 필요한 거면 내가 나서 줄 수도 있어요. 남자애인 어때요? 난 사실 그쪽이 더 좋은데."

"나한테 관심 있냐, 설마?"

지독한 데자뷰였다. 이런 식의 접근에는 이골이 났다. 남자라는 데도 달라붙고 난리라니 뭐가 진짜.

힐난하듯 캐묻는 율을 보며 유현이 멈칫했다. 관심이라는 단어에인지, 덧붙인 설마가 거슬린 건지 유현의 눈동자가 물결치듯 일렁였다.

아니면 비켜. 까불지 말고. 율은 문을 향해 손을 뻗었다. 기다렸다는 듯 유현이 율의 손을 확 낚아챘다. 거칠게 문에 밀어붙여진 율이 제 양팔을 결박하는 유현을 향해 눈을 치켜떴다. 유현이 작게 다그쳤다.

"가져도 돼요? 가져도 된다는 겁니까? 관심 가지라고 이래요?"

"놔."

"갖지 않길 바란다면 이럴 수는 없잖아요. 이기적인 건 당신이야. 어떻게 이렇게까지 예쁜 건데?"

"비키라고, 쫌. 야."

"원래 임자 있는 사람은 건드리지 않는 게 내 철칙인데. 몰라. 모르겠어요. 세컨이든 뭐든 괜찮으니까 나랑 해요."

"뭐, 새끼야?"

"하자고, 나랑. 척이든 뭐든. 남자라도 상관없으니까, 이용하는 거라도 좋으니까 나랑 만나자고. 어때요? 콜?"

"하······!"

떡 줄 사람은 생각도 않는데 김칫국부터 원샷하는 유현의 말에 율이 한쪽 입가를 뒤틀었다. 굉장히 가까운 거리였다. 율의 숨결이 고스란히 유현의 볼에 닿았다.

간지러웠다. 말랑말랑 따끈따끈. 도톰하니 예쁜 저 붉은 입술을 머금어 빤다면 분명 그보다 훨씬 더 큰 희열을 느낄 수 있을 거라고 유현은 생각했다. 가까이에서 보니까 진짜 더 장난 아니다. 이대로 확 덮쳐 볼까 고민하던 유현이 싸늘히 식은 율의 눈동자를 발견하고 숨을 죽였다.

냉기가 가득했다. 그러면서도 한편으로는 참 외롭고 쓸쓸한 눈빛이었다. 공허하다. 눈동자의 초점이 살짝 어긋나 있다는 것을 그제야 깨달았다. 뭘 생각하는 걸까. 대체 누굴 바라보는 걸까, 지금. 유현은 열심히 율의 표정을 살피려 애를 썼으나 쉽지 않았다. 율의 시선이 아주 살짝 낮아졌다.

율은 순간적으로 준우를 떠올렸다. 다섯 살이나 어린 녀석에게 놀아난다는 것보다도 이 순간 준우가 아른거려 목이 멨다. 그리워서. 간절해서. 자동이다. 준우만 생각하면 생살이 베이는 것처럼 맘이 온통 따갑고 아주 그냥 모든 게 다 서러워진다.

적당히 하고 말 슬픔이 아니었다. 알면서도 막을 수가 없다. 준우를 향한 맘이란 늘 무한대니까. 좋아지면 좋아질수록 그 이상으로 아픈 맘이 괜스레 서글펐다. 이렇게나 아픈 맘으로 준우를 담고 바라본다는 게 율은 슬슬 견디기 힘들어지고 있었다.

문제가 있음을 인정하란다. 마냥 좋을 수만은 없음을 인정하는 순간 어떻게 될지는 불 보듯 뻔한 일이었다. 준우에 대해 갖고 있는 자격지심은 결국 율을 준우의 곁에서 스스로 물러나게 만들 것이다. 보고 싶고 그립고. 그렇지만 생각이 많아질수록, 감정이 깊어질수록 율은 준우와의 마지막을 떠올리게 된다. 이 이상은 나아가지 말자, 다짐하고야 만다.

혼자서만 생각하는 끝. 무섭고 두렵고 겁이 나 벌벌 떨면서도 염두에 둬야 하는 슬픔. 죽음과도 같은. 끝을 정해 놓고 시작하는 사랑은 없다. 하지만 율에게는 그 끝이 너무도 선명하게 보였다. 줄타기를 하는 기분이다. 언제 떨어질까 불안해하면서. 평생이라는 보장을 결코 바랄 수가 없다. 그래서는 안 되는 거니까. 율이 아랫입술을 지그시 베어 물었다.

적당히 좋아하려고 하는데, 그게 잘 안 돼. 너무 많이 좋아져서 힘들어. 너한테 끝도 없이 욕심이 나서 미치겠어. 웃기지도 않게. 그렇잖아. 어쩔 수 없잖아. 나는 너에 비해 아주 많이 모자라고 부족하고, 여자도 남자도 아닌 이런 말 안 되는 모습을 하고 있고, 또······.

어울리지 않는다는 걸 알면서도 네 곁에 있는 게 잘하는 짓일까. 들고 있기 무겁다고 내려놓으면 버틸 수 있을까. 너 없이 내가, 과연 괜찮을까. 힘든 거 싫어. 못하겠어. 복잡해지기 싫은데도 자꾸 복잡해져. 네가 좋아질수록 너한테 너무 많이 미안해진단 말이야.

나, 어떡해······? 어떡하지······?

"저기요."

"……."

"괜찮아요? 괜찮은 거예요?"

넋을 놓던 율이 유현의 부름에 천천히 시선을 들어 올렸다. 눈이 마주치는 순간 유현은 저도 모르게 입을 꾹 다물었다. 심장이 욱신거렸다. 손끝마저 저릿저릿 떨렸다.

율의 두 눈에 물기가 가득 어려 있었다. 차올라 글썽이는 슬픔이 말도 못하게 서럽고 아팠다. 울리려던 건 아니었는데. 이런 반응을 기대하고 말을 꺼낸 게 결코 아닌데.

하…….

묵묵히 지켜보던 유현의 입술이 끝내 뒤틀렸다. 율은, 그런 유현을 조심스레 밀어내고 문을 열었다. 유현은 오래도록 움직일 수 없었다. 율의 얼굴이 눈앞에 아른거렸다.

농담처럼 꺼냈지만 농담이 아니었다. 장난인 듯 얘기했어도 진심 도움이 됐으면 했던 건데. 근데.

유현이 고개를 떨궜다. 가슴이 세차게 요동치고 있었다. 귓가가 아득해졌다.

03.

아직은 네가 멀다

"이 양반이 왜 이렇게 안 나온다니. 잠이라도 드셨나."

"……"

"가서 좀 불러와야겠다. 찌개 다 식겠어."

"……"

"준우야. 준우야? 아들!"

멍하니 핸드폰을 내려다보던 준우가 세연의 부름에 고개를 들었다. 얘가. 뭐 그리 정신을 놓고 있느냐는 타박에 준우는 서둘러 핸드폰을 주머니에 집어넣었다. 몸을 일으키는데 문소리가 났다.

가볍게 머리를 헝클듯 털며 욕실을 나서는 승환이 보였다. 굳이 부르러 갈 필요가 없어졌다지만 준우는 일어선 김에 승환이 먼저 앉길 기다렸다. 세연이 승환을 향해 새치름히 눈을 흘겼다.

"당신도 참. 무슨 샤워를 그렇게 오래 해요?"

"나름 서두른 거니까 쪼지 맙시다."

"그러게 식사부터 하고 씻으라니까. 고집은. 어휴."

못마땅한 얼굴로 툴툴대는 세연의 말에 승환이 눈썹을 한 번 들었다 놓았다. 욕조에서 잠깐 졸았음을 부인하기엔 그의 얼굴에 남아 있는 피곤함이 너무도 역력했다. 애써 태연한 척 승환은 여태 기다렸을 준우에게 그만 식사하자는 눈짓을 보내며 수저를 들었다. 세연이 이내 승환으로부터 관심을 거두고는 준우를 챙겼다.

"골고루 많이 먹어, 아들."

"어머니도 얼른 드세요."

"요즘도 바쁘니? 어떻게, 끼니는 잘 챙겨 가면서 하는 거야?"

"그럼요. 걱정 안 하셔도 돼요."

"너무 늦게까지 매달리고 그러지 마, 응? 몸 상해. 얼굴 반쪽 된 것 좀 봐."

세연이 속상해 죽겠는 얼굴로 준우를 봤다. 정신없이 일에만 빠져 사는 게 분명하다며 걱정하는 세연의 말에 준우가 옅게 웃었다. 원래도 많던 잔소리가 따로 살게 된 후부터는 기하급수적으로 늘어난 세연이었다.

그럼에도 준우는 이제껏 단 한 번도 듣기 싫다는 말을 한 적이 없었다. 짜증을 내거나 성질을 부리지도 않은 채 그저 매번 처음 듣는 것처럼 고개를 끄덕이며 조용히 경청했다. 배려심이 남다른 아들 때문에 애꿎게 피해를 보는 건 다름 아닌 승환이었다. 승환이 작게 헛기침을 했다.

"식사부터 합시다. 애가 고개 끄덕이느라 못 먹고 있어요."

"어머, 그거랑 이거랑 무슨 상관이라고. 밥을 고개로 먹어요?"

"적당히 하라 이 말이지. 하도 들어서 귀에 딱지 앉겠네."

"애 얼굴을 봐요, 적당히 하게 생겼나. 잠도 제대로 못 자나 본데. 일이 그렇게까지 많니? 좀 줄일 순 없어?"

"어허, 이 사람."

거기까지만, 하고 못을 박은 승환이 짐짓 엄한 얼굴을 했다. 아랫입술까지 지그시 무는 승환이라 세연은 못 이기는 척 입을 다물었다. 세연의 시선이 준우에게로 향했다. 염려 놓으시라고, 알아서 잘하고 있으니 믿으시라는 뜻으로 준우가 점잖게 입가를 말아 올렸다. 차분하고 진중한 그 미소에 세연의 표정이 절로 흐뭇해졌다. 승환이 못 말린다는 듯 고개를 저었다.

주말마다 이뤄지는 가족식사는 어디까지나 세연을 위해 마련된 자리였다. 승환 역시 아들인 준우를 아끼긴 하나 세연은 그 도가 확실히 지나쳤다. 누가 보면 몇 년 만에 만나는 사이인 줄 알 만큼 준우에게서 눈을 못 떼는 세연이 극성이다 싶으면서도, 그 속내를 알기에 승환은 구태여 만류하지 못한다.

"학회 준비는 다 하셨어요?"

"생각난 김에 좀 보고 자야겠다."

"일찍 주무세요. 피곤해 보이시는데."

"녀석, 너도 그만 올라가 쉬거라."

"준우 피곤하니? 과일 좀 내올까?"

식사 후 간단히 차를 마셨다. 이런저런 대화를 나누다 서재로 향하려던 승환이 세연을 말렸다. 더는 귀찮게 말고 놔두라는 눈짓을 하자 세연이 입을 삐죽였다.

머뭇거리던 준우는 승환의 재촉을 받고서야 몸을 일으켰다. 계단을 올라가는 준우에게 세연이 금방 깎아 가져다주겠다고 소리쳤다. 준우가 알겠다며 피식 웃었다.

방에 막 들어서는데 회사로부터 연락이 왔다. 바뀐 사항들에 대한 최종 검토를 기다린다는 말에 준우는 컴퓨터를 켜고 책상에 앉았다. 메일을 확인하는 준우의 표정이 매우 진지했다. 살짝만 잘못 판단해도 받게 되는 데미지는 컸다. 일을 시작하면서 숫자 하나 대강 살핀 적이 없는 준우는 놀라운 집중력으로 서류를 검토하고 수정 방향을 지시하는 메일을 보냈다.

전송버튼을 누르고 참았던 숨을 내쉬었다. 핸드폰을 집어 들다가 멍해졌다. 바쁠까. 많이, 바쁘려나. 아무래도 토요일이니까. 밀려드는 갈증을 억누른 준우는 회사로 전화를 넣었다.

"또 일이니? 집에까지 와서 너도 참."

통화가 끝나갈 즈음 세연이 방에 들어왔다. 방해되지 않도록 얌전히 기다린 세연은 핸드폰을 내려놓는 준우에게 툴툴거렸다. 좀 쉬라니까 말 안 듣는 아들을 야속하게 바라봤다.

과일을 종류별로 한가득 깎아 담아 온 세연을 보며 준우가 웃었다. 준우를 데려다 침대 끝에 나란히 걸터앉게 한 세연이 포크로 키위를 찍어 내밀었다. 주는 대로 얌전히 잘 먹는 준우를 보다가 입을 열었다.

"쉬엄쉬엄 해."

"네."

"힘든 거 있으면 언제든 얘기하고. 응?"

"그럴게요."

"무리하지 마. 그러다 진짜 너 또 쓰러지기라도 하면 이 엄마는…….”

상상만으로도 속상한지 세연이 얼굴을 찌푸렸다. 미처 다 잇지
못하고 얼버무린 말뜻을 준우는 어렵지 않게 알아들었다. 어느덧 촉
촉해진 세연의 눈동자를 보다가 손을 뻗었다. 조심할게요. 걱정 마
세요. 준우는 나지막하게 읊조리며 세연의 손을 꼬옥 잡아 주었다.
그러자 세연이 다른 손까지 더해 준우를 감쌌다. 전해지는 온기는
따뜻하면서도 슬펐다.

오랜 기간 세연은 극심한 마음의 병을 앓아야 했다. 뜬금없이 불
의의 사고를 당한 하나뿐인 아들 준우 때문이었다. 착하고 단정한
아들은 의협심마저 강해 제가 옳다고 믿는 건 무조건 실천할 만큼
올곧고 고지식했다. 누군가 도움을 청하면 외면하지 못했고, 그러다
급기야 몸이 다치는 일까지 발생하고 말았다.

편의점에 든 강도를 쫓다가 차에 치였다. 치인 상태에서도 다시
일어나 결국은 그 강도를 잡아넣었던 준우는 그 후유증으로 몇 달
병원 신세를 져야 했었다.

멋모르고 혈기왕성하던 20대 초반의 일이라지만 세연은 아직도
그때만 생각하면 심장이 벌렁거렸다. 의식이 없는 상태로 일주일 동
안 깨어나지 못하던 아들이 아닌가. 이대로 준우를 잃는 건 아닌가
싶어 매일매일이 눈물바람이었다.

그래서 준우에 대한 노파심이 유독 더 거세고 강해진 거였다.

“왜, 더 먹지 않고.”

“배불러요.”

“목은 안 마르니? 주스라도 갈아 줄까?”

“아니요.”

그만 됐다는 준우가 고개를 저었다. 피곤한 기색이 역력한 아들을 세연은 물끄러미 바라보았다. 예전보다야 나아졌다지만 여전히 고집이 센 녀석이었다. 무뚝뚝한 거야 타고났고.

그래도 그 뒤로는 최대한 조심을 해 주어서, 마음 여린 엄마의 뜻을 웬만하면 거스르지 않으려 노력도 많이 해 주어서 믿고 있다. 다신 무모한 짓은 않을 거라는 것을. 어쨌거나 제 일은 철저할 정도로 완벽하게 알아서 잘 해내는 준우니까.

접시를 챙겨 든 세연이 쉬라며 일어섰다. 문으로 걸어가다가 다시금 뒤를 돌아보았다.

"아들."

"네."

"내일 저녁까지 있다 갈 거지?"

하루 더 자고 여기서 바로 출근하라는 세연의 말에 준우는 순간 멈칫했다. 그럴게요, 라는 답이 쉬이 나오지 않았다. 순간 떠오른 율이 몹시도 간절했다. 쉽사리 대꾸 않는 준우를 향해 세연이 침울한 얼굴을 했다. 안 된다고 했다간 근심에 우려에, 밤새 홀로 불안해할 세연을 준우는 아주 잘 알고 있었다. 그래서.

마지못해 고개를 끄덕였다. 세연의 표정이 이루 말할 수 없을 정도로 환해졌다. 좋은 꿈꾸라는 인사를 건넨 세연이 조용히 문을 여닫고 사라졌다. 준우가 풀썩 침대 위로 쓰러지듯 누웠다.

걱정에 걱정, 또 걱정. 번거롭고 귀찮아도 맞춰 주는 편이 옳다. 어지간한 거라면 뭐든 다 따라 주리라 다짐했었다. 어머니를 울릴 수는 없으니. 두 번 다시는. 그렇지만.

목소리 듣고 싶은데. 잠깐도 안 될까. 보고 싶어. 그냥 들를 걸 그랬나 봐. 몰래라도 보고 오는 건데. 너를.

"율아……."

들릴 듯 말 듯 작게 중얼거렸다. 참던 끝에 터져 나온 이름에 지그시 눈을 감아 내렸다. 숨결이 가득 실린 목소리로 부르자 한층 더 그리웠다. 마른침을 삼켰다. 유려한 목덜미가 부드럽게 움직였다. 도로 눈을 뜬 준우가 멍한 얼굴로 천장을 응시했다. 그 위에 아른거리는 율을 바라봤다.

수시로 이렇게 사람을 괴롭힌다. 잠시 잠깐도 잊을 수가 없다. 처음부터 그랬다. 처음 봤을 때부터 율은, 준우로 하여금 정상적인 사고를 할 수 없게 만들었다. 내내 떠오르고, 매 순간 정말 지독하게도 그리웠다.

원래 이런가. 누굴 진지하게 만나 보질 않아 준우는 이렇게 끌려가는 게 맞는 건지 자꾸만 의구심이 들었다. 지장을 받고 있었다. 그것도 아주, 심각하게.

여자에는 그다지 관심이 없었다. 연애를 할 필요성도 느끼지 못하고 살았다. 만나 보고 싶다고 여긴 사람 역시 율 이전에는 결코 없었다. 보는 이로 하여금 가슴 두근거리게 하는 근사한 외모를 갖추고 있음에도 준우는, 단조롭다 못해 참으로 무미건조한 삶을 살아왔다.

이제껏 결과가 딱딱 떨어지는 것들만 상대했었다. 가령, 제가 하는 일이라든가 하는. 목표가 생기면 돌진하는 스타일인 준우에게 있어 당장의 목표는 오로지 일이었고, 그런 와중에 굉장한 변수로 끼어든 율이 그저 어려웠다. 서툴다는 표현이 맞을 테다. 해 본 적이 없어서.

시선을 빼앗아 간 사람이 왜 하필 남자인 건지 지극히도 괴롭고 혼란스러웠다. 율이 여자란 걸 알고 더는 망설이지 않게 됨이 다행이었지만 의외로 역효과 또한 존재했다. 마음이 가도 너무 간다는 것. 불쑥불쑥 생각이 나서 못 견디겠다는 것.

언제 어디서든 율만 떠올리는 이대로가 괜찮을지 준우는 고민스러웠다. 부담으로 느낀다면 어쩌나 싶고. 게다가 율은.

'아, 몰라. 모르니까 묻지 마. 다 몰라. 모를 거야.'

느릿하게 눈을 감았다 뜬 준우가 고개를 돌렸다. 밤 10시를 향해 가는 시계를 확인하자 푸욱 한숨이 나왔다. 그야말로 한창 바쁠 시간이었다. 이끌림을 못 이겨 출근 도장을 찍던 시절, 이미 파악했다.

밀려드는 손님을 맞느라 분주할 율을 떠올린 준우는 핸드폰을 잡으려던 손을 거뒀다. 목소리 듣겠다는 욕심만으로 율을 불편하게 만들 수는 없다는 생각이 들었다.

귀찮은 걸 싫어한다. 복잡한 것도 질색해한다. 안 그래도 정신없을 상황에 보태기가 꺼려진다. 답문도 보내지 못할 정도로 바쁘다는데 굳이 신경 쓰게 하는 건 제가 더 싫다.

다시 고개를 바로 해 천장을 봤다. 율의 얼굴을 불러내 눈앞에 띄워 놓았다. 예쁘다. 그저 예쁘고 좋다, 율이.

저도 모르게 입가를 쓱 말아 올린 준우가 허공의 율을 보며 느슨하게 웃었다. 문득 율과 보내온 지난 시간들이 새록새록 머릿속에 피어올랐다. 기억 속을 헤집는 준우의 눈동자가 아련하게 일렁였다.

'저기.'

'네?'

'미안합니다. 내가 이런 사람이 아닌데. 진짜 너무 좋아서요.'

'한준우 씨.'

'혹시 싫지 않았다면 아까 그거, 한 번만 더 해도 되겠습니까?'

'네……?'

지독한 가슴앓이는 끝이 없었다. 이대로는 안 되겠다 싶어 술김에 용기를 내 기다렸다. 더는 혼자 담아 둘 수 없을 만큼 커 버린 마음을 고백했던 그날, 계속 좋아해도 된다는 허락을 받음과 동시에 준우는 율에게 조심스레 키스를 했다.

보드랍고 말랑한 입술이 닿는 순간 정신을 잃을 뻔했다. 달콤해서. 따뜻해서. 소름이 끼칠 정도로 감미로워서.

살짝살짝 움직이는 매끈한 혀가 지나치게 달달했다. 머금어 빨아들인 입술 너머 간지러운 숨결조차도 욕심이 났다. 정말이지 생애 처음으로 맛본 극한의 부드러움이었다. 머리부터 발끝까지 모든 혈관과 세포들이 홧홧하게 요동을 쳤다. 그저, 좋았다.

심장을 후끈 달아오르게 만든 율과의 키스가 너무 황홀해 준우는 도착한 율의 집 앞에서 다시금 그녀의 얼굴을 부여잡았다. 수줍게 눈을 감아 주던 율이 길어지는 키스 중반 즈음 준우의 목에 손을 둘렀다. 덕분에 몸이 더욱 밀착됐고, 준우는 아랫배가 뻐근해 혼이 났다.

그대로 율을 안아 버리고만 싶었다. 누군가를 상대로 이런 식의 감정을 품어 본 적은 단 한 번도 없었다. 갖은 애를 쓰며 스스로를 참아 냈다. 너무 급히 가면 율이 싫어할 것 같았다.

준우 자신조차도 겁이 났던 것 같다. 율을 안았다가 더 빠져들게 될까 봐. 지금도 충분히 미치겠는데 더 정신 못 차리게 될까 싶어 조심하자고 다짐했다. 가능할지는 모르겠지만.

'완전 예쁘다. 불빛 좀 봐.'

'맘에 들어?'

'응, 대박. 여긴 어떻게 알았어? 와 봤어?'

'아니, 인터넷 찾아보니까 여자들이 좋아하는 곳이라고 하더라고. 그래서.'

'일부러 찾은 거야? 나 보여 주려고?'

'밖에서 하는 첫 데이튼데 아무 데나 가긴 싫었거든. 이리 와. 춥겠다.'

서른 살 동갑내기라 말을 놓기로 하자 급속도로 친해졌다. 그보다는 만날 때마다 부딪힌 입술의 영향이 더 컸는지도 모르겠다. 없는 시간을 쪼개어 데이트 신청을 한 준우는 율의 가게나 집 말고 다른 곳을 데려가고 싶어 인터넷에서 소문난 야경을 보여 주러 갔다.

과연 높은 곳에서 내려다보는 도시의 야경은 무척 아름다웠다. 빼곡하게 들어찬 화려한 불빛의 향연도 좋았지만, 눈을 동그랗게 뜨고 신나 하는 율의 모습이 준우에게는 더더욱 감동이었다.

우와, 하고 연신 감탄사를 연발하는 도톰하니 붉은 율의 입술에서 시선을 뗄 수가 없었다. 춥겠다는 핑계로 율을 데려다 품에 안아 주다가 또 진하게 입을 맞췄다.

율과 함께 있는 매 순간이 준우에게는 신세계였다. 사소한 모든 것들마저 새롭고 신기했다. 율을 만지면 기분이 좋아진다는 것도, 잠든 율을 바라보느라 밤새 몇 번이고 눈을 떴다 감았다 한다는 것도, 율의 일거수일투족을 놓치지 않으려 내내 긴장하고 또 조심한다는 것도 준우로서는 특별한 경험이었다. 이제껏 겪어 보지 못한 아주 특별하고 소중한 경험.

어쩌면 이럴 수 있을까 싶기도 하다. 일을 하면서도 율을 떠올린다. 사람들을 만날 때나 운전을 할 때나 머릿속 가득 들어차는 건 영락없이 율이다. 한도 끝도 없다. 어떻게 된 게.

근데…….

사람이 이렇게까지 좋아질 수 있는지 의문이고, 솔직히 스스로가 정상은 아닌 것도 같아 준우는 부러 내색하지 않으려 안간힘을 쓰고 있었다. 어디부터 어디까지 표현해야 좋을지를 모르겠는 거였다. 얼마만큼 놓아 버리는 게 맞는지도 헷갈린다. 마음이 깊어지고 감정이 커질수록 생각은 비교도 안 될 정도로 확연히 많아진다는 걸 준우는 이제야 깨달았다.

다 갖고 싶은데 그래도 될까 싶어 조심스럽고, 또 조심스럽다. 솔직하게 다가오는 것 같으면서도 아직은 모르겠으니까. 율을. 율의 마음을. 율이 무슨 생각을 하며 자신을 대하는지조차. 그래서.

나이가 많아지면 겁이 는다더니 딱 그 꼴인 스스로를 탓하며 준우는 눈을 감았다. 눈두덩에 손을 올리고 어둠을 맞이했다. 뭘 어떻게 해야 하지. 널 전부 다 가지려면. 나는. 율아.

"퇴근?"

총총걸음으로 계단을 마저 올라간 율이 인기척을 발견하고 멈칫했다. 입구 바로 옆 벽에 기대어 서 있는 유현이 보였다. 유현이 물고 있던 담배를 바닥으로 던졌다.

반갑지도, 그렇다고 썩 거리낄 것도 없다는 듯 그저 무미건조한 표정으로 율은 유현을 봤다. 다소 머쓱한 미소를 지으며 유현이 율에게로 다가섰다.

"기다렸어요. 추워 뒈지겠는데도 여기 서서 계속."

"왜."

"그냥요. 그냥. 그냥, 그냥."

주특기인 그냥을 반복해서 들먹이는 유현이 고개를 떨궜다. 발끝으로 바닥을 까 대는 모습이 어쩐지 초조해 보였다. 뭐랄까. 아까의 투닥거림에 대해 사과라도 하고 싶은 얼굴이었다.

감정이 바로 드러나는 타입인가, 율은 생각했다. 미안해서 어쩔 줄 몰라 하는 유현이 오히려 거슬렸다. 준우와는 참 다른 녀석. 준우를, 또 떠올리게 하는 상황. 율은 입을 꾹 다물고 유현을 지나쳤다. 유현이 얼른 그 뒤를 따랐다.

유현은 뭐라 말을 걸려다 번번이 타이밍을 놓치고 쩔쩔맸다. 아무 말이나 던지고 보던 전과는 마음가짐부터가 달랐다. 울듯한 율의 얼굴이 좀처럼 잊혀지질 않았다. 내내 생각나고 신경 쓰이고. 머릿속에서 어지러이 돌아다니고 계속.

그래서 기다렸다. 괜찮은지만 보고 가자, 했던 거다. 근데. 평소와 같은 차가운 표정과 눈빛의 율을 보자 금세 또 계획이 바뀌고 만다. 아무 일 없었던 듯 굴어도 그게 아니면 어쩌나 싶은 노파심 때문에. 그렇다면.

"집으로 갈 거예요?"

"그럼 어딜 가."

"같이 술 한잔하는 거 어떤가 해서요."

우울하고 꿀꿀할 땐 술이 특효라고 믿는 유현은 율을 향해 넌지시 말을 꺼냈다. 대뜸 터져 나온 말이 의외였는지 율이 유현을 돌아보았다. 유흥가를 빠져나와 큰길에 도착해서 택시를 막 잡으려던 참이었다. 못 들은 척 율이 차도로 시선을 옮겼다. 유현이 목소리를 살짝 높였다.

"어디 가서 한잔해요."

"됐어."

"갑시다. 내가 살게요. 비싼 걸로, 응?"

"됐다고, 글쎄. 안 해."

"에이, 좀 봐줘요. 나 진짜 완전 노력하고 있는데."

기분 풀어 주려 애쓰고 있는 게 안 보이느냐며 유현이 툴툴댔다. 투정처럼 흘러나온 목소리가 사뭇 개구졌다. 어리다 어리다 했더니 이제는 떼까지 쓰고 있다, 이 녀석.

저만치 앞에서 빈 택시 한 대가 맹렬하게 달려오고 있었다. 서둘러 손을 치켜든 율이 유현을 무시하고 도착한 택시에 올랐다. 문을 닫으려던 율은, 그러나 따라 타는 유현 때문에 더 안쪽으로 옮겨 앉아야 했다.

"야, 뭐야."

"가시죠, 기사님. 고고."

"너 진짜……."

재빨리 주소를 읊은 유현이 서둘러 달라며 조수석 시트를 톡톡 쳤다. 행선지까지 들었겠다, 더 망설일 이유가 없는 기사는 이내 차를 출발시켰다. 어차피 한 동네니 문제 될 건 없었다. 체념한 율은 유현을 타박하는 대신 주머니를 뒤적여 핸드폰을 꺼내 들었다. 유현이 몰래 율을 힐끔거렸다.

결국 준우에게서는 전화가 걸려오지 않았다. 예상했던 대로 잠잠한 핸드폰을 심드렁하게 들여다보던 율이 어깨를 들썩였다. 흘러나온 한숨에 가슴이 묵직해졌다. 전화한다던 게 내일 전화한다는 얘기였나 보다. 괜히 오매불망 기다렸다.

뭐가 힘들다고 고작 두 글자인 '내일'을 안 붙여 이토록 안달 나게 하는지 율은 내심 준우가 야속했다. 자신의 헛된 기대보다 준우의 무심함을 탓하는 게 차라리 속 편하다.

늦은 시간이라 곤히 잘 자고 있을 준우를 떠올리며 율은 조금 더 핸드폰을 눈에 담았다. 손으로 액정을 쓸었다. 조심스럽게.

보고 싶어. 만나고 싶어. 목소리 듣고 싶어 죽겠어. 준우야. 넌 안 그래……?

"어? 비 온다."

하염없이 넋을 놓던 율이 유현의 말에 고개를 돌렸다. 차창에 와 부딪혀 떨어지는 빗방울들이 보였다. 내리는 간격이 빠르게 좁혀지고 있었다. 율의 눈동자가 작게 일렁였다.

율은 자연적으로 준우를 떠올렸다. 언젠가 비 오는 날, 준우의 차를 타고 함께 있던 그 날, 그 시간들을 떠올렸다.

쏟아져 내리는 빗속에서 준우는 운전을 하며 흘러나오는 음악을 나직이 따라 불렀었다. 나른할 만큼 감미로운 목소리로, 붉은 입술을 달싹여 숨결을 섞어 가며 참 조용히도 불렀다.

그러면서도 시선만큼은 계속 다른 차들을 주시하며 운전에 열중했다. 빗길이라 평소보다도 더욱 조심해 주던 준우가 율의 눈에는 그저 근사했다. 능숙하게 핸들을 꺾으며 살짝 리듬을 타던 고갯짓도. 이따금씩 율을 바라보며 엷게 웃던 입매도.

잠이 올까 싶다. 밤새 준우를 그리워하느라 도통 잠을 이루지 못할 것만 같은데. 불면증의 원인이 또 하나 늘었다. 준우가 곁에 없는 날이면, 마음이 시려 눈을 감을 수도 없다.

"진짜 한잔 안 할래요?"

나눠 내자는데도 유현은 한사코 제가 다 택시 요금을 치렀다. 됐다는데 굳이 건넬 필요는 없을 것 같아 지갑을 도로 넣은 율이 센서 문으로 가려던 걸음을 멈췄다. 내리는 빗속에서 유현이 작게 웃었다.

심심해 보이는데 한잔하자며, 장소 제공만 해 주면 술은 제가 사겠다는 유현이 살며시 눈꼬리를 내렸다. 안주고 뭐고 필요한 거 모조리 다 시켜도 된다면서 매우 필사적으로 졸라 대는 유현이었다. 율이 비를 막으려 손으로 이마를 가렸다.

됐다는 말도 귀찮았다. 입술을 달싹이는 것조차 번거로워 율은 뚱하게 유현을 응시했다. 혹시 고민할 시간이 필요한 거면 기다려 주겠다며 유현이 또 웃는다. 간지러운 눈웃음을 보다가 이내 몸을 돌렸다. 기다릴 거예요, 라고 크게 소리치는 유현을 무시하고 센서 문을 열었다.

집으로 들어간 율은 곧장 샤워부터 했다. 몰랐는데 꽤 쌀쌀한 날

씨였다. 따뜻한 물에 몸을 담그자 일시에 한기가 밀려들었다. 비까지 내려 더 그럴 거라 생각하며 서둘러 씻고 나와 머리를 말렸다.

텔레비전을 틀었다. 맥주나 좀 마실까. 여간해선 잠이 오지 않을 것 같다. 이런 맨정신으로 잠을 청한다는 자체가 시간 낭비란 걸 율은 무수히도 많이 깨우치며 살아왔다.

기억을 지우려는 노력, 혹은 억지스런 자기 위로. 전혀 도움 안 될 그 짓을 무려 10년째 하고 있는 한심한 자신.

쉴 새 없이 아른거리는 준우 덕분에 더더욱 다운인 기분을 달래려 결국 율은 취하기로 결정했다. 맥주와 소주와 장식장에 고이 넣어 뒀던 와인도 챙겨 가져왔다. 그러다가,

저게…….

문득 담배부터 한 대 피울까 싶어졌다. 아무 생각 없이 카디건을 걸치고 베란다로 향하던 율은 무의식적으로 시선을 내렸다가 화들짝 놀랐다.

세차게 퍼붓는 비로 인해 시야가 조금 흐려지긴 했다. 그래도 우두커니 서서 비를 쫄딱 맞고 있는 유현의 모습이 구분 안 될 정도는 아니었다. 주머니에 두 손을 꽂고 고개를 떨군 채 발로 바닥을 끼적이는 유현을 발견한 율은 얼른 베란다 문을 열어젖혔다. 유현이 고개를 들었다.

"야."

"오, 나왔다. 웰컴."

"이 미친놈아."

"추워 죽겠네. 꼭 겨울비 같아요, 이제 막 가을인데."

"그만하고 들어가."

"틀렸어요. 들어와, 라고 해야죠."

"정유현."

"한 잔만 해요. 도저히 잠이 올 것 같지 않아서 그래요, 네?"

"얀마."

"딱 한 잔만요. 나 실은 불면증 있거든요. 불쌍한 사람 도와주는 셈치고 같이 좀 마셔 줘요. 제발요."

잔뜩 젖은 몰골을 하고서 유현은 웃었다. 곱게 접힌 눈매에 악의라고는 전혀 담겨 있지 않았다. 춥지도 않은가. 뭐 좋다고 저렇게 웃어대. 나름 애교 작전을 쓰려는지 헤실헤실 웃는 유현을 보며 율은 한숨을 푹 내쉬었다.

천성이 착한 건 아니다. 속내까지 보여 주고 의지하는 사람은 몇 안 된다. 쌀쌀맞게 대하고 있는 대로 따갑게 굴면 십중팔구 알아서들 떨어져 나가는데 유현은 달랐다. 객기인지 뭔지 때릴수록 더 웃으니 참, 할 말이 없었다.

율은 잠시 생각에 잠겼다. 고민하는 그 잠깐 동안에도 비는 세차게 내렸다. 잠들기 위해 취하고자 하는 자신과 어째 많이 닮은 모습의 유현을, 결국 율은 끝까지 뿌리치지 못하고 올라오라고 말했다.

청승맞게 혼자 마시느니 둘이 낫다. 어차피 잠도 안 오는데 잘됐다고 치부하고 거실로 들어간 율은 센서문 버튼을 눌렀다. 현관 잠금을 해제하자마자 유현이 뛰듯이 집 안으로 들이닥쳤다.

"추워추워추워추워."

"기다려. 수건 줄게."

"어우, 추워라. 춥구나. 춥다, 추워."

"나까지 춥잖아. 그만해."

"네엡."

퉁명스레 뱉고 수건을 가져다준 율이 유현을 향해 눈을 흘겼다.
물에 빠진 생쥐 꼴을 하고서 바들바들 떠는 유현이 못마땅해 율의
표정은 점점 더 굳었다. 그러게 누가 비 맞으며 기다리랬냐고. 보다
못한 율이 욕실을 내어 주자 유현이 기다렸다는 듯 들어갔다.

율은 바닥에 떨어진 물기를 닦고 수건들을 치웠다. 소파에 앉아
텔레비전을 보고 있는데 머지않아 욕실 문이 열렸다. 옷 좀 빌려 달
라는 말에 율의 미간이 구겨졌다. 대충 아무 트레이닝복이나 갖다
주고 거실로 향했다. 맥주를 홀짝이던 율의 옆자리에 곧 나타난 유
현이 털썩 앉았다.

"뭐가 이렇게 많아요? 종류별로 다 있네? 신난다."

"너 아까도 꽤 마시지 않았나?"

"다 깼어요. 비를 하도 맞아서 그런가 봐요."

분명 미안하라고 하는 말이었다. 기다린 건 순전히 제 의지였으
면서 이제 와 탓을 하는 유현을 율이 곱지 않게 째렸다. 유현이 농
담이었다며 서둘러 수습에 나섰다. 그러면서도 율의 반응이 재미난
듯 실실 웃어 댔다. 입꼬리에 닿을 것처럼 눈매가 연신 크게 휘어졌
다.

별다른 대화 없이 술을 마셨다. 빈 술병들이 하나둘씩 빠르게 늘
어 갔다. 잔을 채우고 마시고, 비웠다 따르는 동작들이 끝도 없이
반복되고 있었다. 주량이 상당한 율이었지만 유현도 그에 못지않았
다. 빨리 마시면서도 얼굴색 하나 변하지 않는 유현이 제법 놀라웠
다.

소주와 맥주는 진작 동이 났다. 새로 딴 와인도 거의 다 마셔 갈

즈음 율은 물을 가지러 부엌으로 향했다. 달달하긴 하나 저래 봬도 도수가 꽤 있는 와인이었다.

케이블 채널의 오락 프로그램을 보며 낄낄대는 유현을 힐끔 쳐다본 율은 자리로 돌아와 마지막 잔을 나란히 채우고는 시계를 살폈다.

오르는 취기에 살짝 졸리다 했더니 어느새 새벽 6시가 되어 가고 있었다. 비는 그쳐 창밖이 환해질 조짐을 보였다. 잔을 들어 한 번에 마셔 버렸다. 뭔가 서두르는 기색인 율의 모습에, 유현은 굳어지려는 표정을 애써 풀며 천천히 와인을 마셨다. 홀짝홀짝. 목으로 넘겨지는 달콤함을 만끽하며 입을 열었다.

"맛있네. 이거 알콜 몇이에요?"

"숫자 못 읽냐. 병에 적혀 있잖아."

"그냥 말해 주면 어디 덧나나."

"머리 울려. 쪼지 마."

"나 아직 다 안 마셨는데요."

"누가 뭐래?"

"왜 벌써 치우냐고요, 가라는 것처럼."

눈치는 빨라 가지고. 대놓고 티를 낸 탓인 걸 모르는 율이 유현의 볼멘소리에 테이블을 정리하던 행동을 멈췄다. 서운해 돌아가시겠다며 유현이 툴툴댔다.

그래도. 너무 늦었으니까.

모른 척 와인잔을 들고 일어난 율은 부엌으로 가서 설거지통에 담갔다. 졸리니 얼른 마시고 가라는 말을 건네고 화장실로 들어갔다.

양치를 하고 나오던 율이 유현의 모습에 멈칫했다. 유현은 뭔가를 손에 들고 유심히 들여다보고 있었다. 그게 소파에 뒹굴던 자신의 지갑임을 알아챈 율이 서둘러 다가가 낚아챘다.

"동안이네요. 끽해야 두 살쯤 많겠거니 했더니."

"도벽 있나?"

"설마요. 우리 집 꽤 잘산다고 했을 텐데."

"재수 없는 새끼."

인상을 찌푸린 율이 꺼내어진 주민등록증을 도로 넣고는 텔레비전을 껐다. 에, 술 남았다니까요. 투덜거리거나 말거나 외면하고 베란다 문이 잘 닫혔나만 확인했다.

잔을 들고 핑그르르 와인을 돌리는 유현은 딱 봐도 늦장 부리는 기색이 역력했다. 뭐하나? 안 가냐? 퉁명스레 묻는 율에게 유현이 느릿하게 눈을 깜빡이며 물었다.

"졸려요?"

"무지."

"들어가서 자요, 그럼. 마저 마시고 갈 테니까."

"신경 쓰여. 가."

"뭐가 신경 쓰이는데요?"

"뭐라니."

"내가 덮칠까 봐? 건드릴까 겁이라도 나요?"

"까불지."

"착각해서 미안해요. 진짜 몰랐어요, 여잔 줄. 미안요."

빈정거리는 건 아니었다. 단지, 물어보는 것일 뿐. 덮침 당할 정도로 자신 있는 거냐는 식으로 들리지는 않았지만 눈에 띄게 진지해진 유현의 표정이 거슬려 율은 시선을 피했다.

복합적인 사과였다. 아까 가게에서 행했던 무례를 용서하라는 뜻도 담겨 있음을 율은 충분히 알아들었다. 진심으로 미안해하고 있다. 것도 왠지, 부담스럽다 느껴질 정도로.

굳이 어색해질 필요는 없었다. 이제라도 알았으면 됐다며 그만 돌아가라는 율의 말에 유현이 남은 와인을 몽땅 입에 털어 넣고 자리에서 일어났다. 현관으로 가던 유현이 불현듯 돌아섰다. 뒤를 따르던 율이 눈썹을 찡룩였다.

"왜."

"잘 거예요?"

"귀 먹었냐. 졸리다고 했잖아."

"나 가도 아쉽지 않겠냐, 이 말이에요."

"뭐?"

"외로우면 말해요. 곁에 있어 줄게요. 기꺼이."

뭐래. 어째 취하긴 취했나 싶다. 말이 말로서 이해되지 않는 걸 보면. 말 같지도 않은 소릴 지껄이는 유현을 향해 율이 매섭게 눈을 부라렸다. 유현이 지그시 율을 응시했다.

"실은 꼬시는 건데. 같이 한번 자 볼까 하고. 안 되나?"

"미친놈."

"미친 것 같아요. 미치지 않고는 못 배기겠어요. 너무 예뻐서. 남자라고 해도 못 참겠다 싶었는데 이젠 한계네요, 내가."

"닥치고 꺼져. 짜증나게 하지 말고."

"비밀로 하면 되잖아. 입도 뻥긋 안 할게요. 한번 하죠."

주절주절 떠드는 유현의 말에 율은 버럭 화를 내려다 멈칫했다.

어떻게 된 게 이 녀석은 제어장치가 보이질 않는다. 개념 없이 나오는 대로 내뱉는 게 짜증나 율은 신경질적으로 유현의 등을 떠밀었다. 그와 동시에 율을 확 끌어당긴 유현이 율을 현관 옆 벽에 그대로 밀어붙였다.

가까운 거리에서 표정은 더욱 확실하게 살펴졌다. 유현의 시선은 매우 솔직했다.

너를 원해. 하고 싶어. 외로운 사람끼리 외로움 좀 달래자는데 뭐 어때. 하자. 콜?

잡힌 손을 뿌리치려 애썼으나 옴짝달싹도 않는다. 애새끼가 골골거리게 생겨 갖고 힘은 장사라니까. 움직임을 멈춘 율이 눈을 치켜떴다. 가느다란 눈매에 어린 냉기는 지독히도 섹시했다. 유현이 새삼 감탄하며 율을 바라봤다.

"잘해 줄게요. 나 잘해요. 끝내줘."

"놔라."

"무덤까지 가져간다잖아요. 애인이 아는 일은 없도록."

"놓으라고, 새끼야. 놔. 안 놔?"

"결혼할 거예요? 둘이 결혼까지 생각하고 만나는 건가. 뭐하는 사람이에요? 사랑해요?"

"씨발, 야. 안 닥쳐?"

"또 예민해지신다. 이러니까 더 놀리고 싶잖아요. 예뻐 가지고."

"내 타입 아냐, 너. 안 꼴려. 그러니까 놔."

토요일 밤이었다. 사랑하는 사람과 보내도 시원찮을 마당에 어쭙잖은 양아치새끼와 이러는 자신의 꼴이 우스워 율은 딱딱하게 표정이 굳어 버렸다.

괜히 상처 주려 던진 말이라기보단 솔직히 그랬다. 다른 여자들은 어떨지 모르겠으나 율의 눈에 유현은 그다지 매력적이지 못했다. 준우만 떠올리기에도 벅찬 마음이니까. 온통 준우만 꽉꽉 들어찬 아프디아픈 속이라서.

직설적인 율의 말에 유현은 멍해지고 말았다. 할 말을 잃었다. 가만있어도 발에 채일 만큼 여자가 줄줄 따르는 천하의 정유현이가 생전 처음 거절이란 걸 당하는 역사적인 순간이었다. 뭐 얼마나 대단한 인간이기에 이럴까 싶다. 어이없어하던 유현이 힘껏 떠미는 율로부터 맥없이 떨어져 나갔다.

완곡한 거절. 현관문까지 열고 나가길 기다리는 율을 유현은 더이상 붙잡지 못했다. 꽤 자존심이 상했지만 그보다는 아쉬움이 훨씬 더 컸다. 외로워 죽겠는 얼굴을 하고서도 싫다는데 어쩌겠는가. 생긴 것과 다르게 고루한 사고방식을 지녔다. 그게 또 싫지가 않다. 유현이 쓰게 웃었다.

"뭐, 억지로 하는 건 나도 취향 아니라서. 생각 바뀌면 전화해요."

"꺼져."

"핸드폰에 내 번호 넣어 놨어요. 언제든 콜이라고요, 나는."

"가라고, 새끼야. 나가."

"야, 은율."

"이게."

"나 같으면 애인을 주말에 혼자 내버려 두지 않아. 더구나 너처럼 생긴 녀석은 더더욱, 알아?"

이름을 함부로 부른 것도 모자라 말을 까고 너라 지칭하기까지

하는 유현의 싸가지에 버럭하면서도 율은 숨이 턱 막혀 아무 말도 하지 못했다. 귀로 들어온 말이 머리를 깨웠다.

충고하는 거다. 무슨 애인 사이가 이러느냐고 따져 묻는 거였다, 지금.

식었으면 끝내라고, 그게 맞다고, 헷갈려하는 게 다 보인다고, 그러니 속일 생각은 말라면서 너무도 쉽게 조언하는 유현이었다. 자신과는 다르게. 참, 쉽게.

율은 서글퍼졌다. 고개를 떨궜다.

바쁘다고 해서 마음까지 없는 건 아닐 것이다. 준우를 믿고 싶지만 서운한 게 사실이라선지 받아칠 말은 좀처럼 떠오르질 않았다. 뭐가 이리 복잡할까. 왜, 복잡해야만 할까. 우리는.

대꾸 않는 율을 향해 뭐라 더 말하려던 유현은 한숨만 푹푹 내쉬고서 신발을 챙겨 신었다. 띠리릭, 현관문이 여닫히는 소리를 들으며 율은 미동 않고 한참을 더 서 있었다. 방금 무슨 일이 있었는지조차 인지할 수 없는 머릿속에 온통 준우가 들어찼다. 심장이 아렸다.

결혼. 결혼……이라. 네가 아주 핵심을 제대로 짚어 줬구나. 고맙게도.

"하……."

벌어진 입술 사이로 얕은 숨이 흘러나왔다. 보이지 않게 쳐져 있던 견고한 줄이 거센 바람에 조금씩 흔들렸다.

후폭풍은 심했다. 장난삼아 던진 돌에 개구리가 맞아 죽는다고 했던가. 많은 걸 바라는 게 아니었다. 그저, 같이 있고 싶다는 작은 욕심이 이렇게나 사치가 될 줄은 몰랐다. 그게 사치로 여겨진다는 그 자체가 너무 슬펐다. 하하. 헛웃음이 나왔다.

가슴이 조금씩 먹먹해졌다. 당장이라도 죽을 만큼 그리워지는 준우를 향한 감정들이 버거웠다. 복잡하기 그지없는 현실이 싫으면서도 부정하기는 곤란했다. 고개를 주억거렸다.

애초에 말이 안 되는 거였다. 결혼이라니. 감히 꿈도 꾸지 못한다. 그러면서도 준우한테는 욕심을 낸다. 끝없이. 계속해서. 감히. 정말 말 그대로 감히, 준우를 탐내도 된다 여겼다.

그러면 안 되는데. 준우뿐 아니라 어느 누구와도 결혼은 안 되는 건데. 이런 더러운 몸으로 누군가의 아내의 자리를 넘본다는 건 죄악이라는 걸 알면서도 은연중 기대를 했나 싶다. 한심했다. 비참했다. 스스로가 어이없을 정도로 우습다는 생각에 율이 피식 웃었다.

남자 나이 서른이면 결혼을 생각할 시기다. 누가 봐도 근사한 준우에게 욕심내는 여자들 또한 한둘이 아닐 것이다. 좋은 집안에서 잘 자란 여자와 결혼하는 준우를 떠올리자 율의 심장이 욱신, 아렸다.

예쁘고 착한, 성격도 참하고 몸가짐도 바른 그런 여자가 준우의 아내가 되어 준다면 좋겠다. 저와는 비교도 안 되게 훌륭한 여자였으면. 그래서 샘조차 낼 수 없을 정도였으면. 일말의 욕심도 품을 수 없도록 준우가, 행복해 줬으면. 부디 그랬으면.

"내가 준우야. 내가 실은, 실은……."

혼잣말을 읊조리던 율이 아랫입술을 깨물었다. 속사정을 털어놓는 상상만으로도 온몸이 다 저리고 아팠다. 미안하다. 미안해서 죽을 것 같다. 율이 절레절레 고개를 저었다.

그런 주제에 준우를 만났다. 준우가 좋아서, 좋아도 너무 좋아서 스스럼없이 맘을 놓고 여기까지 왔다. 미쳤다. 제정신이 아니었다. 이렇게까지 좋아질 줄 왜 미처 몰랐을까.

아무것도 생각하고 싶지 않은데 그게 안 된다. 그럴 수가 없다. 준우에 대한 마음이 오롯이 진심이기에 율은 괴롭고 힘이 든다. 뭘 어떻게 해야 할지 혼란스럽다. 온통 헷갈리고.

일렁이는 눈빛으로 허공을 짚으며 망연자실 있던 율이 그대로 주저앉았다. 벽에 등을 기대며 세운 무릎을 끌어당겨 안았다. 아무리 애를 써도 맘이 추웠다. 매섭게 시린 기운이 너무 서글퍼 두 팔로 더 꼬옥 무릎을 당겨 안았다. 율의 눈동자가 불안하게 흔들렸다.

얼마나 버틸 수 있을까. 얼마나 더, 준우를 바라볼 수 있으려나. 오래 힘들 자신은 없는데. 쉽게 쉽게가 되지 않는 이런 관계는 더 늦기 전에 끝내는 게 옳은 걸까.

과연, 그런가. 과연……? 준우야. 넌 어떻게 생각해……?

04.
한 걸음 더 다가서 준다면

— 나 가고 있어.

"뭐?"

— 20분 후면 도착할 것 같은데. 괜찮아?

쉬는 날이라는 걸 자각 못 했는지 버릇처럼 4시 땡, 하자 눈이 떠졌다. 대충 씻고 커피로 배를 채운 율은 집 안을 둘러보다 유현의 젖은 옷가지들을 발견했다.

세탁기에 구겨 넣고 막 돌아서던 즈음 준우에게서 전화가 걸려왔다. 갑작스러운 말에 얼른 시간을 살폈다. 5시를 향해 감을 확인하자 당장 뭘 더 해야 하나 다급해졌다. 대답을 기다리던 준우가 여보세요? 하며 율을 불렀다.

"본가 갔다며."

— 어.

"근데 어떻게 와?"

— 일 있다고 둘러대고 나왔어. 같이 저녁 먹자.

"보내 주셔?"

— 보내 주시니까 나왔지.

"……."

— 여보세요. 여보세요?

"준우야."

— 응?

왜. 왜 또 그러는데. 너 이러는 거 반갑지 않아. 절대. 몰라……?

매번 생각날 거다. 주말마다 오지 않는 준우를 원망하게 돼 버릴

거다, 아마. 저번처럼 핑계 대지 그랬느냐고, 일 있다고 또 둘러대

면 안 되느냐고 서운함에 따질지도 모르겠다. 그렇지만.

어쨌거나 준우가 온다는 사실만으로 율은 못내 입가를 말아 올렸

다. 보고 싶어 죽겠던 참에 얼굴 보여 준다는데 고맙지 않은가. 차

가 좀 막히니 정정해서 30분을 달라는 준우와 통화를 마치고 율은

욕실로 뛰어 들어갔다.

정성껏 한 번 더 샤워를 하고 나와 옷을 골랐다. 입었다 갈아입

었다를 반복하다 시간에 쫓겨 집을 나섰다. 참, 향수. 전에 준우에

게 선물 받았던 향수를 뿌리려고 율은 다시 번호키를 누르고 집 안

으로 들어갔다. 거울을 보며 치장을 하고 있는데 핸드폰이 울렸다.

— 준비 다 됐으면 내려와.

"어, 가."

부리나케 신발을 신고 문을 열었다. 계단을 뛰어 내려가 입구의

센서문을 열자 벤츠에 기대어 서 있던 준우가 율을 향해 살며시 미

소 지었다. 잘 차려입은 슈트 차림이 근사했다. 타이가 없는 블랙 셔츠의 풀어헤친 목덜미가 무척이나 고혹적이었다.

율이 준우에게로 가깝게 다가섰다. 준우가 나지막이 입을 열었다.

"바로 내려오네."

"왜 나와 있어, 추운데."

"예쁘다. 이거 그때 다른 색도 살 걸 그랬다."

"어제 비 와서 춥단 말이야. 얼굴 빨간 거 봐."

오자마자 전화한 줄 알았더니 잠시 서 있었던 모양인지 준우의 얼굴이 차게 식어 있었다. 율이 미간을 구기며 준우의 두 볼을 살살 어루만졌다. 그런 율의 머리를 준우는 조심스레 쓸어 넘겼다. 율이 입은 니트 카디건이 잘 어울린다며 새삼 감탄하는 눈길로 바라보던 준우가 이내 율을 차에 태웠다.

"뭐 먹을래?"

"아무거나."

"그러지 말고 말해 봐. 뭐가 좋아?"

"글쎄."

율은 믿기지 않는 듯 준우를 열심히 봤다. 벨트를 매면서도 준우가 맞나 싶어 거듭 확인했다. 메뉴도 고르지 못할 정도로 넋을 놓고 보는 율의 시선에 준우가 너르게 웃으며 천천히 핸들을 꺾었다.

"근데 푹 잤어? 나 때문에 깬 거 아냐?"

"빨래하고 있었어."

"쉬게 놔둘까 하다가 요새 데이트를 통 못한 것 같아서."

"데이트?"

"미안해. 일이 많다, 내가. 미안."

신호에 걸려 멈춰 선 차 안에서 준우는 율의 손을 가져다가 꼬옥 잡았다. 밖에서 외식 한 번 같이 하기 어렵던 근래의 상황을 준우가 알고 있다는 자체로 율은 마음이 풀어졌다.

회사 일 혼자 다 하느냐고 욕했었던 거 취소. 너 밉다고 했던 것도, 무심하다고 뭐라 한 것도 다 봐줄게. 그윽하게 눈을 맞춘 채로 준우가 율의 손등에 입을 맞췄다. 두근거리는 심장을 애써 억누르며 율은 작게 웃었다.

좋으면서 아프다. 죽을 만큼 설레면서도 한편으로는 서글픈 마음을 느끼며 준우를 봤다. 바보 같지만 아직도 이렇다. 갈수록 더하다. 준우가 율은, 정말 감당하기 힘들 정도로 좋아져 버렸다.

지하주차장에 차를 대고 엘리베이터를 기다리면서 율은 준우의 옆모습을 넌지시 바라봤다. 자신의 손을 꼭 쥐고서 층수를 확인하는 준우를, 준우의 예쁜 눈을, 오뚝한 콧날과 매끄러운 턱 선과, 근사한 어깨와 쭉 뻗은 다리까지 훑고서 시선을 거뒀다. 율의 눈이 작게 일렁였다.

"즐거운 시간 되십시오."

호텔 라운지에 위치한 고급 레스토랑에 들어가 창가 자리로 앉았다. 와인 한 잔 하자는 준우의 말에 싱긋 웃어 준 율은 잠시 화장실에 다녀오겠다며 몸을 일으켰다. 오늘따라 유난히도 외모에 신경이 쓰이고 있었다. 이렇게까지 좋은 곳에 올 줄은 몰랐으니까. 하긴, 그렇다고 해서 드레스 따위는 어차피 무리였겠지만.

세면대에서 손을 씻고 거울을 들여다봤다. 심각한 얼굴로 차림새를 살피다 돌아서는데 마침 인기척이 느껴졌다. 준우가 철커덕, 문을 걸어 잠갔다. 율의 눈이 휘둥그레졌다.

"뭐해?"

"죽겠어서."

"어?"

"이리 와 봐."

다짜고짜 손을 잡아끈 준우가 율을 데리고 제일 안쪽 칸으로 들어갔다. 그러고는 벽에 율을 몰아붙이고서 곧바로 입을 맞췄다. 격렬하게. 꽤나 거칠고 과감하게.

놀란 것도 잠시, 율은 순순히 눈을 감고 준우를 받아들였다. 율의 뒤통수를 강하게 부여잡은 준우가 미친 듯이 혀를 넣었다. 격하게 밀려들어 오는 촉촉하고 뜨거운 혀에 율은 한껏 더 크게 입을 벌려 주었다.

준우는 이렇게 저돌적일 때가 있었다. 특히 스킨십 부분에 있어서는 절대적으로 준우가 리드한다. 거부감은 전혀 없었다. 준우에게라면 순종적인 여자를 강요받는다고 하더라도 절대 싫지 않은 율이라 평소와는 비교도 안 될 만큼 얌전해지고 만다.

좋으니까. 준우라면 그게 뭐든지. 전부 다. 하아…….

쓸듯이 엉켜드는 감촉이 소름 끼칠 만큼 달았다. 너무 달아 현기증이 날 정도로 매끄러운 준우의 혀가 율의 입안 곳곳을 어지러이 돌아다녔다. 강하면서도 부드럽게, 거칠지만 감미롭게 율을 건드리고 자극했다.

정신없이 입술을 빨고 혀를 핥아 세차게 빨아 당기던 준우가 한참 만에야 어렵사리 율에게서 물러났다. 숨을 몰아쉬며 눈을 맞추는 내내 누구랄 것 없이 심장이 터질 듯 뛰어 댔다. 사람이 어쩌면 이

렇게까지 마음에 들어올 수 있는 걸까. 그윽하게 바라보는 준우의
눈빛에 율은 새삼 압도당해 할 말을 잃었다.

"놀랐잖아……."

"싫어……?"

"싫겠어……?"

"예뻐……."

"네가 더 예뻐……."

"얼른 먹고 내려가자……."

"응……?"

"아까 들어오면서 룸 잡아놨어……. 괜찮지……?"

안 괜찮을 리가 있냐고, 준우 너라면 뭐든 난 괜찮다고, 제법 야
릇하게 쳐다보는 준우를 향해 싱긋 미소 지은 율은 살며시 준우의
품 안으로 파고들었다. 따뜻하게 안아 주는 준우가 죽겠네…… 하
고 혼잣말을 읊조리며 율의 뒤통수를 어루만졌다. 율이 고개를 비틀
어 준우의 목에 짧게 입을 맞췄다. 혀를 내밀어 할짝거리자 준우가
안달 나 어쩔 줄을 모른다.

"하웃, 흐……. 흐읍……."

"아……. 하아……."

"흐으읏……."

뭘 먹었는지도 모르겠다. 음식을 꽤 많이 남긴 상태에서 레스토
랑을 나와 버린 준우는 룸에 들어서자마자 율의 옷을 벗겼다. 그래
도 와인은 반 이상 마셨다는 게 놀라웠다.

내려오는 엘리베이터 안에서도 다급한지 줄곧 타이를 느슨하게
풀며 안절부절못하던 준우가 떠올랐다. 거칠게 흐트러진 호흡을 좀

처럼 추스르지 못하던 준우였다. 남들 앞에서 결코 제 감정을 드러
내지 않으려는 준우라서 율은 나오려던 웃음을 힘겹게 참았다. 한준
우가 급하다면 정말 많이 급한 거라는 얘기가 되니까.

"흐······. 아아······! 아파······."

"많이 아파······?"

"살살······. 흡! 하, 준우······."

"그게 안 돼······. 참아 볼래······?"

"아······! 아앗······. 흡······."

"율아······. 율······아······."

낮게 내리깔린 허스키한 목소리로 준우는 몇 번이고 율을 불렀
다. 숨이 잔뜩 섞인 목소리는 끈적끈적하다 못해 야했다. 듣는 순간
정신마저 혼미해질 정도로 나른했다. 그게 너무 달콤해서, 생살이
찢어지는 아픔도 잊을 정도로 소름 끼치게 좋아서 율은 힘겹게 고
통을 참았다. 앓듯이 간드러지는 율의 신음에 준우가 더욱 빠르게
허리를 돌렸다.

비스듬히 고개를 비튼 준우가 율의 입술을 찾아 포개어 머금었
다. 맹렬히 안으로 파고드는 준우의 촉촉한 혀를 율은 고스란히 받
아 안았다. 보드랍게 물컹거리는 준우의 혀가 율의 입안을 유린하듯
빠르게 헤집었다.

뒤로 하자······. 혀를 쪽쪽 빨아 당기던 준우가 율의 입술을 머금
은 상태로 나지막이 속삭였다. 섹시하기 그지없는 그 목소리에 율은
순순히 돌아누워 허리를 살짝 들어 올렸다.

남자의 정복욕이 최고로 잘 발휘될 수 있는 체위가 바로 후배위
다. 상대를 가졌다는 만족스러움이 제일 잘 느껴지는, 바꿔 말하면

아래의 상대에게는 당한다는 인식이 강해 자칫 굴욕적일 수도 있는 체위였다. 더불어 결합 부위가 더욱 질펀하게 맞물리는 자세이기도 했다.

아래로 들어와 찌르는 아픔이 너무도 강했다. 지나치게 깊숙이 밀어 박히는 준우의 것이 갈수록 더 크고 묵직해졌다. 오롯이 실감되는 통증과 그에 상응해 전해지는 쾌감에 전율하며 율은, 두 손으로 침대 시트를 꼬집으면서 어떻게든 꾹 참고 준우를 받아 내었다.

꽤 오래 사정을 미루는 듯 준우가 힘겨운 숨을 토했다. 격렬하게 골반을 튕기면서도 조금만 더, 더, 하며 율을 탐하려고 애썼다. 몹시도 리드미컬하게 움직이는 현란한 골반에 율이 참지 못하고 새된 소리를 냈다. 새끼고양이처럼 낑낑대는 신음이 그저 야했다.

한참을 더 박아 대던 준우가 그만 율의 등을 와락 끌어안았다. 뜨거운 숨결이 뽀얀 살결 위로 한가득 내뱉어졌다. 흐으으으으읍……. 비명과도 같은 신음을 내지른 율이 이내 쓰러지듯 침대에 몸을 눕혔다.

"많이 아팠어……?"

"아니……."

"씻고 싶으면 말해……."

"응……."

"아, 예뻐라……."

쪽, 쪼옥, 소리 내어 율의 등 여기저기에 입을 맞추는 준우가 나지막이 속삭였다. 할짝이는 간지러운 감촉과 감미로운 목소리에 점차 나른해진 율은 밭은 숨을 고르며 가만히 눈을 감았다.

처음 잤을 때와 하나도 다르지 않다. 잘 보이려 매너 있게 구는 줄만 알았던 준우는 늘 이렇게 관계를 맺고 나선 더더욱 율을 소중하게 품에 안고 입을 맞추고 만져 주고 한다. 입버릇처럼 예쁘다는 말도 꼭 함께.

몇 명이나 이런 호사를 누렸을까. 율은 문득 허공을 향해 눈을 떴다. 제법 여자를 만나 왔을 거다. 어쩌면 꽤 여러 명일지도 모른다. 남자 나이 서른에, 것도 준우처럼 매력적이고 근사한 외모를 가진 사내가 이제껏 단 한 번도 여자 경험이 없다는 건 말이 되질 않으니까.

율의 표정이 시무룩해졌다. 무서워서 물어보지 못했다. 쿨한 척했지만 실은, 준우의 과거를 알고 견뎌 낼 자신이 없는 거였다. 아무렇지 않은 척 질투 따위 안 할 자신이란 게.

준우의 처음이면 얼마나 좋을까, 생각했다. 율에게 준우가 그렇듯 준우에게도 제가 처음이라면. 말 안 되는 욕심이란 걸 알면서도 바라게 된다. 준우니까. 그 정도로 좋으니까.

아무리 사내처럼 굴면 뭐하겠는가. 사내처럼 입고 술을 진창 마시고 담배나 뻑뻑 피워 댄다고 해서 속까지 사내가 될 수는 없는 노릇인 것을. 물어보지 않으면 먼저 말하는 법이 없는 준우가 괜스레 서운해졌다.

나로 만족이 되는 거지. 그렇지, 준우야. 응……? 율은 지그시 아랫입술을 깨물어 아쉬운 속을 달랬다.

"자?"

한참 더 등 여기저기에 입을 맞춰 주던 준우가 조심스레 율을 돌아 눕혀 품에 안았다. 준우의 탄탄한 가슴팍에 안겨 얌전히 있던 율은, 머릿결을 매만지는 손길이 점차 뜸해짐을 느꼈다.

흘러나오는 고른 숨소리. 넌지시 건넨 율의 말에 준우가 순간 조금 움찔하며 몸을 떨었다. 안 잔 척을 하려는 걸까. 그게 왠지 귀여워 율은 작게 웃어 버렸다.

"조금만 잘까……?"

"졸려?"

"응……."

"피곤하구나."

"그러네……. 좀……."

흐릿한 목소리로 띄엄띄엄 말을 잇는 준우가 율을 안은 팔에 한층 힘을 실었다. 그러면서 미안, 하고 작게 속삭이는 준우의 등을 율은 조심스레 토닥였다. 만나기 위해 부러 무리를 한 건 아닌가 걱정되었다. 일이고 뭐고 뒷전으로 해 놓고 온 거면 왠지 싫을 것 같다. 그래도 일단은 함께 있으니까. 그러니까.

얼른 자라며 토닥이는 율에게 준우는 잠이 오겠느냐고 물었다. 준우와의 정사가 격하긴 했어도 일어난 지 고작 몇 시간 안 된 참이라 잠들기가 쉽지는 않을 것 같았다. 그래도 율은 자 보겠다고, 그러니 염려 말고 자라며 준우를 달랬다. 거듭 미안하다고 속삭인 준우가 금세 곯아떨어졌다.

이대로 시간이 멈춰 준다면 참 좋겠다. 준우의 품에 갇힌 채로 다른 건 아무것도 생각하지 않을 수만 있다면. 느리게 깜빡이는 율의 눈동자가 은연중 촉촉해졌다.

준우는 정확히 두 시간을 잤다. 먼저 씻을까 하다가 잠자코 기다린 율은 준우가 이끄는 대로 같이 욕조로 들어가 따뜻한 물에 몸을 담갔다. 거품을 낸 스펀지로 서로 닦고 닦아 주고 하며 샤워를 마치고는 가볍게 한잔할 겸 호텔 지하 Bar로 향했다. 구석진 곳에 앉아 기다리고 있자니 곧 메뉴판을 든 여종업원이 다가왔다.

엉덩이만 겨우 가리게끔 짧은 치마도 모자라 쫙 달라붙은 유니폼은 그녀의 굴곡진 몸매를 고스란히 드러내 주고 있었다. 게다가 화장을 어찌나 진하게 했는지 향수 냄새가 진동을 했다. 아이라이너를 있는 대로 길게 뺀, 흡사 고양이 같은 눈매의 여종업원이 눈웃음을 흘리며 입을 열었다.

"주문하시겠어요?"

"뭐 마실래. 데킬라? 위스키?"

"어머, 술 잘하시나 봐요."

"저 말고 이 친구가 잘해요."

"그럼 손님은요?"

"아, 저는 그냥 칵테일로."

"어떤 거 좋아하시는데요? 찾으시는 거 있으세요?"

습관적으로 핸드폰을 들여다보고 있긴 했지만, 제가 더 안쪽이라 가까운 준우의 옆에 멈춰 선 게 어찌 보면 당연한 것일 수도 있겠지만 괜스레 율은 빈정이 상하고 말았다.

퍽도 사이좋게 말을 주고받는 준우와 여종업원을 번갈아 쳐다보던 시선을 메뉴판으로 내렸다. 그러다 거슬리는 장면을 목격했다. 바닥에 무릎을 대듯이 주저앉은 여종업원의 손 하나가 좌석에 기대는 척하며 준우의 다리에 살며시 닿아 있었다.

저게…….

"순한 건 뭐가 있죠?"

"잭콕 어떠세요? 아님 깔루아 밀크도 괜찮고요."

"잭콕으로 하죠. 술 뭐할래, 데킬라?"

"어."

"일단 그렇게 주세요."

"알겠습니다. 즐거운 시간 되세요."

방긋 미소를 날린 여종업원이 카운터 쪽으로 등을 돌렸다. 짧은 치마 밑으로 곧게 뻗은 그녀의 검은색 망사스타킹 속 다리를 율은 곱지 않은 눈으로 흘겨보았다.

슈트 재킷을 벗어 옆쪽에 내려놓은 준우가 율을 살폈다. 율은 아무렇지 않은 척 메뉴판을 보며 딴청을 피웠다. 준우가 엷게 웃는 얼굴을 하고서 입을 열었다.

"안주 뭐 먹고 싶은 거 없어?"

"별로."

"천천히 골라 봐. 배 안 고파?"

"내가 돼진 줄 알아?"

"뭐?"

저녁을 먹는 둥 마는 둥 했기에 챙겨 주려는 심산을 알면서도 율은 퉁명스레 말을 뱉었다. 앞서 살핀 여자의 다리에 군살이라곤 전혀 없었다는 게 적잖이 신경 쓰이고 있었다. 반사적인 행동이었다. 무의식적으로 터져 나온 반감이랄까.

제 차림과 유난히도 비교되는 종업원의 여성스러운 모습이 율의 기분을 잔뜩 흩뜨려 놓은 탓이었다. 다소 신경질적인 표정을 지으며 입술을 삐죽인 율이 뒤로 한껏 기대어 앉았다. 지그시 바라보던 준우가 한 박자 쉬고 다시 입을 열었다.

"왜 그래."

"뭘."

"화났어?"

"내가 왜."

"율아."

"실례하겠습니다."

다시 나타난 여종업원이 웃으며 서빙을 했다. 테이블 위에 차례대로 놓이는 술잔과 기본안주보다, 율은 여자의 얼굴 쪽으로 자꾸만 시선이 향해졌다.

일부러 늦장을 부리는 건 아닐 텐데 천천히 정성을 다하는 여자의 손짓이 거슬려 인상을 찌푸리며 준우를 살폈다. 무감한 얼굴로 테이블만 응시하는 준우라는 걸 알지만 왠지 자꾸만 짜증이 났다. 속이 막 부글부글 끓는 것도 같은 게.

혼자 신경 쓴다는 자체가 싫은 거다. 이런 자격지심을 갖고 있다는 것 자체가. 매우. 안 가질 수야 없다는 걸 아는데, 알면서도 갖게 되는 자신의 처지와 상황이 거슬려 절로 한숨이 나왔다. 여종업원이 물러가자 준우가 율을 향해 나지막이 진지한 목소리를 냈다.

"왜 그러는데."

"뭐."

"표정 안 좋잖아. 왜 그래, 어?"

"신경 꺼."

"율아."

"따라오지 마. 먼저 마시든지. 금방 와."

율은 주머니에서 꺼낸 담배를 입에 물며 몸을 일으켰다. 한 대

피우고 오겠다는 율을 차마 말리지 못하는 준우는 묵묵히 뒷모습만 바라볼 뿐이었다. 짜증내는 율은 정말이지 적응이 되질 않는다. 싫다는 게 아니라 상해 버린 기분까지 알아주지 못했다는 괜한 자책감에 사로잡히게 만들어 버린달까.

담배 피우는 걸 싫어하는 자신을 피해 화장실로 가는 율을 보며 준우는 곧 체념한 듯 핸드폰을 꺼내 들었다. 내일 일정이 어떻게 됐더라, 하며 캘린더를 살피려는데 어디선가 진동 소리가 났다. 그냥 놔둘까 하던 준우는 오래도록 끊어지지 않는 소음에 테이블 위 율의 핸드폰을 집어 들었다.

무심결에 액정을 살피던 준우의 표정이 희미하게 굳었다. '정유현♡' 이런 이름을 본 적이 있던가 생각하는데 끊겼던 진동이 금세 또 울렸다. 낯선 이름보다 하트 표시가 거슬려 입을 다물었다.

고개를 들어 율이 사라진 쪽을 한 번 쳐다본 준우는, 그래도 섣불리 율의 전화를 받진 못하고 망설였다. 액정이 꽤나 요란하게 번쩍거렸다.

"돌겠네. 하……."

인상 쓴 얼굴로 담배를 뻑뻑 피워 대던 율이 세면대 앞에 그대로 몸을 낮춰 주저앉았다. 가관도 이런 가관이 없다. 예전 같으면 상상도 못 했을 감정들의 난입으로 혼란스러워 미칠 지경이었다.

하마터면 준우에게 성질을 부릴 뻔했다. 기분 나쁘니 나가자고, 저게 왜 너한테 꼬리 치고 난리냐며 애먼 준우를 붙들고 추하게 굴 뻔했다. 귀찮은 기색이 역력한 얼굴로 쳐다볼 준우가 상상되자 이루 말할 수 없이 초조해졌다.

담배를 바닥에 비벼 끄고 일어났다. 거울을 살피는 내내 율의 미간이 거듭 구겨졌다 펴졌다를 반복했다.

잘빠진 슈트 차림의 준우에게로 향해지는 여자들의 시선이 어제오늘 일은 아니다. 사내 같은 몰골로 곁에 있는 자신을 준우의 친구로 짐작할 거라는 것도 안다. 아는데.

……말자. 그래, 됐다. 속 좁은 티를 내는 건 영 체질이 아닌 율은 애써 감정을 추슬러 본다. 괜한 소리로 준우의 기분마저 상하게하는 것도 달갑지 않아 다 말자고 해 버린다.

화장실을 나와 자리로 돌아가는데 핸드폰을 만지작거리는 준우가보였다. 업무와 관련해 또 뭔가를 하고 있는 준우인 것 같아 율은말없이 자리에 앉았다. 샷으로 나온 데킬라를 한 번에 마시고 잔을내려놓는 율을 준우는 시선만 들어 올려 쳐다보았다.

율은 준우의 눈길을 모른 척 레몬을 깨물고 티슈로 손을 닦았다.준우가 핸드폰을 내려놓고 본격적으로 율에게 시선을 고정했다. 그러거나 말거나. 율은 딴 곳만 보았다. 표정관리가 좀처럼 되질 않는다.

"안 써? 찡그리지도 않고 잘 마시네."

"……."

"더 시켜? 아예 병으로 달라고 할까?"

"……."

"율아. 은율."

"왜."

"나 좀 봐. 나 보기 싫어?"

"어."

"왜 싫은데."

"몰라서 물어? 방금……."

저 여자가 너한테 꼬리 쳤잖아. 그것도 내 앞에서. 아주 대놓고.
……젠장.

한없이 태연한 준우의 말투에 발끈해 버린 율은 말을 다 잇지 못
하고 입을 다물었다. 똑바로 주시하는 준우의 눈빛에 일말의 다른
의도라곤 읽히지 않는다. 정말 모른다. 몰라서 물어보는 거다, 이
녀석은. 제 허벅지 끝을 다른 여자가 만졌든 말든 그딴 것도 모르니
까 저렇게 태연하게 묻는 거겠지.

말해 봤자 헛수고라는 생각에 율은 절레절레 고개를 저었다. 그
런 율에게 뭔가를 더 물으려던 준우가, 다음 순간 울리는 진동 소리
에 말을 아꼈다. 핸드폰을 집어 든 율은 액정을 확인하고 멈칫했다.
뜬금없는 하트와 함께 표시된 유현의 이름에 율이 입술을 뒤틀었다.

언제든 콜이라고요, 나는. 되뇌지는 유현의 목소리를 무시하고
통화 거절을 눌렀다. 잠깐 조용하다 싶던 진동이 다시 시작되었다.
참, 끈질기게도 전화를 걸어 대는 유현이었다.

"술 어떡해. 더 마실래?"

"한 잔만 더."

"병으로 시키고 키핑해도 되는데."

"여기 다신 안 올 거 같아서."

"알았어, 그럼. 여기요."

"네~"

미쳤다고 여길 다시 와, 내가. 그것도 너랑. 누구 좋으라고 그러
겠냐고 율이 입술을 삐쭉이는데 여종업원은 역시나 헤실헤실 잘도

웃으며 쪼르르 달려왔다.

데킬라를 추가 주문한 준우가 종업원을 보내고는 율에게 가만히 손을 뻗었다. 뭐 묻었다. 작게 붙은 먼지를 조심스레 떼어 주고서 살짝 헝클어진 율의 머릿결을 부드럽게 매만졌다. 순간 또 곧바로 율의 핸드폰이 울렸다.

이 망할 놈의 녀석이 진짜, 귀찮게 왜 지랄이야?

"왜."

— 살아 있네요? 실종신고 할랬더니.

"뭔데, 너."

— 오늘 쉬는 날이라면서요. 말도 안 해주냐, 치사하게.

"내가 왜……."

너한테 그런 걸 일일이 보고해야 되는데. 끓어오르는 화를 참으며 율은 말을 하다 말고 준우를 봤다. 편하게 통화하라는 듯 웃어 준 준우가 율에게서 시선을 거둬 제 핸드폰을 들여다봤다.

배려, 혹은 무관심. 여간해서는 터치하지 않는 준우의 모습에 율은 괜스레 또 기분이 상한다. 누구냐고 정도는 물어볼 수도 있는 거야. 멍한 표정으로 말이 없는 율에게 유현이 물었다.

— 뭐해요? 바빠요?

"어."

— 뭐하는데요? 설마, 데이트?

"알 거 없어. 끊어."

— 언제든 콜 잊지 말라고 전화했어요. 알죠?

"야."

— 잘 자요. 내 꿈꾸면 더 좋고. Bye.

"이……."

미친놈. 별 말 같지도 않은 소릴 늘어놓고 사라진 유현 때문에 열 받은 율이 씩씩댔다. 다가온 여종업원이 데킬라를 놓아 줬고 율은 서둘러 잔을 들어 입에 털어 넣었다. 근데 레몬은 왜 안 주더냐 이 말이다. 아까도 야박하게 한 조각 줬으면서 데킬라만 달랑 놓고 가 버린 그녀가 괘씸해 율은 한 번 더 맘이 상했다. 웃긴다. 혼자만 바보가 되어 가는 기분이다.

나가자고 하려던 율은 아직 절반 정도 남은 준우의 잭콕을 보고 살며시 뒤로 등을 기댔다. 통화를 끝낸 건 진작이건만 제 볼일에 열중이 된 준우는 율이 쳐다보는지도 모르고 핸드폰만 보고 있었다.

심각한 얼굴로 이것저것 살피는 준우를 보며 언제쯤 알아챌지 율은 기다려 보기로 했다. 느린 템포의 재즈 음악이 Bar 안을 가득 채웠다. 박자를 탈 생각조차 못한 채 율은 준우를 바라봤다.

알수록 더 모르겠다. 안다고 생각하면 준우는, 저렇게 다시 그 배로 더 멀어 보이는 위치에 가 있는다. 궁금하고, 알고 싶고, 그러면서도 섣불리 묻지는 못하겠다. 조심스러워서.

당장이라도 깨어질 유리처럼 준우가 어렵다. 그래서 율은, 준우를 바라보는 일이 즐겁지만은 않다. 준우와 자신과의 거리가 멀다 느껴지는 순간들은 흡사 죽음처럼 끔찍할 뿐이다.

남자와 통화했다는 걸 알 텐데 물어보지 않는다. 액정에 뜬 하트 표시를 봤을 텐데도 그게 뭔지, 왜 그렇게 입력했는지 따져 주지 않는 준우다. 표현에 인색한 것뿐이라고 믿기에는 정도가 좀 심하다. 원하고 바라는 심정이 이토록 간절하다는 걸 알면 달라질까. 그럼 준우는, 말을 해 줄까.

남들은 잘만 한다는 사랑한다는 말을, 그러나 아직 단 한 번도 율은 준우로부터 들어 보지 못했다. 그게 준우다. 빈말이라고는 하질 않는.

그 정도로 감정을 아낀다는 얘긴지, 그게 아니라면, 그 정도는 아직 아니라는 건지.

준우야. 난 너한테 뭐야……? 어……?

"만약에."

"응."

"다른 사람이 생겼다면 어떡할래."

"뭐?"

"만약에 말이야. 만약 그렇다면 어쩔 거야?"

다소 민감할 수 있는 질문을 꾸밈없이 꺼냈다. 시선을 들어 올린 준우가 핸드폰을 손에 쥔 그대로 굳어 율을 보았다. 주어를 생략했음에도 제대로 알아들은 준우였다.

율은 무표정한 얼굴로 준우의 시선을 덤덤히 받아 내었다. 갑작스런 이 질문이 꽤나 곤란한 듯 준우는 굳은 채로 한없이 침묵을 지켰다. 율이 재차 물었다.

"말해 봐. 어쩔래."

"글쎄."

"아무렇지 않아? 생겨도?"

"네가 나 말고 다른 사람을 만난다면?"

"어. 다른 사람이 죽도록 좋아졌다고 한다면. 너는."

"하아……."

무거운 한숨을 몰아쉰 준우가 들고 있던 핸드폰을 테이블 위에 내려놓았다. 생각조차 해보지 않았는지, 아님 가상이라도 그 상황이 심각하다는 것만 아는 건지, 준우는 한껏 딱딱한 표정으로 혀를 내어 입술을 축였다. 그러고는 잭콕 잔을 들어 마시지는 않고 가만가만 돌리기 시작했다.

잔 속에서 물결치는 까만 액체를 보면서 준우는 생각에 잠겼다. 대답이 바로 나오지 않음에 율은 갈수록 조금도 더 나은 기분이 되지 못했다. 침묵이, 곧 괴로움이었다.

꼭 때리고 할퀴어야만 상처가 나는 게 아니라는 것을 준우는 모른다. 됐어. 못 들은 걸로 해. 아무것도 묻지 않은 걸로 해, 그게 낫겠어. 율이 애써 태연한 척 입을 열었다.

"마셔. 나가게."

"어떻게 해 주길 바라는데."

"됐으니까 그거나 마셔, 얼른."

"원하는 걸 말해 봐. 그럼 그렇게……."

"그만하라고. 안 마실 거야?"

"율아."

"왜."

"내가 뭐 잘못했어, 너한테……?"

장난으로 물어볼 수도 있다. 만약이라고 분명히 선을 그었고, 단지 싫다는 대답이 듣고 싶었을 뿐이었다. 확인이 필요해서. 이대로는 복잡해 돌아 버릴 것만 같으니까.

화려한 미사여구 같은 건 집어치우고 솔직한 본심을 보여 주는 것만으로 다 괜찮아질 수 있는 이런 상황에조차 준우는 율에게 원하는 걸 말하란다. 놔 달라면 놓아줄 녀석이란 것을 율은 새삼 깨달

았다. 딱 그만큼만 제게 다가와 있는 준우라는 것을. 멀리 떨어진
거리를.

네가 잘못한 건 없어. 내가 문제야. 내가, 너한테 너무 많이 미쳐
있어. 심각하게.

진심으로 묻는 듯한 준우를 조금 더 보던 율은 몸을 일으켜 Bar
를 빠져나갔다. 갑자기 만사가 다 귀찮아졌다. 말하는 것도, 숨 쉬
는 것도 싫고 거슬렸다. 거추장스러운 것도 같고.

어쩌자고 이런 걸 시작했을까 싶었다. 어쩌자고 덥석, 준우에게
마음을 내어 줬을까.

힘들다. 지친다. 머리가 복잡해서 깨질 것만 같다. 차라리 몰랐던
때가 나았다는 생각을 하는데 목 안이 따갑게 시큰거렸다. 준우를
부정한다는 건 율 스스로를 상처 내는 것과 같으니까.

안 보고도 살 수 있을까. 순간적으로 그런 생각을 했던 것 같다.

엘리베이터 앞에 멈춰서 있던 율을 서둘러 따라 나온 준우가 그
대로 당겨 품에 안았다. 율은, 두 눈을 감아 내렸다.

또 이러지. 도망가려고 등 돌리면 꼭 죽지 않을 만큼만 잡고 안
아 주고 그러지, 너는. 숨이 넘어갈 만하면 살려 놓고, 사경을 헤맨
다 싶으면 인공호흡을 해 주고, 그러면서도 완전히 내 것으로 다가
와 주지는 않는, 그게 바로 내가 보는 준우 너야. 모르겠어……?

"미안해. 잘못했어."

"뭐를."

"그게 뭐든 다. 미안해. 미안하다, 율아."

"……."

속삭이는 다정한 목소리에 율은 입술을 꾹 물었다. 변한 건 아무

것도 없었다. 뭘 잘못했는지도 모르고 무조건 미안하다고 하는 이런 착해 빠진 녀석이다, 준우는.

이 이상 바라는 것도 욕심이라면 욕심이다. 알면서도 그게 잘 안 된다. 스스로가 불안해 괜히 준우에게 이런 식으로 화를 내고 만다. 불확실한 미래가 율은, 참 많이 아프고 슬프다.

진지한 관계를 해 보지 않아서 그런지 준우와의 모든 것들이 어렵고 버겁기만 하다. 갈수록 진지해짐이 무섭다. 더 가까워지길 바라면서도 막상 그렇게 될까 겁을 내는 율이었다. 혼자서만 끝을 생각하는 것과 비슷한 이치였다. 선을 긋는 거다. 넘어오지 말라고.

더 사랑하면 안 된다고 하는데도 마음이 커진다. 그만 좋아하자 할수록 감정이 자라난다.

좋다. 준우가. 너무 좋아서 미치겠다.

온통 준우 이 녀석뿐인 자신이, 불쌍하고 가엾다. 여기서 더 빠져 버린다면 아마, 틀림없이 위험할 것 같다. 그러니까 더 깊어지기 전에, 더 반하고 더 좋아해서 회생 불가능의 만신창이가 돼 버리기 전에. 그전에, 우리.

너한테 내가 없어도 될 정도인 지금, 그냥 이쯤에서 그만하는 게 어떨까 싶은데.

준우야. 우리 여기서 그만할까. 우리, 헤어질래……?

"잠깐 드라이브라도. 싫어?"

"……."

집으로 가고 싶다는 율의 말에 준우는 두말 않고 호텔을 빠져나 왔다. 운전을 하는 내내 기분을 살펴 주려 애쓰는 준우였지만, 율은

124

창밖으로 시선을 둔 채 아무런 말이 없었다.

괜찮으면 근처를 돌자는 말에도 묵묵부답인 율을 보며 준우는 할 수 없이 신호를 따라 율의 집 쪽으로 핸들을 꺾었다. 머지않아 오피스텔 입구에 도착했다. 시동을 끈 준우가 조심스레 율을 바라봤다.

"다 왔는데."

"……."

"율아."

"……."

뭔가를 골똘히 생각하듯 하염없이 멍해 있는 율의 모습에 준우가 소리 죽여 한숨을 내쉬었다. 벤츠 안에 감도는 정적이 유독 더 무겁고 싸늘했다.

기억에 남을 만큼 서로 크게 다퉈 본 적은 없었다. 율이 툴툴대면 준우는 같이 싫은 얼굴을 하면서도 결론적으로는 받아 주는 꼴이 되고 마니까.

요새 들어 눈에 띄게 짜증이 늘어난 율이 준우는 시한폭탄처럼 두렵다. 무슨 말이 적절한지, 어떤 식으로 말해야 기분이 더 잘 풀리는지, 고민에 고민을 거듭하다 보면 꼭 당연하게도 타이밍을 놓치기 일쑤였다.

이럴 땐 가만 기다려 주는 게 약이라고 믿는 준우라서 묵묵히 율을 향해 시선만 던졌다. 그러다 그마저도 혹 율이 부담스러울까 준우는 살며시 눈길을 거둬 주었다.

헤아린다고 하는데도 잘 모르겠다. 준우가 보는 율은, 왠지 늘 한 발자국 정도 뒤로 물러서 있는 듯한 느낌을 준다. 괜한 기분 탓이라면 좋겠지만 그게 아니라면 어쩐다.

안 보면 보고 싶고, 보고 있으면 좋지만 그 이상으로 머리가 복잡해진다. 특히 오늘처럼 율이 짜증이라도 부리면 준우는 뭘 어떻게 해야 할지 곤란해진다. 율이 자신과 있는 걸 썩 좋아하지 않는 걸까 싶어서 맘이 불편하다.

간섭과 구속은 최대한 자제하려고 노력 중인 준우였다. 그랬다가 귀찮고 질린다는 눈으로 쳐다볼 율은 솔직히 감당할 자신이 없다.

담백하고 깔끔한 관계를 원하는 것 같아 그렇게 맞춰 주려고 하고는 있지만 슬슬 힘이 든다. 사사건건 캐묻고 참견하고, 그 정도로 율이 욕심이 나 견딜 수가 없어지는 거였다.

'정유현'이라는 낯선 이름을 떠올리며 준우는 핸들을 두 손으로 꼭 쥔 채 먼 앞쪽의 허공을 응시했다. 물어볼까, 말까. 물어봐도 되나. 안 되나. 안 되려나. 싫어할까. 어쩌지.

답지 않은 고민으로 시간을 보내다 문득 차에서 내리는 율을 얼른 따라 내렸다. 바닥에 내려서서 문을 닫는 준우를 향해 율은 천천히 돌아섰다. 준우가 다가서자 율이 입술을 달싹였다.

"라면 먹고 싶어."

"응?"

"라면. 좀 사다 줘."

"그래. 사 올게. 들어가 있어."

건성으로 읊조리는 율의 말에 준우가 서둘러 돌아섰다. 편의점을 향해 걸어가는 준우의 뒷모습을 율은 물끄러미 바라봤다. 금세 두 눈이 촉촉해졌다.

용기라곤 눈곱만큼도 없으면서. 헤어진다고 생각만 해도 이 지랄이면서. 꾹꾹 눌러 참았던 물기가 한가득 배어 나왔다. 서둘러 훔쳐

낸 율은 애써 태연한 얼굴로 숨을 골랐다.

들어가 있으라는 말에도 율은 우두커니 입구에 서 있었다. 쌀쌀한 밤공기에 어깨를 움츠리다가 이내 천천히 몸을 숙여 쪼그리고 앉았다. 편의점까지는 걸어서 10분 정도니까 아마 금방 올 거란 생각이 들었다.

준우가 돌아오기 전에 어떻게든 기분을 추스르려 애써 보기로 했다. 무릎을 감싸 안고 열심히 준우를 기다리는데 인기척이 느껴졌다. 고개를 들어 올린 율이 바로 앞의 유현을 발견하고 표정을 굳혔다.

"뭐해요, 여기서."

"비켜."

"추운데 왜 이러고 있어요. 일어나요."

"비키라고. 가."

"울었어요? 눈이 왜 빨개?"

"가라니까."

"싫은데. 으샤."

청개구리 심보가 따로 없다. 가라고 윽박지르는 율의 말에 유현이 아예 옆에 같이 쪼그리고 앉아 버렸다. 인상을 쓰며 째려본대도 아랑곳 않는 유현이었다. 무시하고 율은 앞을 봤다.

"누구 기다려요?"

"몰라."

"근데 이거 누구 차예요? 대박 좋다."

"몰라."

"벤츠가 얼마나 하더라. 혹시 알아요?"

"모른다고, 쫌."

"대체 아는 게 뭡니까? 나이는 허투루 잡쉈나."

"야."

"왜 울었는데요. 무슨 일 있었어요……?"

귀찮게 말고 좀 가라고 성질을 내리던 율이 멈칫했다. 한껏 가라앉은 목소리로 유현이 몹시도 다정하게 물어 오고 있었다. 눈빛마저 평소와 달리 자상했다. 아주 많이. 위안이 될 만큼.

왜 울었냐는 말에, 무슨 일 있었느냐는 질문에 목이 메고 가슴이 아렸다. 준우에게 울었단 걸 들키긴 싫어 율은 스멀스멀 배어 나오려는 눈물을 억지로 삼켜 냈다. 유현이 고개를 기울였다.

"걱정 마요. 티 안 나."

"가."

"사실은 아까 눈물 닦는 거 본 거예요. 지금은 괜찮아요. 신경 안 써도 돼요."

"가라고. 시끄러워."

"오면 갈게요. 불안해서 혼자 어떻게 놔두겠어, 내가."

이렇게 예쁜데, 라고 덧붙인 유현이 살며시 눈꼬리를 내렸다. 말간 얼굴에 잡힌 미소가 마냥 해사했다. 장난기라고는 전혀 없는, 능글맞지도 않은 따뜻하고 솔직한 그 미소에 율은 왠지 모르게 마음이 편안해짐을 느꼈다. 울지 마요. 꼭 그렇게 말하는 것처럼 모든 걸 이해한다는 식으로 지그시 바라봐 주는 유현이었다.

어둠이 곁에 깔리고 별들이 서서히 내려앉았다. 잠시 더 유현을 쳐다보던 율은 다시금 앞으로 시선을 돌렸다. 아직 준우의 모습은 보이지 않았다. 어깨를 움츠리는 율을 유현이 말없이 힐끔거렸다.

더 이상의 다른 말은 없었다. 외면하는 율을 배려하듯 유현은 침묵인 채로 그저 율의 옆을 지켰다. 알아서 가겠거니 놔두는 율의 눈에 아주 멀리 조금씩 사람의 형체가 보였다. 아마도 준우일 거라고, 저렇게 걷는 건 준우라고, 미처 다 보이지도 않는 모습까지 상상으로 그려 내며 율은 하염없이 앞을 바라보았다. 율의 눈동자가 흐릿하게 일렁였다.

갈색 짧은 머리와 날렵한 턱 선과, 근사한 슈트 차림의 다부진 어깨와 탄탄하니 넓은 가슴팍과, 얇은 팔과 매끈한 허리와, 길게 늘어진 다리, 또……

그새를 못 참고 비닐봉지를 든 채 핸드폰으로 업무를 보는 준우가 점차 가까워졌다. 조금이라도 놓칠까 넋을 놓고 쳐다보는 율을, 유현이 마지막으로 길게 훔쳐봤다.

닮겠네, 닮겠어. 들릴 듯 말 듯 중얼거린 유현이 율에게서 거둔 시선을 준우에게로 옮겼다. 만만치가 않구나. 역시.

이윽고 핸드폰을 집어넣은 준우가 고개를 들었다.

누구……?

"오셨네. 난 가요."

"……."

"사람이 간다는데 쳐다는 좀 보지 그래요."

"……."

"에이, 갈게요."

입술을 삐죽이며 자리에서 일어난 유현은 자신을 쳐다보는 준우의 시선을 못 본 척 옆쪽 빌라 입구로 걸어갔다. 안으로 들어가는 유현의 뒷모습을 오래도록 보던 준우가, 이내 바닥에 쪼그리고 앉아 있는 율에게로 가깝게 다가섰다.

"뭐해. 안 추워?"

"응."

"들어가 있으라니까. 감기 걸리면 어쩌려고."

"누가 채 갈까 봐."

"뭐?"

"너무 잘난 한준우, 누가 업어 갈까 봐 겁나서."

"참나."

"준우야."

"왜."

"안아 줘."

"……이리 와."

일으키려고 손을 뻗던 준우는 두 팔을 벌리는 율의 앞에 같이 주
저앉았다. 그리고는 부드럽게 율의 등에 팔을 둘러 품 안에 꼬옥 안
아 주었다. 뒤통수를 어루만지며 율을 안아 주는 준우가 몸 언 것
봐, 하며 작게 타박했다. 자신을 기다린 율이 대견하면서도 많이 추
웠을까 걱정되어 팔에 힘을 실었다.

잠시 더 그러고 있던 준우가 이내 천천히 율을 안아 일으켰다.
괜찮냐고 살펴 주는 준우를 향해 율은 살며시 입가를 말아 올렸다.
들어가자. 응. 사이좋게 말을 주고받았다.

크게 팔을 둘러 율의 어깨를 가슴에 가두다시피 부여잡은 준우가
손을 뻗어 익숙하게 센서문 비밀번호를 눌렀다. 느릿하게 발을 맞춰
안으로 들어가는 다정한 둘의 모습을, 멀찍이 선 유현은 한참 더 바
라보고 있었다.

05.

할 수 록 아 픈 연 애

"얼른 와."

"너……?"

젖은 머리를 수건으로 털어 내며 욕실을 나서던 준우의 눈이 휘
둥그레졌다. 어째 침실 문이 열려 있다 했더니, 시선을 준 부엌에
율이 서 있었다.

"뭐해?"

"밥 먹자. 옷 입고 와."

"밥……?"

"얼른. 지각할래?"

가스레인지 앞을 서성이는 율의 모습을 눈으로 보면서도 준우는
어리둥절한 얼굴로 넋을 놓았다. 재촉하는 율의 말을 듣고서야 침실
로 들어갔다. 다시금 고개를 돌린 준우는 부엌에 있는 율을 확인하

고 입을 다물었다. 주걱을 들고 밥솥 뚜껑을 여는 율이 현실 같지 않음에 입이 도로 벌어졌다.

생활 패턴이 반대인지라 아쉬워도 어쩔 수 없는 것들을 진작 받아들인 준우였다. 그중 하나가 바로, 자신의 출근길에 늘 자고 있는 율의 모습이었다. 잠결에 건드리면 싫어하는 율을 알기에 뽀뽀 한 번 하기도 쉽지가 않았는데 오늘은 어쩐 일인지 스스로 일어나 아침식사 준비를 다 하고 있다니.

하……. 하하…….

타이를 매던 준우가 저도 모르게 피식 웃음을 터뜨렸다. 셔츠 소매의 단추를 단정하게 잠그며 부엌으로 나가는 준우의 눈에 밝은 표정의 율이 들어왔다.

"귀찮아서 장을 안 봤더니 재료가 없다. 그냥 먹자."

"이걸 다 했어?"

"졸려서 간은 대충 봤어. 이해해 줘."

"율아."

"어제 성질부린 거, 이걸로 때워질까 하고."

짜증냈던 어제의 일은 이미 잊은 준우지만, 그걸 알고 굳이 율이 먼저 화해를 청한다는 게 신기했다. 멍한 표정의 준우를 자리에 앉힌 율이 작은 뚝배기를 들고 왔다. 뚜껑을 열자 김이 모락모락 나는 구수한 된장찌개가 바글거리고 있었다. 계란말이에 반찬들에 고슬고슬한 밥까지, 정갈한 상에 준우는 넋을 놓았다. 그런 준우를 보며 율이 작게 웃었다.

율의 도움으로 수저를 든 준우가 얼른 된장찌개를 맛보았다. 꽤 괜찮은지 흡족한 표정이 되는 준우를 보자 율은 피곤함이 싹 가셨

다. 준우가 씻는 사이 안간힘을 다해 몸을 일으켰다. 졸려 죽겠는데
도 어떻게든 기를 썼다.

귀찮든 힘들든 있는 재료들로라도 밥 한 끼 해 먹여 보내려고 시
도한 게 참 잘했다는 생각을 하며 율은 준우를 따라 수저를 들었다.
모름지기 같이 먹어 줘야 더 맛있을 거라는 생각으로 열심히 밥을
먹었다. 잠이 덜 깬 탓에 쌀인지 모랜지 입안은 버석거렸으나 준우
의 얼굴이 그저 밥도둑인 듯 눈이 떨어지질 않았다. 모처럼 만의 즐
거운 아침식사였다.

"자. 이따 깨워 줄까?"

"일하느라 바쁠 거면서."

"신경 쓸게. 4시쯤 전화하면 되지?"

"응."

"알았어. 전화할게."

"운전 조심하고."

"그래."

"아, 잠깐만."

"응?"

현관에 나가 준우를 배웅하는 율이 준우의 슈트 재킷 위에 묻은
먼지들을 털어 주었다. 살살 조심스럽게 털어 내는 손짓을 내려다보
던 준우의 눈길이 이내 율의 얼굴로 향했다.

더 묻은 거 없나 한참 보던 율은 문득 시선을 알아채고 준우를
쳐다보았다. 물끄러미 보는 눈길에 왜 그러느냐며 어리둥절해하는
율을, 이윽고 준우는 가만히 품에 당겨 안았다.

"늦어."

"괜찮아."

"운전 막 하려고 그러지."

"안 그래."

"가, 그만."

"가기 싫다."

"뭐?"

"회사 가기 싫다고. 가지 말까."

"……."

거짓말. 일에 미쳐 사는 준우를 잘 아는 율로서는 귓등으로도 안 들어올 말이었다. 그래도 뭐, 나쁘진 않네. 밥해 준 보람이 있다. 빈 말 않는 한준우를 드디어 신세계로 인도하다니 이렇게 장할 수가 없다.

사실은 보내기 싫다고, 일어나서 너 없을 때마다 나야말로 보고 싶어 죽겠다고 생각하며 율은 준우를 꽉 안았다. 조금만 더 있자. 율이 고개를 갸웃거릴 때마다 준우는 시간을 끌며 오래도록 율을 놓지 못했다.

아쉬운 얼굴로 현관을 나서는 준우를 보던 율이 부리나케 베란다로 달려 나갔다. 벤츠에 오르는 준우의 모습을 지켜보던 율은 텔레파시가 통하면 한 번쯤 올려다보지 않을까 싶어 내심 기대를 하며 기다렸다.

그러나 준우는, 늘 그렇듯 시동을 걸고 바로 빠져나갔다. 충분히 늦었으니까 서둘러야지. 암. 혼자 고개를 주억거리던 율이 돌아서려다 빨랫대를 보고는 멈칫했다.

어젯밤 율이 라면을 끓이는 동안 빨래를 널어 준다던 준우였다.

뒤늦게 뭔가를 깨닫고 베란다를 봤을 때, 약간 어리둥절한 얼굴로 옷을 펼쳐 드는 준우가 보였다. 커다란 후드 티와 찢어진 구제바지는 결코 율의 취향이 아니다. 크기도 그렇거니와 남자 옷이 확실한 그것을 보고도 준우는, 구태여 별다른 질문 없이 묵묵히 옷을 널었다.

궁금했을까. 아님, 또 그런가 보다 했으려나. 아마도 후자일 거라 지레짐작한 율이 누군가를 발견했다. 옆 빌라 입구에서 걸어 나오는 유현의 모습이 시야에 들어왔다.

대학생이 맞긴 맞나 보다. 크로스백을 메고 바이크 헬멧을 손으로 통통 튀기며 나오던 유현이 시선을 올려 율을 쳐다봤다. 망할 놈의 텔레파시는 왜 너한테만 통한다니. 괜히 입술을 삐죽이는데 유현이 다가왔다.

"아파요?"

"뭐?"

"어디 아프냐고요. 아침 8시에 다 깨어 있고."

"하……."

그래. 아프시다. 지독한 사랑의 열병 중이시지, 아주. 왜. 부럽냐?

신기하게 쳐다보는 유현의 시선을 묵살한 율은 그냥 집으로 들어가려다 또 굳어 버렸다. 유현이 재킷 안에 입고 있는 티셔츠가 왠지 낯설지 않았다. 너 이놈의 자식!

"빌려 준 옷을 잘도 입고 나간다?"

"아, 이 옷? 빌려 준 거였어요? 난 또 선물인 줄."

"저 새끼가."

"알았어요. 오늘 한 번만 더 입고 반납할게요."

"도둑놈의 새끼."

"입 거친 것 좀 보게. 벌써 입은 걸 어떡하라고요."

"됐으니까 깨끗하게 빨기나 해."

"헐, 빨아서 반납해야 돼요? 귀찮은데."

"뭐, 인마?"

"운 얼굴은 아니네요. 질투 나니까 들어가요, 그만."

개념이라고는 물에 밥 말듯 죄다 말아 처먹은 녀석 같으니라고. 깐족대는 유현의 말에 놀아나던 율이 지그시 올려다보는 유현의 눈빛에 입을 다물었다.

헬멧을 쓴 후라, 그래서 눈밖에 보이질 않아 입이 웃는지 어쩐지는 모르겠지만 뚫어져라 보는 눈길은 그저 진중했다. 살짝 고개를 비스듬히 한 채 율을 보던 유현이, 이내 바이크를 몰고 시야에서 사라졌다.

진짜 무슨 생각을 하며 사는 건지 한 번쯤 알아보고 싶다는 마음은 든다. 발칙함이 도를 넘는 지경이라 알고 나면 되레 더 무시가 쉬울 것 같다는 생각을 하며 율은 널려 있는 유현의 후드티를 발로 걷어차고 집 안으로 들어갔다.

잠이 쉬이 올 것 같지가 않다. 침실로 가던 발길을 돌려 부엌으로 들어가 그릇들을 치웠다. 반찬이랑 뭐랑 이것저것 장 좀 봐둬야겠다. 잘 먹던 준우를 떠올리며 미소 지은 율이 느릿하게 설거지를 시작했다.

"네……?"

"받았다니까 그러네. 어제 입금 됐던데?"

11시쯤 됐을까. 모처럼 집 안 정리를 하던 율은 텔레비전을 보다 꾸벅꾸벅 조는 스스로를 주체 못 해 아예 옷을 챙겨 입고 밖으로 나왔다. 생각난 김에 장을 봐 두자며 마트로 향하다가 오늘이 월세 내는 날이란 걸 알고서 발길을 돌렸다.

오피스텔 주인아주머니가 돈을 내미는 율을 만류하며 황당한 웃음을 지었다. 애인 또 와 있다며. 지난달에 입금한 그 잘생긴, 맞지? 대략 어떻게 된 상황인지 알겠는 율은, 수도세 1만 원만 더 받겠다는데도 굳이 10만 원이나 더 내더라는 말을 덧붙이며 웃는 아주머니께 꾸벅 인사를 건네고 돌아섰다.

어깨를 축 늘어뜨리고 걷는 율의 얼굴이 공허했다. 월세만 한 달에 40만 원 돈이다. 거기에 10만 원을 얹어 50만 원을 턱하니 준우가 내 버렸다는 얘기였다.

돈지랄이라는 말로 비하하고 싶지는 않다. 사치가 심하고 낭비벽이 있는 녀석은 아니니까. 그래도 이렇게 돈이 얽히는 건 괜스레 찜찜하고 싫은데 말이지.

'월세 냈어?'

'어. 왜?'

'왜냐니. 내 월세를 왜 네가 내는데?'

'나도 와 있으니까.'

'네가 여기서 살아? 잠깐씩 오는 거면서.'

'그래도 신세는 지는 거잖아.'

'뭐?'

'일주일에 세 번씩만 들러도 한 달이면 반 가까이 돼. 잠만 자는 모텔이라고 해도 그 가격은 될 거고. 아냐?'

신세라는 말에 한 번, 모텔이라는 말에 한 번, 그리고 이런 말들을 아무렇지 않게 내뱉던 심드렁한 준우의 표정에 마지막으로 또 한 번. 지난 달 이미 월세 문제로 따져 물은 적 있던 율은 태연자약하게 대하는 준우를 보며 무너지는 가슴을 참아야 했다.

되받아칠 말이 떠오르지 않았다기보다는 뭘까. 한 치의 흔들림도 없이 제가 맞는 거 아니냐며 쳐다보는 준우의 표정, 정말 진심으로 그렇게 믿는 듯한 그 얼굴이 참 낯설고 서럽고 아프고 그랬달까.

몇 번 드나들던 방문이 잦아졌던 게 사귄 지 한 달쯤 접어들 무렵이었고, 시간이 되는 대로 율의 오피스텔로 퇴근하는 지금의 상황이 정확히 자리 잡힌 건 두 달째 때부터였다.

제 딴엔 정당하다고 치부했을지 모르는 이런 상황이 율은 솔직히 달갑지 않다. 자존심이 상하는 건 둘째 치고라도, 꼭 이렇게 매사 계산적으로 구는 준우가 말도 못하게 서운하고 야속하다.

단순히 도움을 받는다는 걸로 정의될 수 있는 문제가 아니었다. 치고 빠질 때를 아는 교묘한 경마꾼처럼, 적어도 손해나는 장사는 않겠다는 듯 준우는 제가 누리는 것들에 대해 일단 대가를 치러야 한다고 믿는다.

그리고 그런 준우의 계산속이 엿보일 때마다 율은 근사한 저녁에 비싼 옷 선물 같은 것들이 하나도 반갑지가 않다.

꼭 여기까지만 마음을 주겠다고 하는 것 같아서. 받은 만큼 돌려 주는 식인 거다. 네가 내게 즐거움을 줬으니 나도 딱 그만큼만 보상하리라, 하는 것 같은. 감정은 돈으로 계산될 수 없는 건데. 그러면 안 되는 건데.

왜 그걸 몰라, 너는. 내가 너무 비약하는 거야……? 예민하게 구는 거니……?

"내가 50만 원짜리냐……."

들릴 듯 말 듯 중얼거린 율이 문득 걸음을 멈췄다. 주머니 속에서 만져지는 핸드폰에 잠시 고민했다. 전화를 걸까, 말까. 걸어도 되나. 안 되나. 하면 받을까. 안 그래도 바쁜데 전화해서 따지기도 그렇고, 아침에 그리 기분 좋게 나간 녀석을 들볶는 것도 짜증나고. 이따 깨워 주는 전화가 오면 말이나 꺼내 보자고 다짐하며 고개를 주억거렸다.

갑자기 또 모든 게 귀찮아졌다. 어딜 가려는지조차 잊어버린 율은 근처의 벤치에 털썩 주저앉았다. 허탈하고 허무한 가슴을 달래려 핸드폰을 꺼내 들었다. 시무룩한 표정이 되었다.

버튼만 누르면 되는데 그걸 못하겠다. 망설이는 순간순간들이 쌓이면 당연하게도 꼭 불쾌해지고 만다. 죽을 만큼 보고 싶은데 참아야 한다는 자체가 짜증난다.

준우가 왜 이렇게, 어려울까. 녀석이 왜. 뭐가 문젤까. 우리는. 나는. 그리고 너는.

— 어라? 안 자요?

"어."

— 뭐 하는데요. 집이에요?

"아니."

― 그럼 어디? 아직 12신데 설마 벌써 출근했어요?

타이밍 참 기가 막히게도 유현에게서 문자가 왔다. 자고 있느냐는 말에 율은 저도 모르게 통화 버튼을 눌렀다. 반색을 하며 받는 유현의 들뜬 목소리가 귓가에 요란하게 감겨 들었다.

쉽다. 명색이 연인이면 이렇게 쉽게 통화하고 쉽게 묻고 답하고, 같이 웃고 좀 그래야 하는 거 아닌가. 밀려드는 씁쓸함에 율이 아랫입술을 깨물었다. 썩 말이 없는 율을 유현이 들볶았다.

― 밥은요? 밥은 먹었어요?

"아니."

― 오, 나돈데. 같이 먹을래요? 수업 끝나서 집에 가려는 길이거든요.

"추워."

― 네?

"춥다고. 좀."

― 어딘데요? 밖에 나와 있어요? 옷 좀 따뜻하게 입고 나오지 그랬어요. 맨날 보면 춥게 입고 다니더라, 혼나려고.

주절주절 잔소리를 퍼붓는 유현의 말을 듣는데 픽 웃음이 나왔다. 혼내긴 누가 누굴 혼낸다고. 나 참. 실없는 소리에 웃으니 그게 또 좋은지 유현은 덩달아 킥킥대며 이런저런 말들을 늘어놓았다.

만나자고 하면 당장 만날 기세다. 와 달라고 하면 만사 제치고 와 줄 유현을 떠올리자 못내 서글퍼졌다.

준우를 보고 싶은데. 준우의 목소리가 간절한데. 왜 이 녀석에게 위로를 받고 있는 걸까, 지금. 대체 왜.

열 번 중에 아홉 번을 망설이고, 그러다 결국 걸어도 하려는 말다 못하고, 들리지 않을 말들만 혼자 되뇌고.

사실은 두려운 거였다. 현실을 인정하는 것이 무섭고 겁나 준우의 친절을 계산이라 매도하는 건지도 모르겠다. 그렇게라도 거리를 둬야겠다면서 말이다.

언제까지 이런 마음으로 준우를 봐야 할지 율은 절망스러웠다. 되살아난 기억이 전신을 무겁게 짓눌렀다. 흔들리는 눈동자가 서서히 촉촉하게 젖어 들었다. 목이 메었다.

그만할까. 그만하는 게 맞을까. 준우야. 실은 내가 있잖아. 너한테 못해 준 말이 있는데.

모의실험이라도 되는 것처럼 또 소리 없이 주절주절 떠들던 율이 고개를 떨궜다. 준우가 안다면 끝내기 쉬워지려나. 시큰거리는 코끝을 모른 척 인상을 썼다. 엄두가 나질 않는다.

"쿡……."

입가가 또 말려 올라갔다. 이게 벌써 몇 번째인지도 모르겠다. 참으려고 나름 애를 쓰긴 쓴다만 별 효과는 없는 것 같다. 이제는 막을 생각도 않은 채 준우는 싱긋 미소 지었다.

회의 중에도 웃음이 나서 혼났다. 누가 보면 미친 사람이라고 할 만큼 시도 때도 없이 웃음이 나왔다. 좋으니까. 그저 좋아서. 고개를 절레절레 저은 준우가 서류에 사인을 했다.

변경된 사항들을 체크할 때는 특히 더 집중할 필요가 있었다. 미약하게 바뀐 말들은 자세히 들여다보지 않으면 헷갈리기 일쑤였다. 바뀐 쪽과 아닌 쪽 두 가지 모두의 경우에 대해 판단을 잘해야 했다. 누구보다도 냉철한 판단력을 지닌 준우였고, 선택은 늘 옳았다.

이번 역시 큰 이변은 없겠으나 왠지 신경이 쓰였다. 자꾸만 딴생각에 빠져 허우적댄 탓이었다. 넘길까 하던 서류를 마지막으로 한 번만 더 살피기로 했다. 확실히 해 두기 위해 온 신경을 집중해 겨우 확인을 마친 준우가 서류철을 덮으며 자리에서 몸을 일으켰다.

"미치겠다……."

나지막이 읊조린 준우가 타이를 느슨하게 풀며 창가로 다가섰다. 곤란해하는 말과는 달리 표정이 밝았다. 왠지 들뜬 기색도 엿보였다. 입가는 여전히 위로 휘어진 상태였다.

이상하게 맘이 떨렸다. 심장 뛰는 소리가 원래 이렇게까지 명확히 들렸던가 싶을 정도였다. 후우, 하고 한숨을 내쉰 준우가 슈트 바지 주머니에 두 손을 꽂았다. 눈을 깜빡였다.

기대를 하지 않았었기에 감동이 더 컸나 보다. 기대치가 하나도 없는 상태였어서, 바라면 안 될 것 같아 바라지 못했던 일이 현실로 벌어지자 감당이 안 된다. 믿기지 않아 다시 되뇌었다. 머릿속에 떠올려 곱씹어 보는 준우의 눈가가 이내 부드럽게 곡선을 그렸다.

부스스 헝클어진 머리를 하고서 부산스레 움직이던 율이 꿈만 같았다. 반찬 하나하나 집어 먹여 주던 율이 사랑스러워 견딜 수가 없었다. 잘 다녀오라며 배웅하던 그녀를 품에서 놓지 못하고 한참이나 안고 있었다. 잠시도 떨어지기 싫었던 마음. 놓을 수가 없겠던 심정.

매일 그렇게만 되어 준다면 얼마나 좋을까. 날마다 너와 그러고 싶은데. 율아.

슈트 재킷 위에 묻은 먼지들을 털어 주던 율을 보면서 준우는 은연중 율과의 결혼을 생각했다. 이러고 있으니 꼭 신혼부부 같지 않느냐고 자칫 농담을 건넬 뻔했다. 너무 앞서 가는 게 아닌가 싶어 꾹 참았으나 마음만은 율과의 먼 미래까지를 그려 담아내고 있었다.

준우 자신도 몰랐다. 그렇게나 멀리까지 내다보고 있을 줄은. 율과 그렇게 먼 미래까지 함께하고 싶을 만큼 감정이 자란 거였다. 마음이란 녀석이 갈수록 더 분명하고 확실해졌다.

준우는 돌아섰다. 너른 햇살을 등지고 서서 율을 생각했다. 율은 어떨까. 자신과의 관계를 어디까지 생각하고 있을까. 담백하고 깔끔한 것도 좋다만 준우는 율과 보다 더 친밀하고 질척한 사이가 되고도 싶었다. 속속들이 서로를 알고 보듬는, 더없이 친한. 그런 사이. 근데.

모르겠다. 율이 어떤 걸 원하는지. 멋대로 다가가 질척거리면 싫어할까 봐 그게 두려워 조심하게 된다. 아직은. 아니, 여전히. 애써 입가를 말아 올린 준우가 조용히 집무실 안을 서성였다. 율을 그리워하는 것만으로도 가슴은 견딜 수 없을 만큼 벅차오르고 만다.

"눈 감아요."

"……."

"안 들려? 감으라잖아요. 감아요, 좀. 얼른요."

툴툴거린 유현은 직접 손을 뻗어 율의 눈꺼풀을 닫아 버렸다. 꾸욱 누르기까지 하고 잠시 기다리던 끝에 조심스레 손을 뗐다. 침대에 반듯이 누운 율이 눈을 감은 채로 미동을 않는다.

이내 율의 미간이 조금씩 구겨졌다. 그러더니 머지않아 파르르 입술까지 떠는 율을 보다 못한 유현이 한숨을 푹 내쉬었다. 돌겠네, 아오. 슬그머니 눈을 뜬 율에게 유현이 짐짓 매섭게 다그쳤다.

"왜요. 왜 지랄인데요. 그새 싸웠어요?"

"……."

"사랑싸움 하신 거예요? 좋아 죽겠어서 다투기까지 하셨어요? 그래요?"

"……."

"에이, 진짜. 확 덮쳐 버릴까 보다. 덮친다? 덮쳐? 어? 나 덮쳐요?"

얼러도 안 되고 다그쳐도 안 되고, 있는 말 없는 말 다 해 보던 유현이 급기야 건드리겠다 협박을 했다. 직접 올라타는 모션을 취해도 천장만 보는 율은 놀란 기색 하나 없이 묵묵부답이었다.

울 듯한 얼굴에 미치도록 속이 상하고 만다. 차라리 안 보는 게 상책일까 싶어 유현은 율을 두고 침실을 빠져나왔다. 그러고도 문에 기대어 서서 한참을 머뭇거리고 있었다.

웬일로 전화를 다 걸어 줬나 했다. 반가운 나머지 한걸음에 달려온 유현은 동네 벤치에 앉아 있는 율을 발견하자마자 가슴이 내려앉았다. 표정이 심상치 않았다. 단지 잠을 못 자서라기엔 붉게 충혈된 눈이 너무도 아파 보였다. 그 안에 가득 들어차 글썽이는 물기에 숨이 막혔다.

저런 표정이면 뻔했다. 또 그놈의 애인 때문이겠지. 하염없이 넋을 놓는 율을 어르고 달래 겨우 집으로 데리고 들어왔다. 자라고 해도 말을 안 듣는 율이 못마땅해 유현은 툴툴거렸다. 보나마나 또 멍하니 넋을 놓고 있을 거다. 신경질적으로 얼굴을 쓸어내린 유현이 거실 소파에 털썩 주저앉았다.

신경이 쓰여서 못 가겠다. 밥이라도 먹여 재웠어야 했다는 걸 뒤늦게 깨달았다. 조금 이따 출근시간에 맞춰 깨워 줘야지, 다짐하며 유현은 텔레비전을 틀었다. 볼륨은 최대한 작게 줄이고서 무성의한 눈으로 모니터를 주시했다.

'바로 내려오네.'

'왜 나와 있어, 추운데.'

'예쁘다. 이거 그때 다른 색도 살 걸 그랬다.'

'어제 비 와서 춥단 말이야. 얼굴 빨간 거 봐.'

유현은 문득, 어제의 기억을 떠올렸다. 직감적으로 알았다. 오피스텔 입구에서 이따금씩 보이던 고급 차량의 주인이 어쩌면 율과 관련 있을 거라는 것을.

담배를 물고 빌라 입구에 서 있던 유현의 눈에, 막 들어선 벤츠에서 내리던 남자는 제법 흥미로웠다. 잘 맞는 슈트를 차려입고 반듯한 자세로 내려서던 남자. 고개를 들어 위쪽을 쳐다보며 작게 웃던 얼굴. 느른한 그 미소.

핸드폰을 꺼내다 도로 집어넣은 남자는 슈트바지 주머니에 두 손을 꽂고 잠시 근처를 서성였다. 살짝 시선을 내리고서 이리저리 배회하는 그의 표정에는 왠지 모를 설렘이 가득했다. 정갈한 구둣발로 차근차근 걸어 보던 끝에 또 고개를 들어 위를 쳐다봤다. 흔들림 없이 한 곳만 주시하는 그의 눈빛에는 아련함도 담겨 있었다.

마주한 율을 향해 웃어 주는 남자를 보면서 유현은 생각했다. 꽤 조심스러운 사람이구나. 설레던 감정들 다 집어넣고 저렇게 적당히 웃어 줄 만큼 무척 조심하고 있구나. 율에게.

속이 쓰려도 인정할 수밖에 없었다. 나이가 몇 개든, 애인이 제아무리 대단한 인간이든 율을 욕심내 보자 했던 유현은 정도 이상으로 근사한 남자의 모습에 아쉬운 마음을 억지로 감춰야만 했었다.

그런데 율은 왜 저렇게 힘들어하는 걸까. 왜 자꾸만 저런 얼굴을 하는 거지? 대체 왜? 당신들, 뭐가 이리 복잡한 겁니까? 예?

"어……?"

재미없는 프로들을 보며 시간을 보내던 유현이 침실을 빠져나오는 율을 발견하고 멈칫했다. 2시. 불과 30분 남짓 잤을 리 없는 시간 차를 확인하고 부엌의 율에게 시선을 주었다.

찬장을 뒤적인 율이 느릿하게 원두커피 봉지를 집어 들었다. 커피포트를 씻어 가루를 넣고 물을 맞추는 모습까지 본 유현은 텔레비전을 끄고서 몸을 일으켰다. 지금 이 시간에 커피라. 아예 안 자겠다는 소리다.

"마시게요?"

"안 갔냐."

"왜요. 그냥 안 자려고요?"

"가라. 귀찮다."

걱정스레 묻는 유현을 무심한 얼굴로 돌아본 율은 코드를 꽂고 전원버튼을 눌렀다. 곧 물이 내려오기 시작하는 커피포트를 잠시 보다가 식탁 끝에 걸치듯 기대어 섰다.

그만 가라고. 다가온 유현이 신경 쓰이는지 살짝 언성을 높인 율을, 유현은 뭐라 하지 않고 버텨 냈다. 바글바글 소리를 내며 떨어지는 커피를 율이 멍하니 바라봤다.

커피가 다 내려지는 긴 시간 동안 율은 말이 없었다. 덩달아 유현도 할 말을 잃고 율의 옆자리를 지켰다. 한 번만 더 성질내면 가려고 했건만 다행히도 율은 유현을 무시해 줬다.

몸을 일으킨 율이 손을 뻗어 식기장에서 커다란 머그컵을 꺼냈다. 느린 동작으로 커피를 따르는 율을 보던 유현은 이내, 넌지시 입을 열었다.

"나 오늘 헌팅 당했어요. 길에서."

"……."

"지겹게 당하는 거긴 한데 상대가 꽤 예뻐서 밤에 만나기로 했어요. 좋겠죠."

"근데."

"가지 말까요? 어떻게 생각해요?"

"뭘."

"만나지 말라면 안 만나려고요. 걔보다 훨씬 예쁘니까. 어쩔까요?"

율은 잔을 들고 거실로 향했다. 바닥에 앉아 소파에 등을 대고 커피를 마셨다. 뜨거운 기운을 식히려 입김을 불던 율이 의미 없이 주워들은 유현의 말들에 시선을 올렸다.

초점이 그다지 분명하지 못했다. 텅 빈 듯 나른하고 무감한 율의 눈빛이 유현은 못내 가슴 아팠다. 저런 얼굴 참 싫다. 저렇게 당장이라도 울 것 같은 얼굴은 도저히 못 보겠다. 유현이 억지로 입가를 말아 올렸다.

"말해 봐요. 내가 어쩌면 좋은지."

"왜."

"네?"

"그걸 왜 나한테 묻는데."

"그냥요. 묻고 싶으니까."

"무슨 대답을 원해."

"너."

"뭐?"

"널 원한다고. 은율 너를. 나는."

애매한 말장난과는 어울리지 않는 유현의 진지한 표정에 율이 그만 입을 다물었다. 커피 잔을 입에 댄 채라 따끈한 온기를 느끼면서도 가슴은 온통 얼음장처럼 차갑게 시렸다. 늘 이렇다. 데워지고 식어 가기의 반복이랄까. 감정이란 어쩜 이렇게도 소모적인지 지긋지긋하다는 생각이 들었다.

율은 곧 유현으로부터 시선을 거두고 조용히 커피를 마셨다.

준우는 지금쯤 뭘 하고 있을까. 율의 눈동자가 작게 일렁였다. 조용조용 커피를 마시는 율의 모습을 유현은 가만히 응시했다. 흡사 그림과도 같은 고운 율의 얼굴선이 유현의 시선을 강하게 휘어잡았다.

모르겠다. 연애하면 다 저렇게 힘들고 죽을 맛인 건가. 막연히 이해되려는 감정을 가까스로 눌렀다. 율의 슬픈 눈빛이 거슬려 유현은 주머니를 뒤적여 담배를 꺼내 입에 물었다.

"줄까요? 한 대 빨래요?"

"나가서 피워."

"에이, 추운데. 빨리 피울게요."

"냄새 배. 나가."

"뽀뽀해 주면요."

"뭐?"

"뽀뽀. 그럼 나가죠. 자."

물고 있던 담배를 빼어든 유현이 입술을 쭉 내밀었다. 하도 어이가 없어 율은 뭐라 대꾸하는 것조차 잊고서 유현을 봤다. 유현이 한껏 더 다가와 입술을 옹알댔다.

욕을 해 줄 수도 있다. 있는 대로 신경질을 부려도 될 일이다. 어차피 장난일 테니까. 혹 진심이 섞였다 해도 완곡히 거절을 거듭했던 자신의 의중을 모르지 않을 테니 짜증을 내고 쫓아 버릴까 순간 고민이 되었다.

갖고 노는 대로 놀아나는 것도 그렇게 나쁘지는 않다. 단, 아주 가끔일 때의 이야기다.

입을 맞춰 달라 조르는 유현을 보던 율이 몸을 일으켜 베란다로 나갔다. 빨랫대에서 유현의 옷을 꺼내 온 율은 아직 채 마르지 않은 그것들을 차곡차곡 접어 받으라고 내밀었다.

아무런 감정도 읽히지 않는 율의 공허한 눈빛을 보며 유현은 자신의 옷들을 잠시 내려다봤다. 입고 있는 것도 돌려줄 필요 없으니 가지라고 율은 말했다. 무슨 뜻인지 이해되는 족족 가슴이 세차게 흔들렸다. 받아 들지 않는 유현을 기다리다 못한 율이 바닥에 내려놓고 돌아섰다. 유현이 율의 손을 거칠게 부여잡았다.

"내가 우습지?"

"놔."

"실실 웃으니까 만만하지, 그치?"

"놔, 이거. 안 놔?"

"씨발, 사람이 위로를 하면 좀 받아! 그것도 싫어?"

설마 이런 순간에까지 작업을 걸겠냐며 유현이 성을 냈다. 관심이 있는 건 사실이지만 웃게 해 주려고 농담한 거 모르겠냐며 버럭 큰 소리를 내질렀다. 그러고 보니 단 한 번도 없었다. 기막혀 치는 코웃음이 아니면 율은 단 한 번도 자신을 향해 선뜻 웃어 준 적이 없었다.

그게 순간적으로 너무 열이 받아서. 저런 무기력한 모습은 정말이지 싫으니까. 끝내 짜증을 참지 못하고 폭발해 버린 유현의 다그침에 율의 눈동자가 마구 흔들렸다. 율을 벽에 몰아세운 유현이 한쪽 입가를 뒤틀며 쏘아붙였다.

"뭔데. 그 새끼야, 너야. 누가 문제냐. 어디 들어나 보자."

"그만해."

"바람인지 뭔지, 돈인지 여잔지 아님 못 끝내서 서로 지랄들인지. 말해 봐. 대체 왜들 이러는 건데? 어?"

"그만하라고."

"너나 그만해. 끝내려면 확 끝내 버리라고, 혼자 질질 짜지 말고. 거슬리는 게 있으면 말하고 풀면 그만이지, 그딴 말도 서로 못하는 사이야? 니들 무슨 내외하냐?"

비릿한 냉소를 흘리며 맹렬히 퍼붓는 유현의 말들에 결국 율은 말문이 막혀 버렸다. 준우를 언급한 그 순간부터 무너지기 시작한 마음이 이제는 흔적도 없이 산산조각 나 흩어져 버렸다.

생각할수록 기가 막힌다. 이 녀석은 어쩌면 이렇게도 나를 잘 알까. 어쩜 이렇게도 쉽게 모든 말들을 대놓고 해 줄까. 그게 왜, 하나도 싫지가 않을까. 왜 자꾸 기대고 싶어질까. 왜.

"글렀어. 너, 볼 때마다 그 표정이야. 그 새끼 얘기만 나와도 벌벌 떨지, 아주. 알기나 해?"

"⋯⋯."

"그러고도 뭐? 애인 사이? 까고 있네. 뭐가 이렇게 복잡하냐? 아프려고 연애해? 그러고 싶어?"

저 같으면 절대 그렇게 만들지 않는다며 유현은 인상을 찌푸렸다. 웃고 지내도 모자라다고, 연애는 즐거우려고 하는 거라며 설교의 말들까지 덧붙이는 유현이었다. 맞는 말이다. 하나부터 열까지 틀린 구석이라고는 요만큼도 찾아볼 수가 없는 말들만 유현은 하고 있었다.

이 녀석이라면. 그래, 아마도. 율이 아랫입술을 지그시 깨물었다.

자격지심 따위 가질 필요가 없을 것 같다. 전화 한 번 걸기도 힘들어 망설이는 짓은 하지 않을 거다. 나오는 대로 쏘아붙이고 틱틱대고 화내고, 그래도 유현은 금방 무슨 일 있었느냐며 실실 웃어 줄 것만 같다.

그래. 그렇게 편한 연애를 사실은 하고 싶다. 과거 때문에 주눅들지 않았으면 좋겠다. 근데.

누군가를 진심으로 사랑한다는 것이 자신에게 어떤 의미였는지 율은 이제야 깨달았다. 시작하면서부터 뭐가 문제였는지, 뭐가 걱정이고 무엇이 그토록 불안하며 초조했었는지도.

늦은 거다. 바보 같게도. 준우밖에 보지를 못했다. 너무 좋아서. 마음이 깊어지면 그 이상으로 절망스러워진다는 것을 알아차리지 못하고 속수무책으로 여기까지 왔다. 막연하던 끝이 이제는 손에 잡힐 듯 가까이 오고야 말았음을 절감하며 율이 고개를 떨궜다.

가득 차올랐던 눈물이 주르륵 볼을 타고 흘러내렸다. 유현이 안타까운 얼굴로 미간을 구겼다.

뇌를 오래도록 쓰지 않으면 자연히 인지능력이 떨어진다는 것쯤은 알고 있다. 뇌기능에도 퇴행성 질환이 존재하는가를 심각하게 고민하며 눈앞의 숫자들을 하염없이 봤다.

7하고 2하고 5. 그러니까, 오후 7시 25분. 알아들은 머리가 다시금 마음에게 말했다. 그만 포기하지 그래? 멍해 있던 율의 어깨를 재원이 아프지 않게 툭 건드렸다.

"받으세요."

"응?"

"차라리 뭐라도 하시라고요. 있어 보이기라도 하시려면."

멀거니 핸드폰만 들여다보는 율이 안됐는지 재원은 제 가방에서 넷북을 꺼내어 율의 앞에 놓아주었다. 로딩 되는 화면을 보던 율이 웬일이냐며 재원을 향해 눈을 빛냈다.

게임해도 되냐는 질문에 쯧쯧, 하고 혀를 차며 주방으로 가는 재원을 보다가 마우스 패드에 손가락을 가져갔다. 톡톡 움직여 아이콘들을 열어 보던 율은 고심 끝에 만만한 사천성 게임을 클릭했다.

똑같은 모양의 블록을 클릭해 없애는 초간단 룰을 자랑하는 사천성을 하며 율은 한숨을 내쉬었다. 생각을 안 하니 편한 것도 같다. 오직 블록의 모양에만 집중하다 또 멈칫하고 말았다.

바쁠 거란 걸 알고 있었대도 서운한 건 어쩔 수 없나 보다. 준우의 전화가 오지 않았다는 걸 상기하자 가슴이 묵직하니 아렸다. 서운한데 서운하다고 말도 못하고. 기가 막혀서.

머지않아 작은 쟁반에 간식거리를 들고 나온 재원이 바텐과 알바생들을 불러 모았다. 모처럼 한가한 월요일이라 카운터에 모여 떡볶이를 먹는 여유도 부릴 수가 있었다. 별로 입맛이 없는 율은 못 들은 척 블록 없애기에 몰입했다.

안 먹으면 게임 금집니다. 셋 세기 전까지 오세요. 하나, 둘, 둘 반, 반의 반……. 엄포를 놓는 재원의 말에 율은 할 수 없이 서너 개를 입에 쑤셔 넣었다.

"야, 손님손님. 어서 오십시오."

그릇을 치울 때쯤 Bar 안으로 사람들이 들이닥쳤다. 농담을 주고받으며 낄낄대던 바텐들을 정렬시킨 재원이 손님 쪽에서 화면이 안 보이게끔 얼른 율의 넷북을 돌려 버렸다.

앗, 신기록인데! 하나만 더 깨면 바로 다음 판으로 넘어가는 것을, 갑자기 돌아간 화면을 찾느라 시간을 놓친 율이 울상을 지었다. 피시방을 인수받지 그러셨느냐며 사과는커녕 면박뿐인 재원을 째려보고 게임 창을 닫았다.

자리 잡는 손님들을 보다가 음악을 바꿨다. 바꾼 음악이 또 마음에 들지 않아 끝나기를 기다린 율은 골라잡은 다른 CD를 얼른 컴포넌트에 넣었다. 부드럽게 시작되는 뉴에이지풍의 피아노 연주곡에 고개를 주억거렸다.

살짝 볼륨을 더 높여도 좋을 것 같아 다이얼을 돌리고는 Bar 안을 둘러본 뒤 인터넷 창을 열었다. 흥미로운 기사들을 톡톡 클릭해 읽던 율에게 다가온 재원이 작은 목소리로 속삭이듯 물었다.

"어떠십니까."

"별론데."

"왜요, 제가 보기엔 훌륭한데."

"한 70cm 정도 모자라. 너무 작다."

"네? 뭐가요?"

"이거 놓으면 공간이 너무 남을 것 같아. 지금 있는 것도……."

"저, 사장님?"

"응?"

문득 톤이 달라진 재원의 목소리에 율이 고개를 돌렸다. 팝업으로 뜬 쇼핑몰 창을 클릭했다가 들어간 김에 눈에 띄는 소파가 있어서 열심히 보던 참이었다. 중고로 산 지금 것을 버리고 바꾸려는데 사이즈가 맞지 않아 갈등하던 율을 재원이 한심스럽게 바라봤다.

뭐. 왜. 흠흠 작게 헛기침한 재원이 티 안 나게 턱으로 어딘가를 가리켰다. 돌아간 율의 시선이 Bar 끄트머리에 혼자 앉아 있는 여자에게로 닿았다. 어쩌라고. 시큰둥하게 시선을 거두는 율을 보며 재원이 눈썹을 들었다 놓았다.

"깜짝 놀랐네요. 70cm가 설마 가슴 쪽일까 봐서."

"뭐래."

"아까부터 계속 사장님만 쳐다봐서 말씀드린 거예요."

"놔둬. 그러거나 말거나."

"저 봐요, 또 봅니다. 와, 이젠 아주 대놓고 보는데요?"

"신재원. 나 여잔 거 그새 잊었냐?"

"그냥 대꾸나 좀 해 주시라고요. 단골 증원 차원에서. 손 한번 흔들어 주세요, 출근 도장 찍을 기셉니다."

"이 녀석이."

억지로 손을 들어 올리려는 재원을 뿌리친 율이 작게 인상을 썼다. 임자 있는 율을 알기에 단골이나 늘리잔 의도라지만 굳이 안 그래도 올 손님이면 알아서들 다 찾아오게 되어 있었다. 곱상하니 예쁘게 잘생긴 율을 보기 위해 들르는 단골이 수두룩한 게 사실이니까.

장난이었다며 씨익 웃은 재원이 주방 쪽으로 사라졌다. 헛웃음을 짓던 율이 무의식적으로 고개를 돌리다 멈칫했다. 눈이 마주친 여자가 아주 옅게 입가를 말아 올렸다.

스물일곱, 아니면 여덟 정도. 꽤 대범한 여자의 살짝 웨이브 진 긴 머리 너머로 흔들리는 화려한 귀걸이가 맨 먼저 눈에 띄었다. 척 보니 견적이 나온다. 들러붙는 짧은 치마에 짙은 화장이 아니더라도 혼자 술집에 와서 저렇게 헤프게 웃음을 흘리며 눈을 맞추는 여자는 뻔하지 않은가. 예쁘기는 하다만 취향은 아니다. 지극히도.

율은 시선을 거뒀다. 차라리 준우처럼 잘생긴 남자였다면 조금 더 바라봐 줬을지도 모르겠다. 싱거운 생각을 하며 피식 웃던 율이 마침 들어오는 단골손님들의 인사를 받으며 몸을 일으켰다.

딱히 친절하게 굴지 않아도 대충 웃어 주는 것만으로 손님들을 으레 다시 율을 보러 Bar에 오곤 했다. 얼굴을 잘 못 외워 누가 누군지 몰라도 조금 반가운 척을 해 주면 손님들은 그걸 또 그렇게나 좋아한다.

왜 이렇게 피곤해 보이세요, 자요. 테이블로 갔던 손님 중 하나가 율에게 다가와 커다란 종이백을 내밀었다. 거절이 더 무례라는 걸 아는 율은 미안한 미소로 선물을 받았다. 손님이 돌아가자 재원이 종이백을 열었다.

"잘 먹겠습니다, 사장님."

"인사는 저 손님한테 해."

"아싸, 도넛이네요. 양이 엄청난데요."

"손님들 하나씩 드려. 애들도 주고."

"넵!"

율이 온 뒤로 얻어먹는 재미가 쏠쏠한 재원이 들뜬 얼굴로 접시를 꺼냈다. 아직 손님수가 괜찮아서 하나씩 돌려도 많이 남을 거다.

시선이 마주친 손님에게 다시금 감사의 눈인사를 건넨 율은 도넛 하나를 집어 맛을 봤다. 고맙단 뜻으로 먹는 장면을 보여 줄 의무가 있었다. 그 모습에 좋아 죽는 손님을 확인하고는 이만 접시에 도넛을 내려놓은 율은 티슈를 찾다가 아까의 여자와 또 눈이 마주쳤다.

슬슬 불편한데. 마지못해 억지로 웃어 주자 여자가 기다렸다는 듯 눈꼬리를 쓱 내렸다. 한숨이 절로 터져 나왔다.

"추운데 왜 나와서 피우세요?"

"가시게요?"

"하도 안 오셔서 제가 나왔네요."

"하하……."

"괜찮으면 저도 좀 주실래요? 실례."

어림잡아 한 시간은 된 것 같은데도 여자는 지치지 않고 율에게 추파를 던졌다. 그 추파가 어째 유난히도 부담스러워 율은 결국 담배를 핑계로 나와 Bar 입구를 서성거렸다.

그냥 갈 줄 알았던 여자의 부탁에 율이 거절 못하고 담배를 건넸다. 불까지 붙여 주고 조금 떨어져 서는 율을 여자는 바로 옆에 따라붙듯 서서 뚫어져라 바라보았다.

처음에는 다분히 형식적이었다. 가게에 대한 전반적인 얘기들을 묻는 여자의 말들에 대강 답하던 율은 어느 순간 교묘히 사적인 질문들이 이어지고 있음을 깨달았다. 이름과 나이와 사는 곳의 위치와 언제 쉬는지 따위를 대꾸하던 율은, 불쑥 튀어나온 애인 있냐는 질문에 입을 다물었다. 여자가 눈을 깜빡였다.

애인이 있는지를 묻는 것은 작업의 기본일 수도 있다. 근데, 왠지 여자의 시선이 갈수록 따가워 율은 그냥 미소로 답을 대신했다. 여자가 흐응, 콧소리를 냈다.

희한하네. 기분 탓인가. 노골적인 여자의 표정에서 한순간 적대감과 비슷한 종류의 것을 읽어 냈다. 조심해서 가세요. 가게로 몸을 돌리는 율의 발길을 여자가 붙잡았다.

"내일도 나오시나요?"

"아마도요."

"그래요. 내일 뵙죠, 그럼."

"저기요."

"잘 피웠어요. 갈게요. 수고."

짧게 타들어 간 담배를 던지며 여자가 먼저 돌아섰다. 불편함을 참고 힘겹게 상대해 준 걸 모르는지 내일 보자는 말을 남기고 사라지는 여자를 보며 율은 미간을 찌푸렸다.

가게 입장에서 단골을 만드는 게 나쁠 건 없지만 저런 식으로 들이대는 건 질색이었다. 게다가 그냥 놔뒀다가 사람 하나 또 바보 만들었단 원망을 들을지 모르니 더 늦기 전에 말해 주는 편이 나았다.

여자가 내일 오면 꼭 말해 주자며 율은 고개를 주억였다. 위아래로 연신 훑으며 관찰하듯 보던 여자의 눈빛이 계속 거슬렸다. 귀찮아 돌겠네. 담배를 새로 꺼내어 입에 물었다.

그러다 율은, 만약 준우에게 저런 타입이 들이댄다면 어쩌려나 궁금해졌다. 가게 손님만 아니었으면 단칼에 잘랐을 자신은 억지로 웃어 주기까지 했다.

준우는 어떨까. 준우도 웃어 줄까. 무뚝뚝한 얼굴로 냉정하게 거절하는 준우와, 예의상 작게 웃으며 정중하게 거절하는 준우를 둘 다 떠올려 봤다. 어느 쪽이든 마음에 들지 않는다. 그보다 가장 싫은 건, 뛰어난 미모에 넘어가 받아 주는 준우겠지만.

상상만 해도 배알이 꼴리고 열이 뻗쳐 견딜 수가 없다. 율이 보기 싫게 인상을 썼다.

전혀 쿨하지 못해. 나는 진짜, 이런 잠깐의 상상으로도 기분이 더럽게 나빠질 만큼 아주 속 좁은 인간이거든. 완전 치졸해. 너는 모르겠지만. ……망할.

얼마 피우지도 않은 담배를 던져 버렸다. 괜한 짜증에 율이 뒷머리를 벅벅 긁었다.

"야, 한준우."

— 미안. 출근했어?

"너는 진짜……."

— 회의가 길어져서. 핸드폰 볼 틈도 없었다. 미안해.

"하……."

밤 10시를 갓 넘기고서야 준우에게서 전화가 걸려 왔다. 서운한 마음으로 받아 든 율은, 그러나 지친 기색인 준우의 목소리에 더는 뭐라 할 수조차 없었다.

지금이 4시냐고, 신경 쓴다던 건 다 거짓말이었느냐고, 연거푸 목구멍으로 삼켜지는 말들에 율이 입술을 깨물었다. 이럴 거면 가기 싫다는 말이라도 말지 그랬냐. 재원의 눈을 피해 들어온 직원용 화장실의 문을 잠그며 율이 씁쓸하게 웃었다.

"어딘데. 회사야?"

— 공항.

"뭐?"

— 갑자기 출장이 잡혔어.

"어디로."

— 저번에 말했던 거 기억해? 뉴욕 쪽에 확장할지 모른다고 했던 거.

"아……."

— 미팅 요청이 들어와서 가 봐야 해. 10시 반 비행기야. 수요일 밤쯤 올 거 같아.

"수요일……?"

미리 알았다고 해서 달라질 건 없었다. 간다는데 가지 말라고 할 수도 없고. 그래도 서운한 건 서운한 거다. 율의 목소리가 점차 기어 들어갔다.

그렇구나. 이틀이나 못 본다는 거지, 그러니까.

일방적인 통보에 속이 쓰렸다. 그새 수명이 줄어들기라도 한 것처럼 다 죽어 가는 율이 겨우 입을 열었다.

"수속은 밟았어?"

— 응. 이제 탑승해.

"잘 다녀와."

— 뭐 사다 줄까? 필요한 거 없어?

"없어."

— 괜찮아, 말해. 뭐 사 올까?

"없대도."

— 시계 어때? 면세점 말고 뉴욕에 유명한 곳 있다는데 간 김에 거기서…….

"준우야."

— 응?

"나 보고 싶어?"

갑자기 또 월세 50만 원이 생각나서 목이 메었다. 못 보는 것도 억울해 죽겠는데 슬퍼할 틈도 없이 마구 몰아치는 준우였다. 고개를 젖힌 율은 지그시 눈을 감아 내렸다.

한 박자 쉰 준우가 그럼, 보고 싶지, 하고 답했다. 그깟 선물 살 시간에 전화나 해 줘. 최대한 태연히 내뱉은 율이 거듭 잘 다녀오라는 인사를 건넸다. 율아. 나지막한 준우의 목소리에 율이 눈을 떴다.

— 밥 잘 챙겨. 굶지 말고.

"너나."

— 차 조심. 사람 조심. 알지?

"너나."

— 다녀올게.

"그래."

— 율아.

"응."

— 괜찮지?

"뭐가."

― 너 말이야.

"나 뭐."

― 괜찮은 거지? 어?

"안 괜찮을 게 뭔데."

― 미안해.

그때부터였을 거다. 딱 한 번, 무심한 준우에게 솟구치는 짜증을 참지 못하고 버럭한 뒤 울어 버렸던 그때. 컨디션이 나쁘다고 둘러댔지만 그 후로 준우는 간혹 율이 성질을 부릴 때면 미안하다고 사과부터 하게 됐다.

고작 몇 번이나 들었다고 벌써 질린다. 그거 말고 다른 말이 듣고 싶은데. 말이 없어진 율을 잠시 기다리던 준우가 또 전화하겠다는 말을 남기고 전화를 끊었다. 율이 힘없이 문에 등을 기대고 섰다.

약품의 수출입 판매에 관련된 회사라고 했던가. 마약은 아니냐고 묻던 자신의 말에 박장대소하던 준우가 떠올랐다. 이제 막 커 가는 단계라 정신없던 준우를 보며 그랬다. 이 남자, 참 근사하다고.

살짝 물어본 일 얘기에 눈을 빛내던 준우가, 자기 전에도 서류들을 살피며 뭔가를 중얼거리던 준우가, 뚜렷한 목표를 가진 듯 잦은 야근에 바쁘면서도 힘들다는 말 한 마디 없는 준우가, 그런 준우가,

이러다 만약에 네가 딴 여자랑 바람이라도 난다면, 나는 미쳐 버릴지도 모르겠다. 구질구질 추하게 울고불고 매달릴 수도 있고 말이지. 하……

하다하다 이젠 별 우습지도 않은 망상마저 해 버리는 지경에 이르렀다. 엄청난 미인의 유혹에 넘어가 갈등하는 준우의 모습은 상상

만으로도 끔찍했다. 그 꼴을 보느니 죽는 게 낫다 싶을 정도였다.

어깨를 들썩인 율이 한숨을 뱉었다. 벌써부터 보고 싶은데. 어떻게 참지.

"안 주무세요?"

기내를 점검하며 돌아다니는 승무원들 사이로 좌석에 앉아 멍하니 창밖을 보고 있던 준우가 수정의 목소리에 고개를 돌렸다. 앞쪽에 앉아 있던 민석의 모습이 보이지 않았다.

"최 실장님은 어디 가셨습니까?"

"이륙 전에 화장실 좀 다녀오신다고요."

"그렇군요. 김 비서님은 안 주무십니까?"

"이사님이 안 주무시니까 먼저 자기가 죄송스러워서요."

"하하……."

별소릴 다 한다는 듯 준우가 너른 웃음을 터뜨렸다. 그러고는 신경 쓰지 말고 먼저 자라며 고개를 끄덕여 주었다. 입가에 걸린 미소가 한없이 포근했다. 수정이 살짝 얼굴을 붉혔다.

"이렇게 갑자기 미팅을 요청하다니 좀 경우가 없지 싶어요."

"그쪽도 사정이 있었겠죠. 스케줄이 어그러졌다거나 하는."

"그래도요. 피곤하셔서 어떡해요?"

"저보다도 김 비서님이 걱정입니다."

"네?"

"저야 최 실장님하고 같은 방을 쓰니 괜찮지만 김 비서님은 여자잖아요. 여자 혼자 호텔 방에 묵는 거 불편하고 싫을 텐데. 미안합니다."

준우가 진심 어린 목소리로 사과를 건넸다. 듣기 좋은 나른한 중저음에 심장이 못내 두근거렸다. 어쩜 이렇게 반듯하고 사려 깊을까. 비단 제게만 행해지는 배려가 아니라는 걸 알면서도 수정은 기쁜 맘을 감출 수가 없었다. 괜찮으니 신경 쓰지 마시라는 의미로 수정이 손사래를 쳤다. 화장실에 갔던 민석이 머지않아 자리로 돌아왔고, 이륙안내 방송이 나왔다.

　젊은 나이에 대표이사까지 된 마당에 거드름을 피울 만도 하건만 준우에게서 그런 면은 찾아보기 힘들었다. 이번 출장만 해도 그렇다. 일등석이 아닌 비즈니스 석으로 충분하다는 준우는 호텔에서도 부하 직원인 민석과 한 방을 쓸 예정이었다. 그것도 아주 흔쾌히.

　지위를 이용하지 않고도 존경을 이끌어 내는 재주가 있었다. 사람 자체가 바르고 곧았다. 좋아하지 않을 수 없게끔 만드는 매력적인 준우를 수정은 연신 힐끔거리며 훔쳐보았다.

　"이사님."

　"네, 김 비서님."

　"요즘 자주 웃으시는데 뭐 좋은 일 있으세요?"

　활주로를 벗어난 비행기가 대기권으로 진입해 속력을 높였다. 뭔가 골똘히 생각하며 소리 없이 웃던 준우에게 수정이 조심스레 질문을 던졌다. 민석은 담요를 목 끝까지 끌어 올린 채로 어느덧 곤히 잠들어 있었다. 준우가 건너편 좌석의 수정을 지그시 바라보며 물었다.

　"티가 납니까?"

　"많이요. 전 같지 않으세요."

　"그래요?"

"어떨 땐 멍하시다가 또 어떨 때는 막 웃으시고. 일이 잘 돼서라기엔 전에 비해 너무 많이 웃으시잖아요, 원래 미소 흔치 않으신 분께서."

수정은 곧 후회했다. 왠지 준우를 아주 잘 알고 있는 사람처럼 말한 건 아닌가 싶었다. 그렇게 내내 지켜봐 왔다고 대놓고 말하는 격이었다. 물론, 설립 이후 보좌해 온 3년 내내 준우를 바라보고 맘에 담아 온 게 사실이지만 들키기는 싫었다. 준우가 엷게 미소 지었다.

"그러게요. 원래 잘 웃지 않는데 자꾸만 웃게 되네요."

"이유를 여쭤 봐도 될까요?"

"그냥 웃음이 납니다. 떠올리기만 해도 기분이 좋아져요. 곁에 있는 것 같아서."

"네?"

"보고 싶고 그립고, 매 순간 생각이 나고. 누굴 이렇게 좋아해 본 적이 처음이라 조절이 잘 안 되나 봅니다. 일에 지장 주지 않으려 꽤 노력하고 있으니, 걱정은 안 하셔도 될 겁니다."

"아……. 네에……."

말을 마친 준우가 다시금 입가를 말아 올렸다. 싱그러운 미소가 그저 근사했다. 까만 눈동자에 실린 진중함에 가슴이 쿵쿵 요동을 쳤다. 수정이 입술을 꾹 다물어 말을 아꼈다.

설마 했었다. 혹시나 싶었다. 짐작되던 것을 부정하며 그래도 내심 아니었으면, 했는데. 사랑에 빠졌다고 말하는 준우는 그 모습조차 마구 욕심이 났다. 어차피 손에 닿지 않는 사람이었다며 마음을 추스른 수정이 애써 표정을 풀고는 조용히 혼자 고개를 주억거렸다.

저렇게 근사한 남자의 사랑을 받는 이는 누굴까. 매 순간 떠올리고 그리워하고 있다는 준우의 그녀가 수정은 진심으로 부러웠다. 반듯하고 착한 저 남자는 왠지 연애마저 그럴 것 같다. 배려 깊게 대해 주고 늘 조심하며 사랑을 하겠지. 그만큼 사랑은 더 대단스러울지도.

비록 다른 사람을 향한 마음이라지만 흠을 잡을 수가 없다. 그게 준우다. 모든 게 다 용서되는. 수정은 준우의 사랑을 응원하기로 마음먹었다. 여전히 준우를 좋아하고 있기에 할 수 있는 결심이었다. 준우가 행복했으면 하고 바라니까. 진심으로. 온 마음을 다해서.

준우에 관한 괜스런 망상 덕분인지 기분은 내내 엉망이었고, 썩은 표정으로 가게 안을 배회하던 율은 재원의 구박에 카운터에만 얌전히 앉아 있어야 했다. 퇴근할 즈음이 되자 재원이 율을 일으켜 카디건을 챙겨 주며 등을 떠밀었다.

큰길로 나가 택시를 잡아타고 그대로 집으로 향했다. 오피스텔에다 못 가 택시를 세웠다. 마침 담배도 떨어졌고 해서 편의점을 들러야겠다는 생각에서였다. 발길이 저절로 주류 진열대로 향해졌다. 자연스레 율은 소주 몇 병과 맥주를 집어 들었다.

마시고 자자. 확 다 마시고 죽자, 그냥. 안면이 익은 남자 알바생이 싱긋 웃으며 인사를 건넸다. 대충 화답한 율이 계산을 마치고 편의점을 나섰다. 그러다가,

"……"

"……"

쌀쌀한 날씨에 어깨를 움츠리고 걷던 율이 오피스텔 정문 근처를

서성이는 유현을 발견하고 걸음을 멈췄다. 시선이 마주치자 유현이 못내 난감한 얼굴로 입술을 달싹였다. 그러나 유현은, 섣불리 뭐라 말은 못 하고서 안절부절 헤맸다. 여태 기다린 걸까. 못 본 척 율이 걸음을 시작했다.

반전은 없었다. 유현이 자신을 혹 지나쳐 간 율의 뒤를 서둘러 쫓았다. 조용한 가운데 발소리와 더불어 비닐봉지가 들썩거리는 소리만이 울려 퍼졌다. 계속해서 뒤따라오는 유현을 율은 애써 의식하지 않으려 했다.

센서문 앞에 도착한 율이 슬쩍 고개를 돌렸다. 붙잡고 싶어 죽겠는 얼굴로, 하지만 못 하겠는 썩 곤란한 표정으로 유현이 힘없이 고개를 떨궜다. 그림인지 글씬지 발로 바닥을 끼적이는 유현이 율의 시야에 곱지 않게 담겼다.

이대로 무시하고 들어가 버리면 그만이겠지만. 그랬다간 저 녀석, 비 오던 그날처럼 또 하염없이 기다릴 수도 있으니까. 빨갛게 얼어 있는 유현의 볼을 보던 율이 문 열기를 포기하고 옆쪽의 벤치로 향했다. 털썩, 주저앉는 율에게 유현이 시선을 주었다.

"뭐."

"뭐가요."

"할 말 있음 하라고. 뜸 들이지 말고."

머뭇거리는 거 참 같잖다고 중얼거린 율이 담배를 꺼내어 입에 물었다. 잠깐이나마 얘기할 시간을 허락해 주겠다는 뜻이었다. 그게 고마우면서도 유현은 쉬이 웃질 못했다.

불을 붙인 율이 허공을 향해 훅, 연기를 뱉었다. 아무렇지 않아 보이는 그 모습이 유현은 되레 안타까웠다. 미안해서 기다렸다. 낮의 일이 맘에 걸려 도통 뭘 해야 할지도 모르겠는 유현이었다. 그저 이렇게 기다리는 것밖에는. 추워서 몸이 얼든 말든 유현은 종일 여기서 율을 기다렸다. 유현이 곧 율에게로 가깝게 다가섰다.

잠시 망설이던 유현이 율의 옆에 몸을 낮춰 앉았다. 그런 유현에게 율이 담배를 내밀었다. 거절 않고 받아 물자 율은 직접 불까지 붙여 주는 아량을 베풀었다. 유현이 율을 지그시 바라봤다.

마주친 눈동자가 마냥 깊었다. 영롱하게 빛나는 까만 그 눈동자는 다시금 유현의 심장을 두근거리게 만들었다. 이렇게 예쁜데. 왜 웃지를 않냐고, 왜. 괜히 속이 상해 미간을 구긴 유현이 연기와 함께 한숨을 내쉬었다. 율이 다 피운 담배를 던지고 새것을 꺼내 물었다.

"하루에 보통 얼마나 피워요?"

"몰라. 세면서 안 피워."

"그러다 쓰러지겠어요. 뭐가 이리 빠르대?"

가볍게 힐난하는 말투로 유현이 툴툴댔다. 술도 엄청 빨리 마셔 대던 율은 담배도 뻑뻑 굉장히 빨리 피워 대고 있었다. 밥은 제대로 먹고 다니는지 원. 앙상한 손목이 영 거슬렸다. 혼자 구시렁거리는 유현에게 율이 물었다.

"그래서. 내가 하루에 얼마나 피우는지 그게 궁금해서 기다렸냐?"

"아뇨."

"그럼 뭔데. 하려던 말이나 빨리 해. 추워."

"미안해요. 생각해서 한 말인데 기분 나빴다면 사과할게요. 잘못했어요."

"알았다. 됐다. 말자."

"걱정돼서 그래요. 아니 솔직히, 포기가 안 돼서 그래요, 내가. 그쪽이 도저히."

"뭐?"

"애인이 애인 같지가 않잖아요. 행복해 보이질 않는데 어떻게 포기가 되겠냐고요. 그렇잖아요."

"왜 안 갔는데. 너 좋다는 헌팅녀 만나러."

조금만 건드려도 이렇게 줄줄 쏟아 내는 녀석이다. 감정이 차고 넘쳐 절대 숨기지는 못할 유현이 금세 열 올라 씩씩댔다. 아주 대놓고 말한다. 좋아한다고, 좋아하고 있다고. 그러니 어려운 건 집어치우고 저한테로 오라고. 웃게만 해 주겠다고.

거절의 다른 표현이었다. 관심 없다는 말보다 이게 나을 것 같아 율은 태연하게 유현을 도발했다. 순간 기분이 상했지만 유현은 애써 덤덤하게 그냥요, 하고 답했다. 여자에 환장한 새끼. 약간의 조롱을 담아 읊조리는 율의 말에 유현이 살짝 시선을 떨궜다.

"몇 명이나 되냐?"

"뭐가요."

"같잖게 모른 척할래? 몇 명이나 건드렸냐고."

"세면서 안 자는데요."

"미친놈."

피식 헛웃음을 흘리며 율이 다리를 꼬았다. 뒤로 한껏 기대는 율을 돌아보려던 유현은 그냥 묵묵히 앞을 봤다. 그러기도 얼마 못 가 시선이 저절로 율을 찾아 돌아가고야 만다.

율은 한심하다는 눈으로 유현을 봤다. 유현이 율을 따라서 뒤로 한껏 기대어 앉았다. 등받이 위에 오른손을 올린 유현이 제 손끝에 닿을 듯 말 듯한 율의 어깨를 아쉽게 바라봤다. 율이 끌끌 혀를 찼다.

"그렇게 좋냐, 여자가?"

"네."

"뭐가 좋은데?"

"구체적으로 말하자면 여자가 아니라 그거죠. 섹스."

"잘났다."

"근데 같은 애랑 한 번 이상은 못하겠어요. 안 꼴려서."

"미친 새끼."

"진짜예요. 어쩔 수 없어, 유전이거든."

"뭐?"

"왜, 멘델이라고 알죠? 그 아저씨 완전 똑똑한 거 같아. 안 그래요?"

후욱, 길게 연기를 내뱉은 유현이 눈꼬리를 내리고 싱긋 웃었다. 과장을 조금 더해 자고나면 엄마가 바뀌었단 말을 하며 유현이 느슨하게 다리를 꼬았다. 호적에 올린 것만 아홉인가, 열인가. 중학교 즈음 자신보다 7살 많은 여자가 엄마가 됐을 때, 그때가 제일 쇼크였다는 말을 하고 입을 다물었다. 털어 내 주지 않아 빠르게 타들어 가는 유현의 담배 끝을 보며 율은 알게 모르게 표정이 굳었다.

자신의 방탕함을 정당화하기 위해 부모에게 책임을 전가하는 유현이 옳은 건지는 굳이 따지고 싶지 않다. 상처를 덮고 아물기를 기다리느니 아예 잊는 편이 낫다는 식의 논리가 유현에게는 존재했다. 사람은 각자 자신이 옳다고 생각하는 대로 살아가기 마련이니까. 타인의 삶을 멋대로 판단하고 정의 내릴 자격은 그 누구에게도 없으니까. 시선을 돌린 율이 먼 앞쪽의 허공을 응시했다.

늘 헤실헤실 웃는 얼굴에 가려져 있던 유현의 가면이 한 꺼풀 벗겨지는 것을 본 율은, 문득 준우의 약점은 무엇일까 생각했다. 철저히 이성적인 판단에 입각해 행동하는 준우는 과연 이 감정들을 뭐라고 정의 내렸을까.

모르긴 해도 역시 혼란스러웠을 거다. 갑자기 만난 누군가와 예기치 않게 깊은 관계로 발전했음이 실은 곤란했을지도 모르겠다. 그래서 어쩌면, 속으로는 늘 갈등하는지도.

그렇게 생각하자 심장이 불시에 욱신거렸다. 벌어진 상황들을 하나하나 계산하면서 준우는 누구에게 책임을 전가했을까. 나? 아니면 저? 혹시 후회했을까. 단 한 번이라도 만나지 말걸, 하는 생각을 했으면 어쩌지. 귀찮고 피곤해서 잠시나마 피하고 싶었다면, 내가.

율은 파르르 떨리는 입술을 베어 물었다. 준우가 자신을 어떤 의미로 규정짓고 있는지가 궁금하면서도 썩 알고 싶지 않았다. 불안한 기운을 애써 억누른 율이 다시금 새 담배를 꺼내 물었다. 말리려던 유현은, 미간만 구기고 말았다.

"궁금한 게 있는데."

"물어봐요."

"상대방 여자도 알 수가 있나."

"뭘요."

"남자가 꼴려서 하는 건지 아닌지를, 말하지 않아도."

순전히 본능에 의해 육체적인 관계를 하는 이들도 있다고 들었다. 사랑이라는 감정은 없지만 본능도 어쨌거나 흥분이라는 증거라

170

서, 본질을 속이는 경우에도 관계가 지속되는 것이 가능할까란 생각에 율은 질문을 던졌다.

준우가 안아 줄 때면 미치도록 행복하다. 너무 행복한 나머지 열렬히 사랑받는다는 착각마저 불러일으킨다. 근데 그게 사랑이 아닌, 단순한 본능과 욕정에서 비롯된 거라면 어쩐다. 유현이 쓰윽 율을 돌아보았다.

"말하지 않아도라면?"

"감정 없이도 섹스는 가능해. 그렇다며."

"그렇죠. 특히 남자는 더더욱."

"좋든 싫든 상대는 그럼, 안아 주기만 하면 모르는 거잖아."

"본능인지 아닌지를요? 다시 말해서 진심인지 아닌지를?"

"어."

"글쎄요."

질문의 요지를 파악하려 유현은 잠시 말을 끊었다. 골똘히 생각에 잠기는 유현을 보며 무료해진 율은 문득 텁텁한 담배 맛에 질려 멀리로 던져 버렸다.

춥다. 밤바람이 지나치게도 차가웠다. 오르는 한기에 어쩔까 하다가 무릎을 세워 감싸 안았다. 그러고는 고개를 옆으로 돌려 겹친 팔 위에 얹고서 유현을 봤다.

"티를 내면 모를까, 웬만해선 알 수 없지 않을까 싶네요. 안 꼴린다는 게 그게 안 선다는 얘기는 아니니까요."

"그런가."

"난 안 꼴리면 바로 말하는 성격이라 헷갈리긴 하는데, 안 그런 사람들도 분명 있을 테니까. 쉽지는 않겠지만."

"그렇구나."

영혼 없는 리액션을 하며 율은 살며시 눈을 감았다. 그렇단다. 사랑이든 아니든 뜨겁게 안아 줄 수는 있는 거란다. 준우도 남자니까 전혀 가능성 없는 얘기는 아닌 거다. 그게 참, 허탈하달까.

율은 가만히 어깨를 들썩여 한숨을 내뱉었다. 애초에 뭘 궁금해했던지 가물거리는 기억을 헤집다가 도로 눈을 떴다. 말없이 바라보는 유현과 눈을 마주하다 도로 감았다. 얼마간 쉬다가 눈을 떠 봤지만 여전히 유현의 시선은 율에게로 향해 있었다.

어딜 보는 건데, 너. 설마 지금, 내 입술……?

"여튼 한 번 자면 계속 꼴릴지 아닐지 바로 안다는 거지, 넌."

"아니. 자기 전에도 알 수 있어요."

"어떻게?"

"그냥 보면 알아요. 얘는 어떻겠다, 쟤는 어떻겠다, 그럼 거의 다 맞아요."

"박사네, 박사. 하이고."

"근데 처음으로 내가, 뭔가 헤매고 있어요. 희한하게도."

어색한 분위기를 만들기 싫어 떠오르는 대로 말하던 율이 순간 조금 당겨 앉는 유현 때문에 멍해졌다. 가까워진 거리만큼 유현의 시선은 짐작대로 자신의 입술에 확연히 고정되어 있었다.

유현이 혀를 내밀어 제 입술을 축였다. 흘러나온 숨소리는 살짝 흐트러진 것도 같았다. 이리저리 흔들리는 유현의 눈동자에서 어딘가 아주 많이 불안한 기색이 읽혔다. 감정을 드러내는 유현은 준우와는 너무도 달랐다. 당연스럽게 솔직함을 내보이는 유현에게서는 전혀 조금도 준우를 찾아볼 수가 없었다. 그게 또 율은, 그저 서러워지고 만다.

"솔직히 말해서 여태 나는, 본능만 200퍼센트였어요. 머릿속에 맴돌고 내내 생각나고 아른거리고, 이런 거 몰랐다고요. 절대로."

"근데."

"근데 내가, 지금 아주 미치겠어요. 맘 같아선 한번 해 보고 싶은데 그러면 안 될 것 같아요. 건드렸다가 감당 못 할까 봐 겁이 난달까."

"뭐라는 거냐."

"하려면 할 수도 있는데 안 하는 거예요. 못하겠거든, 무서워서. 못 벗어날 것 같아요. 어떻게든 뺏고 싶어 돌아 버릴지도 몰라. 그래서."

"정유현."

"……그만 들어가요. 더 보고 있다간 내가 뭔 짓을 할지 모르겠네요. 갈게요."

주절주절 말을 잇던 유현이 황급히 율에게서 시선을 떼고 일어섰다. 보기만 해도 죽겠다고 중얼거린 유현이 꽤나 난감한 얼굴을 하며 머쓱하게 웃었다. 뭐가 죽겠는지에 대해서는 구체적으로 물어볼 필요도 없었다. 살짝 볼록해진 바지 앞섶을 감추려 유현이 주머니에 두 손을 꽂고 돌아서서 뛰었다.

율은 황망한 얼굴로 유현의 뒷모습을 바라만 봤다. 만지고 싶어 안달 난 눈빛으로 자신을 보던 유현이었다. 감정을 감출 의지도 없나 싶을 정도로 간절하던 표정이 잊혀지질 않았다. 볼수록 진짜 어이없는 녀석이었다. 그게 슬슬 귀엽게도 보였다. 이해되진 않았지만.

픽 웃으며 고개를 절레절레 저은 율은, 이내 옆에 놓아둔 봉지를 들고 몸을 일으켰다. 잠시나마 제쳐 두었던 준우에 대한 그리움들이 기다렸다는 듯 가슴 가득 밀려들었다.

보고 싶어. 죽겠어. 그러니까 제발 빨리 와 줘, 알았지……?

율이 못내 입가를 말아 올렸다. 술에 취해 억지로 잠을 청하게 되는 또 하루였다. 율이 걸음을 옮겼다. 가슴 가득 준우를 꼬옥 품은 채로.

06.
어려워서 못 하겠어

"엣취이!"

고작 하루 마룻바닥에서 잔 것치곤 심하게도 몸이 떨렸다. 숙취
려나 싶던 한기가 점차 심해지는 것을 느낀 율은 얼굴을 찌푸리며
이불을 머리끝까지 올려 덮었다. 뜨거운 꿀물이 간절했으나 부엌까
지 걸어갈 엄두는 나질 않았다. 침실로도 겨우 들어왔던 무거운 몸
을 움직이긴 싫었다. 으슬으슬 떨리는 어깨를 힘껏 움츠렸다.

거실에서 혼자 새벽 늦게까지 술을 마시다 그대로 곯아떨어졌다.
잠은 잤으나 개운치 않은 몸 상태로 죽은 듯이 누워 있던 율은 재원
의 전화를 받았다. 직원용 화장실 안에 스피커를 달기로 결정이 나
서, 아예 가게 전체 천장을 다 뜯어야 하는데 업체 쪽이 오늘 저녁
밖에 시간이 안 나 할 수 없이 휴무를 결정했다는 말이었다.

안 그래도 어지러운데 잘됐다. 도로 잠을 청하려던 율의 귀에 벨

소리가 들렸다. 이 시간에 전화 올 곳이라곤 재원이 유일하고, 딱히 더 들을 용건이 없기에 무시하려던 율이 별안간 벌떡 몸을 일으켰다. 설마!

이불을 뒤집어쓴 채로 거실에 놓아둔 핸드폰을 향해 달려간 율이 서둘러 손을 뻗었다. 액정을 확인한 율의 얼굴이 단번에 일그러졌다. 욕지거리를 뱉을 뻔한 걸 꾹 참고 입을 열었다.

"왜."

— 오, 일어났네요? 목소리 보니 방금 일어났구나?

"근데 왜. 뭐. 어쩌라고."

준우를 기대했으나 상대는 유현이었다. 짜증을 팍팍 섞어 퉁명스레 전화를 받은 율이 침실을 향해 돌아섰다. 일어난 김에 목이나 축이자며 다시 부엌으로 몸을 틀었다.

또 잘 거라는 말에 유현이 기겁을 한다. 시계 안 봤나 본데 벌써 4시라며 가게에 안 나가느냐 야단이었다. 휴무라고 둘러대자 그럼 간만에 놀이공원에나 놀러 가자는 유현의 말에 율은 코웃음을 쳤다. 놀이공원 같은 소리하고 앉아 있네. 자다가 웬 봉창인지 너나 혼자 실컷 가라고 다그치고는 전화를 끊었다. 대충 찬물로 목을 축이고 돌아섰다.

이불을 질질 끌며 침실로 들어간 율이 쓰러지듯 침대에 누웠다. 눈꺼풀이 천근만근 무거웠다. 내려놓는 것도 잊고 손에 꼭 쥐고 있던 핸드폰의 문자 알림음이 들렸다. 일어나면 심심할 거라며 먼저 가 있을 테니 그곳으로 오라는 유현의 문자였다.

어디 가나 봐라. 기다리든지 말든지. 알 게 뭐람.

일방적으로 보내진 그 문자에 율이 미간을 구겼다. 나름 꽤 애쓴다는 건 알겠다. 생각 없이 말을 뱉고 깐족거린 저 때문에 상했을 율의 기분을 풀어 주려 유현은 꽤나 노력하고 있었다. 그게 이런 식이면 곤란했다. 이렇게 수시로 전화 걸어 사람 피곤하게 하는 거라면 절대 사양이라는 율이 베개 밑에 핸드폰을 구겨 넣고서 몸을 웅크렸다.

"준우야……."

저도 모르게 준우의 이름을 중얼거린 율이 느릿하게 눈을 떴다. 보고 싶다. 뉴욕이 지금 몇 시더라. 전화 한 통 없는 준우가 많이 바쁜가 싶어 율은 걱정에 염려에 맘이 초조했다.

얼마나 그리웠으면 꿈에서도 준우를 봤다. 하루 이틀 일이 아니라서, 그 후엔 더 심해지는 갈증이라서 율은 침울해지고 만다. 보고 싶을 때 보는 게 뭐 이리 어려울까. 짜증나게. 괜한 심술. 괜한 억지. 알면서도 한번 부려 본 율은 조용히 상상으로만 준우를 떠올렸다.

그러다 불쑥 뭔가가 머릿속을 빠르게 스쳤다. 서둘러 핸드폰을 찾아 든 율의 눈이 이윽고 조금 커졌다. 한참이나 달력을 보던 율이 입술을 꾹 다물었다. 하필이면 왜. 대체 왜.

날짜를 다시 셌다. 몇 번을 더 세어 봐도 오늘이 맞았다. 준우와 만난 지 딱 백일째 되는 날이. 대략 이맘때라고 알고는 있었다. 만난 지 석 달에 지금이 달초니까. 굳이 챙기려던 건 아니었지만 자연스레 의미 부여가 되어 버렸다. 물론, 하루하루가 다 소중했었고 말이다.

고작 백일 갖고 유난 떠는 게 우습지만 그래도 뭔가 기특했다. 백일이나 만나 왔다는 것에.

앞으로도 너와 함께할 수 있을까. 아주 오랜 후에도 네 곁에 있을 수 있으려나. 과연. 욱신거리는 심장을 추스르며 율은 눈을 감았다. 준우의 목소리가 너무도 간절했다.

"뭐?"

─ 죄송합니다. 굉장히 중요한 일이라고 사정사정을 해서요. 이해하실 거라 믿습니다.

"무슨, 야! 너 진짜! 아오……."

얼핏 선잠이 들려는데 전화가 걸려 왔다. 액정에 떠오른 재원의 이름을 보고 율은 머뭇거렸다. 설마하니 휴일을 무르자는 전화일까 봐. 그게 아닌 건 다행이다만 방금 뭐라고?

함부로 제 번호를 타인에게 알려 줬다는 말이 거슬려 율은 발끈하고 말았다. 열 받아 씩씩대는 율에게 재원이 멋쟁이 사장님, 내일 뵈요, 라며 립 서비스를 날렸다. 수화기 너머로 사라진 재원을 어쩌지 못 해 율이 인상을 찌푸렸다.

허공에 분노의 발차기를 날린 율은 그대로 벌떡 몸을 일으켰다. 우려했던 사태가 발생한 거였다. 어제 Bar에 찾아와 추파를 날리던 그 여자가 기어코 재원에게서 전화번호까지 알아냈다. 그 정도로 집요할 줄은 몰랐다.

거기에 대고 대신 해명은 못 해 줄망정 신나게 번호를 알려 준 재원이 괘씸해 견딜 수가 없다. 이미 몇 번 이랬던 전적의 재원이었다. 하여간 매상을 위해서라면 양심도 팔아먹을 놈이라니까. 율이 툴툴댔다.

차라리 어제 말을 할 걸 그랬다는 뒤늦은 후회가 들었다. 가려고 하는 여자를 붙들고 어떻게든 밝혔어야 했다. 같은 여자라고. 그러니 지나친 관심은 그만 접어 달라고. 남자처럼 하고 다녀 혼란을 준 것에 대한 사과를 원한다면 해 줄 용의는 있지만 그게 참 구차하다는 게 문제였다.

많이 놀라셨죠? 이해합니다. 실은 사정이 좀 있어서요. 자세히 말씀드릴 순 없지만 여튼 미안합니다. 블라블라. ……젠장.

율은 신경질적으로 뒷머리를 벅벅 긁었다. 신기하다는 듯 보는 사람들의 시선에는 여전히 적응이 어려웠다. 이해하는 쪽이든 아니든, 제가 아닌 다른 이들의 의아한 눈초리는 대하기가 영 거북하고 껄끄러운 것이 사실이었다.

무슨 말부터 시작할지 고민하고 있는데 핸드폰이 울렸다. 모르는 번호에 한숨부터 나왔다. 죄를 지은 것도 아닌데 죄인이 되는 기막힌 심정으로 율은 조심스레 통화 버튼을 눌렀다. 나오지 않으려는 목소리를 억지로 끄집어냈다.

"여보세요."

— 안녕하세요.

"누구……?"

— 지배인님 전화 안 갔나요? 저예요. 어제.

"아……."

집요한 여자는 심지어 영악하기까지 했다. 재원이 미리 귀띔해 줬을 걸 다 알고 있다는 말투가 은근히 거슬렸다. 말끝을 흐리는 율에게 여자가 놀라셨다면 죄송하다며 사과를 건넸다.

전혀 미안해 보이지 않는, 몹시도 늦은 사과였기에 율은 그저 힘없이 허허 웃을 뿐이었다. 다짜고짜 오늘 약속 있냐고 묻는 여자의 질문에 율이 아랫입술을 깨물었다. 정말 대책 없이 들이대는 타입인 건가. 일이 꽤 피곤하게 됐다.

— 가게 쉰다면서요. 뭐 공사하신다고, 맞죠?

"네에……."

— 꼭 좀 뵙고 싶은데 어떠세요? 괜찮으실까요?

"저기, 그건 좀……."

— 귀찮게 안 할게요. 시간 내주세요. 몇 시가 좋아요?

이미 충분히 귀찮게 했으면서도 여자는 굉장한 예의를 갖추는 것처럼 말을 하고 있었다. 교양 있는 말투지만 어제도 느꼈듯 율은 여자의 목소리에마저 뭔가 부정적인 힘이 실려 있음을 또 감지했다.

뭘까. 정말 기분 탓인 걸까. 머리를 쥐어짜 보지만 쉽사리 짐작되질 않았다. 막연히 뭔가 심상치 않다고만 여겨질 뿐이었다. 허공에 이리저리 눈을 굴리는 율이 그새 마른 입술을 얼른 혀로 축였다.

모르긴 몰라도 상대를 유혹하려는 사람은 대개 이런 식으로 말하지 않는다. 저돌적인 것과 다그치는 것에는 엄연한 차이가 존재한다는 걸 율은 아주 잘 알고 있었다. 지금 여자는 엄연히 후자 쪽의 태도를 보이고 있었다.

문득 어제, 자신을 훑어 내리며 세밀히 관찰하던 여자의 눈빛이 떠올랐다. 동시에 등 뒤로 소름이 돋았다. 기분이 썩 불쾌해졌다. 뭐지. 뭐가 이렇게 거슬리지, 자꾸만. 이상하네. 망설이는 율에게 여자가 재차 목소리를 내었다.

— 대답이 없으시네요. 그럼 제가 정할까요?

"죄송한데요."

— 지금이 4시 반이니까 6시가 좋겠네요. 어떠세요?

"저기, 잠깐만요. 저는요."

— 만나서 얘기해요. 오셔서 전화 주시고요. Bar 근처 커피숍에 있을게요.

"아뇨. 만날 필요는 없을 것 같습니다."

— 그래요?

"저는 그쪽을 볼 맘이 없네요. 그럴 필요도 없고요. 죄송합니다."

— 글쎄요. 과연 그럴까요?

"네……?"

얼굴을 마주 보고 한다고 무례한 말이 덜 무례해지는 것도 아니라서 그냥 에라 모르겠다, 말해 버리자, 결론을 내리던 참이었다. 나는 당신에게 티끌만큼도 관심이 없다고. 게다가 나는 남자가 아니라 여자라고, 죄송하다고. 근데.

정중한 사과로 최대한 화를 억누르며 여자의 말을 받아치던 율이 단번에 굳어 버렸다. 호흡이 멈추고 초점이 잃어졌다. 커다랗게 뜨인 눈이 갈피를 못 잡고 흐릿해졌다. 눈동자가 심하게 일렁이기 시작했다.

예감이 좋질 않았다. 과하다 싶을 만큼 불안하고 거슬렸다. 이런 식의 거절을 안 해 본 것도 아니면서 율은, 이런 오해에 이골이 날 만큼 익숙하면서도 율은 이상하게 여자를 대하는 것이 유독 어렵고 또 힘이 들었다.

쨍그랑. 실제인 것처럼 가슴속에서 뭔가 요란하게 깨어지는 소리가 들렸다. 방금 들었던 여자의 목소리가 해체와 결합을 반복하며 귓가에 되뇌어졌다. 율이 입술을 작게 떨었다.

한준우 씨에 관한 얘기인데 어떻게 생각하시죠?

한준우 씨에 관한 얘기인데, 어떻게, 생각하시죠?

한준우 씨에 관한 얘기. 어떻게.

준우를…… 당신이 어떻게 알아……?

"어디로 모실까요?"

"청담동이요, 아저씨. 죄송한데 최대한 빨리 좀 부탁드립니다."

"네엡."

오만 가지 생각을 다 했다. 미친 듯이 씻고 집을 나선 율은 택시
를 잡아타고 이동하는 내내 생각했다. 최상의 시나리오부터 최악의
경우까지 모든 것을 대비해 놔야겠다는 생각을.

그냥, 그래야 할 것 같은 직감이 들었다. 차가 막히는 순간마다
숨이 턱턱 막혔다. 택시가 신호에라도 걸려 멈춰 설 때마다 율은 이
를 악물고 어떻게든 터지려는 울음을 참았다.

일종의 본능이었다. 살고 싶다는 욕심. 그리고 준우의, 준우에 대
한 간절함. 진심. 서러움. 뭐 그런 것들. 아려 오는 목 안이 슬슬 따
가웠다. 떨리는 두 손을 맞잡고 한숨을 뱉었다.

"여기 거스름돈……. 어어, 저기요!"

율은 곧 도착한 택시에서 뛰듯이 내렸다. 오는 내내 얼마나 물어
뜯었던지 손톱 끝이 다 아렸지만 정신없이 달리는 율에게 그깟 건
아무것도 아니었다. 낯익은 거리가 낯선 경험은 묘하게도 불쾌했다.

Bar 근처를 한참이나 두리번거리다가 핸드폰을 꺼내 들었다. 떨
리는 손이 기어코 바닥에 떨어뜨렸고 그걸 주우러 몸을 숙이는 순
간 두려움이 밀려들었다.

무슨 말을 듣게 될까 겁이 났다. 도망치고 싶다는 본심을 이제야

깨달을 만큼 앞뒤 안 가리고 출발한 거다. 누굴까. 누군데 준우를 알까. 준우에 관해 하겠다는 이야기가 과연 무엇일까. 무엇……이려나.

무섭다. 무서워서 통화 버튼을 누르지도 못하겠다. 애써 침착함을 되찾은 율이 주변을 살폈다. 골목으로 꺾어지는 곳에 자리한 커피숍이 눈에 들어왔다. 천천히 걸음을 옮겼다.

몰래 만나 왔다는 말을 듣게 된다면 여자에게 뭐라고 대답해야 하나, 생각했다. 얼마나 오래 만났는지 물어봐야 할까. 사실이냐고 묻기도 전에 그 말을, 믿어 버릴까.

헤어진 사이인데 다시 만나고 싶으니 도와 달라고 할 경우 뭐가 마땅한 대답일까 생각했다. 뜬금없지만 가능성은 있었다. 희박하다고 해도 미리 말을 준비해 둘 필요는 있다.

아니면 혹시 준우의 가족일까. 동생, 아니면 누나. 자신들의 집안과 어울리지 않으니 만나지 말라고 설득하려 나왔을 수도 있다. 그래, 솔직히 가장 불안했던 문제다. 근데.

그 가족이라는 범주가 설마. 동생이나 누나가 아닌 배우자……라면. 혹시라도 그렇다면 어쩐다. 준우가 사실은, 미처 몰랐는데 실은 녀석이 이미 가정이 있는 사람이라면…….

가슴이 무너졌다. 시야가 까맣게 비워지고 말았다. 아무리 찾아봐도 최상의 경우라고는 단 하나도 존재하지 않았다. 울컥 숨이 막혔다.

"뭐 좀 마시죠. 여기요."

가볍게 손을 들어 올린 여자가 직원을 불렀다. 커피, 괜찮죠? 고개만 조금 까딱하고 마는 율의 수락에 여자가 씩 웃었다. 찰나의 순간조차 여자는 한없이 여유로웠다. 죽을힘을 다해 가까스로 평정심을 유지하는 율과는 사뭇 달랐다.

극도로 태연한 그 모습에 율은 움츠러드는 자신을 느꼈다. 입술 안쪽의 여린 살을 씹으며 숨을 골랐다.

아까, 커피숍 입구에서 한참을 망설이다 겨우 들어선 율을 여자는 뚫어져라 쳐다보았다. 위아래로 훑으며 감시하는 듯한 눈길을 감추지 않던 여자였다. 거리가 좁혀지는 마지막 순간까지 참 대놓고 보고 또 보던 여자는, 지금 역시 마찬가지로 율을 주시하고 있었다.

본색을 드러내기로 작정을 한 모양이었다. 하긴, 그러니까 이렇게 불러냈을 테지만. 자각하자 적대감은 훨씬 더 노골적으로 느껴졌다. 그게 슬슬 율은, 버겁고 불편하고 부담스럽다.

"천천히 하죠. 시간 많으니까."

"……."

"식사는 하셨어요? 밥을 먹을 걸 그랬나요?"

"성함이."

"아, 죄송해요. 깜빡했네요. 잠시만요."

판정이 끝나 버린 싸움 같아 보여도 순순히 물러나기는 싫었다. 거만한 여자의 태도에 기가 눌릴까 율은 부러 싸늘한 목소리로 이름을 물었다. 핸드백을 뒤적인 여자가 테이블 위로 스윽 명함을 내밀었다.

율은 소리 없이 눈으로 여자의 이름을 읽었다. 서혜진. 얼굴만큼이나 예쁜 이름. 일단, 준우의 동생이나 누나는 아닌 것 같다. 다행일까, 아님 그 반대일까. 꽉 막힌 명치끝으로부터 약한 통증이 울렸다.

"박봉이지만 재밌어요. 성격에도 맞고."

"기자시군요."

"말투가 좀 날카롭죠. 이해해 주시면 고맙고요."

"별말씀을."

"몇 살 같아 보여요, 저? 한번 맞춰 보실래요?"

"……글쎄요."

한가롭게 나이를 맞출 기분은 아니었지만 애써 율은 무감한 표정으로 혜진의 얼굴을 바라보았다. 조명이 밝은 카페의 영향인지 어제보다는 살짝 어려 보이는 혜진이라 잠시 고민이 되었다.

짙은 화장과 화려한 귀걸이는 그대로였다. 재킷을 걸쳐서 그렇지, 속의 원피스도 어제와 비슷하게 달라붙고 길이가 짧았다. 준우에 관한 이야기를 하겠다는 자리에 어김없이 자신을 한껏 치장하고 나온 혜진이었다.

다가온 종업원이 커피를 놓고 사라질 때까지 율은 혜진의 나이를 맞추지 못했다. 묵묵부답인 율을 기다리다 지친 혜진이 고개를 갸웃거렸다. 그러더니 너무 어렵나, 하며 스물여섯이라 제 나이를 밝혔다.

율은 어중간하게 맞혔다는 생각을 하며 쓰게 웃었다. 정확한 나이 따위는 사실 지금 중요한 게 아닌데. 커피를 마시는 혜진을 따라 율도 잔을 들어 올렸다. 느릿하게 입으로 가져가지만 좀처럼 마시지는 못하고 넋을 놓았다.

"어떤 말을 더 많이 들으세요?"

"네?"

"잘생겼다는 말, 아니면 예쁘다는 말. 궁금해서요. 1번? 아니면

2번?"

멋대로 번호를 매긴 혜진이 눈을 빛냈다. 애가 타들어 가는 율을 어쩌면 갖고 놀려는 심산인지도 몰랐다. 지기 싫은 율이 차갑게 웃으며 비슷해요, 라고 답했다. 혜진이 눈을 가늘게 떴다. 가까이서 보니 더욱 보통이 아니었다. 뭔가 사람을 홀리는 묘한 매력이 있달까.

율의 고운 얼굴선과 유려한 눈매가 거슬렸다. 피라도 맺힌 듯 탐스러운 붉은 입술에서 좀처럼 시선이 떨어지질 않았다. 야하게 생겼다는 표현이 퍽 어울렸다. 여자로도, 남자로도 보이는 은근한 색기가 율에게서 풍겨지고 있었다. 혜진은 티 나지 않게 미간을 구겼다.

잠시 둘 사이에는 정적이 흘렀다. 무슨 말부터 꺼낼까 고르는 율을 보며 혜진은 혼자 고개를 주억거렸다. 빤히 쳐다보는 당돌한 시선에 꾹꾹 눌러 담았던 율의 인내심이 서서히 바닥을 드러냈다.

카페 안에 흐르는 음악을 들으며 주변의 다른 이들을 살피던 율이 결심한 듯 혜진을 응시했다. 선수를 치려는 의도인지, 때마침 혜진이 입을 열었다.

"혹시 나 만난다고 준우 씨한테 말했나요?"

"누군지도 모르는데 말했겠습니까."

"뭔가 말에 가시가 있네요."

"질질 끄는 거 딱 질색이라서요."

"부연 설명 생략하라는 말씀이신지?"

"지금껏 설명이 하나라도 됐다고 생각하나 봐요?"

"듣기 나름으로는요."

"이봐요."

"질문부터 하죠. 준우 씨에 대해서 얼마나 알아요?"

기왕 이렇게 된 거 이판사판이었다. 하겠다는 얘기나 빨리 시작하라고, 끝이 어떻든 들어야겠다고 눈을 부라리던 율이 입을 다물었다. 언뜻 두루뭉술한데도 나름 핵심적인 질문일 수 있었다. 잔을 입으로 가져간 혜진이 말을 이었다.

"사업하는 건 알겠죠? 혹시 직위도 알고 있어요?"

"묻지 말고 말씀하시죠."

"꽤 유능해요. 사업 수완이 탁월하다고 소문났죠. 미국 포춘지가 선정한 세계 젊은 기업인 50에 선정됐을 정도니까."

"네?"

"물려받은 재벌이 아니고 스스로 해낸 거라 평판이 높아요. 꿈도 있고 야망도 크고, 무엇보다 능력이 있죠. 준우 씨는."

"준우가……."

"나이 서른에 해외 확장까지 하는 기업체의 CEO, 창립부터 3년 간 올린 수익만 수십억에 달하는, 그런 거 아무나 못하죠. 안 그래요?"

따가운 말투라든가, 쏘아보는 시선 따위는 아무래도 좋았다. 더는 그런 것들이 신경 쓰이지 않을 정도로 귀에 들어오는 대화의 내용들은 율을 멍해지게 만들었다.

알고 있는 척을 해야 하나 순간 고민했지만, 왠지 그런 것조차 이제는 아무 소용없을 것만 같았다. 들고 있는 잔을 가만가만 매만지며 혜진이 살포시 눈꼬리를 내렸다.

"놀란 얼굴이네요. 역시 모를 줄 알았어요. 준우 씨 성격상 나서는 거 싫어하니까."

"어떻게 아는 사인데요, 그쪽은."

"취재하다가 만났어요. 특집기사 준비 중인데 허락을 안 해 줘서 목매는 중이고요. 회사를 원하는 만큼 키우기 전엔 싫대서 아주 애먹고 있답니다."

"그것뿐입니까."

"그랬으면 좋겠죠? 어떡하나."

놀랐다. 그것도 꽤나 많이. 별것 아닌 식으로 얘기했었기에 작은 사업체인 줄만 알았다. 그저 회사에 다니는 거라고만, 커 가는 단계라 바쁘대서 그냥 바쁜 줄로만. 근데 대표라니. 뭐가 어떻게.

물어보지 않았으니 말하지 않은 것도 탓할 수는 없다는 결론을 내렸다. 일적으로 알게 된 사이라면 굳이 문제 될 건 없을 거라는 생각에 마음을 놓으려는데 혜진이 피식 소리 내어 웃었다.

비릿하게 말려 올라가는 그녀의 입가를 보며 율은, 단순히 이런 사실을 알려 주려고 자신을 부르진 않았을 거란 막연한 예상을 했다. 무릎 위에 얹어진 율의 두 손끝이 다시금 가늘게 떨렸다.

"뭘까요."

"뭔데요."

"추리해 봐요. 머리 좋아 보이는데."

"그만하고 말하죠."

"까칠하시네. 좋아요, 말할게요. 나 준우 씨에게 호감 있어요. 아주 많이요."

당연한 듯한, 그러나 달갑지 않은 말이 혜진으로부터 흘러나왔다. 괜스레 불쾌해진 율은 뒤틀리려는 입술을 겨우 참아 냈다. 혜진이 잔을 내려놓고 뒤로 등을 기댔다.

"본 순간 반했고, 알아 갈수록 더 좋아졌어요. 사람이 참 괜찮더라고요. 반듯하고, 성실하고, 매너도 좋고, 근사하고."

"그래서요."

"난 정한 목표는 어떻게든 이루고 마는 타입이에요. 준우 씨한테 내가 참 욕심이 나네요. 결혼까지 생각할 정도로. 그러니까."

"저기요."

"여기서 그만 멈춰 줄래요? 보아하니 그쪽, 준우 씨와 어울리지 않는 것 같은데."

확신에 찬 어조로 내뱉은 혜진의 말은 결코 부탁이 아니었다. 부탁이라면 지금 저런 표정을 지어서는 안 됐다. 저렇게 사람 깔보듯 무시하는 태도는 절대로.

말 같지도 않은 소리 하지 말라고 버럭 다그치고 싶었다. 그러나 목이, 어쩐지 꽉 막힌 채 아프기만 했다. 자신만만한 혜진의 모습이 율은 이상하게 부러웠다. 혜진이 다리를 꼬았다.

"관계가 어느 정도인진 대충 알아요. 심각하다 생각 안 해요. 좋게 말할 때 순순히 물러나 줬으면 좋겠어요."

"내가 왜요."

"말했잖아요. 그쪽하고 준우 씨 어울리지 않는다고. 모르겠어요? 이해력이 딸리시나."

"이봐요."

"그렇게 대단한 사람 감당할 수 있겠냐고요. 자신이 그 정도가 된다고 생각해요? 한준우의 옆자리에? 감히?"

찡긋, 율의 한쪽 눈썹이 꿈틀거렸다. 이 정도면 거의 모욕에 가까운 수준이었다. 감히……라. 율이 기를 쓰고 감춰 뒀던 자격지심을 교묘히 건드리는 혜진이었다.

흐트러진 호흡을 애써 가라앉힌 율은 잠시 시선을 내렸다. 겉모습으로 사람을 판단하는 부류를 상대하기란 유쾌한 일이 아니었다. 그래도 그렇게까지 이질스러워 보이나 싶었다. 준우의 곁에 자신은, 영 아닌가 싶어 씁쓸해졌다.

혜진은 몇 마디를 더 덧붙였다. 세상 좁다더니 자신의 어머니가 건너 건너로 준우의 어머니와 아는 사이라고 했다. 준우 모르게 따로 만나 종종 식사 자리를 가져 왔다는 혜진은 이미 그 집안으로부터 신임을 얻고 있음을 강하게 어필했다. 그렇게 모든 물밑작업을 끝내 놓았다는 것을. 율만 물러나 주면 된다는 것을.

말끝마다 어머님, 어머님 하는 소리가 심히 거슬렸다. 콧소리가 가득 묻어나는 애교스러운 말투는 율과 너무나도 달랐다.

율이 소리 죽여 한숨을 내쉬었다. 왜 이런 얘기를 듣고 있어야 하는 건지 울컥 짜증이 솟구쳤다. 굳이 불러낼 필요까진 없었다. 넘치는 자신감으로 준우를 휘어잡으면 될 것을 뭐 하러 구태여 이렇게까지.

아, 선전포고를 하려는 거였나. 친절하기도 하지.

"도와주기 싫은가 보네. 그럼 어디, 이거 한번 볼래요?"

가타부타 말이 없는 율의 굳은 표정을 살피던 혜진이 자신의 옆에 놓아 두었던 서류봉투를 내밀었다. 순간 뭔가, 서늘한 기운이 등줄기를 훑고 지나갔다.

손가락 하나 까딱할 수 없었다. 그런 율을 눈치라도 챘듯 혜진은 손수 봉투를 열어 종이를 꺼내 주었다. 빼곡한 글자들을 얼마 읽지도 못하고 율은 급히 시선을 들어 올렸다. 혜진이 작게 웃었다.

"어때요? 이제 도와줄 마음이 생겼어요?"

"그……."

"밥 한번 먹기가 영 힘들어서 말이죠. 아무래도 그쪽이 걸림돌인 것 같아요."

"……."

"그래도 버틴다면 이 기사 내 버릴까 하는데. 어떻게 생각해요?"

율의 눈동자가 마구 흔들렸다. 살짝 벌어진 입술이 파르르 떨리기까지 했다. 갑작스런 한기는 참 대단한 것이어서 온몸이 꽁꽁 얼어붙고 말았다. 춥고, 시리고, 또 추웠다.

표정관리가 될 턱이 없었다. 미간이 한껏 더 일그러지는 것을 율은 그냥 그렇게 놔둬야 했다. 그런 율을 보며 혜진이 만족스러운 미소를 입가에 흘렸다. 율이 힘없이 고개를 떨궜다.

아직도 어두운 방에서의 혼자는 자신이 없다. 갇혀 있던 일주일간의 기억들이 스멀스멀 밀려들었다. 여자답지 못한 모습에는 분명한 이유가 있었다. 끊으라고 다그쳐도 일부러 더 사내인 양 담배를 물고 피워 대는 것에는 나름의 내막이 존재했다.

감추려고 감춘 건 아니지만, 아무렇지 않게 털어놓을 자신은 결코 없었다. 준우든, 그 누구에게든. 절대로. 약점을 알아버린 혜진의 얼굴을 율은 똑바로 보기가 어려웠다. 부들부들 떨리는 손끝을 꼬옥 움켜쥐었다.

전도유망한 젊은 기업인의 알려지지 않은 애인. 인물, 재력, 능력, 뭐 하나 빠지는 게 없는 대단한 사내가 만나고 있다는 보잘것없는 여자. 그 여자의 정체와 숨겨진 진실.

10년 전의 아픈 과거와 상처들을 만천하에 알리겠다고 지금 혜진은 율을 협박하고 있었다. 그렇게 율뿐 아니라 준우까지 물을 먹이겠다는 거다. 사람들의 모멸과 질시는 상상하는 것만으로도 눈앞을 온통 아찔하게 만들었다.

과연 어떤 표정을 지을까. 그 모든 것들을 알아도 준우가, 변함없이 자신을 사랑할까. 준우의 일에, 그의 생활에 방해가 되면 어쩌지. 준우가 자신으로 인해 조금이라도 곤란을 겪게 된다면, 나는.

하……

두려움에 휩싸인 율이 질끈 눈을 감았다 떴다. 천천히 고개를 들자 핸드백을 챙겨 들고 일어서는 혜진이 보였다. 볼일이 끝난 혜진의 자세는 처음보다도 훨씬 더 도도했다. 이미 승리는, 율의 것이 확실히 아니었다.

"미리 말해 두지만 난 그다지 양심적인 언론인이 아니에요. 내 목적과 미래를 위해서 로비 정도는 당연하다 주의니까."

"……"

"여기서 끝내겠다면 나도 접죠. 냄새나는 개인사 다 까발려서 좋을 거 없잖아요. 잊혀져가는 사람들 기억, 되새겨서 좋을 게 뭐겠어요."

"……"

"본인으로 인해 누군가가 평가절하되는 거, 애석하지 않아요? 한 남자의 인생, 붙잡을 권리 있어요? 잘 생각해 봐요. 자신의 처지란 거. 그럼."

논리정연하게 늘어놓는 혜진의 말들을 들으며 율은 눈을 내리깔았다. 억지라고는 없었다. 모든 게 타당했다. 반박할 의지는 추호도 생겨나지 않았다.

가볍게 목례한 혜진이 가차 없이 등을 돌려 멀어졌다. 애써 쳐다보지 않던 율의 귓가에 희미하게 문소리가 들렸다. 속이 울렁거렸고 동시에 픽, 하고 얕은 실소가 터져 나왔다.

염두에 뒀던 모의 질문들이 전부 다 쓸모없게 되었다. 그럴 녀석이 아니었다. 바람을 피운다거나, 망할 놈의 유부남이었다거나. 애까지 데리고 나온 거면 어쩌나 했는데. 하하.

싱겁게 웃던 율의 고개가 한껏 더 떨궈졌다. 억지로 올리려는 입매가 조금씩 보기 싫게 뒤틀렸다. 욱신거리는 심장이 멈춰 버린 것처럼 아릿했다. 시야가 뿌옇게 흐려지기 시작했다.

걸음걸이가 가벼웠다. 그렇게나 들뜬 마음이라는 것 같아 웃음이 났다. 픽, 하고 한쪽 입꼬리를 말아 올린 율이 나지막이 콧노래를 흥얼거렸다. 운동화가 자박자박 소리를 냈다.

적당히 내리쬐는 햇살이 따사로운 봄이었다. 길가에 흐드러지게 핀 형형색색의 꽃들이 시선을 사로잡았다. 날씨가 참 좋았다. 불어오는 얕은 바람에 심장 한 켠이 못내 간지러웠다.

이제 막 대학생이 되었다는 것도 신기한데 집이 아닌 다른 곳에서 일박을 할 생각을 하자 묘하게 뿌듯했다. 스스로가 진짜 어른이된 것 같은 기분이랄까. 중고등학교 시절 전교생이 단체로 수학여행을 가던 때와는 차원이 다른 설렘이었다. 자세히 설명하긴 어렵지만 여튼.

가서 술도 먹는다던데. 동기사랑 나라사랑 또 이런 거 시키는 거아냐? 환영회 때처럼?

몰랐는데 은근 주당인 율이었다. 단합을 중요시하는 소속 과 선

배들이 동기들을 잡던 환영회 날, 헤롱거리는 동기 녀석들을 대신해 마셔 주던 율을 가리켜 차기 주(酒)대표가 나타났다며 떠들썩하기도 했었다.

까짓, 이번에도 다 마셔 버리면 그만이라며 실실 웃던 율이 큰길로 나가기 위해 골목길을 돌아섰다. 순간 퍽, 하는 소리와 함께 시야가 까맣게 흐려졌다.

"으⋯⋯."

언제부턴가 욱신욱신 골이 흔들렸다. 굉장한 크기로 울리는 통증이 힘겨워 눈을 떴다. 분명 눈을 떴음에도 시야가 어두웠다. 뜨나 감으나 별반 차이가 없는 곳에서 한참을 헤맸다.

머지않아 어둠이 눈에 익게 되었다. 사각형의 작은 방. 창고 같은 곳이었다. 사람이 몇 명 들어오지 않아도 가득 찰 것처럼 꽤나 협소한 규모의 공간을 파악했다. 근데, 이상했다.

"어⋯⋯?"

으슬으슬 추웠다. 볼이 닿아 있는 바닥이 얼음장처럼 찼다. 장판도 깔지 않은 시멘트 맨바닥에 모로 누워 있다는 걸 깨달았다. 일어나고 싶었으나 몸이 말을 듣지 않았다. 좀처럼 힘이 들어가지 않아 인상을 찌푸리는데 코 밑이 아렸다. 감기약을 왕창 털어 넣기라도 한 것처럼 어지럽고 속이 울렁거렸다. 매캐하니 목 안쪽이 따가운 것도 같았다.

뭘까. 뭐가 어떻게 된 걸까. 여긴 어디지⋯⋯? 누가, 누가 좀⋯⋯. 제발⋯⋯.

도움을 청해야 하는데 목소리가 나와 주질 않았다. 겁에 질린 거였다. 무엇을 어디까지 받아들이는 게 맞는지, 지금 이게 현실인지 아닌지 자각조차 희미해지던 무렵 밖에서 인기척이 났다. 가느다란 틈새로 흘러 들어오던 빛이 한순간 예고도 없이 크게 밝아졌다.

"윽!"

눈이 부셨다. 어둠에 익숙해진 동공이 시큰시큰 통증을 냈다. 얼굴을 찌푸리며 몸을 한껏 움츠렸다. 아니, 움츠리려고 했지만 여전히 힘이 들어가지 않아 미미한 움직임만을 냈다.

율은 질끈 감아 내린 눈을 다시금 천천히 떴다. 손과 발이 부자연스러운 이유를 그제야 알아챘다. 투박한 질감의 밧줄로 묶여 있는 것도 모자라 옷이 죄다 벗겨져 있었다. 속옷까지 남김없이 사라진 제 알몸이 이해되지 않았다. 입술이 떨릴 정도로 두려움이 엄습했다.

"일어났어?"

흠칫, 율은 몸을 떨었다. 끝이 갈라진 목소리는 기괴하고 음울했다. 마치 아주 오랜만에 말을 하는 것처럼 억양이 부자연스럽기까지 했다. 용기 내어 아주 느릿하게 시선을 옮겼다.

남자. 것도 처음 보는, 모르는, 낯선.

커다란 덩치의 기골이 장대한 남자는 보기만 해도 상대를 위축되게 하는 힘이 있었다. 지나치게 험한 인상은 아니었지만 무난한 듯 평범한 생김새가 되레 소름 끼쳤다.

한 발 한 발 가까이 다가온 남자가 율의 바로 앞에서 몸을 낮췄다.

"미안. 놀랐지? 이렇게까지 할 생각은 아니었는데."

"누, 누구……?"

"나? 글쎄. 나는 그냥 아무도 아니야. 신경 쓰지 마."

남자가 입가를 말아 올렸다. 미소가 기묘했다. 뭐가 어떻게 된 건지도 모르겠는데 신경 쓰지 말라는 남자의 말이 더더욱 율을 혼란시켰다. 다시 입을 열려던 율이 숨을 멈췄다.

남자의 손이 불쑥 다가왔다. 맘대로 움직일 수조차 없는 상황에서 율은 굉장한 공포심에 사로잡혀 벌벌 떨었다. 눈도 깜빡이지 못하고 떠는 율의 뒤통수를 남자가 살살 매만졌다. 지끈, 하고 잠시나마 잊혀졌던 통증이 거듭 머리를 세차게 뒤흔들었다. 남자가 미소 지었다.

"피가 좀 났는데 이제 그쳤나 보다. 괜찮을 거야."

"왜……."

"배고프지? 밥하고 있으니까 조금만 기다려. 밥 먹고 약도 줄게. 푹 자."

"왜 나한테……. 나를 왜……. 대체……."

"쉿."

말이 두서없이 흘러나왔다. 거의 들리지 않을 정도로 힘겹게 끄집어낸 율의 목소리를 남자는 쉿, 하는 간단한 말로 잠재웠다. 더 안 들어도 된다는 듯이. 말해 봤자 너만 힘들다며.

치미는 긴장감에 율이 마른침을 꿀꺽 삼켰다.

일렁이는 고운 목선을 바라보는 남자의 시선이 순간 습해졌다. 남자가 눈을 내리깔았다. 율의 몸 곳곳을 유영하는 눈길이 차츰 끈적끈적하게 변해 갔다. 천천히, 느리게, 세세하게 살펴보는 남자의 시선에 숨이 막혀 왔다.

"예쁘다. 이렇게까지 예쁠 줄은 몰랐는데. 정말 너는. 와……."

감탄하듯 남자가 나지막이 중얼거렸다. 경이로운 무언가를 보듯 표정은 한없이 진지했다. 그것만으로도 죽을 것 같았다. 하도 구석구석 꼼꼼하게 훑어보는 까닭에 비참한 기분까지 들었다. 치욕스러웠다. 벌거벗겨진 채 이런 꼴을 당한다는 게. 남자가 하, 숨을 뱉었다.

"걱정 마. 아무 짓도 안 할 거야. 내가 어떻게 그래, 너한테. 감히."

"보내 줘요……."

"며칠만 있어 줘. 며칠만 더 보게 해줘, 너를. 아무 짓도 안 할게. 약속해."

"보내 주세요, 제발……. 제발……."

"울지 마. 내가 무서워?"

그럴 필요 없다며 남자는 눈썹 끝을 내렸다. 미안해하는 표정이 가증스러웠다. 온화한 말투와 다정한 표정을 하고 있으나 언제 돌변할지 몰라 더 불안했다. 남자가 입을 열었다.

"보기만 한다잖아. 건드리지 않아. 멀리서 보는 게 답답해서 데려온 것뿐이야."

"살려 주세요……."

"살려 주지, 당연히. 약을 먹인 건 네가 도망갈까 봐 그런 거야. 몇 달을 기다려 이제야 겨우 가까이서 볼 수 있게 됐는데 가 버리면 안 되잖아. 네 모든 걸 외울 시간 정돈 줘야지."

"왜……. 왜……."

"네가 너무 예뻐서 그래. 네 탓이야. 모두 다."

태연하게 남자가 읊조렸다. 너무 당연하다는 말투라 율은 뭐라

반박할 수도 없었다. 남자의 손이 매우 조심스럽게 율의 머리를 어루만졌다. 그렁그렁 차올랐던 눈물이 흘러내렸다.

"네가 잘못한 거야. 누가 그렇게까지 예쁘래? 난 잘못 없어. 네가 예쁜 탓이야."

"제발……."

"너한테 아무것도 바라지 않아. 널 만지고, 널 안고, 그딴 거 욕심내지 않을 거야. 보기만 할게. 이렇게나 아름다운 네 몸, 볼 수만 있다면 난 그걸로 족해. 그러니까."

"흐윽……."

"일주일만 얌전히 데리고 있다 보내 줄게. 소리치지 마. 어차피 아무도 안 와. 너 다치게 하고 싶지 않으니까 말 들어. 알았지?"

두 눈 가득 싸늘한 기운을 담은 채로 남자가 율을 타일렀다. 후드득후드득 연신 눈물방울이 귓불을 타고 흘렀다.

대꾸 않는 율의 눈가를 남자는 매우 신중한 손길로 닦아 주었다. 조심하고 또 조심하는 그를 느끼면서도 율은 무섭고 두려워 벌벌 온몸을 떨어 댔다.

조금 더 지켜보던 남자가 느릿하게 일어섰다. 식사를 가져오겠다며 남자는 문을 닫고 방을 빠져나갔고, 율은 다시 암흑 속에 홀로 남겨졌다.

생각을 정리했다. 정리되지 않으려 발악하는 머릿속을 억지로 부여잡고 하나하나 되새겼다. 뭐가 어떻게 된 건지, 납득하려고.

저도 모르는 사이 자신을 몰래 지켜봐 온 낯선 남자. 그에게 납치 및 감금을 당했다. 이유는 쉬이 이해할 수 없었다. 그냥 율이 잘못했단다. 율이 예쁜 탓이란다. 그래서. 그러니까.

"으윽……."

앞으로 일주일을 꼬박 갇혀 있어야 한다는 결론을 받아든 율은 소리 죽여 울었다. 약에 취해 늘어진 이런 몸으로 할 수 있는 건 아무것도 없었다.

시간이 빨리 지나가 주기만을 바라며 앓듯이 울던 율은 어느 순간 그대로 정신을 잃었다. 차가운 바닥이 눈물로 젖어 들었다.

"나가서 뭐할까. 영화 볼까?"

"어, 그거. 우리 그거 보자. 요새 나온 거 중에 왜……."

뒤쪽에 앉았던 커플이 일어나 율의 옆을 지나쳐갔다. 또각거리는 여자의 하이힐 소리가 그들의 대화를 고스란히 집어삼켰다. 인기척이 멀어졌다. 주변이 조용해졌다.

숙여지는 고개를 막지 않은 건 역시나 본능이었다. 우는 걸 들키지 않으려는, 살아남으려는 본심. 마음, 감정, 기억. 흡사 번식력 강한 곰팡이처럼 수도 없이 피어나는 그리움들이 참 아팠다. 아리고, 씁쓸했다.

왜 나는 아직도 살아 있는 거지. 딱 죽어 버렸어야 했는데.

꼬박 일주일을 갇혀 있다 길거리에 버려진 채 발견됐던 그때.

딸이 살아 돌아왔다는 것보다 험한 일을 겪었을 거라는 생각에 부모마저 어려워하던 10년 전 그때.

물을 가득 채운 욕조 안에 앉아 별 이상 없는 몸을 몇 시간이고 씻으며 울었던 그때.

그날.

더는 여자로서 살 수 없게 된 그 순간 그냥 죽었어야 했는데. 그러는 편이 좋았는데.

왜. 빌어먹을.

'들어가 있으라니까. 감기 걸리면 어쩌려고.'

'누가 채 갈까 봐.'

'뭐?'

'너무 잘난 한준우, 누가 업어 갈까 봐 겁나서.'

쳇……

콧잔등을 구김과 동시에 툭, 하고 눈물이 떨어졌다. 눈앞에 아른
거리는 준우를 보다 명확하게 보고 싶어 무리를 했다. 그러기가 무
섭게 물기가 또 들어찼다. 어깨를 들썩여 숨을 토해 냈다.

맘 같아선 테이블에 엎드리고 싶었으나 그리되질 않았다. 제 불
편한 과거가 낱낱이 적혀 있는 종이의 근처로도 손이 나아가질 못
했다.

율이 아랫입술을 지그시 물었다.

애초에 말도 안 되는 관계였다. 누군가를 진지하게 만난다는 것
자체가 불가능한 일이었던 거다. 여자임을 포기한 순간 다짐했던 그
것을 준우를 만나면서 모른 척 외면했다.

좋아서. 좋으니까. 준우가 너무 좋아 그에게 여자로 대해지길 바
랐으니까. 그렇게 자신도 남들처럼 행복할 수 있을 거라고 믿었는
데. 그랬는데.

잘나도 너무 잘나서 상대가 안 된단다. 이런 수치스러운 몸으로
는 그의 곁에 있는 게 한낱 욕심일 뿐이란다. 알고 있었는데도 맘이

왜 이러는지 모르겠다.

왜 이렇게 심장이 저릿저릿 아픈지, 뭐 이렇게까지 기분이 더럽게 나쁜 건지 이해할 수가 없다. 흘러내리는 눈물을 거칠게 훔쳐냈다. 목 안이 따끔거렸다.

'근데 이럴 시간 있어? 또 들어가 봐야 한다며.'
'퇴근이 더 늦어지는 거지, 뭐.'
'오지 말지. 바쁜데.'
'어떡하냐. 보고 싶은걸.'

지친다며 준우를 원망하기 시작했을 때부터, 갈수록 더 좋아져서 막 겁이 나고 무서웠다. 혹시라도 들킬까. 알게 될까. 그래서 자신을 혹 다른 눈으로 보진 않을까.

악몽이라도 꿀까 봐 깊이 잠들지 못하고 끙끙 앓으면서도 율은 준우가 좋았다. 그게 잘못이었음을 새삼 또 깨달았다. 너무 많이 좋아해서 미안한 감정을 너는 알까. 이해하려나.

'야, 한준우.'
'미안. 출근했어?'
'너는 진짜…….'
'회의가 길어져서. 핸드폰 볼 틈도 없었다. 미안해.'

오기를 부렸다. 준우가 싫증 내기 전에 사라져 주겠다고. 자신도 없으면서 그를 놓겠다, 못 놓겠다, 병신같이 혼자 묻고 대답하고.

울었다가 웃었다가.

준우의 이름을 부르고 또 부르고. 그러면 준우가 자신의 것이라고 착각하고. 좋아하고. 웃고. 그러다 다시 겁을 내고. 울어 버리고. 진짜 바보처럼. 나는.

'율아. 괜찮지?'

'뭐가.'

'너 말이야.'

'나 뭐.'

'괜찮은 거지? 어?'

'안 괜찮을 게 뭔데.'

"하……."

율이 작게 실소를 터뜨렸다. 고였던 눈물이 빠르게 흘러내렸다. 대충 훔쳐 내고는 뒷머리를 긁듯이 헝클었다. 아무렇지 않아 보이려는 필사의 노력이었다.

실은 괜찮지가 않았는데. 매 순간 하나도 안 괜찮았으면서 무슨. 그렇게나 티를 냈던가 싶어 조금은 머쓱해졌다. 떨리는 손으로 율이 주섬주섬 종이를 챙겨 들었다.

따지고 보면 준우는 늘 먼 사람이었다. 좋으면서 그 이상으로 어렵고 힘든, 그래서 감히 미래를 약속해 달라 조르지도 못했다. 그러면서도 여기까지 왔다. 좋아서.

짐작했었는지도 모르겠다. 곧, 끝내야 한다는 것을. 그게 언제라고 확실히는 몰라도 준우와 자신은 다른 세계의 사람이라고 율은 생각했었다. 그래서 더 겁이 났던 것 같다.

매달리면 어떻게 될까. 그래서 혹 준우가 결정해야 하는 순간이 온다면. 그는 율과 자신의 인생 중에서 뭘 택할까. 어떻게 하는 게 옳다고 생각할까. 최선은 뭔지, 최선이 없다면 덜 후회하는 건 뭔지, 후회를 아예 안 할 수도 있는지에 대해서 심각하게 고민할 준우를 떠올려 봤다. 답은 쉽게 내려지지 않았다.

율은 혜진의 말들을 되뇌었다. 결혼까지 생각하고 있다고 했다. 가정을 꾸릴 충분한 나이다, 준우는. 그리고 율은, 엄두조차 내지 못한다. 그렇게 남들 앞에 아무렇지 않게 살아 있음을 내세울 용기라곤 눈곱만큼도 없으니까. 그럴 자격도 없으니까. 안 되는 거니까.

너는 나를 버릴까, 안 버릴까. 버리는 게 낫다고 생각할까. 버릴 수, 있을까⋯⋯?

율은 두 눈을 꼬옥 감았다. 준우에게 버림받는 건 정말이지 죽음보다도 훨씬 더 끔찍한 일이 될 것이었다. 조금만 덜 좋아할걸. 조금이라도 덜, 맘에 품을걸. 너를. 느릿하게 몸을 일으킨 율이 한숨을 토했다. 시야가 여전히 흐렸다.

"가시죠, 이사님. 죄송합니다."

서두르다 핸드폰을 객실에 두고 온 민석이 마지막으로 엘리베이터에 올랐다. 시차 적응을 하기도 전에 새벽부터 일어나 미팅 준비를 한 터라 다들 정신이 없기는 마찬가지였다.

거듭 사과하는 민석에게 너그러이 웃어 준 준우가 지하주차장의 버튼을 눌렀다. 빠르고 조용하게 내려가는 엘리베이터 안에서 준우는 비서인 수정에게 시선을 주었다.

"자료 다 챙기셨죠?"

"네, 이사님."

"업체 쪽 사정 양해 부탁드립니다. 거기도 없는 시간 내느라 힘들었을 테니까요."

준우의 말에 민석과 수정이 차례로 고개를 끄덕였다. 둘러말하는 거지만 혹시라도 미팅 자리에서 불쾌감을 드러내지 않도록 조심해 달라는 뜻이었다.

초기에 심어 준 인상은 두고두고 거래가 이어지는 순간까지 지속된다. 업체의 수준을 떠나 사람 상대하는 일에는 모름지기 확고한 신념이 있어야 했다. 차별을 두지 말고 진심으로 대하자는 게 준우의 지론이었다.

당부하는 준우를 향해 민석이 명심하겠습니다, 하고 답했다. 그래도 결례를 범한 것이 신경은 쓰이는지 업체 측에서 호텔 주차장에 차를 보내 놓았다고 연락이 왔다. 대기하고 있던 차의 뒷좌석에 민석과 준우가 올라탔고 수정은 조수석으로 향했다.

준우가 시선을 내렸다.

한참 일할 시간인데. 이제 와서 전화하기도 좀 그렇네. ……어쩐다.

준우는 나직이 한숨을 뱉었다. 율이 출근할 때 맞춰 전화를 건다는 것이 어쩌다 보니 또 타이밍을 놓쳐 버리고 말았다. 그게 너무나 안타까워 속이 타들어 갔다. 창밖을 바라봤다.

서서히 날이 밝아 오고 있었다. 이른 시간임에도 불구하고 분주한 뉴욕 거리에는 활기가 넘쳤다. 자연스럽게 율을 떠올린 준우가 살며시 한쪽 입가를 말아 올려 미소 지었다.

언제, 어느 곳에 있든 준우는 율을 생각하는 자신을 발견할 때마다 적잖이 놀라곤 했다. 정말 이렇게나 끊임없이 그립다는 게 믿기지 않았다. 이렇게까지 단 한 사람만을 가슴속에 그리고, 떠올려 생각한다는 것이 신기했다. 마음이란 끝이 없었다. 감정도 계속 커져 갔다.

홀로 고개를 주억거리던 준우가 문득 핸드폰을 꺼내 들었다. 일정을 체크하던 준우의 머릿속에 뭔가가 빠르게 스쳐 지났다. 설마. 날짜를 거듭 다시 셌다. 하, 작게 탄식했다.

"최 실장님."

"네?"

"연애 많이 해 보셨습니까?"

핸드폰으로 분주하게 뭔가를 하는 준우를 따라 옆자리의 민석도 주춤주춤 핸드폰을 꺼내 들던 참이었다. 날아온 질문이 상당히 뜬금없었다. 놀라 쳐다보는 민석에게 준우가 물었다.

"결혼 전에 말입니다. 혹시 곤란하신 거면……."

"아닙니다, 곤란하긴요. 뭐, 대충 남들 하는 만큼 해 본 것 같습니다. 지금 와이프랑도 우연히 만나 연애부터 시작해서 결혼한 거니까요."

스물아홉의 민석은 결혼한 지 일 년이 갓 넘은 새신랑이었다. 남들보다 다소 일찍 결혼한 케이스지만 연애는 나름 할 만큼 했노라 자신 있게 말하는 민석을 준우가 지그시 바라봤다.

직원들과 사적인 얘기를 나누는 것은 처음이었다. 그럴 필요성도 느끼지 못하고 살았던 준우는 뭔가 조언이 필요했다. 어차피 업체 쪽 직원은 외국인이라 우리말을 알아듣지 못할 테니 큰 실례를 저

지르는 것도 아니었다.

살짝 더 목소리를 낮춘 준우가 민석에게 물었다.

"만난 지 백일 정도 됐을 때 뭘 선물하면 좋을까요?"

"네? 선물이요?"

"여자들은 기념일에 민감하다고 들어서요. 진짜 그렇습니까?"

"아, 누구 만나십니까? 축하드립니다."

놀라다 못해 기겁을 한 얼굴로 민석이 서둘러 축하인사를 건넸다. 전혀 몰랐다며, 평소 여자에 관심도 두지 않던 준우라서 눈치채지 못했었다는 그의 말에 준우가 작게 웃었다.

조수석의 수정이 사이드미러를 통해 준우를 몰래 훔쳐봤다. 준우의 표정이 그저 밝았다.

"가방 어떠십니까? 요즘 여자들 명품 좋아하잖아요."

"글쎄요. 그런 걸 밝히는 사람이 아니라서요."

"그럼 액세서리는요? 귀걸이, 목걸이, 이런 것도 괜찮을 것 같은데요."

"잘 안 하는 걸로 압니다. 그래서 시계를 사 줄까 하는데 어떨지 모르겠습니다."

"시계요?"

"찾아보니 뉴욕에 유명한 브랜드가 있더라고요. 그걸로 될까 싶은데, 될까요?"

조심스레 준우가 민석의 눈치를 살폈다. 열심히 해 간 숙제를 검사받는 아이처럼 기대감에 부푼 눈동자가 꽤나 의외였다. 상사임에도 민석은 순간 준우가 귀엽다는 생각을 했다. 괜찮을 것 같다며 고개를 끄덕여 주자 준우가 안도의 한숨을 내쉬며 살짝 긴장을 풀었다.

미팅을 마치고 곧장 그곳에 들르자고 준우는 수정과 민석에게 부탁을 했다. 모처럼 뉴욕까지 왔으니 그 후로는 개인시간을 보내도 좋다는 준우였으나, 먼저 급히 한국으로 돌아가야 한다는 준우를 놔두고 둘만 있기도 뭐했다.

추후 일정을 짜 예약을 마친 수정이 도착한 차에서 내려섰다. 업체 쪽 건물로 들어서기 전 수정은 조심스럽게 준우에게 말을 꺼냈다.

"저, 이사님."

"네, 김 비서님."

"꽃하고 케이크도 챙기시면 좋을 것 같은데요."

수정의 말에 준우가 그러느냐며 눈을 동그랗게 떴다. 곧게 와 닿는 시선이 마냥 감미로웠다. 따스하고 부드러운 눈길에 떨리는 맘을 추스른 수정이 애써 입가를 말아 올렸다.

"별 필요 없어 보여도 분위기를 내는 게 중요하니까요."

"그렇군요. 감사합니다."

"사실 사랑한다는 말 한 마디면 충분해요, 여자는."

순간 두근, 하고 준우의 심장이 낮게 울렸다. 허락을 받은 기분이었다. 말해도 된다고. 이제는 말해 줘도 되는 거라고.

율을 향해 자라난 감정들이 일시에 한곳으로 모여들었다. 그 마음들이 소리 높여 외쳤다. 사랑. 이건 사랑이라고. 멍해진 준우에게 수정이 말을 이었다.

"값비싼 선물보다, 때로는 말 한 마디가 더 소중하답니다."

"네에⋯⋯."

"진심을 담아 말해 주시면 분명 좋아하실 거예요. 그분도."

"하아……."

"응원합니다, 이사님. 힘내세요."

사랑에 서툰 준우를 파악한 수정이 가볍게 고개를 숙였다. 따라서 고개를 숙인 준우가 낮은 허공을 응시했다. 눈앞에 아른거리는 율을 하염없이 봤다. 또 싱긋 웃음이 나왔다.

안 그래도 언제쯤 말하는 게 좋을까 내내 고민이었다. 사랑임을 인지한 그 순간부터 준우는 매 순간 율을 보며 말하고 싶었다. 앞서 가려는 마음을 다잡으며 힘겹게 버텨 왔다.

천천히 자세를 바로 한 준우가 기다리는 민석과 함께 건물 계단을 올랐다. 회전문을 지나 로비를 걷는 그의 어깨가 한층 더 곧게 펴졌다.

서둘러 볼일을 마치고 율을 만나러 가야겠다. 이 마음 그대로, 이 감정 모두를 고스란히 담고서 율에게로. 준우가 고개를 주억거렸다.

"맛있었어요?"

"응."

"거짓말. 거의 다 남겨 놓고 무슨."

고개 돌린 유현이 밉지 않게 율을 흘겼다. 마땅히 대꾸할 말이 없어진 율은 그저 작게 픽 웃어 버렸다. 검색까지 해서 데려간 맛집이건만 깨작거리던 율 때문에 유현이 한숨을 내쉬며 하늘을 봤다.

비가 오려나. 먹먹한 하늘을 보다가 율을 봤다. 흐리멍덩해진 눈동자로 쓸쓸히 먼 허공만 보고 있는 모습에 가슴 전체가 욱신거리며 아려 왔다.

못 봐주겠네. 확 끝내든지 해라, 그냥.

모른 척 시선을 거둔 유현이 미간을 찌푸렸다. 괜스레 손끝을 꼭 말아 쥐었다.

천천히 발 맞춰 걸으며 작게 휘파람을 흥얼거린 유현이 담배를 꺼내 물었다. 됐다고 사양한 율은 무감한 얼굴로 주변을 둘러보았다. 갔던 길을 되돌아오는 중이라 놀이공원이 도로 가까워지고 있었다. 율이 고개를 떨군 채 제 발끝을 보며 묵묵히 걸었다.

대체 뭘 하고 있는지 모르겠다. 제정신이 아니었다. 제정신일 수 없는 것이 당연했고.

율은 생각했다. 단순히 집보다 가깝다는 이유만으로 유현이 있는 놀이공원에 온 게 맞는지를. 낮의 기억을 곱씹는 머리가 타인의 것처럼 낯선 과거를 되새겼다. 심장이, 아팠다.

카페를 나와 버스정류장에 앉아 넋을 놓다가 택시를 잡아탔다. 목적지를 묻는 기사의 말에 순간적으로 왈칵 눈물이 났다. 누군가 저에게 말을 걸어 줬다는 자체로 기뻤는지도 모른다. 혼자 있기 싫어 집으로 가지 않으려는 율에게 마침 전화를 걸어온 유현은 유일한 해결책이자 구원이었다.

그렇게 행선지를 바꿔 이곳으로 왔다. 유현이 잡아끄는 대로 열심히 돌아다니며 놀이기구를 탔다. 이끄는 대로 따라오는 율을 배려한 유현은 난이도가 다소 낮은 것들 위주로 코스를 돌아주었다. 그 모든 순간들에 율은, 제가 뭘 하는지 하나도 알지 못했다.

살아 있음을 실감하는 순간은 독처럼 쓰리고 아렸다. 선택해야 했다. 바짝 세운 손톱으로 누굴 할퀼지를.

준우를 할퀸다면 녀석은 어떻게 나올까. 나쁜 짓 했다며 때리고 밀쳐낼까. 아니면, 제 상처가 아프다고 흘린 피를 닦아 내기에 급급하려나. 둘 다 싫은데.

뒤집어야 할까 보다. 준우 없이 사는 방법을, 찾아보는 걸로. 물론 최선은 준우겠지만 없으니까. 없어야 하니까. 이젠 준우가 최고인지도 헷갈려서. 준우가 없는 게 나을 것만 같아서.

……큰일이네.

"골라 봐요."

"됐어."

"예쁜 거 천지구만. 사 줄게요. 얼른요."

"됐다고, 글쎄."

"에이참."

기념품 숍을 막 지나던 순간 유현이 별안간 율을 잡아끌었다. 실내등까지 끄고 물품들을 정리하던 여알바생에게 양해를 구한 유현이 서둘러 숍 안을 살폈다.

이것저것 골라 보여 주는 유현의 성화에도 율은 시큰둥할 뿐이었다. 좋은 게 없을까 눈에 불을 켜고 찾는 유현에게 알바생이 잘 나가는 품목들을 안내해 주었다.

고민에 빠지는 유현을 보던 율의 시선이, 근처의 물건들에 몇 번이고 옮겨지고 또 옮겨졌다. 그러고 보니 이제껏 선물다운 선물을 해 준 적이 없었다. 밥을 먹을 때도, 영화를 보거나 차 한 잔을 마셔도 준우는 늘 제가 계산을 했다.

대접받는 기분에 처음엔 좋았다. 받는 것이 많아질수록 준우가 멀어 보인다는 생각을 언제 처음 했었는지 기억은 나지 않았다. 율의 표정이 시무룩해졌다.

혹 실망스러워할까 그것조차 겁을 냈던가. 선물이라고 줬다가 마음에 안 들어 할까 봐. 받기는 받아도 안 하고 다닐까 봐 그게 싫어서. 그런 것에까지 조심스러워서. 바보같이.

네가 어려워서. 못하겠다. 이제. 나도 미안.

"이거 주세요."

"먹고 싶었어요? 말을 하지."

"나 말고."

"아……."

"죄송한데 혹시 포장되나요?"

혼자만의 생각에 빠져 유현이 뭘 샀는지는 못 봤지만 작은 종이 백을 들고 나오는 순간 율은 커다란 막대사탕을 하나 집어 들었다. 얼굴만큼 커다란 회오리 모양의 납작한 사탕을 보고 지갑을 꺼내던 유현이 율의 말을 알아듣고 아쉬운 얼굴을 했다.

사탕을 포장해 달라는 말에 알바생은 썩 잘생긴 손님이라 할지라도 안 되는 건 안 된다는 논리로 고개를 저었다. 이에 특유의 눈웃음을 살살거리며 온갖 애교를 떠는 유현에게 포위당한 알바생이 당황해 어쩔 줄을 모르다 마지못해 인형을 싸는 포장지를 꺼냈다. 정성껏 포장되는 사탕을 보며 율이 주머니에 손을 넣어 지갑을 찾았다.

단걸 싫어한다. 사탕은 고사하고 커피에 시럽 넣는 것도 보질 못했다. 그런 준우에게 최대한 오래도록 보관될 선물이 뭘까 생각하다가 내린 결정이었다.

안 먹을 게 뻔하지만 사탕이 썩는단 건 들어 보지 못했으니까. 괜히 어쭙잖은 액세서리나 의류 같은 걸 선물했다가 안 하고 다닌다고 또 서운해하기는 죽어도 싫어서.

"어……?"

좀처럼 나오지 않는 지갑을 찾아 주머니를 뒤적이던 율이 멈칫했다. 바지에 넣어 뒀다고 생각한 지갑이 웬일인지 카디건 안에 들어 있었다. 알바생에게 돈을 건네는 율의 표정이 점점 더 심상찮게 굳었다.

"왜요? 왜 그러는데, 어?"

"그……."

"저기요?"

차마 사탕을 받지 못한 채로 율이 심하게 손을 부들부들 떨었다. 놀란 유현이 황급히 율을 살폈다. 율의 얼굴이 새하얗게 질려 있었다.

"왜 그래요?"

"종이……."

"뭐?"

"아까……. 밥 먹다가……. 옷……. 내가……."

"종이? 무슨 종이요? 말을 해! 이봐!"

"어떡해……. 안 돼……."

어깨를 잡아 흔드는 유현을 뿌리친 율이 미친 듯이 어딘가로 달려 나갔다. 놀라서 쳐다보는 알바생에게서 일단 사탕을 받아 든 유현이 빠르게 내달려 율을 붙잡았다. 거듭 뿌리치는 율은, 그러나 순간적으로 다리에 힘이 풀려 그대로 바닥에 주저앉고 말았다.

겁을 내고 있다. 뭔가를 두려워한다, 그것도 아주 많이. 심각하게 온몸을 떨어 대는 율을 보던 유현이 안 되겠는지 기다리라며 사탕

을 쥐여 주고서 있는 힘껏 뛰어갔다. 율의 시야가 빠른 속도로 뿌옇
게 흐려졌다.

"흐윽……."

몸을 일으키려 해도 말을 듣지 않음에 율은 결국 울음을 터뜨렸
다. 울려고 한 게 아닌데도 눈물이 갑자기 터져 나왔다. 서럽고, 아
프고, 저리듯이 가슴이 시렸다. 벗는 게 아니었다고, 식당 안이 덥
다며 잠시나마 카디건을 벗어서 놔뒀던 아까의 자신을 후회하며 눈
을 감았다. 감겨진 눈에서 눈물이 마구 흘러내렸다.

얼굴이 흠뻑 젖도록 율은 울고 또 울었다. 지나다니는 사람들이
수군거렸지만 아무것도 듣지 못하는 율은 아려 오는 가슴을 부여잡
고 준우를 찾았다. 버릇처럼, 습관처럼.

이제는 눈물이 되어 버렸다. 준우를 향한 감정들이, 모두. 이렇게
까지. 준우가 제 것이 아니라고 느낄 때마다 울었던 것처럼 또 이렇
게.

준우야……. 준우……야…….

"하아, 하아……."

머지않아 나타난 유현이 조금 앞에 멈춰 서서 숨을 골랐다. 쌀쌀
한 날씨에도 불구하고 땀이 날 만큼 뛰어댄 터라, 턱까지 차오르는
호흡에도 유현의 눈에는 주저앉아 울고 있는 율의 모습만 흔들림
없이 들어와 박혔다.

아예 둘러선 채로 구경하는 몇몇 사람들을 향해 인상을 쓴 유현
이 더는 지체하지 못하고 율에게로 걸어갔다. 서둘러 율의 손을 잡
아 일으켜 엉덩이를 털어 준 유현은 흐느끼는 율을 데리고서 화난
사람처럼 성큼성큼 걸었다.

몇 걸음 못 가서 안 가려고 버티는 율에게 유현이 들고 온 종이를 내밀었다. 눈도 제대로 못 뜨던 율이 순간, 내밀어진 종이를 주춤대며 받아들었다. 유현의 미간이 더욱 구겨졌다.

가요, 얼른. 잃어버리지 않게 카디건 주머니에 손수 접어 넣어 준 유현이 다시 율을 잡아끌었다. 보나마나 준우일 테지. 가늘게 떨리는 율의 손을 유현은 더욱 힘주어 꼬옥 잡았다.

"얼마나 걸릴까요, 기사님."

"금방 갑니다. 한 20분이요."

"부탁드립니다."

"네에."

택시에 오른 유현이 옆쪽의 율을 살폈다. 좀처럼 눈물을 멈추지 못하는 율이 영 거슬렸다. 추워서 그런 게 아님을 알지만 갈수록 심해지는 율의 손 떨림이 못마땅해 기사에게 히터를 틀어 달라 말했다.

창밖으로 고개를 돌린 유현의 흔들리는 눈동자가 밤거리의 차들을 훑었다. 치미는 화를 삭이려 힘껏 입술을 깨물었다. 유리창에 비친 위태로운 율의 모습이 자꾸만 유현의 심장을 아릿하게 만들었다.

갑자기 들이닥친 유현의 재방문에 식당 주인은 놀라 뭔지도 모를 걸 찾는다며 바닥을 기다시피 하는 유현을 보고도 말리지 못했다. 손님이 있든 말든 앉았던 자리를 몇 번이고 헤집다가 주인의 권유로 쓰레기통을 뒤졌다.

더러운 게 손에 묻어도 유현은 율이 기다린다는 게 시급해 정신없이 종이란 종이는 모두 찾았다.

그러다 들었다. 남자 알바생 두 명이 중얼거리는 소리를. 소설이야, 뭐야. 글쎄. 납치라는 자극적인 단어에 이어 율의 이름이 어렴풋이 들렸을 때 그대로 빼앗아 버렸다. 쓰레기로는 보이지 않던 구겨진 종이를.

"다 왔어요."

"……."

"그만 내리죠. 네?"

도착한 오피스텔 앞에 먼저 내린 유현이 반대편으로 돌아 택시 문을 열고 율을 불렀다. 무표정한 얼굴로 넋을 놓던 율이 천천히 유현을 올려다봤다. 불과 얼마 전에야 겨우 그친 울음임을 알기에 유현은 최대한 조심해서 율을 내리게 했다.

안녕히 가시라는 기사의 인사에 유현이 소리 내어 문을 닫았다. 질질 끌다시피 센서문 앞에 데려다 놔도 율은 도통 정신을 차리지 못했다. 갈수록 기막힌다. 이 녀석들의 사랑이란 거. 이딴 식이면 진짜 더는 못 본다며 유현이 작게 인상을 썼다.

"얼어 죽을래요? 밤샐 거냐고, 여기서. 들어가. 안 들어가?"

"……."

"야, 은율. 자꾸 이러면 너 나한테 맞는 수가 있다? 어?"

"……."

"아 쫌, 정신 차리라고요. 빨리. 후우……. 번호 뭐야. 비밀번호. 불러요."

"……언제까지냐. 혹시."

울든 말든 이제 모른다고. 화가 나서 미치겠으니까 일단 화부터 내자고. 있는 대로 마구 언성을 높여 가던 유현이 멈칫했다.

차분하게 내뱉는 율의 목소리에 물기가 잔뜩 어려 있었다. 뭐라는 건데. 율이 억지스럽게 입가를 말아 올렸다.

"묻잖아. 유효하냐고."

"뭐가요."

"그거. 언제든 콜 말이야."

"뭐?"

"지금도 유효해? 아직도 가능하냐?"

"이봐."

"내가 콜하면 콜이냐고, 너는. 여전히. 그래……?"

"……."

멍해진 유현을 보며 율이 조용히 고개를 끄덕였다. 알았으니까. 다 알았으니까. 종이를 잃어버린 순간 숨이 끊어질 듯 터져 나오던 울음으로 모든 것이 다 정리됐다.

자신의 치부가 세상에 알려진다면 율은, 감춰 뒀던 과거를 준우가 알게 된다면, 율은,

그로 인해 혹 준우가 무너지는 모습을 보게 된다면 분명 자신은…….

그러니까 어쩌겠어.

내가 널 놓는 게 차라리 나은 거잖아.

"하아⋯⋯."

세면대를 부여잡고 서서 거울을 들여다보는 율이 깊은 한숨을 내쉬었다. 지독하게도 부었다. 도가 지나치도록 울어 댔다는 얘기다.

퉁퉁 벌게진 눈두덩을 부여잡고 샤워를 시작했다. 덜 깬 잠을 털어 내며 복잡한 머리도 덜어내려 애를 썼다. 까끌거리는 목으로 진하게 탄 커피를 두 잔이나 마셨다. 욱여넣는 것처럼 넘기는 것조차 참 억지스러웠다.

옷장을 열어 입을 만한 걸 고르다가 멈칫했다. 칫솔을 제외하고 이 집 안에, 준우의 물건이 존재하는지 잠시 생각에 잠겼다. 내 것이 네 것이고 네 것이 내 것이던 시절. 벌써 과거로 치부하는 율이 옷을 챙겨 입으며 고개를 저었다.

준우의 것 또한 오롯이 준우의 것이다. 준우의 것은 결코 자신의

217

것인 적이 없었다. 단 한 번도.

현관으로 걸어가던 율의 발길이 뭔가를 발견하고 더뎌졌다. 방향을 바꿔 소파로 다가간 율이 허리를 숙여 바닥에 놓인 작은 종이백을 집어 들었다. 어제 놀이공원에서 유현의 손에 이끌려 찍은 스티커 사진이었다.

엽기적인 표정을 짓고서 해맑게 웃는 유현과 그 옆에 심드렁하게 있는 자신의 모습을 율은 가만히 바라보았다.

이 사진을 넣을 액자를 샀던가 보다, 유현은. 그 짧은 시간에 이걸 넣어서 줬을까보다 문득 다른 생각이 들었다. 그렇게나 오래 준우의 선물을 골랐나. 사진을 넣고 포장을 하는 그 긴 시간 내내. 웃기지도 않는다.

고작 사탕 하나 산 거면서. 병신같이. 하…….

"눈병은 아니시죠. 옮거나 하는."

"그래."

"뭐, 아무리 봐도 운 얼굴입니다만."

"모기라고 몇 번을 말해."

"이 계절에 모기라. 배가 많이 고팠나 봐요. 양쪽을 사이좋게 다 잡숴습니다."

"너 닮았나 보지. 하루에 열 끼."

"헛, 들켰군요."

깊게 눌러쓴 모자를 자꾸 만지작거리는 재원을 쫓아버린 율이 마대걸레를 들고 와 바닥을 닦았다. 괜스레 몸을 혹사시키려는 노력이 그다지 도움이 되지는 못하는 것도 같았다.

모처럼 일찍 나온 율이 신기한 것 이상으로 어색한 재원은 밥 많이 먹는다고 월급에서 까지는 말아 달라며 눈치를 보았다. 졸졸 따라다니는 재원을 다시금 쫓아낸 율이 본격적으로 오픈 준비에 돌입했다.

설거지한 술잔들을 마른 행주로 닦아 내는 바텐들과 시답잖은 농담을 주고받던 율이 울리는 진동에 핸드폰을 꺼내 들었다. 액정에 표시되는 유현의 이름을 얼마간 덤덤한 눈빛으로 바라보다가, 통화 거절 버튼을 눌렀다. 그러고는 담배를 집어 들고 밖으로 나갔다.

또 전화를 걸어 댄다면 버럭 야단이라도 쳐 주려는데 눈치 빠른 유현은 바쁘냐고 문자를 보내왔다. 나중에 바쁜 거 끝나면 전화나 한 통 해 달라는 말을 읽으며 율이 쓰게 웃었다.

알고 있다. 아무도 준우를 대신할 수는 없다는 거. 시간이 얼마나 흐르든, 상대가 누구든지 간에 율은 불변의 진리와도 같은 그것을 가슴에 묻어 둔 채 담배를 입에 물었다.

상관없다. 준우, 네가 아니면 이제 누구든. 얼마든지 망가질 준비도 되어 있으니까. 그랬어. 실은 마음의 준비를 해 왔나 봐, 나는. 너 모르게. 괘씸하지.

"후우……."

담배에 불을 붙여 빨아들이는 동시에 뒤쪽 벽에 등을 대고 섰다. 연기를 뱉었다. 뿌옇게 흘러나와 허공으로 흩어지는 회색빛을 물끄러미 바라보았다. 가슴 한 구석이 저릿했다.

어제, 유현은 꽤나 한참 만에야 대답을 했다. 유효하다고. 아주 빈말은 아니었어도 막상 말하자 적잖이 놀라던 유현이었다. 당연했다. 내민 손을 덥석 부여잡을 거라고는 생각 못 했을 테니까.

내내 생각 중이긴 하다. 끝. 말처럼 그리 단순하지만은 않은 과정들에 대해서. 사랑이 식었느니, 하는 식의 뻔한 말부터 시작했던 고민은 유현의 도움을 거절하지 말자며 율을 달래고 있었다.

이유 없이 그만하자고 하면 준우는 납득하지 않을 거다. 설령 납득을 하더라도 은연중 의심을 품게 될 테지. 날 다 가진 거라 생각했을까. 문득 묻고 싶어지는 질문을 율은 힘겹게 삭였다. 넘치도록 가졌다. 아직도 가지고 있다, 준우는, 율을, 율 전부를. 남김없이.

몇 번 빨아들이다 질린 담배를 던져 버리고 돌아섰다. Bar 안으로 내려가는 계단들에까지 내려앉은 준우의 환영을 애써 지우며 율은 카운터로 들어가 앉았다.

묘한 심리였다. 그렇게 무섭던 끝을 준비하는 마음이, 어쩐지 또 아주 약간은 설레고 들뜨고 하는 거다.

짐작 안 되는 준우의 반응과 표정, 나올 말들을 차례차례 곱씹었다. 어제 자신을 괴롭힌 혜진처럼 예상 못 한 상황이 펼쳐질 수도 있음을 몇 번이나 상기했다.

그래도 왠지, 울지 않을 자신은 없는데. ……망할.

화장실로 들어간 율은 모자를 벗어 놓고 찬물로 얼굴을 씻었다. 물기가 뚝뚝 떨어지는 멀건 얼굴을 거울로 들여다보며 이를 악물었다.

준우와의 백한 번째 날. 아니, 새로운 첫날이었다. 준우를 놓는, 놓아 버리는. 끔찍한.

"사장님."

"왜."

"심부름 하나 하실래요. 심심하신 거 같은데."

"뭐?"

여유 있게 들어차는 손님들을 맞으며 저녁 시간을 보냈다. 가게를 둘러본 뒤 칵테일을 만들다 남은 과일 주스를 홀짝거리며 넷북으로 게임을 하던 율이 재원의 말에 미간을 구겼다.

심부름이라는 단어에 울컥한 마음으로 쩨려보는 율을 재원은 몹시도 태연한 얼굴로 마주했다. 쓰레기를 버리러 밖에 다녀오는 듯 입고 있던 점퍼를 벗어 내려놓은 재원이 넷북의 전원을 꺼 버렸다.

"제 겁니다."

"쓰라며."

"갔다 와서 쓰세요. 싫으세요?"

"싫어. 내가 왜."

"심부름비 만 원 드립니다."

"내가 만 원 준다, 인마. 이게 누굴."

"호구로 아냐고요."

"그래."

"명색이 사장님인데."

"그래."

"임시 사장도 사장인데 그쵸."

"……갖고 놀지, 또. 죽어."

"한 시간. 담배 실컷 피우고 놀다 오십시오. 어떻습니까."

버럭하려던 율이 움찔해 입을 다물었다. 답지 않게 인심인 재원의 제안을 마다할 이유가 없었다. 아무래도 지하에서 일을 하다 보니 바깥 공기는 늘 절실한 게 사실이었다. 급변한 마음을 애써 감춘 율이 고민하는 것처럼 눈을 굴리며 머뭇거렸다.

금고에서 만 원을 꺼낸 재원이 율의 손에 턱 쥐여 주며 사 올 것들을 일러 주었다. 내일 주문해도 되는 걸 굳이 사 오라는 재원에게 투덜거린 율은 결국 모자를 푹 눌러쓰고서 몸을 일으켰다.

한 시간 1분부터 까겠다고 덧붙이는 재원의 말을 못 들은 척 종종걸음으로 계단을 뛰어 올라갔다. 잔잔하던 율의 표정에 곧 어두운 그림자가 드리워졌다.

너……?

"좋은 거야, 싫은 거야. 애매하다."

"……."

"다녀왔어. 지금 막. 반갑지?"

입구에 서 있는 준우를 발견하고 멈춰 서 버린 율의 얼굴이 멍해졌다. 진한 다크 그레이 빛 슈트에 연한 블루 계통의 가느다란 타이를 매치한 준우가 율을 보며 싱긋 웃었다.

살짝 말려 올라가는 준우의 근사한 입매를 보는 율의 가슴이 커다랗게 두근거렸다. 머릿속이 하얗게 비워졌다. 놀랐다는 말로는 이루 다 형용할 수 없는 감정들에 휘말린 율은 섣불리 입을 열지 못했다. 준우가 다시금 말을 이었다.

"공항에서 바로 온 거야. 안 반가워?"

"……."

"율아. 율아?"

"잘……."

"응?"

"다녀왔어……? 잘……?"

겨우 밖으로 끄집어낸 목소리가 생각보다 괜찮음에 율은 안도했다. 조심스레 묻는 율의 말에 고개를 끄덕인 준우가 가까이 다가서며 손을 뻗었다. 준우의 손이 제게로 향하는 동작들이 영화의 한 장면처럼 몹시도 느릿하게 펼쳐졌다.

멍한 얼굴로 준우의 품에 안긴 율의 손끝이 가늘게 떨렸다. 준우에게 들킬 리는 없어도 꼬옥 쥐어 감추는 율의 눈동자가 심하게 흔들렸다.

준우는 들어 올린 한 손으로 살며시 율의 등을 어루만지며 눈을 감았다. 얌전히 품에 안겨 있는 율을 조금이라도 놓칠세라 더 힘껏 끌어안았다.

그리웠다. 아주 많이. 매 순간 보고 싶어 죽을힘을 다해 참아야만 했었다.

얼굴을 보고 품에 안는 것만으로 피로가 다 풀린다는 생각으로 하염없이 안고 있던 준우가 이내 율을 데리고 옆에 세워 둔 자신의 벤츠로 향했다. 조수석에 율을 앉힌 준우가 차 뒤로 돌아가 운전석 문을 열었다.

반듯하게 올라타는 준우를, 다소 처연해진 시선의 율이 조심스럽게 바라보았다.

"어디 가."

"근처에."

"가게는 어쩌고."

"한 시간 빌렸으니까 괜찮잖아."

"뭐?"

"재원이 녀석 통이 커. 부르는 게 값이야, 아주. 간다."

기분 좋게 웃은 준우가 출발하는 차 안에서 가볍게 핸들을 꺾었다. 준우가 이러는 건 처음이라, 영업 중에 잠시 데리고 나간다는 말에 영악한 재원이 한몫 챙긴 거라 짐작하고도 율은 뭐라 탓하지는 못한 채 창밖으로 고개를 돌렸다.

아까부터 율의 눈동자는 사물을 제대로 담지 못하고 계속 흔들리고 있었다. 율은 빠르게 이리저리 시선을 옮겼다. 불안하게 훑어보는 느낌을 들키지 않으려 하염없이 창밖만 보고 또 봤다.

머지않아 멈춰 선 차 안에서 준우가 율을 돌아보았다. 여전히 율은 창밖으로 시선을 둔 채 밖의 풍경들만 살피고 있었다. 잠시 안에 있으라며 준우가 벨트를 풀고 운전석에서 내렸다. 멈칫한 율이 차 앞을 커다랗게 빙 둘러 걸어가는 준우의 모습을 좇았다.

슈트 바지에 두 손을 꽂고 걷는 준우의 머리와 얼굴과 어깨 따위를 보며 율은 입술을 깨물었다. 눈이 떨어지질 않았다. 무슨 접착제라도 바른 것처럼 준우에게서 눈을 못 떼는 스스로가 한심스러워 견딜 수가 없었다.

내려놓는다는 말의 의미를 잊어버렸다. 아무것도 모르고 싶은 황망한 마음으로 준우를 봤다. 당장이라도 이름을 부르고 싶었지만 어떻게든 참았다. 입 밖으로 내면 큰일 날 것 같아서. 너무, 너무 힘이 들어서. 너무너무.

준우야.

"맛없어?"

"아니."

"잘 못 먹네."

"속이 별로야. 나중에 먹을게."

"알았어. 줘 봐."

입술을 옹알거려 준우의 이름을 소리 없이 되뇌다가 정신을 차렸다. 어렵사리 되찾은 태연함으로 맞은 준우의 손에는 장미꽃 한 다발과 작은 케이크 상자가 들려 있었다.

봉오리가 예쁘게 여문 분홍빛 장미들을 보면서 말을 삼켰다. 피처럼 씁쓸하게 목구멍을 타고 넘겨지는 말들로 이미 가슴은, 실컷 난도질을 당한 뒤임에도 끊임없이 베고 찌르면서 그렇게 율을 사정없이 옭아매고 있었다.

이유를 묻지 않고 장미꽃을 받아 안았다. 손수 상자에서 케이크를 꺼낸 준우는 포크를 쥐여 주며 율을 보았다. 좋아하는 치즈케이크건만 몇 입 채 못 뜨고 미적거리고 마는 율을 준우는, 더는 뭐라 않고 상자에 케이크만 도로 넣어 주었다.

자꾸만 시큰거리며 메여 오는 목을 가라앉히는 율이 태연하려 안간힘을 쓰며 준우에게로 시선을 던졌다. 하나의 선이 두 개, 세 개로 나뉘는 극심한 혼란이 시작되었다.

오늘을 못 잊을 것 같다. 분명히. 고작 이틀 만에 보는 건데도 반가워서 더 다정해 보이는 준우를, 평소와 다름없는 별것 아닌 표정들마저 더 근사해 보이는 준우를.

막상 마지막을 준비하고서 마주하게 되는 지금을, 끝이라고 생각하니까 정말 죽을 만큼 온갖 것들이 다 간절해지고 마는 이 녀석을 나는, 나는…… 평생…….

"풀어 봐. 어서."

맘에 들지 모르겠다고 중얼거리는 준우의 말을 듣고서도 율은 조금을 더 망설이다가 상자를 열었다. 엊그제 준우가 전화로 말한 그

시계일 거라고 생각하며 가만히 상자 속을 들여다보았다.

"어때? 괜찮아? 맘에 들어?"

사 오지 말라고 했다는 걸 잊는다. 화내고 싶은 마음을 까맣게 다 잊어버린 율이 고개를 끄덕였다. 채워 주겠다며 손을 뻗는 준우를 율이 말렸다. 나중에 차겠다고, 물이라도 묻으면 곤란하다고 둘러대자 준우는 그럼 또 그러라며 바로 수긍해 주었다.

상자를 닫아 내려놓는 율이 고개를 떨궜다. 손끝이 파르르 떨려 왔다.

"뭐 할까. 20분 남았는데."

"집에 가서 자. 피곤하잖아."

"어차피 회사 쪽 다시 가 봐야 해."

"왜."

"술 마실 거 같아. 간부들이랑."

아마도 이 시계를 손목에 차는 일은 없을 것이다. 안 그래도 죽겠는 마음으로 받아 든 선물을 아무렇지 않게 몸에 걸고 다닐 자신이 없으니까.

제법 미안한 심정을 감추는데 준우가 말했다. 조금만 마실 테니 너무 걱정 말라고. 살며시 웃는 준우를 보며 율은 말을 아꼈다. 다들 기다리게 해 놓고 와 준 게 고마워 고개만 끄덕였다. 술에 약한 준우가 취하는 건 싫지만, 이제 자신과는 상관없는 일이다.

조용하게 음악을 틀고서 시간을 보냈다. 한적한 강변 근처에 세워진 벤츠가 장식품처럼 풍경과 어울렸다. 가져간 율의 손을 제 허벅지에 올린 채 부여잡은 준우가 조심조심 리듬에 맞춰 손가락을 까딱거렸다. 간지러울 만큼 미세한 그 감촉을 고스란히 느끼는 것마저 죄스러웠다.

마음을 다잡고 준우를 봐도 이론과 실제는 너무나 달랐다. 몇 번이고 쏟아지려는 말을 모았다 깨부수는 율을, 진지해진 준우가 응시했다. 율은 얼른 안 본 척 앞으로 고개를 돌렸다.

"어젠 어땠어. 바빴어?"

"그냥."

"손님 많았나 보네. 힘들었어?"

"그렇지, 뭐."

"율아."

"응."

"있잖아."

"뭐. 말해."

어제는 가게 안 나가고 놀이공원에 갔었어. 스피커 공사 때문에 쉬게 돼서 아는 녀석이랑 놀이공원 가서 놀았어. 그리고 그전에는 카페에서 커피를 마셨어. 누구냐면 서혜진이라고, 널 놓아 달라고 하는 어떤 여자랑 같이. 그랬어. 어젠.

거짓말을 싫어하는 준우란 걸 알면서 율은 대충 얼버무렸다. 차근차근 율을 향해 말을 하던 준우가 갑자기 입을 다물었다. 그윽하게 바라보는 눈길에 준우의 마음이 내비쳤다. 웬만해선 드러내지 않던 감정을 담고서 준우는 율을 보고 있었다.

어렴풋이 알겠다던 그것이 율의 눈에 오늘 처음으로 확실해졌다. 하필, 오늘에.

율도 덩달아 입을 다물었다. 내려앉는 침묵의 무게에 억눌린 율은 재촉하지 않았다. 간절하던 그것을 이제는, 듣고 싶지 않아졌다.

그렇게나 원했으면서 도망을 갈 수밖에 없었다. 차라리 귀가 멀었으면 싶을 정도였다.

그런 율을 보며 조심조심 혀로 입술을 축인 준우는 결심을 굳히려 애를 썼다. 율이 달가워하지 않는다면, 그냥 말하지 않는 편이 낫다는 생각은 여전히 존재했다.

어떡할까. 내가. 응? 좀 가르쳐 주지 않을래? 율아.

구조의 눈빛을 보내도 율은 읽지 못한다. 실은 읽어 내지 않으려 아주 죽을힘을 다하고 있다는 걸 알 리 없는 준우가 가볍게 한숨을 내쉬었다.

준우가 손을 뻗어 율의 머리를 쓸어 넘겼다. 율의 눈동자가 가늘게 일렁였다.

깨달은 건 꽤 오래전이었다. 허나 섣불리 말할 수는 없었다. 혹시 싫어할까 봐. 너무 진지하게 다가감이 부담된다며 달아날까 준우는 그게 걱정이었다.

오래도록 입안에서만 맴돌던 말이었다고 한다면 뭐라고 할까. 단 한 번도, 그 누구에게도 해 보지 않았다는 말을 믿을까. 이 말을 전해 주고 나서 얼마나 더 커진 마음으로 보게 될까, 참 두려웠다.

누군가를 이렇게까지 마음에 담은 게 처음인데. 이 이상 감정이 자라나 버리면 스스로를 감당할 수 있을지 자신이 없었다. 너무 간절하게 원해지는 탓에, 뭘 어찌해야 할지조차 헷갈리는 거였다.

근데 더는 안 되겠다. 속으로만 되뇔 정도가 아니라서, 매 순간 너무 좋아서 정신을 차릴 수가 없다. 버겁다고 밀어낸다면 잡아당기면 된다. 겨우 감정을 추스른 준우의 진지한 눈빛을 율은 모른 척 입을 열었다.

"가자. 시간 다 됐어."

"율아."

"재원이 화내. 그만 가."

"나 좀 봐."

"왜."

"사랑해."

율의 얼굴이 새하얗게 질려 버렸다. 커다랗게 흔들리는 눈으로 차마 시선도 못 피하고서 준우를 쳐다봤다. 쿵, 하고 떨어진 심장이 산산조각 나듯 깨져 허공으로 흩어졌다.

이럴 줄 알았으면 욕심내는 게 아니었다. 그 말을.

하지 마. 말하지 마. 그렇게 보지 마, 나를. 난 너랑 헤어져야 돼. 그러지 마, 제발. 아연실색한 율에게 준우가 다시금 목소리를 냈다.

"아무리 생각해도 그래. 사랑한다. 많이 사랑해, 율아."

"……."

"너 부담스러워할까 봐 아꼈어. 근데. 싫다고 해도 말할래. 나는 너 정말 많이 사랑해. 진심으로."

"……."

"앞으로 더 잘할게. 그러니까 서운해도 참아 줘. 바쁘다고 나 미워하지 말고, 응?"

준우야……. 제발…….

낮지만 힘이 실린 허스키한 목소리로 내뱉어지는 준우의 말들에 율은 떨리는 손끝을 그러쥐었다. 포근히 눈을 맞추고 웃어 주는 준우를 보는 율의 가슴에 세찬 비가 내렸다.

어차피 죽게 될 거다. 준우를 놓고 나면. 그러니 지금은 얼마든지 아파도 좋다는 마음으로 율은 준우의 말을 몇 번이고 되새겼다. 차마 욕심내면 안 됐던 그 말들을 끊임없이 탐했다. 행복……했다.

곁에 있어 줘서 고맙다는 말을 끝으로 준우는 율을 자신 쪽으로 살며시 잡아당겼다. 순순히 끌려간 율의 입술에 비스듬히 고개를 기울인 준우가 가볍게 쪽, 하고 입을 맞췄다.

짧지만 짙은 여운에 목이 메어 당장이라도 쓰러질 듯 힘겨워졌다. 애써 울음을 참는 율을 준우가 품에 꼭 안았다. 율이 질끈 두 눈을 감아 내렸다.

이미 율은, 준우라는 곳에서 길을 잃었다.

"아! 왜 이제 오십니까!"

Bar 입구에서 서성이던 재원이 낯익은 벤츠 차량을 보고 다짜고짜 버럭 소리를 질렀다. 서슬 퍼런 분노의 외침을 들은 율이 차에서 내리다가 움찔했다. 먼저 내린 준우가 엷게 웃었다.

"10분밖에 안 늦었는데 왜 그래."

"밖에라니요. 밖에라니요!"

"손님 많았구나. 미안하다."

"이러시깁니까? 제가 20부를 거 15로 퉁 쳐 드렸으면 그만큼……."

"뭐? 15만 원?"

네가 미쳐도 단단히 미친 거지. 준우와의 대화를 듣던 율이 저도 모르게 발끈해 재원을 매섭게 째렸다. 헛기침을 작게 하며 딴청을 피우던 재원이 꽤나 진지한 말투로 사장님은 고급 인력이니깐요, 라며 변명을 늘어놓았다.

너털웃음을 지은 준우가 한 번만 봐주라며 재원을 달랬다. 어쩌겠느냐고 입술을 삐죽인 재원은 얼른 들어가려 율을 잡아끌었다. 저기. 눈인사를 건넨 재원이 들어가려다 말고 뒤를 돌아보았다. 준우가 조심스레 말을 꺼냈다.

"혹시 내일 율이 쉬면 안 돼?"

"왜 그러십니까, 저한테?"

"내내 고생했는데 하루만 좀 쉬자."

"무슨 격일젭니까? 어제 쉬고 오늘 일하고 내일 쉬고? 안 됩니다."

"쉬었어, 어제……?"

사장을 쉬라 마라 할 만큼 엄청난 권력을 자랑하는 재원의 단호한 말에 준우의 표정이 순간 굳었다. 빠르게 시선을 돌린 준우가 율을 응시했다. 멈칫한 걸 티 내지 않은 율은 그저 눈길을 조금 피하고 말 뿐이었다. 망할. 잘된 건지 안 된 건지, 어쩌다 보니 율은 준우에게 미움받는 최단거리 코스를 밟고 있었다.

직원용 화장실의 스피커 공사 이야기를 간단명료하게 압축해 들려준 재원이 거듭 안 된다는 걸 강조하고는 율의 손을 덥석 잡아끌었다. 알겠다고 답한 준우가 애써 웃으며 율을 가게로 들여보냈다.

계단을 내려가는 둘의 뒷모습을 가만히 보던 준우는 이내 운전석에 올랐다. 천천히 차 문을 닫고 벨트를 매고 시동을 거는 내내 그의 얼굴이 어두웠다. 곧 태연히 핸들을 꺾으며 작게 한숨을 내쉬었다.

재원은 Bar 안으로 들어서자마자 율을 끌고 카운터로 직행했다.

함께 대화 나눈 2분은 봐주겠다며, 그래서 정확히 11분을 깐다고 장부에 끼적이며 거드름을 피우는 꼴이 그야말로 기가 막혔다.

노려보는 율에게 깍듯이 허리 숙여 인사한 재원이 손님의 호출을 받고는 부리나케 사라졌다. 밥이랑 돈 빼면 인생에 남는 게 없을 놈이라며 혀를 찬 율이 카운터 의자에 주저앉았다. 가슴 부근이 뻐근하게 아렸다.

'부담스러워할까 봐 아꼈어. 나는 너 정말 많이 사랑해. 진심으로. 사랑한다. 많이 사랑해, 율아.'

"바보가……."

아낄 게 따로 있지 그딴 걸 아끼고 있다며 율이 피식 헛웃음을 웃었다. 한숨을 내쉬며 카운터 앞에 엎드렸다. 기뻤다. 너무 기뻐서 막 울고 싶어진다는 게 문제였다. 욱신거리는 심장이 버거워 거듭 한숨을 내쉬었다.

이래 가지고 그만하자는 말을 어떻게 꺼낸담. 생각조차 하기 싫은 현실이지만 벗어날 방도는 없었다. 푹푹 한숨을 내쉬는 율에게 다가온 재원이 너무 상심 말라며, 진지한 목소리로 1분을 덜 까 주겠다는 제안을 건넸다.

바라고 또 바랐다. 준우에게 자신이 사랑이었으면 좋겠다고 꿈에서조차 되뇌었었다. 스쳐 지나는 바람쯤으로 여기지 않아서 고맙긴 한데, 그걸 왜 하필 이제야 알게 됐는지 율은 억울했다. 속이 상했다. 아주 많이.

앞으로 더 잘하겠다는데. 진심으로 사랑한다고 말해 주는 고마운 녀석을 버려야 한다니 무슨 이런 경우가 다 있단 말인가. 바람 빠진 풍선처럼 한참을 피식거리던 율이 울리는 진동에 핸드폰을 꺼내 들었다. 액정에 표시된 번호를 보는 순간, 목이 콱 막혀 버렸다.

질기다. 정말. 너무한다. 하……

— 혹시 같이 있어요, 준우 씨랑?

율이 미간을 찌푸렸다. 어제부터 느낀 건데 꽤나 친한 척을 하는 혜진이었다. 반복해서 준우 씨, 준우 씨. 일부러인지 뭔지 애교를 섞는 말투가 참으로 듣기 싫었다.

불현듯 기사 내용이 적힌 종이가 떠올라 율의 안색이 어두워졌다. 자신의 치부를 알고 있는 사람을 대한다는 건 무척이나 껄끄러운 일이었다. 혜진의 목소리가 이어졌다.

— 귀국하자마자 급한 일이 있다며 사라졌다더군요. 기다리기 지루해서 전화했어요. 아직 함께일까 하고.

"그쪽은 왜요."

— 기사 허락 맡으려고 합석 부탁했죠. 얼굴도 볼 겸. 출발했나요? 언제쯤인지 물어봐도 돼요?

안 돼. 물어보지 마, 확 죽여 버리기 전에.

괜한 심술로 눈가를 찡그린 율이 마침 등장한 재원을 매섭게 째렸다. 다 이 녀석 때문이다. 번호를 알려 준 재원에게 책임 전가를 시도하지만 어떻게든 알아냈을 혜진을 모르는 바는 아니었다.

살기 어린 율의 시선에 움찔한 재원은 얼른 다른 곳으로 몸을 숨겼다. 애써 태연한 얼굴로 가는 중일 거라고 답한 율이 자리에서 일어났다. 화장실로 향하는데 수화기 건너가 소란해졌다. 준우가 도착한 듯싶었다.

혜진은 전화를 끊지 않은 채로 준우를 맞이했다. 반가워 어쩔 줄 모르는 그녀의 목소리가 고스란히 들려왔다. 자신에게 향해지던 것과는 차원이 다르게 간드러지는 목소리에 율은 입술을 뒤틀었다. 직원용 화장실로 들어가 문을 잠그고는 습관적으로 담배를 찾다가 멈칫했다.

아, 맞다. 아까. 젠장, 젠장.

주머니가 텅 비어 있었다. 준우의 차에 잠시 꺼내 놨던 걸 뒤늦게 깨달았다. 신경질적으로 뒷머리를 긁은 율이 그만 통화를 마치려는데 혜진이 선수를 친다.

— 죄송해요. 준우 씨 자리 좀 안내하느라.

"끊죠. 볼일 끝난 거 같은데."

— 속단하는 버릇이 있네요. 그거 참 안 좋은 건데 말이죠.

"뭐요?"

— 시간을 많이 못 드릴 것 같아서 그러는데 어때요? 생각은 좀 해 봤어요?

발끈해 쏘아붙이려던 율이 다음 순간 그대로 입을 다물었다. 혜진은 여전히 여유가 넘쳤다. 그게 참 아니꼽고 치사한데 말문이 막혀 아무 말도 할 수가 없었다.

떨리는 아랫입술을 지그시 물었다. 주저앉을 듯 힘겨운 다리를 위해 세면대 끝에 기대어 섰다. 결론은 다 내놓고서 선심 쓰는 척이러는 게 우스웠다.

어디까지 옭아맬 건데. 어디까지. 나를. 짜증이 나서 진짜.

— 질질 끌지 말죠. 피차 피곤해질 필요 없잖아요. 안 그래요?

"저기요."

— 내일 저녁식사 같이 할까 해요. 그래서 그전에 정리해 줬으면 좋겠어요. 무리 아니죠?

"그……."

— 그쪽이 정리돼야 준우 씨가 홀가분한 마음으로 나올 거 아니겠어요? 아무래도?

나온다는 전제, 아니 확신을 가진 상태로 혜진이 낮게 웃었다. 양다리는 취미 없다는 말까지 덧붙이는 그녀는 지나치게 오만했다. 하루의 말미를 주겠다는 거다. 엄청난 아량을 베푼다는 듯이.

망설이고 있음을 아나 보다. 해서 빠르게 밀어붙이기로 작정을 한 건지도 모르겠다. 수고하라는 말을 건넨 혜진이 일방적으로 통화를 끝내고 사라졌다. 율의 고개가 힘없이 아래로 떨구어졌다.

정해진 수순이었고, 당황할 일도 아니었다. 조금 재촉한다고 기분이 확연히 나빠지지도 않는다. 헤어질 거니까. 헤어지기로 했으니까.

그만하자며. 야, 은율. 너 구질구질하게 왜 이러는데. 어?

사랑한다는 말 들었다고 바뀌려는 마음이 간사했다.

주머니에 넣으려던 핸드폰을 도로 들어 올린 율이 고민 끝에 준우의 번호를 찾아 통화 버튼을 눌렀다. 당장 나오라고 하고 싶다. 서혜진인가 뭔가 그 여자랑 함께 있지 말라고. 말도 섞지 말라고, 싫어 죽겠다고.

보고 싶은데. 미치겠는데, 진짜. 준우야. 씨이…….

— 어, 여보세요?

"나."

— 응. 말해.

"도착했어?"

─ 조금 전에. 왜, 무슨 일 있어?

두어 번의 신호 후 준우가 전화를 받았다. 주변에서 들려오는 웃고 떠드는 소음들에 율은 약한 현기증을 느꼈다. 듣고 나니 한순간이다. 사랑고백을 듣고 나니 바로 이별이란다. 하하.

차분한 준우의 목소리에 머뭇대던 율이 임시방편으로 담배 얘기를 꺼냈다. 차에 두고 내렸다고, 혹시 못 봤느냐고. 당황한 듯 순간 말이 없던 준우가 이윽고 그것 때문에 전화했느냐며 작게 웃었다.

옅게 울려 퍼지는 나지막한 웃음을 듣는데 심장이 온통 먹먹하게 아렸다. 미치겠다. 너 때문에. 준우야. 나 있잖아. 잠깐 기다리라는 준우가 머지않아 나타났다.

─ 설마 정말이야?

"뭐가."

─ 담배 물어보려고 전화한 거냐고, 너.

"어. 그럼 안 돼?"

─ 하이고…….

부러 시큰둥하게 되물었다. 새 거야, 한 개밖에 안 피웠는걸. 덧붙이는 율의 말에 준우가 거듭 느르게 웃으며 한숨을 내쉬었다. 차 소리가 들리는 걸 보니 밖에 나온 듯싶었다. 추울 텐데 얼른 끊어 주자고 다짐했다.

─ 줄여. 입 아파.

"알았어."

─ 예쁜 얼굴 다 망가진다. 말라 가지고 담배만 그렇게 피우고.

"잔소리는. 끊어."

— 율아.

"아, 나 물어볼 거 생각났어. 아까 왜 그런 거야, 재원이한테?"

문득 진중해진 준우의 목소리가 부담스러워 율은 빠르게 화제를 돌렸다. 무슨 소리냐고 되묻는 준우는 하려던 말을 잊은 눈치였다. 그게 참 다행이었다. 그저, 다행스러울 뿐이다.

"나 내일 쉬게 해 달라고 왜 그랬냐고."

— 같이 있으려고.

"회사는."

— 좀 일찍 끝낼 수 있을 것 같거든, 출장 덕에.

"그래?"

— 근데 안 된다네. 데이트 좀 하려고 했는데. 야박하다, 그 녀석.

"끝나는 대로 전화할래, 그럼……?"

잠깐이라도 괜찮으면 만나자는 율의 제안에 준우가 흔쾌히 알았다고 답했다. 낮에 보고 데려다 주면 되겠다는 준우의 혼잣말에 율은 과연 그렇게 될까 싶으면서도 그러네, 해 버렸다. 대화를 나누는 순간 그걸로 끝일 테니까. 데려다 주겠다는 생각 따위, 못 하게 될 게 뻔한 거니까. 한 번이라도 더 볼 수 있음을 다행이라고 여겨야 하나.

율이 얼얼할 정도로 아랫입술을 질끈 물었다.

작게 화장실 문 두드리는 소리가 났다. 나가 봐야겠다며 통화를 마친 율의 눈에 매섭게 이를 가는 재원이 보였다. 어디로 사라졌나 했더니 또 틀어박혀 전화질인 거냐며 재원이 특유의 잔소리를 퍼붓기 시작했다.

항복, 항복. 건드리지 말아 달란 의미로 서둘러 카운터를 향해 도망치듯 가는 율의 뒷모습을 재원은 오래도록 쳐다보았다. 하루 종일 이상하시단 말이지. 딴생각 못 하게 더 쪼아야겠다며 혀를 찬 재원이 계속해서 율을 힐끔거렸다.

"오늘도 수고하셨습니다!"
"수고하셨습니다들!"
"수고수고."

12시가 되자 재원은 바텐 녀석 하나를 시켜 가게 문을 닫았다. 희한하게도 손님이 빠지면 안 채워진다 했더니 언제 직접 나가 영업종료 알림판을 입구에 세워 둔 모양이었다.

지난달에 못한 회식을 하는 거란 말에 율은 고개를 갸웃거렸다. 이상하다. 중순쯤 안 했던가. 큰맘 먹고 새로 들어온 양주를 따 버린 재원이 기특해 이내 그런가 보지, 라며 생각을 접었다.

주방 녀석이 가져온 안주를 먹으며 얘기를 나눴다. 힘든 건 없는지, 가게 일은 어떤지 제법 사장스럽게 대화를 나누는 율을 재원은 물끄러미 바라보았다. 세상 시름 다 짊어진 얼굴을 하고서 남 힘든 걸 묻고 앉았는 율이 신기해 팔짱까지 끼고는 뚫어져라 보았다.

술자리가 무르익어 가고 몇몇 안주들이 바닥났을 때가 되어서야 율은 제게로 향해진 재원의 시선을 알아챘다. 모른 척 무시하려던 율이 빤히 눈길을 피하지 않는 재원을 향해 퉁명스레 물었다.

"왜."
"뭘요."
"왜 그렇게 무서운 얼굴로 보냐고, 나를."

"참 둔하십니다. 모기가 만만하게 볼만하십니다."

"뭐, 인마?"

"지배인님 또 시작이다."

"너무해. 사장님 좀 그만 놀려요."

"들었냐? 어?"

이 못돼 처먹은 악당 놈 같으니. 발끈한 율이 알바생들의 지원에 의기양양한 표정을 지었다. 악의가 없다는 건 알지만 사사건건 물고 늘어져 깐족대는 재원에게 내심 서운한 것도 사실이었다.

피해자 코스프레를 하며 제가 뭘 어쨌느냐 항변인 재원을 향해 율이 두 달만 참으라고 중얼거렸다. 건배를 하다 말고 멈칫한 알바생들의 시선이 율에게로 꽂혔다. 심상치 않게 쳐다보는 재원을 무시하며 율이 입을 열었다.

"못 해 먹겠어. 힘들어서 죽을 것 같아."

"사장님."

"연말에 바쁜 거까지만 도와주고 갈게. 그러니까 사장이 사장 같지 않아도 조금만 참아."

"거봐요, 지배인님. 어쩌실 겁니까?"

"지배인님 때문에 관두신다잖아요. 책임지세요."

"책임져요, 지배인님. 완전 나빠요. 우우!"

"정말이십니까?"

어차피 임시로 맡은 사람임을 알면서도 서운함을 드러내는 알바생들의 반응이 썩 싫지 않은 율이 재원의 놀란 눈빛에 얼른 미소를 지웠다. 하여간 저 애늙은이, 저렇게 심각하게 노려보면 어쩔 줄 모르겠다니까.

그래, 네 녀석 보기 싫어 관두는 거다, 어쩔래. 조금 더 골려 줄까 하던 율이 눈썹을 들었다 놓으며 잠 못 자는 고충을 토로했다. 올빼미 생활이 맞지 않는다고. 그래서라고. 더는 못하겠다고. 재원이 율을 말없이 바라보았다.

잡고 싶어 안달인 얼굴로 칭얼대는 알바생들을 다독이며 율은 술을 마셨다. 급속도로 침울해진 분위기가 맘에 들지 않아 부러 더 신나게 잔을 비우고 채우기를 반복했다.

당장 내일 그만둔다는 것도 아닌데 다들 얼굴이 심각했다. 꼭 어디 멀리 해외로라도 떠나보내는 것처럼 너 나 할 것 없이 울상인 녀석들을 보자 한숨이 나왔다. 이거야 원, 무슨 말도 못하겠네.

대충 먼저 일어나려고 했건만 글렀다며 율은 연거푸 주는 대로 술을 마셨다. 그러다 문득, 준우가 떠올랐다. 얼마나 마시고 있으려나. 연락이 없는 걸 보니 술자리가 꽤 길어지는 모양이었다.

전화를 걸어 볼까 생각하며 몸을 일으켰다. 살짝 취기가 오르는 게 느껴졌다. 부축해 드리느냐는 재원을 만류한 율이 화장실로 들어가 찬물로 얼굴을 씻었다. 마침 진동이 울렸다.

타이밍이 좋았다. 의심도 않고 준우를 떠올린 율은, 그러나 핸드폰을 꺼내 드는 순간 또다시 실망하고 말았다. 액정에 떠오른 유현의 이름을 멍한 눈으로 훑었다.

하필 이럴 때. 준우가 아니라는 이유로 한숨이 새어 나왔다. 근데 실망감을 가진다는 게 왠지, 슬슬 미안해진다. 참, 이상하게도.

"왜."

— 그냥 여보세요, 하면 안 돼요?

"왜. 뭐."

— 나 참. 가게 문은 닫혀 있는데 어딥니까?

"글쎄, 왜 인마."

— 퇴근했냐고요. 기껏 데리러 왔더니. 에이.

티슈를 뽑아 훔치듯 얼굴의 물기를 닦아냈다. 흐트러진 머리를 정돈하고 화장실을 나서는데 마침 걸어오던 재원이 그놈의 전화질은, 하고 작게 툴툴거렸다.

가만 보면 저 녀석도 꽤 술이 세다. 표정 하나 흐트러짐 없는 재원에게 혀를 내두르며 자리로 돌아온 율이 자연스럽게 카디건을 챙겨 들었다.

벌써 가시려는 거냐고, 가지 말라고 매달리는 알바생들에게 미안한 얼굴로 손을 흔들고는 주방 옆에 위치한 뒷문으로 향했다. 전화 속 유현이 회식이라도 하는 거냐고 물었다. 녀석, 귀신이다.

— 어디서 하는데요? 근처예요?

"알아서 뭐하게."

— 말했잖아요, 데리러 왔다고. 어딘데요?

"웃긴다. 네가 왜 나를 데리러 오냐."

— 그냥요. 오면 안 되는 이유라도 있어요?

"있다면."

— 뭔데요?

"나야 모르지."

— 뭐 이래. 있다면서요.

"누가 있댔냐? 있다면, 이랬지. 바보."

— 아놔. 취했어요? 취했죠. 그죠?

밖으로 나온 율이 카디건을 걸쳤다. 잘못 알아들은 건 저면서 주정 부리는 사람 취급하는 유현의 말에 피식 코웃음이 났다. 건물을 한 바퀴 돌아 입구 쪽으로 걸었다. 저만치 앞에 익숙한 실루엣이 보였다.

Bar 입구에 세워 둔 바이크 옆에 서서 발로 바닥을 끼적이는 유현을 보며 율이 걸음을 옮겼다. 한 손을 주머니에 꽂고 고개를 떨군 자세의 유현을 보는데, 붙는 니트를 입어서 그런지 오늘따라 각진 어깨가 더욱 도드라져 보였다.

근육이 없진 않은 것 같은데 준우 못지않게 말랐다. 벗은 몸도 비슷하게 말랐으려나 생각하던 율이 점차 유현과의 거리를 좁혀 나갔다. 인기척을 못 느낀 유현은 잠시 더 뒤쪽의 율을 발견하지 못하고 주절거렸다.

"얼마나 마셨는데요. 많이 마셨어요? 한 병? 두 병?"

"……."

"어디 취했나 보게 간장공장 공장장 해 봐요. 혀 꼬였으면 취한 거예요. 시작."

준우가 기다릴 때의 모습은 어떠했던가, 떠올렸다. 핸드폰으로 업무를 보거나 주변을 둘러보거나, 서류를 뒤적이는 운전석의 준우는 시선을 내리깔기만 할 뿐 고개는 잘 떨구지 않았다. 제자리에 서있을 때도, 어딘가로 걸어갈 때도 항상 당당하게 고개를 드는 준우였다. 그게 어울렸다. 당당하고 자신만만한 모습이.

그래서 멀어 보였나. 괜히 더 어렵고, 그랬었을까.

눈앞에 되살아난 준우의 환영을 좇으며 율은 유현을 보았다. 뜬금없이 데리러 온 녀석이 그럼에도 불쾌하거나 싫지는 않았다. 하는 짓이 가벼워서 그렇지, 천성이 악하거나 모자라진 않은 유현이었다.

율은 생각했다. 유현이 나을지 모른다고. 너무 대단한 준우보다 차라리 이 녀석이 저와 어울리지 않을까 싶어졌다. 생각 없이 하는 가벼운 연애라면 어쨌거나 덜 힘들 테니까.

축 처진 어깨가 안쓰러웠다. 너른 등이 왠지 모르게 측은했다. 순간적으로 욱신거리는 심장을 대수롭지 않게 넘긴 율이 한 발 한 발 더 유현에게로 가깝게 다가섰다.

아는 만큼 보인다. 어리석지만 유현의 아픔을 듣고서야 율은 유현이 고개를 떨구는 자세에 익숙해져 있음을 새삼 깨달았다. 상처받기 싫어 발악하는 모습에 묘하게 공감이 갔다. 문득 돌아본 유현이 화들짝 놀라 입을 열었다.

"어? 언제 왔어요? 아니 어디서 오는 거예요? 진짜 회식했어?"

"……."

"유령인가. 발소리도 안 나게. 왜요, 내 얼굴에 뭐 묻었어요? 왜 그렇게 뚫어져라 봐요?"

묵묵부답인 율의 눈앞에 유현이 휙휙 손을 흔들었다. 정말 취한 거냐고, 정신 좀 차려 보라고 다그치는 유현을 향해 율이 눈썹을 모았다. 손가락이 몇 갠지 세어 보라던 유현이 머쓱한 듯 헛기침을 했다.

율이 못마땅한 얼굴로 바이크를 살짝 걷어찼다. 가뜩이나 쌀쌀한데 얼어 죽으려고 이딴 걸 타고 왔다는 게 기가 막혔다. 꼭 안고 타면 하나도 안 춥다고 능청스럽게 읊조린 유현이 헬멧을 내밀었다.

큰길까지 나가 택시 잡기도 귀찮고. 속도 면에서는 바이크가 훨씬 빠를 것도 같고. 알딸딸한 정신으로 바이크에 오른 율은 시동 거는 유현의 등을 조심스레 끌어안았다. 유현이 작게 미소 지었다.

평화롭기도 잠시, 취기에 달아올랐던 몸이 꽁꽁 언 채 오피스텔에 도착한 율은 표독스럽게 유현을 째렸다. 날씨 탓으로 돌린 유현이 뒷머리를 긁적이며 밉지 않게 웃었다.

"좀 놓지?"

"그냥 좀 가지? 다 왔는데."

"나 참."

센서문 안으로 들어서자마자 비틀거린 율을 놀란 유현이 따라 들어와 급히 부축했다. 그러고는 아예 율의 팔을 제 목에 걸치게끔 도우며 계단을 올랐다.

뿌리치려다 말았다. 술이 점점 올라 만사가 귀찮아서였다. 번호키만 띠딕띠딕 누른 율을 현관으로 들인 유현은 손수 신발까지 벗겨 주었다. 유현이 침실로 향했다.

"왜 일어나요?"

"씻을 거야. 가."

"깔끔이 나셨네. 도와줄까요?"

"미친놈. 가라고, 빨리."

"조금만 있다 가면 안 돼요?"

"가. 나가. 얼른."

침대에 눕혀 주기 무섭게 도로 일어난 율이 유현의 등을 떠밀었다. 누가 뭐 어쩐다는 것도 아닌데. 과민반응에 가깝게 밀어내는 율이 서운해 유현의 표정이 딱딱해졌다.

알았어요. 가요, 가. 간다고요. 거실까지 유현을 밀어낸 율이 카디건을 벗고 욕실 안으로 들어갔다. 혼자 툴툴대던 유현이 바닥에 떨어진 율의 카디건을 집어 침대 위에 가져다 두었다.

굳게 닫힌 욕실 문 너머로 작게 물소리가 들려오기 시작했다. 마음이야 굴뚝같아도 그렇게까지 불한당은 아니다. 그냥 얘기나 좀 하다 가려는 건데 그걸 못하게 한다. 괜찮은지 좀 더 살펴려는데. 혹시 또 혼자 운 건 아닌가, 그게 걱정이 돼서 그러는데. 속도 모르고. 쳇.

길바닥에 주저앉아 서럽게 울어 대던 율의 모습이 자꾸만 눈앞에 아른거렸다. 신경 쓰여 종일 아무것도 못한 자신을 알기나 할까. 미간을 구긴 유현이 침실을 나서려는 순간 어디선가 약하게 진동이 울렸다.

어이, 전화 오는데요. 저기요. 저기요?

……에라이.

"네. 여보세요."

— …….

"여보세요. 말씀하세요."

— 은율 씨 핸드폰, 아닙니까?

장난일 수도 있고, 아닐 수도 있고. 괜한 오기로 그래 보는 것일 수도 있지만 또 그 반대로 온전히 진심일 수 있는. 액정에 떠오른 준우의 이름을 복잡 미묘한 심정으로 보던 유현은 결국 대담하게 통화 버튼을 눌러 버렸다.

한 박자 쉬고 들려오는 준우의 목소리에는 다소 힘이 실려 있었다. 낮고 중후한 음색이 불쾌할 정도로 근사했다. 새벽 1시 반. 이런 시간까지 율이 이 남자의 차지구나, 싶었다. 도통 들어갈 틈을 안 준다. 서운하게.

유현이 심드렁하게 내뱉었다.

"맞는데요. 누구십니까?"

— 저는, 그러는 그쪽은 누구신지……?

"씻으러 들어갔거든요. 방금 전에."

— 네?

"은율 씨 지금 씻는다고요. 욕실에서. 그래서 대신 받아 주는 사람입니다만?"

— ……

유현은 천천히 침대 끝에 걸터앉았다. 채 감춰지지 않은 빈정거림과 여유로움을 건너편의 준우가 알아들었으면, 했다. 어떨지 모르겠다. 기분이란 거. 애인의 전화를, 그것도 오밤중에 건 전화를 낯선 남자가 대신 받은 경우도 물론 궁금했지만 그보다는 다른 게 훨씬 더 알고 싶었다.

율을 안을 때마다 준우가 느꼈을 흥분이나 전율 따위가 대체 어느 정도일지 가늠조차 되질 않는 거다. 얼마나 좋을까 상상하자 미친 듯이 화가 나고 배알이 꼴렸다. 부럽다는 말은 차마 쓰기도 싫었다. 유현의 입술이 마구 뒤틀렸다.

눈꼬리를 내리고 참 예쁘게도 웃었다. 울었다는 티를 내지 않으려 애쓰면서, 절대 한눈 안 팔고 준우만 쳐다보던 율이었다. 걸어오는 준우를 넋을 놓고 바라보던 율이 유현은 참 많이 야속했다. 그리고 그 이상으로 욕심도 커져 버렸다.

명백한 질투였다. 확실해진 감정과 마음을 이젠 부인할 수도 없겠다. 달갑지 않은 수준을 지나치고 있었다. 율을 울린 준우가, 못 견디게 싫다. 그럴 자격이 있는지는 모르겠으나 온 마음을 다해 미워하고 싶다.

미워해 봤자겠지만. 까놓고 말해 더럽게 잘생기긴 했으니까. 키도 크고 호감형에 딱 보니 돈도 많아 뵈고, 이거야 원 짜증이 나서 내가. 어디 가서 꿀리지 않는 천하의 정유현이 답지 않게 투기나 하고 앉아 있다니.

인상을 찌푸린 유현이 아랫입술을 질끈 물었다.

"여보세요. 여보세요?"

— 네.

"뭐, 바꿔 줄까요? 받으라고 해요?"

— 됐습니다.

"그러지 말고 기다리세요. 아직 머리 감기 전일 테니까……."

— 아닙니다. 나중에 하죠.

"그러시든지요. 그럼 이만."

얼마 동안 묵묵부답인 준우를 채근하던 유현이 성의 없는 인사를 건네고는 먼저 통화를 끝내 버렸다. 개운한가. 그렇지 않은가. 비슷하게 차오르는 심정들을 가라앉히며 침대에서 일어났다.

핸드폰을 도로 카디건 주머니에 집어넣고는 침실을 빠져나왔다. 물소리가 들려오는 욕실 앞에서 유현의 걸음이 더뎌졌다.

감당이 되든 안 되든 확 해 버려? 기다리다 미쳐 버리겠는데 그냥 확, 어?

씁쓸하게 웃은 유현이 현관으로 향했다. 신발을 신으면서도, 현관문을 열면서도 머뭇거리던 유현은 닫힌 문에 기대어 선 채로 한참을 더 미적거렸다. 율이 간절해서. 자꾸, 절실해져서.

"저, 손님……?"

뒷좌석에 앉아 끊긴 전화를 들고 멍하니 있던 준우가 얼른 고개를 들었다. 도착한 지 꽤 된 듯 어색하게 웃는 대리기사를 보고 상황을 파악했다. 서둘러 지갑을 꺼낸 준우가 계산을 하려다 멈칫했다. 손끝이 떨렸다.

방금 전의 통화가 꿈이었나 혼란스러웠다. 저절로 되어지는 상상은 가히 불쾌했다. 알면서 모르겠는 얽힌 기분으로 주춤하다가 시선을 들어 올렸다. 환하게 불이 켜져 있는 율의 집을 보는 준우의 눈매가 일그러졌다.

설마. 설……마.

멋대로 흘러가기 시작하는 설정이 기가 막혔다. 흔히들 이걸 오해라고 부르겠지. 무슨 말도 안 되는 소리를 하느냐고 스스로를 꾸짖었다. 그렇지만 너무 늦은 시각이었다.

몇 번이고 생각을 고치고 또 고쳤다. 처음과 그다지 다르지 않은 모습으로 마무리된 그것에 속이 바싹바싹 타들어 갔다.

아닐 것이다. 아니어야 한다. 율이 그럴 리 없다. 결코, 그럴 리는.

아니지. 너. 율아. 율아……?

"손님?"

"정말 죄송합니다만 혹시 다른 곳 가능할까요."

"네?"

"주소를 잘못 알려 드렸네요. 바로 가 주실래요? 요금은 넉넉하게 드리겠습니다."

"아, 네. 그러죠. 알겠습니다. 어디로 모실까요?"

행선지를 바꿔 곧 출발하는 벤츠 안에서 준우가 소리 죽여 한숨을 내쉬었다. 깊게 일렁이는 눈동자로 창밖을 보며 생각에 잠겼다. 준우의 눈매 가득 정체 모를 불안감이 엄습했다.

이런 식의 감정에는 익숙하지 못했다. 의심하고 캐묻고, 뭔가 집요하게 구는 못난 모습을 율에게 보여 주기는 싫었다. 정 궁금하면 내일 만나서 물어보자고 준우는 애써 자신을 타일렀다.

이렇게 될 것 같아서 여태 그 말을 아껴 뒀었다. 이렇게 될까 봐.

타는 듯한 갈증이 느껴졌다. 괜스레 등줄기가 오싹하기까지 했다. 불안하다. 초조해 미치겠다. 뭐가 어떻게 된 건지 속 시원히 듣고만 싶다. 근데. 한 번 믿음이 무너지면 어떻게 될지 불 보듯 뻔한 일이었다.

아닐 거라 믿는다. 그래야 한다고 억지로라도 믿는 거다.

타이를 잡아당겨 살짝 느슨하게 만든 준우가 천천히 눈을 감았다 떴다. 눈앞에 율의 얼굴이 아른거렸다.

'가자. 시간 다 됐어.'

'율아.'

'재원이 화내. 그만 가.'

'나 좀 봐.'

'왜.'

'사랑해.'

그러고 보니 오늘, 율이 한 번이라도 웃었던가. 전혀 몰랐던 이질감을 왜 이제야 깨닫는 건지 미련스럽다는 생각이 들었다. 준우의 눈가에 그림자가 드리워졌다. 입을 꾹 다물었다.

괜한 짓을 했나 싶다. 끝을 모르고 커져 가는 마음을 막지 못해 입술을 떼었건만, 그게 썩 달갑지 않았던 건 아닐까. 놀란 듯 굳어 하염없이 보던 율이었다.

준우가 손으로 얼굴을 쓸어내렸다.

보고 싶다는 말을 해도 별 반응이 없다. 아무리 값비싼 선물을 사다 줘도 크게 좋아하는 모습은 보질 못했다. 진지하게 얘기 좀 하려 하면 말을 돌린다. 거기에 맞춰 줄 수밖에 없었다. 심각한 걸 싫어하는 것 같으니 불편하게만 만들지 않으면 된다고 생각했다.

준우는 거듭 한숨을 내쉬었다. 왜 이렇게 겁이 날까. 왜 이렇게, 율이 어려울까. 왜.

제 속을 보여 주지 않으려 꽁꽁 숨기는 율을 떠올리며 시트에 머리를 대고 눈을 감았다. 심장 부근이 묵직하게 아려 오기 시작했다.

아까 그 말이 혹시, 실수였을까. 율아……?

o8.

그 만 하 자

기다리든 기다리지 않든, 정해진 일들은 다가오기 마련이었다. 간절한 바람으로 기도해 봐도 시간을 멈출 수는 없었다. 무모한 기대로 잠을 미루며 생쇼를 한다 해도.

예상했던 것보다 훨씬 이른 시각이었다. 오후 1시가 조금 넘어 걸려온 준우의 전화에 율은 피곤한 몸을 일으켰다. 데리러 온다는 준우를 만류했다. 집 근처 공원에 있겠다는 확답을 듣고서 욕실로 향했다.

머릿속이 텅 빈 것처럼 아무 생각도 나지 않았다. 씻고 머리를 말리고 옷을 입는 내내 율의 표정은 공허했다. 기다리고 있을 준우를 향한 다급함과, 이별하기 싫어 늦장을 부리는 본심 사이에서 갈등하다 집을 나섰다. 잘 포장된 막대사탕도 잊지 않고 챙겼다.

길을 따라 걷는 도중에도 몇 번이고 멈춰 섰다. 신발에 뭐가 묻었다거나 바지 끝이 구겨졌다거나 하는 하등의 이유에도 자신의 미적거림이 정당화될 수 없다는 건 알지만 쉽지가 않았다. 마지막이라고 생각하니 모든 게 다 간절했다. 1분 1초가 끔찍하게 욕심났다.

미치겠네. 긴장을 풀고자 주머니를 뒤적이던 율은, 그러나 잡았던 담배를 놓고 손을 빼냈다. 몸에 해로우니 줄이거나 끊는 게 어떠냐던 준우의 말을 곱씹으며 걸음을 재촉했다. 다른 건 간섭 않던 준우가 유일하게 하던 잔소리였는데. 진작 새겨들을 걸, 하는 후회가 들었다.

어디 있어? 준우야. 나 왔는데.

전화를 걸려다 직접 찾아보기로 한 율은 주변을 둘러보았다. 찾고 싶은지, 안 보였으면 싶은 건지 다소 헷갈리는 마음이 되어 터벅터벅 공원 안으로 들어서서 고개를 돌렸다. 넓은 주차장 한 쪽에 세워진 준우의 검은색 벤츠를 단번에 찾았다. 내부에 준우는 없었다.

율은 저도 모르게 안도의 한숨을 내쉬었다. 오늘 하루만 이렇게 계속 길이 엇갈려 만나지 못한다면 얼마나 좋을까. 그래도 끝은, 오겠지만.

평일 낮이라 해도 아파트촌이 근접한 데다 대학가도 멀지 않아 공원은 나름 분주했다. 오가는 사람들을 지나치며 나무 사이를 걷던 율은 어느덧 준우와 나란히 서서 걷는 착각에 빠져들었다.

조용히 발을 맞춰 같이 걸었었다. 맛있는 점심을 먹고 햇살을 받으면서 어깨를 부딪치며 걷던 기억은 두어 달이 지났음에도 전혀 바래지질 않고 있었다. 오늘을 또 언제까지 기억할지 슬슬 겁이 났다. 거듭 한숨이 나왔다.

"준우……."

습관처럼 부르려던 이름을 채 못 끝내고 입을 닫았다. 반사적으로 눈이 낯익은 이를 발견했다며 뇌를 깨운 탓임에도, 걸음마저 멈춘 채 율은 멍한 표정으로 멀리 떨어진 준우를 하염없이 바라봤다.

공원 안쪽에 위치한 중앙 분수대 그쯤 있지 않을까 했다. 정답을 맞혔다는 기쁨을 율은 온전히 누리지 못했다. 시야가 가물거리는 느낌이 아릿했다. 입술을 짓이기듯 안쪽 살을 꾹 베어 물었다.

소매를 길게 걷어 올린 셔츠 차림으로 한쪽 무릎을 꿇듯이 앉은 준우는 연신 웃으며 아이들과 장난을 치고 있었다. 눈높이를 맞추려 허리까지 구부정하게 앉아 바닥의 물줄기를 손바닥으로 막았다가 놔줬다가 하는 식의 당연한 마술을 선보이는 준우를 근처에 몰려선 아이들이 몹시도 신기하게 보며 연신 환호를 보냈다.

박수까지 치며 개구지게 웃는 아이들을 따라 준우가 웃었다. 잠시도 쉬지 않고 휘어지는 준우의 고운 눈꼬리가 율에게는 아픔이었다. 저렇게 웃어야 한다고 생각했다. 항상 더 환하게 웃는 준우이기를 간절히 바라고 또 바랐다. 목이 메었다. 지금도 이렇게 보고 싶은데 앞으로는 어떻게 견뎌야 할지 모르겠다.

봐도 봐도 돌아서면 보고 싶은 준우를 아예 잊어버릴 날이 오기나 할까. 그때까지 과연, 제가 살아 있기는 할까. 자신 없는데. 너무 무서운데. 싫은데.

어떡하면 좋을까. 이제 어떡하지, 나는. 준우야.

"웃, 차가워! 요 녀석!"

"꺄하하하항!"

여자아이 하나가 고사리 같은 손바닥에 물을 담아 준우에게 뿌렸다. 기분 좋게 웃어젖힌 준우가 아이의 볼을 아프지 않게 꼬집었다.

나머지 아이들도 물을 담아 서로 서로 뿌려 댔다. 순식간에 물장난이 시작되었다.

까르르거리는 해맑은 웃음소리들이 귓가를 간지럽혔다. 아이들을 애정 넘치게 바라보는 준우를 보며 율은 확실히 더 마음을 굳힐 수 있었다. 불가항력. 세상의 이치와 통념. 밀려드는 씁쓸함에 율이 설핏 미간을 구겼다.

준우를 닮은 아이라면 얼마나 귀여울지 감히 욕심이 난다. 하지만 율에게는 그럴 자신도, 용기도 없다.

꼬박 10년이 지나도 떨쳐지지 않은 괜한 죄책감이 여자로서의 삶을 포기하게 만들었다. 평범한, 여자다운 여자란 무리였다. 그저 사내처럼 입고 잠을 자기 위해 술이나 마시고, 몸이 망가지든 말든 담배나 뻑뻑 피워 대는 게 어울리는 한심한 존재일 뿐이었다.

시큰거리는 코끝을 간신히 참아 내며 준우를 봤다. 조금 더 그러고 있자니 곧 율을 알아챈 준우가 빠르게 몸을 일으켜 달려왔다. 한순간 눈이 부신 착각에 율은 살며시 눈을 감았다 떴다. 준우의 눈매가 근사한 미소를 머금고 반짝거렸다. 심장이 욱신, 아렸다.

"언제 왔어?"

"방금."

"부르지 않고 왜. 이런, 잠깐만."

슈트바지에 묻은 물기를 대강 털어 낸 준우가 근처 벤치로 율을 데려갔다. 미리 벗어 놓은 재킷을 조금 옆으로 밀어 놓은 준우는 율과 함께 나란히 앉았다.

같이 놀던 아이 중 하나가 부리나케 달려와 계속 같이 놀자며 앞을 서성거렸다. 미안하다고 웃어 준 준우가 머리를 쓰다듬어 주자 친구들 곁으로 달려간 아이가 물줄기를 가지고 열심히 놀기 시작했다.

그 모습을 준우는 잠시 동안 더 바라보았다. 그리고 그런 준우를, 율이 보았다. 마냥 사랑스럽다는 표정의 준우가, 율은 그저 안타까워 자꾸만 서글퍼졌다. 준우가 율을 응시하며 입을 열었다.

"시끄럽지? 어디 다른 데로 갈까?"

"글쎄."

"뭐 좀 마실래? 아니다, 밥 안 먹었지?"

"배고파?"

"약간. 너는?"

"가자."

먼저 일어서는 율을 따라서 준우가 재킷을 집어 들었다. 분수대를 지나 나무 사이로 길게 난 길을 느릿하게 걸어 나갔다.

손을 잡으려다 준우는, 얼른 율의 눈치를 살폈다. 어깨에 손을 두르려는 시도조차 쉽지 않았다. 보는 눈들이 많다며 싫어할 게 뻔했다. 일전에 정색을 하며 만류하던 율이 기억나 혼자만 아쉬워하고 마는 준우였다. 발을 맞추고 어깨를 간간이 부딪치는 걸로 만족해야 했다. 겉으로 보기에는 그저, 사내 둘일 뿐이라서.

주차장에 세워 둔 차에 올라 벨트를 매며 준우가 뭘 먹을지를 물었다. 율은 타깃을 돌려 네가 먹고 싶은 거, 라고 짧게 답했다. 곧 출발하는 차 안에서 율은 애써 창밖으로 시선을 고정시켰다. 떨리는 손끝을 가만히 움켜쥐었다.

주변을 돌며 준우는 몇 번이나 거듭 율의 의사를 물었다. 한 번 물었을 때 원하는 답이 안 나오면 적당히 알아서 결정하던 평소의 준우와는 사뭇 다른 모습이었다.

배려가 잦아질수록 율의 마음은 한층 더 무거워져만 갔다. 밥이든 뭐든 제대로 먹힐 리가 없었다. 체하지 않으면 다행이라고 생각하며 마지못해 선택한 파스타집으로 들어갔다.

스파게티를 먹고 조금 더 앉아 있다가 근처의 카페로 자리를 옮겼다. 재원에게서 진작 전화가 걸려 왔으나, 금방 간다는 말에 더는 재촉 전화가 오지 않았다.

핸드폰으로 4시 반임을 확인한 율은 무슨 말부터 꺼낼지 고민했다. 문득 옆쪽에 내려놓았던 사탕이 눈에 띄었다. 집어 들어 준우에게 내밀었다.

"뭐야?"

"선물."

"내 거?"

"응. 풀어 봐."

제법 놀란 얼굴로 받아 든 준우가 포장지를 풀다 말고 멍해졌다. 뭔가 이해 안 되는 어리둥절한 표정으로 마저 풀어낸 준우는 완전히 모습을 드러낸 커다란 회오리 막대사탕을 한참이나 쳐다봤다. 제 것이 맞느냐고 재차 확인하는 말에 율이 고개를 끄덕였다.

못내 웃으려는 노력을 하면서 준우는 멍한 눈빛으로 사탕을 봤다. 매우 기묘한 물건을 보듯 살살 만져 보기까지 하는 그를 율은 오래도록 눈에 담았다.

처음이자 마지막 선물이라는 걸 아는 걸까. 사탕을 건드리는 준우의 손길이 몹시도 조심스러웠다. 묵묵히 지켜보던 끝에 율이 넌지시 준우에게 물었다.

"맘에 들어?"

"잘 모르겠어."

"맘에 들면 드는 거고 아니면 아니지, 뭘 몰라?"

"고민이 돼서 말이지."

"뭐가."

"먹고 싶은데 먹으면 없어질 거 아냐. 맛보고 싶은데 그러기가 겁이 나. 간직하고 싶거든, 평생."

율이 손수 골라 준 게 어떤 맛일지 궁금한데, 궁금해 미칠 지경 인데 그럴 수가 없단다. 원래 단걸 싫어하지만 처음으로 먹어 보고 싶단다. 율이 골라 준 것이기에. 그 정도로 좋아서.

어쨌거나 고맙다며 진심을 담아 건네는 준우의 나지막한 목소리 에 율은 구겨지려는 미간을 겨우 막아 냈다. 욱신거리는 가슴이 버 거웠다. 시선을 조금 내리는 것으로 일단 참았다.

방어기제가 너무 강했던 건지도 모르겠다. 준우가 좋아질수록 멀 어 보인다던 것들이, 멀고 어렵다고 느끼려던 것들이 모조리 자신의 탓이었던 것을 율은 이제야 깨달았다. 서운하고 서럽다고 느꼈던 것 들 모두가 사실은 준우의 잘못이 아닐 수도 있었음을. 있는 그대로 의 모습을 받아들여 준 준우를 멋대로 곡해했던 것임을.

사랑받고 싶다고 발악을 하면서도 기본에 충실하지 못했다. 믿는 것. 상대를 믿어 주는 것. 그래서 혼자 불안해하고 겁을 내다 결국 은 이 지경에 이르렀다.

늘 적당히만 좋아지길 바랐다. 어느 날 갑자기 준우가 없어지더 라도 견뎌 낼 수 있도록. 떠나지 않는 방법을 애초에 찾으려고 안 했었던 거다. 어쩌면 끝을 기다렸던 걸 수도 있다. 지독하게 선을 그으면서. 그게 맞는 거라고 스스로를 합리화하면서. 내내. 바보같이.

'한 남자의 인생, 붙잡을 권리 있어요?'

진짜, 자격미달이다. 아웃이라고, 너. 은율.

"할 얘기가 있어."

5분 간격으로 확인하던 시간이 기어코 5시를 넘기는 것까지 본 율이 조심스레 입을 열었다. 보내 주기 싫어서 안 늦었느냐 따위를 묻지 못했던 준우가 아쉬움 가득한 표정으로 율을 보았다.

"가야 되니까 짧게 말할게."

"전화 안 오는데 더 있으면 안 돼?"

"아까 한 걸로 벼르고 있는 거야, 재원이는."

"내가 전화해 볼까? 전화해서……."

"아니, 됐어."

"왜?"

"싫으니까."

"율아."

"그만하자. 우리."

벌레가 스멀스멀 기어 다니는 것처럼 혀 위에서 돌아다니던 말을 단번에 뱉어 냈다. 제법 힘이 실린 율의 목소리가 준우의 귀에 또렷이 들어가 박혔다.

명료한 한마디. 군더더기 없이 깔끔한 그 말을 준우는 웬일인지 곧바로 받아들이지 못했다. 이해가 안 된다기보다 아예 모르는 말로

써 인식이 된달까.

……뭘 그만해? 준우가 물었다.

알잖아. 율이 답했다.

그리고 적당히 긴 침묵까지.

사이좋게 주고받은 말들이 이내 서로에게 날카로운 화살이 되어 날아갔다. 유연하게 몸을 놀린 율은 피했지만 멍하게 굳어 버린 준우는 정확히 심장 한복판에 화살을 맞고 주저앉았다.

제대로 들은 걸까, 라는 묘한 표정으로 준우가 율을 주시했다. 너무 가파른 그 시선에 율은 몰래 손끝을 그러쥐었다.

"알아들었을 거라 믿고. 이만 갈게."

"……."

"늦었어. 먼저 간다."

"……앉아."

싸늘하게 내뱉은 율이 의자를 뒤로 빼고 몸을 일으켰다. 거기까지는 괜찮았다. 근데, 준우가 잡았다. 잡는다고 잡히는 자신이 문제라는 걸 알지만, 앉으라는 그의 말에 율은 조금도 움직일 수가 없었다.

명령조는 아니었다. 오히려 너무 차분해서 슬퍼 보이기까지 한 부탁쯤의 말투로 준우는 율을 잡았다. 어떡하지. 아까보다 많이 어둑해진 창밖의 풍경들을 보는 율의 눈앞에 혜진의 글들이 떠올라 아른거렸다.

이게 마지막이니까. 어차피 끝이니까. 끝내야 한다는 거 알고, 끝내기로 했으니까. 그래. 그러니까.

그냥 돌아서서 나갈까 하던 율은 마지막이라는 핑계로 고분고분 말을 들었다. 얌전히 도로 자리에 앉은 율이 가까스로 감정을 추스르며 준우를 응시했다. 자신을 향해 있는 준우의 눈동자가 심하게 흔들리고 있다는 사실에 맘이 아렸다. 조금 더 율을 뚫어지게 보던 준우가 이내 시선을 내렸고, 덕분에 율은 겨우 숨을 고를 수 있었다.

내리깔린 준우의 시선이 허공을 계속해서 쳐다보았다. 엄밀히 말하자면 본다, 는 의미는 될 수가 없었다. 사물의 형체를 파악하지 못하고 안 보이는 공기의 입자를 세는 것마냥 초점을 잃어 가는 중이었으니.

입술이 말랐음을 느꼈지만 침을 바르지는 않았다. 본인이 긴장했음을 준우는, 지금만큼은 결코 율에게 들키기가 싫었다.

잘은 모르겠지만 왠지 그러면 안 될 것 같았다. 같잖은 자존심 따위가 아니었다. 너무 많이 놀라서 심장이 멈춰 버리진 않을까 걱정이었다. 얼굴 근육들이 맘대로 움직여 주질 않았다. 준우가 간신히 목소리를 내었다.

"내가, 그러니까, 좀 헷갈려서 그러는데."

"뭐가."

"그렇잖아. 갑자기. 너 같으면 이해가 되겠어?"

"미안하다고 해 주길 바라는 거면 미안해."

"그런 말이 아니잖아."

"그럼 뭔데."

"몰라?"

"어."

"왜 이러는지를 모른다고?"

"그래."

"너……."

한 마디도 지지 않는다. 얼음장처럼 차갑게 굳은 얼굴을 하고서 그보다 더 싸늘하게 추운 말들을 잘도 던져 대는 율이었다. 언성이 높아지지 않으려 노력하던 준우가 계속되는 율의 쏘아붙임에 잠시 말을 끊었다.

참으로 생소한 경험이었다. 이제껏 겪어 보지 못했던 상황의 발현이 더없이 착잡하게 느껴졌다. 이런 식의 언쟁이 낯선 것은 누구의 탓이려나. 율의 반응에 이토록 화가 났던 적은 없었던 것 같은데. 결코. 단 한 번도.

준우의 표정이 급속도로 딱딱해졌다. 뭘 어쩌자고 이런 말들을 하는지 순간 스스로에게 의구심이 들었다. 그만하자는 얘기가 율의 입술을 비집고 흘러나온 그 순간부터 이미 결론은 내려진 거였다. 빈말이라곤 않는 율이 정말 진심으로 헤어질 생각을 했기에 그런 말을 꺼낸 거라는 걸 준우는 모르지 않았다.

이렇게까지 냉정한 녀석이었던가, 생각했다. 아무런 예고도 없이 이렇게 불쑥 끝내자고 할 수 있는 사람이었던가. 그걸 미처 몰랐다는 것이 왜 이리 억울하고 서글픈지. 너무도 낯설어진 율을 보며 준우가 마른침을 삼켰다. 자그맣게 물었다.

"물어보면 대답해 줄래. 이유든 뭐든."

"들을 자신 있으면."

"안 듣는 게 낫다는 소리 같다?"

"마음대로 생각해."

"이것밖에 아니었던 거냐."

"뭐가."

"내가 너한테. 그리고 네 그 마음이란 게. 고작, 고작 이 정도로. 그래……?"

태연하게 뱉는다고 생각했던 말투가 점차 뾰족해졌다. 예리하게 날을 세워 던지는 준우의 말들에 율은 대꾸 대신 어깨를 들썩여 얕은 한숨을 내쉬었다.

말하기가 힘들어 택한 차선책이었건만 준우에게는 대답할 가치도 없다는 뜻으로 해석되었다. 뭘까. 대체 뭣 때문에 이럴까. 어째서. 준우가 침착하려 애쓰며 다시 물었다.

"혹시 장난치는 거면 지금이라도 그만둬."

"이런 걸로 장난 안 쳐. 그럴 기분도 아니고."

"그럼 투정 부리는 거야? 요새 바쁘고 소홀했다고 시위라도 하려는 거냐?"

"좋을 대로 생각하라니까. 귀찮게 말고."

"귀찮아……? 내가……?"

기가 막힌다는 표정이 된 준우가 미간을 구겼다. 함께 있는 시간이 버거워 조금이라도 줄이려는 율의 필사적인 노력이라는 것을 모르는 준우에게는 그야말로 충격적인 말이었다.

잡으려는 시도조차 말라는 듯, 해명이고 변명이고 아무것도 하기 싫으니 그냥 놔달라는 것처럼. 어이가 없어 말문이 막혀 버렸다. 한껏 더 일그러지는 준우의 미간을 보며 율이 눈을 깜빡였다.

지칠 대로 지쳤다. 더 있다가는 힘겹게 다잡은 마음이 무너질지도 모르겠다는 생각이 들었다. 그만 일어나야겠음에 율이 다시금 의자를 뒤로 뺐다. 준우가 율을 노려보며 나지막이 읊조렸다.

"너 이대로 가면 다신 너 안 본다."

알고 있다. 그렇다는 것쯤은. 그게 무서워 여태 미루고 접어 둔 이별이었음을 알면서도 율은, 준우의 냉랭한 목소리에 가슴이 철렁 내려앉고 말았다.

엉덩이를 떼었다. 자리에서 일어나는 순간이 이토록 길었던가 싶을 정도로 몸이 말을 듣지 않고 있었다. 어떻게든 태연하려 애쓰며 일어섰다. 준우가 씹듯이 말을 뱉었다.

"그래도 괜찮아? 괜찮아서 이래?"

"갈게."

"마지막으로 묻는다. 나, 안 볼 거냐……?"

똑바로 말해. 마음이 변한 거야? 아니면, 처음부터 네 마음이란 게, 이 정도밖에는 안 됐던 거야……? 율아. 야, 은율. 어서 대답해 봐. 장난치지 말고. 뭔데.

준우가 말하는 마지막을 처음 들어 보는 율은 순간 온몸의 피가 모조리 빠져나가는 것 같은 격한 현기증을 느꼈다. 어지러운 머리를 참으며 준우를 응시했다. 그러고는 어, 하고 답했다. 최대한 자연스럽게.

원하는 답이 아니었다는 건 미간을 찌푸리는 준우의 표정으로부터 확연히 알 수 있었다. 더불어 이걸로 정말 모두 다 끝이 났다는 것도 깨달았다.

다시는 준우를 볼 수 없을 거다. 한다면 하는 녀석이니까. 두 번 다시는. 준우를.

돌아서는 율을 이번만큼은 준우가 잡지 않았고, 그래서 율은 서둘러 걸음을 시작했다. 어떻게든 될 거다. 살든 죽든 뭐가 어떻게 되든 다 상관없다는 마음으로 다리를 움직였다. 이게 최선이다. 이 것만이 유일한 방법이다. 잘한 거다.

억지로 스스로를 타이르는 말들이 눈물이 되어 가슴 가득 차올랐다. 율이 입술을 꼭 물며 뛰듯이 걸어 카페를 나섰다.

준우는,

"……."

앞에 율이 없다는 걸 알면서도 앉아 있던 율의 눈높이에서 한참이나 시선을 떼지 못했다. 텅 비어 있는 의자 뒤의 벽지가 무슨 무늬인지도 모른 채 감흥 없는 눈으로 그저 열심히 바라볼 뿐이었다.

대체 뭐가 어떻게 된 걸까. 자문해 보았다. 이미 알고 있는 사실을 물어 확인한다는 건 실로 잔인한 짓이었다. 울분이 들끓어 머리가 다 지끈거렸다. 화가, 못 견디게 치밀어 올랐다.

이러라고 그런 말을 한 게 아니었다. 이런 식의 반응을 기대한 건 결코 아니었는데. 사랑한다고 말하니 이별이란다. 성급했을까. 그게 결국, 부담으로 작용해 율로 하여금 이별을 결정하게 만들었나.

그러고 보니 율은 조금도 떨지를 않았다. 피곤해 죽겠다는 식으로 자신을 바라보며 냉정하게 이별을 고했다. 장난이 아니란 걸 알면서도 장난이었으면 했다. 기분은 나쁘지만 용서해 주리라 다짐했었다.

짜증이야, 뭐야. 알아듣게 말해. 진짜 끝내자는 거야……? 너 정말, 나랑 끝낼 거야……? 우리, 이렇게 끝이야……? 그래……?

잠시간의 침묵을 끝으로 준우는 소리 내어 의자를 밀고 일어났다. 예리한 눈빛으로 허공을 쏘아보던 그가 테이블 위에 놓아두었던

차 키와 핸드폰을 챙겨 들었다. 서두르지도, 여유롭지도 않은 손놀림에는 평소와 전혀 다르지 않은 태연함이 고스란히 담겨 있었다.

고개를 들고 사람들 사이를 지나쳤다. 정갈한 걸음으로 걸어 나가 카페 문을 열고 차에 시동을 걸었다. 운전석에 올라 벨트를 매는 준우는 표정 없는 덤덤한 얼굴을 하고 있었다. 앞을 보며 행선지를 정했다. 핸들을 잡고 잠깐 고민했다. 회사로 갈까. 그럴까. 할 일 없이 빈둥거리느니 뭐라도 붙잡고 있는 게 나았다.

마음이 앞선다는 게 무슨 말인지 몰랐었다. 늘 이성에 입각해 살아온 준우로서는 생소한 체험이었다. 냉철한 성격답게 감정조절이 어렵지는 않다. 다만, 조금 유난스러울 뿐. 온갖 것들이 복잡하게 뒤섞인 듯한 느낌이 썩 불쾌하고 싫을 뿐.

당장 옆에 없다는 사실은 일단 받아들였는데 앞으로가 어떨지는 모르겠다. 굳이 생각하지 않으려 했다. 여러모로 그러는 편이 낫겠다며 천천히 차를 출발시킨 준우가 너른 동작으로 핸들을 꺾었다. 그러다가,

'기분 나빴다면 미안합니다.'

'뭔가요?'

'그쪽 계속 쳐다본 거요. 사과할게요.'

'네?'

"하……!"

5분이나 갔을까. 멀쩡히 도로를 달리던 벤츠가 갑자기 옆쪽으로 급하게 빠져나왔다. 길가로 거칠게 핸들을 틀어 버린 준우가 그대로

차를 멈춰 세웠다. 벌어진 입으로 흘러나온 탄식이 제법 위태위태했다.

시동을 끄고 벨트마저 푼 준우가 차에서 내려 인도 위로 올라섰다. 주머니에 두 손을 꽂고 잠시 차를 등지고 서 있었다. 세차게 뛰어 대는 가슴을 가라앉히려는데 쉽지가 않아 애꿎은 입술만 깨물었다. 시선이 이리저리 흔들렸다.

어떻게 해야 할까. 어떻게 하면 좋을까. 이 마음을. 이 혼돈을.

선택의 갈림길은 꽤 여러 가지였고 그중 유독 하나가 이목을 잡아끌었다. 잡는다면 잡혀줄지 확신은 들지 않았다. 모험을 즐기지 않는 준우에게는 참 가혹한 일이었다.

망설이다가 꺼낸 말에 율은 웃었었다. 무슨 그런 사과를 다 하느냐고 핀잔이라도 주듯 눈꼬리를 참 예쁘게 내렸었다.

다른 건 생각할 수 없었다. 예뻐서. 그 모습이 정말 미치도록 예뻐서, 이미 반했음에도 다시 또 반해 가슴 가득 담아 버렸다.

태어나 처음으로 누군가를 맘에 품었다. 준비 없이 시작해 본 게 처음이고, 준비 없이 누군가가 자신을 떠나는 것 역시 처음인 준우라서 지금 이 상황이 현실 같지 않았다.

꿈만 같았다. 꿈일지도 모른다고 생각했다. 율이라는 사람을 만났음이 준우는 좀처럼 믿기지 않을 정도로 떨리고 설레고 좋았다. 그래. 그래서.

어쩌면 버릴 수도 있겠다고. 자신이 가진 모든 것들을. 만에 하나 율을 위해서라면 제가, 얼마든지 곤란하고 힘들어져도 괜찮다는 생각을 했었는데. 그런데.

'나 안 해 봤어. 한 번도.'

'응?'

'남자랑…… 하는 거 처음……이라고. 그러니까 잘 부탁해.'

'율아.'

'아프게 하면 혼내 줄 거야. 명심해, 한준우. 알았어……?'

"후우……."

한 손을 빼내어 얼굴을 쓸어내렸다. 마음속이 어지러웠다. 어디서부터 어디가 잘못된 건지 몰라 바로잡을 엄두도 나지 않았다. 속이 바짝바짝 타들어 갔다.

신경질적으로 뒷머리를 긁은 준우가 차 쪽을 향해 돌아섰다. 가볍게 쥔 주먹으로 차 지붕을 내려쳤다. 마음이 진정될 기미가 보이질 않음에 한숨이 나왔다. 두 눈을 질끈 내리감았다.

즐기려고 만난 거였다면 지금, 이 정도는 아닐 것이다. 그런 생각은 가져 본 적도 없었다. 혹 그렇게 보일까 봐 말 한마디 꺼내기도 쉽지 않았다.

그렇게 멋대로 오해해 버릴까 봐. 남자라고 생각했던 율을 택했을 때 이미 결심했던 거였다. 생전 처음 율이 아니면 안 되겠다는 생각까지 했으니까. 남자든 뭐든 그딴 거 다 수용할 수 있다고까지 마음먹었다. 보수적인 데다 고지식한 준우로서는 일생일대의 과감한 선택이었다.

변한 걸까. 싫어져서 이러나. 설사 빛바랜 마음이라 해도 붙잡아 견뎌 보고 싶어 하는 스스로가 준우는 이해되지 않았다. 언제 이렇게까지 감정이 자라났는지 의문이었다. 끝도 없이 좋아짐이 두려웠고, 그러면서도 계속 더 좋아 견딜 수가 없었다.

그래 놓고 왜. 지나치게 푹 빠져 버린 지금에 와서 어떻게 놓으라고 이러는 건지. 잔인한 율이 원망스러워 자꾸만 화가 치밀었다.

이럴 거면 좋아하게 말지. 이렇게까지 푹 빠져 정신 못 차리게 하지나 말지. 잡고 싶다. 잡아도 될까. 서늘하게 식은 눈으로 감흥 없이 바라보던 아까의 율이 떠올랐다. 계속 그런 눈으로 바라볼 율을 제 욕심만으로 잡는 게 옳은 걸지 준우는 혼란스러웠다. 문득 기억 하나가 스쳤다.

'씻으러 들어갔거든요. 방금 전에.'

'네?'

'은율 씨 지금 씻는다고요. 욕실에서. 그래서 대신 받아 주는 사람입니다만?'

설마. 아니지? 아니잖아. 그렇지? 율아. 너……?

준우의 한쪽 눈가가 찡긋 구겨졌다. 물어볼 말이 사실은 꽤 많았다는 걸 어리석게도 이제야 깨달았다. 살짝 가느다랗게 떠지는 눈매로 허공을 보며 입을 다물었다.

율의 표정, 말투와 행동, 가끔씩의 짜증들. 근래의 기억들을 헤집는 준우가 심각하게 눈을 감았다 떴다. 같잖은 망상들이 추측으로 돌변해 가슴을 짓눌렀다. 입술을 뒤틀었다.

만약 다른 사람이 생겼다면 어쩔 거냐고 묻던 율이었다. 준우가 아닌 다른 누군가를 죽도록 좋아하게 됐다면 어떻게 할 거냐고 했던가.

율이 어떤 걸 원하는지 몰라 나름 꽤 애를 태웠던 날이었다.

현실이 됐을까. 만약이라고 가정했던 것이 사실이 되어 결국 그만하자는 거였나. 설마.

엉망으로 구겨지는 기분이 버거워 준우는 움직일 수 없었다. 그저 마냥 넋을 놓고 서 있었다. 율의 부재를 온몸으로 부딪치며. 하염없이. 온몸이 다 저렸다. 눈을, 감았다.

눈앞에 불쑥 내밀어진 뭔가를 잠시 들여다보던 율은, 머지않아 그게 자신의 겉옷임을 알아채고 고개를 들었다. 멀뚱하게 서서 재킷을 내미는 재원이 의아했다.

근데 그보다는 눈싸움이라도 하듯 매서운 시선이 더 거슬렸다. 저도 모르게 흠칫 어깨를 떤 율이 바짝 긴장해 경계의 날을 세운 채로 조심조심 물었다.

"왜."

"입으시라고요."

"나 안 추운데."

"누가 추워 보인댔습니까?"

"그럼 왜."

"그냥 입으세요. 제 말 들으면 자다가도 떡이 생긴댔습니다."

"누가 그러냐?"

"헌법에도 나와 있는 걸 모르십니까? 얼른 입으십시오."

"어어, 야!"

또 같잖은 심부름을 시키려나 싶어 반항하려던 율을 일으켜 세운 재원이 직접 재킷을 입혔다. 손놀림이 워낙 빨라선지 차마 말릴 새

도 없이 율은 재원이 시키는 대로 한 팔 한 팔 순순히 끼워 넣고 말
았다.

늦게 출근한 걸 웬일로 곱게 넘어가 주나 했더니 틀렸다. 아예
가게 밖으로 끌고 나가 패려는 건 아닌가 심각해지던 찰나, 재원은
저도 겉옷을 입고 가방까지 챙겨 들었다. 재원이 바텐들에게 내일
보자며 손을 흔들고 돌아섰다.

"미쳤냐?"

"이래 봬도 멘사회원입니다, 저."

"그럼 미친 거네. 거기 애들 다 제정신 아니랬어."

"잡혀갈 소리를 잘도 하시네요. 올라가기나 하세요."

"왜 이러냐니까."

"안 가시면 똥침 놉니다. 하나, 둘."

"얀마!"

계단 밑에서 늦장인 율의 엉덩이를 무릎으로 찍어 올린 재원이
거듭 걷어찰 기세로 눈을 부라렸다. 할 수 없이 후다닥 계단을 뛰어
올라 밖으로 나간 율이 씩씩대며 뒤를 돌아봤다.

그러거나 말거나 피식 웃고 만 재원이 앞서서 걸어가기 시작했
다. 가게는 어쩌고 성큼성큼 가 버리는 재원이 이해되지 않아 율은
잠시 멍하니 선 채 보기만 했다. 빨리 안 오십니까! 창피하게 재원
이 고래고래 소리를 질렀다.

이유 없이 자신을 끌고 가는 재원을 따라서 율은 한동안 걷기만
했다. 조금이라도 뒤처지면 눈을 치켜뜨고 죽일 듯 노려보는 재원
때문에 딴생각을 할 겨를조차 없었다.

이럴 줄 알았으면 택시라도 타고 오는 건데 그랬다. 거리를 방황

하다 6시를 넘기고서야 Bar에 나타난 율을 재원은 무표정을 가장한 살기를 담아 쏘아보지 않았던가.

지은 죄가 있으니 얌전히 말을 들을 수밖에 없는 율은, 이윽고 어느 고깃집으로 들어가는 재원과 주춤주춤 마주 보고 앉았다.

지글지글 불판 위에서 익어 가는 고기들을 재원은 초집중의 상태로 뒤집었다. 생활력이 강한 건지 예전에 안 해 본 알바가 없는 녀석이란 소리를 선배에게 얼핏 들었던 것도 같다.

눈 깜짝할 사이에 구운 고기를 율의 앞 접시에 놓아준 재원은 소주잔을 들어 건배를 권했다. 죽을 땐 죽더라도 일단 먹고 보자고 맘을 정한 율이 소주를 한입에 털어 넣었다. 연거푸 별다른 말없이 술잔을 비웠다. 비우고, 비우고, 또 비우고.

"그렇게 계속 놔두면 어떻게 될 거 같습니까."

굳이 안 먹겠다는 고기를 계속되는 성화에 못 이겨 억지로 두어 점 넘기고서 막 담배를 꺼내 물었을 때였다. 추가로 2인분 더 주문하는 재원을 보며 이 녀석이 혹 고기 먹고 싶어서 가게를 제낀 건가, 생각하는데 질문이 날아왔다.

넌지시 던져진 시선이 부담스럽다기보다는 담뱃불을 붙이려는 의도가 먼저라 율은 자연스레 눈을 내리깔았다. 뭘를, 하고 기어 들어가는 목소리로 묻는 율에게 재원이 살짝 인상을 썼다.

"뭐겠습니까. 설마 불판 위의 고기겠습니까?"

"몰라서 묻는 건데 왜 그러냐."

"서운하십니까?"

"그래, 인마. 맨날 나한테만 쫑쫑쫑쫑."

"그러게 누가 닮으랬냔 말입니다."

"뭐?"

"요즘 하시는 짓이 딱 제가 아는 사람이라서요. 거슬리게."

"······."

"오해 마십시오. 저란 소리는 아니까. 받으세요."

누가 뭐라더냐마는 제 발 저린 재원은 괜한 소릴 덧붙이고서 율의 잔을 채워 주었다. 빨아들인 연기를 옆으로 훅 뱉어 내고 잔을 받은 율이 재원을 향해 얕은 시선을 던졌다.

속정은 나름 깊은 녀석이다. 말끝마다 톡톡 쏘고 거슬리게 군다 해도 악의를 품고 자신을 대하지 않는다는 것만큼은 율도 알고 있었다.

비워 낸 잔을 내려놓고 담배를 입에 무는데 재원이 고기쌈을 내밀었다. 거절하려던 율이 마지못해 받아먹었다.

"요새 몇 키로 나가십니까?"

"프라이버시를 왜, 인마."

"창피한 줄은 아시네요. 말라서 보기 싫은 것도 아십니까?"

"너한테 잘 보여서 뭐하겠냐."

"사장님."

"왜."

"버릇없이 굴어서 죄송합니다."

"알면 됐다."

"지나갈 겁니다. 빠르게든 천천히든, 언젠가는요."

간신히 넘긴 것도 모르는지 또 내미는 고기쌈을 거절하고 담배를 새로 꺼내어 물던 율이 멈칫했다. 줄줄이 이어지던 재원의 말들을 곱씹다가 고개를 들었다. 심드렁한 표정이지만 재원의 눈빛이 참 아련했다.

갈잖게 무게 잡고 지랄이냐는 말 따위를 속으로 삭인 율이 모른 척 담배에 불을 붙여 빨아들였다. 내뱉어지는 희뿌연 연기가 불판으로부터 피어오르는 연기와 얼추 비슷했다.

안 뒤집냐? 고기 다 탄다. 애써 쳐다보지 않으려 고개를 돌리는 율의 말에도 재원은 미동조차 없었다. 귀찮다는 듯 인상을 찌푸린 율이 집게를 들어 몸소 고기를 뒤적거려 주었다.

아직은 살아 있다. 멀쩡히 숨을 쉬고 몸이 움직여지는 걸 보면 오늘 하루는 그런대로 살아남으려나 보다. 희미하게 그런 생각을 하면서 율은 그새 바싹 마른 고기들을 뒤집고 또 뒤집었다. 더 안 먹을 거면 이만 불을 빼 달라 하느냐 묻는데도 대답이 없던 재원이 잠시 화장실을 다녀온다며 일어나서 사라졌다.

익은 고기들을 수북하게 재원의 앞 접시에 올려놓은 율이 이내 빈 불판을 하염없이 내려다보았다. 멈추지 않고 아려 오는 가슴속 요동을 외면하는 것이 슬슬 버거워졌다.

집게를 내려놓는데 툭, 눈물이 났다. 그걸 시작으로 투두둑 양 볼이 빠르게 젖어 들었다. 율이 아랫입술을 지그시 깨물었다.

준우를 놓았다. 이별을, 했다. 상상만으로도 끔찍하던 그 거지 같은 일을 실제로 해 버렸다. 태연한 척, 아무렇지 않은 듯이 굴며 차갑고 모질게도 준우를 끊어 냈다.

무슨 생각을 했을까. 준우의 눈에 제가 어떻게 보였을지 율은 아직도 그런 것들이 신경 쓰이는 제 자신이 한심했다. 어이없을 말을 툭툭 내뱉는 저를 건방지다고 생각했을까. 실망하고, 싫어졌을까. 목이 메었다.

거슬려할까 봐 전화도 제대로 못 하더니 막판이라고 아주 막 나갔다. 미움받기 싫다고, 구질구질하게 굴지 말자고, 말 한 마디 한 마디 조심하던 율이 폭주해 버렸다. 버림받기 전에 버려 주자던 다짐을 이렇게 충실히 이행하게 될 줄은 몰랐었다.

왜 하필 준우였을까, 싶다. 금방 지워질 만한 다른 녀석이 아닌, 잊어야겠다는 결심마저 무색해지게 지금도 보고 싶은 그렇게까지 간절한 녀석을 어쩌다 눈에 담고 마음에 담았을까.

왜, 사랑한다고 말해 준 거야. 그렇게 원할 땐 한 번도 해 주지를 않다가. 어쩌라고 날 사랑해. 뭘 어쩌라고. 나 같은 거 사랑해서 어쩌려고. 너는. 준우야.

'마지막으로 묻는다. 나, 안 볼 거냐……?'

"참……. 뭐 같다……. 하……."

터지자마자 쉴 새 없이 흐르는 눈물에 들어 올린 두 손을 눈으로 가져갔다. 끝이 타들어 가든 말든 담배를 입술로 겨우 문 율이 힘주어 열 손가락으로 눈두덩을 꾸욱 눌렀다. 볼을 흘러 턱 끝으로 내려간 물기가 연신 방울져 떨어져 내렸다.

울지 않으려고 했는데. 밤거리를 배회하던 아까부터 죽을힘을 다해 참아 냈던 울음이 이렇게 예고도 없이 터져 버렸다. 쉽사리 멈출 것 같지 않음에 율이 점차 어깨를 들썩였다.

다시는 볼 수 없을 거라고 생각하니 감정이 주체되질 않았다. 이제 두 번 다시는 준우를 볼 수도, 봐서도 안 된다는 사실이 못내 절망스러웠다. 잊을 수 없을 거다. 아주 조금도 지우기 어렵다는 걸 알고 있다. 그래. 그렇지만.

어울리지 않는 사람이다. 너무 벅찬, 그러니 더 깊어지기 전에 놓는 게 맞는 그런. 잘한 짓이라고 다시금 자신을 타일렀다. 무수한 시도들이 하나같이 따갑게 아렸다. 쌓여 버린 진심이 아프고 서러웠다.

"……."

밖에 위치한 화장실에 다녀오던 재원이 유리문을 열려고 손을 올리다가 멈칫했다. 서두른다고 했는데 늦었나 보다. 이내 재원은, 도로 손을 내린 채 가게 안의 율을 유리문 너머로 가만히 바라보았다.

떨궈진 고개 너머 표정이 충분히 짐작이 갔다. 두 손으로 가리든 뭘 하든, 온몸을 떨면서 울고 있을 율이 재원의 눈에는 고스란히 보였다. 소리 없이 내쉬는 한숨이 안 그래도 무거운 가슴을 더욱 강하게 짓눌렀다. 착잡해졌다.

재원이 보는 율은, 언제 어디서든 물기가 묻어나는 사람이었다. 아무런 표정 없이 차가운 얼굴을 하고 있어도 그 너머의 복잡하게 일렁이는 슬픈 감정들이 재원에게는 훤히 다 보였었다.

자기방어가 강한 사람. 속내를 내보이기 싫어 필사적으로 타인을 경계하는 사람. 그러면서도 누구보다 여린 마음을 가진, 그래서 상처를 받게 되면 단번에 깨어져 조각조각 흩어질 그런 사람이라고 느꼈다.

다잡히지 않는 불안한 마음을 가지고 위태롭게 지내던 율이 준우를 만났다. 설렘보다 되레 겁에 질려 매 순간 조심하는 율을 보면서 재원은 왠지 힘든 사랑이 시작될 거라는 걸 알았다. 구체적인 이유는 모르겠으나 진심이 커질수록 힘들어할 율을 짐작했었다.

그리고 결국 지금, 율이 저렇게 아파하고 있다. 예상을 했다고는 해도 씁쓸한 기분만은 어쩔 수가 없었다.

적당히 하길 내심 바랐다. 감정이란 게 의지로 조절되지 않는다는 걸 알면서도 차라리 그래 줬으면, 했다. 헤어진 걸까. 뻔히 다 알겠는 준우와의 일을 떠올리며 재원이 쯧, 혀를 찼다.

괜찮아질 겁니다. 괜찮아, 질 거예요. 사장님. 재원이 들릴 듯 말 듯 작게 중얼거렸다. 진심으로 그래 달라는 마음을 담아 몇 번이고 읊조렸다. 한숨을 내쉰 재원이 가게 안으로 들어섰다.

"죽으려고 한 적이 있었습니다. 한 번."

한참 만에야 겨우 진정된 율을 데리고 고깃집을 나온 재원은 친히 율을 집에까지 데려다 주었다. 택시에서 내려 들어가려는 율을 잠시 불러 세운 재원은 하지 않으려 했던 얘기를 조심스레 꺼냈다.

느릿하게 돌아보는 율의 눈에 들어온 재원의 표정은 한없이 밝았다. 한쪽 입가를 픽 말아 올리기까지 하며 웃고 있는 그 표정이 몸에 맞지 않는 옷 같았다.

그게, 너무나 슬퍼 보였다. 율에게는.

"살아도 산 거 같지 않고, 살 필요도 없는 거 같고. 보고 싶은데 볼 수는 없고. 세상이 맘 같지 않고. 그래서요."

"재원아."

"시작이 있으면 끝이 있는 건 당연하다는 이치를 배웠고, 살아지기 시작했습니다. 혼자서도 충분히 할 수 있으니까."

"응?"

"아직도 사랑하고 있거든요. 저는 그 사람을."

늘 함께 있다고, 못 봐도 보이는 기분으로 살아 내고 있다며 재원은 웃었다. 당연한 이치란다. 받아들이는 방법만 찾으면 된다는 재원의 말에 율이 입을 다물었다.

그럴 수 있을까. 혼자, 사랑할 수가 있는 걸까. 그리움이 너무 지나치면 감당 안 될 걸 알면서도 율은 은연중 준우를 찾고 말았다. 아직도 사랑한다, 저 역시. 당연하지 않은가. 아마도 평생 이럴 텐데.

지각하지 말라는 말을 덧붙인 재원이 손을 흔들며 창문을 닫았다. 멀어지는 택시의 뒷모습을 율은 꽤 오래도록 보면서 서 있었다. 가슴 한 구석이 먹먹하게 아렸다. 그런 기분이었다.

세상에서 가장 불행한 사람이 자신이라는 착각에 빠져 있었던 게 사실이었다. 그게 아니라고 재원이 일깨워 주었다. 숨겨 왔던 제 아픈 사연까지 꺼내 놓으며.

애써 입가를 말아 올린 율이 돌아서던 몸을 멈춰 집이 아닌 다른 곳을 향해 걷기 시작했다. 한 발 한 발 나아갈 때마다 낮에 준우를 만나러 가던 마음이 고스란히 전해져 왔다. 손끝을 가만히 꼭 쥐었다.

"그만 가라니까."

"왜."

"재미없어, 너랑 자는 거."

"해 보고나 말해."

"안 꼴린다고. 대가리가 돌이냐?"

"뭐야?"

끊어질 듯 이어지는 걸음으로 공원 근처에 다다른 율의 귀에 낯익은 음성이 들려왔다. 무의식적으로 돌린 시선 끝에 웬 여자와 실랑이를 벌이고 있는 유현의 모습이 들어왔다.

돌아서는 유현을 몇 번이고 붙잡는 여자는 성질이 나면서도 애가 타는 듯 발까지 동동 구르고 있었다. 귀찮음이 역력한 표정으로 힘껏 뿌리치는 유현을 여자가 또 한 번 붙잡았다. 율의 걸음이 어느새 멈춰졌다.

"해. 하고 나서도 아니면 관둘 테니까."

"웃기네, 벌써부터 들러붙고 지랄이면서."

"하라는 대로 다 할게. 너 원하는 거 다 해 줄게."

"싫다고 했지. 안 해, 너랑."

"여자면 누구든 다 건드리는 게 정유현 아니야?"

"이제 아니거든."

"뭐?"

"진심으로 좋아하는 사람 생겼어. 그러니까 더는 안 한다고. 알아들어?"

"뭐라고……?"

"확 때려 버리기 전에 꺼져. 귀찮게 하지 말고."

"하……."

담배를 입에 물며 겁을 주는 유현을 보고 멍한 얼굴로 머뭇거리던 여자가 손을 들어 올리는 동작에 슬금슬금 뒷걸음질을 쳤다. 그러고도 망설이는 여자를 유현이 안 가느냐 다그쳤다. 울듯이 분한 표정을 감추지 못하던 여자가 곧 사라졌다.

대수롭지 않게 쳐다보며 담배를 피우는 유현의 모습에서 율은 그만 시선을 거두고 가던 걸음을 계속 이었다. 그런데 그 가던 길이라는 게 그와는 제법 동떨어져 있었음에도 신기하게 유현은 곧바로 율을 발견하고 눈을 동그랗게 떴다.

"어라? 뭐예요?"

이 시간에 여긴 왜 있느냐는 의중을 파악하고도 율은 유현의 말에 대꾸 않고 공원 안으로 들어섰다. 들은 척도 않고 멀어지는 율의 뒷모습을 얼마간 보고 있던 유현이 담배를 빨며 서둘러 율을 쫓아 뛰었다.

가로등이 곳곳에 켜져 있어 어둡지 않은 공원 길을 걷는 율에게 가깝게 다가선 유현은 고개를 내밀어 정말 율이 맞는지를 다시 한 번 확인했다. 아, 예뻐. 저도 모르게 미소 지은 유현이 다시금 입을 열었다.

"아직 8시밖에 안 됐는데 웬일이래. 가게 안 갔어요? 쉬는 날?"

"……."

"아닌데. 엊그제 쉬지 않았나? 우리 놀이공원 간 게 화요일이잖아. 그죠?"

"……."

"반가워라. 근데 어디 가요? 갑자기 여긴 왜 왔어요? 산책하게?"

"……."

"저기요?"

말을 걸어 보고 시끄럽게 떠들어 봐도 듣고 싶은 목소리가 들려오지 않았다. 던지기는 무지하게 던지는데 돌아오지 않는 메아리처럼 대답 없는 율을 보던 유현이 서서히 걸음을 멈췄다.

그런 유현이 안중에도 없는 듯 율은 계속 차근차근 앞으로 걸어

갔다. 자존심이 상해서라기보단 어째 많이 서운해지는 맘에 유현이 입을 다물고 율을 보았다. 어깨를 늘어뜨린 율의 뒷모습에서 유현은 오래도록 눈을 떼지 못했다.

여기쯤에 앉았었던가. 분수대 앞까지 걸어간 율이 낮에 준우와 앉았던 벤치를 찾아 조심조심 앉았다. 정확하게 준우가 자신과 얼마나 떨어진 옆자리에 앉았었는지를 떠올리던 율은 그곳에 손을 가져가 댔다.

차갑게 식은 나무 벤치를 어루만지며 준우를 불렀다.

자신과 함께 지금, 준우가 있었다.

거짓 사실에 위안 받지 못하는 마음을 억누르며 율은 핸드폰을 꺼내 들었다. 화면에 나타난 준우의 이름을 한참 보다가 삭제를 눌렀다.

준우를 놓는 두 번째 날. 곁에서 정말 없어진, 첫 번째 날.

근데 벌써부터 보고 싶어 미치겠다. 또 어딘가로 숨은 걸까. 준우가. 나와 주면 좋겠는데. 그리워 죽겠는데.

준우야. 보고 싶어. 어디 있어, 너……?

"……."

혼자 둘 수가 없겠는 마음을 외면 못한 유현은 멀찌감치 서서 율을 보았다. 수만 개의 질문을 던진다고 해도 쉽사리 대꾸 않을 율을 알아 버렸기에 귀찮게 굴려는 시도는 진작 그만뒀다.

들고만 있느라 짧아진 담배를 바닥에 던져 발로 비벼 끄고서 새 것을 입에 물었다. 하나둘 자신의 발 주변에 쌓이기 시작하는 담배 꽁초들을 무감한 눈으로 훑은 유현이 묵묵히 연기를 내뱉으며 율을 응시했다.

울면 당장에 달려가려고 준비하는데 율이 울지 않는다. 망부석처럼 굳어 하염없이 앉아 있기만 했다. 밤이라 작동 않는 분수대를 뭐라도 있는 것마냥 뚫어져라 보는 율이었다. 춥지도 않은지 쌀쌀한 밤공기를 맞으며 율은 마냥 그렇게 있었다.

아련한 표정. 굳게 다물어진 붉은 입술. 반짝거리는 두 눈. 유현의 눈동자에 율의 모습이 별이 되어 아프게 박혀 들었다. 빼낼 수도 없겠다. 그저 예쁘고 좋아서.

넋을 놓고 율을 바라보던 유현이 두근두근 요동치는 심장을 억누르려 애썼다. 갈수록 욕심나는 저 사람을 어떡해야 하나. 접으려고 해도 접히지 않는 이 벅찬 마음을. 대체.

안 되겠다. 이제. 나도 몰라.

09.

잡고 싶다

화려한 인테리어의 고급 레스토랑에서는 매우 익숙한 멜로디의 클래식 음악이 흘러나오고 있었다. 시각에 의한 위축감을 청각으로 해소시키려는 의도가 다분했다. 테이블 간의 거리는 적당히 멀었고, 때문에 대화가 섞이거나 방해받지 않을 수 있었다. 낮은 조명이 은은한 분위기를 조성하는 것에 제법 도움을 주었다. 그중 한 테이블은 은은하다 못해 고즈넉하기까지 했다.

여자 둘에 남자 하나. 분명 사람은 셋이건만 도란도란 대화를 나누는 이는 여자들 둘뿐이었다. 남자는 생각했다. 마음을 닫으니 귀마저 닫혀 제게만 아무 소리도 들리지 않는 건 아닐까, 하고. 일행과 좀처럼 섞여들지 못하는 심정이 복잡하게 어지러웠다.

멍한 얼굴로 마냥 넋을 놓고 있던 준우가 조심스레 테이블을 두드리는 손짓에 시선을 들었다. 세연이 걱정스레 바라보며 입을 열었다.

"아들, 표정이 왜 그래? 어디 아파?"

"아프긴요."

"피곤한데 불러냈나 보구나. 이를 어쩌니."

미안해 죽겠는 얼굴로 세연이 한숨을 푹 내쉬었다. 보는 이까지 덩달아 우울해지는 그 표정에 준우가 괜찮다는 뜻으로 고개를 저으며 애써 입가를 말아 올렸다. 억지스러운 미소가 심히 건조했다. 핏기 하나 없이 창백한 준우의 얼굴이 거슬려 세연은 맘이 좋질 않았다. 울상이 된 세연을 준우가 눈빛으로 달랬다. 둘 사이를 가만 지켜보던 혜진이 진동 소리에 몸을 일으켰다.

"저 잠깐 실례 좀요. 전화가 와서."

"어, 그래요. 다녀와요."

"죄송해요, 어머니. 내일까지 마감인 기사가 있어서 제가 정신이 없네요."

"죄송은, 괜찮으니까 편하게 통화하고 와요."

"네. 다녀올게요. 그럼."

눈꼬리를 내려 살갑게 웃던 혜진이 준우를 향해 고개를 숙여 보였다. 별 관심 없는 무감한 표정으로 준우가 그러라는 듯 따라서 살짝 고개를 숙였다.

조심조심 일어난 혜진이 테이블을 떠나 홀을 가로질러 걸어 나갔다. 조신한 걸음걸이로 멀어지는 그녀를 세연이 유심히 쳐다보았다. 그러고는 준우에게 속삭이듯 말했다.

"어쩜, 볼수록 참하지 않니? 예쁘고 싹싹하고, 듣자 하니 아무지게 일도 잘한다더라. 그렇다고 잘난 척도 않고 말이야."

"어머니."

"응?"

"이런 말씀 없으셨잖아요. 갑자기 이런 자리, 저 불편하고 싫습니다."

딱딱하게 굳은 얼굴로 준우가 단호하게 말을 꺼냈다. 그때까지 간신히 들고 있던 수저마저 놓아 버린 준우의 표정은 차갑고 서늘했다. 엄한 타박에 세연이 서운한 얼굴을 했다.

준우는 약해지려는 마음을 다잡았다. 아닌 건 아니라고 말을 해 줘야 한다는 생각이 들었다. 그래도 아주 무서운 얼굴까지는 할 수 없는 준우가 타이를 조금 느슨하게 풀며 말을 이었다.

"간만에 데이트하자면서요. 거기에 다른 사람을 왜 끼워 넣으세요."

"겸사겸사 만나면 좀 좋아? 이러지 않으면 네가 따로 누굴 만나기나 하니? 생전 여자라곤 모르는 애가."

"제가 알아서 해요. 굳이 이러실 필요까지는 없으세요."

"너 벌써 서른이야. 남들 다 보는 며느리며 손주며, 말을 안 해서 그렇지 나라고 욕심이 안 나겠어?"

"어머니."

"난 쟤 마음에 든다. 말했지, 내 대학동창 승희라는 애 조카라고. 집안도 좋고 학벌도 괜찮고, 진지하게 생각해 봐. 너만 좋다면 당장 혼사 추진하마."

"저는……."

'할 얘기가 있어. 그만하자. 우리.'

준우의 한쪽 눈가가 찡긋, 구겨졌다. 차마 입 밖으로 끄집어내지 못하겠는 말이 힘겹게 삼켜졌다. 끝이 났다. 끝이, 나 버렸다. 율과, 녀석과. 이별을 해 버렸다.

만나는 사람이 있다는 말을 할 수가 없었다. 이런 상황에 그런 말은 거짓이 될 뿐이라는 게 화가 났다. 답답한 속을 가라앉히려 준우가 한숨을 뱉었다. 세연이 어르는 투로 말했다.

"잘 좀 봐봐. 요즘 저런 아이도 흔치 않다, 너? 예쁘지, 똑똑하지, 그러면서 겸손하기까지. 뭘 더 바라겠니?"

"분명히 말씀드리는데 다신 이런 자리 만들지 마세요. 싫습니다."

"준우야."

"식사 빨리 하고 일어나시죠. 저 회사 다시 들어가 봐야 해요."

"그럼 진작 누굴 좀 데리고 오든가. 기다리다 못해 이러는 엄마 심정은 이해 안 되니?"

왜 이리 극성스런 어미를 만드느냐며 세연이 볼멘소리를 늘어놓았다. 언성이 높아지진 않았으나 말투는 다소 따가웠다.

준우가 설핏 미간을 구겼다. 야속하게 눈을 흘긴 세연이 어깨를 들썩여 한숨을 내쉬었다. 여린 마음만큼 감정이 풍부한 세연은 당장이라도 울 듯한 얼굴이었다.

난감해진 준우가 시선을 피하며 손으로 얼굴을 죽 쓸어내렸다.

회사에 도착하자마자 넋을 놓았다. 책상 앞에 우두커니 앉아 하염없이 생각에 잠겼다. 여전히 이해되지 않는 이별을 쉬이 받아들일 수는 없었다. 내려진 결론을 자꾸만 뒤집어엎고 싶어 안달이 났다. 억지로라도 서류를 펼쳤으나 일이 손에 잡힐 리 없었고, 그러다 세연이 전화를 걸어온 거였다. 회사 근처에 왔으니 오랜만에 둘이 식사나 하자면서.

정말 그런 줄 알고 내려온 준우는 세연 곁에 꼭 붙어 선 혜진을 보고 언짢을 수밖에 없었다. 세연의 데이트 신청도 썩 달갑지 않은 상황에 군식구까지 신경 써 줄 여력이란 결코 없었으니까.

게다가 그 군식구란 준우도 익히 아는 얼굴이었다. 취재를 핑계로 요즘 들어 자주 마주치는 혜진이 준우는 은근 거슬렸다. 의도가 뻔히 보이는 이런 식의 만남은 극구 사양이었다.

그동안 준우는 세연의 무수한 권유들을 한사코 거절해 왔었고, 기어코 강경책을 써 버린 세연도 문제지만 무엇보다 타이밍이 아주 최악이었다. 하필 오늘인 거다. 하필이면. 망할.

준우는 시선을 내렸다. 목구멍 안쪽이 연신 따끔거렸다. 심장이 저릿한 느낌은 내내 사라지질 않고 있었다. 타는 듯한 갈증에 물잔을 들어 올리다가 떨리는 손끝을 알아챘다.

조금만, 아주 조금이라도 떨어 줬다면. 머뭇거리는 기색이나 억지로 태연한 척하는 모습이 있었다면 아까 그렇게 아무 소리도 못하고 보내지는 않았을 텐데. 제기랄.

모르겠다. 율을. 율이라는 녀석을 하나도 모르게 됐다.

언제부터였을까. 헤어질 결심을 한 게. 언제부터 녀석의 눈에 제가 끝을 낼 사람이었을까. 대체 언제부터.

진짜 싫어진 걸까……? 내가……? 율아. 너…….

"죄송해요. 오래 기다리셨죠?"

거듭 세연에게 엄포를 놓으려던 준우가 종종걸음으로 뛰어 다가오는 혜진을 발견하고 입을 다물었다. 적당한 높이의 구두 굽 소리가 요란하진 않게 바닥을 울렸다.

괜찮다며 웃어 주는 세연에게 꾸벅 인사한 혜진이 자리에 앉았다. 치마 뒷자락이 구겨지지 않도록 단정히 잡고 앉은 그녀가 준우를 보며 싱긋 입가를 말아 올렸다.

객관적으로 보아 꽤나 미인이었다. 도시적인 외모에 성격도 좋아 보이는 참하고 다소곳한 여자. 충분히 세연이 마음에 들어할 만했다.

그럼에도 준우는 아무런 관심도 생겨나질 않았다. 가슴이 떨리지도, 눈에 들어오지도 않았다. 하다못해 일말의 호기심조차 찾아볼 수 없었다. 이제껏 모든 여자들이 준우에게는 이랬었다. 어느 누구도 마음에 품은 적이 없었다.

하지만 율은 달랐다. 처음 본 그 순간부터 율은, 준우를 준우답지 않게 만들었다. 수시로 떠오르고 생각나고. 보고 나면 더 보고 싶어서 미칠 것 같은 마음. 혼란. 격한 감정들.

율이었다. 오직 율에게만 반응한 준우였다. 그런데 왜. 아직도 이렇게나 한가득 담고만 있는데 어째서. 앞으로 얼마나 더 좋아질지 모를 지경인데 도대체 왜. 너는.

"혜진 양, 근처에서 차 한 잔 하는 거 어때요?"

"저야 좋죠, 어머니. 어디로 모실까요?"

"나는 바깥양반이 기다리니까 먼저 가 봐야 할 것 같고, 준우야?"

"저도 이만 들어가 봐야 해서요. 죄송합니다."

"어머, 얘!"

레스토랑을 나서며 슬쩍 자리를 피해 주려던 세연이 완강한 준우의 태도에 급히 눈짓을 줬다. 눈치 없이 굴지 말라는 뜻이었으나 더는 휘둘리기 싫은 준우였다.

그 흔한 미소조차 걸리지 않은 입매가 더없이 싸늘하고 딱딱했다. 저렇게 무심하게 굴 때면 꼭 제 아들이 아닌 것처럼 낯설어 세연은 금세 서운해졌다. 냉랭한 분위기를 의식한 혜진이 얼른 목소리를 냈다.

"일이 많으신가 보네요. 힘드시겠어요."

"에이, 아무리 많아도 차 한 잔 못할까. 어디가 좋겠어요, 혜진 양?"

"어머니."

"너 이러는 거 아니야. 남자가 매너 없이, 혜진 양이 얼마나 무안하겠니? 안 그래?"

세연이 속삭이듯 나지막이 준우를 꾸짖었다. 엄한 말투도 그렇지만 눈빛에 어린 간절함이 사뭇 극성스러웠다. 이번 한 번만 좀 참아 달라며 사정하는 세연을 보며 준우가 무거운 한숨을 내쉬었다. 웬만하면 거스르는 일이 없도록 해 왔다. 세연의 말은 무엇이든 최대한 맞춰 주려 애를 써 온 준우라도 지금은 영 기분이 껄끄러웠다.

재차 싫다고 뿌리치려는 준우를 강제로 다독인 세연이 혜진에게 작별인사를 고하고 돌아섰다. 말이 더 길어지기 전에 사라지는 게 낫겠다 싶어 세연은 부리나케 대로변으로 내려섰다. 마침 도착한 택시에 올라타고 가 버리는 그녀를 준우는 어두운 얼굴로 망연자실 바라보았다.

마음의 병을 오래 앓은 후유증으로 아직도 틈틈이 몰래 울곤 하는 세연을 준우는 모르지 않았다. 착한 아들 다루는 법을 일찍 터득해 버린 그녀가 이토록 원망스러웠던 적은 없었다.

고개를 살짝 뒤로 젖힌 준우가 하늘을 향해 후우, 하고 한숨을 내뱉었다. 컴컴한 허공으로 입김이 길게 피어올랐다. 피곤한 기색으로 서 있는 준우에게 혜진이 한 걸음 가깝게 다가섰다.

"차가 별로면 술은 어떠세요? 시간 많이 안 뺏을게요."

조곤조곤 흘러나온 목소리에 준우가 옆을 돌아보았다. 사뭇 기대에 찬 표정으로 자신을 보는 혜진이었다. 약간은 새침하게 눈을 깜빡이는 혜진을 응시하는 준우의 눈매가 가늘어졌다.

매너니 배려니, 이제 와서 그딴 것들은 안중에도 없었다. 불편해진 심기가 갈수록 더 어지럽게 복잡해졌다. 대꾸 않고 가만있는 준우에게 혜진이 다시금 말을 꺼냈다.

"평일이니 간단히 사케나 한잔하죠. 근처에 이자까야 괜찮은 곳 알아요."

"……."

"분위기도 좋고, 안주도 맛있어요. 잡지에 여러 번 소개된 곳이라……."

"보통 이렇게 인맥까지 동원해서 기사 허락을 받아 냅니까?"

준우가 혜진을 마주 보고 섰다. 그와 동시에 슈트바지에 두 손을 꽂아 넣은 준우가 매우 나직이 입을 열었다. 굳은 표정에 걸맞게 말투는 사납고 따가웠다. 혜진이 작게 웃었다.

"경우에 따라서는요. 그 정도 가치 있는 기사라면 인맥 동원쯤이야 별거 아니죠."

"안 하겠다고 여러 번 말씀 드렸습니다. 어제도 갑자기 나타나더니 오늘까지, 불쾌하군요."

"저기요, 준우 씨."

"안 합니다. 괜한 시간 낭비 마시고 저보다 더 가치 있는 분들 찾아 취재하세요. 그럼."

"좋아해요. 제가 준우 씨를요."

우뚝. 뒤로 돌아서자마자 준우가 움직임을 멈췄다. 똑똑히 들어 버린 말이 기분을 한층 더 가라앉게 만들었다. 원체 급격한 표정변화는 삼가는 편인 준우가 무심한 얼굴로 다시 천천히 뒤를 돌아보았다.

몇몇 사람들이 지나가며 준우와 혜진을 힐끗거렸다. 이렇게나 탁트인 길거리에서 나눌 대화는 아닌 듯했다. 그런 걸 전혀 개의치 않는 혜진이, 어느덧 미소를 지워 내고 준우를 바라보며 차분하고 조용하게 말을 이었다.

"처음 봤을 때부터 호감 있었어요. 관심이 계속 자랐고, 아주 많이 좋아하고 있어요. 진심으로."

"그래서요."

"여자가 먼저 고백하는 거, 쉽지 않아요. 근데 고백하지 않고는 못 배기겠더라고요. 준우 씨가 너무 좋아서."

"이봐요, 서 기자님."

"저 지금 기자 아니고 여자로 서 있는 거예요, 준우 씨 앞에. 저 좀 봐주시면 안 될까요?"

진지한 혜진의 말에 준우가 미간을 구겼다. 나름 많은 용기를 냈음을 어필하는 그녀가 준우는 왠지 달갑지 않았다. 그저 귀찮고 그저 싫고, 왠지 모르게 부담스럽기까지 했다.

누군가의 마음을 전해 듣는다는 것에 이렇게까지 반감을 가져 본 적은 없었다. 근데 이상하게 준우는 제 앞의 혜진이 껄끄러웠다. 잘은 몰라도 그냥 싫었다. 솔직하고 당차게 구는 것도 맘에 들지 않았다.

은연중 비교가 되는 거였다. 율과. 속내를 터놓지 않는 율과 모든 것이 반대인 이 여자는 결코 준우의 마음을 사로잡지 못하고 있었다. 그뿐이면 좋겠으나 반감마저 불러일으켰다. 그것은 비단 혜진에 국한되는 것이 아니었다.

율이 아니면 누구라도 싫었다. 율 아닌 여자와 더는 마주하고 싶지도 않았다. 좋아하든 말든 신경 쓰기 싫다는 결론이 내려졌다. 한껏 더 표정을 굳힌 준우가 지그시 입술을 달싹였다.

"저희 어머니께서 오늘 제게 데이트 신청을 하셨습니다. 그런 줄 알고 나왔고, 그게 아닌 거 알고 그만두려다 말았습니다."

"준우 씨."

"아시는 분과 관련이 있으시다기에 참은 겁니다. 아까의 식사 자리까지도 저로서는 겨우 버텨 냈다는 말입니다."

"준우 씨, 저는……."

"그리 늦은 시간 아니니까 알아서 잘 들어가실 거라 믿고 먼저 가겠습니다. 관심 끊어 주셨으면 좋겠군요. 일적으로든, 사적으로든."

도무지 끼어들 틈이 없게끔 제 할 말만 하고 돌아서는 준우를 혜진은 차마 잡지 못했다. 정갈한 걸음걸이로 걸어간 준우가 주차장에 세워 둔 벤츠로 향했다. 운전석에 올라 벨트를 매고 시동을 켜는 내내 그는 혜진에게 단 한 순간도 시선을 주지 않았다. 서두르지 않고 천천히 빠져나가는 벤츠를 보며 혜진이 아랫입술을 질끈 물었다.

쉽지 않을 거라고 예상은 했었다. 결코 쉬울 수가 없는 남자란 건 애초에 인정했다. 때문에 그깟 자존심 좀 상했다고 곧장 돌아설 혜진이 아니었다.

그래, 성급했던 것도 같다. 오늘 이별했을 텐데. 아무리 철저히 자기 자신을 통제하기로 유명한 준우라도 혼란스럽기는 할 것을 너무 밀어붙인 게 아닌지 염려되었다.

일단 주사위는 던져졌다. 큰맘 먹고 첫발을 뗐으니 걷거나 뛰기만 하면 그만일 테다. 애써 평정심을 되찾은 혜진이 아득하게 멀어지는 준우의 벤츠를 보며 홀로 고개를 주억거렸다. 입가를 아주 조금 말아 올렸다.

한편 준우는, 심각하게 굳은 얼굴로 운전에 몰두하고 있었다. 전방을 주시하는 시선이 날카로웠다. 이를 악다문 나머지 턱 끝에 자꾸만 힘이 들어갔다. 입술이 뒤틀리지 않도록 노력하는 거였다. 한숨이라도 쉬었다간 힘겹게 잡고 있는 이성이 무너질 것만 같아 참고 또 참았다. 머리를 비우고 생각을 덜어내려 애를 썼다. 하지만 그게, 쉽지 않았다.

신호에 맞춰 액셀과 브레이크를 밟았다. 핸들을 쥐고 있는 손이 문득 제 것 같지 않게 어색했다. 목 끝까지 치솟은 짜증이 밖으로 튀어나오려 안달이었다.

구겨진 미간이 엷게 떨렸다. 전부 다 거슬렸다. 하나부터 열까지, 모든 게 다 짜증스러웠다. 시간이 멈췄음을 그제야 깨달았다. 아까 율과 헤어진 그 이후로, 어느 것 하나 제대로 돌아가지 않고 있다는 것을.

회사 부근의 낯익은 풍경들이 눈에 들어왔고, 그 순간 준우는 망설임 없이 핸들을 꺾어 유턴 도로로 들어섰다. 방향지시등을 켤 새도 없이 재빨리 차를 돌렸다. 급해진 마음처럼 타이어가 꽤 요란한 소리를 내며 도로 위를 굴렀다.

가서 뭘 어쩌자는 건지는 모르겠지만 일단. 그래, 일단. 뭐가 어떻게 되든 간에 우선.

불안과 초조로 점철된 두려움이 심장을 짓눌렀다. 터져 나오려는 신음은 미간을 더 구기는 것으로 대신했다. 액셀에 얹은 발을 꾸욱 눌렀다. 차가 빠르게 나아갔다.

"거기 있냐? 그래, 알았다."

나지막이 내뱉은 재원이 핸드폰을 점퍼 주머니에 쑤셔 넣으며 걸음을 재촉했다. 몇 시간 안 지난 것 같은데 그새 기온이 훅 내려간 듯 꽤나 쌀쌀했다. 아까 율과 마셨던 술이 뒤늦게 오르는 탓도 있다는 생각을 하며 몸을 움츠렸다.

큰 키에 비해 마른 몸이 이럴 땐 영 제 구실을 못한다. 남들에 비해 보온기능이 떨어지는 하찮은 몸을 위해서라도 내일부터 더 열심히 먹어야지, 다짐하는 재원이었다. 모름지기 사람이 하루에 열한 끼 정도는 먹어 줘야 하지 않느냐면서.

집에 거의 도착한 택시를 돌려 가게로 왔다. 이어폰이 어디 갔나 했더니 서두르다 카운터에 놔두고 온 모양이었다. 제 물건이 저와 떨어져 돌아다니는 꼴을 못 보는 깐깐한 재원인지라 부러 그걸 가지러 가는 길이었다.

여분의 이어폰이 있다지만 쓰던 게 아니면 내내 찜찜하고 신경 쓰일 게 뻔했다. 어찌 보면 강박증에 가까운 성격이었다. 때문에 그렇게나 많이 먹어 대도 살이 안 붙는가 보다.

"어……?"

유흥가 거리로 접어든 재원이 낮게 휘파람을 불며 고개를 들었다. 지나치는 사람들을 건성건성 쳐다보던 재원의 시선 끝에 낯익은 차량 하나가 들어왔다. 가게 바로 앞. 고급스러운 저 검은색 벤츠는 분명 준우의 차였다.

번호판까지 확인한 재원이 운전석에 앉아 넋을 놓고 있는 준우를 발견하고 그만 걸음을 멈췄다. 초점 풀린 눈하며 어둡게 굳은 표정이 가히 위태로웠다. 율을 만나러 온 것 같은데 섣불리 그러지 못해 기다리는 듯 보였다.

단번에 취기가 사라지는 것을 느낀 재원이 작게 한숨을 내쉬었다.

어떤 얼굴과 어떤 말로 준우를 대해야 할지 잠시 고민했다. 엄밀히 따지자면 율의 입장이 되어 주는 게 맞다는 생각이 들었으나, 그렇다고 준우를 일방적으로 적대시하는 건 옳지 않았다.

스스로를 합리적인 인간이라 자부하는 재원은 어디까지나 객관성을 잃지 말자는 다짐을 하고서 걸음을 옮겼다. 조심스레 다가가 가볍게 주먹 쥔 손으로 차창을 두드렸다. 준우가 급히 차 문을 열고 내렸다.

"여기서 뭐하십니까?"

"그게……."

"사장님 만나러 오신 겁니까? 약속은요. 하셨습니까?"

"……."

했을 리가 없음을 알면서 재원은 일부러 질문을 던졌다. 정곡을 찔린 준우가 허탈한 표정을 숨기려 고개를 떨궜다. 재원이 흠, 하고 얕게 한숨을 흘렸다.

들어오시죠. 앞장서 걷던 재원이 기척 없는 준우를 알아채고 뒤를 돌아보았다. 엄두가 나지 않는 것처럼 준우는 망설이고 있었다. 재원이 퉁명스레 말했다.

"약속 안 하신 거 압니다. 괜찮으니까 오셔서 술이나 한잔하세요."

"내가 실은……."

"사장님 안 계십니다. 일이 있으시대서 일찍 보내 드렸어요."

"뭐……?"

"집으로 가시겠습니까? 사장님 얼굴, 볼 수 있으시겠어요?"

제가 볼 땐 어림도 없다는 듯 재원이 고개를 저었다. 성의 없이 툭툭 내뱉는 말들 같아도 전과 다르지 않게 대해 주려 노력한다는 느낌이 물씬 전해져 왔다. 늦장 부리면 술값 뒤집어씌운다 엄포를 놓은 재원이 성큼성큼 건물 안으로 들어섰다.

조금 더 보고만 있던 준우가 이내 재원을 따라 Bar로 이어지는 계단을 걸어 내려갔다.

안쪽 테이블로 준우를 안내한 재원이 카운터로 향했다. 왜 다시 오셨냐는 바텐들의 질문을 무시하고 이어폰부터 챙겨 주머니에 넣었다. 그러고는 진열장에서 지난번 회식 때 율과 먹다 남겨 놓은 고급 양주를 꺼내 들었다.

서빙하는 녀석이 제게 맡겨 달라 들러붙었지만 재원은 한사코 고집을 부리며 잔과 얼음통을 쟁반에 담았다. 이미 퇴근한 사람이라며, 부르기 전엔 방해하지 말라 단단히 주의를 주고는 준우에게로 다가갔다.

"혹시 끝나신 겁니까. 두 분."

반도 훨씬 더 넘게 남은 양주였으나 그걸로는 턱없이 모자랐다. 주거니 받거니 하며 말없이 술잔만 비우던 끝에 창고로 들어가 새 양주를 꺼내 온 재원이 자리에 앉으며 물었다.

마치 식사는 하셨느냐 따위의 질문 같았다. 재원의 아무렇지 않은 말투와 무감한 표정에 준우는 뭐라 대답하는 것도 잊고 침묵을 지켰다. 재원이 마개를 따며 태연히 말을 이었다.

"좀 너무하시지 말입니다. 데이트한다며 한 시간씩 빌려 갈 땐 언제고."

"……."

"하루 만에 이게 뭡니까. 어디 가서 말도 하지 마십쇼. 남들이 알면 웃습니다, 웃어."

"……그러게."

들릴 듯 말 듯 준우가 쓰게 웃으며 읊조렸다. 진짜 하루 만에 이게 무슨 일인지 당최 알 수가 없다고 중얼거리는 준우의 고개가 힘없이 아래로 떨구어졌다. 내리깔린 눈빛이 아련했다. 그 위로 아까의 율이 겹쳐졌다. 괜찮은 척하려는, 그러나 괜찮을 수 없어 아파하는 모습이 꼭 닮아 있었다.

말을 말자며 재원이 잠자코 술을 따랐다.

두어 번 더 잔이 채워졌다 비워졌다를 반복했다. 갑자기 빠른 템포의 음악으로 바뀐 게 거슬려 재원은 바텐 녀석 하나에게 손짓을 했다. 음악 바꾸라는 수신호를 알아들은 녀석이 얼른 느릿하고 조용한 것으로 CD를 교체했다.

평일 저녁이라 해도 손님은 제법 있었다. 십중팔구는 율을 보러 왔을 손님들이었고, 역시나 다들 아쉬운 얼굴로 연신 Bar 안을 두리번거렸다.

사랑받으면서 사랑받는 줄 모르는 율이었다. 어쩌면, 알면서도 모른 척 외면하고 싶은 걸지도 모르겠다. 버거워서. 그저 버겁고 어려워서. 어려운 건 하기 싫어서.

뭘 그리 복잡하게 사십니까, 하고 재원은 허공에 아른거리는 율을 향해 물었다. 네가 알아서 뭐하게? 신경 꺼, 인마. 까칠한 율의 목소리가 들리는 것만 같아 재원은 픽 웃었다. 이내 준우에게 시선을 주었다. 멍하니 넋을 놓는 그를 가만 쳐다보다 입을 열었다.

"왜 헤어지셨는지, 물어봐도 될까요?"

실례라는 건 안다. 주제넘다는 것도 안다. 하지만 물어야겠다. 원체 돌려 말하는 성격이 못 되는 재원은 목소리 크기를 다소 줄이는 것으로 제가 상당히 조심하고 있음을 피력했다.

준우는, 시선을 올릴 생각도 못하고 그저 낮은 허공만 응시했다. 준우의 묵묵부답이 재원은 차라리 고마웠다. 이유를 알고도 방치하는 미련한 성격은 아니라는 뜻일 거라며 고개를 주억거렸다. 훌쩍 잔을 비웠다.

손에 든 잔을 만지작거리며 준우는 상념에 잠겼다. 생각하면 할수록 머리는 먹먹해져만 갔다. 모르겠다. 도저히 이해가 안 된다. 예기치 않은 이별 통보가 준우로서는 영 감당하기 벅찼다. 들을 자신이 있느냐고 했다. 원한다면 답하겠지만, 그 뒷감당을 해낼 수 있겠냐고 율은 물었다. 솔직히 자신이 없어 더는 다그치지 못했다. 무섭고, 두려웠다.

싫어졌다는 대답을 듣게 되면 어쩌나 싶었다. 일에만 매달려 소홀해진 것에 서운하다고 하면 어떻게든 노력해 풀어줄 생각이었다. 근데 그게 아니라면. 누가, 생긴 거라면.

최악의 경우가 자꾸만 준우를 깊은 절망 속으로 이끌었다. 만약 사실이라면 율을 받아들일 수 있을까. 다른 사람을 바라보게 됐다는 말을 들으면 장난 아니게 비참할 것 같다.

그런 상황이 와도 율에 대한 마음이 변치 않을 수 있으려나. 계속 좋아할 수 있을까. 글쎄.

확신이 없다는 게 참으로 안타까웠다. 직접 맞닥뜨리지 않은 채 하는 예상은 그다지 쓸모가 없었다. 준우가 시선을 들어 올렸다. 진지하게 응시하는 재원을 향해 입을 열었다.

"재원아, 내가."

"네."

"물어보고 싶은 게 있는데."

"말씀하십시오."

"혹시 말이야. 그러니까. 율이가, 그……."

준우가 쉬이 말을 꺼내지 못하고 머뭇거렸다. 이런 식으로 버벅거리는 준우는 처음이라 재원도 적잖이 당황이 되었다. 재촉하지 않고 기다리는 재원을 보며 준우가 입을 굳게 다물었다.

아닐 것이다. 그럴 리가 없었다. 다른 사람도 아니고 율이다. 저를 두고 그런 짓을 벌일 녀석이 아닌 거다. 마른 입술을 혀로 축인 준우가 잔을 들어 한 번에 비워 내고는 다시금 고개를 떨궜다.

지그시 눈을 감았다 떴다. 가물거리는 시야를 확보하며 정리를 했다. 기억 몇 개가 스쳐 지났다. 요새 들어 부쩍 짜증이 늘어난 율과 그 외 여러 가지 잔상들이 떠올라 아른아른 돌아다녔다.

세탁기 안에 들어 있던 남자 옷이 이상하다 싶었다. 율의 빌라 앞에서 마주쳤던 멀끔하게 생긴 사내가 누굴까 궁금했다. 샤워하러 갔다며 대신 전화를 받던 이의 목소리가 또 한 번 귓가에 맴돌았다. 액정에 떠올랐던 정유현이라는 이름과 그 옆에 붙은 하트까지.

엊그제 쉬었다더니 그 녀석과 놀러 갔을까. 해외출장 때문에 자리를 비운 틈을 타 둘이, 그랬으려나. 그래서 네가. 그만하자고. 끝내자고 나한테. 결국. ……하.

화가 나는 것 같은데 못 내겠다. 화를 내고 싶은데도 낼 수 없다는 것이 이렇게 답답한 거였나, 새로이 깨달았다. 율을 보러 왔건만 율이 없는 이곳에 더 있기가 힘이 들었다. 준우가 몸을 일으켰다.

더 마셨다간 미쳐 버릴 것 같으니까. 진짜 미친놈처럼 돌변해 앞뒤 안 가리고 율에게 달려가 버리면 안 되니까. 안 되는 거니까.

싫다고 떠난 사람을 구차하게 붙잡는 미련한 짓을 해 버리면 큰일이었다. 어쩌겠는가. 싫다는데. 귀찮게 말라는데. 그만, 하자는데.

"이렇게 끝내실 거 아니죠?"

간다는 인사는 굳이 필요 없을 것 같아 생략하고 돌아서던 준우가 동작을 멈췄다. 반쯤 돌아선 자세로 굳어 버린 그가 고개만 재원 쪽으로 돌렸다.

대각선으로 내려 보는 시선이 불편할 거라 여긴 재원이 천천히 몸을 일으켜 준우와 눈높이를 맞췄다. 어느 때보다도 진지한 얼굴로 재원이 입술을 달싹였다.

"유리 같은 분이시죠, 사장님은. 차갑고 단단해 보이지만 언제 깨질지 모르는. 숨기려고 할수록 감정이 드러나서 아프고 슬픈 그 모든 것들이 다 보이는 사람."

"……."

"근데 형님은 헷갈렸어요. 좋은 건지, 좋으면 얼마만큼인지, 진짜 좋은 게 맞는지. 표현하는 게 서툰 사람이구나 싶으면서도 사장님한 테는 힘들겠다, 그랬어요."

"그래……?"

"제가 형님 좋아한다고 말한 적, 있던가요?"

한 치의 어긋남도 없이 와 닿는 눈빛이 예리하고 정직했다. 무심 한 듯 시큰둥하게 쳐다볼 때와는 180도 다른 모습의 재원이었다. 준우가 말없이 눈을 깜빡였다. 재원이 엷게 웃었다.

"가식적이지 않아서. 표현을 아낄 뿐, 속내는 진심으로 가득 찬 사람 같아서. 그 모든 이유들보다도 실은, 사장님이 좋아하는 사람 이라서 좋았습니다. 내내 차갑게 식어 있던 사장님을 따뜻하게 데워 줄 수 있는 사람이라는 막연한 느낌이 들었거든요. 어쩌면 바람일 수도 있겠습니다. 그 정도로 믿었으니까요."

"재원아."

"여전히 믿고 있어요. 계속 믿고 싶고요. 그러니까 형님, 사장님 놓지 마십시오. 무슨 사정인지는 모르겠지만 이대로 물러나시는 건 아니라고 봅니다."

"싫어할까 봐."

"네?"

"나는 잡고 싶은데 율이가 싫다고 할까 봐. 내가 잡으면, 율이가 지겹고 힘들다고 할까 싶어 겁이 나네."

"형님."

"그래도 잡는 게 맞을까? 놓지 않는 게 맞는 걸까? 나 좋자고,

내 욕심 차리자고 내 곁에 두는 거, 그게 잘하는 짓인 거냐? 그래?"

난 잘 모르겠다, 라고 덧붙인 준우가 착잡한 표정으로 한숨을 내
쉬었다. 희미한 숨결 가득 씁쓸한 감정들이 차올라 넘실거렸다. 아
프고, 저리고, 또한 눈물겹게 시렸다. 조심하는 거였다. 한없이 진중
한 말 한 마디 한 마디가 그의 성격다웠다. 이렇게나 올곧고 반듯한
남자는 사랑에 너무도 서툴렀다. 재원이 뭐라 받아치려던 말들을 묵
묵히 삭였다.

어쨌거나 둘의 일이었다. 감히 제삼자인 자신이 나설 일이 못 되
었다. 뒤늦게 그걸 깨달은 재원이 위로의 눈빛을 준우에게 건넸다.
전에 없이 심각해진 재원을 보며 준우가 애써 입가를 말아 올렸다.

그만 가 보겠다며 준우가 돌아섰다. 율에게 제가 찾아왔다는
걸 얘기하지 말아 달라는 당부도 잊지 않았다. 터덜터덜 힘없이 걸
어가는 준우의 뒷모습을 보던 재원이 자리에 도로 주저앉았다. 아무
래도 나머지는 혼자 다 마셔야 할 것 같다. 후우. 한숨이 나왔다.

소주 한 병이 그새 동이 났다. 끝까지 다 기울여도 나오지 않는
술을 한참 기다리고 있던 율이 한쪽 입가를 말아 올려 픽, 웃었다.
안 그래도 짜증나 죽겠는데 이젠 이런 것까지 저를 무시하나 싶다.

기분이 언짢아졌고 표정은 썩어 들어갔다. 미간을 구긴 채 한숨
을 내쉰 율이 빈 병을 테이블 위에 탁 소리 내어 내려놓았다. 주문
하는 것도 귀찮아 인상만 벅벅 쓰고 앉아 있는 율에게 아주머니가
다가왔다.

"괜찮아? 더 마실 수 있겠어?"

"아, 감사합니다."

"잘생긴 총각이 술도 잘 하네. 얼굴색 하나 안 변하고."

"하하……."

직접 소주를 가져다준 아주머니가 신기하다는 듯 율을 쳐다봤다. 술병을 받아 든 율이 억지웃음을 지으며 시선을 피했다. 알아서 적당히 마시다 가라는 아주머니가 자리로 돌아가 안주를 만들었다. 도마 위에 부딪히는 칼질 소리가 경쾌했다.

늦은 시간에 더 운치 있어지는 길거리 포장마차의 특성상 빈 테이블은 찾아볼 수 없었다. 저마다 일행끼리 둘러앉아 술잔을 기울이는 사람들 속에서 오직 율만이 혼자였다.

잠자코 술만 먹을 거라 말상대는 필요 없었다. 지금만큼은 누구와 대화를 나눌 기분이 결코 아니었다. 얘기를 듣는 것조차 내키지 않는 판국에 대화는 무슨. 얼어 죽을.

잔을 넘치듯 채워 입으로 가져갔다. 이것으로 벌써 다섯 병째건만 취기는 좀처럼 오르지 않았다. 빨리 취해야 그만 마시든 할 텐데 이거야 원, 간이 좋아도 너무 좋아서 말이지.

그 정도로 늘 부어라 마셔라 해 대며 살아온 스스로가 한심해 헛웃음이 나왔다. 실실 기운 없이 웃던 율이 어느 순간 조금 옆으로 시선을 돌렸다. 눈이 마주치자 유현이 흠칫, 몸을 떨었다.

혼자 앉아 있는 테이블은 정확히 딱 두 곳이었다. 율이 앉아 있는 테이블과, 그런 율을 바라보는 유현의 테이블. 다른 점이라면 쉴 새 없이 술을 마셔 대는 율이 걱정되어 유현은 겨우 한 병도 채 마시지 않았다는 거였다.

술을 좀 한다 하는 사람들은 알고 있다. 얼굴색이 변하지 않는다는 게 오히려 더 안 좋은 신호라는 것을. 얼마나 취하는지 본인이 모르기에 폭주할 수 있음을 경계해야 했다. 저러다 한 방에 훅 갈 수도 있으니 말이다.

두어 시간도 넘게 공원에 앉아 있던 율은 집으로 가려다 말고 포장마차 천막 안으로 들어와 술을 마시기 시작했다. 그리고 그런 율을 내내 지켜보던 유현 역시 따라 들어오긴 했지만, 혼자 있고 싶은 기색이 역력한 율이라 차마 합석하진 못하고 따로 자리를 잡아 앉았다.

계속해서 쳐다보자 유현이 민망한 듯 말아 쥔 주먹을 입에 대고 헛기침을 큼큼했다. 이내 시선을 피하며 애꿎은 포장마차 안을 찬찬히 둘러보기까지 했다. 여태 뚫어져라 봐 놓고 안 본 척하는 녀석이 우스웠다. 면박을 주는 것도 내키지 않아 시선을 거두고 술을 따랐다.

조용히 잔을 들어 비워 내는 율을 유현이 넌지시 바라보았다. 젖혀지는 율의 뽀얀 목덜미를 보며 유현은 저도 모르게 침을 꿀꺽 삼켰다.

새삼 느끼건대 술이 진짜 세긴 세다. 안색은 그렇다 쳐도 속도마저 처음과 별반 다르지 않았다. 보통 저 정도 마셨으면 약간이나마 느려지는 게 정상적인 사람의 페이스였다. 놀랍고 신기하고, 그러면서도 어딘가 측은한 마음이 되어 유현은 율을 주시했다.

텅 빈 것처럼 공허한 눈빛이 안쓰럽게 처연했다. 이따금씩 어깨를 들썩여 내뱉는 한숨 소리는 무겁기 그지없었다.

유현은 고민했다. 어림잡아 넘겨짚는 것과 제대로 확인하는 것은 근본적으로 다른 문제였다. 어떻게 나올까 싶었다. 지금 상황에서 준우에 대한 질문을 던진다면 율의 반응은 과연 어떨지 궁금했다.

저런 심각한 표정이라면 틀림없이 준우와 관련되어 있을 게 불보듯 뻔한 거였다. 느리게 깜빡이는 눈꺼풀이라든가 버릇처럼 깨무는 입술이라든가, 율의 모든 것에서 준우가 고스란히 엿보였다. 그걸 알아챘다는 게 유현은 왠지 씁쓸했다.

둘의 사이를 인정하는 꼴이니까. 아니, 인정하는 것쯤 어려운 건 아니지만 도저히 포기가 되질 않으니 어쩔 도리가 없었다. 율이 욕심났다. 갈수록 더 많이. 더 심하게. 미친 듯이.

좋아하게 됐고, 좋아하기로 했다. 장난처럼 툭툭 던져 대던 때부터 진심이 된 감정은 끊임없이 자라나고 있었다. 임자 있는 사람 건드리지 않는 게 나름 철칙이긴 한데, 뭐든 예외란 있는 법이니까. 어째 둘이 좀 난 것도 같으니까. 그러니까.

본격적으로 좋아해 보고자 마음먹었다. 사실, 마음을 먹고 말고 할 것 없이 이미 멋대로 진행 중이었다. 그렇지 않고서야 이렇게 눈도 떼지 못하고 바라볼 리는 없는 거였다. 이렇게까지 떨리는 마음으로 일거수일투족을 놓치지 않으려 안달 내며 눈에 담는 것은.

"하……."

순간, 율의 두 눈에서 주르륵 눈물이 흘러내렸다. 새로 딴 소주를 반쯤 비워 냈을 무렵이었고, 그 어떤 예고도 없이 터져 버린 갑작스런 울음이었다.

막을 새도 없었는지 당황한 율이 아랫입술을 힘주어 깨물었다. 표정을 잃어버린 얼굴이 그저 멍했다. 덩달아 놀란 유현이 뻣뻣이 굳어 할 말을 잃어버렸다. 율이 아주 살짝 고개를 떨궜다.

낮은 허공을 보며 율은 말없이 눈물을 흘렸다. 하도 조용히 우는 터라 주의를 기울이지 않으면 알아차리지 못할 정도였다. 소리 없이 묵묵히 울며 허공을 봤다. 허공에 떠오르는 준우를, 바라봤다. 여전히 근사했다. 그윽하게 깊은 눈매를 떠올리기만 해도 가슴이 먹먹하게 아렸다.

까만 눈동자를 마주하는 그 순간들이 얼마나 소중했는지. 이제 다시는 없을 거라 생각하니 목이 메었다. 신음을 꾹 삼켰다.

못할 것 같다. 아무래도. 될 것 같지가 않다. 절대로. 이렇게 보고 싶은 걸 어떻게 참을까 싶다. 당장 죽을 것만 같은데 어떻게 견디라는 건지 알 수가 없다. 알고 싶지도 않다. 그딴 것들은.

만나는 순간에라도 조금이나마 나은 마음이었다면, 그랬다면 지금 이렇게까지 힘들진 않았을 것을. 좋아서 울고, 보고 싶어서 울고, 이름만 불러도 그리워서 목이 메는 감정들로 버텨 온 날들이었다. 그 끝은 결국, 이별이었다.

막상 놓으니까 그야말로 미치겠다. 준우를 버리는 일이 율에게는 죽음 그 이상의 극심한 고통이었다. 안 보고 버틸 수 없을 거다. 단언할 수 있다. 확신한다. 오늘 하루는 어쩌다 운이 좋아 살아남은 것뿐임을 똑똑히 자각하고 있었다.

재원의 말에 의하면, 시작이 있으면 끝이 있는 거라는데 저는 왜 이러는지 모르겠다. 어떻게 이리도 끝없이 좋아지고 욕심이 날까. 더 사랑할 수 없겠다 싶으면서도 계속 마음이 커질 수 있을까. 어떻게. 어째서 한준우란 사람은 이렇게까지 제 속에 들어와 버린 걸까. 어쩌라고. 어떻게 견디라고. 대체.

서둘러 손등으로 젖은 얼굴을 훔쳐 냈다. 닦는 둥 마는 둥 대충 수습한 율이 이윽고 몸을 일으켰다. 너무 확 일어난 탓인지 머리가 어지러워 테이블 끄트머리를 잡고 눈을 감았다. 혹 쓰러질까 염려한 유현이 황급히 따라 일어나 율을 살폈다.

얼마간 숨을 고르던 끝에 진정된 율은 빠르게 계산을 마치고 포장마차를 빠져나갔다. 티 나지 않게 휘청거리는 그녀를 유현이 뒤쫓았다.

밤공기가 유난히도 찼다. 시린 마음이 아파 율은 어깨를 한껏 움츠렸다.

"난 안 울릴 자신 있는데."

묵묵히 걸어 오피스텔 앞에 거의 다 도착한 율이 나지막한 읊조림에 걸음을 멈췄다. 입 안이 껄껄해 담배나 한 대 피우고 들어가자, 마음먹은 직후였다.

주머니에서 꺼낸 담배를 입에 물며 율이 뒤를 돌아보았다. 진지한 표정의 유현이 몹시도 간절한 눈빛으로 자신을 보고 있었다. 모른 척 율은 벤치로 가 앉았다. 담배에 불을 붙여 깊게 빨아들였다.

"어때요? 구미 당기죠? 배꼽 빠지도록 웃게 해 줄게요, 내가."

"……."

"나랑 해요. 연앤지 뭔지 그거 나랑 하자. 해 본 적은 없지만 잘할 수 있어. 빈말 아니에요."

"시끄러워."

"끝났잖아. 그 사람이랑 끝낸 거잖아, 지금. 맞지?"

끝이라는 단어에 가슴이 철렁 내려앉았다. 더 아플 수 없을 것 같던 심장이 욱신욱신 저려 오고 난리도 아니었다. 숨이 턱턱 막혔다. 단어 하나에. 고작 그 말 한 마디만으로도. 이렇게나. 제기랄.

울컥 치솟는 슬픔을 간신히 억누른 율이 미간을 찌푸리며 담배를 피웠다. 천천히 다가온 유현이 율과 조금 떨어진 옆에 털썩 앉았다. 늦은 시각이라 주변은 을씨년스러울 정도로 조용했다. 침묵이 되레 반가운 율이었으나 유현의 입장은 달랐다.

"연애가 싫으면 이용만 하든가. 기분 거지 같을 테니 정유현 이용권 끊어 줄게요, 특별히."

"뭐라는 거야."

"갖다 쓰라고요. 아무 때나 데려가서 실컷 굴려. 언제든 콜, 기억 안 나요?"

"쓸 데가 어딨는데, 네가."

"왜 없어? 심심할 때, 할 거 없을 때, 외로울 때, 기타 등등. 나 완전 다목적이에요."

"까불지 말고 가라. 귀찮다."

"율아."

"이 새끼가."

"나 지금 너한테 고백하는 거야. 좋아한다고. 진심으로 좋아하고 있다고, 너를. 모르냐?"

놀람은 크지 않았다. 알면서도 모른 척했다는 말이 아니라 유현의 마음까지 돌아봐 줄 여유가 율에게는 결코 없었다. 솔직하게 던져진 간질간질한 사랑고백에도 불구하고 율은 그저 무감한 얼굴로 유현을 쳐다봤다.

심드렁한 그 눈빛에서 유현은 뼈저리게 느꼈다. 자신이 들어갈 자리라곤 조금도 없다는 것을. 지금 막 끝이 났다고 해서 개나 소나 단번에 받아들여 줄 율이 아니라는 것도 알았다. 그래도 상관없다는 마음으로 유현은 계속 말을 이었다.

"장난 아니니까 까분다 어쩐다 소리 마."

"야."

"호기심 아니고 괜히 그래 보는 것도 아니야. 무시할 생각하지 마."

"뭐 어쩌자고."

"그 새끼 잊게 해 준다고, 내가. 가만 안 둘 거거든. 무슨 짓을 해서든 잊게 만들어 줄게."

"뭐······?"

"잊기 싫음 그냥 안 잊어도 돼. 저절로 잊혀지게 해 줄 테니까. 그러다 보면 혹시 알아? 언젠가는 너도 그 새끼 말고 나를······."

"······좋아하게 될 일은 없어. 평생 가도."

준우가 아니면 안 될 것 같아. 준우 말고는 어느 누구도, 좋아지지 않을 거야. 그게 너무 무서워. 두렵고 겁이 나. 이제 다시는 누구도 사랑하지 못할 것 같아서. 진심으로 누군가를 사랑하면 안 된다는 걸 제대로 깨달아서. 그게 참, 아파.

희미하게 새어 나온 율의 목소리에 물기가 잔뜩 어려 있었다. 유현은 속사포로 쏘아 대던 말을 멈추고 율을 봤다. 확고했다. 앞으로의 일이라는 것치고 너무도 확실하게 단언하는 율을 보는 내내 가슴이 무너졌다.

씨발, 그럼 그렇게 예쁘지나 말든가.

감정 없이 보는 멍한 얼굴마저 유현의 눈에는 혼을 쏙 빼놓을 정도라서 끓어오르는 화가 주체되지 않았다. 자존심도 뭣도 아니었다. 마음이 깊어진 만큼 율이 간절해진 것일 뿐.

당장 뭐라 더 말을 꺼내어 분위기 반전을 꾀해야 한다는 건 알겠는데 그게 뜻대로 되질 않았다. 틈이라곤 조금도 보여 주지 않는 율이 원망스러우면서도 그 이상 더 좋아지고 만다. 유현이 인상을 찌푸리며 아랫입술을 질끈 물었다. 한숨이 흘러나왔다.

율은, 잠시 유현을 바라봤다. 전에 없게 진중해진 유현의 눈동자가 심하게 흔들리는 걸 보면서 녀석의 말마따나 장난이나 호기심 정도는 아니라는 걸 직감했다.

고마움조차 느낄 수가 없었다. 측은하다고 해서, 유현을 받아 준다고 해서 잊혀질 정도였다면 진작 그리했을 거니까. 준우를 잊을 수 있는 방법. 그게 있어야 살 수 있음을 율은 애써 부정했다. 준우를 잊고서 연명하는 목숨이라면 어차피 잠깐도 필요가 없다.

그렇게 구질구질하게 살아남아서 뭐할까 싶다. 보고 싶은데 볼 수도 없으면서. 매 순간 심장이 끊어질 것처럼 이리 아플 텐데 그걸 어찌 다 견뎌 내고 살아갈 수 있을까. 그걸 산다고 말할 수 있을까.

충분히 아팠다. 지옥 같은 고통은 벌써 이렇게나 시작되어 가슴을 짓누르고 있었다. 죽으라고. 더 살아 뭐하냐고. 느릿하게 앞을 본 율이 마지막으로 쭉 빨아들인 담배를 저 멀리 던져 버렸다. 후우. 희뿌연 연기가 밤하늘로 피어올랐다.

"실은 누굴 좋아하면 안 되는 입장이거든. 내가."

느릿느릿 율이 아주 작은 목소리로 중얼거렸다. 거의 혼잣말에 가까운 가냘픈 음성이 귓가에 잔잔히 스며들었다. 유현이 굳게 입을 다물고서 율을 응시했다.

제게로 향해진 가파른 유현의 시선을 율은 어떻게든 의식하지 않으려 애썼다. 이 녀석에게 이런 얘기까지 해야 할까, 순간 고민했지만 목소리가 저절로 흘러나왔다. 참 이상한 일이 아닐 수 없다. 생각할수록 희한한 녀석이다. 준우에게는 죽어도 내보이기 싫던 상처를 유현에게는 스스럼없이 꺼내 보이는 자신이 이해되지 않았다. 그냥. 일종의 넋두리라고 생각해 줬으면 좋겠다.

"예전에 안 좋은 일을 겪었고, 그 뒤로 여자란 걸 포기하고 살았어. 남자로 보이려고 엄청 노력했어. 그래서 내 모습이 이래."

"어……?"

"연애 같은 거 못할 줄 알았어. 평생 남자라면 치가 떨릴 줄 알았어, 근데. 준우는 됐어. 준우한테는 마음이 열렸어. 준우가 자꾸, 욕심이 났어. 너무 많이 좋아서."

"저기……."

"좋아하면 좋아할수록 상대방한테 미안해지는 마음이란 게, 얼마나 서러운 건지 모르지……?"

율이 천천히 유현 쪽으로 고개를 돌렸다. 어느덧 두 눈 가득 물기가 그렁그렁해진 채로 율은 간신히 울음을 참고 있었다. 이미 울고 있으면서 흐느끼지 않으려 꾹 참는 그녀의 모습에 유현이 미간을 찌푸렸다. 율이 파르르 떨리는 입술을 달싹였다.

"좋아서 헤어졌어. 계속 더 좋아지길래 무서워서 끝냈어. 과분한 사람이야. 감히 내가 욕심내면 안 될 녀석이고."

"이봐."

"다신 안 할 거야. 장난이든 뭐든, 가볍게라도 두 번은 못 하겠다. 몹쓸 짓이잖아, 이런 몸으로. 그러니까 더는 들러붙지 마."

"싫은데."

"뭐?"

"들러붙을 거야. 좋아할 거야, 계속. 어차피 상관없잖아, 나 혼자 좋아하겠다는 건데."

"정유현."

"날 좋아하게 될 일 없을 거라며. 잘됐네. 그럼 나한테 미안해할 필요도 없지 않아?"

그런데 뭐가 걱정이냐며 유현은 짐짓 시큰둥하게 내뱉었다. 평소처럼 태평하고 여유로운 말투였으나 좁혀진 미간은 여전히 잔뜩 구겨진 채였다. 괜찮은 척하는 거다. 그게 율의 눈에는 훤히 다 보였다. 충격적인 말을 들었다는 걸 내색하지 않으려 노력하는 유현이 기특하다기보다 안쓰러웠다.

위안은 된다. 뭐라 말해야 할지 몰라 버벅이고 망설이는 꼴이 아니라는 점은 다행이었다. 그렇지만. 이만 됐다며 율이 몸을 일으켰다. 지나치려는 율의 팔을 유현이 늦지 않게 붙잡아 돌려세웠다.

"복잡하게 굴지 마요. 누가 나 좋아해 달랬어?"

"놔라."

"좋아하게만 해 달라고요. 기회만 좀 달라는 것뿐인데 그게 그렇게 싫어요? 싫은 거야?"

"어. 싫어. 그러니까 놔."

"언제까지 이럴 건데. 기대는 것 정도는 해 줄 수 있는 거잖아. 보는 사람 생각도 좀 하란 말이야, 이 나쁜 사람아."

"이제 보지 말자. 연락도 하지 마. 간다."

잡힌 팔을 휙 뿌리친 율이 싸늘히 내뱉고 돌아섰다. 황망해진 유현이 서둘러 뛰어가 율의 앞을 가로막았다. 옆으로 피하려고 하던 율이 이리저리 연거푸 막아서는 유현 때문에 입술을 뒤틀었다. 유현이 탄식하듯 물었다.

"왜요? 왜 보지 말자는 건데?"

"짜증나니까. 귀찮으니까. 이렇게 질척이는 거 싫으니까."

"제발요. 좀."

"그런 눈으로 볼 거면 싫어. 정리되고 나서 보든지 해. 비켜."

"야, 은율."

"한 번만 더 말 까면 죽는다."

"다 상관없다면 어쩔래. 그놈 계속 좋아해도 상관없고, 나를 그놈 대신으로 생각하고 대해도 상관없다고 한다면. 그래도 안 돼……? 싫어……?"

마지막으로, 정말 최후의 발악이라도 하는 심정으로 유현이 매달렸다. 그만 보자는 말까지 들어 버린 이상 더 물러날 곳이 유현에게는 존재하지 않았다. 좋아한다는 말을 무를 생각은 추호도 없었다.

입 밖으로 뱉어 낸 그 순간 확연히 더 커져 버린 감정이었다. 간절하게, 애절하게 사정하는 유현을 율이 물끄러미 바라보았다.

언젠가 준우가 자신을 사랑하지 않아도 상관없다고 생각했던 적이 있었다. 정이든 뭐든, 싫증난 준우라도 곁에 있어만 준다면 감사하겠던 마음은 갈수록 커지는 욕심에 무너진 지 오래였다는 걸 떠올린 율이 얕은 한숨을 내쉬었다.

식은 감정으로라도 함께하길 바란다는 게 얼마나 무모한 희망인지, 흡사 저주와도 같은 그 희망으로 인해 고문받으며 하루하루 더 괴롭고 아파함이 당연한 일이란 걸 알아 버렸다.

근데 그걸 하겠단다. 고작 저 같은 것 때문에. 좋아하지 않아도 상관없다고, 좋아하게 만들겠다는 자신감이 아니라 정말 그렇게나 진심이라며 절절하게 부탁하는 유현을 보면서 율은 또 한 번 측은 지심을 느꼈다.

동정. 연민. 미안함. 그래, 그런 것들로 사랑을 시작할 수도 있는 거겠지. 근데.

네 또래의 다른 평범한 여자를 만나는 게 좋겠어, 라고 한참 후에 율은 말했다. 이런 거지 같은 상태로는 도저히 누구도 받아 줄 수 없으니 헛고생 그만하고 물러나란 소리였다.

기어 들어가는 목소리였으나 거듭된 확실한 거절에 유현은 입술을 굳게 다물었다. 상처를 줘도 괜찮다고, 계속 딴 놈을 사랑해도 된다고까지 말하며 생전 처음으로 매달려 보려는데 모두 다 거부하고 돌아서는 율을 차마 붙잡을 수가 없었다.

멀어지는 율을 보다 못한 유현은 고개를 떨궜다. 망연자실 서 있는 제 두 발을 보는데 코끝이 시큰거렸다. 대강이라도 알게 된 율의 치부가 송곳이 되어 심장을 콕콕 찔렀다. 아프다. 따갑다. 근데 그런 것들 이상으로 더 좋아져 버렸다. 더 좋아하고 싶다. 진심으로.

좋아하는 건 내 자유야. 이런 눈으로 보는 것도, 제기랄, 벌써 이렇게 돼 버렸는데 나보고 어쩌라는 거야.

원망할 일이 아님에도 유현은 율을 원망했다. 그러면서 또 한 번 반해 버린다. 가슴 더 깊숙한 곳에 율을 담고, 또 담는다. 빠져나가지 못하도록. 열심히. 정성껏.

천천히 고개를 들었다. 센서문을 열고 안으로 들어가 버리는 율의 뒷모습을 유현은 오래도록 좇았다. 방금 전까지 함께였던 게 믿기지 않을 만큼 율이 아득하게 멀었다. 유현이 인상을 찡그리며 어금니를 악물었다.

율의 마음을 얻는 방법이란 거,

아주 죽겠다. 그걸 몰라서.

10.

너 아니면 안 되는데

순간적으로 머리 한쪽이 울렸다. 지끈거리는 굉장한 통증에 미간을 구긴 준우가 아랫입술을 힘주어 질끈 베어 물었다. 의외로 속은 괜찮았다. 하지만 그게 다행이라고 생각되지 않을 만큼 두통은 제법 심각했다.

가볍게 숨을 고른 준우가 타이를 조금 느슨하게 풀었다. 안색이 말이 아니었다. 남들 눈에 어떻게 보일까는 사실 중요한 게 아니었다. 내내 가슴 언저리에 걸린 채로 사라지지 않는 갈증이, 너무 힘겹고 아팠다. 기어이 펜을 내려놓았다.

"여기까지 하죠. 나머지는 서류상으로 보고받겠습니다. 수고들 하셨습니다."

준우는 최대한 태연하게 내뱉고 몸을 일으켰다. 제일 상석에 앉아 있던 그의 지시에 나머지 직원들이 따라 일어나 수고하셨다는 인사를 건넸다. 다시금 지끈지끈 아파 오는 머리를 모른 척 문을 향해 걸음을 옮기는 준우를 민석이 걱정스레 살피며 고개를 갸웃거렸다.

회의실을 빠져나오는 순간 준우는 목구멍으로 뭔가 뜨거운 기운이 울컥 치밀어 오르는 것을 느꼈다. 대체 지금 뭘 하고 있나 싶다. 당장 원하는 건 확실한데, 차마 할 수가 없는 거다. 해도 되는지 모르겠어서. 헷갈린다는 게 이렇게 가슴 아픈 일이었던가, 깨달았다.

"후우……."

이사실로 돌아온 준우가 의자 깊숙이 몸을 묻었다. 입술 사이를 비집고 무거운 한숨이 흘러나왔다. 정오가 가까운 시각. 지그시 눈을 감고 잠시 생각을 정리하려는데 똑똑 노크 소리가 났다.

아무도 상대하고 싶지 않은 본심을 억누르며 네, 하고 답했다. 그렇게 또 한 번 자신을 참아 내는 건 어렵지 않았다. 철저히 이성적인 얼굴이 된 준우가 이사실로 들어서는 비서 수정을 발견하고 좀 더 표정을 풀었다. 그렇다고는 해도 눈 밑의 어두운 그늘까지 숨기지는 못했다.

"저, 이사님."

"뭡니까."

"약을 좀 가져왔습니다. 컨디션이 별로이신 것 같아서."

공손하게 내뱉은 수정이 정갈한 걸음걸이로 들어와 쟁반을 책상 위에 올려놓았다. 두통약과 위장약, 숙취 해소에 좋은 음료가 적당히 따끈한 차와 함께 가지런히 놓여 있었다.

내색하지 않았다고 여겼으나 꼼꼼하기로 알아주는 담당 비서의 눈에는 진작 파악이 된 모양이었다. 민망하면서도 고마워 준우는 엷게 입가를 말아 올렸다. 그만 나가 보겠다며 수정이 꾸벅 허리를 숙였다. 준우가 늦지 않게 목소리를 내었다.

"김 비서님."

"네, 이사님."

"○○제약과 오후 미팅, 다음 주로 미루는 거 가능하겠습니까?"

"말씀드려 놓겠습니다."

"부탁합니다."

"너무 힘드시면 이만 들어가시는 게 어떨까 싶은데요."

대외적인 스케줄을 소화하기엔 지금 상태로는 지극히 무리였다. 본인 스스로가 그걸 알겠어서 연기를 부탁한 준우가 진지한 말투의 수정을 보며 입을 다물었다.

순간 결례를 했다고 생각했는지 수정이 황급히 고개를 숙이며 죄송합니다, 하고 사과했다. 긍정도 부정도, 그 어느 것도 쉽지 않은 준우는 소리 죽여 한숨을 내쉬었다. 꽉 막힌 가슴이 답답하게 아려 왔다. 수정이 준우의 눈치를 살피며 조심스레 덧붙였다.

"회의 무사히 잘 끝내셨고, 주중 처리할 것들도 이미 다 완료하신 듯해서요."

"그렇다고 먼저 퇴근을 해 버리면 안 되죠, 명색이 대표가."

"이러신 적이 없었으니까요."

"네?"

"그간 단 한 번도 결근은커녕 조퇴조차 안 하셨잖아요. 충분히 무리하셨다는 말씀입니다. 오늘 하루쯤, 괜찮으세요."

예의를 갖춰, 그러나 꽤 단호하게 수정은 준우를 설득하려 들었다. 평소 어떠한 반발 없이 묵묵히 지시사항만 따르던 그녀를 생각한다면 굉장히 놀라운 변화였다. 그 정도로 제 상태가 안 좋아 보이나 싶어 준우는 씁쓸해졌다. 그렇게나 불편한 마음임을 새삼 인지했다.

걱정은 고맙지만 알아서 하겠다는 말로 수정을 내보냈다. 문이 닫힘과 동시에 풀썩 고개를 젖히며 눈을 감았다. 컴컴하게 어두워진 시야가 이지러지듯 흔들렸다. 조였다가 풀렸다가, 뒤틀려 돌아가는 본새가 가히 위태로웠다. 암흑이나 암흑이 아니었다. 아무것도 뵈는 게 없어 오히려 더 답답한 것도 같았다.

슬그머니 눈을 뜬 준우가 멍한 얼굴로 허공을 응시했다. 한낮의 무른 햇살이 넓은 사무실 가득 무리를 지어 떠다녔다. 그 어느 곳에도 율은 존재하지 않았다. 그 어느 곳을 둘러봐도. 이제는. 서글펐다.

'이렇게 끝내실 거 아니죠?'

재원의 목소리가 귓가에 되뇌어졌다. 고른 어조의 담백한 목소리는 분명한 힘을 가지고 있었다. 추궁이라고 생각하진 않았다. 그렇게 들리지도 않았다.

그저, 그 순간 율이 너무나도 보고 싶었다. 너무 많이 보고 싶어서 심장이 갈기갈기 찢어지는 것만 같았다. 그것들을 이어 붙이고 나면 율을 되찾을 수 있을까. 확신할 수 없어 서러웠다. 슬프고, 또 한 분했다.

'여전히 믿고 있어요. 계속 믿고 싶고요. 그러니까 형님, 사장님

놓지 마십시오. 무슨 사정인지는 모르겠지만 이대로 물러나시는 건 아니라고 봅니다.'

"하아……."

가슴을 들썩여 한숨을 뱉었다. 극심한 두통은 견뎌 내기 힘든 수준으로까지 치닫고 있었다. 약을 먹는다고 가라앉을지 의문이었다. 끝내 몸을 일으켰다.

어디로 가야 할지 몰라 조금 방황을 했다. 이대로 이사실 문을 박차고 나가 버릴 수도 있었다. 하지만. 끓어오르는 울분을 짓누르며 창가로 향했다. 한산한 거리 풍경을 내려다보며 생각을 정리했다.

끝내자는 사람 붙들어 과연 뭐가 좋을지 준우는 고민스러웠다. 그렇게 억지로 곁에 두면 결국은 누가 웃게 될까. 그런 식으로라도 율을 붙잡고 싶은 마음은 물론 굴뚝같았다. 허나, 엄두가 나질 않는다. 모르겠다. 아무것도. 뭘 어찌해야 할지 영 어렵고 답답하고 혼란스러웠다.

이대로 가면 다신 안 볼 거라는 으름장에 오히려 준우 자신이 더 겁을 먹었었다. 인정한다. 센 척하려 했던 것임을. 그 말에 실수였다고, 잘못 말한 거라며 항복을 외칠 율을 기대했으나 그건 어디까지나 준우 혼자만의 바람이었다. 후우. 슈트 바지 주머니에 두 손을 꽂은 준우가 느릿하게 눈을 감았다 떴다.

이런 적이 없었다. 정말 이렇게까지 일에 집중 못 하고 어영부영 헤맨 적은 맹세코 없었는데. 하마터면 출근마저 못 할 뻔했다. 숙취도 숙취거니와 연신 율이 떠올라 아른거리는 탓에 밤새 괴로워한

준우였다.

못 본다는 생각만으로도 숨이 턱턱 막혔다. 율을 만질 수 없음이, 율의 곁에 함께 있을 수 없음이 죽을 만큼 아쉽고 안타까웠다. 그리워 미치겠는 심정이 버거웠다. 지금도 이런데 앞으로는 결코 버텨 낼 자신이 없었다.

천천히 돌아선 준우가 책상으로 향했다. 주머니에서 빼낸 두 손으로 끄트머리 근처를 짚으며 고개를 떨궜다. 좋아하는데. 지금도 이렇게 간절히 원하고 있는데. 너무 많이 사랑해서 진짜, 돌아 버릴 지경인데. 근데 왜.

율을 되찾을 수 있는 방법에 대해 생각했다. 변해 버린 율의 마음을 다시 예전으로 돌리려면 어떻게 해야 할까. 고민에 고민을 거듭하며 하염없이 생각에 잠기던 준우가 어깨를 들썩였다. 한숨이 차츰, 탁하게 흐려졌다.

"어머, 준우 씨!"

결국 준우는 일과를 모두 끝내고서야 사무실을 나섰다. 평소와 다른 점이 있다면, 십 분 내지 이십 분쯤 더 머무르며 서류를 보던 것과 달리 퇴근시간을 정확히 지켰다는 거였다.

지하주차장에 도착한 엘리베이터에서 내려 벤츠로 향하던 준우가 갑작스런 방문객을 발견하고 표정을 굳혔다. 빨간색 미니 외제차에서 내린 혜진이 살갑게 웃어 보였다. 또각또각. 하이힐 소리가 주차장 가득 낮게 울렸다.

"운이 좋았네요. 퇴근하시나 본데 조금만 늦었어도 어긋날 뻔했어요."

"미리 와서 기다리고 있던 거 아닙니까?"

"네?"

"거짓말이 서투시군요. 아니면, 우연이라는 핑계를 대면서까지 저한테 그쪽을 끼워 맞추고 싶은 겁니까?"

"이런, 감쪽같을 줄 알았는데 들켰나 봐요."

혜진이 혀를 날름거리며 수줍은 척 미소 지었다. 전혀 귀엽지 않은 그 모습을 준우는 심드렁한 얼굴로 바라보았다. 노골적으로 관심을 표할 때부터 이미 혜진을 한눈에 꿰뚫어 볼 수 있게 된 준우였다.

확실한 거절의 뜻을 전했음에도 달라붙는 여자는 질색이었다. 볼일이라고 있을 턱이 없는 그녀에게서 매몰차게 돌아서려던 준우가 움직임을 멈췄다. 잡힌 팔이 거슬려 미간을 구겼다. 뿌리치는 동시에 뒤를 돌아봤다.

"죄송해요, 저도 모르게 그만."

"죄송하지 않은 얼굴로 사과하는 거, 불쾌합니다."

"그런 거 아니에요, 준우 씨가 좋아서 자꾸 웃음이 나올 뿐이죠."

"참, 할 말 없게 만드는군요. 뭐하자는 겁니까?"

"저녁 아직 전이시죠? 제가 근사한 곳으로 모실게요."

"서혜진 씨."

"오늘은 서 기자님이라고 안 부르시네요? 감사해라."

기자 아닌 여자로 서 있는 걸 의식해 줌이 고맙다며 혜진은 눈꼬리를 내렸다. 반으로 접히는 눈매 가득 요염한 미소가 실렸다. 누가 봐도 유혹하려 대놓고 꼬리를 치고 있는 혜진이었다.

이러기도 쉽지는 않을 것이다. 그때도 말했듯 여자가 먼저 이런다는 건 나름 상당한 용기를 내고 있다는 뜻이겠지만, 준우는 그런 걸 알아줄 마음이라곤 눈곱만큼도 없었다. 그래야 할 필요성도 느끼지 못하는 거다. 관심이 없으니까.

준우는 잠시 혜진을 주시했다. 잔뜩 신경 쓰고 온 기색의 그녀를 묵묵히 관찰했다. 고급 브랜드의 곤색 재킷과 크림색상의 블라우스, A라인 스커트를 매치한 혜진은 귀부인과도 같은 꽤 우아한 분위기를 풍기고 있었다. 미용실에라도 다녀왔는지 약간의 흐트러짐도 없는 머리 모양이 부담스러웠다. 작은 웨이브 하나에까지 각이 잡혀 있는 느낌이랄까.

패션을 보면 상대방의 성격을 알 수 있다. 이렇게 자로 잰 듯 완벽하려는 여자는 정녕 준우의 취향이 아니었다. 잘 보이고 싶어 선택한 것들이 하나같이 판단 미스인 걸 보면 의외로 센스가 떨어지는 것도 같고.

불현듯 율이 떠올랐다. 헐렁한 니트에 피트되는 진을 즐겨 입는 율을 처음 본 순간 준우는 생각했다. 참, 예쁘다고. 다른 어느 옷을 입어도 무조건 예쁠 것만 같다고. 틀림없이.

떠올리니 그립다. 생각하지 않으려 애썼던 노력들이 허사가 됨을 느낀 준우가 다시금 차를 향해 돌아섰다. 복잡한 심경으로 차 문을 여는 순간 달갑지 않게 또 방해를 받고 말았다. 혜진이 차 문 위쪽에 한쪽 팔을 기대며 준우를 마주 봤다.

"하나만 물을게요. 나, 매력 없어요?"

다소 서운한 표정으로 혜진이 질문을 던졌다. 얼마든지 상처받을 각오로 묻는 거라는 느낌이 강했다. 매너 좋게 둘러대든, 아님 직설적으로 쏘아붙이든 대충 아무거나 선택하면 되는 상황에서도 준우는 침묵을 지켰다.

그 정도로 관심이 없다는 뜻이었다. 당사자인 혜진에게조차 여실히 느껴지는 준우의 의중이 따갑고 서늘했다. 애써 태연한 얼굴로 혜진은, 최대한 입가에 고운 미소를 지으려 노력하면서 말을 이었다.

"솔직히 준우 씨 취향을 잘 모르겠네요. 말해 줘요. 말해 주면 맞출게요. 뭐든지."

"……."

"나, 준우 씨 정말 많이 좋아해요. 누굴 이렇게 좋아해 본 적 처음이에요. 진짜 말도 안 되게 내가 준우 씨를……."

"좋아하는 사람 있습니다. 미안하지만."

엄밀히 말하자면 미안할 건 아니었다. 멋대로 감정을 갖고 키워 온 건 혜진의 불찰이지, 제 탓이 아니니까. 그래도 준우는 사과의 말을 덧붙였다. 그래야 더 명확하게 알아들을 것 같아서였다.

이 정도로 예의를 갖춰 대해 주는 걸 안다면 그쯤하고 물러나 달라는 무언의 압박이었다. 그건 혜진에 대한 마지막 믿음이었다. 그것마저 저버린다면 적잖이 화가 날 것 같다 생각하며 준우는 얼른 다음 말을 꺼냈다.

"미치도록 좋아하고 있어요. 나 역시 누굴 이렇게까지 좋아해 본 적이 없습니다. 그러니까 그만 좀 집적대 줬으면 합니다."

"준우 씨."

"일적으로든 사적으로든 관심 끊어 달라는 말 빈말 아니었습니다. 진심으로 부탁드립니다. 이런 식의 접근, 더는 사양하겠습니다."

"기회 정도는 줄 수 있는 거 아닌가요? 내가 준우 씨 마음 뺏을 기회쯤은 줘 보고 나서……."

"아마 무슨 짓을 해도 안 될 겁니다. 당신은."

차갑고 싸늘한 목소리로 준우가 단번에 혜진을 굴복시켰다. 표정 역시 엄하고 딱딱했다. 보는 순간 등 뒤로 소름이 돋을 만큼 서늘하기 그지없는 무서운 얼굴을 준우는 하고 있었다.

무슨 짓을 해도 안 될 거다. 꽤 많은 의미가 함축된 그 말을 듣는 순간 혜진은 남아 있던 자존심이 모조리 사라지는 것을 느꼈다. 육탄전이라도 벌일 그녀를 알아챘나 싶었다. 그렇게라도 준우의 마음을 얻으려 혈안이 된 혜진이었다. 그렇지만.

한 치의 빈틈도 존재하지 않았다. 정말 단 한 줄기 빛조차 새어 들어가지 못할 정도로 온통 철벽방어를 하고 있는 준우가 혜진은 아쉬워 죽을 맛이었다. 어떻게 이렇게까지 밀어낼 수 있을까. 어쩌면 이렇게까지, 단호할까. 이 남자는.

망연자실 넋을 놓는 혜진의 팔을 준우가 슬그머니 밀어냈다. 차문 위에 걸쳐져 있던 혜진의 팔이 후두둑 허공으로 떨어져 나갔다. 하도 기가 차 웃음조차 나질 않았다. 충격받은 혜진을 준우가 건성으로 다독였다.

"혹시라도 너무 비참해할 거 없습니다. 당신뿐 아니라 어느 누가 와도 다 안 된다는 뜻이니까."

"준우 씨……."

"한 사람밖에 보이질 않아서 그럽니다. 내가, 이 한준우가, 정말 아무리 애를 써도 그 녀석 아니면 안 될 것 같거든요. 평생."

"그런……."

"좋은 남자 만나길 바랍니다. 그리고 거듭 부탁드립니다. 다신 제 앞에 나타나지 말아 주세요. 불편하니까."

"어떤 여자인지 알고나 좋아하는 거예요?"

시선을 내리깔고 차에 오르려던 준우가 순간 동작을 멈췄다. 거의 고함에 가깝게 터져 나온 혜진의 앙칼진 목소리가 고막을 찢을 듯 거셌다.

느릿하게 시선을 들어 올렸다. 악에 바친 얼굴로 부들부들 떨고 있는 혜진이 보였다. 여전히 인적 없는 지하주차장은 을씨년스러울 정도로 고요했다. 준우가 나지막이 되물었다.

"방금 뭐라고 했습니까?"

"어떤 여잔지 알고 있느냐고요. 알아요? 어떤 과거를 지녔는지?"

"누구 말입니까?"

"한준우 씨가 좋아한다는 그 여자 말이에요. 이름, 은율 씨 맞죠? 모던 바에서 일하는."

"……!"

"기자의 감으로 밝혀낸 엄청난 사실, 모르나 본데 알려 줄게요. 근데 듣고 나서도 계속 좋아할 수 있을까요? 얘기, 해 드려요?"

준우의 얼굴에서 한순간 표정이 사라졌다. 그나마 흐릿하게 남아 있던 핏기까지 같이 사라진 모양이었다. 하얗게 질려 사색이 된 얼굴로 응시하는 준우를 보며 혜진이 티 나지 않게 한쪽 입가를 말아 올렸다.

결국 이렇게 비열한 방법까지 쓰게 만들다니, 생각할수록 대단한 남자구나 싶다. 그 정도로 욕심이 난다는 거였다. 혜진이 여유롭게 양팔을 교차해 천천히 팔짱을 꼈다. 준우가 보일 듯 말 듯 입매를 뒤틀었다.

"네, 손님."

"놔둬, 내가 갈게."

율은 정신없이 일을 했다. 금요일이라 손님이 많은 게 다행이라는 생각을 하며 부지런히 몸을 움직였다. 진짜 바쁠 때가 아니고선 서빙 일을 도와줄 필요가 없는 율이 여기저기 돌아다니는 것을 재원은 무거운 눈으로 바라보았다. 저러다 쓰러질까 염려되면서도 어쩌면, 되레 저게 낫겠다는 생각으로 구태여 율을 제지하지 않았다.

한참을 부산스레 움직이다 카운터로 돌아온 율은 습관적으로 주머니를 뒤적이다가 멈칫했다. 아무래도 담배를 끊는 게 낫지 않을까 싶었다. 줄이는 게 아니라 아예 끊겠다는 율에게 재원은 기립박수를 보냈고 입이 심심할 때마다 먹으라며 막대사탕까지 한 통 사다 들려 주었다. 껍질을 깐 알맹이를 입에 물고서 얌전히 카운터에 앉아 시간을 보냈다.

단 게 들어가니 그 순간만큼은 담배 생각이 나질 않았다. 담배를 피우러 나갈 때마다 율은, 혹시나 준우가 가게 근처에 오진 않았을까 헛된 기대를 했을 것이 틀림없었다. 비슷한 슈트 차림만 봐도 가슴이 뛰었다. 같은 차종만 지나가도 저도 모르게 숨을 멈추고 긴장을 했다.

바보냐? 올 리가 없잖아. 이제 오지 않는다고, 준우는. 아직도 몰라?

우는 아이 달래듯 혼잣말을 중얼거리며 사탕을 빨았다. 지나갈 것이다. 빠르게든 천천히든, 언젠가는. 재원에게 들었던 말들을 곱씹으며 율은 애써 웃었다. 그림자가 드리워진 애달픈 그 미소를 재원은 못 본 척 눈감아 주었다.

"저기요. 진짜진짜 죄송한데요."

"네?"

"그쪽이 너무 마음에 들어서요. 전화번호 좀 알려 주실래요?"

새로 들어온 테이블에 주문한 안주들을 가져다주고 돌아서는데 여자 하나가 율의 팔을 붙들고 번호를 물었다. 수줍게 눈도 잘 못 맞추는 여자는, 그러면서도 할 말은 다 하고 있었다.

바스스 웃는 여자를 따라 테이블의 일행들도 하나같이 감탄 어린 표정으로 속닥거리며 율을 훔쳐보고 있었다. 한두 번 있는 일이 아니라지만 그때마다 꼭 이렇게 곤란해지고 마는 율이었다.

"원래 이런 거 안 물어보는데 놓치기 싫어서요. 알려 주세요."

"아, 저기 그게……."

"얘 되게 괜찮은 애예요. 한번 만나 보세요."

"죄송한데요, 저는……."

"근데 나이가 몇이세요? 엄청 앳돼 보이신다."

"진짜 잘생겼다. 피부가 어쩜 저렇게 곱지?"

"설마 애인 있어요? 있죠? 야, 거봐."

구차하긴 하나 설명을 하려던 참이었다. 이래 봬도 실은 여잔데 어쩌고, 혼란을 드려 죄송하며 저쩌고, 사과드릴게요 등등. 껄끄럽고 성가셔도 확실히 말을 해 주지 않으면 나중에 더 피곤해질 게 불 보듯 뻔한 일이었다.

습관적으로 하려던 변명을 차마 하지 못한 율은 그대로 입을 다물었다. 언급된 애인이라는 말에 정말 있느냐며 아쉬워하는 여자들이 울상이 되었다. 별다른 대답 없이 율은 목인사만 간단히 건네고 돌아서서 카운터로 향했다.

있었다. 애인. 것도 지독하리만치 멋있고 근사한 잘난 애인이 분명 제게도 있긴 했었다. 다른 여자들이 잘생겼다며 훔쳐보는 시선조차 아까웠었다. 어느 누구도, 잠시도 보여 주기 싫어 안달을 냈었으니 말 다했지 않은가. 근데.

아무래도 글렀나 보다. 순간적으로 치솟는 자괴감이 굉장해 절로 표정이 굳어 버렸다. 현실이 현실 같지 않은 아득함. 먹통이 되어 버린 머릿속 회로들이 단번에 제자리를 잃고 허우적댔다.

평정심을 잃자 급 슬픔이 밀려 올라왔다. 그저 정확한 단어를 들었을 뿐이건만 빛의 속도로 이어지는 연상 작용은 누군가의 얼굴을 다시금 율의 눈앞으로 끄집어 불러내었다.

그게 너무 자연스러워 율은 속수무책 망각의 늪으로 빠져 버렸다. 이해되지 않는 현실. 아니, 이해하고 싶지 않은 지금 자신의 상황. 그 외의 것들 모두와 괜스런 분노까지도.

그렇잖아. 이게 다 뭐야. 왜 내가 이런 꼴로 있어야 하는데. 대체 왜. 말해 봐. 내가 뭘 그렇게 잘못했어? 야, 한준우. 너 진짜 나 안 볼 거야……?

우리, 진짜 이대로 끝이야……? 어……? 보고 싶은데. 보고 싶어 죽겠는데. 진짜 미치겠는데. 나 평생 이러고 참으면서 살아야 해……? 너 없이……? 왜……?

"5번 테이블 부르네요."

"……."

"사장님. 사장님?"

"미안, 금방 올게. 미안해."

"어어, 사장님!"

멍하니 넋을 놓던 율이 별안간 카디건을 챙겨 들고 가게를 뛰쳐 나갔다. 심상찮은 기색에 재원은 잡아 세우려던 것도 잊은 채 빠르게 사라지는 율의 뒷모습을 쳐다만 보았다. 갑자기 무슨 일로 저러나 싶었으나 다급한 율의 표정이 장난 아니게 위태로웠다. 손님이 부르는 테이블로 걸음을 옮기면서도 재원은 불안한지 몇 번이고 입구 쪽을 돌아보며 한숨을 푹푹 내쉬었다.

Bar 밖으로 나온 율은 정신없이 밤거리를 내달렸다. 손에 든 카디건이 입으려고 들고 온 거라는 것도 잊고서 달리기만 했다. 지나가는 사람들과 어깨를 부딪쳐도 속도를 늦추지 못하고 계속해서 뛰었다. 심하게 흔들리는 눈동자로 오직 앞만 보며 뛰던 율이 큰길가에 다다라 택시를 잡아탔다.

행선지를 말하고 출발하는 택시 안에서 율은 감당 안 될 두려움에 부들부들 몸을 떨었다. 입술을 깨물고 참아 봐도 계속 전신이 떨려 와 허리를 숙이고 무릎에 얼굴을 묻었다.

조금만 참자. 조금만, 조금만 더. 곧 괜찮아질 거라며 스스로를 달래던 율이 어느 순간 흠칫 놀라 눈을 크게 떴다. 뒤죽박죽 엉망이던 머릿속이 금세 잔잔히 가라앉았다. 겁이 났다.

'본인으로 인해 누군가가 평가 절하되는 거, 애석하지 않아요? 잘 생각해 봐요. 자신의 처지란 거.'

미쳤나 보다. 내가. 이제 와서 뭘 어쩌자고. 하······.

"저, 손님. 괜찮으신가요?"

"······세워 주세요."

"네?"

"죄송합니다. 그냥 좀 세워 주세요."

"아, 네. 여기요?"

혹시 술에 취해 토하려는 건 아닌가 걱정스레 보던 택시기사가 세워 달라는 율의 말에 얼른 차를 길가에 댔다. 서둘러 요금을 치른 율이 느릿하게 바닥에 내려서서 문을 닫았다.

부아앙, 소리를 내며 멀어지는 택시를 말없이 바라보다 고개를 떨궜다. 방금 제가 뭘 하려고 한 건지 이해되질 않았다. 픽, 한쪽 입가를 말아 올린 율이 고개를 저었다. 어이가 없고 기가 찼다.

하얗게 비워진 머릿속 가득 준우가 보고 싶다는 생각뿐이었다. 정말 미치도록 보고 싶어서 보러 가자, 했다. 끝이라고 생각할수록 겁이 났고, 이대로 마지막이 될까 두려웠다. 그래서 더 늦기 전에 준우에게 가자고 결심을 했다.

아직 그렇게 늦은 건 아닐 거라고, 서둘러 달려가면 다 뒤집어엎을 수도 있을 거라면서. 이별을 무르고 싶었다. 무를 수 있을 거라 여겼다. 준우를 다시 볼 수 있을 거라고.

끝냈으면서. 끝내기로 했으면 질척거리지 말아야지, 왜 이렇게 한심하게만 구는 걸까.

율은 소리 없이 웃으며 걷기 시작했다. 어깨를 축 늘어뜨린 채 걷는 율의 눈동자가 촉촉하게 젖어 들었다.

'이것밖에 아니었던 거냐. 내가 너한테. 그리고 네 그 마음이란 게.'

"준우야……."

몇 걸음 채 가지 못해 율은 그만 제자리에 주저앉았다. 내내 참았던 이름이 입 밖으로 나온 순간 세차게 흔들리던 가슴이 온통 와르르 무너져 내리고 말았다.

죽을 각오로 목으로만 삼키던 준우인데, 너무 아파 차마 뱉지도 못하고 입안에만 우물거리던 소중한 이름을 갈라진 목소리로라도 기어이 내어 불러 버렸다. 율이 고개를 떨궜다.

안 헤어지면 안 될까. 참으로 늦은 질문을 던져 보았다. 같이 있으면, 네 곁에 있으면 안 되는 걸까. 씨알도 안 먹힐 소릴 이제라도 해 보는 거다. 그립고, 아쉽고, 준우가 너무도 간절해서. 차라리 처음부터 몰랐던 사이였다면 얼마나 좋을까 싶다. 잊을 수 없음을 알기에 율은 애초에 준우를 몰랐던 때로 돌아가는 게 낫겠다는 생각까지 하고야 만다.

고작 하루 만에 이런다는 게 우습고, 앞으로 얼마나 더 오래도록 이러려나 가늠조차 되질 않고, 그러면서도 준우를 잡고 싶은 본심을 억누르기가 점점 더 힘이 들고…….

죽으면 마음대로 할 수 있을까. 보고 싶을 때마다 찾아가도 되려나. 준우 몰래 준우의 곁에 있는 건 괜찮을 테니까. 준우에게 피해가 되지만 않으면 괜찮은 거니까. 그러니까.

목소리가 듣고 싶다. 아주 잠깐이나마 들을 수만 있다면 소원이 없을 것 같다. 한 번만. 딱 한 번만.

준우야. 준우……야…….

떨리는 손으로 핸드폰을 꺼내어 든 율이 조심조심 번호를 눌렀다. 하나하나 숫자가 새겨질 때마다 욱신거리는 아픔을 참던 율이, 입술을 질끈 베어 물고서 망연히 액정을 바라보았다.

'너 이대로 가면 다신 너 안 본다. 그래도 괜찮아? 나, 안 볼 거냐……?'

손끝이 떨렸다. 엄두가 나질 않았다. 왜 전화했느냐고 차갑게 쏘아붙일 준우의 목소리가 현실인 것처럼 귓가에 되뇌어지자 덜컥 겁이 났다. 율은 안간힘을 쓰며 울음을 참았다.

당장이라도 왈칵 흐느낌이 터져 나올 것만 같았으나 용케도 꾹 참아 내었다. 어느새 떠오른 준우의 얼굴을 보며 감정을 억누르려고 해 보았다. 눈물이 그렁그렁한 눈으로 흐릿하게 시야를 떠다니는 준우의 환영을 율은 멍한 얼굴로 마냥 행복하게 바라보았다.

다 끝났다. 그만하자고 말했던 그 순간에 이미 모든 게 끝이 났다는 걸 율은 새삼스럽게 깨달았다. 피해 주고 싶지 않다. 곤란을 겪게 했다간 그야말로 큰일이었다. 어리석은 짓 말자. 어차피 돌이킬 수 없다면 괜스레 스스로를 벌주는 짓 같은 건 안 하는 게 상책일 테다.

부들부들 떨리는 다리로 간신히 몸을 일으킨 율이 억지로 핸드폰을 주머니에 집어넣으며 돌아섰다. 초점이 사라진 눈으로 차도를 보고 서 있던 율의 발이, 다음 순간 거침없이 앞으로 나아갔다.

집으로 가자, 라는 생각을 했을 뿐이었다. 빨리 가서 눕고 싶다고 생각했다. 아무래도 어제 술을 너무 마신 것 같다는 자책도 했다. 그 술이 이제야 올라와 머리가 이토록 어질어질 아픈 거라고.

그러고 보니 종일 컨디션이 좋질 않았었다. 몸이 무거운 게 기분 탓이 아니었던가, 새삼 깨달았다. 숙취란 녀석이 이렇게나 영악하다. 괜찮은 듯 보이더니 한순간 돌변해 짓누르기나 하다니.

빌어먹을. 쓴소리가 나왔다.

"사장님!"

눈을 떴을 때는 병원 응급실이었다. 밝은 조명과 하얀 벽지와, 희미하게 맡아지던 소독약 냄새에 주변을 둘러보려는데 그에 앞서 걱정스런 얼굴의 재원이 먼저 눈에 띄었다.

뭐가 어떻게 된 걸까. 영문을 모르겠는 멍한 눈으로 쳐다보는 율을 향해 재원이 두 손을 내밀었다. 누워 있는 율의 어깨를 꽉 움켜쥔 채로 재원은 다짜고짜 버럭 소리를 질렀다.

"왜요! 누구 좋으라고 이러십니까! 대체 왜!"

"재원아."

"한두 살 먹은 어린애도 아니고 진짜, 이것밖에 안 되십니까?"

"왜 그래."

"제가 진짜 얼마나……. 얼마나……. 하……."

말을 채 잇지 못하는 재원의 두 눈 가득 눈물이 고여 있었다. 웬만해선 흥분하지 않는 재원이 손까지 벌벌 떨며 어찌할 바를 몰라 하는 그 모습에 율은 더 멍해졌다. 꽤나 놀랐구나 싶으면서도 이렇게까지 크게 화를 내는 재원은 처음이라 아무 말도 할 수가 없었다. 잠시만 계시라며 재원이 침대 옆의 커튼을 서둘러 젖히고는 돌아섰다.

잠깐 동안이 아예 기억에 없었다. 천천히 생각을 정리하고 있으려니 의사와 간호사가 다가와 형식적인 질문들로 율을 살폈다. 별다른 이상은 없다며 그만 퇴원해도 좋다는 말을 해주었다.

꾸벅 인사해 그들을 보낸 재원이 여전히 못마땅한 얼굴로 율을 째렸다. 느릿하게 몸을 일으킨 율이 바닥으로 내려섰다. 그러고는 심상치 않은 눈으로 노려보는 재원에게 질문을 던졌다.

"나 왜 여기 있어?"

"제가 해야 되는 질문이거든요, 그거?"

"사고라도 난 거야?"

"났으면 싶어서 물어보시는 겁니까, 설마?"

"신재원."

"큰일 날 뻔했단 말입니다. 하마터면 진짜, 진짜……."

"안 죽었잖아."

"뭐라고요?"

"안 죽었으니까 됐잖아. 화 좀 그만 내. 귀 아파."

"……."

죽으면 준우를 마음껏 볼 수 있을까, 하긴 했었다. 사실 그런 생각을 안 한 건 아니었다. 그치만 죽지 않았으니까. 어쨌든 멀쩡히 살아 있으니까. 이렇게.

별것 아니라는 식으로 얼버무린 율이 입가를 말아 올렸다.

억지웃음이 분명한 율을 보며 재원은 깊은 한숨을 내쉬었다. 완벽히 괜찮을 거라 여기진 않았어도 이 정도로 힘들지는 말았으면 했다. 그랬는데. 아까 가게에서 뛰쳐나가던 율을 혼자 보내는 게 아니었다고 무던히도 자책하는 재원이 손으로 거칠게 얼굴을 쓸어내렸다.

감감무소식인 율이 걱정되어 전화를 했다가 대신 받은 누군가가 병원이라고 하던 순간 가슴이 쿵 내려앉았다. 다행히 차에 치인 건 아니었지만 차도에 쓰러져 있는 걸 지나가던 행인이 혹시 몰라 병원으로 데려온 거라고 했다.

그대로 놔뒀다면 언제고 차가 밟고 지나갔을 거라 생각하자 눈앞이 캄캄했다. 화가 나고 짜증스럽고 울컥울컥 목까지 시큰거리는 재원이었다.

그런 재원과는 다르게 정황을 전해 들으면서도 율은 그저 감흥 없는 표정으로 고개만 두어 번 주억거렸다. 어떻게 된 건지 대충 알아들었다. 큰일이 날 뻔했으나 나지 않았다는 거. 그럼 이제, 집에 가도 되는 거겠지?

율은 베개 옆에 놓인 카디건을 집어 들어 천천히 몸에 걸쳤다. 아무렇지 않은 태연한 동작임에도 슬픔이 뚝뚝 떨어지는 것만 같았다. 초조하고 불안한, 위태로운 율을 바라보던 재원이 굳은 얼굴로 입을 열었다.

"사장님."

"왜."

"차라리 쉬실래요? 며칠만이라도."

갑자기 무슨 소리냐는 얼굴로 율이 재원에게 시선을 주었다. 대충 걸치느라 구겨진 율의 카디건 목덜미 부분을 매만져 주는 재원이 나지막이 말을 이었다.

"불안해서 보겠냐고요. 또 이러시면 어쩝니까."

"실수야. 어제 잠을 제대로 못 자서 그랬을 거야."

"그렇다고 길에서 잡니까? 말이 돼요?"

"실수라잖아. 그만해."

"사장님."

"혼자 있으면 안 돼. 생각나서."

분명, 하루 종일 멍해 있을 거다. 넋을 놓고 앉아서 준우만 생각할 거다. 소파에 앉아서도, 부엌을 서성이면서도, 침대에 누워서도 온통 준우만 생각나서 숨 쉬는 것조차 잊어버릴지 모른다. 그럴까 봐 무섭다. 진짜 그렇게 온통 준우뿐일 자신을, 조금이라도 덜 혼자 두는 게 상책임을 율은 뼈저리게 깨닫고 있었다.

그러니 부탁이라고, 혼자 두지 말아 달라고, 준우로 가득한 집 안에 혼자 있으라는 말은 하지 말라고. 제발.

율의 얼굴 가득 드리워진 쓸쓸한 그림자를 보며 재원은 입을 다물었다. 어쨌거나 오늘 일은 미안하다면서, 내일은 늦지 않겠다며 눈꼬리를 내려 싱긋 웃고 돌아서는 율을 묵묵히 따라나섰다. 잡지도, 말리지도 못하겠는 심정이었다. 뭘 어떻게 도와줘야 할까. 돕고는 싶은데 방법을 모르겠고, 안다 해도 나설 일이 아니기에 자꾸만 안쓰럽고 마음이 쓰였다.

감정을 덜어낼 줄 모르는 사람. 죄다 끌어안아 저 혼자만 서럽고 아프려는 참으로 가여운 사람. 병원 로비를 빠져나가 큰길까지 걸어간 율이 손을 흔들어 택시를 불렀다. 차에 오르려는 율의 어깨를 재원이 늦지 않게 부여잡았다.

"힘들면 전화하세요."

"알았어."

"혹시라도 딴생각, 진짜 저한테 혼납니다."

"알았대도. 갈게."

"데려다 드리면 안 됩니까?"

"한두 살 먹은 어린애 아니라며, 네가."

"사장님."

"고마워. 그리고 미안해. 간다."

"저기요, 사장님. 실은 말입니다."

뭔가를 말할 것처럼 율을 부른 재원이 섣불리 말을 꺼내지 못하고 머뭇거렸다. 망설이는 모습이 영 재원답지 않았다. 괜찮으니 말해 보라며 기다리는 율의 눈빛이 애처로웠다.

나서는 게 맞을까. 나서야만 해결될 사이라면, 그렇다면. 준우에게는 믿는다고 했었다. 계속 믿고 싶다고도 말했고, 진심은 전해졌을 거라는 마음으로 조용히 지켜보는 중이었다.

그 믿음을 이룰 기회 정도는 줘야 할 것 같다. 말마따나 고작 하루밖에 지나지 않았으니까. 별거 아니라며 얼버무린 재원이 얼른 타라며 율을 재촉했다. 멀어지는 율의 택시를 재원은 아주 오래도록 바라보며 서 있었다.

달리는 택시 안에서 율은 고개 돌려 창밖 풍경들을 응시했다. 빠르게 지나치는 주변 차들과 반짝이는 불빛들, 거리의 야경을 눈에 담으며 천천히 뒤로 등을 기댔다.

금요일 밤이었다. 가게가 한창 정신없이 바쁜, 그래서 준우도 더더욱 전화를 삼가 주는. 그래도 지난주에는 손수 초밥까지 사 들고 찾아와 줬다. 늦잠 자서 출근이 늦었다 했더니 어떻게 알고 준우가 가게 앞으로 왔었다. 너무 반가운 나머지 준우의 목을 끌어안고 격렬하게 입을 맞췄던 것도 기억이 난다.

준우에게 또 달려가고 싶어지면 그때는 어떡하면 좋을까. 이미 끝난 현실을 알면서도 자꾸만 뒤집고 싶은 이 나약한 마음을 대체 어떻게 정리시켜야 할까.

기억 속을 헤집던 율의 눈동자가 어느덧 또 슬그머니 물기를 머금었다. 자신이 없다는 말로는 부족할 만큼 의지박약인 스스로를 탓해 보려 하지만 그마저도 쉽지가 않다.

어쩌면 이렇게까지 절대적인 준우인지 새삼 야속해졌다. 생각할수록 한심하다. 끝까지 갈 수 없는 사랑인지 모르고 끝을 욕심낸 자신이 율은, 그저 바보 같고 한심할 뿐이었다.

"이제 와요?"

"너……?"

힘겹게 내면과의 씨름을 반복하다 택시에서 내리는 율의 눈에 익숙한 실루엣이 들어왔다. 오피스텔 입구 근처 벽에 기대어 선 채로 담배를 피우고 있던 유현이, 제법 심각한 얼굴로 율을 맞았다. 유현이 담배를 바닥으로 던져 껐다.

"일찍 오네요. 또 땡땡이친 건가."

"여기서 뭐하냐?"

"뭐하는 걸로 보이는데요? 내가 물을게요. 나 뭐하는 거 같아요?"

"정유현."

"씨발, 보고 싶어서. 진짜 보고 싶어 죽어 버릴 것 같아서 기다렸어요. 됐어요?"

저도 모르게 발끈한 유현이 괜스레 예민하게 반응하며 언성을 높였다. 순간적으로 터져 나온 날 선 목소리에 율은 뭐라 대꾸하지 않은 채 입을 다물었다.

언제부터 기다렸는지 굳이 묻지 않아도 알겠다. 발갛게 상기된 두 볼이 거슬렸다. 유현의 발밑 여기저기에 흩어져 있는 수북한 담배꽁초들을 무감하게 힐끗거린 율이 작게 목소리를 내었다.

"안 춥냐?"

"춥든 말든."

"그만 들어가지?"

"들어가든 말든. 내가 알아서 해요."

"이제 안 보기로 한 거 같은데."

"씨발, 누가?"

"정리되면 보자고 했잖아. 정리 다 됐냐?"

"씹……."

"된 거야, 만 거야. 말을 안 해, 새끼가."

"내가 왜 정리해야 되는데. 내가 왜, 왜!"

보긴 보는데 눈을 똑바로 쳐다보지 못하고 있었다. 시선조차 제대로 못 맞추고 미적거리는 꼴이 측은해 질문을 던졌더니 유현은 또 기다렸단 듯 발끈하며 성을 냈다. 날이 선 눈매에 불만이 가득했다. 미간을 찌푸리고 노려보는 유현의 아련한 표정이 다시금 율에게 속삭이고 있었다.

좋아해요. 진심으로 좋아하고 있어요, 모르겠어? 좀 알아주면 안 되는 거야?

모를 수가 없지만, 그렇다고 알아주기도 힘들었다. 안 된다고 밀어내도 많은 거 안 바란다며 좋아하게만 하게 해 달라던 유현이 안쓰러웠다.

사람 마음이라는 게 이렇다. 의지대로 적당히만 놓아줄 수 있다면 얼마나 좋을까. 언제 이렇게 저를 마음에 담았을까 싶었다. 능글맞게 웃으며 쳐다보던 눈길로, 장난처럼 툭툭거리던 말들로 유현은 참 끊임없이 제 속내를 전하려 애를 써 왔음을 이제야 오롯이 깨닫는 율이었다.

제가 뭐라고. 아무것도 아닌데. 껄끄러운 과거를 지녔기에 함부로 누굴 좋아하지도 못하는 못난 자신을 맘에 품은 유현이 못 견디게 안타까웠다. 더불어, 미안해졌다. 아주 많이.

보상. 크든 작든 뭐라도 갚아 주고 싶다는 생각이 들었고, 동시에 준우의 얼굴이 스쳐 지났다. 아까처럼 또 미친 척 준우에게로 달려가지 않으려면, 갈 수 없게 만들면 된다.

상상만 해도 목구멍 안쪽이 시큰시큰 난리도 아니었다. 괜찮다는 말로 심란한 속을 억눌렀다. 애써 아릿한 슬픔을 삼켜 낸 율이 유현을 응시하며 나지막이 입을 열었다.

"정리 안 할 거냐?"

"왜 해야 되냐고, 그니까."

"계속 말 까지?"

"그딴 게 중요하지, 너는?"

"정유현."

"왜."

"나랑 잘래?"

"뭐……?"

"자자, 오늘. 나랑. 따라와."

"씨발, 야!"

표정 없는 심드렁한 얼굴로 내뱉은 율이 유현을 막 지나치려 할 때였다. 거칠게 율의 팔을 낚아챈 유현이 솟구치는 화를 참지 못하고 그만 율을 벽에다 확 밀어붙였다.

떠밀린 충격에 등이 뻐근했지만 살짝 얼굴을 찌푸리는 것으로 버텨 낸 율이 여유롭게 시선을 들어 올렸다. 바로 앞에서 죽일 듯이 노려보고 있는 유현을, 침착하게 마주했다. 율의 어깨를 부술 기세로 꽉 움켜쥔 유현이 악다문 잇새로 짓이기듯 말을 흘렸다.

"장난 아니랬지. 죽고 싶어?"

"내가 뭘."

"사람 맘을 이딴 식으로 너는, 그러냐? 진심이라는 말을, 좋아한다는 말을 이렇게 거지같이 씨발, 그래?"

"나랑 자기 싫어?"

"안 다물어?"

유현이 버럭 소리를 내질렀다. 날카로운 눈매가 한층 더 싸늘하게 식었다. 몸을 훑고 지나가는 밤공기가 매섭게 찼다. 씩씩거리는 유현을 율은, 무미건조한 표정으로 바라보며 천천히 눈꺼풀만 깜빡였다. 힘껏 잡힌 어깨가 저렸으나 내색하지 않았다.

"내가 좋다며. 가만 안 둬 준다면서."

"그만 못 해?"

"웃기잖아. 왜 난린데. 좋아하면 자고도 싶어야지, 아니냐?"

"씨발, 너 진짜!"

"이용권 끊어 준 건 너야. 설마 이제 와서 무르고 싶은 거냐? 무를래?"

"야, 은율."

"올라와. 맘 바뀌기 전에. 나중에 후회해도 소용없어."

"이용하랄 땐 들은 척도 않더니 갑자기 이러는 이유가 뭔데. 혹시 이거, 적선이냐……?"

맘에 든다고 들이대던 게 하도 우스워서. 멋모르고 집적대고 까부는 꼴이 실은 꽤 귀엽기는 했어서. 나이도 어린 녀석이 같잖은 오기만 넘쳐서 객기라도 부리는 걸로 착각하는 거냐고 유현이 물었다. 나름 힘겹게 꺼낸 좋아한다는 자신의 고백을 한낱 대수롭지 않게 여긴 건 아니냐고 많은 말들을 내포하며 쳐다보는 유현의 진지한 눈빛에 율은 말을 아꼈다.

묵묵부답인 그녀의 반응에 유현이 허, 한숨을 뱉었다. 아무리 힘겹게 억누르고 있는 욕정이라 해도 이런 식으로 취급받는 건 질색이었다. 당장이라도 안고 싶어 안달인 자신의 속을 훤히 꿰뚫는 듯한 율의 말에 제 발 저린 게 사실이라 해도, 이따위로 여기라고 진심을 고백한 건 아니었는데.

아쉽고, 서운하고, 섭섭해 미치겠는 마음. 이런 순간들로 인해 다시 또 깨닫고 만다. 끝끝내 율의 마음은 가질 수 없을 거라는 것을. 그러니 몸으로라도 만족하라는 것만 같아 유현은 더더욱 속이 상했다. 애써 화를 삭이며 입을 열었다.

"묻잖아. 한 번 주고 말자 생각했냐고."

"그럼 안 돼?"

"말이라고 해? 너 진짜 내 고백을 그 정도로밖에 생각 안 한 거야?"

"의외네. 얼씨구나 하고 달려들 줄 알았더니."

"말 계속 그렇게 해라. 그러다 진짜 죽는 수가 있다."

"정유현."

"안 해. 못해, 너랑. 몸 갖고 끝날 마음이었으면 진작 덮쳤어, 알아?"

유현이 한쪽 입가를 픽 말아 올렸다. 딱딱하게 경직된 얼굴로 입가만 뒤트는 비릿한 미소였다. 언제든 콜이라고 말하며 개구지게 웃던 유현과는 확연히 달랐다.

율은 생각했다. 늦었다는 건가. 안 되는데. 이러다 또 준우에게로 가면 안 될 텐데.

여전히 준우고 아직도 준우였다. 참, 준우에 대한 그리움은 한도 끝도 없다는 게 슬펐다. 유현이 냉정하게 쏘아붙였다.

"내 맘 안 받아 줘도 좋은데, 이딴 식으로 매도하지는 마라. 기분 아주 옛 같으니까."

"옛 같으면 그만두면 되겠네. 그만 좋아하면 되겠네, 이제."

"그게 안 되니까 이러는 거잖아! 어쩌라고!"

"자고 끝내라고, 그러니까."

"야!"

"되게 별로일걸. 나란 녀석 안는 거. 그래서 잡지도 않았을 거야, 재미없어서."

더는 못 봐주겠다 싶던 참이었다. 한계가 어디까지인지 시험하는 것도 아니고, 자꾸 미운 말만 골라서 하는 율이 원망스러워 있는 대로 썩어 들어가던 유현의 표정이 한순간 황망해졌다.

뭐라는 거야. 뭐가 어쩌고 어째?

미간을 잔뜩 구긴 유현이 가늘게 뜬 한쪽 눈을 찡긋거렸다. 몰라보게 가라앉은 목소리로 율이 조곤조곤 읊조렸다.

"안 잡더라고. 그만하자니까 바로 끝이더라. 하나도 특별하지가 않았나 봐, 나 같은 건."

"뭐라는⋯⋯."

"난 죽겠는데. 생각나서 미치겠는데. 평생 어느 누구하고도 안 될 텐데. 아마."

"이봐."

"그냥 좀 안아 줘. 억지로라도 안아서 준우 좀 지워 줘, 응⋯⋯? 네가 나한테 적선해. 그럼 되잖아."

"하⋯⋯."

"그래도 안 돼⋯⋯? 그래도⋯⋯ 싫어⋯⋯?"

간신히 끄집어낸 율의 목소리가 애절했다. 금방이라도 왈칵 울어버릴 것만 같은 떨림이 말투 곳곳에서 묻어났다. 진짜 안아 달라는 말이 아니었다. 그 정도로 그를 잊기 힘들다고 투정하는 거였다.

서럽고, 서글픈 모든 감정들이 고스란히 전해져 왔다. 유현의 심장이 철렁, 내려앉았다.

이렇게까지 사랑한다는 거다. 진짜 이렇게나 온몸으로 저 아닌 다른 사람만 찾아대는 율이 유현은 멀고, 또 아득했다.

나쁘다. 당신 진짜 나빠, 알아?

더 두고 보기 힘들어 율을 품에 끌어안았다. 가슴 가득 들어온 율을 느끼며 유현은 눈을 감았다.

살면서 누군가가 이토록 부러웠던 적은 없었다. 시기와 질투를 이 정도로 심하게 느껴 본 적이 결코 있지 않았다. 확률 없는 싸움이라도 달려들고 싶어 안달이 났다. 이미 내려진 결론을 알면서도 감당 안 될 만큼 욕심이 생겨 버린다. 자신도 모르게.

날 보고 웃어 준다면 얼마나 좋을까. 예쁜 그 두 눈에 나만 가득 담고서, 다른 새끼 모조리 잊고 나를 향해 웃어 준다면. 한 번이라도 그래 준다면 진짜 죽을 만큼 행복할 거 같은데. 정말 딱 한 번만이라도 좋으니까 그래 주면 나는 무슨 짓이든 다 할 수 있는데.

소리 없이 한숨을 내쉰 유현이 율의 등을 토닥였다. 어르듯 쓸고 살살 매만져 주는 다정한 손길은 끈적이지 않고 담백했다. 그게 왠지 유현 같지 않아 더 편안한 느낌이었다.

천천히, 느리게, 오래도록 다독여 주는 유현의 품에 안겨 있던 율이 문득 멀리로부터 쏟아지는 빛에 얼굴을 찌푸렸다. 눈부신 빛 너머를 살피던 율의 눈이 이내 서서히 커다래졌다.

눈으로 본 것을 머리로는 받아들이지 못하는 극심한 혼란스러움이 시작되었다. 상상이 지나쳐서 환각을 보게 된 게 아닐까. 너무 간절히 바랐기에 현실로 느껴지는 마법을 부릴 수 있게 된 건가. 설마.

어떻……게……. 너……?

뜨거운 무언가가 목구멍을 타고 내려가 가슴을 짓눌렀다. 그렁그렁 차오른 눈물이 뿌옇게 시야를 가렸다. 헤드라이트를 끈 차에서 내려서는 이는 틀림없이 준우였다. 차마 믿기지 않는 광경을 목격한 율이 파르르 떨리는 아랫입술을 질끈 깨물었다.

숨을, 멈췄다.

11.
너 만 있 어 준 다 면 , 나 는

탁, 하고 문 닫히는 소리가 제법 거칠었다. 그게 아니더라도 왠지 품 안의 율이 차츰 뻣뻣해지는 것 같아 뭔가 이상하다 싶었다. 조심스레 율을 놓아준 유현이 뒤를 돌아보다 멈칫했다.

무섭도록 어두운 얼굴의 준우가 저만치 앞에서 뚫어져라 자신을 쳐다보고 있었다. 율과 유현을, 정확히는 유현 쪽을 더 죽어라 노려보는 시선이 무척이나 사나웠다. 유현이 얼른 율을 살폈다.

"만나기로 했어요? 약속한 거야?"

"……."

"아님 그냥 예고 없이 온 거예요, 저 사람? 어?"

"정유현."

"말해요."

"미안한데, 나 한 번만 더 안아 줄래……?"

준우를 바라보며 율은 유현에게 부탁했다. 망연자실 준우에게서 시선을 떼지 못하면서 유현에게 안아 달라고 말했다. 보여 주기 식으로 안으라는 거였다. 준우에게 보여 주자는 얘기임을 곧바로 알아들었다.

괜찮겠느냐고 되묻는 것도, 괜찮으려나 망설이는 것도 내키지 않아 유현은 일단 말없이 율을 도로 품에 안았다. 아까보다도 훨씬 더 딱딱하게 굳은 율의 몸을 녹여 줄 것처럼 아주 꼬옥 안아 주었다.

안고서 율의 뒷머리를 가볍게 어루만졌다. 달래듯이, 어르듯이. 부드럽게, 따스하게, 다정한 손길로 매만지던 유현의 귓가에 이윽고 준우의 발소리가 가까워졌다.

저벅저벅.

힘이 실린 낮은 구둣발 소리가 확연히 가까워졌다 싶을 즈음 유현이 거칠게 돌려세워졌다. 율에게서 유현을 떼어 놓은 준우가 둘 사이를 막아선 채 냉랭하게 물었다.

"뭐야, 너."

"네?"

"뭐냐고. 대답해."

"저기요."

"꼭 한 번 물어봐야지 했거든. 사실대로 말해. 무슨 관계야, 율이랑."

추궁하듯 캐묻는 준우의 말투가 험상궂었다. 어금니를 꽉 깨문 채 말하는 준우의 차분한 목소리는 단조로운 것 이상으로 매우 서늘하게 식어 있었다.

이런 면도 있었나 싶어 의아해진 유현이 급히 율의 표정을 확인했다. 심하게 흔들리는 율의 눈동자는 여전히 준우에게 고정되어 떨어질 줄을 몰랐다.

저 눈에는 제가 없었다. 아주 잠시 잠깐도 담겨 본 적이 없다는 게 실로 서글펐다. 갖고 싶은데 가질 수 없는 저와는 달리 준우는, 율을 갖고도 늘 울리기만 했다.

그게 참 아니꼽달까. 부럽고 샘도 나고, 그런 감정들 너머로 자꾸만 못 견디게 화가 났다. 욕심이 나서. 미치도록 간절해서. 율이. 율의 모든 것들이 다.

패배를 인정하기 싫은 속 좁은 남자의 치기라고 봐도 상관없었다. 그냥. 싫으니까. 당신이. 슬쩍 시선을 내렸다 올린 유현이 준우를 향해 비뚜름히 말을 던졌다.

"무슨 사이로 보이시는데요?"

"장난할 기분 아니니까 대답이나 해."

"장난이라고 안 했습니다."

"말 돌리지 말고 묻는 말에 대답하라고. 뭐야."

"그쪽은요."

"뭐?"

"그쪽은 무슨 사이십니까. 우리 율이와."

유현은 부러 우리, 라는 말을 붙였다. 아니나 다를까 준우의 미간이 한층 더 보기 싫게 일그러졌다. 설레는 감정들 다 집어넣고 적당히만 웃어 주던 조심스러운 남자는 그 어디에도 없었다. 잘 모르는 사이인 유현에게 존칭을 사용하지 않기로 마음먹은 그 순간부터 준우는 예전과 너무도 다른 모습이 되어 있었다.

변화가 시작된 걸까. 소중한 게 뭔지 깨달았을까. 유현은 어렴풋이 알아챘으나 내색하지 않았다. 잃고서 시작된 변화라면 충동적일 가능성도 있으니까. 그렇게 믿고 싶은지는 모르겠지만. 유현이 주머니에 두 손을 꽂고는 태연히 말을 이었다.

"실은 알고 있습니다. 그쪽이 누군지. 모르는 척해 봤어요."

"됐고, 다시 묻는다. 너 뭐야."

"맞춰 보세요. 야심한 시각에 집 앞에서 부둥켜안고 있는 사이가 무슨 사이겠습니까. 뻔한 거 아닙니까?"

"율이 네가 대답해."

"이봐요."

"이 자식 뭔지 어디 네가 한번 말해 봐. 속일 생각 말고. 어서."

난데없이 화살이 율에게로 돌아갔다. 조금 더 튕길까 하던 유현은 별안간 율에게 질문을 던지는 준우 때문에 짐짓 곤란해졌다. 안 그래도 벌벌 떨고 있는 사람을 쥐 잡듯 잡아 봐야 좋을 게 없었다.

하얗게 질린 얼굴로 율이 준우를 올려다봤다. 이런 식으로 구는 준우는 처음이라선지 지금 율은 상당히 긴장하고 있었다. 쉬이 대답을 못하는 율을 보며 준우가 아주 살짝 표정을 풀었다. 최대한 침착하게 목소리를 내었다.

"묻잖아. 이 자식이랑 무슨 관계냐고. 말해."

"……그건 왜."

"궁금하니까. 알아야겠으니까. 온갖 상상이 다 돼서 미쳐 버릴 거 같으니까!"

"상관없어. 너랑은."

"은율."

"끝났잖아, 우리. 잊었어……?"

기어 들어가는 목소리로 율이 말했다. 수긍하기 힘든 괴로운 현실을 억지로 끄집어낸 듯 너무도 불안한 목소리였다. 그걸 고스란히 포착한 유현은 뒤틀리려는 입술을 참아 내며 준우를 관찰했다.

표정이 한층 더 싸늘해졌다. 노려보는 눈빛이 더더욱 딱딱하게 굳어 가는 준우였다. 어느새 유현은, 버젓이 율과 준우를 지켜보는 제삼자의 입장이 되어 버렸다.

준우가 율을 바라보며 미간을 구겼다.

"끝이라고? 진짜 그렇게 생각해?"

"다시 안 보겠다고 한 건 너야. 끝내자는 말에 동의한 거 아니었어?"

"동의할 수 없으니까 찾아온 거야. 몰라?"

"어. 몰라. 모르고 싶어. 그만 가 줘."

"율아."

"나 얘랑 자려던 참이야. 즐거운 시간 보낼 거니까 방해하지 말고 가."

"너 정말……!"

어떻게든 태연한 목소리와 말투로 내뱉은 율이 유현에게로 막 손을 뻗던 참이었다. 그만 들어가자며 유현을 이끌던 율의 손이 준우에게 갇혀 옴짝달싹도 못하게 됐다. 왼손뿐 아니라 오른손까지 단단히 붙들렸다.

호흡이 멈췄고, 가슴이 무너졌다. 준우의 손길이 닿은 순간 아무런 사고도 할 수 없을 정도로 머릿속이 새하얗게 비워지고 말았다. 뿌리치려는 시도가 될 리 없었다. 멍하게 굳어 버린 율을 준우가 사납게 꾸짖었다.

"이럴 거야? 진짜 이럴 거니, 율아? 이러고 싶어?"

"······."

"너랑 끝내기 싫어서 온 나한테, 이래야겠어? 이게 네가 원하는 거야?"

"······놔."

"딱 말해. 진짜 놔?"

"······."

"나 정말 이대로 너 놔 버릴까? 다시는 너 찾지 말까? 그럴까?"

"······이것 좀."

"욕심나 돌겠으니까 확실히 하죠."

어르고 달래 좋게 말할 수준은 지난 지 한참이었다. 속이 상하긴 해도 죽어라 밀어내는 율이 원망스러워 호되게 다그치던 준우가 끼어드는 유현의 말에 시선을 돌렸다.

불길이 타오를 만큼 강렬한 준우의 눈동자를 보며 유현이 한숨을 내쉬었다. 율의 표정은 더 이상 가여울 수 없을 정도로 엉망이었다. 유현이 태연하려 애쓰며 입술을 달싹였다.

"끝낼 건지 안 끝낼 건지, 제대로 말해요. 포기하게. 대충 알겠긴 한데 짜증이 나서 말입니다. 둘이 안 끝낼 거죠?"

"정유현."

"미안, 못하겠어. 웬만하면 장단 맞춰 줄랬더니 너 계속 그 얼굴이잖아. 그러려면 그냥 헤어지지 마. 안 도와줄 거야."

"안마."

"은율이 왜 그쪽이랑 끝내려고 했는지 압니까?"

빈정이 상했다기보다는 율이 걱정되어 참을 수가 없었다. 조금이라도 덜 아픈 얼굴이라면 연극이든 뭐든 얼마든지 더 도와줄 용의가 유현에게도 물론 존재했다. 아주 조금이라도 나은 눈빛이었다면 계속 도와줬을 거다. 율이 원하는 대로. 거짓 역할을 맡아서.

근데 아니니까. 준우를 보자마자 숨도 잘 못 쉬니까. 저렇게 손목 좀 잡혔다고 기절할 것 같은 율이 안쓰러워 죽겠으니까. 여전히 율이 바라보는 사람은, 이 남자 하나뿐이니까. 그걸 알겠으니까.

헤어지기 전 힘들어하는 율을 보면서 그랬었다. 이럴 거면 확 찢어지든지 하라고. 못 봐주겠다는 생각은 헤어진 율을 보고 더 강하게 느꼈고 지금 이 순간 의심의 여지없이 확고해졌다.

율은 준우다. 율이라는 이 여자는, 준우라는 이 남자가 아니면 안 되는 거다. 평생.

몰랐던 것도 아닌데 속이 상해 마지막으로 도발을 해 버렸다. 준우를 향해 던진 유현의 질문에 율이 사색이 되었다. 본 척도 않고 유현은 입을 놀렸다.

"좋아서 헤어졌답니다. 계속 더 좋아지길래 무서워서 끝냈대요. 좋아하면 좋아할수록 그쪽한테 미안해져서."

"너 안 닥쳐?"

"그쪽 아니면 안 된다니까 책임져요. 앞으로는 절대 누구도 못 바라본다는 이 여자, 제발 내 눈에 안 보이게 가져가 달라고요. 단념 좀 하게."

"이 나쁜 새끼야!"

"네가 더 나빠. 난 뭐 이러기가 쉬운 줄 알아? 내가 너 가볍게 좋아한 거 아니랬지. 진심이랬지."

"야!"

"다음번엔 진짜 뺏을 겁니다. 농담 아니니까 새겨들어요. 그만 울리고요. 갑니다."

"야, 정유현! 너……."

유현이 제 할 말만 마치고 매몰차게 돌아섰다. 그 어떤 타박도 하지 못한 채 유현을 보내버린 율이 미간을 찌푸렸다. 가득 고여 그렁그렁하던 눈물이 볼 위로 떨어져 내린 건 바로 그때였다.

너무 갑자기라 율은 당황했다는 말로는 부족할 만큼 하얗게 질려 어찌할 바를 몰랐다. 급히 닦아 내려 했으나 준우가 두 손 모두 꽉 잡고서 놓아주지 않고 있었다. 그제야 발버둥을 쳐 보지만 너무 늦은 처사였다. 애꿎은 눈물만 연거푸 후두둑 떨어질 뿐이었다.

눈 둘 곳을 모르고 이리저리 허공만 짚으며 피하려 안간힘을 쓰던 율이 겨우겨우 입을 열었다. 목소리 끝이 파르르 떨렸다.

"쟤 헛소리한 거야. 되는대로 막 지껄인 거야. 무시해."

"은율."

"그런 거 아니야. 너랑 끝낸 이유 그런 거 아니니까, 절대 아니니까……."

"나 좀 봐봐. 응?"

"이거, 손 그만, 놔주면 좋겠어. 그만 좀……."

"차 한 잔 줄 수 있어……?"

그새 또 뿌옇게 흐려졌던 시야가 툭 떨궈진 눈물로 인해 맑게 개었다. 볼이 따뜻해짐과 동시에 가슴은 서늘하게 시렸다. 율이 조심스레 시선을 들어 올렸다.

준우의 표정이 아련했다. 착잡하고 쓸쓸한, 참으로 안타까운 얼굴이 되어 있는 준우를 보는데 심장이 욱신거렸다.

그래도 율은, 일단 어떻게든 냉정해지려 애썼다. 다 끝난 마당에 차라니, 무슨 말도 안 되는 소리느냐 따질 요량으로 입술을 달싹였다.

"됐으니까 그쯤하고 손이나 놔."

"싫다는 거야? 차 한 잔도 싫어?"

"말 같지도 않은 소리 그만해. 내가 지금 너랑 차 마시게 생겼어?"

"못 마실 건 또 뭔데. 마시면 마시는 거지."

"이러지 마. 이러는 거 아냐."

"춥다, 율아. 들어가서 얘기하자."

"너······."

"감기 걸리면 큰일이잖아. 가뜩이나 추위 많이 타는 녀석이."

나지막이 내뱉은 준우가 잡고 있던 손 중 하나를 놓고 율의 볼을 어루만졌다. 이번에는 갑자기라서가 아니라 하도 자연스러워 피하지 못한 율이었다.

눈물자국을 닦아 주듯 살살 쓸어내리는 준우의 손길이 자상했다. 늘 그래 왔듯 이질스러움이라곤 전혀 없었다. 울컥, 메여 오는 목이 힘겨워 율은 숨을 꾹 참았다. 슬금슬금 또 눈물이 차오를 준비를 했다.

헤어졌던 게 꿈만 같다. 끝이라고 말하던 기억이 아예 없는 일이었나 싶다. 제 숨이고, 제 공기이고, 제 모든 것이던 준우가 너무도 가까웠다. 되찾아도 되는지, 확신은 들지 않았다.

율이 슬쩍 뒤로 몸을 빼며 준우의 손길에서 벗어났다. 그깟 차 한 잔 주는 게 뭐 그리 어렵겠는가. 문전박대를 할 것까지야 없다는 생각에 율은 들어와, 라고 말하고는 먼저 돌아섰다. 센서문 버튼의 기계음을 듣던 준우가 조용히 율의 뒤를 따랐다.

"커피 괜찮아?"

"넌 어떤데."

"내가 물었어. 커피 줘?"

사실 차의 종류가 중요한 건 아니었다. 엄밀히 따지자면 율의 집에 들어올 구실이 필요해 둘러댄 말이었으니. 대충 아무거나 달라는 뜻으로 준우가 고개를 끄덕였다.

소파에 앉는 준우를 확인한 율이 부엌으로 향했다. 카디건을 벗어 식탁 의자에 걸어 놓는 동안 내내 손끝이 떨렸다. 침착하자고 스스로를 달래며 커피 물을 올렸다. 등 뒤의 준우를 의식하지 않으려 율은 발악하듯 분주하게 손을 놀려 머그잔과 커피 등을 꺼냈다.

준우는 말없이 율을 바라보았다.

티스푼으로 머그잔에 커피를 담는 율을, 물이 끓는지 몇 번이고 확인하는 율을, 할 일도 없으면서 괜히 이리저리 서성이며 불안해하는 율을 조용히 주시했다.

잿빛으로 물든 율의 표정이 슬펐다. 어떻게든 태연하려는 것 같긴 한데, 그게 오히려 더 아프고 괴롭고 슬퍼 보였다.

다 알고 싶었다. 율을. 율의 마음을. 율이 무슨 생각을 하며 자신을 대하는지조차. 헤아린다고 하는데도 잘 몰랐다. 늘 한 발자국 정도 뒤로 물러서 있던 율을, 준우는 이제야 바로 볼 수 있게 되었다. 괜한 기분 탓이 아니었구나. 깨닫는 심장이 따끔하게 저렸다. 아무렇지 않은 얼굴로, 별생각 없는 눈빛과 표정으로 지내왔을 율을 생각하자 속이 상했다.

머그잔 두 개를 쟁반에 고이 받쳐 들고 오는 율을 보던 준우가 잠시 시선을 떨궜다. 무슨 말부터 해야 할까. 어떤 말을 해야 너를 되찾을 수 있을까. 우리의 끝을, 무를 수 있을까. 율아.

약속이나 한 듯 각자 손에 쥔 머그잔만 내려다보는 준우와 율 사이에 무거운 침묵이 가라앉았다. 침묵. 또 침묵. 문득 거슬리는 뭔가를 찾아낸 준우가 넌지시 말을 꺼냈다.

"율아."

"어."

"아까 그 녀석 말인데."

"어?"

"진짜야? 진짜 자려고 했어?"

준우가 고개 돌려 율을 바라봤다. 무심한 듯 보이는 표정 너머 성난 기운이 감지됐다. 똑바로 쳐다보는 준우의 날카로운 시선이 부담인 율은 얼른 다른 곳으로 눈을 피했다. 준우가 재차 물었다.

"말해 봐. 진짜 그럴 맘이 있었던 거야?"

"……무슨 상관인데."

"대답이나 하라고. 그러고 싶어? 진심으로?"

"그러고 싶으면 왜, 안 돼?"

"율아."

"커피나 얼른 마시고 가. 피곤해."

"내가 싫어진 줄 알았어."

쌀쌀맞게 내뱉고 잔을 들어 올리던 율의 손이 중간에서 움직임을 멈췄다. 이미 들켜 버렸으나 그대로 있는 게 더 이상해 율은 마저 들어 올려 입으로 가져갔다.

따끈한 커피를 한 모금 크게 머금었다. 너무 뜨거워 목이고 혀고
델 것 같았지만 무시하고 꿀꺽 삼켰다. 식도를 타고 내려간 온기에
심장마저 화끈거렸다. 준우가 나지막이 읊조렸다.

"나한테 질려서, 싫증이 나서, 다른 놈이 좋아져서 그만하자는
줄 알았어. 너는 내 얼굴이 보기도 싫어서."

"……."

"잡고 싶었는데 잡을 수가 없었어. 혹시라도 네가 날 원망할까
봐. 예전에 그랬지, 다른 사람이 생겼다면 어떡하겠느냐고. 그게 그
녀석을 말한다고, 나는."

"……."

"네가 원하는 대로 해 주고 싶었어. 아무리 너한테 욕심이 나도,
네가 행복하지 않으면 소용없으니까. 내 욕심 차리자고 곁에 두는
게 맞는 건지, 그렇게 널 붙들어 놓는 게 널 위하는 건지 수백, 수
천 번도 더 생각했어. 네가 너무 좋은데, 좋아서 미치겠는데, 너는
날 원하지 않는 줄 알고."

"……무슨 말이 하고 싶은 거야."

"헤어지자는 거, 혹시 나 때문이었어……?"

사설이 길었다. 그게 길면 길어질수록 율은 점점 더 숨쉬기가 힘
이 들었다. 매 순간 터져 나올 울음을 참느라 온몸의 진이 다 빠져
나갈 지경이었다.

지나친 긴장으로 심장에 부담이 갔다. 더 듣고 있기 곤란한 머그
잔을 테이블 위에 내려놓았다. 이만 상황을 끝내려던 율이 불쑥 내
던져진 질문에 뻣뻣이 굳어 버렸다. 손끝이 떨리다 못해 저릿저릿

했다.

"날 위해서 그만하자고 했던 거야? 내가 그랬듯이, 너도 나처럼?"

"……뭐가."

"나 아니면 안 된다고 했다며. 다른 사람은 못 본다고 했다면서. 내가 좋아서, 더 좋아져서, 좋아질수록 미안해서."

"그 자식이 미쳐 가지고 헛소리한 거라니까. 신경 쓰지 마."

"내 곁에 있는 게 나를 위한 일이 아니라고 생각했구나. 그렇지?"

"뭐……?"

"나한테 피해라도 줄까 싶었어? 그게 두려워서 날 놓은 거니? 다른 사람 생겼다고 속여 가면서?"

율이 아는 준우는, 이렇게까지 집요한 사람이 아니었다. 뭔가에 대해 물었을 때 대충 얼버무려도 그런가 보다, 하고 넘어가 주는 무심하고 무른 매우 적당한 사람이었다. 근데.

이상했다. 얘기가 점점 이상하게 흘러간다는 느낌을 받았다. 직감적으로 위험하다는 생각이 들었다.

"됐으니까 그만……."

"다 들었어. 서혜진이란 여자한테."

율이 일어서던 그대로 멈칫했다. 준우에게 잡힌 손목이 타는 것처럼 뜨거웠다.

지금, 뭐라고……? 누구……?

"네가 왜 이러는지, 뭣 때문에 이래야 했는지 다 알았어. 확실히 알았으니까 이제 그만 도망가."

"어떻게……."

"날 놓는 게 최선이라고 생각했어? 진짜 그런 바보 같은 생각으로 나랑 끝낸 거야? 네가 나한테 어울리지 않는다고?"

"그……."

"왜 그랬어. 내가 뭐라고 네가 그런 생각을 해. 어……?"

"……."

"그것도 모르고 나는, 잡고 싶은데 잡지도 못하고 내가 얼마나 너를, 진짜……."

끝내 말을 다 잇지 못한 준우가 하, 하고 짧게 탄식했다. 잡힌 손목이 아플 정도로 힘을 싣는 준우를 느끼면서도 율은 아무런 대꾸조차 할 수가 없었다. 다음 순간 준우가 천천히 몸을 일으켰다. 조심스레 돌아 세워진 율이 떨리는 시선을 들어 준우를 살폈다. 미간을 잔뜩 구긴 준우의 표정이 그저 애달팠다.

심하게 일렁이는 눈동자로 준우는 오래도록 율을 응시했다.

몰라줬다. 이 녀석이 그런 아픈 사정을 지니고 있을 줄은. 꿈에도 생각하지 못했었다. 그런 이유로 이별을 고한 율이라는 것을.

더불어 그런 결단을 내리기까지 아무것도 해 준 것이 없다는 게 준우는 화가 났다. 독단적으로 결정을 해 버린 율에게도 물론 화가 났지만, 그렇게 만든 제 자신이 더더욱 용납되지 않았다.

얼마나 곁을 주지 않았으면 말조차 꺼내지 못했을까. 쉽게 털어놓을 수 없는 얘기란 건 이해하지만 그래도. 헤어짐을 결심하면서 얼마나 힘들었을까. 얼마나 혼자, 속을 끓였을까. 아팠을까. 율이가.

싫다는 녀석 붙드는 건 이기적인 거라고. 어떻게든 잡고 싶었지만 다른 놈이 생겼다니까. 행복하면 된 거라고. 율의 마음에 제가 없다는 생각만으로도 당장에 죽어 버릴 것만 같은 준우였다. 사랑한다는 말을 부담으로 느꼈을지도 걱정이었는데. 그게 아니라니 다행이긴 하지만, 그렇지만.

한참이나 바라보던 준우가 그대로 율을 당겨 품에 안았다. 얌전히 제 가슴팍으로 안겨 오는 율의 뒷머리를 한손으로 부여잡고 눈을 감았다.

익숙한 감촉. 익숙한 향기.

간절하게 가져왔던 마음 그 이상으로 벅차오르는 심정이 되어 율을 꼬옥 안아 주었다.

다시는 놓지 않을 것처럼 손에 힘이 잔뜩 들어갔다. 준우가 입술을 달싹였다.

"미안하다……. 율아……."

숨결이 가득 실린 나지막한 중저음에 율이 눈물을 글썽였다. 보고 싶다던 욕심을 이뤄 준 것도 모자라 이렇게 따뜻하게 안아 주기까지 하다니, 죽어도 여한이 없을 것 같다는 생각이 들었다. 그런데.

서혜진, 그 여자가 결국 준우를 만났나 보다. 다 들었단다. 준우가. 어디까지 들었을까. 얼마나 알고 있을까. 말마따나 정말, 모두다 알았을까……? 그래서 찾아왔을까……?

이별이 굳이 자신의 탓이 아니었음에도 화를 내기보다 사과부터 하는 준우라는 걸 깨닫자 율의 눈 밑이 조금씩 어두워졌다.

이런 녀석이다. 이런 사람이라서 놓았다. 털끝 하나 다치게 하기 싫어서. 그게, 무서워서.

준우와는 격차가 크다. 주제를 알라는 말이 틀린 말도 아니었고,

없는 과거를 지어내어 들먹이지도 않았다. 착한 척하려던 게 아니라 비겁하게 도망간 거다. 안 떨어져 나가면 죄다 까발릴 거라고 겁을 주기에 피한 거였다, 실은.

그렇게 한심하기 짝이 없는 자신을 준우가 안아 준다. 사랑을 지키지도 못한, 아플 용기가 없어 도망친 주제에 안길 자격이 있나 싶어졌다.

율이 소리 죽여 한숨을 내쉬었다. 느릿하게 눈을 감았다 떴다. 고여 있던 눈물이 또르르 흘러내렸다. 우는 것도 감춰야겠지만 지금으로선 무리였다. 계속 좋아하고 있다는 것도 들킨 마당에 뭐가 어떠냐 싶고. 조용히 입을 열었다.

"한준우."

"어."

"준우야."

"듣고 있어."

"끝났어. 우리."

들릴 듯 말듯 흘러나온 율의 목소리에 준우가 움찔, 몸을 떨었다. 감고 있던 눈꺼풀을 들어 올린 준우가 품에서 율을 놓고 바라보았다. 울고 있었다. 두 눈 가득 그렁그렁 물기를 매단 채 우는 율을 보는 준우의 가슴이 또 한 번 무너져 내렸다.

힘든 모습 보이지 않았다고 율을 원망했던 지난날이 잘못이었음을 알겠다. 이별을 말하던 그날. 강한 척, 아무렇지 않은 척, 떠는 모습이라도 보여 주지 그랬느냐고 원망했던 제 자신이 모두 다 죄가 되는 순간이었다.

율이 조곤조곤 말을 이었다.

"저번에 그렇게, 우리 끝이었어. 알잖아."

"율아."

"다 들었다고 했지. 그럼 더 숨기지 않을게. 이유를 알았다고 해서 달라질 건 없는 거니까."

"왜 달라질 게 없는데, 왜."

"어쩔 건데……?"

방어기제가 그물처럼 펼쳐져 작동을 시작했다. 늘 이래 왔다. 괜찮은 척, 아닌 척, 아무 일도 없었다는 듯 행동하는 건 어렵지 않았다. 일종의 자기암시 같은 거였다.

여기서 무너지면 안 될 말이었다. 어떤 각오로 준우를 놓았었는지 상기해야 했다. 욕심내면 안 된다. 어울리지 않는 사람이다, 준우는. 율이 짐짓 표독스러운 말투로 쏘아붙였다.

"날 곁에 두고 싶어? 이렇게 여자도 남자도 아닌 거지 같은 나를?"

"율아."

"계속 가자는 거야? 자신 있어? 난 자신 없어. 나 갖고 너한테 손가락질하는 꼴 못 보겠다고."

"누가 손가락질을 한다고 그래."

"생각해 봐, 사람들이 뭐라고 할 거 같아? 결국 네 그 잘난 사업은 어떻게 되겠어? 남들 입에 오르내리면 타격받는 거 한순간이야. 왜, 일이고 뭐고 가진 거 다 버리기라도 할 셈이야?"

"못할 게 뭔데. 얼마든지 괜찮아, 너만 내 곁에 있어 준다면."

"한준우."

"나 사랑하지 않아, 너는……? 난 이렇게 온통 너만 보이는데,

너무 너만 보여서 널 놓고는 못 살 것 같은데 너는 그렇지가 않은 거냐……? 그래, 율아……?"

준우의 목소리가 가늘게 떨렸다. 이리저리 흔들리는 눈동자로 율을 주시하며 준우가 인상을 찌푸렸다. 사랑한다고, 죽을 만큼 사랑하고 있다고 반복해서 되뇌고 또 되뇌며 율을 바라보았다. 차마 답할 수 없는 율은 묵묵히 눈물만 흘렸다.

당연히 사랑한다. 너무 사랑해서 저야말로 돌아 버릴 지경이다, 근데. 준우와 함께한다면 당장은 좋겠지만 내내 죄책감 아닌 죄책감을 갖게 될 게 뻔했다.

사내처럼 굴려는 이유를 모두 알고도 한결같은 눈빛으로 자신을 봐주는 이 남자. 다 버릴 수 있다고 말하는 준우가 낯설었다. 정말 다 버려 버릴까 봐 슬금슬금 겁도 났다.

제가 뭐라고. 제까짓 게 뭔데. 동정일까. 불쌍해서 이러나. 안쓰럽고 안됐어서 보듬어 주고픈 충동일지도 모르겠다. 피해의식은 결국 자격지심으로 이어져 율의 목을 졸랐다. 매달리기 싫다. 아픈 사연을 내세워 준우의 곁에 남게 되는 건 율이 원하는 것이 아니었다.

할 수만 있다면 세상과도 등을 돌리겠다는 단호한 눈빛의 준우가 서러워 율은 입술을 질끈 물었다. 이런 마음으로는 준우와 다시 못할 것 같다. 이렇게 생겨먹은 저로서는, 안 될 거다. 분명. 사랑만으로 모든 게 괜찮아질 수 있을 거란 기대는 진작 버렸다.

율이 제 어깨를 잡고 있던 준우의 손을 살그머니 떼어 놓았다. 힘없이 투둑 떨어져 나가는 준우를 바라보며 입을 열었다.

"버리지 마. 지켜. 일이든 뭐든."

가까운데 멀었다. 바로 앞에 있으면서도 허상을 마주하는 것처럼 율이 아득해 준우는 애가 탔다. 율은 필사적이었고, 그 마음을 오롯이 알겠는 준우라 더 답답하고 안타까웠다. 마른침을 삼켜 낸 율이 차분히 말했다.

"다 버리고 오는 너 하나도 반갑지 않아."

"오지 말라는 뜻이야?"

"말했잖아. 우린 이미 끝이라고. 끝난 걸로 하자, 그냥."

"율아, 제발."

"너한테 어울리는 여자 만나. 그 여자랑 결혼해서 행복하게 살아. 부탁이야."

"뭐……?"

하얗게 질려 사색이 되는 준우의 얼굴을 보며 율은 이를 악물었다. 이런 말을 하게 될 줄 몰랐다. 이렇게까지 독한 인간이었나, 스스로도 놀라는 중이었다.

뱉는 것이 말인지 뭔지도 헷갈리는 지경이 되었다. 마비라도 된 것처럼 불편한 입술을 가까스로 벌렸다. 흡사 쥐어짜듯 까끌거리는 목소리가 목으로부터 새어 나왔다.

"너 이제 결혼할 나이잖아. 너한테 맞는 여자 만나서 애도 낳고, 가정 꾸리고 그렇게 살아. 그게 너랑 어울려."

"은율."

"난 무리거든. 그런 거. 언제 가능할지 기약도 없어. 결혼 같은 거 생각해 본 적 없고 애 낳을 마음도 없어."

"나도 필요 없어. 그만해."

"뭘 그만해. 똑똑히 들어. 나 같은 거 백날 사랑해 봤자 네 인생에 도움 안 된다는 소리야."

"그딴 거 다 필요 없다고 말했다. 그래도 싫어?"

"싫어. 가."

"난 너 아니면 안 돼. 너 없으니까 내가 아주 엉망이야. 근데도 나랑 끝낼 거야?"

"가라고. 좀."

"율아."

"아쉬워서 그래? 온 김에 한 번 할래?"

한계였다. 자꾸만 마음이 준우를 향해 손을 뻗으려 안달이었다. 입으로는 끝이라고, 가라고 하면서도 막상 속으로는 보내기 싫다는 모순적인 감정들로 힘겨워하던 율이 끝내 준우를 도발했다.

생각지도 못했던 말들에 준우가 굳었다. 당황했다는 말로는 모자랄 만큼 창백해진 준우를 보며 율은 더욱 독해지기로 다짐했다. 밀어내자. 준우를 위해서. 율이 준우의 재킷 소매를 잡아당겼다.

"벗어."

"율아."

"벗으라고, 얼른. 빨리 하고 가."

"너 진짜 왜 이래, 어?"

"싫으면 말고. 어쩔래. 할 거야, 말 거야."

"야, 은율. 너 정말······."

억지로 재킷을 벗긴 후 셔츠단추도 두어 개 풀어내리던 율이 제지하는 준우의 손에 막혀 짜증을 냈다. 준우가 황망한 얼굴로 뭐라 말을 못 이으며 율을 봤다. 어깨를 들썩여 한숨을 내쉰 율이 빠르게 팔을 교차해 제 니트를 끌어올려 벗어젖혔다.

알아서 벗고 들어오라며 먼저 침실을 향해 돌아서는 율을 준우가 붙잡아 소파 위로 쓰러뜨렸다. 두근. 가깝게 다가와 노려보는 준우의 눈빛에 율이 숨을 멈췄다. 준우가 냉랭한 목소리로 다그쳤다.

"뭐하자는 거야."

"뭐긴, 몰라서 물어?"

"나 진짜 화낸다. 계속 이럴래?"

"안 할 거면 그냥 가든가. 난 또 하고 싶다는 줄……."

"내가 이제 이것밖에는 아니냐, 너한테……?"

만나는 동안 단 한 번도 이 짓이 우선인 적 없던 준우였다. 율을 안으면 죽을 것처럼 벅차고 좋지만, 안아도 안아도 또 안고 싶은 마음이 들긴 하지만 이건 아니지 않은가. 이런 식으로 굴면 안 되지 않냐 이 말이다.

어떻게 저를 이렇게 볼까 싶다. 어떻게 네가 나한테 이러느냐 화내고 따져 묻고만 싶다. 사람 진심 몰라주는 것도 정도껏 하라며 버럭 소리치고 싶은걸 꾹 참았다. 하아. 터져 나온 준우의 한숨에 율이 입을 꾹 다물었다.

아니란 걸 안다. 알면서 율은, 준우에게 냉정해지려고 전에 없게 일부러 더 못된 척을 하는 거였다. 준우를 매도하면 그 이상으로 율은 가슴이 찢어졌다. 이렇게 해야 준우를 내치는 게 수월할 것 같아 그랬던 건데. 미안해도 강하게 나가자, 했던 건데.

지그시 눈을 감고 생각을 정리한 준우가 눈을 떠 율을 바라보았다. 고운 빛깔의 다갈색 눈동자를 마주한 율의 심장이 연거푸 두근, 뛰어 댔다. 목이 멜 정도로 코끝이 시큰거렸다.

준우의 시선이 점차 누그러졌다. 여리고 다정해진 눈빛으로 준우는 찬찬히 율을 살폈다. 이렇게 보고만 있어도 좋았다. 너무 좋아서 믿기지가 않는다. 꼭 꿈을 꾸는 것처럼.

물기로 촉촉해진 두 눈과 고운 콧날과 붉은 입술을 지나 얄쌍한 목선과 각진 쇄골을 봤다. 율의 뽀얀 우윳빛 살결을 만지고 핥고 싶은 충동을 애써 삭였다. 사랑하는데. 사랑하는 것뿐인데. 자꾸 밀어내려는 율이 야속하다는 생각은 감히 할 수가 없다. 이런 율이라도 그저, 좋아서. 준우가 나지막이 목소리를 내었다.

"며칠 새 살이 더 빠졌다. 왜 이렇게 말랐냐."

"……."

"감기 걸린 거야? 열나는 거 같은데."

"……상관 마."

"그 상관 말란 소리 좀 그만해. 계속 상관할 거니까."

"……."

"묻자. 내가 진짜 싫어……? 싫어서 이래……?"

준우의 눈빛이 아련했다. 간절한 목소리로 묻는 준우를 향해 율은 대답을 아꼈다. 아니라는 건 알 거다. 싫어서 이럴 리 없다는 걸 준우 역시 아주 잘 알고 있었다.

서서히 차오르는 눈물에 율의 시야가 점차 뿌옇게 흐려졌다. 눈물을 흘려 버릴 엄두도 못 낸 채 준우를 봤다. 준우가 살며시 한 손을 들어 올려 율의 입술을 어루만졌다. 키스하고 싶어. 마치 그렇게 말하듯 조심조심 매만지는 준우의 손끝이 미세하게 떨렸다.

어제, 마지막을 말하던 율은 참으로 냉정했었다. 질렸다는 눈으로 바라보며 아무렇지 않게 차가운 말들만 잔뜩 던져 놓고 가버린 율이었다. 단념이 되질 않았다. 저 싫다면 그만이라는 생각을 단 한 순간도 가져 본 적이 없는 준우였다. 어떻게 하면 율을 되찾을 수 있을까 내내 그것만 생각하며 마음을 졸여 왔다.

누군가를 너무 많이 좋아하면 자기 자신은 버려지는 것 같았다. 욕심도, 미련도, 자존심도, 다른 모든 것들보다도 율이 우선이었다. 무수히 많은 고민 끝에 내린 결론은, 율을 절대 포기할 수 없다는 거였다.

율 말고는 이제 아무것도 필요가 없게 됐다. 율 아닌 다른 사람은 아주 조금도 마음에 둘 수가 없다. 그래지지가 않는다.

잡아야겠다. 잡을 거다, 율을. 여전히 도망가려 안달인 이 여자를, 준우는 결코 놓을 수가 없다. 아주 잠시도.

"……괜찮으면 한잔할래. 술."

얼마간 더 율의 입술을 매만지던 준우가 어렵사리 손을 떼고는 바닥에 있던 니트를 집어 율에게 입혔다. 한 팔 한 팔 꿰어 주는 대로 얌전히 있던 율이 의아한 표정으로 준우를 봤다. 원체 술을 잘 못하는 준우라 먼저 술을 마시자는 제안은 잘 하지 않는데.

조심조심 율을 일으켜 앉힌 준우가 거실 장으로 걸어갔다. 그러고는 예전에 둘이 마시다 넣어 둔 반쯤 남은 양주병을 꺼내 들었다. 율이 마저 일어나 바닥에 내려섰다. 소파로 돌아온 준우가 율을 살폈다.

"어디 가?"

"잔 가지러."

"맞다. 잔. 내가 이렇네."

"안주 뭐 줄까. 저녁은 먹었어?"

볼이 쏙 들어간 안된 얼굴로 율이 물었다. 다정한 말투가 문득 예전으로 돌아간 느낌을 주었다. 멍해진 준우가 안주는 됐다며 고개를 저었다. 그럼에도 율은 기다리라며 서둘러 부엌으로 향했다.

냉장고를 뒤적여 대충 이것저것 안주거리들을 챙긴 율이 소파로 돌아왔다. 어디쯤 앉을까 고민하는 율을 보던 준우가, 살짝 옆으로 비켜 주며 자리를 만들었다. 닿지 않을 거리 만큼에 율이 앉았다. 술잔을 기울였다.

준우는 초반부터 달렸다. 술을 따라 주기가 무섭게 잔을 든 그가 한입에 털어 넣어 잔을 비웠다. 천천히 마시라는 말 대신 율은 다시 잔을 채워 주었고, 이번에도 준우는 두말 않고 원샷을 했다.

본인의 주량 외에는 결코 더 마시지 않는 준우가, 어느 누구 앞에서도 흐트러진 모습을 보이지 않으려 애쓰던 단정한 준우가 일부러 취하려는 것 같다는 생각을 하며 율은 고개를 떨궜다. 취한 널 보고 흔들리면 곤란한데.

뒤이어 잔을 비운 율이 준우의 잔과 제 잔에 다시 술을 채워 넣었다. 이번에도 준우는 단숨에 목을 젖혔다. 비운 잔을 내려놓는 준우의 초점이 다소 풀려 있었다. 율이 작게 한숨을 뱉었다.

"천천히 해."

"그래."

"안 재워 줄 거니까."

"하하, 그래. 알았다."

으름장을 놓는 율의 말에 준우가 너털웃음을 지었다. 눈꼬리를 내리고 허공을 보며 웃는 준우의 모습을 율은 말없이 응시했다. 막 빛이 난다. 그래서 눈이 부신, 준우는. 보고만 있어도 마음이 벅차 얼른 시선을 거뒀다. 술을 마셨다.

비워 낸 율의 잔에 이번에는 준우가 술을 채웠다. 이어 제 잔도 채워 가볍게 부딪혔다. 정신력으로 버티는 건지 준우는 홀짝홀짝 잘도 잔을 비웠다. 생각했던 것보다 제법 주량이 되는 준우를 보며 율도 엇비슷하게 잔을 비워 냈다.

안주로 가져온 것들에는 손도 대지 않는 준우를 보다 못한 율이 과자 하나를 집어 내밀었다. 됐다고 하려던 준우가 아, 하고 입을 벌렸다. 먹여 달라는 뜻을 알고도 율은 잠시 망설여야 했다.

고민 끝에 율이 살며시 손을 뻗었다. 과자를 받아 오물거리는 준우의 고운 입술에서 어렵사리 시선을 거뒀다. 끝인데. 끝이어야 하는데. 자꾸만 왜. 미적거리는 스스로를 꾸짖으며 잔을 비웠다. 준우가 이내, 가만히 입을 열었다.

"이렇게 어려운지 몰랐어. 연애라는 거."

혼잣말처럼 흘러나온 중저음이 나른하게 귓가에 감겨들었다. 율은 애써 준우를 쳐다보지 않으며 술을 따랐다. 덩달아 비어 있는 준우의 잔도 채워 주었다. 준우가 잔을 가만가만 돌리며 말을 이었다.

"아니, 어쩌면 네가 어려운 건가 봐. 사랑한다는 말도 그래서 아꼈었나 봐, 내가. 바보같이."

"한준우."

"누굴 이렇게까지 좋아해 본 적이 없어서 겁이 났어. 사랑한다고 말하면 더 사랑하게 될까 봐. 그래서 네가 부담스럽다고 할까 봐. 조심했어. 조심해야 되는 줄 알았어. 널 위해서."

"……술이나 마셔."

"율아."

"왜."

"나 좀 살려 주면 안 될까……?"

쓰디쓴 알코올이 목을 타고 넘어갔다. 중간쯤 마시던 그것을 미처 다 못 삼키고 도로 잔을 내려놓은 율이 준우에게 시선을 주었다. 자칫 울 듯한 얼굴로 자신을 보는 준우였다.

설마. 천하의 한준우가 울 리는 없다고 생각하면서도 괜스레 맘이 좋질 않아 율은 첨잔을 했다. 모른 척 비운 잔을 내려놓고 애꿎은 과자만 만지작거렸다. 준우가 쓰게 웃었다.

"아파. 너무 아프다. 네가 자꾸 밀어내니까 나 정말 죽을 거 같아. 그러지 마."

"엄살은."

"엄살 아니야. 너 아니면 안 되겠어. 네가 있어야 내가 살겠어. 그러니까 나 좀 도와줘."

"글쎄 그만……."

"사랑해."

진심에 진심만을 담은 목소리로 준우가 율을 불렀다. 떨리는 아랫입술을 힘주어 질끈 깨문 율이 슬쩍 준우를 살폈다. 어느덧 잔을 놓고 뒤로 기대어 앉은 준우가 고개를 젖혀 시트에 머리를 댔다.

드러난 목덜미가 유려했다. 매끈한 턱 선과 조금 벌어진 붉은 입술이 지나치게 탐스러웠다. 고운 다갈색 눈동자는 애절하게 율을 응시하고 있었다. 느릿하게 눈을 깜빡이며 준우가 말했다.

"사랑해. 사랑해, 율아. 네가 너무 좋아서 미치겠어. 힘들어."

"……하지 마."

"너만 좋아. 너는 다 좋아. 너만 있으면 나 진짜 다른 거 다 상관없어."

"하지 말라고. 듣기 싫어."

"내 옆에 있자, 율아. 나 버리지 마라, 응……?"

조금씩 목소리가 작아지고 있었다. 술이 오르는지 얼굴도 제법 붉었다. 깜빡이던 눈이 감겨 있는 시간이 늘어났고, 그러면서도 준우는 계속해서 율을 찾고 불러 댔다.

율아…… 하는 낮은 음색에 물기가 촉촉하다고 느낀 순간 준우의 감긴 눈매에서 눈물이 흘러내렸다. 믿기 힘든 광경을 목격한 율이 그대로 얼어붙어 숨을 죽였다. 좋아해. 사랑해. 거의 웅얼거림에 가까운 말들이 흘러나왔다. 율이 미간을 구겼다.

눈꼬리를 타고 흘러내린 눈물이 귓불로 젖어 들었다. 반짝이는 준우의 눈물길에 율의 심장이 세차게 욱신거렸다.

나 같은 건 아무것도 아닌데. 네 인생이 훨씬 더 중요한데. 그걸 지켜줘야 하는데. 어쩌자고 이렇게. 너는. 나를.

쌔근쌔근 고른 숨소리를 내는 준우를 율은 하염없이 바라보았다.

그러게. 연애라는 거, 나도 이렇게까지 어려운 줄은 미처 몰랐네.

망설이던 손을 주춤주춤 뻗었다. 준우가 깨지 않도록 조심하며 율은 그의 눈물을 닦아 주었다.

미안하다. 미안해 죽을 지경이다. 상처 줘서 미안하고, 차갑게 굴어서 미안하고, 하필 저라는 여자를 만나 괜한 마음고생 하게 하는 게 너무도 미안한 율이었다. 밀어내도 밀어내어지지 않는 준우가 그만큼 더 슬펐다. 이렇게 잡아 줘서 고마운데, 그 이상으로 맘이 아렸다. 준우를 향한 욕심은 그대로였다. 그래도 되나, 싶을 뿐.

준우를 위해 선택했던 이별. 그 준우가 이제는, 저를 좀 살려 달란다. 율이 있어야 살겠다며, 도와주는 셈치고 옆에 있어 달라는 그를 어떻게 해야 할지 모르겠다.

사죄하는 마음으로 율은 아주 천천히 준우에게 다가갔다. 보기만
해도 좋은 근사한 준우의 얼굴을 한참 들여다보다 살며시 입술에
입을 맞췄다. 꽤 많이 마신 탓인지 준우는 알아차리지 못했다.

가볍게 대었다 뗀 입술이 아쉬웠다. 달콤한 온기가 그리워 딱 한
번만 더 대어 보자며 다가가던 율이 순간 느릿하게 열리는 준우의
눈에 놀라 바로 앞에서 움직임을 멈췄다.

당황한 율이 떨어지려 하자 준우가 얼른 율의 뒤통수를 부여잡고
그대로 고개를 비틀어 입을 맞췄다. 단번에 입술을 가르고 혀를 넣
는 준우에게 압도된 율이 두 눈을 질끈 감고 어쩔 줄을 몰랐다.

"읍…… 으읍…… 음…….."

처음엔 밀어내려 했다. 힘껏 부여 잡힌 상태였으나 필사적으로
떠민다면 얼마든지 빠져나올 수도 있었다. 근데 그럴 수가 없었다.
준우라서. 준우의 입술이 닿고 준우의 혀가 밀려들어온 그 순간 이
미 율의 몸은 율 자신의 것이 아니었다.

저절로 준우를 받아들였다. 비집고 들어와 이리저리 쑤시고 헤집
는 준우의 혀를 율은 저도 모르게 감싸 안고 있었다. 격하게 핥고
빨아 대는 준우를 느끼자 감당 안 될 전율감으로 몸이 으슬으슬 떨
렸다. 율이 입을 한껏 더 크게 벌리며 혀를 내밀었다.

내어 준 율의 혀를 준우는 미친 듯이 더듬었다. 숨결마저 집어삼
킬 것처럼 격렬하게 혀를 놀렸다. 촉촉했다. 달았다. 보드랍고 말랑
말랑한 혀가 감미로워 정신을 차릴 수가 없었다.

빨고 또 빨고 사정없이 탐했다. 흥건하게 고인 타액까지 츄웁츕
소리 내어 빨아 삼켰다. 고개를 반대편으로 꺾어 율의 입술을 틀어
막고서 더 깊이 혀를 넣었다.

질펀하게 키스하던 준우가 이내 다른 손을 뻗어 율의 허리를 잡아당겼다. 순식간에 일으켜 제 다리 위로 데려와 마주 보고 앉게 했다. 준우가 눈을 떴다. 힘겨운 듯 끙끙 낮은 신음을 뱉는 율의 야한 얼굴에 몸과 마음이 후끈 달아올랐다.

이렇게 좋은데. 좋아 미치겠는데 어떻게 너를. 율아…….

반항 않고 얌전히 있어 준다는 것만으로도 기뻐진 준우가 다시금 눈을 내리감고 키스에 열중했다. 율이 준우의 목에 살그머니 두 손을 둘렀다. 입술과 혀가 더욱 진득하게 맞물렸다.

키스는 꽤 오래도록 이어졌고, 시간을 거슬러 예전으로 돌아간 기분이 된 준우와 율은 한참이나 서로를 안고 입을 맞췄다. 잠시라도 떨어질라치면 누가 먼저랄 것도 없이 서로를 당겨 안았다.

입술이 붙어 있어야 숨을 쉴 수 있는 것처럼. 빨고 핥고 탐해야 살 수 있는 것처럼 단 한 순간도 놓지 못하고 혀를 섞었다. 젖은 두 입술이 닿아 문질러지고 감미로운 두 혀가 미끄러지듯 엉켜들었다.

밤이, 깊어 가고 있었다.

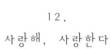

12.
사랑해, 사랑한다

율은 무척 오랜만에 꿈을 꿨다. 요새 통 잠을 이루지 못했는데 꿈까지 꿨다는 게 신기했다. 게다가 그 꿈엔, 간절한 그리움이 닿았는지 준우가 나왔다.

그윽하게 눈을 맞추고 바라봐 주던 준우의 입술이 다가왔을 때 심장이 터질 것 같이 좋아서 이대로 죽었으면, 했다. 생의 마지막 기억이 준우라면 좋겠다고 간절히 바라다가 눈을 떴다. 행복함이 너무 심하면 슬퍼지는 건지도 모르겠다.

시린 가슴을 느끼자마자 율의 눈꼬리를 타고 눈물이 흘러내렸다.

더 많이 봐 둘 걸 그랬다. 언젠가 기억이 흐려지면 너무 많이 아플 것 같다. 꿈이라 더 생생하고 꿈이라서 더 아득한 준우의 얼굴을 떠올리며 몇 번 눈을 깜빡여 천장을 보던 율은 살며시 옆으로 고개를 돌렸다.

아직도 꿈을 꾸고 있는 건가.

자신의 옆에 곤히 잠들어 있는 준우를 보자 머릿속이 새하얗게 비워졌다. 꿈이 아니었다. 준우와 키스하던 기억이 온전히 모두 현실이었음을 느끼는 율의 눈동자가 가늘게 일렁였다.

준우야…….

입술을 깨물며 마냥 준우를 바라보던 율이 시간을 확인하고 기겁을 했다. 오전 9시 반. 이 시간까지 자고 있는 한준우라니. 얼른 손을 뻗었다.

"준우야. 준우야?"

"으음……."

"일어나. 늦었어, 회사 안 가?"

"누워."

토요일도 어김없이 출근을 하던 준우가 답지 않게 늦장을 부리며 율을 도로 자리에 눕혔다. 그러고는 손등을 들어 율의 이마를 턱하니 만져 봤다. 준우가 열 좀 내렸네, 하고 중얼거렸다.

고개를 돌릴 때 떨군 건지 베개 옆에 떨어져 있던 물수건을 들어 다시 율의 이마에 얹어 놓은 준우가 눈을 감았다. 그러고 보니 어제 거실 소파에서 입을 맞추고 있었던 것 같은데 언제 침실로 들어온 건지 율이 고개를 갸웃거렸다.

"9시 넘었는데."

"알아."

"안다니. 너."

"늦는다고 전화했어."

"뭐?"

"천천히 나가 본다고 했다고. 더 자."

"……."

너무도 태평스럽게 내뱉은 준우가 의아해 율은 입을 다물었다. 이런 적이 없었다. 출근을 미루고 시간을 늦추고, 이러지 않는 준우를 알기에 더욱 걱정이 되었다.

그래도 괜찮은 거냐고, 그래도 상관없느냐고 차마 물어보지도 못하는 율이 염려스런 얼굴로 한숨을 내쉬었다. 아무래도 저 때문인 것 같아 불안해하는 율을 별안간 준우가 확 끌어당겨 품에 가뒀다. 꼼짝 못하고 준우의 가슴팍에 안긴 율이 놀란 얼굴로 어쩔 줄을 몰랐다.

"야, 너!"

"자라고."

"알겠으니까 이것 좀."

"추울까 봐."

"뭐?"

"너 추울까 봐 그런다고. 자자."

"하……."

능청이 늘었다. 원래 이런 녀석이었나, 율은 생각했다. 그러면서도 그게 참 싫지 않아서, 아니, 준우가 하는 말과 행동이라면 뭐든 다 괜찮은 율이라서 금세 누그러진 표정을 하고는 벗어나기를 포기했다.

따뜻하다. 밤새도록 안아 줬을까. 포근하게 푹 잔 자신을 떠올리며 율은 살며시 입가를 말아 올렸다. 준우의 가슴팍을 밀어내려던 손을 슬그머니 그의 등 뒤로 둘렀다. 준우가 그런 율을 더 꼬옥 안아 주었다.

정오가 다 되어 갈 무렵에야 율은 눈을 떴다. 미리 깨어 있던 준
우는 잠든 율을 바라보고 있었다. 잘 잤어? 하고 나지막이 묻는 목
소리가 한없이 다정했다. 고개를 끄덕이는 율의 이마에 준우가 쪽,
하고 입을 맞추었다.

아무 일도 없던 것 같다. 고스란히 예전으로 돌아간 기분이 된
율은 왈칵 터지려는 울음을 힘겹게 참았다. 이별이 없었던 일로 되
려나. 될 수 있을까. 노파심이 드는 것은 어쩔 수 없었다. 가슴이 묵
직하게 아렸다.

"벌써 1시야."

"그래서."

"회사 어쩌려고."

"밥도 먹지 말고 가라고?"

준우를 먼저 씻게 하고 욕실에 들어갔다 나온 율은 준비도 안 하
고 소파에 앉아 텔레비전을 보고 있는 준우의 모습에 놀라서 입을
떡 벌렸다. 당최 회사에 나갈 생각이 있는 사람이라고는 전혀 보이
지 않았다.

출근시간이 한참이나 지나서도 대낮에 소파에서 뒹굴거리는 준우
는 상상조차 못했었다. 율은 일부러 시간을 끄는 준우라는 걸 어렴
풋이 눈치챘지만, 뭐라 더 다그칠 수는 없었다. 대충 뭐라도 시켜
먹고 보내야지 안 되겠다며 재빨리 메뉴를 정했다.

배달시킨 초밥을 부리나케 해치웠다. 식사하는 내내 준우는 늘
그래 왔듯 살뜰하게 율을 챙겼다. 이것저것 골고루 먹도록 집어 내

밀고는 물과 국도 빠짐없이 권했다. 체하지 않게 꼭꼭 씹어 먹나 감시라도 하듯 열심히 바라보는 준우였다.

좋으면서도 불안했다. 떨리고 설레고, 이루 말할 수 없을 만큼 기쁘고 행복한 와중에도 율은 문득문득 맘이 괴로워 견딜 수가 없었다. 이래도 되나 싶어서 겁이 났다. 이렇게 그냥, 준우를 받아들여도 되는 건지 아직은 잘 모르겠는데.

지난밤 나눴던 대화들을 천천히 곱씹었다. 애절한 눈빛으로 제발 그만 도망가라며 부탁하던 준우가 떠올랐다. 온통 율만 보인다고, 놓고는 못 살 것 같다고. 결혼 같은 거 생각해 본 적 없고 애 낳을 마음도 없다는 율에게 저 역시 그딴 건 필요 없으니 곁에만 있어 달라고 했던가. 너만 있으면 다른 건 아무래도 상관없다면서.

멍하니 생각에 잠겨 있던 율이 다가온 기척에 흠칫 놀랐다. 율의 입가에 묻은 물기를 살살 닦아 준 준우가 부드럽게 율의 머리를 쓸어 넘겼다. 손길 가득 묻어나는 애정이 대단했다. 욱신거리는 가슴을 참아 내려 율이 입술 안쪽 여린 살을 베어 물었다.

"간다."

"어."

"사실 안 가도 되긴 하는데."

"그런 게 어딨어. 빨리 가."

"율아."

"왜."

"이따 퇴근하고 와도 되지……?"

현관에 서서도 한참을 미적거리던 준우가 율에게 허락을 구했다. 오지 말라고 해도 올 거라는 결연한 얼굴을 하고서 묻는 준우가 우스웠다. 율은 대답을 아꼈다.

그저 모른 척 시선만 피하는 율을 준우는 그대로 당겨 품에 안았다. 이렇게 또 준우의 손만 닿으면 아무런 반항도 할 수가 없는 율이었다. 율아. 나른한 중저음이 귓가에 감겨들었다. 준우가 율의 뒷머리를 살그머니 어루만졌다.

"나 너 못 놔. 안 놓을 거야. 내 곁에 둘 거다. 죽을 때까지. 평생."

"……."

"그러니까 그만 포기해. 이렇게 자꾸 피하는 거, 서운하고 섭섭해. 싫어."

"……출근 안 해?"

"사랑한다고 말해 줄래?"

한 번만. 딱 한 번만. 지금은 그걸로 참아 줄 테니까 딱 한 번만 말해 봐, 응?

준우가 율을 졸랐다. 그야말로 준우답지 않은 모습이었다. 사람이 어디까지 변하려는지 너무 급해 현기증마저 났다. 어지러운 머리를 부여잡고 율이 준우를 떼어 냈다.

갈구하는 눈빛이 아련했다. 진심으로 부탁하는 준우를 더 마주하기가 어려웠다. 피곤하다고 둘러댄 율이 서둘러 현관문을 열었다. 살짝 입가를 말아 올려 씁쓸히 웃던 준우가, 이내 마지못해 돌아섰다.

굳게 잠긴 현관문 앞에서 잠시 서성이던 율이 침실로 가려던 발길을 돌려 베란다로 향했다. 슬리퍼를 신고 조심조심 문을 열어 고개를 내밀었다. 센서문을 빠져나온 준우가 벤츠로 걸어가는 모습이 보였다. 뒷모습마저 근사하다는 생각을 하던 율이 순간 눈을 크게 떴다.

차 문을 열다 말고 느릿하게 고개를 돌린 준우와 눈이 마주쳤다. 보고 있을 줄 미처 몰랐는지 준우의 표정 역시 꽤나 놀란 듯 보였다. 준우가 한 손을 들어 올렸다. 흔들지는 못하고 가만있는 그를 향해 율도 한 손을 들어 올렸다.

잘 다녀와.

율이 소리 없이 중얼거렸다.

들리지 않았을 텐데도 준우의 입가가 보기 좋게 휘었다.

다녀올게.

역시나 들리지 않는 준우의 마음을 율은 고스란히 전해 들었다. 오래도록 시선을 떼지 못하던 준우가 힘겹게 운전석에 올랐다. 창틀에 두 팔을 올린 율이 그 위에 턱을 얹고 소리 없이 미소 지었다. 곱게 접힌 눈매가 슬펐다.

"동작 그만. 앉으세요."

"왜."

"앉아 있는 게 도와주는 겁니다. 모르셨어요?"

"뭐야?"

임시라 해도 명색이 사장을 뒷방 늙은이 취급하는 재원의 말에 율이 기막혀 할 말을 잃었다. 이럴 거면 차라리 버럭 화를 내는 게 백배는 더 마음이 편할 것 같다. 안 그래도 요새 자주 자리를 비워 미안해 죽겠는데 일마저도 못하게 눈치를 주는 재원이 야속했다.

꾸짖듯 인상을 쓴 재원은 일어나려는 율을 억지로 다시 잡아 앉히고는 서둘러 손님 테이블로 향했다.

소리 죽여 툴툴대는 율에게 근처의 바텐 녀석 하나가 다가와 위로의 말을 건넸다. 오늘 일하시고 또 아프시면 어쩌나 걱정이신가 봐요. 율이 응급실에 갔었다는 얘기가 벌써 동네방네 소문이 퍼져 있었다. 그거야 잠을 제대로 못 자 일어난 사고라니까. 피곤한 표정으로 율이 뒷머리를 벅벅 긁었다.

준우를 출근시킨 후 다시 침대에 누웠지만 잠이 오지 않았다. 이불이고 베개고 온통 준우의 체취가 남아 있었다. 그게 참 신기했다. 그것만으로도 맘이 들떠 주체할 수가 없었다. 꼭 곁에 함께 있는 것만 같았다. 준우가, 준우와, 계속.

퇴근하고 오겠다는 말에 설레었으면서 안 그런 척 입술을 삐죽였던 자신이 왠지 부끄러웠다. 좋은데 좋다고 표현하기가 왜 어려울까. 여전히 준우가 어려운가, 나는.

모든 게 다 알려진 상황임에도 율은 조심스러웠다. 조심스러울 수밖에 없다, 아직 어떻게 하겠다 확정지은 것이 아니므로. 준우가 좋은데, 그의 곁에 있어도 될지는 잘 모르겠다. 뭔가 정리가 덜된 듯 맘 한구석이 찜찜했다.

"사장님."

"응?"

"전화 오는데요."

"아……."

멍하니 있던 율이 조심스런 바텐의 말에 주머니에서 핸드폰을 꺼내 들었다. 액정에 떠오른 준우의 이름을 보자마자 화들짝 놀란 율이 서둘러 몸을 일으켰다.

마침 카운터로 돌아오던 재원은 혹시 율이 또 손님에게 갈까 봐
예의주시하며 쳐다보았다. 나 잠깐 전화 좀, 미안. 다소 너그러운
표정으로 고개를 끄덕인 재원의 허락에 율은 빠른 속도로 직원용
화장실로 들어가 문을 잠갔다.

"여보세요."

— 나.

"어."

— 어디야. 설마 가게야?

다 알고 있다는 말투로 묻는 걸 보니 벌써 퇴근해 율의 오피스텔
에 와 있는 모양이었다. 시간을 확인한 율이 미간을 구겼다. 혹시나
했더니 역시나 퇴근도 참 빨랐다. 어울리지 않게.

신경이 쓰였다. 괜히 서두르다 일에 지장을 줄까 그게 걱정인 율
이었다. 흘러내릴 듯 문에 기대어 선 율이 천천히 눈을 감았다 떴
다. 눈앞에 아른거리는 준우의 얼굴에 심장이 두근 뛰었다.

"어."

— 왜 나갔어, 쉬지.

"그냥."

— 가게로 갈게. 퇴근 준비해.

"뭐?"

— 너 밤새 앓았단 말이야. 그 몸으로 가게를 왜 가?

준우가 낮게 툴툴거렸다. 볼멘소리라고는 하지만 알게 모르게 걱
정하는 기색이 여실히 묻어났다. 천하의 한준우가 잔소리를 다 하
네. 말려 올라가려는 입술 끝을 겨우 부여잡은 율이 태연히 목소리
를 냈다.

"괜찮은데."

— 괜찮긴, 내가 열난다고 그랬지. 몸 안 좋은 줄도 몰랐어?

"그래서 밤새 물수건 올려 주고 했던 거야?"

— 그래. 잘 자고 있는지 수시로 일어나서 확인도 했다.

"……바보."

— 암튼 준비하고 있어. 전화하면 나오고, 밖에 추우니까.

"본가는. 안 가?"

넌지시 화제를 돌렸다. 주말이면 꼭 가던 본가마저 포기하려나 싶어 율은 불안해졌다. 아니나 다를까 일 초의 망설임도 없이 준우는 안 가, 한다. 율이 한숨을 내쉬고 말을 이었다.

"그만해. 이렇게까지 안 해도 돼."

— 뭘 그만해. 뭘 이렇게까지 안 해도 되는데?

"너 너무 갑작스러워. 적응 안 된다고."

— 그런 이유라면 미리 미안하다고 해야겠다. 앞으로는 더 변할 거거든.

"한준우."

— 너 두 번은 못 잃어. 나 충분히 괴롭고 힘들었어. 그러니까.

변할 거라고, 얼마든지 더 변할 수도 있다고, 말했듯 다시는 놓아 주지 않을 작정이라고, 그러니 너도 그만 포기하고 순순히 말 듣는 게 좋을 거라고.

그 어떤 걸로도 저를 단념시킬 수 없다고 준우는 단언했다. 그 어떤 거짓말에도 속아 주지 않을 거라며 으름장을 놓는 그였다. 좋아하니까. 사랑하니까. 제 마음만 생각하고 봐 달라며 준우는 조곤조곤 율을 설득했다.

이렇게 쉬운 걸 왜 진작 몰랐을까 싶다. 이렇게나 쉽게 변해 줄 수 있는 준우인데 그동안 왜 그렇게 겁을 내고 두려워했을까. 왜 그리 멀게만 느꼈을까. 어렵다고, 힘들다고, 알아주길 바라면서도 속으로만 꽁꽁 싸매고 지내 왔을까. 왜.

그래. 좋아하는데. 좋아하고 있는데 왜 밀어내기만 해야 하는지 슬슬 헷갈리기 시작했다. 굉장한 방해물이라고 여긴 제 과거를 아무렇지 않게 넘겨 준 준우가, 동정인지 연민인지 모를 그의 감정이 율은 그저 한없이 고맙고 또 감사했다.

외면하기도 더는 지쳤다. 모른 척 타협을 할까 싶어지는 율이었다.

알았다며 통화를 마친 율이 화장실을 나와 카운터로 향했다. 카디건과 가방을 챙겨 드는 율에게 재원이 멀뚱히 시선을 주었다. 자초지종을 설명하려는 율의 등을 떠민 재원이 들어가십시오, 하고는 문을 닫았다. 피식 웃은 율은 돌아서서 계단을 올라갔다.

아무 생각 없이 고개를 들던 율이 입구의 누군가를 발견하고 멈칫했다. 율의 표정이 딱딱하게 굳었다.

당……신……?

"벌써 퇴근하는 거예요?"

혜진이었다. 잔뜩 꼬인 말투로 입을 여는 혜진의 얼굴에는 불쾌한 기색이 역력했다. 잊지 않고 덧붙인 간만이죠, 라는 말에는 그 어떤 반가움도 담겨 있지 않았다.

누굴 만나러 온 거냐고 굳이 물어볼 필요는 없었다. 혜진의 너 잘 만났다 하는 식의 눈빛이 그걸 말해 주고 있었으니까. 율은 계단을 마저 올라가 혜진과 마주 보고 섰다. 사람을 깔아뭉개듯 훑어보는 앙칼진 시선에는 여전히 적응이 되질 않았다.

괜찮으면 얘기 좀 하자며 혜진은 Bar 입구 옆쪽으로 율을 이끌었다. 괜찮지 않아도 시간을 내라는 강요의 뜻이 고스란히 느껴졌다.

살짝 들어간 벽과 벽 사이에 멈춰 선 혜진이 주머니를 뒤적여 담배를 입에 물었다. 주느냐고 묻는 그녀에게 율이 됐다고 손을 젓자 혜진은 가소롭다는 듯 한쪽 입매를 올려 작게 웃었다.

더는 놀아날 이유가 없었다. 헤어지래서 헤어졌고, 그럼에도 준우는 율을 찾아왔다. 일이 이렇게 된 것은 엄밀히 따져 율의 탓이 될 수 없었다. 그럼에도 율은, 왠지 내심 긴장이 되었다.

치부란 그런 거였다. 결코 들키고 싶지 않은 부분을 알고 있는 사람은 존재 자체로 당사자를 떨게 했다. 얼마간 묵묵히 담배를 피우던 혜진이 서서히 눈빛에 날을 세웠다. 원래도 곱지 않던 눈동자가 몰라보게 표독스러워졌다.

율은, 혜진의 눈동자에서 거친 의중을 파악했다. 그럼에도 애써 태연한 척 느릿하게 눈을 깜빡이며 혜진을 응시했다. 미묘한 표정 변화까지 포착하려는 듯 율을 유심히 살피던 혜진이 마침내 입을 열었다.

"잘 지냈냐는 안부인사는 생략할게요."

"그러세요."

"내가 여기 왜 왔을 것 같아요?"

"글쎄요."

"은율 씨."

"네."

"당신 참 대단한 재주를 가졌나 봐. 뭐예요? 밤기술?"

율이 찡긋 미간을 구겼다. 지켜 내려던 평정심이 한순간 위태롭게 흔들렸다. 심하게 일렁이는 눈동자를 들킬까 얼른 다른 곳으로 시선을 돌렸다. 그 모습에 혜진이 입꼬리를 한껏 더 끌어 올렸다.

적나라한 단어가 율의 심기를 거슬리게 했음을 혜진은 되레 기뻐하고 있었다. 되든 안 되든 뭐라도 던져 상처 주고 싶다는 본심이 작용한 거였다. 엄한 짓이래도 할 수 없었다. 갈기갈기 찢어진 자신의 자존심은 어떻게 해도 회복되지 않을 테니까.

율의 호기가 혜진은 괜히 더 거슬렸다. 끈질긴 건 질색이다. 죽어라 물고 때려도 아픈 줄 모르고 저렇게 줄곧 버티는 사람 따위 두고 볼 수가 없다. 대꾸 없이 딴 곳으로 시선을 돌리는 율을 노려보며 혜진이 재차 입을 열었다.

"눈치챘겠지만 화풀이하는 거 맞아요. 애석하게도 준우 씨와 잘 안 됐거든요."

"그래서요."

"있는 대로 무시하길래 그냥 다 얘기했어요. 당신에 대해 알고도 좋아할 수 있을지 궁금하기도 했고요. 어쩌다 보니 그쪽과 만난 것까지 들켜 버렸네요. 길길이 날뛰더군요."

"그래서 뭐 어쩌라고요."

"알고 있는 눈치네요. 역시. 다시 만나나 봐요? 대단하기도 하지."

"이봐요."

"사내 맛이란 게 원래 여자보다 참 묘하고 독하다던데. 어딜 봐도 사내처럼 생겨서 그런가. 그래서 준우 씨가 포기를 못 하나. 어떻게 생각해요?"

심기를 건드리려 작정을 한 눈치였다. 율은 속으로 망할, 투 아
웃, 을 읊조렸다. 한 번만 더 건드리면 어떻게 될지 모르겠다며 애
써 짜증을 가라앉혔다.

부글부글 속을 끓이면서도 어떻게든 무표정을 유지하는 율을 혜
진은 고깝게 쳐다봤다. 매력 있다. 부인하는 건 아니었다. 그저, 어
디 가서 빠지지 않는 자신이 누군가에게 졌다는 걸 인정하고 싶지
않을 뿐이었다.

그 정도로 준우는 욕심나는 남자고, 여기 이 하찮은 여자 때문에
자신이 내쳐졌다는 게 싫어 치기 어린 독기를 품고 말았다. 헛짓거
리로 끝난다 해도 할 수 없다. 찾아올 때부터 각오했던 일이었다.

준우와의 관계가 완전히 어그러진 상황에서 혜진에게 남은 건 오
직 율이었다. 아프게 해야겠다. 자잘할 생채기라도 내 줘야겠다, 이
사람에게. 그러지 않고는 미쳐 버릴 것만 같은 혜진이라 부러 더 모
질게 독한 맘을 먹었다. 차갑게 쏘아보고 냉정하게 돌아서던 준우가
잊혀지질 않았다. 담배를 바닥으로 던져 버린 혜진이 거만하게 팔짱
을 꼈다.

"기사, 잊지 않았겠죠. 마음만 먹으면 내일이라도 당장 언론에
뿌려 버릴 수 있다는 거."

"하라는 대로 했어요, 난."

"그랬죠. 근데 준우 그 사람이 내 말을 안 들었어요. 관계가 밝혀
지면 이미지에 타격을 입을 거라는데도 내고 싶으면 내라네요, 상관
없다고. 그쪽도 그래요? 상관없어요?"

"도대체 나한테 왜 이러는 겁니까?"

"어이가 없어서요. 말이 안 되잖아요. 그 정도로 당신을 좋아하는 준우 씨가 아까워서 그래요. 기가 막히기도 하고요."

"이봐요, 서혜진 씨."

"너무 열이 받아서 내가 묘안을 하나 생각해 냈어요. 준우 씨 사업에 타격을 줄 만한 기사를 새로 조작해 터뜨리는 걸로 말이죠. 어때요?"

율이 호흡을 멈췄다. 커다랗게 뜨인 눈은 놀랐다는 말로는 다 표현되지 않았다. 지금 이 여자가 뭐라는 건지 모르겠다.

뭐……? 조작……?

눈앞이 캄캄했다. 설마, 보다는 혹시, 라는 생각이 더 강하게 들었다. 하고도 남을 여자라는 직감에 황망해진 율의 표정에 혜진은 실컷 여유를 부렸다. 눈썹을 한 번 들었다 놓은 혜진이 태연하게 말을 이었다.

"말했죠. 난 그다지 양심적인 언론인이 아니라고. 아니, 이건 언론인이고 뭐고의 문제는 아닌 것 같네요."

"그럼 뭔데요."

"원한이죠. 한 남자를 향한 한 여자의 원한. 대놓고 싫다며 매몰차게 뿌리친 남자한테 이 정도 앙갚음은 해 줘야 공평한 거 아니겠어요?"

"공평? 그게 공평한 겁니까?"

"기사 만드는 건 쉬워요. 더럽고 자극적인 기사 한 번 터지면 기업 이미지 먹칠되는 건 식은 죽 먹기예요. 어디 구경 한번 해 볼래요?"

율의 질문은 들은 척도 않는 혜진이 피식 비릿한 웃음을 흘렸다.

참으로 못된 미소였다. 보는 이로 하여금 달려들어 한 대 쥐어 패고 싶게 만드는 그런.

남부러울 것 없는 환경에서 자라 부족함을 모르던 아이가 난생처음 친구에게 제 장난감을 빼앗긴 상황. 제가 갖지 못하면 남들도 안 되는 것처럼 말 안 되는 억지를 부리며 혜진은 웃었다. 율이 허, 하고 작게 탄식했다.

어쩌면 저렇게 제 직업을 악용하는 건지 신물이 나면서도 율은 은연중 겁을 내고 있었다. 진짜 그래 버릴까 봐 두려웠다. 불안하고, 초조하고, 온갖 상상들이 다 되기 시작했다.

괜히 겁주러 찾아왔을 혜진이 아니었다. 빈말이나 툭 던져 주고 아무 일 없었단 듯 얌전히 사라져 줄 혜진이 아닌 것이다. 마구 흔들리는 눈동자로 허공을 짚던 율이 혜진을 보며 미간을 구겼다. 혜진이 고개를 비스듬히 기울였다.

"저런, 걱정되나 보네. 그래요?"

"그만하죠."

"뭘 그만해요, 아직 시작도 안 했는데. 궁금하지 않아요? 내가 어디까지 준우 씨를 망가뜨릴 수 있는지?"

"서혜진 씨."

"기분이 나빠서 견딜 수가 있어야죠. 두고 봐요. 한동안 준우 씨가 있지도 않은 일들을 수습하러 전전긍긍하는 꼴을 보게 될 테니까."

"내가 뭘 하면 되는데요."

차라리 가여운 얼굴로 애원할 걸 그랬다. 준우를 좋아한다고, 사랑한다고, 준우와 잘되게 해 달라고 울고 빌고 사정했다면. 그랬다면 도와줬을까. 글쎄.

기어 들어가는 목소리로 율이 물었다. 뭘 어떻게 하면 참아 줄 거냐고. 준우를 흠집 내는 것만큼은 참아 달라는 율을 향해 혜진이 사악한 표정으로 말했다.

"할 거 없어요. 당신이 뭘 할 수 있겠어요. 당신이 아니라 준우 씨가 문제야. 그 남자가 너무 당신만 보고 있다고, 짜증나게."

"제발요. 제발."

"뭐, 간청이라도 하려고요? 그럼 일단 무릎부터 꿇어 보시든가."

"하……."

"대단한 한준우 씨를 가진 더 대단한 은율 씨. 나한테 한번 빌어 보라고. 정중하게 무릎 꿇고."

"……."

"어때요. 못하겠죠? 그렇게까지는 할 수가 없겠죠? 네?"

유치하고 우습고, 치사하고 옹졸한 거 다 알겠는데도 이놈의 시기심이 멈추질 않는다. 진짜 바닥에 무릎 꿇고 사정해도 들어줄 생각은 전혀 없는 표정을 하고서 혜진은 마음껏 율을 도발했다.

그러면서 혜진은 율이 기막혀하는지, 불쾌해하는지, 아주 짧은 감정이라 해도 다 살펴볼 요량으로 율의 얼굴을 유심히 들여다봤다. 조금만 기분 나쁜 티를 냈다간 바로 한바탕 더 쏟아부어 줄 작정이었다.

그러나 다음 순간, 율은 천천히 바닥에 무릎을 꿇었다. 별다른 말은 없었다. 표정조차 사라진 무감한 얼굴로 율은, 조금 아래쪽을 응시한 채 혜진의 앞에 주저앉았다. 망설이지도 않았다. 고민하는 모습은 찰나도 있지 않았다. 아주 기꺼이 스스로를 낮추는 율이었다.

혜진이 픽 한쪽 입가를 뒤틀며 웃었다. 이렇게까지 하는 율이 한심하고 어이없었다. 그냥 한 번 던져 본 말에 두말 않고 무릎을 꿇는 알량한 자존심을 지닌 여자다. 자존감이라곤 눈곱만큼도 없는 이런 여자한테 준우는 왜 그리 목숨을 거는지 모르겠다. 생각할수록 진짜 미치겠다. 열불이 나서. 준우가 아까워서. 욕심이 나서.

율은 아득해진 귓가로 혜진이 뭐라 뭐라 덧붙이는 소리를 들었다. 정신을 놓아 자세히는 듣지 못했지만 대충 그래 봤자 소용없다는 식의 얘기였음을 깨달았다.

자존심 같은 건 결코 중요한 게 아니었다. 이까짓 무릎쯤 닳고 해질 때까지 몇 번이고 더 꿇어 줄 수 있다고 되뇌고 있는데 문득 뒤쪽에서 인기척이 났다.

"뭐하는 거야."

잔뜩 내리깔려 음산할 만큼 싸늘해진 목소리를 낸 준우가 성큼성큼 율에게로 다가섰다. 적잖이 당황한 혜진이 놀란 기색을 감추고 준우를 쳐다봤다. 율은 계속 멍하니 있을 뿐이었다. 준우의 목소리란 건 알았으나 차마 돌아볼 엄두가 나지 않았다.

매섭게 혜진을 노려보던 준우가 율에게로 시선을 돌렸다. 입술을 뒤틀어 화를 참는 그가 이내 율을 일으켜 세웠다. 주춤주춤 율이 바닥을 짚고 섰다. 준우가 율을 다그쳤다.

"뭐하는 거냐고 묻잖아."

"……."

"은율. 대답 안 해?"

"준우 씨."

"다물어, 당신은."

소름이 끼칠 만큼 냉랭한 준우의 반응에 끼어들려던 혜진이 멈칫해 입을 닫았다. 저렇게밖에 봐주질 않는다. 아주 조금의 틈도 보여주질 않는 준우는 한사코 자신을 밀어내고 내칠 뿐이었다.

혜진은 울컥 치미는 화를 가라앉히며 준우를 봤다. 준우는 오직율에게만 시선을 고정한 채 율의 표정을 읽으려고 애를 쓰고 있었다. 허리를 숙여 직접 율의 무릎을 탁탁 털어 주기까지 하는 준우를보며 혜진은 아랫입술을 깨물었다. 저런 모습마저 욕심이 난다. 그게 또, 한준우다. 도저히 단념이 쉽지가 않다.

"왜 나와 있어? 안에 있으라니까."

"……."

"가자. 춥다. 뭐 따뜻한 거 마실래?"

"준우 씨, 저기."

"못 알아들어서 이러나, 지금?"

묵묵부답 말을 않고 넋을 놓는 율이 안타까워 더욱 인상을 쓰던준우가 팔을 붙잡는 혜진의 손을 강하게 뿌리쳤다. 그야말로 엄청난짜증이었다. 오금이 다 저릴 정도로 굉장한 성질을 준우는 부리고있었다.

거듭된 완벽한 거절. 알아듣는 것과 받아들이는 것은 너무도 다르기에 혜진은 차마 놓아줄 수 없다는 간절함을 담고서 준우를 응시했다. 신사라서 그런지 욕을 안 할 뿐이었다. 어제 못지않게 화가참 많이 난 준우라는 걸 혜진은 곧 감지했다.

준우가 혜진을 노려보며 씹듯이 말을 뱉었다.

"충분히 얘기했다고 생각했어. 아니었나? 두 번 다시 보는 일 없게 해 달라고 내가 말했던 거 같은데."

"준우 씨."

"이름 부르지 마. 역겨우니까. 쳐다보지도 마. 당신 아주 혐오스러워. 끔찍해."

"나는……."

"기사를 내든 뭘 하든 마음대로 해 봐. 상처 입히고 흠집 내고, 날 끌어내리는 건 괜찮은데 율이는 건드리지 마. 경고했어."

"안 돼, 그러지 마요, 제발."

"율아!"

순간 준우가 언성을 높였다. 정말 상관없다는 식으로 말하는 준우를 막아서려던 율은 준우의 고함에 입술을 질끈 깨물었다. 진짜 그래 버릴지도 모르는 여자다. 어떻게든 어르고 달래도 모자랄 판국에 되레 화를 돋운 건 아닌지 염려된 율이 서둘러 혜진을 살폈다.

가차 없이 외면하는 준우에게 상처받은 얼굴로 혜진은 손끝을 부들부들 떨었다. 그녀의 대단한 자존심이 끝도 없이 추락해 바닥으로 내쳐지는 순간이었다.

더 볼 것 없다며 준우가 율을 이끌고 돌아섰다. 혜진이 다시금 준우의 팔을 붙들었다. 순간,

……!

짜악, 소리가 났다. 순식간이었다. 잡혔던 팔을 뿌리침과 동시에 준우의 손이 곧바로 혜진의 뺨을 세차게 후려갈겼다. 보통 힘찬 강도가 아니었다.

여자를 때리는 한준우는 예상 밖이었다. 자신이 무슨 짓을 했는지 전혀 개의치 않는 준우가 차가운 눈으로 혜진을 노려봤다.

너무 놀란 율은 망연자실 준우를 봤다. 신경 쓸 것 없다고 말해

주는 것처럼 준우가 율의 어깨를 강하게 제 쪽으로 당겨 안았다.

"나 원래 여자 안 때리는데 당신은 나한테 여자 아니야. 그러니까 사과도 안 할 거야. 기대하지 마."

"……."

"말했지. 내가 뭘 잃든 다 상관없다고. 나는 이 녀석만 있으면 된다고. 어떤 일이 있어도 포기하지 않을 거라는 말 명심해. 나한텐 이 녀석뿐이야."

"……."

"노력하지 마. 애쓰지 마. 당신은 무슨 수를 쓴다 해도 나한테 안돼. 과거 그딴 거 하나도 신경 쓰이지 않을 정도로 내가 이 녀석을 사랑하거든."

"……."

"한 번만 더 눈앞에 나타나면 죽여 버릴 거야. 흘려듣지 마. 건방까지 떨면 최악이라는 말로는 모자랄 테니까. 그렇게까지 쓰레기처럼 굴진 말아야지, 안 그래? ……가자."

쏘아붙이듯 딱딱하게 내뱉은 준우가 율을 데리고 벤츠로 향했다. 따귀를 맞은 충격인지, 아니면 준우의 태도와 모진 말들로 인한 것인지 혜진은 미동조차 못하고 멍하니 서 있기만 했다.

이 정도란다. 진짜 이렇게나 저 여자밖에 못 보는 사람이란다. 몰랐던 게 아닌데도 가슴은 욱신거렸다. 안타까움과 서러움과 온갖 감정들로 복잡해진 머리를 추스르며 혜진이 고개 돌려 율과 준우를 봤다.

천천히 벤츠에 올라타는 둘의 모습을 말없이 응시하던 혜진이 끝내 울음을 터뜨렸다. 차올라 왈칵 터져 버린 눈물이 쉴 새 없이 얼굴을 적셨다. 맞은 한쪽 볼이 화끈거리기 시작했다. 혜진이 작게 흐느꼈다.

준우는 벨트를 매라고 하려다 직접 손을 뻗어 율의 벨트를 당겨 채워 주었다. 율이 떨고 있었다. 추위 때문인지 뭔지 약하게 몸을 떠는 율이 안쓰러워 서둘러 히터 온도를 높였다.

이윽고 느릿하게 차를 출발시켜 앞으로 나아가면서도 준우는 몇 번이고 율을 살폈다. 자꾸만 아까 혜진의 앞에 무릎 꿇고 앉아 있던 모습이 아른거려 기분이 더러워졌다.

후우⋯⋯. 깊은 한숨을 내쉰 준우가 미간을 살짝 좁히며 속도를 냈다. 액셀 위에 얹은 발에 지그시 힘을 실으며 준우가 가만히 율의 손을 찾아 꼬옥 잡아 주었다.

"괜찮아? 아직도 추워?"

"⋯⋯."

"그러게 뭐하러 나와. 집에서 쉬지."

"한준우."

"어."

"사랑해."

"⋯⋯뭐?"

끼이익! 차선을 바꾸려던 차가 돌연 길 바깥쪽으로 빠지며 멈춰 섰다. 어리둥절한 얼굴로 준우가 율을 돌아보았다. 잘못 들은 걸까. 혹시 방금, 환청이었어?

얌전히 고개를 떨구고 있던 율이 아주 천천히 준우를 바라봤다. 글썽거리며 물기를 머금은 율의 눈동자가 아련하게 반짝였다. 그 모습이 어쩌나 곱고 예쁜지 준우는 정신을 차릴 수가 없었다. 이내 조심스럽게 율을 향해 입술을 달싹였다.

"뭐라고 했어……?"

"뭐가."

"방금……. 너……."

"사랑한다고."

"어……?"

"한준우를 내가 미치도록 사랑하고 있다고. 나도 준우 너 아니면 안 된다고. 미안."

"하……."

잡았던 손을 놓은 준우가 그대로 율을 당겨 와락 품에 안았다. 믿기지 않는 말에 한 번, 그러면서 뭔가 슬픈 눈빛이 되는 율의 표정에 또 한 번, 겨우 덧붙인 작은 목소리의 미안하다는 말까지도 모조리 준우의 가슴을 욱신거리게 했다.

됐다. 이걸로 다 됐다. 더는 도망가지 않겠다는 확고한 의사표시를 해 준 율이 너무나도 사랑스러워 맘이 벅차올랐다. 웃지도, 울지도 못하는 얼굴로 멍해 있던 준우가 이내 활짝 입가를 말아 올렸다.

사람 미치게 만드는 데 뭐 있다니까. 나는 처음부터 그랬어. 너밖에 안 보였었어, 율아. 알고 있니?

"율아."

"응."

"사랑해, 율아. 사랑한다."

"나도 사랑해."

"하아……."

너만 있으면 된다고. 다른 건 아무래도 상관없다고. 그러니까 두 번 다시는 떠날 생각 말라고. 곁에만 있어 달라고. 부탁이라고.

많은 말들을 대신해 준우가 속삭였다. 차마 외면할 수 없는 율은 본심을 숨기지 않기로 하고 고백을 꺼내 들었다. 한 번 터져 나온 고백은 술술 쉽게도 흘러나왔다. 사이좋게 사랑한다는 말을 주고받은 율과 준우가 서로를 꼬옥 껴안았다.

가진 것 전부를 잃을 수 있는 상황에서도 준우는 율을 택했다. 두려움에 떨며 사랑을 놔 버린 행동이 정말 비겁한 거였음을 율은 준우를 보고서야 확실히 알게 되었다.

사랑해. 나는 너를, 너만 사랑해. 준우야. 준우야…….

메아리처럼 입안에 맴도는 말들을 중얼거리며 율은 눈을 감았다. 감겨진 눈에서 눈물이 주르륵 흘러내렸다. 혼이 나갈 정도로 준우의 품은 달콤하고 부드럽고 묘하게 자극적이며 동시에 편안했다.

단 한 순간도 놓치기 싫을 만큼 준우의 모든 것들에 감사하는 마음이 되어 율은 입가를 말아 올렸다. 눈에서는 연신 눈물방울이 떨어져 내렸다.

이제 더는 뒷걸음질 치지 않을 것이다. 가 볼 거다. 준우와 함께라면. 그게 어디라 해도.

그길로 준우의 오피스텔에 왔다. 사실 오는 동안은 잘 기억나지 않았다. 집까지 어떻게 왔는지, 길이 막혔는지 아닌지, 중간중간 뜸하게 기억이 날 정도로 제정신이 아니었던 것 같다.

엘리베이터에서 내려 빠르게 복도를 지났다. 현관문을 열고 안으로 들어서자마자 준우와 율은 누가 먼저랄 것도 없이 서로를 향해

손을 뻗어 안았다. 조심스레 둘러 안듯 율의 허리를 감싸고서 준우
가 입을 맞췄다. 두 팔로 준우의 목에 매달리듯 안겨 격렬하게 들어
오는 준우의 혀를 받으려 율이 입을 벌렸다.

"흐음……."

"음……."

한 치의 빈틈도 없게 잘 포개어진 두 입술이 열리고 질펀하게 젖
은 두 혀가 엉키며 서로를 자극했다. 좀 더, 조금만 더……. 떨어질
기미를 보이지 않고 다시 입술이 부딪혔다. 들이쉬고 내쉬는 둘의
숨소리가 묘하게 합쳐지며 한층 더 뜨겁게 달아올랐다.

차듯이 신발을 벗고 거실로 올라섰다. 입술과 혀가 닿아 촉촉하
게 느껴질 때마다 그 감촉들을 고스란히 느끼고 싶어 눈을 지그시
감아 내린 둘이었다.

준우가 서둘러 율의 옷으로 손을 뻗었다. 급한 마음과는 다르게
잘 벗겨지지 않는지 제법 고생을 했다. 이동하다 벽에 잠깐 등을 부
딪친 율이 얕은 신음 소리를 냈고 준우는 괜찮은지 살피려 잠깐 입
술을 뗐다.

개의치 말란 듯 다시 입을 맞춘 율이 준우와 함께 침실로 향했다.
한 겹 한 겹 빠르게 벗어 알몸이 된 둘이 조심조심 침대에 누웠다.
고요한 어둠이 내려앉은 침실 가득 곧 끈적한 호흡들이 들어찼다.

"아앗! 아……! 하웃……!"

"하아, 하……."

부드럽게 율의 몸을 어루만지던 준우가 과하게 부푼 제 것을 더
는 참아 내지 못하고 율의 아래로 밀어 넣었다. 충분히 열렸다고 생
각했음에도 율은 예상보다 훨씬 더 묵직하게 커진 준우 때문에 새

된 소리를 뱉어 제 고통을 알렸다.

때문에 아주 잠시 틈을 두던 준우가 이내 서서히 허리를 움직이기 시작했다. 크게 골반을 튕겨 올려 거침없이 밀고 들어오는 준우를 느끼며 율은 그대로 고개를 젖혀 허리를 들썩거렸다.

들어 올려진 율의 허리 아래로 준우가 두 손을 집어넣어 살며시둘러 안았다. 보다 강하게 밀착된 둘의 몸이 쉴 새 없이 맞부딪혔다. 맨살이 닿는 끈적하고 야한 느낌에 호흡은 계속 가빠졌다.

조금씩 다소 격하게 박아 대는 준우가 고개 돌려 율의 입술을 찾았다. 어긋남 없이 포개어지는 둘의 입술이 열리고 다시금 서로의혀가 진하게 뒤섞였다. 율아……. 새어 나오는 준우의 나른한 목소리에 율의 가슴이 미친 듯이 두근거렸다.

할 때마다 새롭고 할 때마다 경이롭다. 매번 관계 때마다 준우는율의 온 마음을 잡고 뒤흔들었다. 어쩌면 이렇게 끝도 없이 좋아질수 있는 마음인지 율은, 준우의 모든 것들이 간절해서 가슴이 내내저릿저릿하곤 했었다.

이제껏 가져 왔던 그 어느 때보다도 지금 율은 몸과 마음 전체가벅차오르고 있음을 느꼈다. 사랑받고 있다는 확신을 갖는다는 게 이렇게까지 눈물겹게 감동적인 일이라고는 미처 몰랐는데.

눈물이 나올 것만 같다. 너무 좋아서 불안하고 원하는 이상으로두렵던 마음이 어느덧 괜찮다는 말에 온전히 위안받는 날이 오고야말았다. 그만큼 절대적인 준우를 율은 더 힘껏 끌어안았다.

"읍, 흐으……. 아……."

"하아……. 율아……."

"으, 흐음……. 응……."

"나 봐……. 눈 떠 봐, 응……?"

"흡……."

손을 뻗어 약하게 스탠드를 켠 준우가 어르듯이 율을 불렀다. 흐릿하게 밝아진 어둠 속에서 율은 찡그렸던 눈을 아주 살며시 떴다. 눈동자가 흔들렸다. 미간을 잔뜩 구겨 느끼는 표정이 된 준우가 제바로 앞에 있었다.

좋았다. 근사했다. 지금 이 순간이 믿기지 않을 만큼 황홀했다. 살짝 속력을 낮춰 부드럽게 허리를 움직이는 준우가 바로 곁에 있다는 사실을 새삼 깨닫고 멍해지는 율이 뭐라 말을 잇지 못하고 거친 숨만 내뱉었다.

율아……. 포근하게 불러 주는 나지막한 준우의 목소리를 듣는데 갑자기 목이 메어 왔다. 좋아서. 너무 좋아서. 어쩌면 이렇게까지 좋을 수 있을까 싶어서.

준우야. 너 왜 이렇게 좋은 거야, 응……? 준우야…….

"아파……? 많이 아프니……?"

"아니……. 좋……아, 흡……."

"사랑해, 율아……."

"나도……. 사랑해……. 준우야……."

"아, 율아……."

자신을 보라며 그윽하게 내려다봐 주던 준우가 한껏 더 미간을 구겼다. 그토록 그리웠던 율이 지금 자신의 밑에서 열에 들뜬 신음 소리를 내며 사랑한다고 말해 주고 있음이 감격스러웠다.

준우는 아득해지려는 정신을 부여잡으려 애썼다. 다른 그 무엇도 대신할 수가 없음을 새삼 깨달았다. 율의 이런 얼굴을 정말이지, 그나마 남은 이성마저 찢어발겨 온 정신을 희미하게 만들었다.

두 번 다신 안 해, 너와 마지막 따위.

가볍게 쪽쪽 소리 내어 율의 입술에 입을 맞춘 준우가 서서히 다시 박는 속도를 높였다. 율이 눈을 질끈 감아 내렸다.

몇 번이고 도달한 절정을 준우는 어떻게든 참아 내며 율을 붙잡았다. 팽팽하게 부푼 자신의 것이 얼마나 율을 아프게 할지 잘 알고 있었지만, 채워도 채워도 부족한 갈증이 자꾸만 준우로 하여금 지금의 행위를 멈출 수 없게 만들었다.

고개를 힘껏 젖히며 새끼고양이처럼 연신 갸르릉 소리를 내는 율의 목덜미에 준우가 격하게 입을 맞추었다. 혀를 내어 할짝거리며 소담한 율의 가슴을 사정없이 빨아 댔다.

준우야, 아, 나, 하아……. 말을 못 이을 만큼 흥분에 다다른 율을 느끼며 버티던 끝에 준우는 율을 힘주어 꼬옥 안았다. 교차되는 질펀한 숨소리가 뜨겁게 침실 안에 울려 퍼졌다.

맞물린 결합 부위가 질척하게 젖어 들었다. 불끈거리며 뜨겁게 뿜어낸 준우가 다시금 율의 안을 가득 채웠다. 격하게 충만한 감정들이 켜켜이 심장을 에워쌌다. 입술을 깨물며 감아 내린 율의 눈꼬리를 타고 한 줄기 눈물이 흘러내렸다.

"율아, 졸려……?"

"조금……."

"잘래……?"

"싫어……."

"응……?"

한참이나 부둥켜안고 있었다. 이따금씩 준우가 율의 머리를 어루만지거나 등을 매만지거나하는 움직임이 있었지만, 율은 혹시라도 이 순간이 꿈이었다는 잔인한 소리를 들을까 봐선지 잠자코만 있었다.

고개를 내려 율의 이마에 살포시 입을 맞추던 준우가 자기 싫다는 율의 말에 몸을 조금 뒤로 뺐다. 감고 있을 거라 생각했던 율의 두 눈이 반짝반짝 예쁘게도 빛나고 있었다. 준우가 살며시 미소 지으며 물었다.

"왜 싫은데."

"그냥."

"그냥 왜."

"아깝잖아."

"뭐가?"

"자는 시간도 아깝다고, 이제는."

너랑 있으면 그래. 나는 늘 그랬어, 준우야. 아무 말 하지 않아도, 특별히 뭘 안 해도, 함께라는 것만으로 다 좋아서 늘 이렇게 가슴이 벅찼어. 그 순간들을 조금도 놓치기 싫어.

자신이 얼마나 굉장한 고백을 한 건지 율은 알고 있을까. 그 말에 준우는 숨이 막힐 것처럼 두근대는 심장을 느꼈다. 사랑한다는 말을 들었던 아까에 못지않게 감정이 달아오르려 했다. 이런 율을 놓으려고 했다니 생각할수록 어이가 없었다.

스스로가 못 견디게 거슬려 굳으려는 표정을 애써 푼 준우가 율의 이마에 가볍게 입을 맞추었다. 고개를 들어 올린 율은 살짝 몸을 내밀어 그대로 준우의 입술에 자신의 입술을 갖다 대었다.

오직 서로만 보이고 서로만 들렸다. 다른 모든 것들을 완벽하게 잊어버린 상태로 준우와 율은 끊임없이 서로를 향해 애정 어린 눈빛들을 주고받았다. 원하는 만큼 좋아해도 된다는 일종의 허락을 받은 것처럼 율은, 준우의 곱디고운 다갈색 눈동자를 보며 은연중 마음이 편안해짐을 느꼈다.

준우가 너무 좋아서, 주체할 수 없을 만큼 좋아서 늘 준우를 보면 뒷걸음질부터 치고 싶었다. 그랬다. 그랬었다. 그게 맞다고 생각해 준우를 밀어내려 했었다. 근데.

과거형이 된 말처럼 이제는 지나가 버린 일이 되었다고 율은 생각했다. 아까 들었던 준우의 말들이 한 번 더 귓가에 되뇌어졌다.

뭘 잃든 다 상관없다고. 율만 있으면 된다고. 어떤 일이 있어도 포기하지 않을 거라고. 준우에겐 율뿐이라고.

조심스레 입술을 떼어 낸 율이 눈꼬리를 내려 예쁘게 웃었다. 말갛고 해사한 그 눈웃음에 따라 웃어 주는 준우가 율의 머리를 부드럽게 어루만졌다. 깊어 가는 밤의 물결이 마음을 적셨다.

소리 없이 조용히. 그러면서도 빠르게. 아주 깊이.

"언제부터였어?"

"뭐가."

"나 사랑한 거."

씻자는 말에도 준우는 좀처럼 율을 놓지 못했다. 질척거리는 걸 싫어하는 깔끔한 성격의 녀석이 웬일인지 늦장을 부리는 것 같아 율은 한 번 더 달래 보려던 참이었다.

정 안 되면 같이 씻자고라도 해야겠다며 입을 열려는데 준우가 물었다. 어딘가 참 낯간지러운 질문이 아닐 수 없었다. 사뭇 곤란한 얼굴로 쳐다보는 율을 향해 준우가 재차 물었다.

"헤어지고 알았어?"

"뭐?"

"나 사랑한다는 거 말이야. 아님 그전부터였어?"

"뭐라는 거야. 일단 씻기나……."

"내가 널 사랑한다고 느낀 건 꽤나 오래전이야. 아마도 거의 처음부터일 거야."

보자마자 마음에 품었고, 온갖 감정들로 율을 바라본 준우였다. 처음으로, 정말 생전 처음으로 누군가를 원한다는 게 이렇게나 목마른 감정임을 알았다는 말을 하며 준우는 웃었다. 쉽사리 뱉어 버릴 만큼이었다면 진작 그리했을 거라고, 사실은 표현할 수 있는 다른 어떤 말도 찾지 못해 내린 결론이었다는 준우의 말에 율이 입을 다물었다.

코끝이 시큰거렸다. 목 안이, 따끔거리기 시작했다. 생각보다 훨씬 깊은 감정이었다. 기대했던 것 이상으로 크고 대단한 준우의 사랑이 율은 고맙고, 감사하고, 그저 기뻤다.

어떻게 그랬을까. 어떻게 날 그렇게까지 좋아하게 되었을까. 뭘 보고. 대체 어떤 면에서. 너는. 나를.

늘 스스로에게 자신이 없던 율은 준우의 이런 고백들로 차마 욕심낼 수 없던 용기를 얻게 되었다. 준우야. 율이 나지막이 준우를 불렀다. 준우가 경청할 뜻을 밝히며 가만히 율의 눈을 바라보았다.

"내가 왜 좋아……?"

"뭐……?"

"궁금해. 내 어떤 면을 보고 좋아하게 됐는지."

"글쎄."

"정말 남자여도 상관없다고 생각했었어……?"

예쁘다는 말보다는 곱상하니 잘생겼다는 말을 더 많이 들었다. 일부러 그렇게 보이도록 굴었으니까. 하이힐 따위 신어 본 적도 없거니와 명백히 여자보다는 남자로 보이는 외양이 준우에게 있어 그리 큰 부담은 아니었는지를 묻는 율이 물끄러미 준우를 바라보았다.

사실은 굉장히 속상했었다. 율이 남자일지도 모른다는 생각을 하고 있었을 무렵, 참 많이도 망설인 준우였다. 근데 그런 망설임들도 율을 향한 절대적인 마음에는 결코 걸림돌이 될 수 없었다. 준우가 율의 머리를 매만지며 조용히 읊조렸다.

"처음 봤을 때는 있잖아. 참 귀여운 사람이구나, 했어. 멍하니 생각에 잠겨 있을 때도, 작은 입술로 뭐라 말할 때도, 멀리서 지켜보면서 그랬어. 남자 아니고 여자면 좋겠다고."

머리카락을 훑던 다정한 준우의 손길이 내려와 율의 얼굴에 닿았다. 엄지로 율의 볼을 살살 쓸어 만지며 준우는 입가를 말아 올렸다. 보드랍고 말랑한, 따끈한 살결이 탐스러웠다. 준우가 말을 이었다.

"안 봐도 생각나고, 일하는 내내 떠올라서 내가 왜 이러나 싶다가. 그냥 친구라도 해 보자, 했어. 자신은 없지만 일단은 말이라도 걸어 보자고."

"그랬어……?"

"가까이에서 눈 마주치고 네가 웃을 때 깨달았어. 이 녀석이구나. 내가 찾던 사람. 무슨 일이 있어도 이 사람을 만나야겠구나. 절대 놓치면 안 되겠다 싶었어."

"준우야."

"남자든 여자든 그딴 건 다 모르겠고 그냥, 그냥 널 만나고 싶었어. 너를. 너라는 녀석을. 율이라는 사람 그 자체가 좋았던 거야. 진심으로."

조곤조곤 흘러나오는 진중한 목소리에 율은 어느덧 기억 속 준우와의 처음으로 돌아가 보았다. 서로가 같은 생각을 하고 있을 확률이란 대체 얼마나 될까.

준우를 훔쳐봤던 건 오히려 율이었다. 그냥 딱 보기에도 너무 근사한, 더 알고 싶고 궁금하고, 무슨 일을 하는 어떤 사람일지 종일 생각하면서 준우가 Bar에 들러 주기만을 매번 손꼽아 기다렸었다.

누가 봐도 남자로 보이는 율을, 그럼에도 준우는 포기하지 않고 먼저 다가와 주었다. 무한하리만치 큰 절망과 고뇌로 스스로를 다잡으면서 어렵게 어렵게 다가왔던 준우라는 게 고맙고 기쁘고 미안했다.

이제는. 그래, 이제는 남자든 여자든 그딴 거 다 상관없이 사람 자체가 좋았다고 말해 주는 준우를 위해 율은 힘겨운 다짐을 했다.

그것은 준우에 대한 믿음이 그만큼 더 커졌다는 증거이기도 했다. 모든 걸 다 말해 줘도 떠나지 않을 거라는 믿음. 그리고 부디 그러지 않아 주길 바라는 간절한 소망을 담아 율이 곧 자그맣게 말을 시작했다.

"스무 살 봄. 그 날은 과에서 단체로 MT를 가기로 한 날이었어."

굳은 듯 낮게 시선을 내리깐 채 율의 입술이 느릿느릿 움직였다. 맹세컨대 처음이었다. 감춰도 모자랄 상처를 속속들이 타인에게 벌려 보이려는 시도는.

잘하는 짓일까. 순간적으로 회의는 들었으나 율은 끝까지 다 말해 보기로 했다. 간신히 맘을 추스르며 호흡을 고르고서 다음 말을 이었다. 목소리가 떨리지 않아 줬으면, 하고 바랐다.

"꽤나 들떠 있었어. 누가 쫓아오는지도 모르고서 콧노래까지 부르며 걸었으니까. 그러다 골목길을 벗어날 때였나. 갑자기 머리가 심하게 아팠고 의식이 없어졌었어."

"어……?"

"기절을 했던 것 같아. 눈을 떴을 땐 아주 컴컴한 작은 방 안에 온몸이 묶여 있었지. 속옷 하나 남기지 않고 벗겨진 내가 이해되지 않았어. 너무, 무서웠어."

준우는 멍한 표정이 되어 눈만 깜빡거렸다. 갑자기 시작된 율의 말들을 막을 엄두도 내지 못한 채 듣고 있어야 했다. 그냥 확 안아 버릴까 싶었으나 그러기엔 율이 내비치는 의지가 대단했다.

희미한 불빛에 의존한 어두운 방 안에 떨리는 율의 목소리만이 음악처럼 낮게 울려 퍼졌다. 아주 슬픈 음악인 듯 듣기만 해도 목이 메여 왔다. 준우는 입술을 굳게 다물고 지그시 율을 응시했다.

"난 정확히 일주일을 갇혀 있었어. 그저 어둡고 좁은 허름한 방 안에 묶여진 채로. 충격이 심해 기억을 혼동할 수도 있을 거라고 의사는 말했지만 난 다 기억이 나.

"……."

"매일 같은 반찬을 줬고, 밥에서는 늘 시큼한 냄새가 났고, 물은 늘 텁텁했고, 그리고 중요한 건 아무 짓도 당하지 않았어. 그저 벗겨진 채 묶여졌다는 것밖에는. 아, 끈적하게 관찰하는 시선은 내내 받았지만 말이야. 그것만으로도 온갖 일을 다 당한 것 같기는 했지."

"율아."

그쯤하면 됐다고 준우는 율을 불렀다. 되살아난 기억에 서서히 무너지려는 율이 보였다. 아프고, 괴롭고, 서럽고, 화도 나고 무서운. 복합적인 감정들로 율의 눈동자가 심하게 일렁이고 있었다. 율이 작게 인상을 썼다.

"차라리 강간이라도 당했다면 덜 억울했을 거야. 어차피 그런 취급을 받았으니까. 일주일 만에 돌아왔을 때 엄마, 아빠는 너 이제 세상 끝났다는 식으로 날 쳐다봤어. 남자도 아니고 여자가 그런 꼴이나 당하고 어떻게 살 거냐고. 나는 도움이 필요했는데 아무 일 없던 것처럼 감추고 숨어야 했어. 여자로서 살면 안 되는 사람이 됐어."

"그만."

"나는 아직도 사람이 무서워. 태연한 척해도, 누군가와 가까이서 말을 섞는 것조차 잔뜩 긴장을 하곤 해. 아직도 정상이 아니야, 아직도, 나는."

"괜찮으니까 그만, 응?"

"아마 계속 이럴 거야. 언젠가 나아질 거라는 기대만으로 꼬박 십 년을 버텼어, 근데. 모르겠어. 이런 주제에 내가 어떻게, 이런 몸으로 네 곁에 있는 게 잘못이 아닐까 싶은 마음이 자꾸만……."

"사랑해."

이리저리 흔들리는 촉촉한 눈동자로 허공을 짚는 율을 준우가 더는 보지 못하고 와락 품에 당겨 안았다. 들춰내고 싶지 않았을 과거를 덤덤히 내뱉으면서도 말 한 마디 한 마디에 율의 울음이 섞이는 게 준우에게는 고스란히 느껴졌다.

처음 율의 상처를 알았을 때도 한없이 아팠던 가슴이 율의 설명으로 인해 완전히 무너져 내리는 것만 같았다. 무슨 말을 해 줘야 할까. 어떻게 감싸 주면 좋을까. 많은 것들을 대신해 준우는 그저 사랑한다고 말했다.

율이 제게 무엇인지를. 율이란 사람이 가진 가치를. 율을 향한 자신의 진심을. 그 모든 감정들을. 끝없이 말해 주고 알려 줄 것이다. 더는 아프지 않도록. 혼자 숨어 몰래 괴로워하지 않을 수 있도록.

"사랑해. 사랑해, 율아. 사랑한다. 아주 많이."

"준우야……."

"나는 널 사랑해. 한준우는 은율이라는 사람 전부를 사랑해. 하나도 남김없이 다 사랑해. 그것만 기억해."

"준우……."

"영원히 사랑할게. 더 사랑할 수 없을 만큼 사랑할게. 평생 너만 볼게. 아끼고, 또 아껴 줄게. 내가. 알았지?"

"흐윽……."

"내 곁에 와 줘서 고마워. 내가 널 사랑할 수 있게 해 줘서. 사랑해."

언제나 빛이었다. 단 한 번도, 아주 잠깐도 흐려지지 않는 맑고 밝은 빛으로 율은 준우에게 다가왔다. 율의 모든 것들이 준우에게는 소중함 그 자체였다. 율이 있어 다행이라고, 율이 있기에 지금 이 순간에도 준우는 숨을 쉬고 살아갈 수 있었다.

살아 줘서 고맙다고 준우는 말했다. 살아서 널 만나게 해 줘서 고맙다고. 제게로 와 줬음에 대해 끝없이 고마움을 표시하는 준우의 말에 율이 눈을 감았다. 고여 있던 물기가 또르르 귓불을 타고 흘러 내렸다.

평생 아무도 만날 수 없을 거라 여겼다. 남자라는 존재를 받아들이기가 쉽지 않았다. 쳐다만 봐도 싫었고, 눈이 마주치면 소름이 돋았고, 어쩌다 손길이라도 스치면 울컥 구역질이 밀려 올라왔다.

누군가를 만나 사랑하게 될 줄 상상조차 못했다. 욕심을 버렸고, 절대 가지면 안 되는 존재로 인식한 채 스스로를 가뒀다.

그런 율을 깨부숴 준 준우였다. 너무도 자연스럽게 율은 준우를 바라보고 맘에 담았다.

조심하지 않아도 된다고 말해 준다. 충분히 사랑받을 가치가 있는 사람이라며 준우는 율을 달랬다. 그저 기분을 풀어 주려는 말이 아닌, 진심에 진심뿐인 말들로 조심조심 율의 마음을 어루만져 주었다.

아프지 말라고. 아니, 아프려면 같이 아프자고. 제가 기꺼이 그래 주겠다면서.

이런 사람을 사랑하게 되다니 복도 많지. 율은 왜 하필 준우일까, 했던 생각을 저도 모르게 고쳐먹었다. 준우라서 사랑하게 된 걸 거라고. 준우라서. 너라서. 아마.

앞으로는 더 많이 사랑할 것 같다는 앞선 예감을 하며 율은 웃었다. 입가를 말아 올림과 동시에 눈꼬리를 타고 또 눈물이 흘러내렸다.

사랑해. 사랑해, 율아. 나른하게 울려 퍼지는 중저음이 심장을 포근히 감싸 안았다. 율은 벅찬 마음으로 더 깊이 준우에게 안겼다.

　뒤척거리던 율이 눈을 떴다. 잔뜩 드리워진 커튼이 시간을 가늠할 수 없게 했다. 손을 뻗어 스탠드 옆의 핸드폰을 집어 확인했다. 오전 9시. 불과 삼십 분 만에 또 깨 버렸다.

　옆자리는 텅 비어 있었다. 일요일임에도 불구하고 준우는 회사에 다녀와야겠다며 집을 나섰다. 계약서의 수정된 조항을 아래 직원이 깜빡 잊고 고치지 않은 모양이었다. 덕분에 대표까지 호출되는 사태가 발생했고, 준우는 애써 짜증을 억누르며 금방 오겠다는 말로 율을 달랬다. 점심 전엔 돌아올 테니 같이 밥 먹고 데이트도 하고 하자면서.

　그 말에 얼마나 설레었던지 지금 이렇게 율은, 깊이 잠들지 못하고 자꾸만 깨기를 반복하는 거였다.

　준우가 옆에 없어서 그런가 싶다. 밤새 따뜻하게 품고 안아 준 준우가 곁에 없어 더 허무하고 허탈했다. 심적 허전함은 육체마저 곤란케 만들었다. 괜히 더 누워 미적거릴 필요가 없었다.

느릿하게 몸을 일으킨 율이 욕실로 향했다. 준우의 오피스텔에는 사실 몇 번 와 보지 않았다. 그냥 자신의 집이 더 편했다. 오며 가며 마주칠 준우의 이웃들이 율은 제법 걱정이었다.

혹 이상하게 볼까 봐. 남자 혼자 사는 집에 역시나 남자로 보이는 제가 자주 들락거림을 혹 책잡을까 봐서. 그런 것들까지 신경을 썼을까 싶어 율은 왠지 씁쓸해졌다. 겨우 표정을 풀고 샤워를 했다.

씻고 나와 침실로 들어갔다. 흐트러져 있는 침대 시트를 잘 정돈하고는 집 안을 돌아다니며 뭐 더 정리할 게 없는지 살폈다. 부엌에도 한번 들어가 봤다가 거실도 서성였다가, 슬리퍼를 질질 끌면서 베란다도 한 바퀴 슬렁슬렁 돌았다.

광활할 만큼 넓은 규모에도 불구하고 딱히 손댈 곳이 없었다. 깔끔한 성격에 원체 흐트러지고 너저분한 걸 못 보는 준우다웠다. 이리저리 배회하던 율이 소파로 걸어가 털썩 주저앉았다. 심심한테 텔레비전이나 보자며 리모컨을 챙겨 들었다.

허기가 지는 것도 같은데 그렇다고 뭐가 썩 당기지는 않았다. 입에 넣을 필요를 못 느끼는 거였다. 먹지 않아도 배가 불렀다. 풍족해진 정신이 몸과 마음을 가득 채우는 것처럼.

간만에 영화나 보자고 할까. 주말이라 극장가는 사람들로 붐비겠지만 준우만 옆에 있어 준다면 괜찮을 것 같다고 율은 고개를 주억거렸다. 준우가 지켜 줄 거다. 많은 인파 속에서도 떨지 않도록. 준우가.

띠딕딕띠. 달칵.

……?

하릴없이 드라마 재방송을 보고 있던 율이 현관 비밀번호 누르는 소리에 고개를 돌렸다. 회사에 나갔던 준우가 벌써 돌아왔나 싶어 가슴이 두근거렸다.

얼른 리모컨으로 텔레비전을 끄고 몸을 일으켰다. 그러다 동작을 멈췄다. 본능적으로 위험을 감지한 머리가 서둘러 율의 몸을 꼼짝 못하게 했다. 현관문이 열렸고, 들어오던 이 역시 놀라 움직임을 멈췄다.

정성스럽게 싼 보자기더미를 들고 있는, 올려진 검은 머리와 시폰 소재의 원피스가 너무도 잘 어울리는 중년의 여자. 나이가 적진 않지만 그렇다고 늙었다는 말 따윈 어울리지 않는 고상하고 세련된 외모.

"……."

"……."

준우가 일주일에 두어 번 가정부 아주머니를 부린다는 소리는 예전에 얼핏 들었었다. 도통 집안일을 할 시간이 나질 않아 할 수 없이 부리는 거라는 말에 율은 고개만 끄덕이고 말았었다. 헌데 그 가정부 아주머니 같지는 않다는 생각이 막연하게 들었다.

누굴까. 궁금함과 동시에 희한하리만치 안 좋은 예감이 앞서 들어 버렸다. 약간은 확신과도 같은 분명한 생각이 율의 머릿속을 헤집었다.

닮았으니까. 그것도 아주 많이. 누군지 물어본다는 게 부질없을 정도로 풍겨지는 이미지가 꽤나 비슷했다. 생김새는 달라도 준우와 여러 가지의 것들이 닮은 여자라는 것을 율은 곧 깨달았다.

"준우야."

"……."

"준우야. 없니? 애?"

"……."

주인이 자리를 비운 집에 손님만 달랑 있지는 않을 거라 판단한 세연이 준우를 불렀다. 당연스럽게도 대꾸 않는 준우를 몇 번 더 부르던 세연은 잠시 더 율에게 시선을 주었다.

인사를 해야 할까. 자기소개를 하라면 뭐라고 해야 하지. 아무리 머리를 굴려 봐도 답이 내려지질 않음에 율은 한참을 더 머뭇거렸다. 빠르게 위아래로 훑는 눈빛이 어째 심상치 않았다. 왠지 익숙한 느낌이 들어 율은 몸을 가늘게 떨었다.

세연은 곧 별다른 말없이 시선을 거두고 집 안으로 들어섰다. 부엌으로 걸어가 들고 있던 보자기를 식탁 위에 내려놓고서 천천히 풀어내기 시작했다. 적당한 속도의 손짓에는 알맞은 여유로움이 담겨 있었고, 내리깐 시선과 굳게 다문 입술에서조차 과하지 않은 태연함이 엿보였다.

당황스러워 어쩔 줄 몰라 하는 자신과는 차원이 다른 그녀를 보며 율은, 대체 지금 어떤 행동이 적합한지를 알아내려 무던히도 애를 쓰고 있었다.

사실은 알고 있다. 어떤 행동이든 간에 우선권이 자신에게 있지 않다는 것을. 그렇지만.

반찬통으로 보이는 것들을 냉장고에 차곡차곡 채워 넣는 세연의 뒷모습을 물끄러미 보면서 율은 무작정 기다리기로 했다. 말을 걸어 주기를, 아니면 그저 외면하고 다시 나가 주기를. 둘 중에 어떤 것이 더 반가울지 헷갈리긴 했지만 별수 없었다.

서두르지 않고 차분히 정리를 마친 세연이 보자기를 주섬주섬 정리했다. 그러고는 이내, 율에게 시선을 돌렸다. 긴장한 율이 저도 모르게 꿀꺽 마른침을 삼켰다.

넌 누구니? 누군데 남의 집에 혼자 있는 거야? 마치 그렇게 말하는 것만 같이 날카롭게 쳐다보는 세연이었다. 불안한 나머지 손바닥이 축축해졌다. 율이 바지에 쓱쓱 손을 문댔다.

"커피 좋아해요?"

"네?"

"괜찮으면 같이 한 잔 할까요?"

"아, 네. 네. 제가……."

별 감정이 담겨 있지 않은 무심한 말투였지만 놀란 율은 더욱 당황해 어쩔 줄을 몰랐다. 아랫사람인 자신이 하겠노라 다가가려 하는 율을 간단히 손짓만으로 제지한 세연이 능숙한 동작으로 커피포트에 물을 올렸다.

어른이라는 이유가 아니더라도 낯선 이를 상대하기란 율에게 있어 상당히 익숙지 않은 일이었다. 부글부글 끓어오르는 물소리를 들으며 조금을 더 기다렸다. 머지않아 세연이 커피 잔 두 개를 들고 다가왔다.

먼저 소파에 앉는 세연을 따라 율이 주춤주춤 몸을 낮췄다. 밀어 준 잔을 들고 두 손으로 감싸면서 슬쩍 시선을 올려 세연을 살피던 율은 여전히 강한 눈빛으로 자신을 훑어 살피는 세연의 눈길을 발견하고서 저도 몰래 얼른 눈을 떨궜다.

위축되는 기분. 괜히 두렵고 겁이 나면서 모든 게 불편해지고 마는 복잡한 심정. 단순히 타인이라서가 아니라 준우와 관련 있는 사람이라는 것이 율의 상황을 더 힘들게 만들었다.

세연은 일단 묵묵히 커피를 마셨다. 마셔도 된다고, 마시라고 건네준 건 알지만 좀처럼 동하질 않아 율은 잔만 만지작거리며 무거운 침묵을 겸허히 받아들였다.

느껴지는 공기가 텁텁하고 지루했다. 습도 높은 장마철의 그것처럼 꽤 눅눅하고 버거운 고요함 속에서 정신없이 헤매던 율이 다시금 용기 내어 시선을 들어 올렸다.

한 치의 어긋남도 없이 율을 보던 세연이 곧 뭔가 말할 낌새를 내며 잔을 내려놓았다.

딸칵.

유리로 된 테이블이 잔과의 마찰로 만들어 낸 아주 작은 소음에도 율은 순간적으로 흠칫 어깨를 움츠렸다.

이런 식의 대접은 익숙했다. 대놓고 풍겨지는 적대감이 낯익은 것 이상으로 되레 서운했다. 미리 앞서 상처받을 필요는 없다고 스스로를 달랜 율이 한 모금도 마시지 않은 커피 잔을 덩달아 내려놓았다.

"어려 보이는데, 나이가?"

간단명료한 질문이 날아왔다. 뒷말을 생략하는 실례를 범했음에도 트집 잡을 수 없을 만큼 당당한 세연에게 율이 조심스레 답했다.

"준우랑 같습니다."

"예쁘게 생겼네. 이름은?"

"은율이라고 합니다."

"율이라. 여자 이름 같네요."

"네?"

"아니에요. 준우와는 뭐, 친구?"

"아, 저 그게……."

시종일관 의외라는 표정을 하고서 묻는 세연을 율은 쉽사리 이겨 낼 수가 없었다. 정곡을 찌르는 질문에도 뭐라 답해야 할지 알 수가 없어 결국엔 말끝을 흐리며 긍정도 부정도 아닌 모호한 태도를 취하고 말았다.

친구가 아니면 뭐겠는가. 흡사 그런 눈빛을 세연은 율에게 던졌고, 이런 상황에 가타부타 말을 덧붙여 한다는 게 어쩐지 더 이상할 것도 같아 율은 작게 한숨을 내쉬는 것으로 제 처지를 알렸다.

보일 듯 말 듯 어깨를 들썩이는 율의 모습을 가만히 눈에 담던 세연이 고개 돌려 벽시계를 살폈다. 오전 10시가 막 되어 가는 것을 확인하고 나자 표정이 새삼 더 딱딱하게 굳어 버렸다.

아무리 일요일이래도 이런 이른 시각부터 찾아올 리는 없다. 밤새 같이 있었다는 얘기 말곤 어째 말이 되지 않는 것도 같다. 게다가 금방 샤워를 마친 듯 머리끝이 살짝 젖어 있는 율이라 세연은 더더욱 마음이 무거워졌다.

주중 일이 많았다며 이번 주는 그냥 집에서 쉬겠다던 준우의 말을 곱씹는 세연이 보일 듯 말 듯 미간을 구겼다. 안 하던 짓을 했다, 준우가. 생전 거짓말이라곤 모르던 녀석이다. 누굴 쉽게 집에 들이는 성격도 아니다. 그렇다면.

저절로 되어지는 상상이 불쾌했다. 보면 볼수록 눈앞의 율이 거슬리는 세연이었다. 예쁘장하게 잘생겼긴 한데 외모가 다는 아니니까. 그럴 수는 없으니까. 부러 딱딱하게 질문을 던졌다.

"여기 자주 오나요?"

"네?"

"준우가 누굴 집에 잘 들이는 애가 아닌 걸로 아는데."

"아뇨, 몇 번 안 와 봤습니다."

"그렇군요. 커피 들어요."

"네."

"마시고 일어나요. 괜찮죠?"

"네?"

"어서 들어요. 자."

"……."

제법 인자하게 웃으며 세연이 턱 끝으로 커피 잔을 가리켰다. 웃는 표정과는 상반되게 힘이 실린 말투가 어쩐지 엄격하고 단호해 율은 뭐라 대꾸도 못하고서 순순히 잔을 들어 입가로 가져갔다.

후르륵, 채 식지 않은 커피를 한 모금 머금는데 혀끝으로부터 씁쓸한 기운이 퍼졌다. 넘어가지 않으려 안간힘을 쓰는 커피를 겨우 넘기고서 또 한 모금을 크게 머금었다.

혀가 데이든 말든, 목구멍이 아프든 말든 시키는 대로 얌전히 커피를 마시는 율을 보며 세연도 잔을 들었다. 1초가 1년같이 무겁고 힘겹게 흐르고 있었다.

다 알아들었다. 냉정한 시선과 굳은 표정, 차가운 말투에서 율은 세연이 자신을 마땅치 않게 생각한다는 걸 모조리 알아 버렸다. 낯선 이에 대한 단순한 경계와 지극한 거부감에는 분명한 차이가 존재하는 법이었다.

겉보기에 자신을 그저 예쁘장한 사내쯤으로 치부한 거라는 건 구태여 캐묻지 않아도 알겠는 율이라서, 그러니 제 아들 집에 밤을 함께 보낸 걸로 추정되는 사내를 더 놔둬 주는 건 말이 안 되는 일이라고 생각하는 게 다 보여서.

퇴근해 돌아올 때까지 집에 있으라던 준우의 부탁은 들어줄 수가 없게 된 율이 서둘러 남은 커피를 입안에 털어 넣었다. 먼저 일어나는 세연을 따라 율도 몸을 일으켰다.

달리 가져가야 할 짐은 없었다. 세연이 못마땅하게 여기는 몸뚱이나 치워 주면 그만이었다. 그래도 계속 남자로 아시게 두는 건 안 될 일이라 생각한 율은 어떻게 말을 할까 고민했다. 설명하자면 복잡했고, 아직 그걸 아무렇지 않게 말할 엄두가 나지 않아 율은 계속 머뭇거릴 수밖에 없었다. 그러는 사이에 엘리베이터가 1층에 도착해 멈춰 섰다.

"그럼 조심해서 가요."

"네, 안녕히……."

가세요, 세 글자를 더 말하지 못하고 율은 입을 다물었다. 말을 채 끝마치기도 전에 돌아서는 세연의 뒷모습을 멍하니 바라보았다. 준우의 오피스텔 입구 앞에 세워진 짙은 회색빛의 고급 승용차. 운전석 문이 열리고 대기하던 기사가 황급히 달려 나와 뒷좌석 문을 열어주었다.

자연스럽게 올라탄 세연은 기사가 문을 도로 닫고서 운전석으로 달려가는 그동안 단 한 번도 율에게 시선을 주지 않았다.

칼 같은 성격이다. 누굴 닮았나 했더니 아주 빼다 박았다. 무심하고 덧없고, 좋고 싫음이 분명하고 냉정한 준우와 판박이였다. 멀어지는 차를 율은 오래도록 보고 서 있었다.

그렇게 제자리에 멈춰 선 채로 조금의 시간을 더 보냈다. 약간 서늘하다 싶은 바람이 아프지 않게 율의 볼을 스쳐 지났다. 집으로 가야겠다고 생각했다. 내려진 결론에도 쉬이 움직여지지 않는 몸을 탓하며 넋이라도 나간 것마냥 눈만 깜빡이는 율이었다.

이내 힘없이 고개를 떨구고서 바닥을 봤다. 곱씹을 그 무언가를 떠올려 무수히 많은 생각들을 담고서 제 발을 내려다보았다. 그제야 겨우 한 걸음이 떼어지고 또 한 걸음, 한 걸음이 이어지며 앞으로 나아갈 수 있게 되었다. 율의 표정이 쓸쓸했다.

실은 여자입니다. 준우와는 제법 진지하게 만나고 있어요. 제가 준우를 정말 많이 사랑해요. 보기엔 이래도 제가, 준우를 진심으로 사랑하는 여자거든요.

하려고 작정하면 할 수도 있었던, 못한 건 줄 알았던 말들이 어쩌면 그냥 안 나온 걸 수도 있겠다는 생각이 들었다. 여잔데 왜 행색이 그러느냐는 질문은 더 아팠을 테니까. 여잔데 사내처럼 보이는 이유까지 캐묻는다면, 그것마저 태연하게 답할 자신은 없기에.

뭐라고 생각하셨을까. 다신 안 봤으면, 하고 바라셨을까. 아까 잠깐 같이 커피를 마셔 준 걸로 감사해야 하는 건 아닌지 오만 가지 걱정을 다 하며 율은 택시를 잡아탔다.

준우가 곤란해지는 일은 없었으면 좋겠는데. 산 넘어 산이다. 고민할 게 한두 가지가 아닌 상황에 거듭 한숨이 나왔다.

"하이."

택시에서 막 내려서는데 익숙한 목소리가 들렸다. 벤치에 앉아 손 인사를 건네는 유현이 저도 모르게 반가운 율이었다. 이제는 없으면 서운할 정도였다. 문을 닫아 택시를 보낸 율이 천천히 유현에게로 다가갔다.

"뭐하냐?"

"음, 모처럼 평온한 일요일 아침을 만끽하며 갖는 담배 타임이랄까?"

"지랄."

"외박했어요? 딱 포스가 그건데?"

가늘게 뜬 눈으로 흘겨보며 유현이 물었다. 무응답으로 받아친 율이 유현과 조금 떨어진 옆쪽에 털썩 앉았다. 담배를 입으로 가져간 유현이 길게 빨아들이며 속으로 중얼거렸다. 누군 좋겠네. 율에게는 들릴 리 없는 크기의 목소리였다.

"주말인데 약속도 없냐?"

"없긴, 이제부터 만들면 되죠."

"이제부터?"

"안 그래도 아까 몇 명 찍어 놨어요. 지나가는 여자들 죽이더라고."

"하이고."

"백이면 백, 다 번호를 주네. 남들은 따기 어렵다는데 나는 왜 이렇게 쉬울까. 잘생겨서?"

능글맞게 웃는 유현의 말에 율이 미간을 찌푸렸다. 하여간 조금만 틈을 주면 아주 살판나는 유현이었다. 자뻑의 수준이 상당하다며 혀를 찬 율이 느릿하게 다리를 꼬았다. 마지막으로 빨아들인 담배를 휙 던져 버린 유현이 문득 진지한 목소리를 냈다.

"그래도 아주 싫진 않았죠?"

"뭐가."

"들이대는 녀석이 제법 생겼어서."

준우에게 전화를 할까, 말까. 점심쯤 일이 마무리될 것 같다고 했으니 이제 몇 시간 안 남았다는 생각에 고민하던 율이 유현 쪽으로 고개를 돌렸다.

거드름을 피우는 꼴이 같잖았다. 대꾸 않고 쳐다보자 유현은 어깨까지 으쓱거리며 말을 이었다.

"내 별명이 뭔지 알아요? 만찢남이에요. 만화책을 찢고 나온 남자처럼 생겼다고 만찢남."

"그러셔?"

"키 훤칠해, 몸매 좋아, 얼굴 작아, 머리 똑똑해. 우윳빛 피부에 고운 머릿결에 눈코 입은 예술이지, 또……."

"그쯤하지? 못 들어 주겠는데."

"내가 혹시 말한 적 있던가."

"뭘를."

"미치도록 예쁘다고. 율이 너."

쳐다보는 표정은 한없이 진지한데 입술을 비집고 흘러나오는 말들을 하나같이 웃겼다. 우습다는 의미가 아니라 눈 하나 깜짝 않고 제 자랑을 늘어놓는 유현이 어쩐지 낯간지러워 시선을 피하던 율은 불쑥 내뱉어진 말에 도로 유현을 응시했다.

말한 적이 있던가, 없던가. 유무가 중요한 게 아님에도 꼬집어 묻는 유현의 말에 율은 마냥 기억 속을 헤맸다. 현실세계의 사람 같지 않단다. 너무 예뻐서. 대놓고 솔직한 유현이 부담스러웠으나 시선을 피할 수 없었다.

"눈도 예쁘고, 코도 예쁘고, 입술도 예쁘고. 가만있어도 예쁘고, 말해도 예쁘고, 다 예뻐요."

"정유현."

"내 이름 불러 주는 목소리도 예쁘고, 쳐다보는 눈동자도 예쁘고, 가끔씩 짓는 멍한 표정도 예쁘고, 진짜 안 예쁜 구석이 없이 예뻐."

"비행기 그만 태워. 어지러우니까."

"근데 그중에서도 그 사람 보면서 웃는 얼굴이 제일 예쁘더라. 진짜 사람 미치게 하더라, 그 미소."

유현이 살짝 입가를 말아 올렸다. 피식 흘러나온 웃음이 허탈했다. 유현의 눈가에 어린 쓸쓸함을 알아챈 율이 말없이 눈을 감았다 떴다. 유현이 나지막이 중얼거렸다.

"인정할 수밖에 없었어. 잘 어울린다는 거. 저번에 그렇게 둘이 옥신각신할 때도 샘이 나서 돌겠더라고. 얼마나 사랑하면 저럴까 싶어서."

"너도 연애해, 그러니까."

"응. 안 그래도 하려고. 나도 진지하게 한번 만나 보려고요, 누구든."

"'누구든'은 말고 좋은 여자 찾아봐. 얼마든지 있어."

"있겠지. 좋은 여자. 근데 은율만큼 나를 빠져들게 할 사람은 당분간 없을 것 같아. 어쩌면 꽤 오랫동안."

"유현아."

"아프지 마요. 울지도 말고. 나 진짜 많이 좋아했어요. 알죠?"

그러니 저를 봐서라도 마냥 웃어 달라며 유현이 손을 뻗었다. 망설이던 손끝이 이내 율의 머리에 닿았다. 처음이자 마지막으로 욕심내 본다는 손길 같아 율은 피하지 않았다. 유현이 살며시 율의 머리를 쓰다듬었다.

딱 한 번, 오래도 아니었다. 가볍게 한 번 쓱 어루만진 유현이 미안, 하고 뒤늦은 사과를 건넸다. 율이 괜찮다는 의미로 고개를 저어 주었다.

유현은, 율이 아주 조금의 틈도 보이지 말아 주기를 간절히 바랐다. 어떻게든 사이를 비집고 들어가 확 낚아채 오고만 싶은 율이 준우와 행복하기를 진심으로 기도했다.

뺏고 싶은 마음은 여전했고 욕심도 그대로였지만 그보다는 율이 진정 웃을 수 있게 됐다는 사실에 마음을 놓을 수 있었다. 이렇게 놓아도 되는 마음인지 모른 채 저절로 놓아짐이 신기했다.

꼭 가져야만 사랑은 아니라는 것을 유현은 율을 통해 배웠다. 얼마 동안은 계속 더 좋아할 것 같다. 보면 설레고 가슴이 두근두근 뛰기도 하고, 조금이라도 더 보고 싶어서 쓸데없이 율의 주변을 기웃거릴지도 모르겠다. 근데.

착잡한 마음을 감추며 유현은 몸을 일으켰다. 갈게요, 한 마디를 남기고 돌아서는 유현의 모습이 애잔했다. 꼭 좋은 여자를 만나길 바란다며 속으로 읊조리던 율도 천천히 몸을 일으켰다. 낮지 않은 바람이 상쾌했다.

"응, 여보세요?"

— 율아, 미안해서 어쩌지?

정오가 막 넘자마자 준우에게서 전화가 걸려 왔다. 목소리가 심상치 않았다. 뭔가 다급하게 서두르는 듯한 기색이 느껴졌다. 마신

물컵을 식탁 위에 내려놓은 율이 얼른 물었다.

"무슨 일 있어?"

— 그게, 본가에 좀 가 봐야 할 것 같아.

"본가……?"

— 어머니가 좀 편찮으시다고 연락이 와서.

"어디가 얼마나……?"

— 내가 가면 낫는 병이셔. 자세한 건 나중에 얘기해 줄게, 미안해.

"아……."

그새 무슨 탈이 나셨을까 걱정이면서도 율은 왠지 느낌이 좋질 않았다. 아까 마주쳤던 그녀의 굳은 얼굴이 눈앞에 아른거렸다. 눈밑이 어두웠다. 화난 사람 같아 보이면서도 꽤, 음울한 눈빛이었다.

데이트하자는 약속을 지키지 못해 거듭 미안하다는 준우에게 율은 괜찮다고 말해 주었다. 앞으로 시간은 얼마든지 있었다. 꼭 오늘이 아니어도 상관없다는 율의 대답에도 준우는 연거푸 한숨을 내쉬었다. 율이 부러 씩씩하게 준우를 달래고는 통화를 마쳤다.

천천히 거실 소파로 걸어가 앉았다. 조용한 집 안에서 넋을 놓았다. 아까 그렇게 보내는 게 아니었나 싶어 율은 후회가 되었다. 하지만 말이 나와 주질 않았다. 붙잡고 설명을 하려는 시도조차 못하게 등을 돌린 세연이기도 했다.

가슴을 들썩여 깊은 한숨을 내뱉은 율이 뒤로 기대며 눈을 감았다. 모처럼 쉬는 날 준우와 함께일 거라 생각하며 설레었던 마음들이 부질없게 되었다. 아쉽다. 서운하고.

컴컴하게 변한 시야 가득 준우가 떠올라 맴돌았다. 오래도록. 잔
잔히.

"어머니!"

뛰듯이 벤츠에서 내린 준우가 육중한 대문을 열자마자 세연을 찾
았다. 마당을 가로질러 걸어가 현관을 열면서 다시금 세연을 불렀
다. 불안한 마음이 쉬이 진정되질 않았다.

던지듯 구두를 벗고 안으로 들어선 준우가 부엌에서 나오는 세연
을 발견하고 멈칫했다. 앞치마를 두른 세연은 굉장히 태연한 얼굴을
하고 있었다. 준우가 급히 세연을 살폈다.

"괜찮으세요? 괜찮으신 거예요?"

"왔어? 옷 벗어 두고 내려와."

"어머니……?"

"밥 먹자, 준우야. 아버지는 모임 있으셔서 나갔어. 버섯전골 괜
찮지?"

아무 일도 없었던 듯 태평하게 구는 세연이 이해되지 않아 준우
는 미간을 구겼다. 뭐가 어떻게 된 건지 몰라 고개를 갸웃거리는 준
우를 세연이 재촉했다.

"얼른. 식으면 맛없어."

"아프시다면서요."

"아팠어. 근데 지금은 괜찮아졌어. 너 온다 그래서."

"하아……. 약은요?"

"밥 먹고 먹을 건데. 지금 미리 먹을까? 그게 나을까?"

세연이 심각하게 물었다. 정말 몰라서 묻는 듯 눈빛은 천진난만

했다. 뭐라 더 다그치기도 뭐한 상황에 준우가 아니라고, 식사 후 드셔도 된다고 고개를 저었다. 세연이 기쁜 얼굴로 부엌으로 뛰어 들어갔다.

가스 불 위에서 보글보글 끓고 있는 전골을 확인하는 세연의 뒷모습을 준우는 말없이 바라보았다. 국자로 떠 간을 보는 그녀는 지극히 평소다운 모습이었다.

긴박하게 졸였던 마음을 그제야 한시름 놓은 준우가 얼굴을 쓸어내렸다. 조용히 계단을 올라 방으로 들어갔다. 꾸준히 치료를 받아 괜찮아졌다 싶으면서도 한 번씩 격한 우울증 증상을 보이는 세연은 준우의 심장을 철렁 내려앉게 만들었다.

아프다는 말은 그거였다. 제가 지금 불안하고 힘드니 한 시라도 빨리 곁에 있어 달라는 뜻이었다.

우울감이 극도에 달하면 무슨 짓을 저지를지 몰랐다. 그리고 난 후엔 본인조차 기억하지 못하는 터라 주변인들이 더욱 주의를 기울여야 했다. 아무 일도 없어 다행이면서도 뭔가 허탈했다. 한숨을 내쉰 준우가 슈트 재킷을 벗어 놓고 방을 나섰다.

욕실에 들러 간단히 손을 씻고 부엌으로 들어갔다. 세연은 그새 온갖 종류의 밑반찬들을 식탁 가득 늘어놓고 있었다. 승환 없이 둘뿐이라 이렇게까지 과할 필요는 없다 싶으면서도 굳이 뭐라 하지는 않은 채로 준우는 의자에 앉았다.

타박보다는 칭찬이, 꾸짖기보다는 살살 어르고 달래 주는 것이 좋다는 의사의 지시를 준우는 단 한 번도 어기지 않아 왔다.

지극정성으로 말을 잘 따라 준 준우 덕분에 세연도 경과가 꽤 좋았다. 이제는 정상인에 가까웠지만 그래도 혹 모를 일이니 조심할 필요는 있었다.

"집에서 쉰다더니 회사에 나갔던 거니?"

"네. 급히 확인해야 할 일이 생겨서요."

"잘 해결은 됐고?"

"마치자마자 전화 주셨어요. 다행히도."

"그래……?"

저 좋아서 벌인 일치곤 바빠도 너무 바쁜 아들이 못마땅했지만 더는 군말 않기로 약속을 했었다. 그래도 염려가 되는 건 어쩔 수 없는지 세연이 안쓰러운 눈으로 준우를 바라봤다.

얼른 드시라며 준우가 세연의 수저를 챙겼다. 밥을 먹는 척하며 세연은 다시금 준우에게 시선을 주었다. 혼자서도 열 아들 부럽지 않게 제 몫을 다하는 녀석. 언제고 단 한 번도 실망을 시키거나 엄하게 속 썩이는 짓이라곤 해 본 적이 없는 기특한 모범아들.

제 아비를 닮아 무뚝뚝하긴 하지만 필요할 때면 나름 살가울 줄도 아는 준우는 세연의 인생에 있어 최대의 자랑거리였다. 자신의 몸에서 나왔다고는 믿기지 않을 정도로 잘나고 근사한 아들을 쳐다보는 세연이 소리 없이 한숨을 내쉬었다.

쉽게 얻을 수 있는 자리를 마다하고 독립한 준우는 용케도 기대 이상의 성과를 거두었다. 아버지를 따라 시키는 대로 교수직을 선택했다면 더 빨리 편안한 현실에 안주할 수 있었을 텐데 그러지 않았다.

은근한 고집이 있었다. 고지식하게도 보이는 그 고집이 세연은 왠지 싫지 않았던 것도 사실이다. 물론, 예전의 그 일만 빼고 말이다. 불의를 참지 못하고 엄한 일에 뛰어들어 크게 다쳤던. 기억하기도 싫은지 세연이 작게 몸서리를 쳤다.

별다른 내색이 없는 걸로 보아 만났다는 걸 알리지 않은 모양이다. 말을 함부로 쉽게 옮기는 성격은 아니라는 생각이 들었다. 곱상했다. 인상도 나쁘지 않았고. 입이 가볍지 않다는 건 신중하고 조심스럽다는 말과도 같은 거였다. 세연이 준우를 살폈다.

아들을 믿는다. 아들의 선택을 존중해 주겠다는 생각에는 변함이 없다. 다만, 제게도 간섭할 권리는 존재한다고 믿고 싶은 세연이었다. 어머니로서.

설마. 그럴 리는. 아니라고는 믿지만 그래도 확인이 필요했다. 마음의 준비를 단단히 하자며 속으로 조용히 말을 골랐다. 조심스레 입을 열었다.

"준우야."

"네, 어머니."

"혹시 있니, 만나는 아이?"

전골을 뜨던 그대로 멈칫한 준우가 세연을 응시했다. 단순히 궁금해서 묻는 질문 같지 않다는 느낌이 들었다. 도로 국물을 비우고 수저를 내려놓은 준우가 진지하게 세연을 봤다. 세연이 차분히 눈을 깜빡였다.

"갑자기 왜 물으세요?"

"그냥. 괜찮으니까 말해 봐. 있어?"

"네. 안 그래도 조만간 말씀드리려고……."

"율이라는 아이니, 혹시?"

깊어지는 감정을 명확히 결론내리기 전까지는 밝히지 않는 게 나을 거라고 생각했고, 명확해진 이후에는 기다렸다는 듯 율이 자신을 놓았다. 놓는다고 놓아진다는 게 우스웠으나 당시에는 따라 줘야 하나 고민했던 준우였다. 물론, 어디까지나 율을 위해서.

이제야 겨우 율을 되찾았다. 결코 두 번 다시는 품에서 놓지 않을 거라는 굳건한 믿음도 전과 비교 안 될 만큼 확고했다. 별안간 율의 얼굴이 눈앞에 스쳤다. 귓가에 곱씹어지는 말들을 되뇌자 준우의 마음이 차츰 무겁게 가라앉았다.

결혼은 생각도 않는다고 했다. 그런 율에게 준우는, 네가 싫으면 나 역시 필요 없다고 말을 했다. 늘 보고 싶고 함께 있고 싶고 곁에 두고 싶지만, 율이 부담스러워한다면 강요하지 않겠다고 마음먹었다. 그것만이 율과 계속 갈 수 있는 유일한 방법이었다.

완전히 제 사람으로 만들고 싶은 욕심이 없는 것은 아니었다. 그래도 율이 싫다면, 싫다고 한다면.

문득 세연의 입에서 율이라는 이름이 언급되자 준우가 놀라 눈을 크게 떴다. 굳어 버린 준우를 향해 세연이 자그맣게 말을 이었다.

"네 오피스텔에 있더구나. 아까 아침에 들렀다 만났어."

"그러셨어요? 근데 왜 율이는 아무 말도……."

"주인 없는 집에 이른 시간 혼자 있는 게 이상해서 혹시나 싶었다. 근데 그렇다는 거야?"

"네. 소개해 드릴 참이었어요, 곧."

"준우야."

"네, 어머니."

"니들, 진지하게 만나는 중이니?"

단언컨대, 불필요한 말을 건네는 성격은 아닌 세연이었다. 괜한 걱정을 사서 하는 타입도, 본인의 뜻을 타인에게 억지로 주입하거나 강요시키는 것은 더더욱 않는 세연을 안다.

간단명료한 질문이었다. 빙빙 돌려 말하는 법을 모르는 세연의 단도직입적인 물음에 준우가 단호한 얼굴로 고개를 끄덕였다. 흠, 하고 굳게 맞물린 세연의 입술 틈새로 흐릿한 한숨이 새어 나왔다.

저 표정, 저 말투, 저 눈빛. 연애랍시고 누굴 가볍게 여길 녀석이 아닌 건 진작 알아봤다. 게다가 애인이라고 누굴 보여 준 적도, 얘길 꺼내 본 적도 없는 준우였다. 때문에 나서서 혜진을 연결시키려 안달을 하지 않았던가. 준우가 싫어할 걸 알면서도 일방적으로. 그랬는데.

그만큼 심각한 사이일 거란 짐작이 들었으나 세연은 쉽게 용납할 수가 없었다. 멀쩡한 아가씨를 놔두고 하필 이런 길을 선택한 준우가 이해되지도 않았다.

뭘 어떻게 해서 준우를 구워삶았을까. 여자라곤 통 모르고 살아온 녀석을, 어떻게 했길래 이렇게. 대체.

기어코 수저를 내려놓은 세연이 물로 목을 축였다. 한숨 후에 입을 열었다.

"진지하게면 어디까지?"

"글쎄요. 아직 허락을 받은 게 아니라서."

"무슨 허락?"

"끝까지 밀어붙여도 되는지에 대해서요."

"끝까지?"

"사람을 너무 아끼면 이렇게 되나 봐요, 어머니. 한없이 조심스럽고 신중해지고, 그러면서도 애가 타고. 함께 있는 것만으로도 좋으니까 당분간은 기다려 주려고 해요. 결혼 얘기는 차차 하는 편이……."

"뭐? 결혼……?"

끝내 언성이 높아지고 말았다. 저도 모르게 미간을 찌푸린 세연이 준우를 보며 입을 떡 벌렸다. 어안이 벙벙하고 기가 찼다. 말이, 나오질 않았다.

마치 쥐어짜듯 겨우 터져 나온 세연의 위태로운 목소리에 준우가 잠깐 말을 끊었다. 제가 뭘 잘못 말했나 싶어 머리를 굴렸지만 떠오르는 건 없었다. 심상치 않은 세연의 반응에 준우가 덩달아 긴장을 했다. 세연이 되물었다.

"결혼이라고? 방금 결혼이라고 했니?"

"네. 뭐가 잘못됐나요?"

"너……."

눈앞이 캄캄해졌다. 언성을 높이고 싶지 않았건만 준우의 태평한 말투가 세연의 심기를 잔뜩 어질러 놓고 말았다. 머릿속이 새하얗게 비워지는 게 기가 막혔지만 이내 세연은 어떻게든 안정적으로 목소리를 내어 봤다.

복잡한 심정을 추슬러 낸 걸로도 충분히 양보하는 자세였다고 생각했는데. 아까 마주쳤을 때 버럭 소리치지 않은 것만으로도 나름 선방했다고 자부했는데. 근데 뭐? 이 녀석이 대체 제정신인 건가 싶었다. 세연이 작게 심호흡을 했다.

"그러니까, 그냥 사귀기만 하는 게 아니고 니들?"

"아직 허락받은 건 아니에요. 제 뜻이 그렇다는 거죠."

"결혼까지 생각을, 하고 있다고? 그 아이와?"

"네. 그러고 싶어요."

"안 된다면 어쩔 거니?"

"네?"

"그 아이가 아니라 내가 안 된다면. 너희 둘 안 된다고 반대하면 어쩔래?"

"어머니."

"대답해 봐. 그래도 밀어붙일 거니? 그래도 할래? 기어이?"

"……."

문득, 예전에 교수직을 거절한다고 했을 때의 세연의 표정이 떠올랐다. 어두운 눈빛에 걱정이 태산인 얼굴을 하고서도 그저 결심한 거니, 라고 짧게 묻고 고개를 끄덕여 주던 자신의 어머니를 떠올리며 준우는 생각에 잠겼다.

반대하실 거란 예상은 단 한 번도 해 본 적이 없었다. 율을 향한 마음이 설마, 어머니의 완강한 반대에 부딪혀 꺾일 거라는 짐작 역시도 하지 않았다. 어머니는 그런 분이시니까. 아무 이유 없이 뜻을 접으라고 자식을 억압하고 강요하는 분이 아니시니까.

하지만 그런 상황에서 만약 막아서면 어쩔 거냐고 세연이 묻는다. 이렇게 불쑥. 최대한 어머니의 뜻을 맞추면서 살아온 효심 지극한 아들에게 대답을 강요하고 있었다. 불안정한 심리 상태를 앞세워 뜻을 꺾게 하려는 심산일지 모른다는 생각이 들었다.

준우는, 침묵이 더 길어지기 전에 그래도 할 겁니다, 라고 답했다. 너무도 단호하고 진중한 어조라서 세연은 차마 진심이냐 되묻는 것조차 하질 못했다. 손끝이 다 떨려 왔다.

대단한 집안의 며느리를 바라는 게 아니었다. 제 아들의 짝으로 반드시 조건 좋은 사람을 고르는 경망스러운 짓은 하지 않겠노라 무던히도 다짐해 왔다. 출신 성분이나 학력, 그 외의 것들을 사사로이 따지자는 게 아니다. 허나 이건. 아무리 그래도 이건 좀. 아니지 않은가.

생각할수록 말이 안 되고 가슴이 벌렁거려 세연은 끝내 고개를 떨구었다. 대체 이 일을 어떻게 수습해야 하는지 심각한 고민에 빠졌다. 잠시 침묵이던 준우가 조심스레 목소리를 내었다.

"안 하실 거죠. 반대."

"후우……."

세연은 눈을 감았다. 깊은 한숨이 흘러나왔다. 듣기만 해도 복잡한 무거운 그 한숨에 준우가 미간을 구겼다 폈다. 살며시 손을 뻗어 세연의 손을 부여잡았다.

"못 헤어져요. 절대로. 그것만 아세요."

"뭐가 그렇게 좋은데."

"뭐가 거슬리시는데요, 어머니는."

"준우야."

"좋은 사람이에요. 진짜 태어나 처음으로 이렇게까지 빠져 버렸어요. 다른 누구도 안 돼요. 안 될 것 같아요, 어머니."

"너 정말……."

"여자라곤 모르고 살아왔어요. 아시잖아요. 근데 이 여자가 아주 저를 제대로 정신 못 차리게 한 거예요. 이제야 제 사람을 만난 거라고요."

"잠시만, 뭐?"

안 되는 이유를 군이 대라면 댈 수도 있겠다며 이를 악물던 세연이 급히 고개를 들었다. 순간 멍해진 표정으로 바라보는 그녀였다.

맥이 탁 풀린다는 표현을 이때 쓰면 될까.

분명 귀로 들었던 말들이 제대로 이해되지 않고 겉돌고만 있었다. 눈을 다소 크게 뜨는 세연을 향해 준우가 엷게 미소 띤 얼굴로 말을 이었다.

"저 아시죠. 저 믿으시죠, 어머니. 제 선택 믿고 존중해 주세요. 허튼 짓 안 해요."

"그러니까 그……."

"이런 여자 두 번 다시 없어요. 제 인생에 없어요, 이런 사람. 확신해요. 저는 율이 아니면 안 됩니다. 어머니가 뭐라고 하셔도 절대 못 놔요."

"여자……라고?"

"네?"

"그 아이가 율이라는 아이가, 그러니까, 여자……?"

"설마. ……어머니?"

"아이고……."

세연이 저도 모르게 앓는 소리를 내며 어깨를 축 늘어뜨렸다. 바짝 긴장해 있던 어깨가 단번에 털썩 떨구어짐에 입에서는 한 번 더 무거운 한숨이 새어 나왔다.

내가 대체 무슨 생각을 했던 거라니. 그럼 그렇지, 내 아들이. 어떻게 그런 말도 안 되는.

이거야 원, 코미디가 따로 없단 생각에 세연은 넋을 놓았다. 그 모습에 준우가 비스듬히 고개를 기울였다. 아마도 율에 대해 단단히 오해를 하셨던 것 같다. 이해가 안 되는 건 아니었다. 저 역시도 그랬으니까. 준우가 작게 웃었다.

"율이를 남자로 보셨구나. 그래서 그러셨어요? 반대할 수도 있다고?"

"그게……."

"어머니도 참. 아니에요, 율이 여자예요. 제가 너무너무 사랑하는."

망연자실 낮은 허공을 보던 세연이 시선을 들어 준우를 응시했다. 입꼬리를 살짝 말아 올린 채로 준우는 웃고 있었다. 따라 웃을 수도, 웃지 않을 수도 없는 모호한 표정으로 세연이 가슴을 쓸어내렸다. 준우가 세연의 손을 더욱 꼬옥 부여잡았다.

"예쁜 사람이에요. 내면을 봐 주세요."

"그래. 예쁘긴 하더구나. 인상도 좋고 착해 뵈고. 얌전한 게."

"그렇죠? 아들이 보는 눈이 있죠? 차림에 대해서 뭐라 하지 말아 주셨으면 해요. 제 눈에는 뭐든 다 예쁘고 좋아요."

"준우야."

"네, 어머니."

"내가 그러니까, 사과를 좀 해야 할 거 같은데. 자리 한번 마련해 주겠니?"

"사과요?"

세연은, 당연하게도 율을 사내로 여겨 시선조차 곱게 봐지질 않았다고 털어놓았다. 단순한 친구 사이로는 보이질 않아 괜한 노파심이 들어 많은 대화도 못해 보고 내쫓듯이 율을 보내 버렸다는 말을 준우에게 들려주었다.

기분이 상했을 거라고, 근데 그러면서도 언짢은 기색 한 번 내비치질 않았다며 되도록 빨리 자리를 만들어 주면 좋겠다는 세연의 고백에 준우가 눈꼬리를 내려 웃었다. 그러겠다고, 감사하다고.

남자가 아니라는 사실만으로 율에게 마음을 열어 주려는 세연이 한없이 고맙고 기뻤다. 그런 준우에게 세연은 아직 완벽하게 받아들이겠다는 건 아니니 너무 안심하지 말라며 눈을 흘겼다.

언제가 좋겠느냐는 말에 준우는 일단 율에게 먼저 의사를 물어보겠다고 정중히 말했다. 그 말에 세연은 흔쾌히 그러라며, 그러는 게 당연하다면서 고개를 끄덕여 주었다. 준우가 세연의 손을 살살 쓸어만졌다. 뭔가 기분이 말도 못하게 감격스러웠다.

어머니가 율을 만난다. 날 낳아 주신 분이 내가 가슴에 온통 품어 버린 나의 사람을 만나주시겠다고 한다.

막연히 떠올렸던 율과의 결혼. 저절로 연상되어지는 가족이라는 단어를 곱씹는 준우가 싱긋 미소 지었다. 그날이 올까. 간절히 바라던 그날이, 결국 와 줄까.

오래도록 제자리에서만 머물렀던 발걸음을 용기 내어 앞으로 내디뎌도 좋을 것 같다. 그러기 위해선 율의 협조가 적극 필요하겠지만.

두근두근 뛰어 대는 심장으로 준우는 율을 그렸다. 보고 싶다는 마음이 간절하게 가슴을 울렸다.

— 어머니, 혹시 바쁘세요?

식사를 마치고 준우는 본가를 나섰다. 불편한 마음이 해소된 마당에 세연도 준우를 더 붙잡아 둘 필요가 없었다. 율과 데이트를 하겠다며 양해를 구하는 아들을 기꺼이 보내 준 세연이 설거지를 막 마쳤을 무렵, 혜진으로부터 전화가 걸려 왔다. 세연의 표정이 딱딱해졌다.

"어, 아니에요. 어쩐 일이죠?"

― 드릴 말씀이 좀 있어서요. 잠시 통화 가능하실까요?

혜진의 목소리가 다급했다. 갑자기 무슨 일로 이럴까 싶어 세연은 소파에 몸을 낮춰 앉았다. 건성으로 닦았던 왼손의 물기를 블라우스 앞자락에 문질렀다. 괜찮으니 말해 보라고 하자 혜진이 시간 내주셔서 감사하다며 공손히 인사부터 건넸다.

머릿속으로 불현듯 율의 모습이 스쳤다. 혜진의 모습도 연달아 스쳐 지났다. 그냥 봐도 비교가 되는 터라 세연은 솔직히 혜진이 아깝다는 생각이 들었다. 예쁘고 싹싹한 데다가 성격도 참하고 예의도 바른 이런 아가씨를 마다하는 준우가 썩 이해되지 않는 건 여전했다.

세연이 소리 죽여 한숨을 내쉬었다. 태어나 처음으로 푹 빠졌다며, 다른 누구도 안 될 거라 말하는 준우는 너무도 완강했다. 제 선택을 믿고 존중해 달라는 준우의 말이 귓가에 맴돌았다. 그렇게나 사랑한다는데 뭘 어쩌겠는가. 세연이 다소 미안한 얼굴로 입을 열었다.

"안 그래도 내가 혜진 양한테 전화 한번 해야지 했는데."

― 그러셨어요? 전화 주시죠, 왜.

"우선 미안해요. 일이 어떻게 이렇게 돼버렸네."

― 네?

"난 혜진 양 맘에 들었는데 우리 아이가 따로 만나는 사람이 있다네요. 그것도 모르고 엄마가 괜히 주책을 떨었어요, 미안해요."

혹 맘이 상했다면 미안하다며 세연은 선수를 쳤다. 결과가 좋진 않다 해도 앞으로 아주 안 볼 것도 아니고, 친구인 승희의 입장을 고려해서라도 좋게 잘 말해 주는 편이 나았다.

간단하게 내뱉은 사과를 알아들었는지 혜진은 잠시 머뭇거렸다. 영리하기도 하지, 라며 세연은 들리지 않게 중얼거렸다. 어머니. 이내 혜진이 세연을 불렀다. 느낌이 좀 이상했다.

— 실은 그 문제로 전화 드렸어요. 어머니가 아셔야 할 게 있어서요.

"내가 알아야 할 거라니?"

— 많이 놀라지 않으셨으면 좋겠어요. 말씀드려야 하나 말아야 하나 많이 고민했거든요.

"무슨 얘기를 하려는 건지 난 잘 모르겠네. 말해 봐요. 뭔데 그래요?"

— 준우 씨가 만난다는 여자, 혹시 보신 적 있는지 모르겠지만요.

"응?"

— 은율이라는 여자가 과거에 어떤 일을 당했었는지 혹시 들으셨어요? 알고 계세요?

혜진의 말투가 묘하게 따가웠다. 따갑다고 느낀다는 게 꺼림칙했으나 무튼 기분이 썩 좋진 않았다. 이제껏 사근사근 곱게만 말하던 혜진을 기억하는 세연으로서는 고개가 갸웃거려질 정도의 굉장한 냉기가 목소리 가득 실려 있음에 의아해졌다.

어쩌면 일이 어그러진 것에 대한 분노인지도 모르겠다는 생각이 들었다. 준우에게 관심이 많다며 수줍게 웃던 세연이 준우와 잘되지 않았다고 바로 돌변하는 건 아닌가 싶었다.

기분이 나쁜 게 당연하다 생각되면서도 은근 서운해진 세연이 혜진을 재촉했다.

"그게 무슨 말이죠? 과거라니?"

— 역시 아직 모르시네요. 모르실 거라 생각했어요, 감추느라 급급할 테니까요.

"혜진 양?"

— 납치를 당했었어요. 그 여자.

세연의 눈이 크게 뜨였다. 만약 웃어른에 대한 예의를 갖추려 했다면 이런 식으로 곧장 본론을 던져서는 안 됐다. 아니, 하다못해 덜 격한 표현을 쓸 수도 있었건만 혜진은 매우 적나라하게 알리는 걸 선택했다.

말문이 막혀 버린 세연의 귀에 혜진의 날 선 목소리가 들렸다.

— 십 년 전쯤 웬 남자한테 납치당해서 일주일간 감금됐다 풀려났어요. 그 일주일 동안 여자로서 당하면 안 될 일까지 다 당했겠죠. 그래서 남자처럼 하고 다니는 것 같아요.

"그게……."

— 그 집 부모가 수사고 뭐고 안 하겠다고 했지만 기사는 났더군요. 물론 익명으로 나긴 했는데 지역과 정황이 딱 은율 그 여자더라고요. 이미 본인한테 확인도 했고요.

"그게 사실이에요……?"

— 네, 어머니. 안타깝게도 백 퍼센트 사실이에요. 더럽지 않아요? 그런 더러운 여자가 아드님을 넘본다는 게 저는 참 화가 나네요.

"하……."

— 사람이 양심이 있어야지, 어떻게 그런 몸으로 감히 준우 씨를.

제가 너무 속상해서 어쩔 수 없이 어머니께 말씀드리는 거예요. 준우 씨가 안타까워서요.

주절주절 떠드는 혜진의 말들에 세연은 두 눈을 꼭 감아 내렸다. 너무 갑자기 들어 버린 엄청난 사실을 쉬이 받아들이기가 힘이 들었다. 무슨 말을 어떻게 해야 할지도 몰라 세연은 그저 침묵했다.

말도 안 돼. 어떻게 이런 일이. 감겨진 그녀의 눈꺼풀이 파르르 떨렸다.

조용해진 세연을 향해 혜진은 좀 더 말을 보탰다. 하나같이 율을 비난하는, 더불어 준우를 염려하고 걱정하는 말들이었다. 충분히 안쓰러운 말투와 목소리를 하고 있었지만 그게 세연은 되레 더 거슬렸다. 오랜 침묵을 깨고 세연이 조심스레 목소리를 내었다.

"지금 그 말들이 그러니까, 전부 다 사실이라는 거죠?"

— 네, 어머니. 안 믿기시면 제가 기사 내용 문자로 넣어 드릴게요. 원본 갖고 있거든요.

"아니, 됐어요. 그럴 필요까지는 없고. 근데 이거 우리 준우도 알고 있어요?"

떨리는 손끝을 움켜쥐며 세연이 물었다. 혜진은 후우, 하고 한숨을 내쉬고는 그렇다고 답했다. 알고도 사랑한다는 거였다. 다 알았어도 상관하지 않기로 한 준우라는 것을 세연은 짐작했다. 일그러지려는 미간을 간신히 참아 낸 세연이 애써 태연한 목소리로 말했다.

"일단 알려 줘서 고마워요. 고맙다는 말이 맞는지 모르겠지만."

— 아니에요, 어머니. 제가 죄송하죠. 상심이 크실 거라 생각해요.

"혜진 양이 없는 말 지어낼 사람은 아니라고 믿어요. 아무리 내

아들과 잘 안 됐다고 이런 식으로 괜한 사람 흠집 내는 그런 악질은 아니겠죠. 믿을게요. 믿는데."

— 어머니.

"나머지는 내가 알아서 할 테니까 이제 그만 관심 끊어 줬으면 좋겠네요. 그래 줄래요?"

이 시간 이후로 어느 누구에게도 이 말을 하지 말라고, 기사를 보여 준다거나 그런 짓도 말아 달라고 세연은 최대한 부드럽게 경고했다. 화가 난 목소리도, 성난 어조도 아니었지만 괜히 입을 놀렸다간 재미없을 줄 알라는 무언의 협박도 담겨 있었다.

조금 주춤하던 수화기 너머의 혜진은 마지못해 알겠다고 답을 했다. 세연이 잘 지내라는 말을 마지막으로 먼저 통화를 끝내 버렸다.

부들부들 떨리는 손으로 핸드폰을 내려놓은 세연은 앉은 자세 그대로 얼마간 움직이지 못했다. 허공을 헤집는 눈동자가 불안하게 흔들렸다.

마냥 참하고 예쁘다 생각했었다. 야무진 인상의 꽤 괜찮은 아가씨가 친구의 조카라는 걸 알았을 때 인연이라고도 여겼다. 여자라곤 쳐다도 안 보는 준우지만 혜진 정도면 거절하지 않겠다 싶었다. 둘이 제법 잘 어울리는 것도 같아 내심 흡족한 맘을 가졌던 세연이었다.

그런 혜진이 불쑥 전화로 이런 이야기를 들려줄지는 몰랐다. 의도라면 뻔했다. 준우를 여전히 욕심내거나, 또는 물러나야 한다는 현실을 인정하기 힘들다거나.

기가 막혔다. 함부로 말을 옮기는 부류를 혐오하는 세연의 눈에 혜진은 그야말로 실망스럽기 그지없었다.

그렇게 안 봤는데. 사람 참. 아니 같은 여자로서 어떻게 그렇게까지 말을 해? 세상에.

더럽다 어떻다 툴툴대던 말투가 고약했다. 그래서 더 충격이었다. 율에 대한 엄청난 내막을 알았다는 것보다, 대놓고 비난만 퍼붓는 혜진이 고깝다는 생각밖에 들지 않았다.

가슴이 벌렁거려 주체하기 힘들어진 세연이 약을 찾으러 몸을 일으켰다. 서랍장 안에 넣어놨던 신경안정제를 들고 부엌으로 향했다. 약봉지를 뜯는 순간 시야가 뿌옇게 흐려졌다.

"하⋯⋯."

투둑, 하고 세연의 눈에서 눈물이 흘러내렸다. 울컥울컥 뒤집힌 속이 진정되지 않았다. 오랜 투병으로 감정이 풍부해진 탓일까. 갑자기 왜 눈물이 나는지 영문을 몰라 헤맸다.

서둘러 약을 입에 털어 넣고 물을 마셨다. 잘 내려가지 않는 가슴을 주먹으로 두어 번 쳤다.

물론 속이 상한다. 어디 가도 빠지지 않는 잘나디잘난 제 아들이 왜 하필 그런 여자를 만나는지 분하고 화도 난다. 전화를 해서 닦달을 할까. 더는 만나지 말라 다그치기라도 해야 하나. 고민이 되지 않는 것은 아니었다. 준우가 아깝다는 말에 격하게 공감하니까. 근데.

세연은 율이 너무도 안타까웠다. 그런 큰일을 당했을 줄 꿈에도 몰랐다. 무려 십 년 전이라면 스무 살 때라는 얘긴데. 그 어린 나이에 얼마나 무서웠을지 가늠조차 되질 않았다.

무사히 살아 돌아왔다는 게 얼마나 큰 다행이었을지. 아들도 아닌 딸자식이 그런 일을 당했음에 그 부모는 얼마나 가슴이 무너졌겠는가. 그럼에도 살아 줘서, 무사히 돌아와 줘서 그것만으로도 감사하다 여기지 않았을까 싶었다.

준우를 잃을 뻔한 경험이 있는 세연으로서는 당시 율의 부모의 심정을 고스란히 알 것 같았다. 적잖이 충격이었을 거다. 끔찍했겠지. 그러면서도 제 자식이 죽지 않고 살아 돌아왔다는 것에 진심으로 안도했을 그들의 마음이 여실히 느껴졌다.

세연이 힘없이 털썩 의자에 주저앉았다.

'어려 보이는데, 나이가?'
'준우랑 같습니다.'
'예쁘게 생겼네. 이름은?'
'은율이라고 합니다.'
'율이라. 여자 이름 같네요.'
'네?'
'아니에요. 준우와는 뭐, 친구?'
'아, 저 그게……'

의심의 여지도 없이 율을 남자라고 생각했다. 곱상하니 참 잘도 생겼다, 했다. 그렇게 보이려고 갖은 애를 썼을 율의 마음이 세연은 참 아팠다. 남자로 보이려 했을 그 마음이. 참.

오죽했으면 그랬을까. 오죽했으면. 그렇게라도 해서 살아야 했던 율이 안쓰러워 견딜 수가 없다. 한 번 더 흘러내리는 눈물에 세연이 아이고, 소리를 내며 눈을 감았다. 심장이 욱신욱신 저렸다. 뭘 어찌해야 할까. 머리가 어지러워 세연은 깊은 한숨을 내쉬었다.

"이리 와."

영화를 보고 나오는 길이었다. 지하주차장으로 가는 엘리베이터에 꽤 많은 수의 사람들이 올라탔다. 맨 안쪽에 서 있던 준우가 다른 이들과 닿지 않도록 율을 잡아당기고는 슬그머니 뒤에서 율의 허리를 끌어안았다. 당황한 율이 급히 준우의 손을 풀어내려 애를 썼다.

"하지 마."

"괜찮아."

"사람들이 봐."

"뭐 어때."

보든 말든 신경 쓰지 말라며 준우는 더 꼬옥 율의 허리를 안았다. 그러고는 고개를 숙여 율의 볼에 제 볼을 비비기까지 했다. 누가 봐도 다정한 연인인 그들을 같이 탄 이들이 꽤나 신기하다는 듯 쳐다보았다. 율이 거듭 발버둥을 쳤으나 준우는 손에서 힘을 빼지 않았다.

제풀에 지친 율이 준우를 돌아보며 눈을 흘겼다. 그러자 기다렸다는 듯 준우가 율의 볼에 쪽, 하고 입을 맞췄다. 붉게 달아오른 얼굴로 수줍어하는 율을 보며 몇몇 여자들이 대박, 하고 소곤거렸다. 게이커플의 대담한 애정행각으로 인해 엘리베이터가 후끈 달아올랐다.

그냥 집으로 갈까 하다가 칵테일이나 한 잔 할 겸 근처의 Bar로 향했다. 남의 가게 술을 팔아 주자니 괜스레 샘이 났지만 제 가게는 휴무라 어쩔 수가 없었다. 늘 임시 사장임을 강조하며 책임감 없이 굴었는데 언제 이렇게 애착이 생겼을까 싶다. 율이 작게 픽 웃어 버렸다.

"안쪽에 룸도 있나 봐."

"룸으로 가고 싶어? 갈까?"

"아니. 웬일로 Bar에 앉나 해서."

"술 마실 동안만이라도 편히 놔둬 주려고."

"응?"

"만지고 싶어 죽겠거든. 위험하잖아. 어떻게 될지 몰라."

슈트 재킷을 벗어 옆쪽에 내려놓으며 준우가 율을 지그시 응시했다. 어벙한 표정으로 율은 지금 제가 들은 게 어떤 의미인지 파악하려 애썼다. 살짝 탁해진 준우의 눈빛이 묘하게 야릇했다.

민망해진 율이 뭐야, 하며 입술을 샐쭉거렸다. 준우가 느슨히 입가를 말아 올렸다.

다가온 바텐더에게 칵테일을 골라 주문을 넣었다. 제조하는 솜씨가 꽤 수준급인 바텐더를 율은 유심히 바라보았다. 재료야 거기서 거기겠으나 쉐이킹하는 방식이 특이했다. 가게의 바텐 녀석에게 알려 줄 요량으로 열심히 관찰하던 율이 고개 돌려 Bar 안을 둘러봤다.

유럽풍으로 과하지 않게 잘 꾸민 인테리어를 보는데 또 제 가게 생각이 났다. 천장의 등이고 벽지고 자잘한 소품까지 비교해 가며 보던 율의 눈에 문득 주변 다른 사람들의 시선이 포착됐다. 그러고 보니 여기저기에서 시선들이 끊임없이 쏟아지고 있었다.

남녀를 불문하고 그들은 율과 준우를 힐끔힐끔 훔쳐보며 속닥이고들 있었다. 뻔했다. 묘한 분위기를 풍기는 사내 둘이 무슨 사이일지 추측하느라 정신들이 없는 거겠지. 그냥 룸으로 들어갈 걸 그랬나 싶다. 율은 뾰로통한 표정을 숨기며 소리 없이 한숨을 내쉬었다.

"진동 울린다."

"나중에 봐도 돼."

"일 때문인 거 같은데 얼른 확인해."

"괜찮아."

"내가 안 괜찮거든? 저 봐, 계속 오잖아."

율이 심드렁하게 눈치를 주자 준우가 그럼 잠시만, 하고는 핸드폰을 집어 들었다. 마침 서빙된 칵테일을 홀짝거리며 율은 핸드폰을 보는 준우를 응시했다.

예전에는 이런 것 하나하나까지 서운해하고 신경 쓰고 그랬었다. 맨날 그놈의 일, 지겹다면서. 준우는 정말 일에 관해서라면 순식간에 다른 건 다 잊어버리고 몰입하는 경향이 있으니까 말이다.

근데 이젠 간간이 율을 쳐다보며 괜찮은지 살피고 금방 끝내겠다고 달래 준다. 기다리게 해서 미안하다면서 한 번씩 입가를 말아 올려 웃어 주는 것도 잊지 않는 준우가 다정했다. 멋있다. 근사하다, 이 남자. 대체 언제까지 좋아지려나. 준우야. 나는 네가 너무 좋아.

"거의 다 됐……."

잠시 더 핸드폰을 들여다보던 준우가 율에게 시선을 주다 멈칫했다. 느릿하게 눈을 깜빡이며 자신을 보고 있는 율의 모습에 준우는 저도 모르게 손의 움직임을 그쳤다. 다했어? 하고 묻는 나른한 율의 음성에 심장이 두근거렸다. 준우가 애써 웃으며 핸드폰을 내려놨다.

아직 다 마무리 못한 일이라는 걸 잊는다. 잠시 잠깐도 방심할 수가 없다. 율의 모습을 찰나의 짧은 순간이라도 놓친다면 두고두고 후회할 것만 같다. 그윽한 눈빛으로 바라보던 준우가 율의 머리를 쓸어 넘겼다. 사라락 보기 좋게 흩날리는 머리카락이 그저 곱고 예뻤다.

이렇게 보기만 해도 좋았다. 눈을 뗀다는 것 자체가 죄스러웠다. 세상 그 어떤 말로 율을 표현할 수 있을까, 준우는 곰곰이 생각했다. 끝도 없이 커져 가는 마음이 거듭 깨달아졌다.

내 사람. 내 여자. 어느 누구와도 바꾸지 않을, 그럴 수 없는 오직 단 한 사람.

영원히 사랑하겠다는 다짐을 되새기던 준우가 살며시 손을 내려 율의 볼을 감싸 쥐었다. 엄지로 가만가만 입술을 매만지는 준우의 손길이 끈적했다. 잠자코 그의 손길을 느끼던 율이 화장실에 다녀온다며 몸을 일으켰다.

"실례합니다. 저기, 정말 죄송한데요."

괜히 건드렸다. 율의 얼굴과 입술을 만지작거린 탓인지 준우는 안달이 나 버렸다. 더 만지고 싶어 죽겠는 마음이 힘겨워 율이 돌아오는 대로 일어나자는 결심을 굳히는데 말소리가 들렸다. 단아한 차림새의 꽤나 조신하게 생긴 여자가 머뭇머뭇 말을 건넸다.

"곤란하시겠지만 실은 저, 친구들과 내기 중이거든요."

"네?"

"그쪽 연락처를 받아 오라고 해서요. 엉터리로 써 주셔도 돼요, 확인까지는 안 할 테니까요."

그러니 부탁한다며 여자가 머리를 조아렸다. 여자의 어깨 너머 테이블에 일행으로 보이는 두 명의 여자들이 준우의 시선을 받자 부끄러우면서도 좋아 어쩔 줄을 몰랐다. 난감해하는 표정을 보자 단번에 내칠 수가 없었다. 누군가 곤란을 겪는 것을 알면서 모른 척할 수는 없다는 신사적인 매너가 발동하기도 했다. 명함을 주는 거야 어렵지는 않으니까. 하지만.

"죄송합니다. 그냥 돌아가 주시죠."

"네?"

"제 애인이 신경 쓰게 하고 싶지 않아서요. 저부터도 내키지가 않네요. 죄송합니다."

"아, 네에……."

내기든 뭐든, 아무 사심이 없다고 해도 일말의 여지조차 주기 싫다는 준우의 냉랭한 거절에 여자가 당황한 기색을 감추지 못했다. 원천봉쇄였다. 뭘 어떻게 하려야 할 수도 없는.

정중하게, 그러면서도 차분하고 단호하게 준우는 다시 한 번 죄송하다는 말로 여자를 밀어냈다. 미련 가득한 얼굴로 돌아서는 여자에게서 가차 없이 시선을 떼어 율을 찾았다. 보고 싶다. 잠시도 싫다, 너 없이는. 곧 율이 자리로 돌아왔고, 준우는 재킷을 챙겨 들었다.

"벌써 가?"

"못 참겠어."

"어?"

"안고 싶다고, 당장에."

뭐, 뭐, 뭐라는 거야. 누가 들으면 어쩌려고. ……못살아.

계산대에 선 여직원의 얼굴이 벌겋게 달아올랐지만 아랑곳 않고 준우는 율의 손을 잡아끌었다. 그러고는 율의 어깨를 품에 당겨 안고서 그대로 엘리베이터에 올라 버튼을 눌렀다.

지하주차장에 도착해 율을 차에 태웠다. 벤츠의 조수석 문을 닫아 주고 앞으로 빙 둘러 걸어오는 준우의 표정이 다급했다. 타이를 살짝 느슨하게 풀며 스스로를 억누르는 듯한 모습이 무척이나 도발적이고 섹시했다.

꿀꺽. 저도 모르게 마른침을 삼킨 율이 운전석에 올라 벨트를 매려는 준우의 손을 잡아채어 제게로 확 끌어당겼다.

"음……."

기다렸다는 듯 두 입술이 부딪혔다. 스스럼없이 열리는 그 사이로 촉촉하게 젖은 두 혀가 엉켜들었다. 다소 격렬하게 혀를 움직이는 준우가 한손을 들어 율의 뒤통수를 부여잡았다. 사정없이 고개를 비트는 준우를 따라 율도 미친 듯이 혀를 움직여 준우를 탐했다.

물었다가 핥았다가 진득하게 야한 소리를 내어 가며 입을 맞추는 준우는 조금이라도 율의 혀를 놓칠까 봐 안간힘을 다해 움직였다. 현란하면서도 과감한 미끈거림이 뜨겁게 입안을 헤집고 돌아다녔다. 질펀하게 젖어드는 준우의 타액이 벌린 입을 타고 턱 끝으로 흐를 정도였지만 율은 밀어내지 않고 고스란히 준우를 받아들였다. 빨고, 핥고, 물듯이 매달렸다.

이렇게까지 벅찬 감정은 처음이었다. 이렇게도 누군가를 온 마음으로 채워 담아 보는 것은 처음이자 마지막일 것만 같았다. 믿기지 않을 정도로 타오르는 목마름을 잠재우려 더 깊이, 더 진하게 입을 맞췄다.

오직 서로만 찾아 헤매는 준우와 율의 절실한 키스가 오래도록 이어졌다. 끝없이. 혹은, 끝이라는 단어를 기억하지 못하는 사람들처럼. 그렇게나 한참.

"율아."

"응."

"아침에 어머니 만났다면서."

율의 어깨에 팔을 둘러 끌어안은 채로 준우는 운전을 했다. 한 손임에도 불구하고 흐트러짐 없이 능숙하게 운전하는 준우의 품에 갇혀 있던 율이, 준우의 질문에 입을 꾹 다물었다. 준우가 대꾸 않는 율의 어깨를 손으로 살살 쓰다듬었다.

"왜 말 안 했는데?"

"그냥."

"기분 상했어?"

"아니. 내가 왜."

"남자로 아셨대. 그래서 좀 놀라신 모양이야. 여자란 거 알고는 괜찮다고 하셨어."

"어……?"

"너한테 사과하고 싶으시다는데 시간 좀 내줄래? 어때?"

갑작스런 제안에 율이 슬그머니 몸을 떼어 준우를 봤다. 멀어지는 율이 아쉬워 준우는 율의 손을 찾아 잡고 입으로 가져갔다. 쪼옥, 하고 손등에 다정히 입을 맞춘 준우가 율의 대답을 기다렸다. 멍해 있던 율이 서둘러 말을 꺼냈다.

"그래서 아까 부르셨던 거구나. 그게 맘에 걸리셔서."

"응. 아프다는 말에 꼼짝 못하고 달려갈 아들을 아시니까."

"근데 진짜 괜찮으신 거야? 편찮으시다는 말에 완전 놀랐는데."

"실은 몸이 아니라 마음이 아프셔."

"뭐?"

"오래 아프셨어. 내 걱정이 좀 유난스러우신 편이고. 해서 더 놀라셨나 봐, 너 봤을 때."

제법 담담한 어조로 흘러나온 준우의 말에 율은 다시금 멍해졌다. 그런 율에게 준우는 대략적으로 사연을 들려주었다. 세연이 아플 수밖에 없었던 일들을 전해 듣는 율의 표정 역시 심상치 않게 굳어졌다. 준우가 작게 웃으며 율의 손등에 한 번 더 조심스레 입을 맞췄다.

몰랐는데 맘이 꽤 여린 분이신가 보다. 아들이 잘못될까 노심초사 애를 끓였을 세연의 맘이 율은 지극히 이해가 갔다. 근데 괜찮을까. 그렇게 소중히 여기는 아들을 내어 주셔도.

씁쓸한 기운이 가슴 가득 밀려들었다. 못내 일렁이는 눈동자로 율이 가만히 허공을 응시했다.

"준우야."

"응?"

"혹시, 말씀드렸어……?"

오피스텔 지하주차장에 도착한 준우가 시동을 끔과 동시에 율이 물었다. 이제는 자연스럽게 자신의 오피스텔로 데려오는 준우가 좋은 것 이상으로 불안했다. 준우가 율을 봤다.

"나 말이야. 여자란 거 말고. 그거. 그 일."

"율아. 저기."

"말씀 안 드렸지? 그래서 보자고 하시는 거지? 그렇지?"

"……."

준우가 입을 다물었다. 썩 곤란해하는 표정을 보는데 심장이 욱신 아렸다. 그렇구나, 하고 중얼거린 율이 고개를 주억거렸다. 시선이 저절로 내리깔리고 고개가 푹 떨구어졌다.

알면 만나자고 하실 리가 없다. 다 아시고도 괜찮다고 하실 리는 더더욱 없다는 것을 율은 어렵지 않게 수긍했다.

율아. 준우가 조심스럽게 율을 불렀다. 율이 이내 고개를 들었다.

"굳이 말씀드릴 필요 없을 것 같아서 안 드렸어. 말 안 해도 상관없을 것 같아서."

"어떻게 상관이 없어."

"괜찮아. 말씀 안 드려도 돼. 너도 내키지 않잖아. 그냥 하지 마. 됐어."

"준우야."

"말했지. 나는 네 모든 걸 사랑한다고. 그 일을 아시든 모르시든 내 마음은 변하지 않아. 그러니까 그냥 우리만 알고 있자."

"비밀로 하자는 말이야……?"

그럴 수가 있을 것 같으냐며 율은 미간을 찌푸렸다. 부모님을 속이자는 말이냐고, 세상에 평생 비밀로 할 수 있는 일은 없다고 읊조리는 율의 말에 준우가 한숨을 내쉬었다. 율이 다시 고개를 떨궜고 움츠러든 어깨는 더없이 안쓰러웠다. 준우가 목소리에 살짝 힘을 실었다.

"고개 숙이지 마. 나 봐."

"……미안."

"뭐가 자꾸 미안한데. 네가 무슨 죄졌어? 너 잘못한 거 하나도 없어. 기죽지 마."

"그렇지만……."

"나 보라고 했다. 봐, 얼른. 고개 들어."

"미안해."

"율아."

"이런 몸이라서 미안해. 이래 놓고 너 사랑해서 미안해, 준우야. 미안⋯⋯."

"바보야."

기어이 목소리 끝이 갈라졌다. 시큰거리는 코끝이 이상하다 했더니 시야마저 뿌옇게 흐려지고 난리였다. 울먹이는 율을 보다 못한 준우가 그대로 품에 안았다. 율이 눈을 감았다.

아프기 싫은데 아팠다. 더는 울지 않기로 무던히도 다짐했건만 맘이 너무 아파 견딜 수가 없었다. 조금만 울게. 아주 조금만. 흐느낌이 새어 나오지 않도록 조심하며 눈물을 흘렸다.

준우가 율의 등을 토닥였다. 괜찮다고, 아프지 말라고, 그럴 필요 없는 거라고 진심으로 율을 다독여 주었다. 준우의 품 안은 더할 나위 없이 따스했다. 부드러운 손길에 머지않아 진정을 되찾은 율이 준우를 향해 나지막이 속삭였다.

"당장은 무리고 며칠만 기다려 줘."

"어?"

"마음의 준비 좀 하고 만날게. 만나 뵙고서 내가 직접 말씀드릴래. 그래도 돼?"

"뭐⋯⋯?"

준우가 품에서 율을 떼어 내 바라보았다. 손등으로 눈물을 훔친 율이 가만히 준우와 눈을 맞췄다. 물기로 촉촉해진 까만 눈동자가 아련하게 일렁였다. 준우가 율을 살폈다.

"진심이야?"

"응."

"꼭 말씀을 드려야겠어?"

"그러고 싶어. 그렇게 하게 해 줘. 부탁해."

"율아."

"네 말처럼 나 잘못한 거 없잖아. 더는 도망 안 갈 거야. 그러니까."

솔직하게 다 말씀드리겠다고 율은 말했다. 준우의 곁에 있어도 된다는 허락은 그 후에 바랄 일이었다. 남자가 아닌 여자라는 걸 알고 먼저 사과를 청해 준 세연을 믿고 싶었다. 과거가 어둡다는 이유로 자신을 반대하지 않아 줄 그녀를, 율은 진심으로 바라고 또 바랐다.

눈물 맺힌 눈을 하고서 율은 웃었다. 살포시 접히는 눈매가 곱고, 어여쁘고, 애달팠다. 차마 더는 말리지 못하겠는 준우가 다시금 율을 품 안에 가둬 안았다. 용기를 내어 준 율이 고맙고 기특하고, 그러면서도 측은하고 안타까워 한숨이 나왔다. 가슴속이 묵직했다.

말씀드리는 게 맞을까. 그게 나을까. 난 정말 아무 상관이 없는데. 다 잊어버렸는데. 율아.

세연이 혹 반대를 한다 해도 밀어붙일 거다. 율을 포기할 생각은 추호도 없다. 제 의지만 굳건하면 별일은 없을 거라고 준우는 애써 스스로를 달랬다. 율이 아프지만 않으면 된다. 율이 상처받는 일만 없어 주면 더 바랄 게 없겠다. 준우가 율을 안은 팔에 힘을 실었다.

14.
다시 시작

"후우……."

어깨를 들썩여 한숨을 뱉었다. 잔뜩 주눅 들어 움츠러드는 모양새로 어쩔 줄 몰라 하는 폼이 가히 예사롭지 않았다. 천천히 몸을 바로 돌렸다가 다시금 반대로 돌아섰다가, 오른발을 뻗었다가 또 금세 왼발을 앞으로 가져갔다가.

딱 보기에도 무척이나 망설이고 있었다. 조심스레 들어 올린 손톱 끝을 야금야금 깨물어도 보는 것이 불안스러웠다. 도통 자신감이 붙질 않아 몇 번이고 생각을 고치고 다잡았다. 하지만 영 어색했다. 스스로가 너무도 낯설었다.

이상하다고 할 거다. 분명. 괜히 데려와 달라고 했나 후회가 밀려들었다. 어쩌면 좋을지 몰라 안절부절못하는 상태로 발을 동동 굴렀다. 속이 바짝바짝 타들어 갔다.

"다 되셨으면 그만 나오……."

말을 채 끝마치지 못한 여직원이 저도 모르게 어머머머 소리를 냈다. 흔치 않은 볼거리를 놓칠 수 없어 아까부터 근처에서 대기 중이던 다른 여직원들마저 우르르 몰려와 안쪽을 보며 신음에 가까운 감탄사들을 쏟아 냈다.

숍에 들어올 때부터 뭔가 다르다 했다. 안 꾸며도 대박이던 인물이 아주 활짝 꽃을 피우다 못해 흐드러질 지경이랄까. 화장만 해 놓고도 입을 못 다물겠더니 의상까지 차려 입히고 나자 혼을 쏙 빼놓는다. 정녕 사람이 맞나 싶은 게.

웅성대는 직원들을 헤치고 들어온 디자이너가 할 말을 잃고 멍해졌다. 이내 잠시만 기다리시라며 부리나케 어딘가로 달려가는 디자이너를 보던 율이 다시금 제 앞의 거울을 들여다봤다.

생경한 기분은 말로 표현할 수 없을 정도였다. 느릿하게 눈을 깜빡이며 있으려는데 뒤쪽으로부터 인기척이 느껴졌다. 천천히 돌아서는 율이 이제 막 피팅룸으로 들어서는 준우를 발견했다.

율을 보자마자 준우는 그대로 굳어 버렸다. 초점마저 풀린 멍한 눈으로 표정을 잃는 준우였다. 준우의 시선이 하염없이 율에게로 고정되었다. 율이 넌지시 입을 열었다.

"나 이상해……? 응……?"

"……."

"준우야……?"

저들끼리 신이 나 꺅꺅거리는 여직원들을 데리고 사라져 준 디자이너의 배려로 피팅룸 안은 이윽고 조용해졌다. 숨소리조차 거슬리는 무거운 침묵을 깨려 율이 말을 꺼냈으나 웬일인지 준우는 아무런 대답도 하질 않았다.

미동도 없이 그저 시선을 율에게 둔 채 연거푸 눈만 깜빡거렸다. 믿기지 않는 신기한 것을 보듯 계속 눈꺼풀을 내리고 들어 올리고만 반복할 뿐이었다. 좋고 싫음이 확실한 준우의 표정을 읽기가 이번만큼은 좀처럼 쉽지 않았다.

나풀거리는 연한 핑크빛 원피스를 입고 서 있는 율을 보는 순간 준우는 온 마음을 송두리째 빼앗겨 버렸다. 이미 반했던 사람인데도 어쩌면 이렇게까지 제 마음 전체를 다시금 가져갈 수 있는지 모를 일이었다. 과하지 않게 바른 화사한 화장도, 그새 조금 길어 목덜미를 가리는 연한 갈색 머릿결도, 온통 그렇게 여성스러움이 물씬 풍기는 생소한 율의 모습이 준우를 자극했다.

청순하다는 게 이렇게나 섹시한 줄은 미처 몰랐는데. 괜스레 흥분되는 자신을 억누르려는 준우를 향해, 율이 어색함을 감추려는 듯 작게 웃었다.

"하하, 이상하구나. 미안."

"……렇게까지."

"응?"

"이렇게까지. 정말 너는."

"어?"

"미치겠다……."

혼잣말처럼 작게 중얼거린 준우가 서서히 율에게로 다가섰다. 거리가 좁혀질수록 긴장되는 마음에 율이 시선을 피하려는데 늦지 않게 손을 뻗은 준우가 저와 마주 보게 만들었다.

가만히 율의 어깨를 감싸 쥐고서 눈을 맞추던 준우가 조심스럽게 시선을 옮겨 율의 머리와 얼굴과 몸 여기저기를 찬찬히 훑었다. 준우의 눈길이 닿는 곳마다 불에 덴 듯 화끈거려 율은 어깨를 조금 움츠렸다. 그윽하게 눈을 맞추던 준우가 입술을 달싹여 목소리를 냈다.

"예쁘다. 너무 많이 예뻐."

"정말……?"

"지금까지 봐 왔던 너로도 충분히 벅찬데 이렇게까지 예쁘면 난 어떡해야 하지?"

"준우야."

"사랑해. 사랑한다, 율아. 아주 많이."

감미로운 목소리로 준우가 사랑을 속삭였다. 진중한 그 고백에 두근거리는 가슴을 애써 다잡으며 율은 미소 지었다. 살며시 휘어지는 고운 눈꼬리에 준우의 심장이 세차게 뛰었다. 당장이라도 달려들어 진하게 입 맞추고 싶은 맘을 겨우 참아 내려는 준우가 미간을 찡긋 구겼다.

약속이고 뭐고 일단 집으로 데려가면 안 될까. 농담처럼 말하는 준우에게 새침하게 눈을 흘긴 율이 발꿈치를 높이 들어 준우에게 얼굴을 내밀었다. 보드라운 입맞춤에 준우가 싱긋 웃었다. 지금은 이걸로 참아 달라는 듯 율이 한 번 더 가벼운 키스를 허락했다.

하이힐이 익숙지 않은 율에게 준우가 팔짱을 낄 수 있도록 제 오른팔을 내어 주었다. 무척이나 느릿하게 걸어가면서 준우는 연신 율을 훔쳐보기에 바빴다.

눈을 뗄 수가 없었다. 지금껏 알던 율이 생판 다른 사람인 것처럼 느껴지기도 했다. 어느 것 하나 놓칠 수는 없었다. 잘생긴 사내

같던 율도, 이렇게 못 견디게 사랑스러운 모습의 율도 모조리 다.

문득, 처음 만났던 그날이 떠올라 준우는 피식 웃음을 터뜨렸다. 의심의 여지도 없게 남자라고 여겼던 자신이 우스웠다. 내심 바라지 않던 기대 이상의 특별한 선물을 받은 느낌이랄까.

율의 모습을 놓칠세라 쉴 새 없이 보고 또 보는 준우처럼, 온 직원과 손님들이 숍 안을 가로질러 걷는 율과 준우를 쳐다보느라 멍해 있었다. 원피스 아래로 얇은 다리를 내뻗은 율이 혹 불편해할까 준우는 최대한 맞추어 느리게 걸어 주었다. 여직원들이 그런 그들의 뒷모습을 보며 부럽다고 발을 동동 굴렀다.

"내리자, 율아."

"잠시만."

"응?"

"나 아주 잠깐만. 미안."

머지않아 도착한 호텔의 지하주차장. 시동을 끄고 벨트를 풀던 준우는 갑작스런 율의 말에 고개를 돌렸다. 두 볼 가득 바람을 품었던 율이 한숨을 푹 내쉬며 주춤주춤 고개를 떨궜다. 지그시 눈까지 내리감고 마음을 추스르는 그녀의 모습에 준우가 살며시 미소 지었다.

설마 떠는 건가? 긴장하는 저런 모습마저도 어쩜 저리도 귀엽고 예쁜지 웃음을 참을 수가 없었다. 정신을 못 차리겠다. 네가 너무 좋아서.

슬쩍 손을 뻗은 준우가 모양이 망가지지 않게끔 주의하며 율의 머리를 살살 매만져 주었다. 율이 염려 가득한 얼굴로 준우를 보았다.

"많이 떨려?"

"응."

"떨리면 나 봐. 내가 있잖아."

"그래도."

"율아."

"응?"

"난 언제나 네 편이야. 무슨 일이 있어도 네 편 할 거야. 그러니까 나만 믿어. 아무 걱정 말고, 응?"

죽을 때까지, 아니 죽어서도 편이 되어 주겠다며 준우는 입가를 말아 올렸다. 든든하고 믿음직스러운 말에 먹먹해지던 기분은 근사하게 웃어 주는 준우의 미소에 한층 더 벅차올랐다. 정말 그럴 거야? 언제라도 항상 내 옆에서, 내 편이 되어 줄 거야? 걱정 말라는 준우의 목소리에 율이 고개를 끄덕였다.

먼저 차에서 내린 준우가 서둘러 앞쪽으로 빙 둘러 걸어와 조수석 문을 열어 주었다. 내밀어진 준우의 손을 잡고 율은 아주 천천히 바닥으로 내려섰다.

엘리베이터로 향하는 내내 준우는 율의 손을 꼬옥 잡아 주었다. 여전히 율의 느릿한 걸음에 맞춰 주면서 긴장하지 말라는 뜻으로 손등에 간간이 입도 맞췄다.

"어디 보자, 얼마나 예쁜가."

레스토랑이 위치한 스카이라운지까지 올라가면서도 조곤조곤 율을 잘 달래 주던 준우가 입구에 들어서기 전 율을 멈춰 세워 살폈다. 천사가 따로 없다며, 이러다 나중에 숨겨 뒀던 날개를 꺼내어 홀쩍 도망가 버리는 건 아니냐면서 준우가 웃었다. 오글거리는 달콤한 말에 율이 피식 웃고 말았다. 긴장이 다소 풀리는 것도 같다.

"저기 계신다. 가자."

"아⋯⋯."

"괜찮아. 떨지 마, 응?"

"싫어하시면 어떡하지. 나를."

은은한 조명이 고급스러운 레스토랑 창가에 앉아 있는 세연을 발견한 준우가 율을 데려가려다가 멈칫했다. 겁이 잔뜩 실린 목소리로 금세 주저앉을 것처럼 율이 떨고 있었다. 준우가 가만히 율을 마주 보고 섰다.

율이 뭘 걱정하는지 안다. 뭘 염려하고 걱정해 오늘, 이렇게까지 스스로를 꾸미려 애썼는지 준우는 아주 잘 알고 있었다. 괜찮을 거란 말 대신 그는 부러 모르는 척을 해 주었다.

"그럴 리가 있어? 이렇게 예쁜데."

"맘에 안 들어 하실 거야."

"그랬으면 같이 저녁 먹자고 부르지도 않으셨겠지."

"그치만⋯⋯."

"안 내켜? 뵙기 싫으면 가지 말까?"

준우는 지난 일주일 내내 이미 수차례 물어 줬던 질문을 한 번더 율에게 물어 주었다. 준우가 그랬다. 정 불편하고 싫다면 강요하지는 않겠다고. 말로는 괜찮다고 했지만 완벽히 내키지 않는 마음은 솔직히 사실이었다. 그치만. 그렇지만.

사과를 하고 싶다며 자리를 마련해 달라고 했다는 말에 율은 꽤 놀랐다. 그래서 고민 끝에 어렵게 결심한 거였다. 혹시 끌려가는 분위기가 된다 하더라도 아랫사람으로서 거절하는 건 예의가 아니라고. 먼저 뵙자 청을 하기에도 모자란 상황에 감히 불편하다는 핑계로 끝끝내 자리를 피하는 건 제가 할 짓이 아닌 거라고. 근데.

어렵게 고쳐 잡아 온 마음이 조금씩 무너져 내리고 있었다. 그저 집으로 돌아가고만 싶어졌다. 불편하고 버거운, 상황 자체가 율에게는 견디기 힘든 부담이었다. 게다가 꺼림칙한 제 과거를 털어놓기까지 해야 한다니 엄청난 부담이 아닐 수 없었다. 일주일이나 망설이다 겨우 나왔지만 좀처럼 엄두가 안 난다.

이도저도 못하겠음에 인상만 푹푹 쓰는 율에게 준우가 다정하게 속삭였다.

싫다면 가지 않겠다고. 네가 불편한 자리라면 저부터가 권하지 않을 거라고. 말했듯 언제나 네 편이 되어 줄 테니 부담 갖지 말고 말하라며 너무도 따스히 미소 짓는 준우를 보는 율의 가슴이 곧 서서히 진정되었다.

어머니께 예쁘게 보이고 싶어 잔뜩 꾸미고 나왔다는 걸 그새 잊었다. 그냥 가도 된다는 준우를 한사코 졸라 여성스럽게 해 보고 싶다고 미리부터 숍에 들러 이 난리를 피웠다는 걸 상기했다. 한숨이 나왔다.

가까스로 안정을 찾은 율이 준우에게 어리광부려서 미안하다고 사과를 건넸다. 그래도 더 이상은 물러서지 않을 거니까. 혼자만 가슴 졸이고 아파하고, 그런 못난 모습 보이지 않을 테니까. 율이 슬쩍 준우의 팔짱을 꼈다. 자상하게 웃어 준 준우가 이내, 걸음을 옮겼다.

"어머니."

"어, 그래. 왔어요?"

"……안녕하셨어요?"

작은 목소리로 율이 인사를 건넸다. 답지 않게 꾸벅 허리까지 숙여 인사하는 율을 보고 세연은 뭐라 말하려다 말고 입을 떡 벌렸다. 예전의 모습을 찾아볼 수가 없었다. 불과 얼마 안 되는 기간 동안 몰라보게 여성스러워진 율이었다.

만나고 나니 더더욱 제 실수가 미안해졌다. 애써 입꼬리를 올린 세연이 준우와 함께 자리에 앉는 율을 지그시 응시했다. 직접 율의 의자를 빼내어 앉혀 주는 준우가 낯설기도 하고 묘하게 기특했다. 준우가 세연의 안부를 살폈다.

"언제 오셨어요?"

"방금. 일단 주문부터 하자꾸나."

"네. 율아, 뭐 먹을래?"

"아……."

테이블로 다가온 직원에게서 메뉴판을 건네받은 준우가 율부터 챙기려 들었다. 흠칫 놀란 율이 서둘러 세연의 눈치를 봤다. 괜찮다는 듯 너그러이 웃어 준 세연은 직원에게서 따로 메뉴판을 받아 펼쳐 들었다.

티 나게 이러면 안 된다고, 그러지 말라 눈짓을 줘도 준우는 못 알아듣고 그저 율이 좋아할 만한 게 뭐가 있으려나 열심히 찾고 있었다. 괜히 민망해 물잔을 들어 목을 축이는 율에게 준우가 손을 뻗었다. 입가를 살살 매만져 주는 준우의 손길에 율은 더욱 긴장을 했다.

"스테이크 먹을까? 아니면 해산물? 뭐가 좋아?"

"아무거나."

"좋아하는 걸로 들어요. 준우야, 뭘 좋아하니?"

"율이는 고기보다 해산물 좋아해요. 율아, 랍스터 어때? 괜찮아?"

"어? 어어."

"매운 거로 할까? 아니면 버터구이? 샐러드는 어떤 게 좋아?"

적당히 알아서 시켜 줬으면 좋겠건만 준우는 이것저것 세심히도 챙기려 들었다. 지금으로선 뭘 시켜 먹어도 무슨 맛인지 모를 거 같은데. 갈수록 경직되는 몸이 거슬려 한숨을 내쉰 율이 대충 고르고는 한 번 더 물로 입술을 적셨다.

목구멍이 활활 타들어 갔다. 마셔도 마셔도 갈증이 느껴져 침을 꿀꺽 삼키는 율에게 이내 세연이 시선을 주었다. 오늘은 옅게 화장도 했다. 어쩐지 불편한 기색이 엿보이는 걸로 보아 이 자리를 위해 준비한 의상인 것 같았다.

고집스럽지 않아 보여서 맘에 들었다. 어른인 자신에게 예의 있게 군다는 뜻도 된다는 생각을 하며 세연은 입가에 엷은 미소를 띠었다. 세연이 율을 향해 입을 열었다.

"오늘 참 예쁘네요."

"네? 아, 감사합니다."

"나 때문에 무리한 건 아니에요?"

"괜찮습니다."

"안 꾸몄을 때도 예뻤는데. 괜히 신경 쓰이게 한 거 같네요, 내가."

혹시 그런 거라면 미안하다며 세연이 눈꼬리를 내렸다. 작게 주

465

름 잡힌 눈꼬리로 살갑게 웃어 주는 세연의 미소가 너무 고와 율은 순간 멍해졌다.

어느 누구도 낯선 어른과의 자리가 편할 리는 없었다. 하물며, 제가 사랑하는 사람의 어머니를 만나는 자리에 나오기까지가 결코 쉽지만은 않았을 거라는 걸 다 이해한다는 듯 인자하게 웃는 세연이었다. 망설인 건 괜찮다고, 끝까지 거절하지 않아 줘서 너무 고맙다면서.

안 그래도 감사한 마음에 커다란 감정이 하나 더 얹어졌다. 떨리는 손끝을 감추며 율은 조심스럽게 고개를 숙였다. 알아주셔서 감사합니다. 그것만으로도 정말 감사드려요. 공손한 그 인사에 세연이 거듭 입매를 끌어 올렸다.

짧은 대화 끝에 식사가 시작되었다. 애피타이저로 샐러드가 서빙될 때부터 준우는 이미 자신의 식사 따위는 안중에도 없었다. 손수 냅킨을 율의 무릎 위에 얹어 주고 소스가 잘 섞이게끔 버무려도 주고, 율이 찾을까 봐 미리 티슈를 율의 손 근처에 갖다 놓아주는 준우의 모습을 세연은 묵묵히 지켜보았다.

내가 할게. 있어 봐. 마치 손 못 쓰는 사람인 양 하나부터 열까지 모든 걸 알아서 챙겨 주는 준우 때문에 율은 갈수록 더 난처해졌다. 이럴 줄 알았으면 편 되어 준다는 말을 반기는 게 아니었다. 되레 이런 모습들로 밉보이면 어쩌나 걱정스러워 자꾸만 표정이 굳었다.

"많이 들어요."

"네. 잘 먹겠습니다."

"이런 곳 말고 우리 집에 초대했으면 싶었는데, 바깥양반 계실 때 하는 게 나을 거 같아서요."

"아버지가 지금 잠깐 지방에 가셨거든."

"아……."

학회 때문에 며칠 일정으로 제주도에 머무르고 계신다는 준우의 귀띔에 율이 고개를 끄덕였다. 자상하고 다정한 준우의 설명도 물론 고마웠지만, 그보다는 세연이 언급했던 집으로의 초대가 더 믿기지 않아 율은 살며시 시선을 들어 올렸다.

정말이시냐고 되묻듯 쳐다보는 율의 눈길을 읽은 세연이 고개를 주억거렸다. 율은 거듭 멍해졌다. 준우의 집으로, 준우의 아버지까지 만나 뵈러 가는 날이 과연 오는 걸까.

준우가 잘라 준 랍스터를 포크로 끼적이던 율이 조심조심 입에 넣었다. 맛이 괜찮은지 묻던 준우가 티슈를 들어 율의 입가를 살살 닦아 주었다. 율이 곤란해 바짝 얼었다.

"이것도 맛있다. 먹어 봐."

"나 괜찮아. 너 먹어."

"얼른. 팔 아파. 아, 해."

"준우야……."

"우리 아들 팔 떨어지겠네. 얼른 먹어요. 어서."

갈수록 태산이었다. 잘 먹나 내내 살펴 주는 것도 부담인데 이제는 제가 시킨 스테이크까지 썰어서 내밀고 있는 준우를 어쩔 줄 몰라 하던 율이 난데없는 세연의 부추김에 쩔쩔맸다. 싫어하는 기색이 아니었다. 뭐랄까. 왠지 모르게 재미있어 하는 것도 같고.

꽤 흥미롭다는 표정으로 지켜보는 세연이 괜찮으니 사양 말고 받아먹으라며 거듭 율을 재촉했다. 난감해하던 율이 마지못해 입을 벌리자 기다렸다는 듯 준우가 신나게 스테이크를 먹여 주었다.

한 번으로 끝날 줄 알았던 먹여 주기는 그 뒤로도 몇 번 더 계속되었다. 거절하려고 할 때마다 은근 받아먹길 바라는 세연의 집요한 추임새로 인해 율은 단 한 번도 준우를 거부할 수 없었다. 잔뜩 긴장해 있는 자신을 편하게 해 주려는 배려인지도 모르겠다고 느끼며 율은 최대한 세연의 눈을 피해 재빨리 받아먹었다.

꼭꼭 씹어 천천히 먹으라며 다독이는 준우가 이내 손을 뻗어 율의 머리끝을 살그머니 매만졌다. 간지러운 그 광경에 세연의 입가에 은근한 미소가 어렸다.

"볼수록 신기하네요."

"네?"

"저 녀석이 저러는 거 말이에요. 샘도 나고 부럽기도 하고."

"아……. 죄송합니다."

"죄송은 무슨, 당당해도 괜찮아요. 충분히 사랑받을 만하니까."

이렇게나 참하고 예쁜데, 라는 말까지 덧붙이며 세연은 율을 응시했다. 가까이 다가온 준우가 거봐, 라고 귓가에 속삭이듯 말하자 율은 용기 내어 세연과 눈을 맞췄다.

의외였다. 적대감이라고는 전혀, 아주 조금도 보이지 않는 세연의 시선이 왠지 선뜻 받아들이지 못할 만큼 한없이 감사했다. 지난번과는 달라도 너무 많이 달랐다.

대놓고 말을 안 했다 뿐이지, 뭔가 거슬린다는 표정으로 자신을 쳐다보던 세연을 율은 똑똑히 기억하고 있었다. 살짝 따갑다 싶게 서슬 퍼런 눈빛이 간간이 엿보이기도 했던 세연이었어서 율로서는 오늘 이 자리에 나오기가 더 부담이고 두렵기도 했었다.

근데 지금은 아주 많이 누그러진 눈빛과 진심 어린 말투로 자신을 대해 주고 있다는 게 여실히 느껴져 순간순간 가슴이 벅차올랐다. 세연이 넌지시 입을 열었다.

"나이를 먹을수록 사람 보는 눈이 좋아진다는 말은 다 거짓인가 봐. 지난번엔 미안했어요. 내가, 너무 많이 실례되는 오해를 했어요."

"네?"

"둘이 진지하게 만난다고 해서 화도 낼 뻔했어요. 난 율이 씨가, 처음 봤을 때 영락없이 남잔 줄 알았거든요."

"아, 네……."

최대한 미안한 목소리로 주춤주춤 내뱉는 세연의 말에 율이 고개를 끄덕거렸다. 탓할 일이 아니었다. 되레 그런 오해를 안 하는 사람이 더 드물었으니까. 오해를 산 것부터가 스스로 그렇게 보이게 하고 다녀서라는 생각에 율은 기꺼이 괜찮다며 입꼬리를 올렸다. 그래도 죄책감이 가시질 않는지 세연은 작게 성을 내듯 준우를 향해 눈을 흘겼다.

"그게 실은, 따지고 보면 이 녀석 탓도 없지 않아요. 여태 여자 친구라고 누굴 한 번이라도 보여 줬어야 말이지."

"그래서 이렇게 데려왔잖아요."

"그래, 잘했다. 사실 내색은 안 했어도 그동안 우리 그이랑 걱정이 많았어요. 우리 애가 어쩌면 남색인 건가 하고요. 말도 못해요."

"어머니."

"그렇잖니. 네가 좀 관심을 안 뒀어야지, 여자한테. 제발 누구 좀 만나라고 그렇게 말을 해도 못 들은 척."

"율이 만나려고 그랬던 거예요. 말씀드렸잖아요."

이제야 만났다고. 이 이상 소중한 사람은 다신 없을 거라고. 죽을 때까지 이 손을 놓지 않을 거라고. 아주 많이 사랑하고 있다고.

많은 말들을 대신해 준우는 율의 손을 찾아 잡았다. 살포시 들어 올려 손등에 입을 맞춘 준우가 율과 눈을 맞추고 싱긋 미소 지었다. 그윽하게. 근사하게.

말리려는 시도조차 할 수 없게 준우의 눈빛에 빠져 버린 율이 두 근거리는 가슴을 억누르며 준우를 바라보았다. 조용히 뜨거운 눈빛을 주고받는 둘의 모습을 세연은 흐뭇하게 바라보았다. 빠져도 단단히 빠졌구나, 싶었다. 마냥 보기 좋다는 생각을 하며 눈썹만 한 번 들었다 놓았다.

불편할 거라 여겼던 식사가 나름 물 흐르듯 잘 이어져 갔다. 줄줄이 나오는 코스음식은 정갈하니 맛있었고, 적당한 크기로 들려오는 분위기 좋은 음악도 대화가 묻힐 만큼 거슬리진 않았다.

커다란 유리창으로 내려다보이는 도시의 야경과 그 속의 현란하고도 잔잔한 불빛들을 보며 식사에 열중하던 찰나, 준우의 핸드폰이 진동 소리를 냈다.

서둘러 꺼내어 든 준우가 액정을 확인하고는 설핏 미간을 구겼다. 무슨 일이냐며 쳐다보는 율을 향해 준우가 입을 열었다.

"실은 아까 급하게 나오느라 결재를 몇 개 못 해 줬거든."

"뭐? 그럼 어떡해?"

"알아서 내일로 넘기랬더니 처리 못 한 모양이야. 잠깐 통화 좀 하고 올게."

"회사 다녀와야 하는 거 아냐? 괜찮으니까 갔다 올래?"

"그렇게까진 안 해도 되고. 잠시만 있어, 알았지? 어머니, 저 잠시만요."

"그래."

대수롭지 않은 것처럼 말하는 준우가 염려되어 율은 덩달아 인상을 찌푸렸다. 금방 마칠 수 있다고 해서 넉넉잡아 일찍 만나자는 말에도 대뜸 달려와 준 준우가, 사실은 일마저 제쳐두고 자신에게로 왔다는 걸 이제야 알았다.

다녀오라는 말에도 맘이 안 놓이는지 율을 잠시 보고 있던 준우가 마지못해 전화를 받으며 몸을 일으켰다. 나직이 여보세요, 하며 걷는 준우의 뒷모습을 오래도록 쳐다보는 율이 밀려드는 걱정에 안절부절못했다.

일이고 뭐고 다 뒷전으로 미루게 만들어 버렸다. 중요한 일도 다 처리 못하고 오게 만들었다. 어쩌면 좋아. 괜한 자책감에 시무룩해진 얼굴로 멍해 있던 율이 바로 앉으며 고개를 들다 멈칫했다. 세연이 율을 보며 작게 웃었다.

"눈을 못 떼네. 그렇게까지 걱정돼요?"

"준우가 곤란할까 봐서요."

"통화만 해도 되는 일인 거 같던데 신경 쓰지 말아요. 볼수록 큰일이네. 그렇게 맘이 약해서 어쩌나."

"……죄송합니다."

"저 녀석이 반한 이유를 알겠네요. 어쩜 이렇게 착해?"

단순히 곱고 반반하게 생겼다고 해서 제 귀한 마음을 온통 주지는 않았을 거라 여겼다. 내면이 더 예쁜 사람이라는 준우의 말을 들었을 때도 그래, 그렇겠지, 라는 다소 막연한 예상 밖에는 없었던 게 사실이었다.

함께 있는 모습을 보고 깨달았다. 굳이 여러 말과 행동이 보태어지지 않아도 같이 눈을 맞추고 웃고, 가깝게 붙어 앉아 시선을 주고받는 잠깐의 모습만 봐도 세연은 느낄 수 있었다. 준우가 율을 정말 아주 많이 사랑한다는 것을. 율 또한 그에 못지않다는 것도.

한평생을 살면서 자기 자신보다도 더 많이 사랑할 누군가를 만난다는 게 얼마나 어려운 일인지, 얼마나 큰 축복인지를 되뇌며 세연은 조용히 고개를 주억거렸다. 제 아들 녀석에게 이렇게나 큰 축복이 내려졌음이 진심으로 기쁘고 감사했다.

넉넉한 칭찬을 건네며 웃어 주는 세연을 보며 율은 고개를 떨궜다. 한없이 좋게 봐주는 시선에는 좀체 적응이 어려웠다. 준우에게는 한참 모자란 스스로를 부끄러워하며 지내 왔고, 그런 이유로 한때 헤어지려고 모질게 마음을 먹기도 했다. 모든 걸 감싸 안아 주는 준우를 냉정하게 내치며 상처 주고 아프게 했다. 바보같이.

다신 그러지 않겠노라 재차 다짐했다. 평생 사랑하며 살겠다고. 오늘보다 내일 더 많이 사랑하겠다고. 율이 씨. 낮은 허공을 보며 생각에 잠겨 있던 율이 세연의 부름에 고개를 들었다. 세연이 나지막이 목소리를 꺼냈다.

"나는 인격적으로 아주 훌륭한 사람은 아니지만, 누군가를 믿고 존중해 준다는 게 중요하다는 건 알아요."

"네……."

"곰곰이 생각해 봤는데, 저번엔 너무 놀라서 경황이 없었지만 만약에 율이 씨가 진짜 남자였다고 해도 결국은 받아들여 줬을 것 같아요."

"네……?"

"우리 준우를 믿으니까. 준우의 선택을 믿고 존중하니까 아마도. 내 아들이 택한 사람이라면 성별을 떠나 좋은 사람일 거다, 라는 확신이 있달까."

"아……."

"고마워요. 준우를 사랑해 줘서. 앞으로도 잘 부탁해요."

오늘 예쁘게 꾸미고 나와 줘서 고맙다고, 너무 예쁘고 아름답지만 다음엔 무리하지 않아도 된다며 세연이 미소 지었다. 그저 있는 그대로의 모습이라 해도 얼마든지 받아들여 줄 수 있다는 뜻을 고스란히 전해 듣는 율이 할 말을 잃고 멍해졌다.

지금이었다. 더 늦기 전에 말을 해야겠다는 생각이 들어 율은 조심스레 포크를 내려놓았다. 근데 모르겠다. 무슨 말부터 어떻게 꺼내면 좋을지. 듣고 나서 싸늘히 식은 눈으로 바라볼 세연이 두려워 율은 뜸을 들였다. 망설이고 또 망설이다 겨우 목소리를 내었다.

"저기 실은요."

"응?"

"제가 드릴 말씀이 있는데요. 제가 실은, 그러니까. 제가요. 죄송하지만."

"지금은 괜찮아요……?"

잘 나오지 않는 말들을 버벅거리며 헤매던 율에게 세연이 조심스레 물었다. 세연의 배려 섞인 질문에 율의 심장이 욱신, 하고 아려왔다. 세연의 눈동자가 어느새 촉촉하게 젖어 있었다.

"많이 무섭고, 많이 아팠죠? 그거 잊으려고 얼마나 노력했을까. 몰랐어요."

"그게……."

"아는 척 안 하려고 했는데. 말 안 해도 그러려니 하려고 했는데. 힘들어도 직접 만나서 얘기하자 했던 모양이네요. 고마워요. 이렇게 용기 내 줘서. 준우한테 들은 건 아니고 어쩌다 알게 됐어요."

"……죄송해요. 죄송합니다."

"그게 왜 죄송할 일이야, 난 내가 먼저 알아주지 못해서 미안해 죽겠구만. 미안해요."

"네……?"

"오늘 나오기까지 얼마나 힘들었을지. 나 만난다고 얼마나 혼자 떨었을지, 율이 씨가."

세연의 말끝이 살짝 흔들렸다. 안 그래도 힘들었을 텐데 만나자고 청해 괜히 더 마음고생하게 했음이 미안하다는 세연의 말은 오롯이 진심이었다. 율의 표정이 한층 더 멍해졌다.

앞으로 우리 자주 봐요, 알았죠? 안 그래도 딸이 없어 아쉬웠는데 잘됐다며 세연은 살짝 들뜬 표정이 되었다. 망연히 세연을 바라보던 율이 입술 안쪽 여린 살을 지그시 물었다.

왜 이렇게 가슴 한구석이 먹먹하게 아린 건지 모르겠다. 왜 이렇게 울컥 맘이 벅차오르는지. 주체가 안 된다. 애써 웃으려 하지만 그마저도 어려웠다. 누군가의 도움이 절실했다.

준우야. 율은 본능적으로 준우를 찾았다. 시큰거리는 코끝이 힘겨웠다. 빠르게 젖어 드는 눈동자를 어떻게든 참아 내려 안간힘을 썼다. 숨이 흐트러졌다. 매우, 힘겹게.

"죄송해요, 어머니. 미안해, 율아."

저만치 앞에서 나타난 준우가 제법 빠른 걸음으로 다가왔다. 세

연과 율에게 차례로 사과를 건넨 준우가 얼른 자리에 앉았다. 세연
이 준우를 향해 살며시 웃어 주었다.

"일은 잘 해결됐니?"

"일단은요. 내일 출근해서 더 봐야겠어요."

"난 잠시 화장실 좀 다녀오마."

"네, 다녀오세요."

준우와 바톤 터치를 마친 세연이 천천히 테이블로부터 멀어졌다.
자세를 바로 하며 냅킨을 무릎에 얹던 준우가 문득 말이 없는 율을
알아채고 시선을 주었다.

"율아……?"

왠지 모르게 멍해 보이던 율이 천천히 고개를 들었다. 눈이 마주
치는 순간 준우는 저도 모르게 숨을 멈추었다. 금방이라도 울 것처
럼 두 눈 가득 눈물이 그렁그렁한 율이었다.

"뭐야. 왜 이래, 어? 율아?"

"……."

화들짝 놀란 준우가 황급히 다가가 율을 살폈다. 점점 더 가득
차오르는 율의 눈물에 준우는 어쩔 줄 몰랐다. 뭐가 어떻게 된 걸
까, 지금. 최대한 서두른다고 했는데도 아주 잠깐 자리를 비웠음이
잘못이었나 싶었다. 준우가 얼른 율을 달랬다.

"무슨 일 있었어? 설마 어머니가 뭐라고 하셨어? 그래?"

"준우야……."

"왜 그래. 대체 왜 이래, 너. 응? 괜찮으니까 말해 봐. 무슨 일……."

"사랑해……."

두 손을 뻗은 율이 기댄 자세 그대로 준우에게 포옥 안겼다. 잔

뜩 인상 쓴 얼굴로 자초지종을 따져 물으려던 준우는 제게로 안겨 오는 율을 받아 든 채로 넋이 나가 버렸다.

그럴 분이 아니란 건 알지만, 그렇게 믿지만 혹시라도 율에게 어머니가 어떤 상처 되는 말씀을 하셨을까 싶어 조바심을 내던 참이었다. 율을 더 확실히 말렸어야 했나 하는 후회를 하는데 사랑한다는 고백이 터져 나왔다. 웅얼거리는 율의 목소리에 준우가 귀를 기울였다.

"사랑해……. 사랑해, 준우야……."

"율아……."

"너……. 앞으로 잘 부탁하신다고……. 나한테……."

"응……?"

"다 알고 계신대……. 그런데도 나를……. 앞으로 자주 보자고……."

"율아……."

"사랑해……. 많이 사랑해, 한준우……. 더 많이 사랑할게……."

"하아……."

한 번만 건네도 욱신욱신 가슴이 저릴 고백들을 연거푸 뱉어 내는 율의 나긋한 목소리에 준우가 놀란 가슴을 쓸어내렸다. 정말 깜짝 놀랐다. 그사이에 무슨 일이라도 있던 건가 어안이 벙벙하다 못해 정체불명의 분노마저 느껴지던 준우였다.

다행히도 화를 낼 일이 아니라는 것에 무한한 위로를 전해 받았다. 세연이 율의 모든 것을 알고도 받아들여 줬다는 게 진심으로 감사했다. 한편으론 잘 부탁한다는 말을 들었다는 것만으로 너무 맘이 벅차 어쩔 줄 몰라 하는 율이 안쓰러웠다.

사랑하길 잘했다고, 사랑하게 해 줘서 고맙다고, 많이 사랑한다고 읊조리는 율의 말들에 자꾸만 준우는 맘이 아렸다.

어쩌면 좋을까, 이런 너를. 이렇게까지 내 안에 가득 들어와 버린 너란 녀석을. 널 만나고서야 알았어. 진짜 내 삶이라는 것에 대해서. 앞으로 평생 더 알아 가려고 해. 널 곁에 둔 채로. 괜찮지……?

보채지 않으며 준우는 율을 다독였다. 제 품 안에 가득 안고서 다정하게 등을 토닥이고 부드럽게 감싸 주었다. 그렇게 율은 한참을 더 준우에게 안겨 있었다. 다정하고 포근한 손길과, 따뜻한 품에 갇힌 채로 하염없이 눈물을 흘렸다.

화장실에서 돌아온 세연은 율을 안고 있는 준우를 조금 더 그대로 있게 놔두었다. 머지않아 세연이 돌아온 것을 알아챈 율이 몸을 떼어 내려고 했지만 세연은 되레 놓아주지 말라고 준우에게 눈짓을 보냈다. 얼마든지 더 안아 주라고. 괜찮다면서.

참 많이 아팠을 사람. 이제는 그 누구보다도 소중해져 버린 단 한 사람. 그런 율을 감사하게도 온전히 받아 안아 주신 제 어머니. 감히 비교조차 쉽지 않게 소중한 두 사람.

말없이 세연과 눈빛을 주고받는 준우가 가만히 고개를 끄덕였다. 감사하다는 아들의 진심 어린 인사에 세연은 겸허히 미소 지었다. 그림 같은 준우와 율의 모습을 지켜보는 세연의 눈동자가 얇게 일렁였다.

"이제 좀 괜찮아?"

율의 오피스텔 앞에 차를 세운 준우가 시동을 끄려다 일단 율의 안색부터 살폈다. 아직 물기가 채 안 가신 얼굴을 하고 앉아 있던 율이 준우와 눈을 맞추고서 자그맣게 웃었다.

말려 올라가는 입가에 힘이 없었다. 아련한 듯 애절한 표정이 더없이 애처로웠다. 손을 뻗은 준우가 율의 눈매를 살살 쓰다듬어 어루만졌다. 율이 사과를 건넸다.

"미안해."

"뭐가 또 미안해."

"나 때문에 분위기 망쳐서."

"하이고."

별 쓸데없는 걱정을 다 한다며 준우는 한껏 더 조심스럽게 율의 눈매를 보듬었다. 망쳤다는 말은 어울리지 않았다. 어느 누구도 그렇게 생각한 사람은 없을 거라는 확신에 찬 생각을 하며 준우는 율을 봤다.

봐도 봐도 보고 싶고, 이렇게 보고 있어도 더 한없이 보고 싶어서 온통 애가 탔다. 시간이 흐를수록 끝도 없이 더욱 간절해지기만 하는 마음을 느끼는 준우가 율을 끌어당겨 천천히 품에 안았다. 들어 올린 오른 손으로 살며시 율의 뒷머리를 어루만지는 준우가 나지막이 읊조렸다.

"고마워. 오늘 나와 줘서."

"나야말로 고마워. 데려가 줘서."

"그래도 꽤 불편했을 텐데 잘 참아 줘서 고맙다."

"하나도 안 불편했어. 너무 좋았어, 나는. 진심으로."

"율아."

"응."

"사랑해."

"나도."

"사랑한다. 정말 많이 사랑해."

"준우야……."

숨결 섞인 나른한 목소리로 준우가 사랑을 속삭였다. 약간 비틀 듯이 고개를 돌려 율의 볼에 짧게 입을 맞추고는 다시금 율을 꼬옥 품에 안아 주었다. 살짝 닿았던 촉촉한 입술의 감촉이 너무 좋아 율은 가늘게 몸을 떨었다. 은근하게 풍겨 오는 감미로운 준우의 체취를 느끼며 지그시 두 눈을 감아 내렸다.

사랑해. 사랑한다. 율과 준우는 수백, 수천 번을 더 말한대도 하나도 덜어지지 않을 절실한 감정을 담고서 끊임없이 서로를 불렀다. 잠시도 떨어지기 싫어 더 바짝 안겨 드는 율을 준우가 더 강하게 안았다. 율이 조심스레 입가를 말아 올렸다.

행복하고 싶다는 바람이 사치처럼 느껴졌을 때가 있었다. 과연 행복해도 되려나 싶은 의구심에, 행복하면 안 될 것 같은 괜한 두려움에 스스로를 탓하고 괴롭히고 무수히 힐난하며 지내 왔다.

지금 이렇게, 함께 있다는 것만으로 모든 게 다 괜찮아졌다. 얼마나 아팠든, 얼마나 많이 힘들었든, 얼마나 서럽고 슬프고 괴로운 심정이었는지 앞으로는 생각하지 않겠다. 웃기만 해도 모자랄 시간들이니까. 그렇게 우리는 늘, 주체할 수 없을 만큼 행복하고 또 행복할 것이다. 아마도. 부디. 그래 주길 바라는 마음만으로도 행복할 수 있었다. 충분했다.

"읍스."

베란다에 기대어 선 채 하염없이 아래를 내려다보던 유현이 들려

오는 문소리에 흠칫 놀라 몸을 숨겼다. 어두워서 보이지 않겠지만, 누구 하나 자신을 신경 써 주는 이는 없을 거라는 것도 알지만 그래도.

조용히 숨죽이고 있던 유현이 다시금 빠끔히 고개를 내밀고서 아래쪽을 살폈다. 벤츠의 운전석에서 내려선 준우가 빠른 걸음으로 둘러가 조수석 문을 열었다. 준우의 손을 부여잡고 조심조심 내려서는 율을 보던 유현의 눈이 크게 떠졌다.

하……

적당히 잘 선팅 된 앞 유리 때문에 그 안에 둘의 모습까지는 잘 살펴지지 않아 안타까웠다. 차라리 안타까운 게 나을 뻔했다. 제가 지금 보는 것이 율이 맞나 싶을 만큼 생경한 기분에 유현은 굳은 표정으로 망연자실 율을 내려다봤다.

말도 안 된다. 저게 정말 율이란 말인가? 커다랗게 뜬 눈으로 유현은 하염없이 율을 응시했다. 유현의 검은 눈동자가 연신 가파른 일렁임을 내었다.

아무리 어두워도 화장한 얼굴은 고스란히 보였다. 단정하게 모양을 낸 머리도, 난생처음 보는 연분홍빛 원피스도, 하늘거리는 치마 밑으로 곧게 뻗은 얇은 다리와 세련된 하이힐까지 모든 것들이 다 낯설기만 했다.

낯설면 응당 어색하거나 싫을 수도 있는데 하나도 그렇지가 못했다. 오히려 한 번 눈에 담아 버리니 시선을 뗄 수조차 없게 몹시도 절실해지고 말았다.

예뻤다. 상상했던 것 이상으로 더더욱. 눈가를 찡긋거리는 유현이 힘주어 입술을 베어 물었다. 가슴 한 구석이 싸하게 아렸다.

마주 보고 선 채로 도란도란 다정하게 얘기를 나누는 준우와 율의 모습을 보자 유현은 침울해졌다. 원래 남의 떡이 더 커 보이는 법이라며 마음을 다잡으려는데 그게 잘 되지 않았다. 어쩌라는 걸까. 어쩌라고 저렇게까지 예쁠까. 짜증나게. 에이.

괜히 인상을 구기고 툴툴거리며 어떻게든 율을 떨치려 해 봐도 그저 불가항력이었다. 팔을 내미는 준우와 팔짱을 끼고 천천히 걸음을 옮기는 율의 모습을 유현은 한참이나 더 눈에 담았다. 준우라서 저렇게 변한 걸 거다. 준우라서. 여전히 모조리 다 그 자식인 율이 아쉽고 서운하면서도 수긍이 갔다.

여태껏, 지금도, 그리고 앞으로도. 언제나 늘 그럴 율이었다. 안다. 아는데.

"……사랑해. 율아."

사랑했어, 라고 내뱉어지길 내심 바랐지만 기어코 현재형으로 쏟아지는 제 목소리를 들으며 유현은 느릿하게 눈을 깜빡였다.

센서문 안으로 여유롭게 사라지는 준우와 율의 뒷모습을 보며 한숨을 훅 내쉬었다. 생전 처음 겪는 감정의 혼란이 지극히도 어지러웠다.

언제쯤 지겨워지려나. 언제가 되어야 이 마음이 조금이라도 덜어질까. 기한조차 없는 극심한 가슴앓이에 유현은 천천히 고개를 들어 올렸다. 캄캄한 밤하늘을 지그시 올려다봤다.

반짝반짝 참 예쁘게도 빛나고 있는 별 하나를 향해 유현은 한없이 애끓는 시선을 던졌다. 제게는 감히 없을 거라고 여겼던 지루한 감정들이 욱신욱신 용케도 남아 있었다. 계속될 것 같다. 꽤, 오래도록. 그래도.

괜찮아질 것이다. 그래, 언젠가는.

눈앞에 아른거리는 율의 얼굴을 바라보며 유현은 자그맣게 중얼거렸다. 다시는 울지 않기를 거듭 바랐다. 부디, 행복만 해 주기를. 율이.

—*Fin*

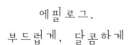

에 필 로 그.

부 드 럽 게, 달 콤 하 게

겨울이 시작되는 길목이었다. 쌀쌀한 바람이 볼을 제법 따갑게 스쳤다. 두툼한 코트를 걸쳤음에도 살갗을 에는 추위는 고스란히 느껴졌다. 괜히 치마를 입었나 후회가 되었다.

손에 든 작은 꽃바구니를 고쳐 잡고서 걸음을 재촉했다. 길이 아직 얼지 않은 것이 천만다행이었다. 다소 낮긴 하지만 굽이 달린 부츠는 영 적응이 힘들었다. 입가를 쓱 말아 올렸다.

"어서 오……?"

열리는 문을 향해 인사를 하다 만 재원이 허억, 소리를 내며 숨을 멈췄다. 너무 대놓고 놀라는 재원이 원망스러워 율은 미간을 좁혔다. 마치 못 볼 꼴을 본 것처럼 하얗게 질리다 못해 사색이 된 재원을 째리며 율은 가게 안으로 마저 걸어 들어갔다.

"귀신이라도 봤냐?"

"차라리 귀신이 낫겠습니다."

"뭐, 인마?"

"말투는 여전하시네요. 그 비주얼로 그 말투는 영 아닌데요. 여장 남자도 아니고."

"이게."

재원이 안타깝다는 얼굴로 혀를 끌끌 찼다. 그런 재원을 향해 율이 한 대 후려칠 것처럼 손을 들어 올렸다. 움찔한 재원이 두 팔을 겹쳐 필사적으로 제 얼굴을 막았다. 율이 웃었다.

가게 안이 조용했다. 좀 어수선한 분위기를 기대했던 율은 의아하다는 듯 주변을 둘러봤다. 어째 준비를 하다 만 듯한 모양새가 여기저기 포착됐다. 재원이 태연히 입을 열었다.

"애들 심부름 보냈습니다. 손님 수에 비해 음식이 모자랄 것 같아서요."

"그래? 얼마나 오기로 했는데?"

"글쎄요. 제가 인맥이 좀 되다 보니 장난 아니겠죠? 이 안에 다 들어올 수는 있으려나?"

어깨를 으쓱한 재원이 다소 거만스럽게 능청을 떨었다. 험험 헛기침을 하는 꼴이 우스웠다. 말을 말자며 율이 고개를 저었다. 재원이 앉으라며 근처의 의자로 율을 안내했다.

또각또각 부츠의 굽이 바닥을 울렸다. 조신하게 걷는 율을 재원은 신기하다는 듯 훔쳐봤다. 치마 뒤를 잘 잡고 의자에 앉은 율이 목이 마르다며 주스를 청했다. 재원이 물었다.

"근데 형님은 안 오십니까?"

"아직 회사래. 퇴근하고 바로 여기로 온댔어."

"늘 그렇게 바쁘신 모양입니다?"

"말도 마. 날이 갈수록 더 바빠진다, 어떻게 된 게."

"바쁘셔야죠, 와이프 먹여 살리려면."

투덜대는 율에게 재원이 복에 겨운 소리 말라며 작게 타박했다. 거기에 대고 율은 굶어 죽어도 좋으니 얼굴이나 실컷 보고 싶다고 말했다가 또 한 소리를 들었다. 하여간에 신재원의 잔소리는 퍼내도 퍼내도 마르지 않는 샘과 같다. 그것도 꽤 징글징글하고 지겨운. 으.

"어? 사장님이다!"

"사장님!"

"우와! 사장님! 언제 오셨어요?"

심부름을 갔던 바텐과 알바생들이 일시에 들이닥쳤다. 율의 등장을 알아채고 부산스레 모여드는 그들을 시끄럽다는 한 마디로 제압한 재원이 못마땅한 얼굴을 하고서 툴툴댔다.

"이 자식들아. 이제 내가 사장이라고 했어, 안 했어?"

"지배인님 삐지셨다."

"그러게. 완전 소심하시다니까."

"이것들이. 빨리 가서 음식들 세팅 안 하지? 하나! 둘!"

버럭 고함으로 내쫓는 재원의 카운트에 알바생들이 마지못해 물러났다. 그러면서도 율을 향해 반가운 기색을 감추지 못하고 너도나도 눈길을 주었다. 사장님 완전 예뻐요! 진짜요! 몰라보게 예뻐지셨다는 말들이 연거푸 쏟아졌다. 율이 싫지 않은 얼굴로 피식 웃었다.

부리나케 움직이며 테이블을 장식하는 그들을 감시하던 재원이 다시금 율을 바라봤다. 내어 준 주스를 홀짝거리는 율의 표정이 밝

앉다. 옅은 화장기가 감도는 얼굴은 단아한 차림새와 너무도 잘 어울렸다. 더없이 여성스러워진 율을 한참 바라보던 재원이 입술을 달싹였다.

"어떠십니까."

"뭐가?"

"유부녀 된 소감 말입니다. 지낼 만하십니까?"

에둘러 묻는 질문에는 지난 1년간의 생활이 어땠는지를 살피려는 의중이 고스란히 담겨 있었다. 간간이 안부 전화를 주고받긴 했으나 얼굴을 마주하는 건 오랜만이라 사실 재원도 율이 무척이나 반가웠다. 무뚝뚝하게 안부를 묻는 재원을 물끄러미 보던 율이 답했다.

"그냥 뭐. 전과 비슷해. 별거 없던데?"

"별거 없어야지 그럼 별거 있는 게 좋으십니까?"

"말이 그렇다고, 인마. 그러는 너는 어때? 사장 자리 꿰차니까 기분 좋으냐?"

"표현은 똑바로 해 주시죠. 누가 들으면 제가 반란이라도 일으켜 차지한 줄 알겠습니다."

"엄청 놀랐다."

"뭐를요."

"네가 그렇게까지 악착같은 녀석인 줄 미처 몰랐거든. 언제 가게 인수금을 다 모았는지 생각할수록 대단해. 기특하기도 하고."

율이 감탄한 얼굴을 하고서 재원을 봤다. 심드렁한 말투였지만 진심으로 격려하는 속내가 느껴졌다. 부러 재원이 어깨를 으쓱하며 그걸 모르다니 눈치도 없다고 율을 타박했다.

코웃음을 친 율이 코트 단추를 풀었다. 조심조심 벗어 옆자리에 내려놓는 율의 동작이 전과는 판이하게 달랐다. 눈빛도, 손길도, 몸가짐 자체가 다른 느낌은 꽤 괜찮은 볼거리였다. 흐음, 하고 작게 콧소리를 낸 재원이 Bar에 기대며 율을 관찰했다. 율이 주스를 홀짝거렸다.

작년 이맘때 율은, 결국 목표로 했던 반년조차 못 채우고 사장 자리에서 물러났다. 준우의 프러포즈에 대한 대답을 그런 식으로 해준 율이었다. 그간 생활패턴이 달라 어긋났던 부분들을 모조리 줄이고 싶은 욕심에 선배에게 양해를 구하고 임시 사장을 그만뒀다.

기다렸다는 듯 재원은 해외에서 더 머무를 예정이라는 그에게 인수자금을 내밀고 Bar를 맡게 되었다.

어차피 명의만 사장이었던 율의 선배는 오픈 때부터 제 가게처럼 열심히 꾸려 온 재원을 알고 있었다. 해서 그냥 넘겨줄 생각도 없지 않았으나 재원이 그건 안 될 말이라며 한사코 인수금을 모두 치르고 정식으로 넘겨받았다고 한다. 가정 형편이 썩 좋지 않은 데다가 돌봐야 할 동생들이 많아 돈이 되는 일이면 뭐든 찾아서 해 온 재원이라는 걸 율은 그제야 들었다.

말끝마다 뗵뗵거리긴 하지만 뒤끝이라곤 모르는 녀석. 까칠하게 굴어도 꼭 그 이상으로 자상하게 챙겨 줄 줄 아는 재원이 율은 내심 마음에 들었다. 그래도 티 내긴 싫어 율은, 임시 사장 월급에서 깐 돈으로 정식 사장이 되니 좋으냐며 툴툴거렸다. 재원이 눈을 흘겼다.

"싫은 소리 들을까 봐 선수 치시는 거겠지만요."

"응?"

"아직도 섭섭합니다. 결혼식에 안 부르신 거요."

아마 평생토록 섭섭해할 것 같다며 재원이 입술을 샐쭉거렸다. 늘 어른스럽게 굴던 녀석이 투정 부리듯 이러니 적응이 쉽지 않았다. 율이 어깨에 닿는 제 머리끝을 매만졌다.

"말했잖아, 그냥 부모님들 모시고 식사만 하고 말았다고."

"그러니까요. 그 식사 자리에 왜 안 부르셨냐고요. 얼마나 맛있는 걸 드시느라고."

"솔직히 할 생각이 없었거든. 결혼까지는."

그래서 사람들을 부르고 축하인사를 받고, 그런 건 도저히 못 하겠었다며 율이 웃었다. 약하게 말려 올라간 입매가 곱고 아련했다.

볼수록 참 이해 안 되는 커플이었다. 영업도 내팽개치고 데이트 했다가 하루도 안 돼서 헤어졌다가, 그러더니 다시 만난다고 했다가 식사 자리 한 번 갖고서 이미 결혼했다고 하는. 지난간 일 어쩌겠냐며 재원이 눈썹을 씰룩였다.

영원히 준우의 곁에 있고 싶었다. 준우의 사람이 되어 함께 산다는 건 율로서도 바라 마지않는 일이었으나 아무리 생각해도 수많은 사람들 앞에서의 결혼식은 무리였다. 준우의 위치를 고려하면 해야 마땅하지만 율은 마지막으로 딱 한 번만 더 이기적으로 굴고 싶었다.

망설이는 율의 고민을 흔쾌히 받아들여 준 준우는 세연과 승환마저 설득해 둘만의 비밀 결혼을 치렀다. 그렇게 조용히 혼인신고만 하고 곧장 신접살림을 시작한 율과 준우였다.

"어……?"

주스 한 잔을 다 마신 율이 화장실을 다녀오다 멈칫했다. Bar의 재 오픈 기념 파티를 축하할 목적으로 그새 꽤 많은 사람들이 도착해 있었다. 낯이 익은 단골들도 여럿 보여 눈인사를 주고받던 율이 예상치 못했던 손님을 발견하고 눈을 크게 떴다. 거리가 가까워졌다.

"오랜만이에요. 예전 사장님."

"네가 어떻게?"

"몰랐어요? 나도 여기 단골인데."

하긴, 그만둔 뒤의 일이니 알 턱이 없겠다며 유현은 고개를 주억거렸다. 짧게 자른 까만 머리가 제법 잘 어울렸다. 뭔지 모르게 말끔하고 단정해진 인상의 유현을 율이 빤히 봤다.

"왜요?"

"그냥. 잘 지냈나?"

"모르겠어요. 잘 지낸 것 같기도 하고 아닌 것 같기도 하고. 그쪽은요?"

"나야, 뭐."

혼자만 잘 지낸다고 말하기가 왠지 겸연쩍어 율은 말끝을 흐렸다. 대충 얼버무리는 율을 유현은 지그시 바라봤다. 꽤 많이 변한 것 같으면서도 그대로였다. 되게 많이 여성스러워지고 달라졌는데, 여전히 곱고 여전히 예쁘고 여전히 눈이 부셨다. 유현이 쓰게 웃었다.

"아니다. 말하지 마요, 배 아프니까. 안 듣는 게 낫겠어요."

"뭐래."

"결혼했다면서요? 남편분은요. 왜 안 보여요?"

"오고 있어. 일이 많아서 이제 출발했대."

"나 여자 친구 생겼어요. 같은 과 후배."

유현이 대뜸 말을 던졌다. 무감한 표정으로 불쑥 꺼낸 그 말에 율이 반색하며 말했다.

"그래? 잘됐네. 축하해."

"축하받자고 한 말은 아니지만, 고마워요."

"예쁘게 잘 사귀었으면 좋겠다. 알아서 잘하겠지만 말이야."

"서운한 표정이라도 좀 지어 주면 안 되나."

유현이 나지막이 중얼거렸다. 가식이든 뭐든 그래 주면 참 좋겠다는 말을 하며 미간을 찌푸리는 유현의 표정에서 채 감추지 못한 아쉬움이 엿보였다. 율이 느릿하게 눈을 깜빡였다.

"서운해했으면 좋겠냐?"

"당연한 거 아니에요?"

"미안하다. 전혀 조금도 안 서운해서."

"와. 뭐 이렇게 냉정하대, 사람이? 치사하게."

"정유현."

"잘 살아요. 내 배가 아프든 말든 깨가 쏟아지게 살아 달라고요. 알았어요?"

애써 표정을 푼 유현이 율의 말을 인용해 알아서 잘하겠지만요, 하고 덧붙였다. 미적거리지 않으려 나름 노력하는 것 같은 유현이었지만 도통 율에게서 눈을 떼지 못하고 있었다. 그러겠다는 말 대신 율은 살포시 눈꼬리를 내려 웃어 줬다. 그 미소에 유현이 하, 탄식했다.

어떻게 된 게 조금도 줄어들지를 않았다. 율을 향한 감정이 그대로임을 깨달은 유현은 심장이 아려 오는 착각에 자꾸만 한숨이 터져 나왔다. 더 보고 있다가는 저만 힘들 것 같아 돌아서려는데 율의 얼굴이 더할 나위 없이 환해졌다. 나중에 보자며 율이 유현을 등졌다.

"왔어?"

"미안, 차 완전 막히네."

"고생했어. 일은 잘 끝냈고? 춥지?"

입구로 쪼르르 달려간 율이 반갑게 준우를 맞았다. 어찌나 좋아하는지 입꼬리가 아예 귀에 닿을 것처럼 죽 늘어져 있었다. 그 모습을 멍하니 보던 유현이 픽, 하고 작게 웃으며 고개를 절레절레 저었다. 핑크빛 기류가 심상치 않았다. 더는 봐줄 수 없어 시선을 거뒀다.

그러거나 말거나 율은 준우의 얼굴을 향해 손을 뻗었다. 차를 멀리에 대고 걸어왔다는 준우의 두 볼이 차게 식어 있었다. 많이 춥냐고 살펴주는 율의 허리를 준우가 부드럽게 감싸 안아 제게로 끌어당겼다. 누가 보든 말든 바짝 몸을 밀착하는 준우였다. 율이 미소지었다.

"보고 싶었어, 율아."

"나도."

"진짜 하루 종일 미치는 줄 알았어. 우리 여보가 보고 싶어서."

"준우야."

"뽀뽀해도 돼?"

준우의 눈매가 살짝 가늘어졌다. 멋대로 해 버리고 싶은 마음을 겨우 억눌러 허락을 구하는 준우였다. 보는 눈들이 많았다. 커플의 애정행각은 어디까지나 둘만 있는 곳에서 해야 한다는 생각을 갖고 있는 율이기도 했다.

하지만 거절하기엔 준우의 눈빛이 너무도 간절했다. 또한 속삭이는 준우의 입술이 그저 매혹적으로 탐스러워 보임에 율이 고개를 끄덕였다.

준우가 가볍게 율의 입술에 입을 맞췄다. 그걸로는 성이 차지 않는지 양쪽 볼에도 쪽쪽 입을 맞췄다. 한 번이 두 번으로, 두 번이 세 번으로 이어져 율의 얼굴 곳곳을 누비던 준우의 입술을 급기야 알아채고 달려온 재원이 만류했다. 준우가 머쓱하게 허허 웃었다.

파티가 시작됨과 동시에 준우는 재원에게 양해를 구하고는 율을 데리고 가게를 빠져나왔다. 축하인사도 전달했겠다 모르는 사람들로 가득한 공간에서 굳이 더 있을 필요는 없었다. 율 역시 애초에 얼굴만 살짝 비칠 생각이었기에 두말없이 준우를 따라나섰다.

모처럼 난 시간은 오롯이 둘을 위해 쓰고 싶었다. 요새 지사 확장 건으로 한층 더 정신없어진 준우였고, 준우와 율, 둘 다 서로를 목말라하고 있던 참이라 집이 아닌 곳에서의 데이트가 절실히 필요했다. 준우가 벤츠 운전석에 올라 벨트를 매며 율에게 물었다.

"어디 갈까. 가고 싶은 데 있어?"

"음. 아무 데나."

"밥부터 먹을까? 배고프지?"

"난 자기가 더 고픈데."

"어⋯⋯?"

"하고 싶어. 미치도록. 나 요새 왜 이러지?"

좀 이상해, 하고 덧붙인 율이 살며시 눈꼬리를 내렸다. 말해 놓고 창피한지 율은 아랫입술을 지그시 물고서 수줍어 어쩔 줄을 몰랐다. 살짝 발그레해진 두 볼과 피가 맺힌 듯 붉은 입술이 요염하고 마냥 어여뻤다. 긴장한 준우가 저도 모르게 마른침을 꿀꺽 삼켰다.

퇴근이 늦어진 요 며칠, 율을 안지 못해 죽을 맛인 준우였다. 안 그래도 당장 벗기고 달려들고 싶은 걸 꾹 참고 데이트부터 해야 한다는 사실이 힘겨웠는데 이런 식으로 먼저 도발해 주다니.

진짜 미치겠다. 좋아서.

좋아도 너무 좋아 정신을 못 차리겠다고 중얼거린 준우가 서둘러 시동을 켜고 액셀을 밟았다. 벤츠가 다소 성급하게 도로를 내달렸다.

"아! 하아……! 흡……! 흐읏!"

호텔 룸에 들어서자마자 준우는 율의 옷을 벗기고 거칠게 달려들었다. 시작부터 꽤 과격했다. 내내 참아 온 것들을 모조리 분출시킬 모양인지 평소보다 훨씬 더 격렬한 준우였다.

젖기도 전에 밀고 들어오는 준우의 격한 허리질에 율이 새된 소리를 내질렀다. 묵직하게 커진 준우가 아래를 가득 채우고 쉼 없이 들락거렸다. 머지않아 젖은 속살들이 깔짝깔짝 소리를 냈다. 들고나기가 제법 수월해진 율의 안에 준우는 더욱 깊숙이 제 것을 박아 넣었다.

머리부터 발끝까지 전율이 흘렀다. 빠르게 달아오른 몸이 뜨겁게 화끈거렸다. 세포 하나하나, 혈관 구석구석까지 차올라 넘실대는 마음이 간지러웠다. 차츰 리드미컬하게 움직이는 준우의 등을 꼬옥 부여잡은 율이 거친 숨을 헐떡이며 고개를 젖혔다. 준우가 몸을 낮췄다.

더 바짝 밀착해 몸을 대고서 허리를 움직였다. 박아 밀어 넣는 간격이 급하게 잦아졌다. 짧게 끊듯이 나눠 쑤셔 대는 준우로 인해 율이 신음조차 내지르지 못하고서 끙끙 앓았다. 바르작대는 율의 아래에 끊임없이 제 것을 채워 넣는 준우가 속삭이듯 나른하게 물었다.

"하고 또 해도 돼……?"

"응……. 해 줘……."

"진짜지……? 아프다고 빼기 없기야……?"

"밤새도록 해 줘……. 하고 싶어……."

"율아……. 아……."

야릇한 율의 대답에 견딜 수 없이 달아오른 준우가 힘겹게 신음을 뱉었다. 그러면서도 몇 번이고 찾아오는 절정을 어떻게든 억누르며 골반을 튕겨 올렸다. 더 커질 수 없을 정도로 커진 준우의 것이 불끈하며 위험신호를 보냈다. 잃어지려는 정신을 가까스로 부여잡았다.

준우가 다시금 율을 향해 목소리를 냈다. 지난번 생리를 언제 했느냐 묻는 준우에게 율은 괜찮을 것 같으니 안에 해 달라고 말했다. 안에다 해 줘……. 많이 해 줘, 준우야……. 남김없이 채워 달라는 율의 말에 탄력 받은 준우가 미친 듯이 허리를 움직였다. 숨이 급해졌다.

"맛있어?"

"응."

"천천히 먹어. 물 여기."

연이어 두 번 격렬한 관계를 하고 난 준우는 율을 위해 룸서비스를 주문했다. 스테이크를 비롯해 맛깔나게 차려진 요리들은 보기만 해도 배가 불렀다. 포크로 돌돌 만 크림스파게티를 입에 넣고 씹던 율이 준우가 내민 물을 받아 마셨다. 준우가 율의 입가를 매만졌다.

봐도 봐도 좋다. 매일 보는 얼굴인데 늘 처음 보는 것처럼 맘이 설레고 또 떨렸다. 새삼 신기하다고 읊조린 준우가 율의 머리를 살며시 쓸어 넘겼다. 율이 미간을 찌푸렸다.

"나 살찌려나 봐. 자꾸 뭐가 먹고 싶어."

"찌면 좋지."

"엑, 뚱뚱한 게 좋아?"

"우리 여보라면 얼마든지 뚱뚱해져도 괜찮아."

"뭐야. 난 싫어."

"너무 말랐잖아. 이러다 아프기라도 하면 어떡해?"

그러니 저를 위해서라도 조금은 살쪄 달라는 말을 하며 준우가 입가를 말아 올렸다. 어떻게 변해도 다 예뻐할 테니, 무조건 사랑스러울 테니 걱정 말라는 거였다. 말 한 마디를 해도 근사한 이 남자를 진짜 어떡하면 좋을까. 율이 준우를 향해 입술을 쭉 내밀었다.

뽀뽀해 달라는 율에게 준우가 기꺼이 입을 맞췄다. 보드라운 입술들이 서로 오래 문질러졌다. 비비고 쓸고, 톡톡 건드리듯 닿던 입술을 열어 혀를 섞었다. 키스가 점차 질펀해졌다.

"율아."

"응."

"여보."

"응, 여보."

"우리 여행 갈까?"

식사를 마치고 룸에 설치된 대형스크린으로 영화를 봤다. 꽤 예전에 흥행했던 유명한 고전 작품의 배경은 낭만의 도시 파리였다. 불빛 가득한 거리의 야경이 무척이나 고혹적이었다. 갑작스런 준우의 제안에 품에 안겨 누운 자세로 있던 율이 고개를 들어 올렸다.

"여행?"

"응. 신혼여행 아직 못 갔잖아."

"바빠서 그런 거면서. 시간이 나겠어?"

"이번 일만 마무리 지으면 좀 괜찮을 것 같아."

"정말?"

"그래. 크루즈여행 어때? 지중해 다 돌고 오는 걸로."

"진짜? 우와!"

한 달 정도 여유롭게 다녀오자는 준우의 말에 율이 기어코 몸을 일으켰다. 그렇게나 오래 준우와 여행이라니, 것도 해외로까지 다녀올 수 있다는 것에 벌써부터 맘이 들떠 버렸다.

믿기지 않아 눈만 깜빡이는 율의 표정이 귀여웠다. 작게 웃음을 터뜨린 준우가 율의 허리를 바짝 끌어안고서 입을 맞췄다. 가볍게 탐하려던 처음 생각은, 그러나 보드랍고 말랑한 율의 입술이 닿는 순간 흔적도 없이 사라져 버리고 말았다. 준우가 진하게 입을 맞췄다.

이리저리 고개를 비틀어 가며 키스하던 준우의 입술이 서서히 아래로 향했다. 매끄러운 율의 목덜미를 핥아 내려간 준우가 쇄골을 지나 소담한 율의 가슴 곳곳을 탐했다. 달콤한 살결이 쪼옥 소리와 함께 빨렸다. 가슴 끝을 머금어 가두자 율이 나른한 숨결을 내뱉었다.

밤새도록 해 달라는 부탁을 들어줄 작정인지 준우는 다시금 율의 가운을 벗기고 자세를 잡았다. 보통 이렇게까지 달려드는 경우 율은 아프다는 핑계로 준우를 말리거나 적당히만 해달라고 미리 말을 하기 일쑤였다. 헌데 이상했다. 정말 이상한 일이 아닐 수가 없었다. 달려드는 준우가 어쩜 이렇게나 반갑고 좋은지 스스로 의아하기까지 했다.

미쳤나 봐. 언제 이렇게 밝히는 여자가 되었을지 율은 내심 속이 상했다. 그러나 곧바로 깊숙이 묻어 격렬히 들어오는 준우를 받아들이느라 생각을 더는 이을 수 없었다. 새된 소리를 내며 눈을 감았다. 뜨겁고도 아찔한 자극이 꽤 오래도록 이어졌다.

"여보세요?"

― 많이 바빠……?

회의를 마치고 집무실로 들어오자마자 핸드폰이 울렸다. 결재해 넘길 서류가 한두 가지가 아니었다. 괜스레 맘이 급해져 서두르려던 준우가 수화기 너머 율의 목소리를 듣고 책상으로 가려던 걸음을 멈췄다. 어딘가 모르게 젖은 듯한 떨림이 묻어났다. 조짐이 이상했다.

"아니, 괜찮아. 무슨 일 있어?"

― 그냥.

"뭔데. 목소리가 안 좋잖아. 왜 그래?"

― …….

"율아?"

율이 대답을 않는다. 기어 들어가던 목소리가 아예 들려오지 않음에 준우는 애가 탔다. 숨소리마저 조심하는 건지 수화기 너머가 아득하니 멀었다. 들고 있던 서류들을 던지듯 책상 위에 내려놓은 준우는 저도 모르게 슈트 재킷을 챙겨 들며 다시금 율을 불렀다.

"율아. 지금 어디야?"

— ⋯⋯.

"어딘데, 응? 말해, 갈게. 집이야?"

— 일은 어쩌고.

"괜찮으니까 말해. 어디 있어? 왜 그러는데. 무슨 일⋯⋯."

— 흐윽⋯⋯.

곧장 문을 향해 걸었다. 아니, 걸으려고 했다. 근데. 머뭇거리던 율이 울음을 터뜨렸고, 때문에 준우는 다시 또 움직임을 멈춰 버렸다. 심장이 철렁 내려앉았다. 머릿속이 새하얗게 비워져 다른 건 아무것도 생각할 수가 없었다. 대체 무슨 일일까 싶어 준우는 애가 탔다.

흐느끼는 목소리로 율은 본가에 있다고 말을 했다. 그제야 준우는, 오늘 율이 어머니 세연과 만나기로 했었음을 깨달았다. 일단 알겠다고, 당장 가겠다고 말한 준우가 허겁지겁 집무실을 나섰다. 다급하게 부르는 비서 수정에게 할 말은 미안하다는 사과가 전부였다.

지하주차장에 도착해 뛰듯이 벤츠에 올라 시동을 걸었다. 머리로는 끊임없이 이런저런 추측을 했다. 달리 무슨 일이 있을 리가 없었다. 준우와 따로 나가 살고 있는 터라 간간이 본가로 불러 밥을 먹이고 대화를 나누는 것 말고 세연은 율을 불편하게 만들지도 않았다.

가끔 씩의 그런 만남을 더 좋아하는 건 오히려 율이었다. 세연을 만나고 온 날이면 한없이 밝은 얼굴로 준우에게 조잘조잘 말을 했었다. 어머니가 너무 좋다고, 참 잘해 주신다면서. 어떻게 된 상황인지 직접 가서 확인하는 수밖에는 없었다. 액셀을 힘껏 밟아 속도를 냈다.

"어머, 얘. 준우야?"

얼마나 서둘렀던지 평소에 걸리는 시간의 절반 가까이를 단축한 준우가 급히 본가 주차장에 차를 세우고 대문을 열었다. 현관으로 막 들어선 준우를 보고 소파에 앉아 있던 세연의 눈이 휘둥그레졌다. 네가 여길 어떻게 알고 왔냐는 세연이 들고 있던 커피 잔을 내려놓았다.

세연의 태연한 반응에 되레 놀란 준우는 세연과 함께인 승환을 보고 더욱 의아해졌다. 평일 대낮, 지금 이 시각이라면 교수인 승환은 한창 강의실에 있어야 했기 때문이었다. 구두를 벗고 거실로 올라선 준우가 승환을 보고 믿기지 않는다는 표정을 지으며 입을 열었다.

"아버지?"

"녀석, 아연실색해서 달려온 꼴 하고는. 그렇게 좋냐?"

"네?"

"하긴, 나도 당최 일이 손에 안 잡히더구나. 전례 없이 휴강을 다 해 버리고 말이야."

"지금 강의가 문제예요? 이런 역사적인 순간에."

"맞아요, 맞아. 하하하."

승환이 기분 좋게 너털웃음을 지었다. 호탕한 그 웃음소리에 세연은 서둘러 검지를 입에 대고서 조용히 하라 일렀다. 흠칫 놀란 승환이 눈치를 보듯 입을 다물고는 웃음을 참았다.

예상했던 분위기가 아니었다. 뭔가 말다툼이라도 있었겠거니 했던 준우는 들뜬 내색을 감추지 못하고 연신 미소 짓는 세연과 승환이 도통 이해되지 않았다. 어리둥절해하는 준우에게 세연이 가까이 오라 손짓을 했다. 주춤주춤 다가선 준우의 손을 세연이 확 잡아끌었다.

"율이 지금 네 방에서 자고 있어. 피곤할 테니까 얼굴만 살짝 보고 가. 깨우지 말고."

"잔다고요?"

"원래 잠이 쏟아지는 법이야. 나도 너 가졌을 때 시도 때도 없이 잠만 잤는걸."

"네? 그게 무슨……."

"축하해, 아들. 재촉하지 말래서 잠자코 기다렸더니 이런 선물을 다 주고. 암튼 고맙다."

좀처럼 흥분이 가시지 않는 듯 세연이 거듭 활짝 미소 지었다. 진심으로 기뻐하는 그 미소에 준우가 할 말을 잃고 멍해졌다. 그런 준우를 기특하게 보던 승환이 역시나 축하한다는 인사를 건넸다. 연이어 쏟아지는 인사말에도 불구하고 준우는 영 정신을 차리지 못했다.

멍해 있는 준우에게 세연은 오전의 이야기를 들려주었다. 평소처럼 율을 불러 식사를 하다가 며칠 전 백화점에서 율에게 주려고 사뒀던 옷을 입혀 보던 세연은 전과 다른 율의 행동들에서 직감적으로 뭔가를 느꼈다고 한다. 혹시나 싶어 그길로 율을 데리고 근처 산

부인과에 다녀온 세연이었다.

결과는 임신이었다. 그것도 어느덧 12주째에 접어들었다는. 세상에.

"그럼 율이가……?"

"조용히 올라가 봐. 한창 잘 거야."

"정말이에요, 어머니? 정말 율이가 그, 그러니까……."

"어어? 정신 챙겨, 아들. 안 그래도 아가 혼란스러울 텐데."

"하……."

본인조차 몰랐던 임신 사실을 알게 되어 얼마나 놀랐던지 아까전 율의 하얗게 질린 얼굴이 생각나 세연은 자꾸만 맘이 쓰였다. 혼자 있기 싫을 것 같아 도로 집으로 데려온 세연은 피곤하다며 자고싶다는 율을 준우의 방에 눕히고 나와 승환을 부른 거였다. 도무지 믿기지 않는 듯 탄식하는 준우를 보며 승환이 껄껄 웃었다.

"저럴 만도 하지. 어안이 다 벙벙할 거야."

"당신은 더했어요. 당신에 비하면 준우는 양반이네요."

"근데 참, 아들인지 딸인지는 언제 알 수 있다고?"

"보름쯤 더 있다가 병원 가면 알려 준대요. 당신은 뭐가 좋아요?"

"글쎄. 둘 다 좋은데 어쩐다."

손자건 손녀건 다 탐이 난다는 승환은 벌써 할아버지가 된다니 그건 좀 섭섭하다며 또 껄껄 웃었다. 그 말에 세연이 주책이라며 눈을 흘겼다. 사이좋게 주고받는 말들을 애석하게도 더 들을 정신은 없었다. 그대로 돌아선 준우가 헐레벌떡 계단을 뛰어 올라갔다.

조용히 올라가라는 말을 들은 척도 않는 준우였으나 밉지는 않았다. 지금 얼마나 기쁘고 행복할지 다 이해되는 세연과 승환은 그저 흐뭇한 눈으로 말없이 준우의 뒷모습을 좇았다.

뭐든 두 사람이 하고픈 대로 맞춰 주려는 생각이 있었다. 해서 결혼식을 생략하고 아이도 나중에 천천히 갖겠다는 말에 서운하긴 했지만 두말 않고 따라 주었다. 그랬는데.

듬직하니 멋진 아들과 예쁘고 고운 며느리를 닮은 아이라니 벌써부터 기대가 되었다. 빨리 만나 보고 싶어 안달이 나는 건 어쩔 수가 없었다.

참 잘 됐어요, 하고 읊조리는 세연의 어깨를 가만히 감싸 안은 승환이 그러게, 하고 맞장구를 쳤다. 둘의 미소가 길게 이어졌다.

"준우야……."

침대에 누워 하염없이 넋을 놓던 율이 들이닥친 준우를 보고 몸을 일으켰다. 잠이 올 리가 없었다. 몸이 피곤한 것 같긴 한데 도통 마음이 다잡히지 않아 계속 멍하니만 있었다.

준우의 얼굴을 보는 순간 어지럽게 꼬인 마음들이 단번에 풀어졌다. 뿌옇게 뜬 부유물처럼 복잡하게 혼란스럽던 감정이 잔잔히 가라앉는 것을 느꼈다. 조심조심 문을 닫고 방 안으로 들어온 준우가 침대 끝에 걸터앉아 율을 살폈다. 율의 눈에 그렁그렁 물기가 차올랐다.

"바쁜데 미안해."

"괜찮아."

"보고 싶어서 참을 수가 없었어."

"잘했어. 전화해 줘서 고마워. 아주 잘했어."

"준우야."

"우리 여보, 아이 가졌다며……?"

무슨 말을 어떻게 꺼낼지 몰라 헤매는 율을 대신해 준우가 나지막이 물어 주었다. 설명을 안 해도 된다는 안도감보다, 미리 알아주었다는 기쁨들로 벅차오르는 마음에 율이 느릿하게 고개를 끄덕였다. 가득 차오른 물기가 하얀 볼을 타고 흘러내렸다. 준우가 손을 뻗었다.

천천히, 조심스럽게 준우는 율의 눈물을 닦아 주었다. 닦기가 무섭게 연거푸 흘러내리는 물기들을 준우는 계속해서 다정하게 어루만졌다. 닦고, 또 닦고. 만지고, 또 만져 주며 그저 자상한 얼굴로 율을 달래 주었다. 따스하기 그지없는 손길에 율이 용기 내어 입을 열었다.

"무서워."

"내가 있잖아."

"꿈에도 몰랐어. 임신했는 줄."

"그럴 수도 있지. 나도 몰랐어. 배도 전혀 안 나왔고."

"꼭 낳아야 해……?"

자신 없다며 율이 미간을 찌푸렸다. 벌써 벌어진 일이라 하더라도 내키지 않는 상황에 제가 굳이 끝까지 가야 하느냐는 질문이었다. 뭐라 말을 해야 할까. 뭐라고 답을 해 줘야 하나. 이런저런 말들로 율을 설득시킬 수도 있었다. 하지만 준우는, 다음 순간 말없이 율을 품에 당겨 안았다.

불안에 떠는 율의 등을 어루만져 다독였다. 어찌할 바 모르는 율의 머리를 살며시 쓰다듬었다. 따뜻한 그 손길만으로도 율은 준우의 진심을 모두 전해 들을 수 있었다.

네가 싫다면 강요하지 않아. 네가 하기 싫은 일은 나도 싫어. 언제든 난 네 편이야. 잊지 마. 나는 무조건 네가 우선이야. 율아.

고맙다는 말조차 할 수 없을 만큼 심장이 욱신욱신 아려 율은 눈을 감았다. 감긴 눈꺼풀 사이로 눈물이 주르륵 흘러내렸다.

사는 것조차 사치처럼 느껴졌었다. 멀쩡히 숨을 쉬고 살아 있음이 남들에게 죄스러웠다. 스스로를 그런 식으로 끌어내리며 겨우 버텨 온 날들이었다. 여자라는 것조차 부정한 채로. 여자라는 사실을 잊고 싶은 듯 발악하며 살았던 율이다. 그런 제가 임신이라니. 아이라니.

낳아도 되나 싶다. 몸을 망가뜨릴 수 있다면 술이든 담배든 가리지 않고 입에 물었다. 결혼 후에는 입에도 대지 않았다지만 그래도 혹 아이에게 영향이 가진 않을까 겁이 났다. 정말 낳아도 되는 건지. 낳는 게 맞는 건지. 아니, 어떻게 제가 임신이라는 걸 할 수 있는지.

놀랍고 신기하고, 그러면서도 맘이 아팠다. 온갖 감정들이 한꺼번에 난입해 율의 목을 졸랐다. 물론 기쁜 마음도 있다. 아주 많이. 준우를 닮은 아이라면 여전히 욕심이 난다. 얼마나 예쁠지, 얼마나 귀엽고 사랑스러울지 상상이 다 안 될 정도였다. 그렇지만. 나는.

어미로서 자격이 없을 것만 같아 율은 조심스러웠다. 준우와 함께라는 것만으로도 벅찬 마음이 준우의 아이까지 받아들일 수 있을까. 자신이 없다. 면목도 없고. 결국은 자격지심이 또 이렇게나 문제였다. 대체 언제나 나아지려나. 언제쯤 제자리를 찾을 수 있을까. 과연.

"다 울었어……?"

한참을 끅끅대던 율을 데리고 준우는 침대에 누웠다. 품에 안고 달래 주다 떼어 내어 지그시 바라봤다. 조용히 눈을 맞추며 율이 진정되기를 기다렸다. 재촉하지 않고서. 가만히.

"우는 모습도 예쁘네. 우리 여보는."

"치이."

"코끝 빨개졌다. 예쁘게 참 잘 울었다, 우리 여보. 귀여워 죽겠어."

"준우야."

"사랑해."

속삭이듯 읊조린 준우가 율의 이마에 입을 맞췄다. 조금은 길게 닿았다 떨어지는 입술에 맞춰 율은 지그시 눈을 감았다 떴다. 시선을 올려 준우를 봤다. 준우가 엷게 미소 지었다.

"더 사랑할 거 같아. 더 예뻐하고, 더 사랑하게 될 거야. 나는 너를."

"나도 사랑해. 아주 많이."

"그래. 그거면 됐어. 그 마음이면 다른 건 아무래도 좋아. 그러니까 무서워하지 마."

"아이 생겼다니까 좋아?"

"좋은 정도가 아니야. 미치겠어, 아주."

심장이 터져 버릴 지경이라고, 숨도 제대로 못 쉴 만큼 흥분 상태라고, 근데 티 내지 않으려 무지하게 노력하고 있다고 준우는 말했다. 이렇게 가만히 있는 게 기적이라며, 동네방네 돌아다니면서 기쁘다 소리 지르고 싶은 걸 꾹 참는다는 말에 율은 결국 웃음을 터뜨렸다.

준우가 한 번 더 사랑해, 하고 속삭였다. 진심으로 가득 채워진 따스한 그 고백에 감정이 풀리고 마음이 열렸다. 두려움은 진작 달아난 상태였다. 율이 조심스레 목소리를 내었다.

"엄두가 안 나."

"알아. 당연해."

"뭘 어떻게 해야 할지 모르겠어. 계속 이럴 거야."

"도와줄게. 하나부터 열까지 다."

"서투를 텐데."

"괜찮아."

"실수만 하면 어떡해?"

"처음부터 잘하는 사람이 어디 있어."

"아이 제대로 못 보면. 그래서 다치게라도 하면."

"원래 애들은 다치면서 크는 거라던데."

"여보야."

"응?"

"나만 있으면 된다더니 아니었구나?"

은근슬쩍 설득조로 향해지는 준우의 말들을 알아채고 율이 눈을 흘겼다. 새치름한 그 눈빛에 준우가 들켰다, 라며 웃었다. 서운하다고 말하면서도 율은 자꾸 웃음이 났다. 모르겠다. 무섭고 두렵고 겁이 나면서도 왜 계속 웃고만 싶은지. 준우가 율의 볼을 감싸 쥐었다.

준우가 가만히 율의 입술에 제 입술을 갖다 대었다. 따스한 기운이 말랑한 살결을 타고 스멀스멀 전해져 왔다. 준우가 그윽하게 율과 눈을 맞췄다. 다갈색 눈동자가 짙게 일렁였다.

"갖고 싶어. 너 닮은 아이."

강요하지는 않는다고, 하지만 욕심이 나는 것도 사실이라고. 조곤조곤 흘러나온 준우의 말에 율이 입술을 꾹 다물었다. 대꾸 않는 그 입술에 준우가 또 한 번 쪽 입을 맞췄다.

"잘할 거야. 좋은 엄마가 될 거야. 믿어."

"자신 없어."

"사실은 나도 자신 없어. 엄두 안 나기도 마찬가지고."

"응?"

"아이가 생겼다니까 기쁘지만 솔직히 두려워. 아빠 역할을 잘할 수 있을까 싶어. 근데."

"준우야."

"노력하려고. 너만 나 믿어 주면 틀림없이 좋은 아빠 할 수 있을 것 같은데. 우리 서로 믿어 주면서 노력해 보는 거 어때? 율아. 난 그러고 싶어, 너랑."

다른 사람은 말고 너랑. 거듭 강조한 준우가 살포시 눈꼬리를 내렸다. 너라서 아이도 욕심내는 거라고, 너였기에 앞으로 더 가 볼 생각을 하는 거라며 준우는 미소 지었다. 진중한 미소가 무척이나 근사했다. 율은 두근두근 떨리다 못해 요동치는 심장을 애써 가라앉혔다.

분에 넘치는 사람이라는 생각은 여전했다. 그렇게 생각하지 않을 수 있도록 준우는 끝없이 율에게 말해 주었다. 사랑한다고. 너뿐이라고. 준우를 믿고 여기까지 왔다. 여기서 한 발 한 발 더 나아가는 것. 두렵고 겁이 나지만 준우와 함께라면 충분히 가능할 것도 같다.

말했듯 실수는 많을 것이다. 중간중간 괜히 낳겠다고 했나 후회도 할 거다. 아이를 키워 가며 뜻대로 되지 않는 일들을 겪을 때마다 준우를 원망할지도 모르겠다. 스스로 여자란 걸 부정하고 살았던 것처럼 아이 자체를 부정하려 하면 그땐 어쩌나 노파심이 들었다. 그래도.

믿어 준다고 한다. 준우가 자신을. 서로 믿고 노력하면서 천천히 나아가 보자는 준우의 말에 율은 끝내 마지막 남은 마음의 빗장을 풀어 버렸다. 남김없이. 기꺼이.

아들일까, 딸일까. 부드럽게 안아 주는 준우의 품 안에서 율은 생각했다. 준우를 닮은 가상의 아이들이 차례로 떠올라 눈앞에 아른거렸다.

아, 예뻐. 율의 입가가 보기 좋게 휘었다.

연재했던 때가 재작년 가을이었습니다. 꽤 오래도록 품고 있었다는 얘기가 되는데요. 수정을 차일피일 미루기만 했는데 그럴 수밖에 없었습니다. 대공사(?)가 될 것 같아서였죠.

여주의 감정 위주로 써 내려간 초고는 여러모로 기존 로설과는 맞지 않는 글이었습니다. 아마 연재를 보셨던 분들은 아실 거예요. 예를 들면, 남조와의 씬이라든가…… 뭐 그런…… 쿨럭…….

과연 어디서부터 어떻게 손을 대야 할지 엄두가 안 났고, 해서 다른 글 작업을 핑계로 늦장을 부렸습니다. 근데 그러면서도 계속 신경이 쓰이고 눈앞에 아른거리던 게 바로 이 글 '꼬리'였어요. 제가 리밀이라는 이름으로 처음 쓴 로맨스 소설이 바로 요 녀석이랍니다.

외상 후 스트레스 장애를 겪은 사내 같은 여주 율은, 제가 굉장히 애착을 갖고 있는 여주입니다. 시니컬한 표정과 거친 행동으로 자신의 상처를 감추는, 하지만 속은 누구보다도 여린 율의 이야기를 쓰는 내내 마음이 참 아팠어요. 상상으로 만들어 낸 설정임에도 불구하고 율의 처지가 너무 슬프고 가여워서 감정 이입이 많이 되었습니다. 준우 어머니처럼요.(웃음)

반듯하고 진중한, 근사하게 착한 남주 준우. 연재 때와 가장 많이 달라진 인물이 바로 준우입니다. 성격이나 기타 설정은 같지만 그때는 초반에 거의 준우가 등장을 안 했거든요. 나름 신비주의(?)로 놔뒀는데 독자분들은 그게 영 답답하다고 하셨던 기억이 나네요. 그래서 이번에 대거 등장시켰습니다. 이제는 분명히 남주라고 인식하실 수 있을 거라 믿으며…….

눈웃음 실실 흘리며 들이대는 객기의 남조 유현이. 혹 이 녀석의 비중이 너무 많다고 느끼실 수도 있겠으나 이게 최선이었다는 말씀을 드립니다. 죄송합니다. 그래도 율과 준우가 서로에게 다가가는 것에 지대한 역할을 했다고 저는 생각합니다. 본의 아니게 준우와 비교도 참 많이 당한 불쌍한 녀석이니, 보기 싫다 여기지 마시고 자비를 베풀어 주세요.

원래는 두 권 분량의 이야기였습니다. 율과 준우의 이별 상황이 더 길었고, 율과 유현의 교류가 더 잦았으며, 준우의 복수 아닌 복수에 율의 여동생이 이용당하기도 했던 뒷부분의 내용들을 과감히 없앴습니다. 저에겐 초고도 물론 소중하지만, 독자님들은 새로이 수정한 글을 더 마음에 들어 해 주셨으면 좋겠다는 생각이 드네요. 정말 힘들었거든요.(삐질)

율과 준우, 그리고 유현이의 이야기가 이렇게 끝이 났습니다. 오래도록 품고 있었던 만큼 떠나보내기가 더욱 쉽지 않은 것 같아요. 이 녀석들도 부디 오래 기억해 주시길 바랍니다.

제 삶의 원동력인 가족에게 먼저 감사의 말을 전합니다. 관심 갖고 지켜봐 주는 지인분들 고맙습니다. 부족한 글 덜 부족해 보일 수 있도록 애써 주신 뿔미디어 관계자분들과 담당자 정시연 팀장님, 격하게 애정 합니다. 앞으로의 작업들도 모쪼록 잘 부탁드리겠습니다.

저와 연이 닿았던 모든 작가님들, 독자님들 감사합니다. 지금 이 책을 보고 계신 독자님께도 미리 감사의 인사를 드릴게요. 마음에 드셨기를 바라지만 혹 부족했다면 앞으로 더 열심히 하겠다는 말씀으로 위안이 되시길. 언젠가는 그 마음, 넘치게 만족시켜 드릴 수 있길.

쓰고 싶은 이야기가 많아 행복하면서도 잘 쓸 수 있으려나 늘 염려스럽습니다. 서두르지 않고 천천히 나아가겠습니다. 이 두근거림이 고맙고 감사합니다. 다음 글로 찾아뵐게요.

— 늘 함께하고픈
리밀 드림

꼬리

초판 1쇄 찍음 2014년 4월 15일
초판 1쇄 펴냄 2014년 4월 21일

지은이 | 리 밀
펴낸이 | 정 필
펴낸곳 | 도서출판 **뿔미디어**

편집장 | 이재권
기획·편집 | 정시연
편집디자인 | 김병희

출판등록 | 2002년 9월 11일 (제1081-1-132호)
주소 | 경기도 부천시 원미구 상동로 117번길 49(상동) 503호
전화 | 032)651-6513 / 팩스 | 032)651-6094
E-mail | dahyangs@naver.com
블로그 | http://blog.naver.com/dahyangs
홈페이지 | http://bbulmedia.com

값 9,800원

ISBN 979-11-315-0005-7 03810

www.bbulmedia.com

www.bbulmedia.com